The Help 相助

[美] 凯瑟琳·斯多克特 著

季凌婕 译

人民文学出版社

著作权合同登记号　图字 01-2019-7414

Kathryn Stockett
THE HELP
Copyright © 2009 by Kathryn Stockett
All rights reserved including the right of reproduction in whole or in part in
any form.
This edition published by arrangement with G. P. Putnam's Sons, an im-
print of Penguin Publishing Group, a division of Penguin Random House
LLC. ,
Through Andrew Nurnberg Associates International Ltd.
Simplified Chinese translation copyright © 2020 by People's Literature
Publishing House Co. , Ltd.

图书在版编目(CIP)数据

相助/(美)凯瑟琳·斯多克特著;季凌婕译.—北京:人民文学出版社,
2020
　　ISBN 978-7-02-015776-1

　　Ⅰ.①相… Ⅱ.①凯…②季… Ⅲ.①长篇小说—美国—现代
Ⅳ.①I712.45

中国版本图书馆 CIP 数据核字(2019)第 263054 号

责任编辑　翟　灿
装帧设计　李思安
责任印制　徐　冉

出版发行　人民文学出版社
社　　址　北京市朝内大街 166 号
邮政编码　100705
网　　址　http://www.rw-cn.com

印　　刷　三河市鑫金马印装有限公司
经　　销　全国新华书店等

字　　数　381 千字
开　　本　880 毫米×1230 毫米　1/32
印　　张　15.875　插页 1
印　　数　1—10000
版　　次　2020 年 5 月北京第 1 版
印　　次　2020 年 5 月第 1 次印刷

书　　号　978-7-02-015776-1
定　　价　62.00 元

如有印装质量问题,请与本社图书销售中心调换。电话:010-65233595

献给我的祖父斯多克特，
世界上最会讲故事的人

艾 比 琳

第一章

1962 年 8 月

梅·莫布丽出生在 1960 年 8 月的一个周日早晨,也就是我们所谓的"教堂宝宝"。我的工作嘛,就是照顾白人宝宝,再给做做饭、打扫卫生。我这辈子已经带大了十七个小孩了。我知道怎么让这些小娃娃老实睡觉、不哭不闹、早上自己去上厕所,那时候他们的妈妈还没起床呢。

不过,我可没见过哪个小孩像梅·莫布丽这么扯着嗓子哭的。第一天进门,我就看见她在那儿声嘶力竭地哭着,小脸通红,把奶瓶当个烂萝卜似的死命推开,估计是胀气了。利夫特太太一脸惊恐地盯着自己的孩子:"我哪儿做错了?怎么就不能让这东西消停一下?"

这东西? 我条件反射般地想到:这儿有些不对劲。

我把那号啕大哭的粉嘟嘟的小婴儿抱起,在胯骨上颠了颠,让她排出胀气,不到两分钟,小女孩就不哭了,仰起头冲着我笑。那一整天,利夫特太太再没抱过自己的孩子。我见过不少女人生完孩子后都闷闷不乐。我猜她也是吧。

利夫特太太吧,是这么个人:成天皱着个眉头,还骨瘦如柴。她那两条腿细长细长的,跟上个礼拜才长出来似的。她二十三岁了,瘦高个儿,看上去像个十四岁的男孩。就连棕色的头发也只有薄薄一层,有些稀疏。她把头发梳得整整齐齐,结果看起来更稀薄了。她那脸型简直跟火红牌糖果盒上画着的红色魔鬼一模一样,那个尖下巴。老实说,她全身上下都棱角分明的,也难怪没法儿安抚孩子。小娃娃都喜欢肉乎乎的身体,喜欢把脸埋在你的胳肢窝里睡觉。他们喜欢胖墩墩的大腿,这我可是知道。

梅·莫布丽一岁的时候,我去哪儿她就跟到哪儿。快到下午五点,她整个人挂在我的肖尔牌鞋上,拽着鞋不让我走,哭得就跟我再也不会回来了似的。利夫特太太就斜着眼看我,好像我哪儿做错了,然后把哭闹的孩子从我脚上掰开。我猜这就是让别人来带小孩的风险吧。

梅·莫布丽现在两岁了。一双棕色的眼睛大大的,蜂蜜色的卷发,但后脑勺上有块地方没头发,让那可爱劲儿打了折扣。她一不高兴,就跟她妈妈一样紧锁着眉头。她俩倒是挺像,只不过梅·莫布丽胖胖的。她可赢不了选美比赛,这大概让利夫特太太有些心烦,不过梅·莫布丽对我来说却是个特别的宝宝。

给利夫特太太干活之前,我自己的孩子特里罗尔死了。他才二十四岁,正当人生的大好年华,在这世上还没活够呢。

他住在弗雷街的小公寓里,有个不错的女朋友,叫弗朗西斯,我猜他们就快结婚了,不过这些事他总是拖拖拉拉,倒不是在骑驴找马,他就是那种思前想后的人,戴着副大眼镜,手里老是捧着本书在看。他还开始自己写书了,要写一个黑人在密西西比州的工作和生活。老天,我可真为他骄傲。不过,有天晚上他在斯坎隆-泰勒工厂干活干到很晚,负责把木头桩子拖上卡车,木屑尖刺把手套都划破了。他瘦瘦小小的，其实干不了这种活儿，但他不能不干活儿呀。他太累了，天又下着雨，结果在卸货台上滑倒，跌下来掉在车道上，大卡车没留意，他还来不及躲开，卡车就从他胸膛上碾了过去。我赶到时，他已经死了。

就在那天，我的整个世界都变得漆黑一片。空气是黑的，太阳也是黑的。我躺在床上，直勾勾地盯着房间黑漆漆的四壁。米妮每天都来看看我，看我是不是还有口气，给我带点东西吃，让我活下去。过了三个月，我才敢往窗外望，瞧瞧这世界消失了没有。真没想到，我的孩子死了，这世界却并没有因此而停转。

葬礼五个月以后，我强迫自己下了床，换上白色制服，又重新戴上金色小十字架项链，去利夫特太太家做事，她那会儿刚生完孩子。但没过多久，我就发现自己变了。一颗苦涩的种子已经在我身体里扎了根。我不再敞开胸怀了。

"把屋子收拾干净，然后再做点鸡肉沙拉。"利夫特太太吩咐道。

今天是桥牌聚会的日子。每个月的第四个周三。不用说，我早已做好一切准备——早上做了鸡肉沙拉，昨天熨了桌布。利夫特太太也亲眼看见我做了这些事。她不过才二十三岁，却喜欢听见自己指挥我做这做那的。

她穿着我早上熨好的那条蓝色裙子，裙子腰上密密地匝了六十五道褶，我必须戴上眼镜，眯起眼睛才能熨好。我这人嘛，没什么讨厌的东西，但和那条裙子可真是处不来。

"你看好梅·莫布丽，别让她上我们那儿去。我跟你说，她真把我气坏了——把我宝贵的文具给撕了个稀巴烂，我还得为青年联盟会写十五张答谢函呢……"

我给太太的朋友们安排这、安排那，摆上精美的水晶杯碗，拿

3

出银餐具。利夫特太太不像其他太太家那样摆开小牌桌，我们只能摆在餐桌上。铺上桌布，遮住桌面 L 字形的裂纹，还把放在桌子正中的红色插花移到餐具橱里，挡住刮花了的木板。利夫特太太想把午餐会弄得花哨体面，可能是为了弥补房间太小的缺憾吧。他们不是有钱人，这我知道。有钱人家才不会这么费劲。

我以前也在年轻夫妇家做过事，不过，我猜他们家的屋子是我待过的家庭中最小的。只有一层楼。她和利夫特先生的房间在里面，还算宽敞，但是小姑娘的房间太小了。餐厅和客厅差不多连成一间。屋里只有两个卫生间，这对我倒是好事，有些人家里有五六个呢，光是打扫厕所就得花上一天。利夫特太太每小时给我九毛五的工资，我好些年没拿过这么低的工钱了。不过自打特里罗尔不在了，我只能挣多少是多少。房东可不等人。房子虽小，利夫特太太还是尽量把家里拾掇得漂漂亮亮的。她可会用缝纫机了。要是有什么东西她买不起新的，就弄点蓝色料子来，给它缝个罩子。

门铃响了，我去开门。

"嘿，艾比琳，"斯琪特小姐说，她是那种会和佣人说话的人，"最近好吗？"

"嘿，斯琪特小姐。我挺好的。老天，外头可真热。"

斯琪特小姐又高又瘦，黄色头发总是毛毛躁躁，只能剪短，短到肩膀以上。她也才二十三岁左右，跟利夫特太太她们一般大。她把小皮包放在椅子上，一时间好像觉得这一身衣服都有些别扭，她穿着白色蕾丝衬衫，像个修女似的把纽扣都扣上了，脚上是平底鞋，大概是不想显得更高。蓝色裙子在腰间有个豁口。斯琪特小姐的穿着总像是有人叫她这么打扮似的。

我听见希莉太太和她妈妈沃尔特斯太太在门口停了车，嘟嘟地直按喇叭。希莉太太家离这儿只不过三米远，但她每次都要开车来。我打开门，她径直从我面前走过，我想着该去叫梅·莫布丽起床了。

我一走进婴儿房,梅·莫布丽就笑着冲我伸出肉乎乎的小短胳膊。

"已经起来啦,小姑娘? 怎么不叫我呀?"

她咯咯笑着,欢快地扭了扭身子,等我抱她起来。我把她使劲拥在怀中。大概我每天回家后就再没人这么抱她了吧。我早上来的时候,经常听见她在小床里哭喊,利夫特太太却只顾在缝纫机上忙着,无奈地翻着白眼,当那哭声是卡在纱门里的迷路猫咪发出的。你看着利夫特太太,每天穿戴得整整齐齐,化着妆,家里有间车库,还有个内置冷冻柜的双门冰箱;你要是在金特尼商店里看见她,再也想不到她能任由自己的孩子在婴儿床里哭个不停。不过我们佣人总是知道。

今天倒还不错。小姑娘正笑得开心。

我说:"艾比琳。"

她学道:"艾一比。"

我说:"爱。"

她也重复道:"爱。"

我说:"梅·莫布丽。"

她还是说:"艾一比。"然后一个劲儿地笑起来。她这么咿咿呀呀的,自己也高兴极了。她就快学会说话了。特里罗尔直到两岁才开口说话,但是等到了三年级,他说得简直比美国总统还好,每天回家张口闭口说些什么"词形变化""议会制度"。他上初中时,我们会玩个游戏,我说个特别简单的词,他就给出这个词的高级说法,我说"家猫",他就说"驯养猫科动物",我说"搅拌器",他就说"电力驱动涡轮机"。有一天我说"菜油",他挠了挠头,怎么也不能相信他竟然输在"菜油"这么个简单的词上。打那之后,这就成了我们之间的暗语笑话,指那些你再怎么努力也没法说得冠冕堂皇的东西。我们开始管他爸爸叫"菜油",一个抛妻弃子的男人,任你怎么努力也粉饰不了。况且他的确也是最油腻又最不中用的一个。

我把梅·莫布丽抱到厨房,放在婴儿椅上。今天还有两件事要做:把快用坏的餐巾都拣出来,还要整理餐具橱里的银餐具。我得趁利夫特太太发火之前做完,老天,我估计得在太太小姐们的眼皮子底下干这些活儿了。

我端了一盘魔鬼蛋①沙拉走进餐厅。利夫特太太坐在一头,左手边是希莉·霍尔布鲁克太太和她妈妈沃尔特斯太太,希莉太太对她妈妈可不客气。右边是斯琪特小姐。

我端上鸡蛋,先递给年纪最大的老沃尔特斯太太。屋里很暖,但她还是披了件棕色厚毛衣。她颤颤巍巍地舀起一个鸡蛋,差点掉了。我又端给希莉太太,她笑了笑,拿了两个。希莉太太脸圆圆的,深棕色的头发梳成蜂窝头的样式,肤色偏青黄,带点雀斑和黑痣。她爱穿红格子衣服,下半身开始发福了。今天很热,所以她穿了件红色无袖直筒连衣裙。她总爱穿得像个小女孩,衣服上缀着大蝴蝶结,还要戴配套的帽子。我对她没啥好感。

我又把鸡蛋端给斯琪特小姐,但她冲我挤挤眼:"不用了,谢谢。"她不吃鸡蛋。每次利夫特太太搞桥牌聚会,我都会提醒一下,可她还是让我做鸡蛋沙拉,怕希莉太太不高兴。

我最后才端给利夫特太太。她是主人,所以最后拿。我分完了一圈,希莉太太连忙说:"我能再要点吗?"然后又抓走两个鸡蛋,我见怪不怪了。

"猜猜我在美容院遇到谁了?"希莉太太开口道。

"谁呀?"利夫特太太问。

---

① 魔鬼蛋(devil eggs)是一种小吃,将水煮蛋的蛋黄掺上调料,再放回蛋白中。

"西莉亚·福特。知道她问我什么吗？问我今年能不能让她在慈善晚会上帮忙。"

"那好呀，"斯琪特小姐说，"我们正缺人呢。"

"那倒不至于，我们不缺人。我是这么回她的，我说，'西莉亚，你必须是联盟会成员，起码也要经常参加活动，才能来帮忙呢。'她以为杰克逊市联盟会是什么？来者不拒吗？"

"我们今年不正准备要招会员吗？慈善晚会那么大排场？"斯琪特小姐问道。

"嗯，是要招，"希莉太太说，"但我可没准备跟她说这个。"

"真不敢相信约翰尼娶了这么个俗气的姑娘。"利夫特太太说，希莉太太跟着点了点头，说着开始发牌。

我一边把黏成一团的沙拉舀出来，又拿出火腿三明治，一边听了会儿她们说话。这些小姐太太只喜欢谈论三件事：孩子、衣服和朋友。要是听到她们嘴里冒出"肯尼迪"三个字，我也知道她们肯定不是在讨论政治，而是在说杰基小姐①上电视时穿了什么。

我端着食物又送到沃尔特斯太太身边，她只拿了小半块三明治。

"妈妈，"希莉太太冲她喊道，"再拿块三明治。你瘦得跟电线杆似的。"希莉太太扭头对其他人说，"我一直跟她说，要是米妮不会做饭，就该让她走人。"

听到这话，我竖起了耳朵。她们讲起帮佣来了。米妮可是我最好的朋友。

"米妮做饭不错，"老沃尔特斯太太说，"我就是吃得没以前多了。"

米妮的厨艺在海恩兹县，甚至在整个密西西比州来说都是数

① 即杰奎琳·肯尼迪。

一数二的。每年秋季举办的青年联盟会慈善晚会都要找她做上十个焦糖蛋糕拿来拍卖。按理说她应该是我们州最受欢迎的佣人，但问题就出在米妮那一张嘴。她总要跟人顶嘴。今天跟金特尼商店的白人经理，明天又跟她丈夫，每天还要顶撞一下她的女主人。她能在沃尔特斯太太家干这么久，唯一原因就是沃尔特斯太太耳朵聋得跟木桩子似的。

"我看你都营养不良了，妈妈，"希莉太太嚷道，"那个米妮也不给你饭吃，整天就想着怎么把我留下的值钱东西给偷个精光。"希莉太太怒气冲冲地站起身来，"我去一下洗手间，你们看好她，别让她饿得一头栽倒了。"

希莉太太一走，沃尔特斯太太就小声嘟囔道："那正合你意呢。"大家都装作没听见。我今晚要给米妮打个电话，告诉她希莉太太的话。

厨房里，小姑娘坐在婴儿椅上，紫色的果汁沾了一脸。我一走进房间，她就笑了。她自个儿在那儿倒也没吵闹，不过我不想丢下她太久。我知道她一声不响地盯着门口，在等我回来。

我拍了拍她柔软的小脑瓜，又回到餐厅给大家倒冰茶。希莉太太回来了，又对别的什么事抱怨个不停。

"哦，希莉，你用了客房卫生间吧？"利夫特太太边整理着手中的牌边说，"艾比琳下午才打扫里屋。"

希莉扬了扬头，嗓子里蹦出句"嗯哼"，她总是这么微妙地清清喉咙，引起大家注意，又不让人觉得是有意为之。

"但是客房卫生间是女佣们用的呀。"希莉太太答道。

大家都没说话。然后老沃尔特斯太太点点头，像是在解释希莉的话："那些老黑跟咱们一样用屋里的卫生间，她不高兴。"

老天，又是这一套。我正在整理餐具柜里的银器，她们都朝我这边张望，我知道自己该回避一下。还剩最后一把汤匙没放进去，利夫特太太就给我使了个眼色："再拿点茶来,艾比琳。"

我照她说的走开了,虽然她们的杯子都还是满满的。

我在厨房里站了一会儿,没什么可做的。我得去客厅把银器整理好。今天还得把那一柜子餐巾拾掇出来呢,可是餐巾柜在门厅,紧挨着牌桌。我可不想因为利夫特太太打牌就要加班。

我又等了等,擦了擦厨房台面,又给小姑娘喂了点火腿,她几口就吞下肚。最后,我悄悄走到门厅,希望没人看见。

她们四个都一手夹着烟,一手拿着牌。"伊丽莎白,要是让你选,"我听见希莉太太说,"你难道不想让她们去外面'解决问题'吗?"

没人接话。我打开装餐巾的抽屉,比起她们讨论的话题,我更怕利夫特太太看见我在这儿。这话题对我来说也不新鲜了。城里到处都是黑人专用厕所,好多人家里也有。我偷偷朝她们那儿张望,正好对上斯琪特小姐的目光,吓得我动也不敢动,怕自己要惹出麻烦来了。

"我出红心。"沃尔特斯太太说。

"我也不知道,"利夫特太太对着手中的牌皱起了眉头,"雷利自己出去干了,还有不到六个月就要交税……我们现在手头真有点紧。"

希莉太太慢条斯理地说,就像在往蛋糕上挤糖霜:"你告诉雷利,你们花在那个卫生间上的每一分钱,在卖房子的时候都能收回来。"她点点头表示赞同自己的话,"那些不带佣人房的房子,真是冒险。谁都知道他们身上带的病菌跟我们不一样。翻倍。"

我拿起一叠餐巾,也不知怎的,忽然很想听听利夫特太太对此有什么意见。她是我的主人。我估计人人都想知道自己的主人是怎么看自己的。

"要是她能不用家里的卫生间,"利夫特太太吸了口烟说道,

"那当然很好。三个黑桃。"

"所以我才要发起家庭帮佣清洁运动，"希莉太太说，"为了预防疾病。"

我喉咙发紧，自己也有点意外，我明明很久以前就学会压抑这种耻辱了。

斯琪特小姐看起来很不解："家庭……什么？"

"是一项提案，规定所有白人家庭都要配置黑人帮佣专用的卫生间。我还联系了密西西比州卫生局局长，看看他会不会支持。我不要。"

斯琪特小姐冲着希莉太太皱了皱眉。她放下手中的牌，郑重其事地说："或许我们应该给你在外面建个卫生间，希莉。"

老天，房间里立刻鸦雀无声。

希莉太太又开口道："要是你还想当联盟会的编辑的话，斯琪特·费伦，你最好还是别在黑人这件事情上开玩笑。"

斯琪特小姐似乎笑了笑，但我能看出她不觉得这有什么好笑。"怎么，你还要……把我踢出去？就因为跟你意见不一致？"

希莉太太扬了扬眉毛："我会尽我所能保护这个城市。妈妈，该你了。"

我回到厨房，再没出来，直到听见希莉太太离开时的关门声。

希莉太太一走，我就把梅·莫布丽放进婴儿护栏，把垃圾桶拖到外面马路上，今天垃圾车会来。希莉太太和她那疯疯癫癫的妈妈在车道上倒车，差点把我撞倒，又极其客气地嚷着"真对不起"。我走进屋里，庆幸自己两条腿还长在身上。

我走进厨房，斯琪特小姐也在。她靠着台面，脸上严肃的表情比平时还凝重。"嘿，斯琪特小姐，想要点什么？"

她望向车道，利夫特太太正隔着车窗跟希莉太太说话。"不用,我就……等一会。"

我拿起餐布擦干碟子,偷偷瞟了她一眼,她还在忧心忡忡地望着窗外。她个儿这么高,看起来跟其他小姐太太不大一样。她的颧骨也很高,一双蓝眼睛眼角微微下垂,显出羞怯的神色。屋里很安静,小小的收音机在角落里播放着福音电台。我只盼她别待在这儿。

"收音机里放的是格林牧师布道吗?"她问道。

"是的,小姐。"

斯琪特小姐微微笑了笑:"这让我想起带我长大的女佣来了。"

"哦,我知道康斯坦汀。"我说。

斯琪特小姐从窗外收回目光,转向我:"你知道是她把我带大的吗?"

我点点头,懊悔自己刚才多嘴。我太知道是怎么回事了。

"我一直想找到她家人在芝加哥的地址,"她说,"但谁也不告诉我。"

"我也不知道地址,小姐。"

斯琪特小姐的目光又飘向窗外,望着希莉太太的别克车。她轻轻地摇了摇头。"艾比琳,那些话……我是说,希莉的那番话……"

我拿起一只咖啡杯,使劲儿地擦着。

"你有没有希望过自己能……改变什么?"她问道。

我忍不住了,抬起头看着她。这简直是我听过的最愚蠢的问题。她脸上一副又疑惑又厌恶的神情,像是把盐当做糖加进咖啡里一样。

我又低下头洗碗,不想让她看见我翻了个白眼。"哦,没有。小姐,都挺好的。"

"但是刚才那些话,关于卫生间——"话音未落,利夫特太太走进了厨房。

"哦,你在这儿啊,斯琪特。"她看着我们俩,神色古怪,"对不起,我是不是……打断你们的话了?"我们都站在那儿,不知道她听到了什么。

"我得走了。"斯琪特小姐说,"明天见,伊丽莎白。"她打开后门,又补上一句,"艾比琳,谢谢你的午餐。"然后走了。

我回到餐厅,开始收拾桥牌桌。正如我所料,利夫特太太跟在我身后,满脸不高兴的笑容。她伸着脖子,好像准备问我些什么。她向来不喜欢我背着她跟她的朋友说话,总想知道我们说了些什么。我从她身边走过,回到厨房,把小姑娘放在婴儿椅上,开始清理烤箱。

利夫特太太也跟着我进了厨房,打量着一罐科瑞牌起酥油,拿起又放下。小姑娘伸着双臂,想要妈妈抱她起来,但利夫特太太假装没看见,拉开一扇柜门,又砰的一声关上,再拉开另一扇。最后她就杵在那儿。我跪在地上清理烤箱,不一会儿,头就钻进了烤箱深处,看起来像是要把我自己给烤了。

"你和斯琪特小姐好像在聊什么严肃的事情啊。"

"没什么,太太,她就……问我要不要些旧衣服。"我答道,声音像是从井下传来。我的胳膊上都沾上了油渍,一股子胳肢窝味儿。不一会儿,汗珠就顺着鼻子往下淌,我每次一挠,脸上也沾上了脏东西。烤箱内部简直是这世界上最糟糕的地方。你待在那里,不是在清理,就是要被烤了。我知道自己今晚又要做那个梦了,身子卡在烤箱里,火已经点着了。但我还是把头埋在那个可怕的地方,让我把头埋在哪儿都行,只要不用回答利夫特太太的追问,问斯琪特小姐到底对我说了什么。问我我愿不愿意改变什么。

过了一会儿,利夫特太太气呼呼地走开了,去了车库。我寻思她是要去看看能在哪儿给我建一间黑人专用厕所吧。

第二章

　　住在这儿的时候你不会觉得,密西西比州杰克逊市竟然住着二十万人。我在报纸上看到这个数字,不由得纳闷,这些人都住在哪儿呢?地下吗?我差不多认识大桥这边黑人区的每一个人,还认识不少白人家庭,但远没有二十万人那么多。

　　一周六天,我都要坐巴士经过伍德罗·威尔逊桥,来到贝翰文区,利夫特太太和她的白人朋友们就住在这里。旁边是市中心和州政府。州政府的楼可真是高大雄伟,从外面看起来真好看,但我从没进去过。我想知道那里的清洁工收入多少。

　　沿着贝翰文的大路往北,也是白人居住区伍德兰山,然后是舍伍德森林,挂满青苔的大橡树连绵几公里。那儿现在还没人居住,不过,要是哪天白人想搬到什么新的地方去,那儿也是个选择。再往北就是乡村,斯琪特小姐就住在那边的朗利弗棉花种植园,她可不知道,1931年我还曾在那儿摘过棉花,那会正是大萧条时期,我们除了州里发的奶酪之外没有东西可吃。

　　所以,在杰克逊市,白人社区一个接着另一个,还顺着公路绵延增长下去。但是我们黑人聚居区就像一座大蚁丘,周围都是不可出售的州政府土地。我们的人数增加,却不能往外扩展,只能越来越挤。

　　那天下午,我坐上六路公交车,从贝翰文到法里士街。车上全是放工回家的女佣,都穿着白色制服。我们彼此有说有笑,就跟公交车是我们自己家一样——并不是因为我们无须顾及车上没有白人,多亏了帕克斯小姐①,现在我们想坐哪儿就坐哪儿——纯粹是因为气氛友善。

我看见米妮坐在后排中间。她矮矮胖胖,一头卷发黑得发亮,两条腿叉开坐着,粗壮的手臂抱在胸前。她比我小十七岁。要是她愿意,米妮大概能把这辆公交车给举起来。我这老女人能有米妮这样的朋友,也算走运。

我在她前排坐下,扭过头去听着。人人都喜欢听米妮说话。

"……我就说,沃尔特斯太太,没人想看你那白花花的屁股,还不如看我这黑不溜秋的呢。赶紧给我进屋去,穿上衬裤,穿上点衣服。"

"在前门廊,没穿裤子?"琪琪·布朗问道。

"她那屁股都快耷拉到膝盖了。"

全车人都哈哈大笑,边笑边摇着头。

"老天,那女人真是疯了。"琪琪说,"真不明白怎么你每次都碰上些疯子,米妮。"

"唷,说得就跟你那帕特森太太不疯似的?"米妮冲琪琪反击道,"嗐,疯女人俱乐部负责点名的就是她呢。"整车人又笑开了,米妮不准别人说她的白人太太坏话,只能她自己说。那是她的工作,她才有这个权利。

公交车过了桥,在黑人社区第一站停下。十几个帮佣下了车。我在米妮身边的空位坐下。她笑了笑,用胳膊肘碰碰我,算是打招呼。然后她在座位上放松下来,她不用在我面前装模做样。

"咋样?上午又熨了褶子吗?"

我笑着点点头。"折腾了一个半小时。"

———————

① 罗莎·帕克斯(Rosa Parks)是美国黑人民权行动主义者,1955 年她在公交车上拒绝给白人乘客让座,因此被捕,引发联合抵制蒙哥马利公交车运动,成为民权运动标志人物。

"今天打桥牌时你给沃尔特斯太太吃了啥？我花了一上午工夫给那傻瓜做了个焦糖蛋糕,她一口也吃不下。"

这让我想起希莉太太今天在牌桌上的话了。换作别的白人太太,我们才懒得管呢,但要是希莉太太来找麻烦,我们都想有人给通风报信。我不知道该怎么开口。

我看着窗外掠过的黑人医院和水果摊。"我听见希莉太太说她妈妈越来越瘦,"我小心翼翼地组织着语言,"说她都营养不良了。"

米妮看了看我。"她说这话了?"光是听到这个名字,米妮就眯起了眼睛,"希莉太太还说啥啦?"

我还是顺势都说了吧。"我看她是找上你了,米妮。你还是……对她小心一点。"

"希莉太太应该对我小心一点才是呢。她说啥啦,说我不会做饭?她说那一把老骨头不吃东西是因为我不给她吃?"米妮站起身来,猛地把手提包甩在肩上。

"我也不想的,米妮,我就告诉你,你离她远——"

"她要是敢当我面这么说,就等着尝尝米妮的厉害吧。"她气冲冲地走下公交车。

我透过窗户看着她大踏步朝家走去。希莉太太可不是好惹的。老天,也许我不该说出来。

几天后的早上,我下了公交车,朝利夫特太太家走去。一辆拉木头的大卡车停在她家门口,车里坐着两个黑人,一个喝着咖啡,另一个端坐着打盹。我绕过卡车,进了厨房。

雷利·利夫特先生那天早上还没有出门,这倒不常见。他在家的时候,总是频频看表,像是急匆匆地要赶回去做他的会计工作,连星期六也不例外。不过,今天他似乎给什么事绊住了。

"这他妈的是我的房子,屋里要装什么,全他妈要我付账!"利夫特先生嚷道。

利夫特太太跟在他身后,满脸讪笑。我躲进厕所。为了卫生间的事情,他们已经吵了两天了。我还指望已经吵完了呢。利夫特先生拉开后门,瞧了瞧停在前门口的卡车,又砰的一声摔上门。

"你要买新衣服、跟你那些姐妹去什么新奥尔良玩,我都让你去了,但这玩意也太他妈费钱了。"

"可是这能让房子增值呢,希莉说的!"我还躲在厕所里,但光听声音也能想象到利夫特太太那强颜欢笑的模样。

"我们没钱! 我们也犯不着听霍尔布鲁克一家给我们下命令!"

外面安静了一分钟。然后我听见一阵踩着连体睡衣的啪嗒啪嗒的脚步声。

"爹——地?"

我赶紧从厕所出来,进了厨房,我得看好梅·莫布丽。

利夫特先生已经跪在她面前,脸上挂着橡胶一样的假笑:"宝贝,你猜怎么着?"

她冲爸爸笑了,等着有什么大惊喜。

"就为了让你妈妈的朋友不用跟女佣共用一个卫生间,你可上不成大学啦。"

他大踏步走开,摔门而出,小姑娘吓得眨了眨眼。

利夫特太太低头看着她,冲她摇摇手指:"梅·莫布丽,不是不准你从婴儿床里爬出来的吗!"

小姑娘瞅瞅爸爸摔上的门,又看着妈妈冲她皱眉。我的宝贝,她咽了咽口水,努力忍住不哭。

我赶紧从利夫特太太身边一个箭步上前,抱起小姑娘,轻声安抚道:"咱们去客厅,去和说话的小驴子玩,小驴子会说什么呀?"

“她老是爬起来。今天早上我都把她放回床上三次了。”

“那是因为宝宝要换尿布啦。呜——喂——”

利夫特太太露出窘相：“哦，这我倒没想到……”但她已经转过身去，望着窗外的大卡车。

我往里屋走去，气得不由地加重了脚步。小姑娘昨晚八点就上床睡觉，这会儿当然该换尿布了！利夫特太太倒是自己来试试裹着尿布坐上十二个小时不起来是什么感觉！

我强忍着一肚子火气，把小姑娘放在尿布台上。我解开尿布，小姑娘就这么盯着我，然后伸出小手，轻轻碰了碰我的嘴巴。

“梅·莫坏坏。”她嘟囔道。

“不，小宝贝，你不坏。”我说着梳了梳她的头发，“你很乖，非常乖。”

1942 年起我就在盖森大街租了套房子住。盖森大街可以说和人一样有自己的个性，这里的房子都很矮小，但每家每户的小院各不相同。有些院子拉拉杂杂、寸草不生，像个秃头的老男人。有些却长满杜鹃玫瑰，绿油油的草坪。我的院子大约介于两者之间。

我的门前有几株红茶花，但草坪有些稀疏，特里罗尔出事以后，他的轻型货车在院子里停了三个月，在草坪上留下一大块枯黄印记。院子里没有树，不过后院现在看起来倒像是个伊甸园。这多亏了我的邻居艾达·皮克在那里种上了菜。

艾达家的后院不成个样子，堆满了她丈夫的垃圾——汽车发动机啊，旧冰箱啊，轮胎啊。他老是说要把东西修好，但从来也没见他修过。所以我就跟艾达说让她来我这边种菜。这样我也不用除草了，她还让我需要什么菜就随便摘，每周能省下两三美元呢。我们吃不完的她就收走储藏好，到了冬天又送给我们一罐罐的腌菜。上好的芜菁叶子、茄子、一筐一筐的秋葵、各式各样的葫芦。

我不知道她是怎么能让番茄不生虫的,她自有办法。而且番茄长得很好。

那天晚上,外面下着大雨。我打开一罐艾达·皮克送来的白菜和番茄罐头,配上我剩下的最后一片玉米面包吃完,然后坐下来算了算花销,最近有这么两项开支有了变动:公交车涨价到十五美分,房租涨到二十九美元一个月。我每天八点到四点给利夫特太太干活,每周干六天,周六不去。每周五她给我四十三美元,那么每个月就是一百七十二美元。这就意味着我付了电费、水费、煤气费、电话费之后,每周还剩下十三美元五十美分,用来买日用品、买衣服、做头发、给教堂奉献。更别提光是邮寄这些缴费单子就已经涨到五分钱一次了。我干活时穿的鞋子磨得只剩薄薄一层,一副饥肠辘辘的样子。但是买双新鞋要七美元,所以我只能吃白菜和番茄度日,吃成个兔子。感谢上帝得亏还有艾达·皮克,要不然我连饭都吃不起了。

电话铃忽然响起,惊得我一跳。我还没来得及出声,就听见米妮的声音。她今晚去加班了。

"希莉太太要把沃尔特斯太太送到养老院去。我又得再找工作了。你猜她什么时候去?下个礼拜。"

"哦,不是吧,米妮。"

"我已经开始找了,今天给十位太太打了电话。没有一个人有丁点儿兴趣。"

虽然是个坏消息,但我其实一点也不意外。"我明天一早就问问利夫特太太,看她知不知道有谁要请帮佣的。"

"你等一下,"米妮对我说。然后我听见老沃尔特斯太太在那边说了什么,米妮回道,"你把我当啥了?司机吗?我才不会在这大雨天开车带你去什么乡村俱乐部。"

除了偷东西,当女佣最要命的就是有张快嘴。不过,好在米妮厨艺精湛，有时能弥补一些。

"别担心，米妮。我们再给你找个聋子，跟沃尔特斯太太一样。"

"希莉太太倒是一直在暗示我，要我去给她干活。"

"什么？"我立马斩钉截铁地说，"你给我听好了，米妮，就算我来养你，也不会让你去给那个坏女人干活儿的。"

"你把我当啥人啦，艾比琳？猴子吗？我还不如去给 3K 党干活呢。而且，我再怎么也不会去跟尤尔·梅抢饭碗。"

"对不住，我的天哪。"一提到希莉太太，我就紧张得不行，"我给哈尼萨科的卡罗琳太太打电话，看看她知不知道什么人。再给鲁斯太太打电话，她人可好啦，好得让你心疼。她每天早上自己把房间打扫了，叫我倒没活儿可干，光在那儿陪陪她。她丈夫得猩红热死了，唔嗯。"

"谢了，艾。哎哟，沃尔特斯太太，吃点四季豆吧。"米妮跟我道了再见，挂上电话。

第二天一早，那辆拖木头的绿色旧卡车又停在老地方，已经开始叮叮咣咣地干起来了，但是今天利夫特先生没待在家里跳脚。我猜他一早就已经明白自己这次赢不了。

利夫特太太穿着蓝色浴袍坐在厨房餐桌边讲电话。小女孩沾了一脸黏糊糊的红色东西，正扒在妈妈膝头，想让她看看自己。

"早上好呀，小姑娘。"我说。

"妈妈！妈妈！"她一边嚷着，一边想要爬到利夫特太太大腿上。

"别动，梅·莫布丽。"利夫特太太把她推下去，"妈妈在打电话呢，让妈妈说完。"

"妈妈，抱抱。"梅·莫布丽哭丧着脸，朝妈妈伸出胳膊，"抱抱梅·莫。"

"嘘。"利夫特太太小声道。

我一把抱起小姑娘，走到水槽边，但她还是抻长了脖子哭喊着，"妈妈，妈妈，"想要引起妈妈注意。

"我就照你教我说的。"利夫特太太对着电话点头，"我们要是哪天搬走了，房子也能增值。"

"来吧，小姑娘。把手伸过来，洗洗手。"

但是小姑娘死命挣扎。我想要给她手上涂点肥皂，她却扭啊扭地从我胳膊间哧溜下地，跑到妈妈跟前，仰着头，双手猛地一扯电话线，话筒从利夫特太太手里滑落，咔哒一声掉在地上。

"梅·莫布丽！"我惊呼。

我赶紧冲上前，但是利夫特太太还是快了我一步。她龇牙咧嘴，露出可怕的笑容，狠狠照着小姑娘的一双光腿的腿肚子打下去，打得那么使劲，我都感到痛得跳了一下。

然后利夫特太太提溜起梅·莫布丽的胳膊，每说一个字就扯一下。"你再敢碰一下电话试试，梅·莫布丽！"她训道，"艾比琳，我跟你说过多少次了，我打电话的时候让她离远点儿！"

"对不起。"我说着抱起梅·莫布丽，想把她拥在怀里，但她脸涨得通红，放声大哭，扭着身子挣扎。

"来吧，小姑娘，没事，没——"

梅·莫布丽对我做个鬼脸，往后一仰身，"嘭"的一声，一拳重重地打在我耳朵上。

利夫特太太指着门口喝道："艾比琳，你们俩都给我*出去*。"

我抱着小姑娘走出厨房，对利夫特太太气极了，咬着舌头让自己别回嘴。那个笨蛋刚才要是稍微看一眼自己的孩子，这事也不会发生！我们走进梅·莫布丽的房间，我坐在摇椅上，她伏在我肩膀上抽泣，我抚摸着她的后背，还好她看不见我脸上的怒气。我不想让她以为我是生她的气。

"怎么了，小姑娘？"我柔声道。她的小拳头捶得我耳朵好疼，幸亏她打的是我，而不是她妈妈，不然真不知道那个女人会对她做出什么来。我低头瞅见她腿肚子上的红色手印。

"我在这儿呢，宝贝，艾比在这儿。"我一边摇着摇椅，一边安慰她。

但是小姑娘一直哭个不停。

午饭时，电视里播着我爱看的节目，车库那边也一片安静。梅·莫布丽坐在我腿上，帮我摘豆子。她仍为早上的事闷闷不乐。我觉得我也是，不过我把那情绪压抑起来，就不用再去想它。

我们走进厨房，我给她做了熏香肠三明治。车道上，工人也坐在卡车里吃午饭。这片刻的平静让我很高兴。我冲小姑娘笑笑，递给她一颗草莓，庆幸自己在她惹妈妈生气的时候在场。我都不敢想象要是我不在，事情会是个什么样子。她把草莓塞进嘴里，对我笑了。我猜她也感觉得到。

利夫特太太不在家，我想往沃尔特斯太太家打电话找米妮，问问她找到工作没有。我刚准备去打电话，就听到后门传来一阵敲门声。我打开门，门外站着个工人。他上了年纪，白衬衫外还穿着一件连体服。

"你好哇，夫人。能麻烦你给点儿水喝吗？"他问道。我没见过他。他肯定是住在城南边的。

"没问题。"我说。

我从壁橱里取出个纸杯，上面印着生日气球，那是梅·莫布丽过两岁生日时用的。我知道利夫特太太不会允许我拿玻璃杯给他。

他咕嘟咕嘟一口气喝完，把杯子还给我。他满脸疲态，眼神有些落寞。

"你们咋样啦?"我问。

"活儿多着呢,"他说,"还没接上水,得从马路那边铺管子。"

"也给那个伙计打点水吧?"我问。

"那敢情好。"他点点头,我又拿了个可笑的小杯子,从水龙头接了水。

他没有立刻拿给同伴。

"麻烦问一下,"他说,"我们……"他低头看着自己的脚,踟蹰了片刻,"我们能去哪儿上厕所呢?"

他抬起头,我也看着他,我们就这么面面相觑了一会儿。我心想,这不是可笑吗? 倒不是什么值得哈哈大笑的事,却能让你"嘿"一声乐出来。我们屋里有两个卫生间,外面还在修着一个,结果还是没地方能让这个男人用一用。

"嗯……"我可从没遇上这种情况。我们倒是有个名叫罗伯特的小伙子每隔一周来清理一次院子,我猜他每次都是上过厕所再来的。但是眼前这人岁数不小了,手上满是皱纹。七十年的苦日子在他脸上刻下地图似的一道道印迹。

"我估计你只能到树丛里了,在屋子后面。"我听见自己说,希望这话不是从我嘴里冒出来的,"屋后有狗,但不会咬人。"

"那行,"他说,"谢啦。"

我看着他慢慢往回走着,手里端着给他伙伴的那杯水。

整个下午都丁零当啷地响个不停。

第二天一整天,他们继续在前院敲敲打打。我什么也没有问,利夫特太太也什么都没说,只是每小时从后门望一眼进度。

下午三点,噪音停了,工人们坐上卡车走了。利夫特太太看着他们离开,长舒一口气,没有黑人在自家门口晃荡,她终于不用再提心吊胆,于是开着车出去办自己的事去了。

过了一阵,电话响了。

"利夫特太——"

"她在城里到处说我偷东西! 怪不得我怎么也找不到工作! 那老巫婆把我说成是海恩兹县一个嘴上不饶人的小偷女佣!"

"慢点,米妮,慢慢说——"

"今早上班前,我去了西克莫街的兰弗洛家,兰弗洛太太差点把我赶出来。说希莉太太都跟她说了,大家都知道我从沃尔特斯太太那儿偷了个大烛台!"

我都能听见她把听筒攥得咯咯响,恨不能捏个粉碎。我听见金德拉在那边嚷嚷,还纳闷怎么米妮已经回家了。她一般四点才下班。

"除了给那个老女人好吃好喝,照顾她,其他我可啥也没干!"

"米妮,我知道你是个老实人。上帝知道。"

她压低了嗓门,声音像蜂巢里的蜜蜂。"我一进沃尔特斯太太家的门,就看见希莉太太也在,她递给我二十美元,说什么'拿去吧,我知道你需要',我差点冲她脸上吐口水。但我忍住了。我没这么干。"她呼吸沉重起来,说道,"我干了件更过分的事。"

"你做啥了?"

"我不会说的。我不会告诉任何人那个馅饼的事。那是她活该!"她又嚷开了,我却脊背发凉。惹毛了希莉太太可不是闹着玩的。"我就别想找到工作了,勒罗伊还不得杀了我……"

金德拉在后面哭了起来。米妮没说再见就匆匆挂了电话。我不知道她说的馅饼是什么意思。不过老天,我了解米妮,绝不会是什么好事。

那天晚上,我从艾达的菜园里摘了些菜做沙拉,又摘了个番茄,还煎了点火腿,弄了点肉汁配面包。我把头发梳好,夹上粉色的卷发夹,喷上顶好牌发胶。我为米妮担心了一下午。要是今晚还想睡着的话,可不能再想这件事了。

我坐在桌前吃饭,打开厨房的收音机,飘出小史蒂夫·汪达的《指尖》这首歌。那男孩也是个黑人,但对他丝毫没有影响。他才十二岁,是个盲人,却已经有首电台金曲了。等他唱完,我跳过格林牧师的布道,调到 WBLA 福音电台,正在播放酒吧蓝调。

天黑以后,我就喜欢这种烟酒嗓,让我觉得自己家里也挤满了人似的,仿佛能看见他们在厨房里摇晃着身体,跟着蓝调音乐缓缓起舞。我关上灯,假装自己身在乌鸦酒吧,那些小桌子,暗红灯光,正是五六月份的暖和天气,我的男人克莱德冲我笑着,露出他那一口大白牙:"亲爱的,想不想喝一杯?"我会回答:"黑玛丽,不加冰。"坐在厨房里做这样的白日梦,我自己也不禁笑话自己,我这辈子喝过最带劲儿的也只不过是紫瓶尼海牌可乐罢了。

收音机里又传来蔓菲斯·米妮①唱的《瘦肉不经炸》这首歌,歌名意思是说爱情不能长久。我偶尔也想再找个男人,也许从我参加的教会里。问题是,虽然我很爱主,却从没在常上教堂的男人里找到合适的。我看上的男人总是花完了你的钱之后就拍拍屁股走人。二十年前我就犯过这种错误。我丈夫克莱德为了那个住在法里士街名叫可可的小贱人离我而去,我还是对结婚这种事永远关上大门吧。

门外传来凄厉的猫叫声,把我的思绪一下又拉回冷冰冰的厨房。我关掉收音机,打开灯,从手提包里摸出祷告本——我在本·富兰克林商店随手买的一本蓝色笔记本。我用铅笔写,写错了可以擦掉。我从初中起就开始写祷告词了。七年级的时候,我告诉

---

① 蔓菲斯·米妮(Memphis Minnie),原名丽兹·道格拉斯,是美国著名蓝调歌手。

老师,我得帮妈妈照顾家里,今后没法再来上学了,罗斯小姐听到都快哭了。

"你是班上最聪明的学生,艾比琳。"她说,"要想不退步,一定要坚持每天读书写字啊。"

于是我就开始把祷告词不光念出来,还写下来。但打那以后再也没有人夸过我聪明。

我翻开祷告本,看看今晚该为谁祷告。这个礼拜,我几次有冲动想把斯琪特小姐也加进名单。我也不太清楚为什么。她每次来总是和颜悦色的。我一想到那事就有点紧张,但又忍不住想要知道,那天在利夫特太太的厨房里,她问我想不想改变什么的时候,究竟是想问些什么。更别提她还向我打听带她长大的帮佣康斯坦汀的下落。我心里清楚康斯坦汀和斯琪特小姐的妈妈之间的事情,绝不能把那件事告诉她。

不过我明白,要是我开始为斯琪特小姐祷告了,那么下次见到她,那场对话就还得继续下去。再下次、再再下次也是一样。这就是祷告的力量,像电流一样能让一切运转起来。卫生间的事情实在不是我想讨论的话题。

我浏览了一遍祷告名单,我总是把梅·莫布丽放在第一位,然后是我们教堂的范妮·卢,她得了风湿病。接着是我的姐妹伊内兹和梅布尔,都住在吉布森港,两人总共有十八个孩子,其中六个都得了流感。要是名单上的人不多,我还会加上住在饲料商店后面的那个又老又臭的白人哥们,他喝了鞋油,把脑袋喝坏了。不过,今晚的名单倒是满当当的。

瞧瞧这名单上还有谁,竟然有波特丽娜·巴斯莫!自打我老早之前嫁给克莱德,她因此管叫我黑傻子开始,人人都知道我和波特丽娜彼此看不顺眼。

"米妮,"上个礼拜天我问道,"为啥波特丽娜想要我为她祷告？"

下午一点钟的礼拜刚结束，我们正往家走。米妮说："大伙儿都传说你的祷告有魔力，比一般人效果要好。"

"什么？"

"尤朵拉·格林，她摔伤了屁股，上了你的名单，一个礼拜就能下地走路了。以赛亚从棉花车上摔下来，当天晚上你为他祷告了，他第二天就能回去干活儿了。"

听到这话，我忍不住想到，我怎么从来没有为特里罗尔祷告过。或许就为这个，上帝这么快就把他带走了吧。上帝不想跟我争辩。

"还有斯纳夫·华盛顿，"米妮说，"罗莉·杰克逊——嘿，你给罗莉祷告过后没两天，她就从轮椅上站起来了，就跟触摸到上帝似的。海恩兹县人人都知道。"

"但这不是我的原因，"我说，"是祷告的力量。"

"但是波特丽娜——"米妮笑了，"你知道可可，就是跟克莱德跑了的那个？"

"呵。我怎么可能忘了？"

"克莱德跑了一个礼拜之后，我听说可可有天早上醒来，发现下面那个地方臭得跟烂牡蛎似的，过了三个月才好。波特丽娜是可可的好朋友，她知道准是你的祷告起作用了。"

我惊得下巴都掉了。她怎么从来没跟我说过这事？"你是说大家觉得我会巫术？"

"我就知道要是跟你说了，你准得担心。大家只是觉得你跟上帝的关系特别好。我们大家都挤在一根电话线跟上帝通话，你呢，你简直就是趴在他耳朵边说话。"

炉子上的水壶开始嗞嗞作响，让我回到现实。老天，我还是把斯琪特小姐也放进名单吧，但究竟是什么原因，我也不明白。这让我想起我不愿面对的局面,利夫特太太专门给我修了个厕所,因为她觉得我带着什么病菌。而斯琪特小姐却问我想不想改变些什么,说得好像改变密西西比州杰克逊市跟换个灯泡那么轻巧似的。

我正在利夫特太太的厨房里摘豆子,电话铃响了。我希望那是米妮打来告诉我她找到事做了。我给我的老主顾们都打了电话,听到的回复都一个样儿:"我们不需要人。"其实她们的意思是:"我们不想要米妮。"

虽然米妮三天前就不去干活儿了,沃尔特斯太太昨晚还是偷偷给她打了电话,让她今天过去,希莉太太已经把家具几乎都搬走了,屋子里空荡荡的。我还是不知道米妮和希莉太太之间是怎么回事,我也不是特别想知道。

"利夫特寓所。"

"呃,嗨,我是……"电话那头的太太顿了顿,清清嗓子,"你好,我找……找伊丽莎白·利夫特。"

"利夫特太太现在不在。请你留个话儿?"

"哦。"她说,不知怎么的就兴奋起来。

"请问你是?"

"我是……西莉亚·福特。我不认识伊丽莎白,这电话号码是我丈夫给我的,不过……嗯,他说伊丽莎白知道关于儿童慈善晚会还有妇女联盟会的事。"这个名字我有点印象,但一时想不起是谁。这位太太的口音像是从什么穷乡僻壤来的,土得鞋里都能长出玉米。她的声线倒是很甜,又尖又高,但听起来不像住这附近的太太。

"我会帮你转告,"我说,"你的号码是?"

"我刚搬来的,嗯,也不算'刚',我来了有一阵了,哎哟,都一年多了。我还不认识什么人。我不……怎么出门。"

她又清了清嗓子,我也不懂她为什么要跟我说这些。我只不过是个佣人,她跟我说这些也交不上朋友。

"我在想,兴许我可以在家里给儿童慈善晚会帮帮忙。"她说。

我想起来她是谁了。她就是希莉太太和利夫特太太经常嚼舌根的那位,就因为她嫁给了希莉太太前男友。

"我会转告她的。你刚才说你的电话是?"

"哦,我原本打算赶去杂货店。哦,要不我还是坐在家里等着吧。"

"要是你不在家,她会给你家佣人留个口信。"

"我还没有帮佣。我也正打算问问她这事呢,她认不认识什么不错的佣人,能给我介绍一个。"

"你在找帮佣吗?"

"我正愁能不能找到人愿意大老远跑到麦迪逊县来呢。"

嘿,你说巧不巧。"我倒有个人选。她特别会做饭,还能带小孩。可以自己开车去你家。"

"哦,嗯……我还是问问伊丽莎白吧。我跟你说了电话号码没有?"

"没有,夫人。"我叹道,"你说吧。"利夫特太太听了希莉太太那些谎话,绝对不会推荐米妮。

她说:"约翰尼·福特太太,埃默森2-6-6-0-9。"

我仍不死心,又加了句:"那个佣人叫米妮,电话是雷克伍德8-4-4-3-2。你记下了吧?"

这时小姑娘走过来扯了扯我的裙角,嘟囔着"肚肚——痛",然后揉揉肚子。

我忽然灵光一现,对着电话说道:"请先别挂。利夫特太太你说什么?嗯好,我跟她说。"我又把听筒放回嘴边,"西莉亚太太,利夫特太太刚刚进门,说她不太舒服,让你直接给米妮打电话。她说要是慈善晚会需要帮忙的话,她会给你打电话。"

"哦！请转告她多谢了。但愿她赶紧好起来。随时打给我。"

"米妮，雷克伍德 8-4-4-3-2。等等，什么？"我转身拿了块饼干递给梅·莫布丽，对自己的恶作剧很满意。我说谎了，但我才不管呢。

我对西莉亚·福特太太说："她让你别跟其他人说，是她给你推荐了米妮，她有好些朋友都想请米妮呢，要是她们发现利夫特太太已经把米妮给了别人，一准儿不高兴。"

"我会替她保密的，要是她也能替我保密。我不想让我丈夫知道我请了个佣人。"

哈，这么完美的计划上哪儿找去？

我一挂上电话，就立刻给米妮打电话。正拨号呢，利夫特太太就进屋了。

这就有点麻烦了。我给这位西莉亚太太的是米妮家里的电话号码，但是米妮今天出门去陪沃尔特斯太太了，那么西莉亚太太打过去的时候，勒罗伊这个傻子肯定要把沃尔特斯太太家的电话给她。要是沃尔特斯太太接了电话，这个计划就暴露了。沃尔特斯太太保准要把希莉太太到处散播的那通谎话也说给她听。我得在这之前赶紧联系到米妮或者勒罗伊才行。

利夫特太太径直走进卧室，不出我所料，她直接就拿起了电话，先是打给希莉太太，然后打给理发师，又打给商店问结婚礼物的事，讲啊讲啊讲个不停。她一挂上电话就跑出来问我，他们这周晚饭都吃些什么。我拿出小本子，找出菜单。不，她不想吃猪排，她丈夫得控制下饮食了。她想吃煎牛排和蔬菜沙拉。我觉得那些蛋白糖霜有多少卡路里？别再给梅·莫布丽吃饼干了，她太胖了，还有——还有——还有——

老天！这女人从来就只会支使我干这件活儿、用那个厕所，现在却忽然把我当个闺蜜似的滔滔不绝起来。梅·莫布丽手舞足蹈的,想让妈妈看看她。利夫特太太刚弯下腰,想要逗逗她,哎哟！忽然她又想起有什么事要做,一阵风似的夺门而出,这一通折腾,一个小时过去了。

我的手指在拨号盘上飞速游走。

"米妮！我给你找了个活儿,不过你得回家接电话——"

"她已经打来了。"米妮平静地说,"勒罗伊给了她号码。"

"是沃尔特斯太太接的电话吗?"我说。

"平时聋的跟什么似的,好巧不巧,这时候奇迹出现了,她竟然听见了电话铃。我在厨房忙进忙出,也没注意,后来才听到我的名字。跟着勒罗伊打电话来,我才明白是怎么回事。"米妮的声音疲惫不堪,她不是那种容易累的人。

"唉,也许沃尔特斯太太没把希莉太太那些胡话告诉她呢。这也说不准。"但我自己也不太相信。

"即使她没说,沃尔特斯太太也知道我是怎么对付希莉太太的。你可不知道我干的那件大坏事。我不想让你知道。沃尔特斯太太肯定对那女人把我说得跟个魔鬼似的。"她的声音听起来怪吓人的,像个慢速播放的录音机。

"对不住。要是我早点给你打电话就好了,你就能自己接到那个电话。"

"你尽力了。现在没人能救得了我。"

"我会为你祷告的。"

"谢谢。"她的话音颤抖起来,"谢谢你帮我。"

我挂上电话,开始拖地。米妮的声音吓着我了。

她一直很坚强,从不低头认命。特里罗尔死后,她每晚来给我送饭,送了三个月。每天她都对我说:"哼,你可不能撇下我,让我一个人待在这个倒霉的世界啊。"说实话,我当时真有这样的念头。

米妮发现的时候,我连绳子都已经系好了。那卷绳子是特里罗尔以前用滑轮吊环做科学实验时剩下的。我不知道自己那时会不会真的用上它。我心里明白那是上帝不允许的罪过,但那时头脑也不清醒。米妮什么也没问,只是从床下拽出绳子,装进罐子,扔到街上去了。她回来的时候,拍了拍手,跟平时清理完东西没什么两样。米妮这人总是忙个不停,闲不下来。但是现在,她的声音真让人担心。我今晚该去检查检查她的床底下。

我把一桶阳光牌清洁剂搁在地上,电视上总是播着太太小姐们冲着它笑。我得休息一会儿。梅·莫布丽揉着肚子走过来,说:"不让肚子痛痛。"

她把脸埋在我腿上,我轻轻梳理着她的头发。她感受到我指间的爱意,舒服地哼哼起来。我想起我的朋友们,她们为我做过的事,她们每天为白人太太们干的活儿。想起米妮那痛苦的声线,特里罗尔在地上死去。我又低头看看小姑娘,打心底里明白,她长大后也会跟她妈妈一个样儿,而我对此无能为力。所有这些思绪一齐涌上心头。我闭上双眼,喃喃自语地祷告起来,却也没能让自己好受些。

上帝帮帮我吧,事情不能再这么下去了。

整个下午,小姑娘都紧紧抱着我的腿,我去哪儿她就跟到哪儿,好几次差点把我绊倒了。可我也不在意。自打上午之后,利夫特太太再也没对我或是梅·莫布丽说过一句话,一直趴在她卧室里的缝纫机上忙着,想把屋里她看不顺眼的什么东西给罩上。

过了一会儿,我和梅·莫布丽跟往常一样走进客厅。利夫特先生要熨的衬衫还有一堆,之后我还得炖上一锅肉。我已经打扫完卫生间、换过床单、给地毯吸过尘了。我总是想快点把活儿做完,好挤出时间陪小姑娘玩。

利夫特太太走了进来,看着我熨衬衫。她有时候也会自己熨。她皱着眉瞧着,一见我抬头,便飞快地挤出个笑容。她拍了拍脑后的头发,让头发蓬松一些。

"艾比琳,我有个惊喜要给你。"

她满脸堆笑,没张嘴,只是扯扯嘴唇,让人不由地提防起来。"利夫特先生和我决定为你修一个专用卫生间。"她拍拍手,冲我扬了扬下巴,"就在车库那里。"

"好的,太太。"她是以为我这段时间没在家里吗?

"那么,从现在开始,你就别用客房卫生间了,可以用外面你的专用卫生间。挺好的吧?"

"是的,太太。"我继续熨着衬衫。电视开着,我喜欢的节目马上要开始了。她还杵在那儿看着我。

"你现在就可以用车库里的卫生间,明白了吗?"

我没看她。我不想惹事,但她也已经说得够明白的了。

"你不想拿上点纸,去那边试试看吗?"

"利夫特太太,我现在还不想去。"

梅·莫布丽从儿童围栏里朝我伸出手指:"梅梅果汁?"

"我去给你拿点果汁,亲爱的。"我说。

"哦。"利夫特太太舔舔嘴唇,"那你要去的时候,就去那边,用那个哦,我是说……只能用那个,懂了吗?"

利夫特太太化了浓妆,脸上涂了厚厚一层滑腻腻的东西。黄不拉几的粉膏都抹到嘴唇上了,都看不出来她那儿还长了张嘴。我说出了她想要的回答:"从现在起我就用黑人专用厕所。过会儿我就去把白人卫生间再好好消消毒。"

"哦,倒也不急。今天做完了就行。"

可她还站在那儿摆弄着戒指,那架势就是想让我立刻去做。

我慢慢放下熨斗,感觉到胸口那颗苦涩的种子渐渐发芽,那是特里罗尔死后埋下的种子。我的脸颊开始发热,舌头打结。我不知道能对她说些什么,只知道自己无从开口。我也知道她没把想说的说出口,于是场面变得有些奇怪,我们都噤声不语,却在无声中完成了对话。

米　妮

第三章

　　我站在那位白人太太家的后门廊外,告诫自己:**可要管好嘴巴,米妮**。管好嘴巴,不能满嘴乱跑火车,还要夹紧尾巴,装得像个乖乖听话的佣人。老实说,我现在紧张死了,要是不跟人顶嘴就能拿到这份工作,那我再也不顶嘴了。

　　长筒袜松得耷拉到脚背上了,全世界的矮胖女人都少不了这麻烦,我把袜子往上拽了拽,又默念了一遍什么能说,什么不能说。然后我走上前,按响了门铃。

　　门铃"叮咚"地响了好一会儿,这间乡下大宅漂漂亮亮的,真像座城堡,灰色砖头垒得真高,左右漫延,也直伸到天上去。草坪四周环绕着树丛。这要是在童话书里,那小树林中准有巫婆,还是吃小孩的那种。

　　后门开了,我面前站着位玛丽莲·梦露,要不就是她什么亲戚。

　　"嗨,你真准时。我是西莉亚,西莉亚·雷·福特。"

　　这位白人太太冲我伸出手来,我仔细打量了她一番。她长得倒是挺像梦露,但是保准通不过试镜。她那一头金发上沾着面粉,假睫毛上也挂着面粉,俗气的粉色套装上也满是面粉。她简直就是站在一团粉末里,而且这套装也太紧身了,她怎么喘得上气的?

"你好,夫人,我是米妮·杰克逊。"我没有跟她握手,而是伸手抚了抚我的白色制服。我可不想沾一身面粉,"你在做饭吗?"

"我在做杂志上介绍的那种翻转蛋糕,"她叹道,"好像不太顺利。"

我跟着她进了屋,这才发现原来西莉亚·雷·福特太太只是在这场面粉大战中受了点轻伤,厨房里那才叫一个战况惨烈。厨房案台、双门冰箱、厨宝牌搅拌机上都积了快有一厘米厚的面粉,乱得简直叫我抓狂。她还没请我呢,我就已经自动在水槽里找百洁布了。

西莉亚太太说:"看来我还得好好学学。"

"你是该好好学学。"我说,话音刚落就狠狠咬了下自己的舌头。对这位白人太太可不能再跟上一位一样没大没小的,把她一路顶撞到养老院去。

但西莉亚太太只是笑笑,在堆满碗碟的水池里洗手。我疑心是不是又给自己找了个跟沃尔特斯太太一样听不见声儿的。但愿吧。

"我就是摸不着做饭的门道。"她说,尽管她说话带着玛丽莲那种娇柔的好莱坞腔,我还是立马听出她是从偏远乡下来的。我低下头,看见这傻瓜连鞋都没穿,跟那些白人穷鬼一个样儿。正经人家的白人太太才不会这么光着脚跑来跑去呢。

她估摸着比我小十到十五岁,也就二十二三岁的样子,长得也漂亮,但是干吗往脸上抹了这么厚厚一层?我敢打赌她的妆能有其他白人太太的两倍厚。她的胸脯也很大,快赶上我的了,但她其他部位比我瘦多了。我只希望她胃口好、能吃,我是个厨子,大家就是为了这个才请我的。

"喝点什么吗?"她问,"请坐,我给你拿点冷饮。"

我有点儿明白了:这儿可不太对劲。

三天前,她打电话来让我去面试,那时我就说:"勒罗伊,这女人肯定是疯了。城里人人都以为我偷了沃尔特斯太太的银器。她肯定也听说了,那天她不是给沃尔特斯小姐打电话来着? 我也在呢。"

"白人都挺怪。"勒罗伊说,"谁知道呢,兴许那老女人说了你什么好话。"

我死盯着西莉亚·雷·福特太太。我这辈子还没听见过哪位白人女士让我坐下,给我拿点东西喝。该死,我现在开始怀疑这傻瓜是不是真打算请个佣人,还是只是让我这么大老远跑来寻开心。

"不如我们先看看屋子吧,夫人。"

她笑了,就跟她那喷了发胶的脑袋里从来没想过这件事一样,没想过要让我先看看需要打扫的屋子。

"哦,当然。这边,麦克西。我先领你瞧瞧豪华饭厅。"

"我的名字是,"我说,"米妮。"

也许她既不聋也不疯,只是傻。我心里又升起一线光明的希望。

她领我在这古老宅邸里转悠,边走边介绍,我跟在后面。楼下有十间房间,其中一间放着一只灰熊标本,那样子像是刚把上一任女佣饱餐了一顿,又在等着下一位呢。房间墙上挂着一面镶在框里的烧焦了的联邦旗帜,桌上放着一把老旧的银手枪,上面刻着"联邦将军约翰·福特"的字样。我敢打赌,这位福特老爹当年肯定拿着那玩意儿吓唬过几个奴隶。

我们继续参观,别处跟其他白人家庭也没什么两样,只不过是我见过的最大的一栋。地板很脏,地毯上积满灰尘,不懂行的家伙会以为地毯旧了,但我一眼就瞧出那是古董。我以前也在气派人家做过事。但愿她还不至于土得连胡佛牌吸尘器都没有。

"约翰尼的妈妈不准我装饰房间,要是让我做主,墙上都得挂上白色挂毯,镶上金边,这些旧玩意儿一件也不要。"

"你是哪里人?"我问她。

"我是从……糖沟来的。"她压低了声音说。糖沟在蒂尼卡县,快到孟菲斯了,那儿大概是整个密西西比州,甚至整个美国最穷困的地方。我有次在报纸上看到那边棚户区的照片。就连白人小孩也看起来像是一周没吃上饭了。

西莉亚太太挤出个微笑说:"我是第一次请佣人。"

"嗯,你确实该请了。"注意,米妮——

"沃尔特斯太太给我推荐你的时候,我可高兴了。你的事她都和我说了,说你是城里做饭做得最好的。"

这事儿简直说不通,沃尔特斯太太明明亲眼看见我对希莉太太做了什么呀。"她……她还说我啥了?"

但是西莉亚太太已经走上了高大的旋转楼梯。我跟着她上楼,楼上是一条长长的走廊,阳光洒进窗来。虽然这儿布置了两间黄色的女孩卧室,一间蓝色和一间绿色的男孩卧室,但很显然这家里没有小孩。只有灰尘。

"主楼里有五间卧室,五个卫生间。"她指了指窗外,外面有个蓝色大游泳池,泳池后面又是一栋楼。我的心猛地一跳。

"那边还有个泳池小屋。"她叹道。

虽说我这会儿不挑不拣、什么活儿都接,但这么大间宅子应该工钱少不了。忙一点也没关系。我不怕干活。"你们什么时候要几个孩子,填满这些床呢?"我努力笑笑,表示友善。

"哦,我们会要孩子的。"她稍显不安地清了清嗓子,"我是说,有了孩子人活着才有意思嘛。"她低头看着自己的脚,站了一会儿,才往楼梯走去。我跟在后面,她下楼时紧紧地抓住扶手,好像怕摔倒了。

回到餐厅,西莉亚太太摇起头来。"要干的活儿太多了,"她说,"这么多卧室、地板的……"

"没错,夫人,房子真大。"我说,心里想着要是她看见我家,门厅里还摆了一张折叠床,一个厕所六个人用,她还不得拔腿就跑,"不过我有的是劲儿。"

"……还有那么些银器要擦呢。"

她打开装银器的壁橱,这壁橱大概也就跟我家会客厅一般大吧。她把烛台上一只歪倒的蜡烛扶正,我明白她为啥犹豫起来了。

自从希莉太太的谣言传遍城里,连着有三位太太一听到我的名字就把电话给挂了。我已经准备好要再受一次打击。说吧,太太。说说你对我和你这些银器是咋想的吧。一想到这么个好差事就要因为希莉太太的谣言飞走了,我就想哭。我抬头盯着窗户,暗暗祈祷面试不要就此终结。

"我知道,那些窗户也太高了。我都没擦过。"

我舒了口气。比起银器,聊聊窗户可是好太多了。"窗户没啥,我每个月都给沃尔特斯太太家擦个遍。"

"她家是一层楼还是两层?"

"嗯,一层……不过活儿也不少。老房子净是些犄角旮旯儿。"

最后,我们又回到厨房。两人都盯着饭桌,但谁也没坐下。我紧张极了,想知道她心里到底什么打算,头上开始冒汗。

"这屋子可真大、真气派。"我说,"就是有点儿偏远,活儿也不少。"

她摆弄着结婚戒指。"沃尔特斯太太家的活儿要比这儿轻松多了吧。我是说,现在只有我们两个,不过以后我们有了孩子……"

"你,嗯,还有别的人选吗?"

她叹道："来了一帮,但我就是还没找到称心的。"她咬着指甲,目光转向别处。

我等她接着说我也不合适,但是我们只是站在那儿,呼吸着面粉尘。最后,我只好亮出底牌,放低了声音,因为除此之外,我也没剩什么了。

"那个,我不在沃尔特斯太太家干,是因为她要搬去养老院了。可不是因为她解雇了我。"

但她还是低头盯着自己的光脚,脚底黑黑的,自从搬进这间又旧又脏的大宅子,她就没刷过地板。不消说,这位太太不想请我。

"嗯,"她说,"谢谢你这么大老远开车过来。我给你点汽油钱吧?"

我拿起手提包,塞在胳膊底下。她冲我甜腻腻地笑着,那笑容我一只手就能给一把抹掉。*该死的希莉·霍尔布鲁克。*

"不用了,夫人,不,你别给我。"

"我知道要找到人不容易,不过……"

我站在那儿,看着她装出一副抱歉的样子,心里念叨着,*赶紧的吧,太太,我还得回去跟勒罗伊说,看来我们得搬到北极去,跟圣诞老公公做邻居吧,那儿总没有人再听说过希莉关于我的谣言了吧。*

"……我要是你,我也不想打扫这么大一间屋子。"

我直勾勾地盯着她。她这可是给自己找借口找得太过分了,说得好像米妮找不到工作是因为米妮自己**不愿意做事**似的。

"你啥时候听到我说我不想打扫这屋子啦?"

"没关系的,已经有五个人跟我说活儿太多了。"

我低头瞅瞅自己,一米五二的个儿,一百五十斤,制服都要给撑破了。"对我来说也能叫太多活儿吗?"

她冲我眨巴着眼。"你……你愿意做吗?"

"那你以为我这么大老远地跑过来干啥,汽油多得烧不完吗?"我赶紧捂上嘴。**别坏事**,她正准备要雇——你——嘞。"西莉亚太太,我很高兴能给你工作。"

她笑了,这疯女人竟然还想上前抱我,我赶忙闪开一点,让她知道我不是愿意拥抱的人。

"等等,我们还有些事要先谈谈。你得告诉我想让我哪些天来,还有……那个。"**比如你准备付我多少钱。**

"我想……你想来的时候就来。"她说。

"我在沃尔特斯太太家做周日到周五。"

西莉亚太太咬了咬小指头上的指甲。"周末不行。"

"好吧。"我是想多做几天,但也许以后她会让我帮忙办派对什么之类的,"那就周一到周五。早上几点到?"

"你想几点来?"

以前可从没有人让我选过。我眯起眼睛。"八点怎么样?沃尔特斯太太就让我那个时候到。"

"好的,八点可以。"她又站在那儿,像是等着我接着安排。

"你该告诉我每天干到几点了。"

"几点呢?"西莉亚问。

我冲她翻了个白眼。"西莉亚太太,应该是你来告诉我才对。"

她咽了下唾沫,努力理解着我的话。我只是想赶紧把事情都说清楚,免得她改变主意。

"四点怎么样?"我说,"八点到四点,中间留些时间吃午饭之类的。"

"没问题。"

"那……我们得谈谈钱了。"我说。我的脚趾开始在鞋里扭动。要是已经有五个佣人回绝了这份差事,钱肯定多不到哪儿去。

我们谁都没说话。

"哎哟,西莉亚太太。你丈夫说能付多少?"

她扭头看着切菜机——我猜她肯定也不知道怎么用,然后说:"约翰尼还不知道。"

"那好吧。今晚问问他,准备付多少钱。"

"不是,约翰尼根本不知道我准备请佣人。"

我的下巴都掉到胸脯上了。"什么叫他不知道?"

"我没打算告诉约翰尼。"她瞪大了一双蓝眼睛,好像怕他怕得要死。

"那要是约翰尼先生回家发现有个黑女人在他家厨房,他会怎么办?"

"不好意思,我真的不能——"

"我来告诉你他会怎么办,他会抄起那把手枪,当场把米妮给毙了,我就会倒在这没打蜡的地板上。"

西莉亚太太摇摇头。"我不会跟他说的。"

"那我得告辞了。"我说。*真该死,我就知道。我一进门就瞧出她准是疯了——*

"不是我想跟他撒谎。我真的需要一个佣人——"

"你确实需要。上一个刚给毙了吧。"

"他白天从不在家。你就打扫卫生,教我做做晚饭,就几个月——"

一股焦煳味冲入我的鼻腔,烤箱里飘出一缕轻烟。"然后呢,几个月以后就让我走人?"

"然后,我就……告诉他。"她边说边皱起眉头,"拜托了,我想让他觉得我很能干。我想让他觉得我……"

"西莉亚太太……"我摇摇头,不敢相信自己在这儿还没干上两分钟呢,就已经和太太吵上嘴了,"好像蛋糕烤煳了。"

她抓起抹布,冲到烤箱前,猛地把蛋糕抽了出来。"啊,该死!"

我放下手提包,把她推到一边。"热烤盘不能用湿布拿。"

我拿起一块干抹布,把那焦黑的蛋糕端到门外,放在水泥台阶上。

西莉亚太太盯着自己烫伤的手。"沃尔特斯太太说你做饭做得特别好。"

"那老太太吃两颗菜豆就说自己饱了。我怎么劝也不吃。"

"她付你多少钱?"

"每个钟头一美元。"我有点不好意思地说。五年了,还拿不到最低工资。

"那我给你两美元。"

我一口气没喘上来。

"约翰尼先生早上几点出门?"我问,一边清理起放在台面上的黄油棒,黄油都融化了,下面连个盘子也没垫。

"六点。他在家里多待一会儿都受不了。下午五点从房产办公室回家。"

我算了算,就算少干几个小时,赚得也更多。但我要是给一枪崩了,那可就啥也赚不着了。"那我三点走。留出两个小时一来一回,应该碰不上他。"

"好。"她点点头,"还是保险点好。"

西莉亚太太把后门台阶上的蛋糕扔进纸袋子。"我得把这个埋在垃圾箱里,不能让他知道我又烤煳了一个。"

我从她手上夺过袋子。"约翰尼先生啥也看不着。我拿回家扔掉。"

"哦,**太谢谢**了。"西莉亚太太晃了晃脑袋,仿佛从来没人给她帮过这么大忙似的。她双手紧紧握拳,抵在下巴上。我朝我的车走去。

我坐在这辆老福特车塌陷的座位上,为了这辆车,勒罗伊每周还要付给他老板十二美元呢。我松了一口气。终于找到工作了。不用搬到北极去了。圣诞老公公可得失望了。

"好好坐下,米妮,我要给你说说在白人太太家干活儿的规矩。"

那天是我十四岁生日,我坐在我妈厨房的小木桌边,时不时瞟一眼烤架上等着上糖霜的焦糖蛋糕。一年之中只有生日这天,我可以敞开了吃。

我正准备辍学,终于要出去干活儿了。妈妈希望我继续念书,念到九年级——她一直想当老师,而不是在伍德拉太太家干活儿。但是我妹妹心脏不好,我那个酒鬼老爹啥也干不了,于是全指望我和妈妈了。家务我都已经学会,放学后,基本上都是我来做饭打扫。但要是我出去给别人家干活,谁来照顾我们家呢?

妈妈扳过我的肩膀,让我看着她,别老是盯着蛋糕。妈妈要求严格,她自己很守规矩,从来也不从别人那儿拿什么东西。她把手指直伸到我眼前晃晃,我都要对眼了。

"米妮,给白人太太干活,第一条规矩就是少管闲事。白人太太的麻烦,你别去掺和,你也别跟她哭诉你的烦恼,付不起电费啦,脚太酸啦,记住一件事:你们不是朋友,她们也不想听。要是她逮到自己老公和邻居太太搞在一起了,你可给我离远点,听到了吗?

"第二条:千万别让白人太太发现你用她的厕所。哪怕是憋得就要从头发上出来了,也不行。要是后面没有佣人专用厕所,你就趁她不在家,用她平时不用的厕所。

"第三条——"那蛋糕又把我的目光勾走了,妈妈捏着我的下巴,把我的脸扳过来,"第三条:你给白人做饭的时候,要另外拿勺子尝味道。你把勺子放进嘴里,以为没人看到,再放回锅里,那还不如把那锅东西扔了呢。

"第四条:你每天都要用同一只杯子、同一把叉子、同一个盘子,把它们在壁橱里单独放好,告诉白人太太,你在她家就用这些。

"第五条:你只能在厨房里吃饭。

"第六条:你不能打她的小孩。白人都喜欢自己打孩子。

"第七条:最后一件事,米妮。你听到我的话了吗?不准顶嘴。"

"妈妈,我知道——"

"哦,你老在那儿小声嘀咕什么要打扫烟囱啦、最后一小块鸡肉才留给可怜的米妮啦,你以为我听不见哪,我可都听到了。你早上跟白人太太顶了嘴,下午就得给扔到大街上去,你就在大街上顶嘴吧。"

伍德拉太太送妈妈回家时,我都看见妈妈是怎么表现的了,满口"好的,夫人;不,夫人;太感谢你了,夫人。"*我干吗也要这样?我知道怎么跟人打交道。*

"过来,来抱抱妈妈,今天是你生日——老天,你简直重得跟栋房子差不多了,米妮。"

"我一天都没吃饭呢,啥时候可以吃蛋糕?"

"别说'啥',现在开始要好好说话。我可没教你跟驴子似的说话。"

我在白人太太家干活儿的第一天,在厨房里吃了自己带来的火腿三明治,把我的盘子放进橱柜角落。那个小混蛋偷了我的钱包藏在烤箱里,我也没打她。

但是,白人太太吩咐我说"你去给我把所有衣服都手洗一遍,然后再放进洗衣机里甩干"的时候,我回道:"洗衣机能洗,为啥还要我手洗呢?我简直没听说过这么浪费时间的事。"

那位白人太太对我笑笑,五分钟后,我就被赶到大街上了。

给西莉亚太太干活儿,早上我来得及把孩子送到斯潘小学,晚上还能有自己的时间。自从 1957 年金德拉出生以后,我就再没睡过午觉了,照现在的日程来看,八点到三点,我要是想睡,每天都能睡午觉。没有公交车直达西莉亚太太家,我得开勒罗伊的车去。

"你不能每天都把我的车开走,女人,万一我要上白天的班,就得——"

"她每周五付我七十美元,勒罗伊。"

"那我骑苏格的自行车好了。"

面试的第二天是周二,我把车停在西莉亚太太家门外的马路旁,就在拐弯处看不见的地方。我快步穿过空荡荡的马路,走进私家车道。路上一辆车也没有。

"我来了,西莉亚太太。"我探头张望她的卧室,她在屋里,坐在铺着床罩的床上,脸上化着大浓妆,虽然今天才周二,她却穿了周五晚上才会穿的紧身衣服,手里捧着本《好莱坞文摘》,把那上面的八卦文章当做《圣经》一样研读。

"早安,米妮!真高兴见到你。"她说。听到白人太太这么客气,我的汗毛都有点竖起来了。

我打量着卧室,盘算着有多少活儿要做。卧室很大,铺着奶白色的地毯,四柱架子床上罩着黄色帐子,旁边摆着两张宽实的黄色椅子。屋里还算整洁,地板上也没有散落的衣服,她身下的床罩已经铺好了。毯子整齐叠好放在椅子上。但是我仔细瞧了瞧,总觉得这儿有点不对劲。

"我们什么时候开始上烹饪课?"她问,"今天可以吗?"

"再过几天吧,你得先去趟商店,把需要的材料买了。"

她想了想说:"要不你跑一趟吧,米妮,你知道该买些什么。"

我看着她，大多数白人太太都喜欢自己去买东西。"那好吧，我明天上午去。"

我瞧见房间浴室门前的地毯上斜盖着一块粉色长绒小地毯。就算我不懂装饰，但也知道粉色地毯和这明黄色的房间不搭。

"西莉亚太太，在我正式开始工作前，我得知道，你到底打算什么时候把我的事告诉约翰尼先生？"

她盯着膝头的杂志。"这几个月内吧，我想。到那时候我应该能学会做饭这些了。"

"'几个月'，是说两个月吗？"

她咬了咬涂着口红的嘴唇。"我想着差不多……四个月。"

什么？我才不要像个逃犯似的偷偷摸摸干上四个月。"你要到1963年才告诉他吗？那不行，太太，要在圣诞节之前。"

她叹了口气。"好吧，不过要等到圣诞节前一两天。"

我算了算。"那就是还有一百……一十六天。一百一十六天之后，你就得告诉他。"

她愁眉苦脸地对我皱皱眉头。我猜她没料到佣人的数学这么好。终于，她松口道："好吧。"

然后我让她去客厅待着，好让我在卧室里做事。她一走，我又仔细打量了一遍这看似整洁的房间。我慢慢拉开她的衣橱，不出所料，四十五件衣物滚落下来，都砸在我头上。我又往床下望望，摸出一堆脏衣服，我敢打赌她几个月都没洗衣服了。

每个抽屉都惨不忍睹，每个隐蔽的角落都塞满了脏衣服和一卷卷的袜子。我找到十五盒预备给约翰尼先生穿的新衬衫，这样他就无从得知西莉亚太太既不会洗也不会熨了。最后，我拎起那块奇怪的粉色长绒地毯，下面有一大块深铁锈色的污渍。我不禁打了个哆嗦。

那天下午,我和西莉亚太太列出了本周菜谱,第二天一早我就去杂货店采购,花了平时买菜两倍的时间,因为我没去黑人常去的小猪商店,而是一路开车去了城里白人经常光顾的金特尼商店,我猜她可不会想吃黑人杂货店里的东西,这不怪她,毕竟那里卖的土豆都长着几厘米大的疤眼,牛奶也快发酸了。快到她家前,我已经准备好要为自己迟到跟她好好争吵一番,但是到了那儿,西莉亚太太还是一如昨天靠在床头,没事儿似的冲我笑笑。虽然她哪儿也不去,仍然穿戴整齐,坐在床上翻看杂志,足足坐了五个小时。这期间,我只见她下床那么几次,要么是去拿杯牛奶,要么是去上厕所。但我什么也没问。我只不过是个佣人。

　　我打扫完厨房,走进正客厅。我在门口停住,好好打量了一下那只灰熊标本。它足有两米多高,龇牙咧嘴,长长的爪子蜷曲着,像个巫师。它脚下放着把骨头手柄的猎刀。我凑近了,发现它的皮毛上落了灰尘,打了结,嘴里还结了点蜘蛛网。

　　一开始,我想用扫帚掸走灰尘,但那灰尘经年累月已经跟皮毛牢牢结在了一起,这么掸只是让灰尘挪个地方。我又拿起一块抹布,想要把灰尘擦掉,但是手一碰到那粗硬的毛发,我就吓得不禁叫出声来。这些个白人佬。我呀,从冰箱到屁股,我什么没擦过?可这位太太凭啥就以为我也会收拾这该死的灰熊?

　　我只好拿来吸尘器,终于把灰尘吸了个干净,除了有一两处我吸得太狠了,把皮毛也稍微吸掉了一点,总体来说还算不错。

　　弄完灰熊,我又给那些根本没人看的精美书籍、联邦时期的大衣纽扣,还有银手枪掸掸灰。桌上放着金色相框,里面是西莉亚太太和约翰尼先生结婚时在圣坛前的照片,我凑近了想看看他到底长啥样。我暗地里盼着他是个短腿胖子,这样万一他要撵起我来,我还能跑赢。但他跟矮胖可一点儿也沾不上边。他又高又壮,身形宽大。我竟然还认出他来了。天哪,我刚开始给沃尔特斯太太干活儿的那些年,他还是希莉太太的男朋友。我没正式跟他碰过面,但也远远瞧见过很多次,能认得出来。我哆嗦起来,心里直发毛。他能和希莉太太走到一块儿,就足以说明他的人品了。

下午一点,西莉亚太太走进厨房,说她已经准备好来上第一节烹饪课了。她坐在高脚椅上,穿着紧身红毛衣、红色短裙,脸上的妆浓得能把妓女也吓一跳。

“你都会做些啥?”我问。

她皱着眉头想了想。“我们就从头开始吧。”

“你总该会做一点。以前你妈妈教过你点啥?”

她低头看了看脚上的渔网袜,说:“我会做玉米饼。”

我没忍住,笑了出来。“除了玉米饼,还有呢?”

“我会煮土豆。”她的声音更低了,“还会做粗玉米粉。我以前住的地方没通电。但我准备好要学习了,学学在真正的灶台上怎么做饭。”

老天。我还从没见过哪个白人比我还穷的呢,除了那个疯疯癫癫的沃利先生,他住在饲料商店后面,吃猫粮。

“你每天就给你丈夫吃粗玉米粉和玉米饼吗?”

西莉亚小姐点点头。“你会教我好好做饭的,对吧?”

“尽量吧。”我说。我可从来没指挥过白人太太做这做那,实在不知道怎么开始。我拉了拉连裤袜,想了想,最后,我指着台面上的罐头。

“说到做饭嘛,我觉得你一定要知道的,就是它了。”

“就是猪油,对吗?”

“这可不是猪油。”我解释道,“这是自打罐装蛋黄酱以来最重要的厨房发明。”

“有什么特别的”她撇撇嘴,“不就是猪油?”

“不是**猪**,这是素的。”这世界上竟然还有人不知道科瑞牌起酥油的！"你都想不到这玩意能有多少用途。"

她耸耸肩膀。"可以煎东西？"

"何止呀，你有没有过头发上沾了什么黏糊糊的东西，口香糖之类的？"我伸出手指在起酥油的罐子上敲敲，"得了，就用科瑞。婴儿屁股上涂点这个，再不起尿布疹了。"我挖了三勺油甩在黑色平底锅上，"哟，我还见过小姐太太们把它往眼睛下面涂，往她们丈夫起皮的脚上抹呢。"

"真好看，"她说，"像白白的蛋糕糖霜。"

"价格标签留下的黏印子，它能弄掉。门铰链嘎吱响，它也能润滑。停电时灯不亮啦，别担心，插根灯芯还能当蜡烛烧。"

我拧开煤气，我们看着油块在锅里化开。"这么些用途，它还能煎鸡肉。"

"好吧。"她努力集中精神，"下一步呢？"

"鸡肉在酪乳里浸过了，"我说，"现在做挂浆吧。"我往一个双层纸袋里倒了点面粉和盐，又添了点盐，然后加入胡椒、辣椒粉、一小撮花椒面。

"好了。把鸡块放进袋子里，摇一摇。"

西莉亚太太把一块生鸡腿放进去，猛地晃晃袋子。"这样吗？就像电视上放的摇摇乐炸鸡粉广告一样？"

"哈，"我脱口而出，赶紧用舌头抵住上牙让自己住嘴，这要不算是侮辱，那我不知道什么叫侮辱了，"就像摇摇乐炸鸡粉一样。"忽然我听见外面路上传来汽车声，僵住了。我一动也不敢动地听着，西莉亚太太也瞪大了眼睛，她也在听。我们心里都是同一个念头：万一是他回来了，我该往哪儿躲？

汽车开走了，我们都吁了口气。

"西莉亚太太，"我从牙缝里挤出这句话，"为啥不能跟你丈夫说说我的事？饭变得比以前好吃了，他不也就知道了吗？"

"哦,这我倒没想到! 要不我们把鸡肉煎煳点吧。"

我斜眼瞧着她。我才不要把鸡肉煎煳呢。她没回答我的问题,但我迟早要问出来。

我小心翼翼地把深棕色的肉块放进平底锅。油滋啦作响,像在唱歌,我们看着鸡腿肉慢慢变得焦黄。我抬起头,西莉亚太太正微笑着盯着我。

"怎么? 我脸上有东西吗?"

"没有,"她答道,眼里泛起了泪光。她摸着我的胳膊,"你能来,我真的很感激。"

我从她手下抽出胳膊。"西莉亚太太,除了我能来之外,你要感激的事可多了去了。"

"我知道。"她看了看自己漂亮的厨房,但那神情就跟看着什么不好吃的东西似的,"我从来没想过自己能拥有这么多。"

"哦,那你真幸运。"

"我这辈子从没这么幸福过。"

我没吭声。光鲜的外表之下,她看起来却没那么幸福。

那天晚上,我给艾比琳打了电话。

"希莉太太昨天上利夫特太太家来了,"艾比琳说,"她打听有没有人知道你现在在哪儿干活。"

"天哪,要是让她发现了,肯定饶不了我。"我对那女人做了那件大坏事之后,已经过了两周了。她肯定巴不得看到我被当场解雇。

"你跟勒罗伊说你找到工作的时候,他说什么了?"艾比琳问。

"哎哟喂,那时当着孩子的面,他还在厨房里昂首阔步的,活像只花公鸡。"我说,"搞得好像只有他在养家一样,我在外头做事只不过是找找乐子。不过啊,晚上我们在床上,我猜我那大公牛一样的丈夫哭了。"

艾比琳笑道:"勒罗伊的自尊心可高了。"

"可不是,我只要提防别跟约翰尼先生碰上。"

"她没跟你说为啥不愿意让她丈夫知道吗?"

"她只说想让丈夫觉得她自己会做饭打扫。但这算哪门子原因,她肯定有什么瞒着他。"

"你说这事好不好玩。西莉亚太太也不能跟别人说,怕传到约翰尼先生那里。西莉亚太太不说,希莉太太也不会知道,可不是好得不能再好了?"

我"嗯哼"地应了一声。我不想让人觉得我不知道感恩,毕竟是艾比琳帮我揽到了这个活儿。但我老是觉得自己的麻烦更大了,希莉太太那些事,现在又加上约翰尼先生。

"米妮,我一直想问问你。"艾比琳清清嗓子,"你知道斯琪特小姐吧?"

"那个大高个儿,来过沃尔特斯太太家打桥牌的?"

"对,你觉得她怎么样?"

"我不知道,跟其他白人差不多。咋了?她说我啥了?"

"没说你什么,"艾比琳说,"就是……几个礼拜前了,我不知道为啥老想着这事。她问我,问我想不想改变什么。白人小姐从来不问——"

这时勒罗伊从卧室闯进来,嚷着要在上晚班前喝点咖啡。

"该死,他起来了。"我说,"快说。"

"哎呀,那算了。没什么事。"艾比琳说。

"啥?咋啦?那位小姐跟你说什么啦?"

"就是随口说说。没什么。"

第四章

在西莉亚太太家的第一个礼拜,我就把房子从里到外好好刷洗了一遍,把家里所有抹布、破布,甚至是破洞的丝袜都用完了,一条也没留下。第二个礼拜,灰尘似乎又重新落了脚,我就又把房子刷洗了一遍。到第三个礼拜,我才满意,然后按我的方式做起事来。

西莉亚太太看到我每天来干活儿,还是一副不相信我会再回来的样子。我成了打破她安静生活的唯一干扰。我家里时时刻刻塞满了五个孩子、几位来访的邻居还有我丈夫。大多数时候,我都对西莉亚太太家里这份宁静心存感激。

做了这么多家,我都是按照自己的一份家务计划表来:周一,我会给家具上油保养。周二,要把该死的床单被罩都洗完熨好,我真不喜欢这一天。周三,我要仔细刷洗浴缸,虽说我每天早上都会抹一遍。周四,地板打蜡,地毯吸尘,那些古董地毯只能用扫帚小心清理,免得抽丝。周五要把周末的饭菜都做好,还有些杂活儿。此外,每天还都要拖地、洗衣服、熨衬衫,保持屋内整洁,免得活儿堆积得太多。如有需要,还要擦银器、擦窗户。这里倒是没有小孩要带,所以有时间给西莉亚太太上上所谓的烹饪课。

西莉亚太太从不在家请客,我们就做些她和约翰尼先生吃的晚饭:煎猪排、炸鸡、烤牛肉、鸡肉馅饼、羊排、熏火腿、炸土豆、土豆泥,再做些蔬菜。更准确来说是我在做饭,西莉亚太太在一旁不耐烦地瞧着,那模样不像是付我薪水的太太,倒像是个五岁孩子。一上完课,她就迫不及待地跑回卧室躺下。老实说,西莉亚太太唯一能下床走上个两三米远,就是来厨房上课,要不就是每隔两三天悄悄溜上楼,待在那些古怪的房间里。

我不知道她在二楼待那五分钟是为了什么。但我不喜欢那儿。那些卧室应该住满了小孩子才对,笑啊嚷啊,到处拉屎。不过,西莉亚太太每天的行踪可不关我事,要我说,我还挺高兴她没来给我添麻烦呢。我曾经一手提着扫帚一手拎着垃圾桶,跟在太太小姐们后面转悠,给她们收拾。只要她还能待在那张床上,我就有份工作。虽然她没孩子,整天也没什么事干,却是我见过的最懒的女人。连我妹妹多莉娜也要甘拜下风,多莉娜心脏有问题,从小到大从来没抬起过一根金贵的手指,后来才发现那所谓的问题原来是 X 光机里进了只苍蝇。

她还不光是整天待在床上。西莉亚太太除了去染发剪发之外,从不出门。我来了三个礼拜,她只出去过一次。我今年已经三十六岁了,还能时常听见妈妈的声音对我说,不关你事。但我还是想知道她到底害怕外头什么。

每周付工钱的时候,我都要提醒西莉亚太太:"还有九十九天,你就得跟约翰尼先生坦白我的事了。"

"老天,时间过得可真快。"她苦笑道。

"早上有只猫跳上门廊,我还以为是约翰尼先生,吓得差点犯心脏病。"

西莉亚太太跟我一样,越接近约定的日子就越紧张。她向丈夫坦白之后,我不知道那男人会怎么做,或许会叫他太太把我炒了吧。

"我希望时间还来得及,米妮。你觉得我做饭有进步没有?"她问道。我看着她。她笑起来很漂亮,牙齿洁白整齐,但她的厨艺真是不能更差了。

于是我退一步，教她一些最最基本的菜式，但愿她能学会，而且尽早学会。这么说吧，我得让她给她丈夫解释一下为什么一个体重一百六十五磅的黑女人会有他们家的钥匙。我得让他明白为什么我每天手里拿着他的银器或者是西莉亚太太那好几克拉的红宝石耳环。他必须知道这些，以免某天他走进家门，撞见我，然后报了警，要不就自己解决问题，还省了那五分钱。

"把蹄髈拿出来，水要加够，对了。开火吧。看到冒泡了吗，这说明水开心着呢。"

西莉亚太太盯着锅子，好像在寻找自己的未来。"你开心吗，米妮？"

"干吗问我这么可笑的问题？"

"那你开心吗？"

"当然啦。你也开心啊。这大房子，大院子，还有个丈夫照顾你。"我冲西莉亚太太皱皱眉头，故意让她看见。这些白人都这样，就想要知道自己的生活**够不够**开心。

西莉亚太太把豆子烧煳了，我努力克制自己，我妈老说我天生就没有自控力。"没事，"我咬着牙说，"在约翰尼先生回家之前，我们再烧一次。"

要是换了其他太太，我巴不得能支使支使她们呢，哪怕只有一小时也好，看看她们是什么反应。但是西莉亚太太，她瞪着一双大眼睛瞧着我那样子，好像把我当成是罐装发胶之外最好的东西，我宁可让她来把我使唤得团团转呢，这才是她的本分。我开始怀疑她每天在床上躺着跟她不愿意告诉约翰尼先生请了我这两件事之间有没有什么关系。我猜她也看出我眼里的疑惑，有天她忽然说：

"我老是做噩梦，梦到自己要回糖沟去了，所以我老是躺着。"然后她飞快地点点头，跟排练好了似的，"因为我晚上睡不好。"

我冲她挤出个傻笑，就跟我真信了这番鬼话似的，然后又回去擦玻璃。

"别擦太干净，留点脏。"

老是这样，镜子啦、地板啦、水槽里留只脏玻璃杯啦，要不就是垃圾桶别倒空。"咱们得装得像点儿。"她总是这么说，我忍不住想伸手把那脏杯子给洗了。我喜欢东西干干净净的，整整齐齐地收好。

"我真想好好弄弄那边那丛杜鹃花。"西莉亚太太有一天这么说。我听广播节目的时候，她就躺在沙发上，老是打岔。我从十岁起就在妈妈的收音机里听《指路明灯》，已经二十四年了。

广播里播了一条德夫特洗衣液的广告，西莉亚小姐盯着后窗外，有个黑人男人正把落叶耙成堆。院子里种满了杜鹃花，一派《乱世佳人》里春日到来的景象。我不喜欢杜鹃花，也不喜欢那电影，电影里把奴隶生活拍得像场欢乐的大派对似的。要是让我来演那黑人保姆，我一准儿告诉郝思嘉别想打那些绿窗帘布的主意，想要该死的勾引男人的裙子，自己做去！

"要是我把那丛玫瑰修剪一下，一定还能开花。"西莉亚太太说，"不过，我首先还是要砍掉那棵合欢树。"

"那树怎么啦？"我用熨斗尖压过约翰尼先生的衬衫领口。我家院子里连棵灌木也没有，更别说树了。

"我不喜欢毛茸茸的花。"她痴痴地望向窗外，"像小婴儿的头发。"

听到这话我汗毛直竖。"你挺懂花花草草的？"

她叹道："在糖沟的时候，我喜欢摆弄花草。学着种点东西，让周围好看些。"

"那就去外面试试吧。"我说，尽量不要显得太激动，"运动运动,呼吸点新鲜空气。"别老待在屋里。

"不了。"西莉亚太太叹口气,"我还是不出去的好。我需要静养。"

她老是不愿意出门,而且每天早上我一进门,她就喜笑颜开,仿佛迎接女佣到来就是一天中最美妙的时刻,都让我有些心烦了。就像老是觉得身上哪儿痒,每天我都要伸手去挠,却怎么也挠不对地方。一天比一天更痒。没有哪天她不在家的。

"或许你该去交点朋友。"我说,"镇上跟你年纪差不多的小姐太太多的是哩。"

她抬起头,皱着眉瞧着我。"我试过啦,给这些小姐太太们打了多少电话,问问我能不能在家里给儿童慈善晚会帮忙,或者做点什么,次数多得数不清。但她们从来没回复过我。一次也没有。"

我没搭话,这没啥奇怪的,瞧瞧她那挺得老高的胸脯,那一头金发,就明白了。

"那就去逛逛街,买东西,买点新衣服。那些白人太太在佣人在家时都干点啥,你也照着做。"

"不用了,我还是休息休息。"她说。两分钟后,我听见她又偷偷溜到楼上空房间去了。

合欢树枝刮到了窗户,我吓得一跳,烫到了大拇指。我紧闭双眼,等心跳平复。这糟心日子还得再忍受九十四天,到时候多一分钟我也忍不了了。

"妈妈,给我弄点东西吃,我饿了。"昨晚,我五岁的小女儿金德拉这么对我说,她一只手撑在屁股上,一只脚伸在前面。

我有五个孩子,他们还不会说"饼干"的时候,我就教会了他们说"好的,太太"和"请",对此我很自豪。

除了这一位。

"晚饭前什么也不准吃。"我对她说。

"你怎么对我这么小气。我恨你。"她嚷着冲出门去。

我盯着天花板，虽然这话以前已经听过四遍，但还是让我心里一震。听到孩子说她恨你的时候，就像胃里给人踹了一脚，每个孩子都得经过这个阶段。

但是金德拉，老天。我能看出来这不只是阶段的问题，那孩子越来越像我了。

我站在西莉亚太太的厨房里，回想着昨晚的事，金德拉和她的话、本尼的哮喘，还有我丈夫勒罗伊上周有两个晚上都喝得醉醺醺地回家。他知道我照顾了我那酒鬼老爹十年，我和妈妈拼命干活儿好让我爹能喝上酒，勒罗伊知道酗酒是我唯一不能容忍的事情。我寻思着我该表现得再不高兴一些，但是为表歉意，昨晚他带回来一袋嫩秋葵，他知道我最爱吃这个。今晚我要把秋葵裹上玉米面炸一炸，妈妈从不让我这么吃，但我还是要吃个痛快。

还有其他好事呢。今天是十月一号，我正削着桃子。约翰尼先生的妈妈从墨西哥带回来两箱桃子，个个重得跟棒球似的。桃子都熟透了，甜得很，切开来跟切黄油似的顺滑。我一般不接受白人太太的小恩小惠，我明白她们只是想让我感觉欠她们点什么。但是，西莉亚太太一说让我带十几个桃子回家，我就掏出袋子，正正好好丢了十二个进去。今晚回家后，我要吃炸秋葵做晚餐，还有蜜桃派做甜点。

我专心看着那毛茸茸的桃子皮一圈圈掉进西莉亚太太家的水槽，一点也没注意到外面车道上的情况。通常我站在厨房水槽前的时候，总是想好了遇上约翰尼先生的逃跑路线。厨房是最佳位置，前窗户正好能望见街上。高高的杜鹃花丛遮住我的脸，但是我能透过缝隙看到有谁走过来。要是他从前门进来，我就从后门跑到车库去。要是他走后门，我就从前门溜出去。以防万一，厨房里还有扇门通往后院。但是此刻，桃子汁水顺着指缝流下，香气醉人,我沉醉在削桃子的愉悦中,压根没注意到有辆蓝色卡车停在了门前。

我抬头看时,那男人已经朝门口走来了。我瞥见白色衬衫一闪,就是我每天都要熨的那种白衬衫,卡其色裤子也跟我挂在约翰尼先生衣橱里的一样。我吓得喉头噎住,叫不出声,手里的刀咣当掉在水槽里。

"西莉亚太太!"我冲进卧室,"约翰尼先生回来了!"

西莉亚太太从床上一跃而起,我从没见过她动作这么敏捷。我像傻子似的急得团团转。我该往哪儿躲?哪条路?我想好的逃跑计划呢?然后我灵光一现——客房卫生间。

我溜进厕所,门留了道缝。我蹲在马桶座上,这样他从门缝下面也看不到我的脚。厕所里又黑又热。我的脑袋都快烧着了。汗水顺着下巴往下淌,啪嗒啪嗒滴在地板上。水池边放着栀子花香味的肥皂,那浓重的气味让我快吐了。

我听见脚步声,屏住呼吸。

脚步停住了。我的心狂跳着,像困在烘干机里的猫。要是西莉亚太太为了不惹事上身而假装不认识我怎么办?假装我是入室小偷?哦,我恨她!我恨这蠢女人!

我留神听着,但只能听见自己的喘气声,胸口怦怦的心跳声。我的脚踝支撑着庞大的身躯,开始咯咯响,隐隐作痛。

我的眼睛渐渐适应了黑暗,能看清了。过了一会儿,我从水池上方的镜子里看见自己,跟个傻子似的蹲在白人太太家的马桶上。

瞧瞧我这副样子。看看米妮·杰克逊为了混口该死的饭吃,被折磨成什么样子了。

斯琪特小姐

第五章

　　我开着妈妈的凯迪拉克在碎石子路上往家疾驰,车速很快,崩起的小石子砰砰地砸在车两边,都快听不见收音机里播的帕斯蒂·克莱恩①的歌了。妈妈肯定要气坏了,但我反而越开越快。我一直想着希莉今天在桥牌会上对我说的那些话。

　　从帕沃小学开始,我、希莉和伊丽莎白就是最好的朋友。我最喜欢的一张照片就是我们三个坐在中学球场看台上,肩并肩挤在一起。我特别喜欢这张照片,虽然看台上空无一人,我们还是这么亲昵地挤在一起,因为我们本就亲密无间。

　　在密大②,希莉和我做了两年室友,然后她就辍学结婚去了,而我继续读到毕业。在凯欧美嘉姐妹会③会馆里,每晚我要给她头发上绑上十三个卷发筒。而今天她竟然威胁说要把我赶出联盟会。倒不是说我有多想留在联盟会里,让我心寒的是我的朋友竟

①　帕斯蒂·克莱恩(Pasty Cline)是美国二十世纪五六十年代的著名乡村歌手。
②　密大,原文作 Ole Miss,是密西西比州立大学的简称。
③　凯欧美嘉(原文作 Chi Omega)是姐妹会的名字,姐妹会是在校学生的社团组织,通常以希腊字母命名。

如此轻易就要把我撇开。

我驶上通往朗利弗的路，那是我家的棉花种植园。碎石子路变成了细滑的黄土，我减了速，不能让妈妈看到我开得这么快。我在屋外停好下车。妈妈正坐在门廊的摇椅上摇着。

"快来坐下，亲爱的。"她招手让我坐在她身边的摇椅上，"帕斯卡古拉刚刚给地板打完蜡，再晾一会儿。"

"好的，妈妈。"我亲了亲她扑了粉的脸颊，但没有坐下。我靠着门廊栏杆，看着前院那三棵挂着青苔的橡树。虽然这儿离城里只有五分钟车程，大多数人还是觉得这里就是乡下了。院子四周环绕着爸爸的棉花地，足有一万英亩，棉株青绿粗壮，有我的腰那么高。几个黑人坐在远处小棚子下，望着热浪发呆。所有人都在等着同一件事，等着棉桃裂开。

我心里想着毕业后希莉和我之间就不再像以往那样。但到底是谁变了，她还是我？

"我跟你说了吗？"妈妈说，"范妮·皮特罗订婚了。"

"那挺好呀。"

"她到农民银行当出纳还不到一个月呢。"

"那可太棒了，妈妈。"

"我知道，"她说，脸上露出忽然灵光一现的表情，"要不你也去银行找个出纳员的工作吧？"

"我不想做银行出纳，妈妈。"

妈妈叹了口气，眯起眼睛看着我家那条西班牙猎犬谢尔比，它正舔着自己的小腹。我朝房门里望去，忍不住想故意踩一踩那干净的地板。这种对话，我们已经谈过很多次了。

"我女儿上了四年大学，都带回来了什么？"她问道。

"一张文凭？"

"一张好看的纸罢了。"妈妈回道。

"我跟你说过了。我还没遇上想嫁的人。"我说。

妈妈起身向我走来,让我可以直视她那光洁美丽的面庞。她穿着一条剪裁合身的深蓝色连衣裙,衬出她纤瘦的身材。她和往常一样涂着口红,不过在午后强烈的阳光下,我看见她胸前沾上了几点深色的污渍,已经干了。我眯起眼睛,想仔细看看是不是真有污渍。"妈妈,你不舒服吗?"

"你要是有点进取心,尤金娜——"

"你裙子前胸脏了。"

妈妈抱起胳膊。"我跟范妮的妈妈说过了,她说范妮刚一开始工作就有大把机会,简直如鱼得水。"

我没再提她裙子的事。我永远也开不了口跟妈妈说我想当个作家。她只会觉得那样我结婚的希望就更渺茫了。我也不能跟她说查尔斯·格雷的事,查尔斯是去年春天我在密大的数学学习伙伴。大四那年,他喝醉后吻了我,还使劲攥着我的手,我却没觉得痛。他抱住我,凝视着我的眼睛,那感觉真好。后来他娶了身高一米五的珍妮·斯普里格。

我只想在城里找间公寓,就是给老女人、秘书、老师这样其貌不扬的单身女性住的那种。但是我唯一一次提出要动用我信托基金里的钱,妈妈听到就哭了,是真的流泪了。"那些钱不是给你做这个的,尤金娜,不是让你去住什么公寓,屋里飘着奇怪的做饭味道,袜子晾在窗户外面。等到钱用完了呢,怎么办? 你怎么生活?"然后她就往头上搭一块冷毛巾,一整天都躺在床上没下来。

现在她紧抓着栏杆,等着看我是不是也要学胖胖的范妮·皮特罗那样拯救自己。我的亲生母亲就这么看着我,好像我的外貌、身高和发型都很让她为难。我的头发吧,要说是卷发还不太准确,它们打着小卷儿,与其说是头发,倒更像是阴毛,发色金黄泛白,还容易分叉,像顶了头稻草。我的肤色很白,说好听点儿是乳白色,但当我表情严肃时,脸色就变得简直跟死人一样的惨白,而我又总是表情严肃。我鼻尖上的软骨也有点突出。但我的眼睛跟我母亲一样,像矢车菊一般湛蓝,有人说那是我最好看的地方。

"主要是要让你能有机会见见男人,这样你就——"

"妈妈,"我只想赶紧结束这场对话,"要是我永远也嫁不了人,就这么可怕吗?"

妈妈紧紧抱着她露在外面的胳膊,好像我这念头让她打了个寒颤。"别,不准这么说,尤金娜。唉,每个礼拜啊,我在城里看见个一米八的男人,我都想,*要是尤金娜肯试试……*"她抬手按在肚子上,这个想法让溃疡更疼了。

我脱了平底鞋,走下前门廊的台阶。妈妈在身后喊着让我把鞋穿上,小心染上足癣或是被蚊子叮出脑炎。不穿鞋就得死。没有丈夫也得死。自从我三个月前从大学毕业以来,就一直有种被抛弃的感觉,让我不禁发颤。我被放逐到了一个不再有归属感的地方。不属于妈妈爸爸的这个世界,或许甚至也不属于希莉、伊丽莎白的那个世界。

"……你都二十三岁了,我像你这么大,已经生了小卡尔顿了……"妈妈说。

我站在粉色的紫藤树下,望着站在门廊上的妈妈。金针菜花已经凋谢,快要九月了。

我从小就不是个可爱的宝宝。我刚出生,我哥哥卡尔顿瞟了一眼,就在医院病房里大声宣布:"这不是个宝宝,是只蚊子!"我的名字"斯琪特"①就是这么来的。我瘦得像只蚊子,身长脚长,足有六十三点五厘米,打破了浸礼会医院的纪录。再大一点,我的鼻

---

① 斯琪特(Skeeter)有"蚊子"的意思。

头也尖得跟鸟喙似的，这名字就更名副其实了。从小到大，妈妈都在努力说服别人叫我的真名尤金娜。

夏洛特·布德罗·坎特里尔·费伦夫人不喜欢昵称。

到了十六岁，我不仅不怎么好看，个儿还高得让人苦恼。班级合照时，我只能在后排和男生站在一起。妈妈晚上总要忙着为我拆掉衣服褶边、加长毛衣袖子，给我拉直头发，就为了让我能出去跳舞，虽然从没有人邀请过我参加舞会，最后还要往下摁摁我的脑袋，仿佛能把我的身高压缩回以前她总要提醒我站直的那些年。我十七岁时，妈妈宁愿我得了中风腹泻，也不愿我挺胸站直。她一米六二，曾是南卡罗来纳州小姐的亚军。她终于认定，像我这种情况，出路只有一条。

夏洛特·费伦夫人的寻夫指南第一条：娇小漂亮的姑娘可以依靠妆容和姿态打出一片天地，而样貌平平的高个女孩则需要有个信托基金。

我身高一米八，但我名下有两万五千美元的棉花基金，要是这还不够"美"的话，哎哟，那他恐怕也不算聪明，进不了我家的门。

童年时，我的卧室在家里最顶楼。雪白的墙裙上嵌着粉色小天使浮雕，薄荷绿色墙纸上印着玫瑰花苞。这房间其实是间阁楼，屋顶做成斜坡，好些地方我都直不起身。大飘窗让房间看上去呈圆形。妈妈每隔一天就要在结婚的问题上痛责我一番，而我还得睡在这个结婚蛋糕里。

不过，这里仍然是我的避难所。房子里热气上升，都聚集到楼上，阁楼里跟个热气球似的，让人却步。上来的楼梯又很狭窄，父母很难爬得上来。我家以前的佣人康斯坦汀每天都站在楼下盯着这陡峭的楼梯，仿佛准备恶战一场。只有这一点让我不喜欢住在顶楼，它把我和我的康斯坦汀隔开了。

和妈妈在门廊的那场谈话三天以后，我把《杰克逊日报》的招聘广告页摊在书桌上。整个早上，妈妈都拿着个新式直发器追着我想试，爸爸则在前门廊大声咒骂棉花地，棉花正像夏日的雪一样消融。除了棉子象鼻虫，棉花收获季节最糟糕的事就是下雨了。还不到九月，秋雨就已经下了起来。

我手握红笔，浏览着"招聘：女性"标题下仅有的一栏短短几行广告：

肯辛顿百货商店招聘售货小姐，要求体貌端庄，礼貌周道，笑容可人！

招聘年轻精干女秘书一位。不需要会打字。请联系桑德斯先生。老天，招聘不会打字的秘书，这位先生要她做什么？

帕西与格雷有限合伙公司招聘初级速记员，一小时 1.25 美元。这条没见过，我把它圈了起来。

我在密大时读书刻苦，这一点毋庸置疑。我的朋友们戴着胸花、在费德西兄弟会派对上喝着朗姆酒兑可乐的时候，我却坐在自习室里奋笔疾书好几个小时——大多数时候是在写期末论文，有时候也写点短篇小说、蹩脚诗歌，还写过《乔戴尔医生》①的分集剧本、波迈香烟广告词，乃至投诉信、勒索信，以及给我在课上见过但没有勇气搭话的男孩们的情书，但是从没投递出去。当然啦，我也曾梦想过跟学校橄榄球队队员约会，但我真正的梦想是有一天能写出大家都愿意读的作品。

大四最后一学期，我只申请了一份工作，但机会很好，工作地点距离密西西比州有一千多公里。我往牛津商店的投币电话机里塞了二十二个十美分硬币，打电话给曼哈顿三十三号大街的哈珀与罗出版社询问了他们的编辑一职，我是在密大图书馆的《纽约

---

① 《乔戴尔医生》(*Dr. Kildare*) 是美国 NBC 电视台自 1961 年起播出的电视剧。

时报》上看到招聘广告的，当天就寄了简历。怀抱着一线希望，我甚至还打电话问了问八十五号东大街上的一间公寓，那是个带电炉的单间，要四十五美元一个月。达美航空告诉我到肯尼迪机场的单程机票要七十三美元。我那时还没想到可以一次申请好几份工作，而这次申请也再没下文。

我的目光移到"招聘：男性"标题下，那里至少有四栏广告，包括银行经理、会计、信贷员，乃至棉花厂操作员。在这一栏里，帕西与格雷有限合伙公司给同样的初级速记员开出的薪水每小时多了五十美分。

"斯琪特小姐，有电话找。"我听见帕斯卡古拉在楼下喊道。

我下楼，来到屋里唯一一部电话前，帕斯卡古拉正举着听筒。她瘦得像个孩子，还不到一米五，肤色跟深夜一样黑。她满头卷发，白色制服裙为她那短胳膊短腿特意改过了。

"希莉太太找你。"她说着把听筒递给我，手上湿漉漉的。

我坐在白色铸铁桌边。方方正正的厨房很大，还很热。黑白相间的漆布仿瓷砖地板有些地方已经开裂，水槽前那一块已经磨得很薄了。新的银色洗碗机立在厨房正中，一根水管连着水龙头。

"他下周末来，"希莉说，"周六晚上，你有空吗？"

"呀，我得看看日程。"我答道。希莉的声音听不出我们在桥牌聚会上曾争论过。我有些疑虑，但也松了口气。

"真不敢相信这事终于要成了。"希莉说，几个月来，她一直在试图撮合我和她老公的表弟。虽然就我的条件来说，对方太帅了，更别提还是州议员的儿子，但希莉很坚持。

"你不觉得我们应该……先见一面？"我问道，"我是说，在我们开始正式约会之前。"

"别紧张。我和威廉会全程陪着你们的。"

我叹了口气。这次约会已经取消过两次了。我只能期望这次也是如此。不过，看到希莉这么有信心，认为像他这样的人会对我感兴趣，我还是挺受宠若惊的。

"哦，我想要你来我这儿一趟，把笔记拿走。"希莉说，"我想在下期通讯报上刊登我的倡议书，要占整个版面，加上宣传照。"

我顿了顿。"卫生间那件事？"虽然她在桥牌聚会上提起这件事只了几天，我还是希望她已经忘了这回事。

"那叫家庭帮佣清洁运动——小威廉你下去，看我不揍你，尤尔·梅你给我过来——我想这周就登出来。"

我是联盟会通讯报的主编，但希莉是主席。此刻她正给我分派报纸要印的内容。

"我看看吧，不知道版面够不够。"我撒了个谎。

帕斯卡古拉在水槽前偷偷瞟了我一眼，好像听到了希莉的话。我抬头看了看以前康斯坦汀专用的卫生间，现在是帕斯卡古拉的了。它就在厨房外，很小的一间，门半掩着，里面放着个马桶，上面是拉线式水箱，吊着的灯泡外面扣着发黄的塑料灯罩，角落里的小洗手池连一杯水也盛不下。我从没进去过。我们小时候，妈妈警告说要是进了康斯坦汀的厕所，就要打屁股。我这一辈子，最最想念康斯坦汀。

"那就挤出点版面来，"希莉说，"这事极其重要。"

康斯坦汀住在我们家一公里半开外一个叫"热堆"的黑人街区，这名字是因为那里以前是沥青工厂。通往"热堆"的公路正挨着我家农场的北面，从我记事起，就有黑人孩子在那一公里半的马路周围玩耍，踢着脚下的红土走到四十九号州际公路上去搭车。

我小时候也走过那炎热的一公里半的路。要是我求一求妈妈，而且背好了教义问答，妈妈有时候会同意我在周五下午跟康斯坦汀回家。我们在路上慢慢走二十分钟,经过黑人廉价小店,还有后门养着母鸡的杂货店,沿路都是建在路边的小棚屋,铁皮屋顶,门廊歪歪斜斜,其中有一间黄色的棚屋,大家都说可以从后门买到威士忌。身处这个迥然不同的世界,我既激动又紧张,在这里我有些不安地意识到自己的鞋有多高级,康斯坦汀给我熨好的白色连衣裙也干净得刺眼。我们离康斯坦汀家越近,她就笑得越开心。

"嘿呦,卡尔·伯德。"康斯坦汀冲那个坐在轻型货车后头摇椅上的男人喊道,他在卖根茎植物,一袋袋的黄樟根、甘草根、鸟眼藤敞着口放在那儿,等着顾客来讨价还价,我们在那儿挑挑拣拣了一会儿,康斯坦汀一身的关节就难受起来。康斯坦汀又高又壮,屁股很大,膝盖总是不太好。在她家拐角的木桩子旁,她会捻出一小撮欢乐时光牌鼻烟放进嘴里,然后直直吐出烟汁,像射出的箭一般。她会让我看看锡铁罐子里的黑色粉末,但是告诫我"听着,别告诉你妈妈"。

路上总是有狗,都脏兮兮的,肚子空空地趴在地上。那个名叫"猫咬"的年轻黑女人站在门廊上喊道:"斯琪特小姐!向你爸爸带好。告诉他我很好。""猫咬"这名字是我爸爸几年前给她取的。那天他开车经过,看见发狂犬病的猫正在追着咬一个黑人小女孩。"那猫都快把她吃了。"爸爸后来告诉我。他打死了猫,带小女孩去看医生,打了三剂狂犬病针。

再往前走一点,就到康斯坦汀家了。她家有三间房间,没铺地毯,我看见她家里唯一一张照片,她告诉我那是她在吉布森港照顾了二十年的白人女孩。我曾以为自己对康斯坦汀无所不知——她父母双亡,有个姐姐,在密西西比州科林斯市的佃农农场长大。她不吃猪肉,穿十六码的裙子,十码的女鞋。但那时我盯着照片里那笑得露出大白牙的小女孩,心里有些嫉妒,想知道她怎么没有放上一张我的照片。

有时候隔壁的两个女孩会过来跟我玩,玛丽·内尔和玛丽·罗恩。她们肤色都太黑了,我分不出谁是谁,都只管她们叫玛丽。

"你到那里要对黑人女孩态度好一点。"有一次妈妈这么跟我说,我记得我奇怪地看着她:"我怎么会对她们不好呢?"但妈妈从没解释过。

大概一个小时后,爸爸会开车过来,下了车,给康斯坦汀一美元。康斯坦汀没有邀请过他进屋。即使那时候我还小,也明白我们是在康斯坦汀的地盘,她在自己家里不需要对谁客气。然后,爸爸会带我到黑人商店,买瓶冰镇饮料和棒棒糖。

"听好了,别告诉妈妈我给康斯坦汀钱了。"

"好的,爸爸。"我说。那差不多是我和爸爸之间唯一的秘密。

我十三岁时,第一次被人说丑,那是我哥哥卡尔顿的一个有钱朋友,来我们这儿田地里打枪玩。

"怎么哭啦,孩子?"康斯坦汀在厨房里问我。

我告诉她那男孩说了我什么,眼泪止不住地往下淌。

"嗯? 那你是不是那样呢?"

我眨眨眼睛,止住了眼泪。"什么样?"

"你看哪,尤金娜。"康斯坦汀是唯一偶尔遵守妈妈规矩叫我真名的人,"丑不丑是看心里面的。爱刻薄人又坏心眼的人才叫丑。你是那样的人吗?"

"我不知道,也许不是吧。"我抽泣着答道。

康斯坦汀在厨房餐桌边靠着我坐下,肿胀的关节喀啦喀啦直响。她用大拇指使劲按按我的手心,这是我俩之间的暗号,代表"听","听我说"。

"只要你还没死,每天早上都得做这个决定。"康斯坦汀紧挨着我,我都能看见她黑色的牙龈,"你都得问问自己,**那些蠢货说**

我的话，我今天要不要相信呢？"

她的大拇指还紧紧按在我的手心。我点点头，表示听懂了，而且隐约能明白她指的是白人。虽然我还很难过，知道自己大概确实不好看，但这是她头一回这么对我说话，没把我当成仅仅是我妈妈的白人小孩。在这之前，有关政治、种族以及身为女孩这些事情，我一直被人灌输应该相信的观点。但是康斯坦汀的拇指按在我手心时，我忽然意识到自己其实还可以选择，选择是否相信。

康斯坦汀每天早上六点来我们家工作，要是收获季节，五点就得来了，要赶在爸爸下地干活儿前给他做好面包和肉汁。几乎每天早上，我一醒来就能看见她站在厨房，餐桌上的收音机里播着格林牧师的布道。她一看见我，就笑着打招呼："早上好，漂亮小姐！"我坐在厨房餐桌旁，跟她说说我做了什么梦。她说梦境能预示未来。

"我梦见坐在阁楼里，望着下面的农场，"我告诉她，"我能看见成片的树梢。"

"你要做个脑科医生啦！屋子顶楼就代表脑袋！"

妈妈一早就在餐厅吃过早餐了，然后到休息室做做针线活儿，或者给远赴非洲的传教士写信。她端坐在那把绿色沙发椅上，却能明察秋毫，看到几乎所有人在屋里任何角落的一举一动。我从门前一闪而过，她竟然也能来得及对我评头论足，实在惊人。我曾经窜过门口，觉得自己像个靶子，而妈妈扔出的飞镖总能正中我这巨大的靶心。

"尤金娜，你明知道屋里不能嚼口香糖。"

"尤金娜，脸上的痘痘去擦点酒精。"

"尤金娜，快上楼梳梳头，万一有客人来怎么办？"

我由此发现穿袜子走路要比穿鞋更容易溜过，知道从后门进出,经过时要戴帽子、用手遮着脸。不过最主要的,我学会了就一直待在厨房里。

朗利弗的夏天总是度日如年。我们住得太偏远了,没有白人邻居,也就没有朋友每天来找我玩。在城里,希莉和伊丽莎白每周末都要相互串门,而我只能每隔一周的周末才能晚上出去跟别人玩。对此我满腹牢骚。有时我对康斯坦汀的陪伴感到习以为常,但心里明白,她能在这里我有多幸运。

十四岁的时候,我开始抽烟,偷拿卡尔顿藏在橱柜抽屉里的万宝路。他快十八岁了,已经抽了好几年,在家里或者跟爸爸在地里的时候想抽就抽,也没人管。爸爸有时候吸烟斗,但不抽香烟,虽然妈妈的朋友大多都抽烟,妈妈却一点儿也不沾。她还禁止我十七岁之前吸烟。

所以我只能溜到后院,坐在大橡树后面轮胎做成的秋千上偷偷抽。要不就是半夜时分,从卧室窗户探出身去抽烟。妈妈眼疾如鹰,但对味道一点也不敏感。不过康斯坦汀立马就察觉到了。她眯起眼睛,笑了笑,但什么也没说。我躲在橡树后面时,要是妈妈往后门来了,康斯坦汀就会抢先一步冲出来,拿扫帚把儿敲敲楼梯的铁栏杆。

"康斯坦汀,你干吗?"妈妈会问她,但那时我已经把手里的香烟踩灭,烟蒂扔进树洞。

"清理一下这老扫帚,夏洛特太太。"

"能不能换个安静点儿的法子?哦,尤金娜,怎么回事,你昨晚又长高了两厘米吗?这可怎么办哟?去……换条合身的裙子。"

"好的,太太。"我和康斯坦汀同时回答,然后相视一笑。

哦,有人能分享秘密可真好。要是我有个年纪差不多的兄弟姐妹,估计就是这个感觉。不光是抽烟或是需要躲着妈妈的时候,还有妈妈因为你高得古怪、头发蓬乱、怪模怪样而烦躁不安的时候,仍然会有人看着你,用眼神无声地告诉你:没事,你很好。

话说回来,康斯坦汀也不总是说些好听的。十五岁时,班上新来的女孩指着我问:"这大鹳鸟是谁?"就连希莉也差点没忍住笑,装作没听见似的把我拉走。

"你多高,康斯坦汀?"我眼里含着泪问道。

康斯坦汀定睛看着我。"你多高?"

"一米八,"我哭着说,"已经比男生篮球队的教练还高了。"

"嗯,我有一米八五呢,你还差点儿。"

康斯坦汀是唯一一个我需要抬头才能直视她眼睛的女人。

除了身高,康斯坦汀最引人注意的地方就是她的眼睛了。她的眼睛是浅棕色的,在她黑皮肤的衬托下又泛着琥珀色柔光。我从没见过哪个黑人的瞳孔是浅棕色的。准确说来,康斯坦汀全身上下有好多种深浅不一的棕色。她的手肘颜色很深,冬天时会因皮肤干燥而泛白。胳膊、脖子和脸是深乌木色的。她的手掌心偏棕褐色,所以我猜她的脚底板也是,不过我从没见过她光脚。

"这周末就剩你和我了。"她笑着说。

这周末爸妈要开车带卡尔顿去看看路易斯安那州立大学和杜兰大学,他明年要考大学了。那天早上,爸爸把折叠床搬进厨房,放在她的专用厕所旁。康斯坦汀在我们家留宿时就睡这张床。

"去看看我带什么来了?"她指指放扫帚的柜子。我过去打开柜门,看见她包里塞着一盒五百片的拼图,拼出来是拉什莫尔山①

① 拉什莫尔山(Mount Rushmore),又称美国总统山,因山崖上雕有华盛顿、杰斐逊、老罗斯福和林肯四位美国总统的头像而闻名。

图案。每次她留宿时,我们都最爱玩这个。

那天晚上,我们坐了几个小时,一边嚼着花生,一边在摊在餐桌上的拼图中挑挑拣拣。屋外暴风雨大作,屋里更显得温馨,我们先把图案边角的拼图块挑出来,厨房的灯泡忽明忽暗。

"他是谁?"康斯坦汀戴着黑框眼镜仔细盯着拼图盒子,问道。

"那是杰斐逊。"

"哦,没错。那他呢?"

"那是——"我凑近一点,"可能是……罗斯福。"

"我只认识林肯。他长得像我爹。"

我停下手上的动作,手里攥着块拼图。长到十四岁,我的成绩从没下过 A。我很聪明,但有时候也真够天真的。康斯坦汀放下盒盖,又仔细端详起拼图来。

"因为你爸爸也……这么高吗?"我问道。

她扑哧一声笑了出来。"因为我爹是个白人。我的个子是遗传了我妈。"

我放下手里的拼图。"你爸爸是白人,妈妈是……黑人?"

"没错,"她笑着答道,又拼上一块,"嗯,看看这儿,给我找个能拼上的。"

太多问题一齐涌上心头——他是谁?他在哪儿?我知道他肯定没有和康斯坦汀的妈妈结婚,因为法律不允许白人和黑人通婚。我把藏起来的香烟放到桌上,抽出一根。虽然我才十四岁,但感觉自己已经很成熟了,于是我点上了烟。头顶的灯泡又暗了下去,灯光昏黄,还小声地嗡嗡作响。

"哦,爸爸可喜欢我了,总说他最疼我。"她靠在椅背上,"他每个礼拜六下午会回家来,有次他给我带了十根发带,每根颜色都不一样,从巴黎带回来的,日本绸子做的呢。从他一进家门到他离开,我都坐在他大腿上,妈妈会用爸爸送给她的留声机放贝西·史密斯①的唱片，我和爸爸就一起唱：

　　真是奇怪，确确实实

　　你落魄无助之时，没人认识。"

　　我瞪大眼睛听着，呆住了。昏暗的灯光下，她的歌声仿佛闪耀着光芒。要是巧克力也有声音，那一定是康斯坦汀的歌声。要是歌声也有颜色，也一定是那种巧克力色的。

　　"有一次，我难过得哇哇大哭，觉得自己伤心事一大堆，家里太穷啦、洗澡水不热啦、长蛀牙啦之类的。但是爸爸摸着我的脑袋，把我抱在怀里，一直不放手。我抬头一看，他也哭了……他当时就做了那个手势，我也给你做过的，就是让你知道我是认真的那个手势。他也把大拇指按在我的手心，然后说……说他对不起我们。"

　　我们坐在那儿，呆呆地盯着拼图碎片。妈妈不会想让我知道这些：康斯坦汀的爸爸是个白人，还因为无力改变现实而向康斯坦汀道歉。这都是我不该知道的事情。我觉得康斯坦汀送了我一份礼物。

　　我抽完烟，在银色烟灰缸里拧灭烟头。灯泡又亮了起来。康斯坦汀冲我笑笑，我也回以微笑。

　　"你怎么以前没跟我讲过这些?"我望着她浅棕色的眼睛说。

　　"我没法把每件事都讲给你听啊，斯琪特。"

　　"为什么呢?"她知道我的一切，也知道我家里的一切。我怎么会想要对她有所隐瞒呢?

　　她凝视着我，我在她眼中看到她心底一股深沉又凄凉的哀伤。过了一会儿，她说："有些事，我不能跟别人说。"

---

① 　贝西·史密斯(Bessie Smith，1894—1937)，美国著名布鲁斯歌手和爵士歌手。下文中引用的歌词来自她的歌曲《你落魄无助之时，没人认识》。

轮到我上大学那天,妈妈看着我和爸爸开着卡车离开,哭得伤心欲绝,而我却倍感解脱。终于离开农场了,离开了整天被批评的日子。我想问问妈妈,你难道不高兴吗?不用再每天为我担心,难道没觉得松了口气吗?但是妈妈看起来痛苦万分。

我是新生宿舍里最开心的一个。我每周都给康斯坦汀写信,向她描述我的宿舍、上的课、联谊会。邮局不往"热堆"送信,所以我给她的信得先寄回农场,只能相信妈妈不会拆开来看。康斯坦汀每个月给我回两次信,写在油纸上,再反过来折成信封。她的字又大又可爱,一行行地倾斜着写下来。她在信里告诉我朗利弗的每件日常琐事:我的背很痛,但是脚更痛,要不就是搅拌棒从搅拌碗上掉下来,在厨房里飞出好远,把猫吓得尖叫着逃开,之后再没回来过。她还告诉我爸爸得了支气管炎,或是罗莎·帕克斯要来她的教堂演讲。她老是问我过得好不好,有什么开心事。我们的通信就像一次长长的谈话,来来回回地答着对方的问题,并在圣诞节或是暑假见面的时候继续下去。

妈妈的来信则会说,记得祷告,还有别穿高跟鞋,你可不能再高了,信里夹着一张三十五美元的支票。

大四那年的四月,康斯坦汀来了封信,信里说,我有个惊喜给你,斯琪特。我太激动了,都快受不了了。你也不准问我,等回家来亲眼见见吧。

那时临近期末考试,我还有一个月就要毕业。那是我收到康斯坦汀的最后一封来信。

我没参加密大的毕业典礼,我的好友们都早已辍学结婚去了。让爸爸妈妈开上三个小时的车来,就为了看我在台上走一圈,我觉得也没什么意义,妈妈最想看到的是我走上教堂的红毯吧。哈珀与罗那边没有任何回音,所以我也没买去纽约的机票,而是坐着读大二的女孩凯·特纳的别克车回到杰克逊市的家里。我坐在前排,脚下放着我的打字机,我们俩之间塞着她的结婚礼服。凯·特纳下个月要和珀西·斯坦霍普结婚了。路上的三个小时,我一直听她唠叨着担心结婚蛋糕的味道。

我刚到家,妈妈就后退一步好好打量了我一番。"嗯,皮肤还不错,"她评论道,"但你这头发……"她摇摇头叹道。

"康斯坦汀呢?"我问,"在厨房吗?"

然后她就像播报天气一样轻描淡写地说:"康斯坦汀不在这儿做事了。来,赶紧把这些箱子打开,不然衣服要压坏了。"

我转过身,冲她眨着眼睛。我以为自己听错了。"你刚才说什么?"

妈妈站直身子,抚了抚裙子。"康斯坦汀走了,斯琪特。她去芝加哥找她家人去了。"

"但……怎么回事?她从没在信里提到要去芝加哥。"我知道这不是她所说的惊喜。这么可怕的消息,她肯定会马上告诉我。

妈妈深吸一口气,挺直后背。"是我让康斯坦汀不要在信里告诉你她要走了。不能在你期末考试的时候打扰你。你要是考不及格,还得再多待一年可怎么办?说真的,四年大学可是足够了。"

"那她……同意了?要走了也不写信告诉我?"

妈妈移开视线,叹道:"这件事我们以后再谈,尤金娜。到厨房来,我给你介绍新来的女佣,帕斯卡古拉。"

但我没跟着妈妈去厨房。我低头盯着从大学带回来的几个大箱子,它们摆在地上,一想到还要打开收拾就头疼。房子忽然感觉很大,空荡荡的。屋外,联合收割机在棉花地里呼呼响着。

到了九月,我已经不再期待能收到哈珀与罗的回音,也打消了能找到康斯坦汀的念头。似乎没人知道是怎么回事,也不知道能上哪儿找她。最后,我也不再四处打听她为什么离开。好像她就这么凭空消失了。我只能接受现实,接受我唯一的盟友康斯坦汀离我而去的现实,只留下我和这些人一起,自己照顾自己。

第六章

九月一个炎热的早上，我在自己从小睡到大的床上醒来，穿上我哥哥卡尔顿从墨西哥给我带回来的夹趾拖鞋，那是一双男士拖鞋，墨西哥的女孩儿不会有双四十四码的大脚。妈妈很讨厌这双鞋，说它像垃圾。

我在睡衣外面罩上一件爸爸的旧衬衫，溜出前门。妈妈在后院，监督帕斯卡古拉和詹姆逊剥牡蛎。

"可不能让一男一女两个黑人单独待在一起。"妈妈很久以前小声对我说过，"这也不能怪他们，他们就是忍不住。"

我走下台阶，去看看我邮购的《麦田守望者》到了没有。我经常在加利福尼亚州一个黑市卖家那儿订购禁书，要是哪本书在密西西比州被禁了，那它保准不差。等我走到车道那头，拖鞋和脚踝上都已经蒙了一层细细的黄土。

车道两边的棉花地绿油油的，都结着饱满的棉桃。后面那片田地因为上个月的雨水减产严重，好在大部分田地都没受影响，仍很茂盛。地里施了脱叶剂，叶子开始泛出黑斑，我还能在空气中闻到化学药剂的酸味儿。州际公路上没有车。我打开信箱。

妈妈订阅的《妇女家庭杂志》下面，躺着一封信，收件人是尤金娜·费伦小姐。信封一角用红色凸起字体印着"哈珀与罗出版社"。我也不管自己只穿了长睡衣和爸爸的旧布克兄弟牌衬衫，就站在车道上立刻拆开了信。

1962 年 9 月 4 日

亲爱的费伦小姐,

　　我认为,你这样一位毫无工作经验的年轻小姐,竟勇于申请如本社这般负有盛名的出版社的编辑职务,令人钦佩,因此我亲自回复你投递的简历。以编辑职位来说,五年以上的业界工作经验是必需的。若你曾对本行业有过任何了解,应该知道这一点。

　　我年轻时也颇有抱负,但我还是想建议你在本地报社从初级职务做起。你在求职信中自称"热爱写作"。那么,在油印文件或者给老板泡咖啡之余,请你多观察、多调查、多写作。不要在显而易见的事情上浪费时间。写一写让你觉得困扰的问题,尤其是那些只困扰你而别人觉得不成问题的事情。

祝好,

伊莲恩·斯坦,高级编辑,成年人图书部门

底下还有一行草草写下的手写附注,蓝色字迹龙飞凤舞:

　　P. S. ,如果你有诚意,或有什么好想法,我很愿意帮你看看,给点意见。费伦小姐,我这样提议,理由无他,只是因为曾经也有人这样帮过我。

　　一辆满载着棉花的卡车隆隆地驶过州际公路。坐在驾驶室的黑人探出头来盯着我看。我忘了自己是个只穿着单薄睡衣的白人女孩。我刚刚收到纽约的回信,甚至可能是一份鼓励,我大声念出那个名字:"伊莲恩·斯坦。"我还从没接触过犹太人。①

---

① 斯坦(Stein)是一个常见的犹太人姓氏。

我往家跑去,手里小心地拿着信,不让它被风吹翻。我不想信纸变得皱皱巴巴的。我跑上楼梯,听见妈妈在后面吼着让我脱掉土气的墨西哥男式拖鞋,我得赶紧坐下来把生活中所有让我烦恼的该死的事件都写下来。伊莲恩·斯坦的话像滚烫的水银在我的血管里奔涌,我拼命敲着打字机,能打多快就打多快。最后发现,这份令我困扰之事的清单长得吓人。

第二天,我已经准备给伊莲恩·斯坦回第一封信了,信里列出我觉得可以作为新闻题材的点子:密西西比州识字率低下;本郡醉驾事故数量居高不下;女性职业机会稀少。

直到信寄出以后,我才意识到自己只选了些可能会让她对我另眼相看的题目,而非我真正感兴趣的。

我深吸一口气,推开厚重的玻璃门,一阵轻柔的铃声响起。一位不那么温柔的前台接待员看着我。她体型庞大,坐在小木椅子上看起来不太舒服。"欢迎光临《杰克逊日报》,请问有何贵干?"

前天我收到伊莲恩·斯坦的信之后,不出一个小时就预约了《杰克逊日报》的面试。我询问报社能否给我一个面试机会,任何职位都可以。颇为意外的是,报社让我近日就来。

"我找戈登先生。"

前台小姐穿了条帐篷式的裙子,摇摇晃晃地走到里屋去。我努力让自己颤抖的双手平静下来。透过门缝,我看见里屋是一个镶了木墙裙的小房间,四个穿着西装的男人敲着打字机,或是用铅笔涂涂画画。他们都弓着腰,一脸憔悴,三个人头顶都秃得只剩"地中海"了。房间里烟熏火燎的。

前台接待员回来了,她手里夹着一支烟,伸伸大拇指示意我跟上。"跟我来。"我紧张得要死,脑中只能想到大学学院的校规:凯欧美嘉姐妹会成员不允许边走路边抽烟。我跟在她身后,穿过那几个男人投来的目光，穿过烟雾，来到里间办公室。

"快关门。"我刚开门进来，戈登先生就嚷道，"别让那该死的烟飘进来。"

戈登先生从办公桌后面站起身来。他比我矮了大约十五厘米，瘦高个儿，比我父母年轻。他牙齿尖长，面带冷笑，头发黑亮，看起来有些刻薄。

"你听说了吗?"他说，"上周公布说抽烟会死人呢。"

"我没听说。"我只能暗自希望这消息没有发在他们头版头条。

"真的，我认识些黑人已经一百岁了，看起来也比外面这些傻瓜年轻。"他坐下来，但我还站着，屋里没有多余的椅子。

"好吧，把你的情况讲一讲吧。"我把简历和在校期间写的文章递给他。从小到大，我们家餐桌上总摊着份《杰克逊日报》，翻到农场报道或体育新闻那一版。但我自己很少有时间看报纸。

戈登先生边看我的文章，边拿支红色铅笔涂涂改改。"摩拉高中编辑三年，《反叛者队报》编辑两年，凯欧美嘉姐妹会编辑三年，新闻、英语双学位，毕业成绩第四名……老天，姑娘，"他喃喃道，"你还有没有点时间玩一下?"

我清了清嗓子。"这……很重要吗?"

他抬起头来看着我。"你可真不矮啊，我猜像你这么漂亮的姑娘应该跟篮球队所有人都约会过吧。"

我盯着他，不知道他是在拿我开玩笑，还是在恭维我。

"打扫卫生，你应该懂吧……"他又低头看我的文章，拿着红笔在纸上狠狠涂改。

我的脸唰地一下红了。"打扫? 我不是来打扫的，我是来写东西的。"

烟雾从门缝底下飘进来，就跟楼里着火了似的。我还以为自己可以就这么走进报社,轻轻松松找份记者的工作,真是愚蠢。

他重重地叹了口气,递给我一份厚厚的文件夹。"我觉得你应该能行。莫娜太太跟我们闹翻了,喝了发胶还是什么的。读读这里面的文章,就照她那样写写读者回信,没人看得出来。"

"我……什么?"我手足无措,只好接过文件夹。我也不知道莫娜太太是哪位,于是问了唯一不会出错的问题,"那个……工资是多少?"

没想到他颇为赞赏地打量了我一番,从我脚下的平底鞋到我头上平凡的发型。内心的直觉告诉我要微笑,要捋捋头发。虽然觉得可笑至极,但我还是这么做了。

"八美元,每个礼拜一给。"

我点点头,心里盘算着怎么能不动声色地问清楚这份工作到底是干什么的。

他探过身来。"你知道莫娜太太吧?"

"当然了,我们……女生都读她的东西。"我答道,然后我们对视良久,远处的电话响了三声。

"所以怎样,八美元还不够吗? 老天,姑娘,那你回去给丈夫免费刷厕所吧。"

我咬着嘴唇。我还没来得及说话,他就翻了个白眼。

"行吧,那十美元。周四交稿。先说好,要是我不喜欢你的风格,我是不会排印文章的,钱也不给了。"

我抱着文件夹,千恩万谢,似乎有些热情过头。他没理我,径自拿起电话听筒,我还没出门,他就打起了电话。我坐上车,靠在柔软的凯迪拉克真皮座椅上,面带微笑,读起文件夹里的文章来。

我找到工作了。

我回到家,昂首挺胸,自从我十二岁那年忽然蹿个子之后,就没站得这么直过。一股骄傲之情在我心中翻腾不已。虽然每一个脑细胞都在反对，但我就是忍不住想要告诉妈妈。我冲进休息室，把我找到工作的经过一股脑儿倒出，说这份工作是每周替莫娜太太写家政清洁专栏。

"哦，好不好笑，你就知道纸上谈兵。"她长叹一声，表示这样的生活简直不值一提。帕斯卡古拉给她添上冰茶。

"至少是个开始。"我说。

"什么开始？你去教别人打理家庭，你自己……"她又长长缓缓地叹了口气，像泄气的轮胎。

我把目光转向别处，想着是不是城里所有人也都这么觉得。那股兴奋劲儿早已烟消云散。

"尤金娜，你连怎么擦银器都不懂，更别说怎么打扫屋子了。"

我把文件夹抱在胸前。她说的没错，这些问题我一个也答不上来。不过，我还以为她至少会为我感到骄傲。

"还有，你整天坐在打字机后面，还怎么能认识人？尤金娜，现实一点。"

怒火从我的胳膊蔓延上来。我起身站直。"你以为我想住在这儿吗？想跟你住在一起？"我笑出声来，希望这话能伤害到她。

我看见她眼里闪过一丝痛苦，嘴唇因这刺痛而紧紧抿着。可我不打算收回这些话，因为，终于，终于，她把我的话听进去了。

我站在那儿，没有走开。我想听听她的反应，想听她说抱歉。

"我想……问你些事，尤金娜。"她扭着手绢，脸上露出古怪的表情，"前些天我在文章里读到，说有些……有些女孩会有点失常，有一些——嗯，一些不太正常的想法。"

我不明白她想说什么，于是抬头看着天花板上吊着的电扇。吊扇的风速调得太快了。喀啦——喀啦——喀啦……

"你会不会……是不是……喜欢男孩？你有没有点不太正常

的想法……"她紧闭上眼睛,"老是想着女孩,或者——女人?"

我瞪着她,希望那吊扇落下来,砸在我们俩头上。

"文章里说有办法治,有种草药茶……"

"妈妈,"我也紧紧闭上眼睛,"我要是想跟女生在一起,那你恐怕也想跟……**詹姆逊**在一起了。"我往门口走去,不过还是回头看了一眼,"我是说,除非,当然了,你想跟他在一起?"

妈妈坐直了身体,倒抽一口气。我大步走上楼梯。

　

第二天,我把莫娜太太的读者来信整齐地摞成一叠。我口袋里还有三十五美元,是妈妈给的零花钱。我走下楼梯,脸上带着灿烂的基督徒式的笑容。住在家里,我每次想出门的时候,都得找妈妈借车,也就是说她每次都要问我去哪儿,也就是说我每天都要对她撒谎,虽然很有意思,却也有些惭愧。

"我去教堂,看看他们主日学校需不需要人帮忙。"

"哦,亲爱的,那太好了。车你尽管拿去用。"

昨晚,我想清楚了,要想写专栏,就得有专家帮忙。我第一个想到帕斯卡古拉,但我和她不熟,而且一想到妈妈又要在旁边指手画脚,再把我数落一通,我就受不了。希莉的佣人尤尔·梅太腼腆了,我觉得她也帮不了我。这样一来,我熟悉的佣人就只剩下伊丽莎白家的艾比琳。艾比琳某些地方总让我想起康斯坦汀。而且她年纪最大,经验足够丰富。

在去伊丽莎白家的路上,我顺道拐进本·富兰克林商店,买了写字夹板、一盒二号铅笔、一本蓝色布面笔记本。第一篇专栏明天就截稿了,下午两点前要给戈登先生送去。

"斯琪特,进来吧。"伊丽莎白自己来开了前门,这让我担心艾比琳今天没来上班。伊丽莎白穿着蓝色浴袍,头发上夹着巨大的卷发筒,显得脑袋更大、身体更瘦小了。她总是夹着卷发筒,却也没能让她稀薄的头发显得更多。

"抱歉，我这儿太乱了。梅·莫布丽闹了我半夜，我也不知道艾比琳这会儿跑哪儿去了。"

我走进窄小的门厅。这间房子屋顶很矮，房间很小。屋里的东西也看起来颇旧了——蓝色的碎花窗帘褪了色，沙发面上有些坑洼。我听说雷利的新会计公司不怎么景气。也许在纽约这样的地方业务会好点，但是在密西西比州的杰克逊市，人们也不介意跟粗鲁傲慢的混蛋做生意。

希莉的车停在外面，人却不在屋里。缝纫机放在餐桌上，伊丽莎白在缝纫机前坐下。"快做完了，"她说，"等我把最后一条褶边缝完……"伊丽莎白站起来，手里举着一条绿色白领边的教堂礼服。"你说实话，"她小声说，眼神里却流露出想让我说好话的意思，"能看得出是自己做的吗？"

裙子皱皱的，裙摆一边比另一边长了一些，一只袖口已经有点磨毛了。"绝对是店里买的，跟梅森·布朗克商场买来的一样。"梅森·布朗克是一间五层楼的百货商场，位于新奥尔良市卡纳尔街，只卖那种在杰克逊市绝对找不到的高级服装。它也是伊丽莎白心心念念的商场，所以我才这么说。伊丽莎白感激地冲我笑笑。

"梅·莫布丽睡了？"我问。

"好不容易睡着了。"伊丽莎白摆弄着从卷发筒上滑下来的一缕头发，对这缕不听话的发丝皱起了眉头。有时候她说起自己的女儿，声音里都带些怨气。

门厅那边的客用卫生间的门打开了，希莉边往外走边说："……这样好多了。现在大家各用各的。"

伊丽莎白有些心烦地拨弄着缝纫机上的针头。

"你转告雷利，我说**不用谢**。"希莉又加了句。我这才明白她在说什么。艾比琳现在用上车库里的专用卫生间了。

希莉冲我笑笑，我意识到她接着就要说起她的倡议。"你妈妈还好吗?"我抢着问，虽然我知道她最不想提及这件事，"她习惯养老院了?"

　　"大概吧。"希莉把红色毛衣往下拽拽，遮住腰间赘肉。她穿了一条红绿格呢的裤子，下半身显得更肥胖健壮、更显眼了，"我怎么做她都不喜欢。但我必须得把她那个佣人辞了，竟然在我眼皮底下偷那该死的银器，被我逮个正着。"希莉微微眯起眼睛，"对了，你们有没有听说米妮·杰克逊现在在哪儿做事呢?"

　　我们都摇摇头，表示没听说。

　　"我估计她在城里是找不着工作了。"伊丽莎白说。

　　希莉点点头，心里还在琢磨着。我深吸一口气，迫不及待地把我的消息告诉她们。

　　"我刚刚在《杰克逊日报》找了份工作。"我说。

　　屋里顿时安静下来。然后伊丽莎白突然欢呼起来。希莉微笑看着我，脸上写满骄傲，我脸红了，耸耸肩，假装不怎么在意。

　　"他们要是不请你才傻呢，斯琪特·费伦。"希莉说着，举起手中的冰茶致意。

　　"那……嗯，你们有谁读过莫娜太太的专栏吗?"我问道。

　　"呃，没有。"希莉回答，"不过我敢打赌杰克逊市南边那些没钱的白人女孩肯定把它当《圣经》来读呢。"

　　伊丽莎白点点头。"那些请不起佣人的穷姑娘，她们肯定读过。"

　　"我能跟艾比琳谈谈吗?"我问伊丽莎白，"我想请她帮我回复几封来信。"

　　伊丽莎白愣了片刻。"艾比琳? 我家的艾比琳吗?"

　　"那些问题我肯定是答不上来。"

　　"嗯……那行吧，只要你不妨碍她干活儿。"

我顿了顿,没想到她是这样的态度。但我提醒自己,毕竟伊丽莎白要付她薪水嘛。

"今天不行,梅·莫布丽快醒了,我可不想自己带她。"

"好吧。那……那我明天上午再来?"我在心里算了算时间。要是我上午跟艾比琳谈完,还能有时间赶回家把回信打出来,然后两点之前送回城里。

伊丽莎白苦着脸盯着桌上那团绿色丝线:"只能谈几分钟,明天她要擦银器呢。"

"不会太久的,我保证。"我说。

伊丽莎白现在说话跟我妈一个样了。

第二天上午十点钟,伊丽莎白给我开了门,像老师一样冲我点点头:"好,进来吧。别太久,梅·莫布丽随时会醒。"

我走进厨房,胳膊下夹着笔记本和纸。艾比琳站在水槽前,对我笑笑,金牙闪闪发光。她的腰有点粗,但是软软的,让人愿意亲近。她比我矮不少,不过话说回来,谁不比我矮呢?她穿着浆好的白色制服,衬得深棕色的皮肤发亮。她的眉毛有些灰白,头发却是乌黑的。

"嘿,斯琪特小姐。利夫特太太还在用缝纫机吗?"

"还在用呢。"我已经回家几个月了,但每当听到有人管伊丽莎白叫"利夫特太太"而不是"伊丽莎白小姐"或是她娘家姓"弗雷德里克小姐"时,还是不太习惯。

我指了指冰箱:"我能喝点什么吗?"我还没自己动手,艾比琳已经帮我打开了冰箱。

"想喝什么?可乐?"

我点点头,她从台面上拿起开瓶器,打开瓶盖,把可乐倒进玻璃杯里。

"艾比琳——"我深吸一口气,"我有些事想找你帮忙。"我告诉她我要写专栏的事,听到她说她知道莫娜太太是谁,我真松了口气。

"那我给你读几封信,你就……帮我想想怎么回答。也许过一阵我就能自己来了……"我说不下去了,我能自己对家政问题答疑解惑恐怕是不太可能了。老实说,我压根就没打算学怎么打扫卫生。"听起来不太公平,是吧? 我拿了你的答案,当作是我自己的,或者是莫娜的。"我叹道。

艾比琳摇摇头。"没关系。我只是担心利夫特太太不同意。"

"她说可以。"

"占用我每天干活的时间,也可以吗?"

我点点头,想起伊丽莎白那假客气的语气。

"那好吧。"艾比琳耸耸肩,抬头看了看水槽上方的钟,"等会儿梅·莫布丽醒了,我估计咱们就得打住了。"

"我们坐下吧?"我指指餐桌。

艾比琳瞟了眼厨房的弹簧门。"你坐吧,我站着就行。"

我昨晚花了一晚上的时间把莫娜太太过去五年的文章都读了一遍,还没来得及整理读者来信。我竖起写字板,手上握着铅笔。"有一封兰金县的来信。"

"亲爱的莫娜太太,"我读道,"怎么才能去掉我丈夫衬衫领子上那一圈污渍呢? 他又胖又邋遢,简直像只猪……出汗也出得跟猪似的……"

好极了。这专栏同时解决家庭卫生和家庭关系两方面的问题。而我对两者都一无所知。

"她想清理掉哪个?"艾比琳问,"污渍还是她丈夫?"

我盯着那封信,哪个我也给不出指导建议。

"跟她说就用潘松牌肥皂和醋,然后晒会儿太阳。"

我赶紧记下。"晒多久?"

"大概一小时,晒干就行。"

我又拿出另一封信,她也同样应答如流。读了大概四五封,我长舒一口气,放下心来。

"谢谢你,艾比琳。你可帮了我大忙了。"

"不费事,只要利夫特太太没喊我做事。"

我收拾好信和笔记,把最后一口可乐喝完,准备休息个五秒钟,再赶回去写文章。艾比琳正在择一捆绿蕨菜。厨房里安静极了,只有收音机小声播着电台节目,又是格林牧师。

"你怎么认识康斯坦汀的? 你们是亲戚吗?"

"我们……都去同一个教堂。"艾比琳站在水槽前,把身体重心从一只脚换到另一只脚。

我心里一阵刺痛,对这感觉已相当熟悉。"她甚至都没有留下个地址。我只是——我不相信她就这么走了。"

艾比琳垂下眼睛,像是在仔细观察着蕨菜。"不,我敢肯定她是被解雇的。"

"不是,妈妈说她不干了。四月的时候。去芝加哥找她家里人了。"

艾比琳挑出一根蕨菜,把那长长的茎和卷曲的绿色叶子放在水龙头下冲洗。"不是这么回事,小姐。"她沉默了一阵,才开口说。

过了几秒钟,我才反应过来这话的含义。

"艾比琳,"我说,想要直视她的眼睛,"你真的觉得康斯坦汀是被赶走的?"

但是艾比琳面无表情,脸上像蓝天一样空无一物。"我可能记错了。"她说。我能看出她认为自己跟一个白人小姐说太多了。

这时,梅·莫布丽哭喊起来,艾比琳说了声抱歉,就推开弹簧门出去了。我愣了几秒钟，才想起来自己该回家了。

十分钟后，我迈进家门，妈妈正坐在餐桌旁读书。

"妈妈，"我把笔记本紧紧抱在胸前，"是不是你把康斯坦汀给赶走啦？"

"我……什么？"妈妈问道。但我知道她听见我的话了，因为她放下了手里的《美国革命妇女会通讯报》，能让她从这引人入胜的读物中回过神来的，一定不是什么简单的问题。

"尤金娜，我告诉过你，她姐姐病了，所以她去芝加哥找她家里人。"妈妈说道，"怎么？谁又告诉你什么了？"

我永远也不会出卖艾比琳。"我今天下午在城里听说的。"

"谁会说起这事儿？"妈妈的眼睛在眼镜片后面眯了起来，"肯定是哪个黑鬼说的。"

"你对她做什么了，妈妈？"

妈妈舔舔嘴唇，透过那副双焦眼镜认真地凝视我许久。"你不会明白的，尤金娜。等你自己请了佣人，就懂了。"

"是你……赶她走的？为什么？"

"不重要了。这事已经过去了，我不会再想。"

"妈妈，是她把我带大的。你快告诉我究竟怎么回事！"我听到自己那尖锐的嗓音，像小孩蛮不讲理似的，也不由得觉得厌恶。

妈妈听到我的口气，摘下眼镜，扬起眉毛。"没什么，就是黑人那些事。我没什么好说的。"她又戴上眼镜，端起《美国革命妇女会通讯报》读了起来。

我浑身发抖，气得不行，跺着脚跑上楼。我坐在打字机前，不敢相信妈妈就这么把康斯坦汀赶走了，康斯坦汀可是她的大恩人，帮她带大了孩子，也教会了我为人善良、自我尊重。我望着房间里玫瑰图案的墙纸、遮光窗帘，以及难看的泛黄旧照片。康斯坦汀在我们家已经干了二十九年。

接下来的一周，爸爸每天天不亮就起来了。于是每天早晨叫醒我的，就是发动卡车、启动联合收割机的轰隆声，以及工人们相互催促的吆喝声。田地里施了落叶剂，棉花秸秆都变得枯黄松脆，以便机器收割棉桃。棉花的丰收季节到了。

秋收时节，爸爸忙得甚至连教堂都不去了，但是周日晚上，我趁着他晚饭后就寝前的当口，在昏暗的门厅堵住他。"爸爸？"我问道，"你能告诉我康斯坦汀是怎么回事吗？"

他累极了，还没开口回答就先叹了口气。

"妈妈怎么能把她赶走呢，爸爸？"

"什么？亲爱的，是康斯坦汀自己不干了。你知道，妈妈绝不会赶她走的。"听到我问出这样的问题，他露出失望之情。

"那你知道她去了哪儿吗？有她的地址吗？"

他摇摇头，表示没有。"问你妈妈去，她知道的。"他拍拍我的肩膀，"人总要开始新的生活，斯琪特。不过，我也希望她能留在这里跟我们待在一起。"

爸爸慢慢穿过门厅，回去睡觉了。他太老实，心里藏不住事，所以我明白他跟我一样不知道真相。

那之后的每一周，我都去伊丽莎白家找艾比琳，有时候一周两次。伊丽莎白一次比一次表现得小心提防，我在厨房待着，她总要找借口进来：门把手该擦啦、该掸掸冰箱顶上的灰啦、梅·莫布里该剪指甲啦；我待得越久，她进来的次数也越多，直到我离开为止。艾比琳对我很友善，但也仅仅是友善而已，她有些紧张，站在厨房水槽边，手上的活儿一刻也不停。没过多久，我就能赶在报纸样章出来前交稿，戈登先生也对专栏很满意，头两份我只用了二十分钟就写出来了。

我每周都向艾比琳询问康斯坦汀的情况，问她能不能帮我弄到康斯坦汀的地址？能不能告诉我究竟为什么解雇她？当时是不是大闹了一场？我实在想象不出康斯坦汀就这么简单地说了句"好的，夫人"，然后就从后门离开。以前妈妈会因为勺子没擦干净而大发雷霆，而康斯坦汀则会连着一周故意给妈妈吃烤焦的面包片。我能够想象解雇康斯坦汀的场面会有多火爆。

不过，无论我怎么问，也都无关紧要，艾比琳只会对我耸耸肩，说她什么也不知道。

一天下午，我向艾比琳请教完如何去除浴缸里的顽固污渍之后（我从没刷过浴缸），就回家了。我路过休息室，听见电视开着，就瞟了一眼。帕斯卡古拉站在电视荧幕前大概十几厘米开外。我听见有人提到"密西西比大学"，模糊的荧幕上，几个身着黑色制服的白人男性挤在镜头前，汗珠顺着他们的光头淌下来。我又走近一些，才看到一个跟我年纪相仿的黑人被围在这群白人中间，几位军人跟在后面。镜头拉远，母校的行政楼出现在画面中。州长罗斯·巴奈特双手抱在胸前，与那位高大的黑人对视。州长旁边站着惠特沃斯议员，他儿子正是希莉试图给我撮合的相亲对象。

我目不转睛地盯着电视机。不过，听到有可能允许黑人男性入读密西西比大学的消息，我既没有感到激动，也没有失望，只是很惊讶。但是我听见帕斯卡古拉喘着粗气。她一动不动，没有发觉我就站在她身后。本地记者罗杰·斯迪克面带微笑，语速飞快地紧张播报："肯尼迪总统下令州长放行，让詹姆斯·梅瑞迪斯进入学校。我再重复一遍，美国总统——"

"尤金娜，帕斯卡古拉！给我把电视关上，马上！"

帕斯卡古拉猛一回身，看见我和妈妈，立刻低着头冲出房间。

"听着，这我绝不允许，尤金娜，"妈妈小声说，"你不能这样纵容他们。"

"纵容？这可是国家新闻，妈妈。"

妈妈冷笑一声。"你们俩这么一起看，不合适。"她换了台，选了一档午后重播的劳伦斯·威尔克的节目。

"瞧，这不是好看多了吗？"

九月末的一个炎热的周六，棉花地已收割完毕，一片空旷。爸爸扛了一台全新的 RCA（美国无线电公司）彩色电视回家，把黑白电视搬进了厨房。他骄傲地笑着，在休息室给新电视插上电。整个下午，屋里都回荡着密西西比大学对路易斯安那州立大学的橄榄球赛的声音。

不出所料，妈妈全神贯注地盯着彩色荧幕，对着密大鲜亮的红蓝两色队服大呼小叫。爸爸妈妈都是密大"反叛者"队的忠实球迷。她不顾天气炎热，还穿着红色羊毛裤，椅子上搭着爸爸当年的卡帕·阿尔法兄弟会的毯子。没有人再提起密大录取的黑人学生詹姆斯·梅瑞迪斯的名字。

我开着凯迪拉克进城。对于我竟然不想看自己母校球队的比赛这件事，妈妈觉得令人费解。伊丽莎白全家也在希莉家看球赛，所以艾比琳独自在家干活。我盼着伊丽莎白不在家，这样艾比琳会更自在些。说实话，我希望她能告诉我点关于康斯坦汀的事情，什么事都行。

艾比琳让我进屋，我跟着她走进厨房。即使伊丽莎白不在家，她也没有放松多少。她看了眼餐桌，似乎今天想坐下来。我让她坐的时候，她却答道："不，不用了。你问吧。"她从水槽里的盘子上拿了个番茄，开始削皮。

我靠着厨房台面，抛出最新的难题：怎样让狗远离放在屋外的垃圾桶。因为懒惰的丈夫忘了在收垃圾那天把垃圾桶拿去倒掉。因为他又喝酒喝多了。

"只要在垃圾里洒点暗水,保准让狗对垃圾桶看都不看一眼。"我在本子上记着,把"暗水"改成"氨水",然后又抽出第二封信。我抬起头,看见艾比琳冲我露出微笑。

"我这么说你别介意啊,斯琪特小姐,不过……你替莫娜太太写专栏,但其实对家务清洁一点儿也不懂,这不是有点奇怪吗?"

妈妈一个月前也说过类似的话,但艾比琳的语气完全不一样。我反而笑了,把我给哈珀与罗出版社打电话、寄简历的经过都告诉了她,这些我从没对其他人说过,还告诉她我想当作家,伊莲恩·斯坦给我提了建议。能有人倾听这些,感觉真好。

艾比琳点点头,又捡起一个软红的番茄,削了起来。"我儿子特里罗尔,他也喜欢写作。"

"我不知道你还有个儿子。"

"他死了,有两年了。"

"哦,我很遗憾。"我说。有那么一会儿,房间里只听见格林牧师的布道和番茄皮轻轻掉在水槽里的声音。

"每次英语考试都拿 A。长大之后,他自己弄了台打字机,说他有个想法……"她那制服下的肩膀往下一沉,"说他要写本书。"

"什么想法?"我问,"我是说,要是你不介意告诉我……"

艾比琳沉默了一阵,一圈圈地削着番茄。"他读了本书,叫《隐形人》①。看完后,他说自己也要写一个黑人在密西西比州给白人干活儿的故事。"

我扭过头,要是妈妈在这儿,这时她就该打断对话了,她会笑笑,换个话题,说说银器清洁剂或是白米的价格。

"后来,我也读了《隐形人》。"艾比琳说,"我还挺喜欢的。"

---

① 《隐形人》(Invisible Man)是美国黑人作家拉尔夫·艾里森的小说,讲述了二十世纪早年非裔美国人的故事。

我点点头,虽然我从没听说过这本书。我没想过艾比琳也会读书。

"他写了得有五十页。"她说,"我让他女朋友弗朗西斯保存着稿子呢。"

艾比琳停下手中的刀。我看见她喉头蠕动,咽了口唾液。"请别告诉别人,"她语气温柔地请求道,"他要写白人老板的这件事。"她咬着嘴唇,我这才猛然意识到她还在替自己的儿子担惊受怕。虽然他已经死了,但那种害怕的本能却一直都在。

"你告诉我没关系,艾比琳,我觉得这想法⋯⋯很勇敢。"

艾比琳凝视了我片刻。然后又捡起一个番茄,拿起刀搭在上面,准备削皮。我看着她,等待着红色汁液涌出。但艾比琳没有削下去,反而瞟了眼厨房门口。

"这对你不公平,你应该知道康斯坦汀的事。我只是——抱歉,我还是没法跟你说这个。"

我没说话,不知道她为何提起这件事,但是更不想打断她。

"不过,我还是跟你说说吧,跟她女儿有关系。她女儿来看你妈妈。"

"女儿?康斯坦汀从没跟我说过她有个女儿。"我认识康斯坦汀二十三年了。她怎么没告诉我?

"她说不出口。那孩子生得⋯⋯很白。"

我怔住了,想起康斯坦汀好几年前跟我说过的事情。"你是说,肤色白?像⋯⋯白人?"

艾比琳点点头,继续在水槽边干活儿。"只能把她送走,送到北边去了,我猜。"

"康斯坦汀的爸爸就是白人,"我说,"哦⋯⋯艾比琳⋯⋯你不会是想说⋯⋯"一个丑恶的念头闪过脑海。我吓得说不出口。

艾比琳摇摇头。"不不,不,小姐,不是⋯⋯那么回事。康斯坦汀的丈夫康纳也是个黑人。不过毕竟康斯坦汀带着她白人爸爸的血统,所以她的孩子肤色很浅。有时候……是会这样的。"

我为自己可怕的念头感到羞愧难当。可我还是没懂。"那康斯坦汀怎么没告诉我?"我问道,虽然也不指望能得到回答,"为什么她要把女儿送走?"

艾比琳自顾自地点点头,仿佛她能理解。但我不理解。"我从没见她那么难过。康斯坦汀保准念叨了有上千次,她简直等不及要把女儿找回来。"

"你说她女儿跟康斯坦汀被解雇有关系?怎么回事?"

听到这话,艾比琳变得面无表情。遮挡着那个秘密的帘幕已经落下。她冲莫娜太太的信点点头,表示她想说的都已经说完了。至少眼下如此。

那天下午,我也去了希莉家的球赛派对。她家门前的马路边,三厢车和加长别克停了一溜。我心知只有自己是单身一人,但还是硬着头皮进了门。屋里,客厅沙发上、躺椅上、椅子扶手上坐着一对对夫妻。妻子们都双腿交叉,坐得笔直,丈夫们向前探着身子。所有人都目不转睛地盯着木壳电视。我站在后面,同他们略略微笑致意。屋内只听见电视里传出的现场解说。

"呜哇!"全体振臂欢呼,女人们都站起身来大力鼓掌。我啃着指甲边缘。

"漂亮,'反叛者'!给'老虎'队点厉害看看!"

"加油,'反叛者'!"玛丽·弗朗西斯·特鲁利喊道,她穿着成套的运动衣,激动地跳了起来。我看着自己指甲边上的倒刺,粉红色的,有些刺痛。屋里飘着波旁威士忌的味道,满眼的红色羊毛衫,还有闪亮的钻戒。我不知道这些姑娘是不是真的喜欢看橄榄球,还是为了迎合自己丈夫而装作喜欢。我加入联盟会四个月来,还没听见有哪位姑娘问我："'反叛者'队怎么样了?"

我朝厨房走去,一路上与好几对夫妇寒暄。希莉那瘦高的佣人尤尔·梅正忙着给小香肠裹上面团,还有个年轻点的黑人女孩在水槽边洗盘子。希莉正在跟狄娜·多兰聊天,一边招呼我过去。

"……这是我吃过的最好吃的花式小蛋糕了! 狄娜,你简直是我们联盟会的厨神!"希莉把剩下的小蛋糕都塞进嘴里,边点头边"嗯嗯"称赞。

"哎呀,希莉,谢谢夸奖,这蛋糕做起来不容易,但我觉得还是值得的。"狄娜笑容灿烂,仿佛快要因为希莉的赞赏而感动落泪。

"那你就是答应喽? 哦,我太高兴了。烘焙义卖委员会真的很需要你这样能干的。"

"要多少个?"

"五百个,明天下午就要。"

狄娜的笑容顿时凝固。"好吧,我猜应该可以……如果通宵做的话。"

"斯琪特,你来了。"希莉说,狄娜溜出了厨房。

"我只能待一会儿。"我说,这话可能说得太快了。

"嗯,我刚收到风。"希莉得意地笑笑,"他这次肯定会来。三周以后。"

我正看着尤尔·梅用她纤长的手指把面团从刀上揪下来,立刻明白希莉在说谁,不禁叹了口气。"我不知道啊,希莉。你都试了这么多次了。或许这就是什么预兆吧。"上个月,他提前一天取消了约会,我竟然觉得有些庆幸。我不想再经历一次了。

"什么? 不准你再这么说。"

"希莉,"我咬紧牙关,终于把心里话说出了口,"你知道他不会喜欢我这样的。"

"看着我。"她说,我照做了。我们都得乖乖听希莉的话。

"希莉,你不能强逼我去……"

"这次是**你的**机会,斯琪特。"她伸出手来,使劲捏住我的手,像康斯坦汀一样,"该轮到你了。无论如何,我绝不会让你错过这次机会,不能因为你被你妈妈洗了脑,就觉得自己配不上他那样的人。"

她的直言不讳刺痛了我。不过,我这位朋友如此百折不挠,还是让我敬畏有加。希莉和我之间总是坦诚得无所保留,哪怕在小事上也是如此。希莉对其他人谎话连篇,一如长老会惯于让教徒深感负罪。但我俩之间自有默契,这份完全的坦诚或许是我们友谊仅存的维系了吧。

伊丽莎白端着空盘子走进厨房,面带微笑地停下脚步,我们三个面面相觑。

"怎么了?"伊丽莎白问。我看得出她以为我们在谈论她。

"那就三周后了?"希莉问我,"你会来吧?"

"哦,你要去! 你当然绝对要去!"伊丽莎白说。

我看着她们的笑脸上那股切的希望。跟妈妈插手干预不同,那是一种纯粹的期望,没有附加条件,也不会带来伤害。我不喜欢朋友们背着我讨论这件事,讨论我那晚的际遇。我既厌恶,却又喜欢。

球赛还没完,我就出城回家了。我摇下凯迪拉克的车窗,棉花地看起来七零八落,像被烧焦了一样。爸爸几周前已经收完最后一茬,但路边的草地里还沾着如雪的棉絮,一缕缕被风吹起,飘荡在半空。

我坐在车里,伸出手去打开信箱,有一本《农业年鉴》,还有一封哈珀与罗寄来的信。我把车开进车道停好。信是手写的,写在小方格笔记本纸页上。

费伦小姐，

　　你当然可以在诸如酒驾或文盲之类平淡无趣的题材上磨炼你的写作技巧。但是我希望，你能选一些真正有冲击力的题目。继续观察继续找。没找到鲜活的题材之前，不要再写信给我。

妈妈正坐在餐厅里，帕斯卡古拉在给门厅的挂画掸灰，没人注意到她，我悄悄从她们眼皮底下溜过，然后走上那陡峭险峻的楼梯。我的脸颊发烫，强忍着，告诉自己要保持镇定，不要对着斯坦女士的回信哭出来。而最糟糕的是，我已经没有什么更好的题材了。

我埋头写起下一周的清洁专栏文章，然后准备联盟会通讯报。连续两周，我都没有刊登希莉的卫生间运动倡议书。一小时后，我发现自己远眺窗外，我那本《现在，让我们赞美伟人》搭在窗沿上。我走过去拿起书，不想让阳光把封面晒褪色了，封面上印着一户穷困潦倒的普通家庭的黑白照片。书被阳光晒得温暖而沉重。我不知道自己有朝一日能否写出点有价值的东西。忽然传来帕斯卡古拉的敲门声，我转过身去。就在那一刹那，一个念头闪过脑海。

不，不行。那样就……越界了。

但是这个念头挥之不去。

艾 比 琳

第七章

十月中旬,热浪终于过去了,气温降到凉爽的十度左右。早上,卫生间的座板都有点凉了,我坐上去一个激灵。他们在车库里盖了间小屋子,里面只有个马桶,墙上嵌着小洗手池,电灯开关的拉线垂下来。手纸只能放在地上。

我在柯里尔太太家干活的时候,车库连着房子,我就不用走到外面去。再之前的那家屋里有佣人专用卫生间,还有佣人房,我晚上带孩子的时候就住在那里。而在这一家,无论外面天气怎样,想上厕所我都得走到室外。

周二下午,我拿着自己的午饭走到后门,坐在冰冷的水泥台阶上。利夫特太太家后院的草坪长得不好。一棵高大的木兰树遮住了大半个院子。我已经能想象到这棵树将来会成为梅·莫布丽的藏身之处,再过五年吧,那就是躲开利夫特太太的好地方。

过了一会儿,梅·莫布丽摇摇晃晃地走到后门,手里拿着半块汉堡肉饼。她扬起脸冲我笑着说:"好吃。"

"你怎么不在屋里跟妈妈一起呀?"我这么问着,其实也知道原因。她宁愿出来和佣人待在一起,也不愿意在屋里看着妈妈东张西望但就是不看她一眼。她像那些搞不清楚状况的小鸡仔,整天跟在鸭子后面。

院子里的灰色鸟盆边落了一群蓝色知更鸟，吱吱喳喳地，准备过冬了。"布布鸟！"她伸手朝那方向指了指，肉饼掉在台阶上。那只没人管的老猎犬奥比不知从哪儿蹿了出来，一口吞下肉饼。我倒没有特别喜欢狗，但这只也实在可怜。我拍拍它的头，我敢说自打圣诞节之后就再没人拍过它了。

梅·莫布丽看见了，尖叫着想要抓住狗尾巴，她的小脸给狗尾巴重重扫了几下之后，才终于抓住。那可怜的家伙，它呜呜地哀鸣着，一脸苦相，扬起眉毛，那委屈的表情活像个人。我几乎都能听见它开口哀求梅·莫布丽松手，它不会咬人。

为了让她放手，我逗她："梅·莫布丽，你的尾巴呢？"

如我所料，她松开手，瞅瞅自己身后，张大了嘴，简直不敢相信自己竟然一直没注意过这回事。她摇摇晃晃地转着圈，想要看到自己的尾巴。

"你没有尾巴。"我笑了，一把抓住她，以防她摔下台阶。狗在周围嗅来嗅去，还想再找块肉饼。

你说啥这些小孩子都深信不疑，我总是被他们这样子逗乐。上个礼拜我去金特尼商店，路上遇到塔特·弗利斯特，那是我很久以前带过的一个小孩，他叫住我，给了我个热情的拥抱，说见到我真高兴。他长成大人了。我急着赶回利夫特太太家，但他笑着聊起我以前是怎么捉弄他的。有一次他的脚给压麻了，麻酥酥的，我就跟他说那是脚在打呼噜呢。还有一次我告诉他不能喝咖啡，要不然会变成黑人的。他说他现在都二十一岁了，还没喝过咖啡呢。看着这些孩子健康长大，我真是高兴。

"梅·莫布丽！梅·莫布丽·利夫特！"

利夫特太太这会儿才发现自己的孩子不在屋里。"她在外面，跟我在一起，利夫特太太。"我隔着纱门喊道。

"我叫你自己乖乖在儿童椅上吃饭,梅·莫布丽。真搞不懂我怎么就摊上你这样的小孩,明明我朋友们那些孩子一个个都跟小天使似的……"电话铃响了,她噔噔噔地跑去接电话。

我低头看看小姑娘,她正眉头紧皱,心里想着什么。

我摸摸她的脸。"怎么了,宝贝?"

她说:"梅·莫坏坏。"

她说这话的语气好像当了真,我好心疼。

"梅·莫布丽。"我有了个主意,于是说道,"你是不是个聪明的小孩?"

她盯着我,好像自己也不知道。

"你是个聪明的小孩。"我又说。

她说:"梅·莫聪明。"

我又说:"你是不是个善良的小孩?"

她还是盯着我。她才两岁,还不知道自己怎么回事呢。

于是我说:"你是个善良的小孩。"她点点头,重复了一遍。还没等我再问下一句,她就站起身,一边咯咯笑,一边追着那可怜的老狗满院子跑。那一刻我心生一念,要是我每天对她说点这样的好话,会怎么样呢?

她从鸟盆那里转过头,笑着大喊:"嗨,艾比。我爱你,艾比。"看着她在那里玩,我心里一动,温柔得像蝴蝶轻轻扇动翅膀。以前我看着特里罗尔时也有这种感觉,忆起这些又让我有点伤感。

过了一会儿,梅·莫布丽走过来,把小脸贴在我的脸上,久久不放,好像她知道我正难过一样。我紧紧搂住她,轻声说道:"你是个聪明的小孩,善良的小孩,梅·莫布丽。记住了吗?"我说了一遍又一遍,直到她也照样重复起来。

接下来的几周对梅·莫布丽来说很关键。你想一想,大概也想不起自己第一次不用尿布、直接在马桶里撒尿的情景了吧,恐怕也不会想到要感谢教会你上厕所的那个人。我带过那么多孩子,从来没有一个日后跑来说,艾比琳,我一定得谢谢你教会我怎么用马桶。

瞅准时机很重要。要是时候未到就让小孩子去上厕所,他们不仅应付不来,掌握不了技巧,还会觉得是自己太笨。但我知道小姑娘已经准备好了。她自己也明白。不过,老天,还是折腾得差点让我把腿给跑断了。我把她放在大小合适的木制儿童马桶圈上,这样她的屁股不会掉进去,我一转过身,她就跳下来跑开了。

"你该尿尿了,梅·莫布丽。"

"不要。"

"你喝了两杯葡萄汁。我知道你该尿了。"

"不——要。"

"你要是尿了,我就给你吃块饼干。"

我们僵持了一会儿。她开始往门口张望。马桶里什么声音也没有。通常,我能让小孩在两周内学会上厕所。不过那是在他们的妈妈也帮忙的情况下。小男孩得见过爸爸站着撒尿,小女孩得看过妈妈坐着撒尿。但利夫特太太上厕所时不让小女孩接近,这就麻烦了。

"尿一点,小姑娘。"

她噘着嘴摇摇头。

利夫特太太出门做头发去了,要不然我还会再问她一次愿不愿意来给小姑娘做个示范,虽然她已经拒绝过我五次。上一次她拒绝我的时候,我差点要告诉她我这辈子带过多少小孩,再问问她带过几个,不过话到嘴边我还是咽了下去,只是照常答了句"好吧"。

"给你吃**两块**饼干。"虽然她妈妈老是怪我把她喂得太胖。

梅·莫布丽还是摇摇头,说:"你先尿。"

倒不是说我之前没听有小孩这么说,但通常我都能糊弄过去。不过,我也知道她必须得看人做过一次才能明白。我说:"我现在不用上。"

我们僵持着。她又指了指,说:"你先。"

然后她哭了起来,马桶圈在她屁股上印上了红印子,她有点坐不住了,我知道我别无选择。我只是不知道该怎么做。该把她带到车库里用我的马桶吗,还是就在这里?要是利夫特太太回来发现我坐在她的马桶上怎么办?她肯定要发火的。

我给小姑娘换上尿布,去了车库。下雨天,我的专用厕所有一股沼泽地的味道。即使开了灯,里面还是很暗,也不像屋里一样贴着花哨的墙纸。说实话,那都不是真的墙,就是层压板钉在一起。我担心小姑娘会害怕。

"没事,小姑娘,到了。艾比琳的厕所。"

她探头张望,小嘴嘟成圆形。"噢——",她说。

我脱了裤子,很快尿完,用手纸擦了擦,然后在她看清之前赶紧拉上裤子,最后冲了马桶。

"就是这么上厕所。"我说。

嗯,她简直看呆了,嘴都合不拢,就跟看了场魔术似的。我走出来,还没回过神,她已经扯掉尿布,像个小猴子似的爬上马桶,双手撑住以免掉下去,然后自己尿尿了。

"梅·莫布丽!你尿了!太棒了!"她笑了,我一把扶住她,怕她掉下去。我们跑回屋里,我给了她两块饼干。

后来,我让她坐上自己的尿盆,她又自己尿尿了。最开始几次是最难的。总而言之,我觉得自己还是成功了。她也在咿咿呀呀学说话,你也能猜到她今天学到了什么新词。

"小姑娘今天干什么了呀?"

她说:"嘘嘘。"

"以后历史书上会写今天发生了什么事啊?"

她说:"嘘嘘。"

我说:"希莉太太一身什么味儿呀?"

她说:"嘘嘘。"

不过我及时打住了。好基督徒可不该这样,而且我怕她会学舌。

那天下午,利夫特太太回来了,头发一丝不乱。她烫了头,一股"暗水"的味道。

"你猜梅·莫布丽今天做什么了?"我说,"她会自己用马桶上厕所了。"

"哦,真棒!"她抱了抱自己的女儿,这画面我真想多见几回。我也知道她是真心高兴,因为利夫特太太对换尿布深恶痛绝。

我说:"从现在开始,你得让她每次都去马桶尿尿。要不然她就乱了。"

利夫特太太笑着回答:"好的。"

"看看我今天回家之前,她还能不能再上一次厕所。"我们走进卫生间,我脱掉她的尿布,让她坐在马桶上。但是小姑娘不住地摇头。

"来吧,梅·莫布丽,上个厕所给妈妈看看?"

"不——"

最后我只好抱她下来。"没事,你今天真棒。"

但是利夫特太太噘着嘴,不满地哼哼,冲女儿皱着眉头。我还没来得及给梅·莫布丽换上尿布,她就一溜烟儿跑得没影了。一个光屁股的白人小孩这么满屋跑。她穿过厨房,拉开后门,冲进车库,伸手去够我的专用厕所的门把手。我们追在她身后,利夫特太太伸手指着，尖声喊道："那不是你的厕所！"

小姑娘晃晃脑袋。"*我的撒所！*"

利夫特太太一把抱起她，一巴掌朝她腿上扇过去。

"利夫特太太，她不懂——"

"回屋里去，艾比琳！"

我万般不愿，但还是回到厨房。我站在屋里，后门开着。

"我什么时候教过你上黑人厕所！"我听见她压低声音吼道，以为我听不见。我心里暗想，*我的小姐，你根本啥也没教过你女儿呀。*

"那边脏死了，梅·莫布丽。你要得病的！不行，不准！"我听见她的巴掌一声声落在小姑娘的光腿上。

过了一会儿，利夫特太太抱着她进屋了，像扛着袋土豆。我只能眼睁睁地看着，什么也做不了。我的心仿佛揪到了嗓子眼儿。利夫特太太把梅·莫布丽放在电视机前，自己转身进了卧室，砰的一声带上门。我走过去搂住小姑娘。她还在哭个不停，搞不清楚状况。

"真对不起，梅·莫布丽。"我柔声说道，暗自责怪自己为什么一开始要把她带到那里去。但我不知道该怎么说，只能抱住她。

我们坐着看《淘气兄妹》动画片，直到利夫特太太从屋里出来，问我今天怎么到时间还不走。我把坐公交车的零钱塞进口袋，又抱了抱梅·莫布丽，在她耳边轻语："你是个**聪明**的小孩，**善良**的小孩。"

回家路上，我无心打量车窗外掠过的白色房子，也没闲情跟其他做帮佣的朋友说话。我眼前还闪现着小姑娘因为我挨了打，还看见她听着利夫特太太说我脏、身上带病菌。

公交车在联邦路上开始加速，驶过威尔逊桥。我牙关紧咬，几乎要把牙咬碎了。我又感觉到那颗苦涩的种子在我体内生长，那颗特里罗尔死后种下的种子。我真想大声喊出来,好让小姑娘听见,黑人并不肮脏,桥这边的黑人聚居区也没有传染病。我想要阻挡那一刻的到来,但每个白人孩子最终都会在某一刻开始意识到,认定黑人比白人低下。

公交车转到法里士街区,我站起身准备下车。我祈祷着她的那一刻还没有到来,祈祷着我还有时间。

接下来的几周都平安无事。梅·莫布丽换上了大小孩的短裤,也没出什么岔子。车库事件后,利夫特太太对梅·莫布丽上厕所的事情分外上心,甚至愿意让女儿看自己上厕所,好做个白人的榜样。不过,有几次她妈妈不在的时候,我还是发现她想去用我的厕所。有时候我来不及阻止,她就已经跑去了。

"嘿,克拉克太太。"罗伯特·布朗走上后门台阶,他来给利夫特太太清理院子。天气很好,又凉爽,我拉开了纱门。

"怎么样啊,孩子?"我拍拍他胳膊问道,"我听说你把这条街的院子都承包啦。"

"没错。我还雇了两个人帮我除草。"他笑着说。他长得挺帅,高个儿,短发,跟特里罗尔一个高中,也是一起打棒球的好朋友。我又拍拍他的胳膊,就是想再感受一下。

"你奶奶还好吗?"我问。我很喜欢洛维尼亚,她简直是天底下最可爱的人。她和罗伯特一起来参加了特里罗尔的葬礼。这倒提醒了我下周是什么日子,一年里最灰暗的一天。

"身体比我还好呢。"他笑了,"我周六去给你除草。"

以前都是特里罗尔给我除草。现在罗伯特主动揽下了这活儿,也从不收我的钱。"谢了,罗伯特,真谢谢你。"

"你有什么要帮忙的,尽管找我,好吧,克拉克太太?"

"谢谢,孩子。"

门铃响了,我看见斯琪特小姐的车停在外面。斯琪特小姐这个月每周都要来利夫特太太家,问我莫娜太太专栏的问题。她问我怎么处理硬水垢,我就告诉她用酒石。她问我怎么把坏在灯座上的灯泡取下来,我说用生土豆。她问我她家之前的佣人康斯坦汀和她妈妈之间发生了什么,我只能沉默。几周前,我还以为要是给她透露一点康斯坦汀女儿的事,她就不会再拿这个来烦我了。但斯琪特小姐还是问个不停。我能看出来,她不明白为什么一个黑人女性没法儿在密西西比州养大一个白皮肤的孩子。那样的生活只能是既艰难又孤独,不属于这边也不属于那边,无处容身。

每回斯琪特小姐问完了清洁修理的问题或是打听完康斯坦汀的下落,我们还会聊点别的。我通常不会和白人太太或是她们的朋友谈这些。我会跟她说特里罗尔的成绩从来没有低于 B+的,或者说说教堂新来的执事口齿不清,让我心烦。都是些小事,但也是些我不会跟白人说的事。

今天,我正向她解释洗银水和拭银乳的区别,只有那些不讲究的人家才用洗银水,用洗银水更快,但效果不好。斯琪特小姐歪着头,眉头紧锁。"艾比琳,你还记得……特里罗尔的那个想法吗?"

我点点头,心里一阵刺痛。我就不该跟白人小姐讲这个。

斯琪特小姐眯起双眼,就跟上次提起卫生间的话题一样。"我一直在想,一直想跟你谈谈——"

不过她话还没说完,利夫特太太就走进厨房,正好瞅见小姑娘摆弄着我放在手提包里的梳子,于是说梅·莫布丽今天应该早点洗澡。我就跟斯琪特小姐道别,去给浴缸放水。

我害怕了整整一年,11 月 8 号这一天还是来了。前一晚我估计只睡了两个小时。天刚亮就起了床,在炉子上煮上一壶"公众"牌咖啡。我一弯腰穿袜子,背上就隐隐作痛。我还没出门,电话铃响了。

"就是来问一声,昨晚睡着了吗?"

"我没事。"

"我今晚给你带个焦糖蛋糕来。你啥也别做,我就看着你坐在厨房把蛋糕吃了当晚饭。"我想笑笑,但没笑出来。我谢过米妮。

三年前的今天,特里罗尔死了。但在利夫特太太的日程上,今天该擦地板。还有两周就到感恩节,有一堆事等着我做呢。整个上午我都在擦洗地板,午间新闻的时候还没擦完。我没看成电视,因为太太小姐们在客厅里讨论慈善晚会的事,家里有客人的时候,我不能开电视。这倒没关系。我浑身肌肉都累得哆嗦,但我一刻也不想停下来。

下午四点,斯琪特小姐走进厨房。她还没来得及打招呼,利夫特太太就跟在她身后冲了进来。"艾比琳,我刚刚才得知弗雷德里克太太明天要从格林伍德开车过来,感恩节期间都住在这里。你把银质餐具都擦了,客用毛巾都洗了。明天我再把其他要做的列张单子给你。"

利夫特太太冲斯琪特小姐摇摇头,像是在感叹:你瞧这城里还有谁比我更忙的?然后走开了。我去餐厅取来全部银质餐具。老天,我已经累得不行了,还要准备好下周六去慈善晚会帮忙。米妮不来。她怕碰上希莉小姐。

我回到厨房,斯琪特小姐还在等我,手里拿着一封莫娜太太的读者来信。

"打扫家务的问题吗?"我叹口气,"问吧。"

"也不是。我只是……想问问你……那天……"

我打开派欧拉牌拭银乳的盖子,开始擦银器,用抹布细细擦着那些玫瑰纹样、餐具边沿和把手。上帝啊,明天快点来吧,那我就不用去墓地了。我办不到,这太难了——

"艾比琳?你还好吗?"

我停下手里的活儿,抬起头,才发现斯琪特小姐刚才一直在跟我讲话。

"抱歉,我只是……想到一些事情。"

"你看起来真难过。"

"斯琪特小姐,"我感到泪水涌入眼眶,三年的时间还不足以抚平伤痛。一百年也不够,"我能不能明天再帮你回答问题?"

斯琪特小姐欲言又止。"没问题,希望你好些。"

我擦完银器,洗完毛巾,就跟利夫特太太说我要回家,虽然还有半个小时才到点,她肯定会扣我工资。她刚想张口反对,我便小声撒谎:"**我刚才吐了。**"她立马放行。除了她自己的妈妈,利夫特太太最害怕的就是黑人的病菌。

"好啦。我半小时后回来。九点四十五分,还在这里等。"利夫特太太隔着轿车玻璃说。她让我在金特尼商店下了车,采购明天感恩节要用的东西。

"别忘了拿收据。"利夫特太太那刻薄的母亲弗雷德里克太太说道。前排坐了三个人,梅·莫布丽挤在她俩中间,脸上一副苦样,就跟要去打针似的。可怜的孩子。这次弗雷德里克太太要待上两周。

"别忘了买火鸡。"利夫特太太说,"还有两罐蔓越莓酱。"

我笑了。从卡尔文·柯立芝总统那个年代起,我就开始给白人家庭做感恩节大餐了。

"别扭了,梅·莫布丽,"弗雷德里克太太厉声说,"再扭我就拧你了啊。"

"利夫特太太,让我带她去商店吧,去给我帮帮忙。"

弗雷德里克太太刚想反对,利夫特太太就说:"带她走吧。"我还没反应过来,小姑娘已经从弗雷德里克太太腿上挣扎着爬过来,钻出车窗,把我当救世主似的爬进了我怀里。我抱起她,目送她们开车往堡垒街方向去了。小姑娘和我咯咯笑个不停,像两个小女生。

我推开金属门,拉了辆购物车,让梅·莫布丽坐在车里,两腿从座板的洞里伸出来。只要我穿着白色制服,就能在金特尼商店买东西。我怀念以前,你走到堡垒街,就会看到有农民推着手推车叫卖:"红薯啦、棉豆啦、四季豆啦、秋葵啦。新鲜奶油、白脱牛奶、芝士片、鸡蛋。"不过金特尼也不差。至少冷气充足。

"好了,小姑娘,看看我们要买什么。"

在生鲜部,我挑了六个红薯,三把四季豆,又在肉铺选了个烟熏蹄髈。店里光线明亮,东西都摆得整整齐齐。不像黑人去的小猪超市,地板上都是木屑。金特尼的顾客大多是面带微笑的白人太太,都为明天过节做好了发型。还有四五个穿着制服的黑人帮佣。

"紫紫!"梅·莫布丽嚷道,我让她抱着那罐蔓越莓酱。她冲着罐子笑着,像是见到了老朋友。她喜欢紫色的东西。在干货区,我把一袋两磅装的盐扔进购物车,准备用来腌火鸡。我扳起指头算了算时间,十、十一、十二。要是想腌足十四个小时,今天下午三点就得把火鸡放进盐水桶里。然后我明早五点到利夫特太太家,再把火鸡烤上六个小时。我已经烤了两盘玉米面包,放在厨房台面上凉着,把表皮凉得脆一些。我还做了苹果馅饼,随时可以进烤箱,明早再做小点心。

"明天准备好了吗,艾比琳?"我扭头看见弗兰妮·库兹站在我身后。她跟我去一个教堂,在曼希普街的卡洛琳太太家干活儿。"嘿,小美人,瞧瞧这小胖腿。"她对梅·莫布丽说。梅·莫布丽舔着蔓越莓酱的罐子。

弗兰妮低下头："你听说洛维尼亚·布朗她孙子今天早上的事了吗？"

"罗伯特？"我说，"给人除草的那个？"

"他在品奇曼草坪公园用了白人厕所。说那儿没放标志。两个白人拎着铁棍追着他打。"

哦，不。**罗伯特**可千万别出什么事。"他……他是不是……？"

弗兰妮摇了摇头："不知道，还在医院呢，我听说他的眼睛看不见了。"

"老天，不要。"我闭上眼睛。洛维尼亚，这天底下最善良的人，女儿死后，是她一手把罗伯特带大的。

"可怜的洛维尼亚。我真不明白为啥总是好人碰上这档子坏事。"弗兰妮说。

那天下午，我忙得脚不沾地。剁洋葱、切芹菜、配调料、捣红薯、给四季豆去丝、擦银器。我听说下午五点半大家要去洛维尼亚·布朗家为罗伯特祈祷，但是等我把二十磅重的火鸡丢进盐水之后，已经累得胳膊都抬不起来了。

直到六点，我才做完饭，比平常晚了两个小时。我知道自己没有力气再去敲洛维尼亚家的门，只能等明天处理完火鸡再去。我摇摇晃晃地从公交站往家走，眼睛都快睁不开了。转过盖森街角，一辆白色的凯迪拉克停在我家门口，斯琪特小姐一身红裙红鞋，坐在我家门前的台阶上，活像个扩音喇叭。

我慢慢穿过前院，心里猜想着是怎么回事。斯琪特小姐站起身来，手里紧紧抓着小皮包，像是怕被人抢了。白人除非是接送佣人，从不会到我们这边街区来，我倒是没什么所谓。我伺候了白人一整天，也不需要他们再到家里来看望我了。

"希望你不要介意我到你这里来。"她说，"只是……我不知道我们还能在其他什么地方谈。"

我也在台阶上坐下，每一寸脊椎都隐隐作痛。小姑娘一见她外婆就怕得不行，结果尿了我一身，弄得我现在浑身的味儿。街上人来人往，有些是到好心的洛维尼亚家去给罗伯特祈祷，也有小孩在街上玩球。大家都扭头看看我俩，想着我肯定是被炒了鱿鱼之类的。

"是，小姐。"我叹道，"有什么事吗？"

"我有个主意，想写点东西，不过需要你帮忙。"

我长叹一声。我很喜欢斯琪特小姐，不过，说真的，要是事先打个电话来就好了。她肯定不会不打电话就这么坐在其他白人太太小姐家门口。但她没给我打，就这么突然不请自来，好像完全不觉得有什么不妥。

"我想采访你，问问你做女佣的经历。"

一只红色皮球滚进院子。琼斯家的小男孩从马路对面跑过来捡球。他瞅见斯琪特小姐，愣在半道，然后才回过神，赶紧跑过来，捡起皮球转身拔腿就跑，像是怕斯琪特小姐要来捉他似的。

"莫娜太太专栏那样的吗？"我无精打采地说，"打扫卫生那些事？"

"不，不是莫娜太太那样的。我想写本书。"她兴奋地瞪大眼睛，"我想写写黑人帮佣给白人家庭干活儿的故事。比如给……你给伊丽莎白干活的故事。"

我扭过头去盯着她。这两周以来，她就一直想在利夫特太太家的厨房问我这些事。"你觉得利夫特太太会同意吗？同意我把她的事告诉你？"

斯琪特小姐的目光黯淡了些。"嗯，大概不行。我在想或许我们不告诉她。我得让其他女佣也都保密才行。"

我拧起眉头，有点猜到她想问什么了。"其他女佣?"

"我想采访四五位，写一写在杰克逊市当女佣到底是怎么一回事。"

我环顾四周。我们就坐在这露天地方，光天化日之下讨论这种事，她难道不明白这有多危险吗?"你到底想打听些什么样的故事?"

"你们拿多少钱，他们怎么对你们，厕所啦，小孩啦，你们耳闻目睹的一切，好的坏的。"

她兴致很高，简直把这当成了一场游戏。有那么一瞬间，我觉得自己恼怒更甚于疲惫。

"斯琪特小姐，"我小声说，"你不觉得这事有点危险吗?"

"我们小心一点就不会……"

"嘘，请别说了，你知道要是利夫特太太发现我背着她说这些，会是什么后果吗?"

"我们不跟她说，谁都不说。"她也压低了声音，但仍按捺不住，"我会私下采访。"

我就这么盯着她。她疯了吗?"你听说今早那个黑人男孩的事了吗? 只不过不小心用了白人厕所，就被人拿铁棍打了。"

她也看着我，眨了眨眼睛。"我知道近来事态有些紧张，不过——"

"还有考特县我表姐希奈拉的事? 她只不过开车去了投票站，人家就把她的车烧了。"

"从没有人写过这么一本书，"她终于有些明白过来了，我猜，终于开始小声说，"我们会开创历史，这是个全新的角度。"

一群穿着制服的女佣路过我家门前，她们都朝这边张望，看见我和一位白人小姐坐在前门台阶上。我咬紧牙关，已经预料到今晚电话要响个不停了。

"斯琪特小姐，"我放慢语速，郑重其事地说，"我要是答应帮你，无异于引火烧身。"

斯琪特小姐咬起了指甲。"但是我已经……"她紧紧闭上眼。我想问她，已经怎么了，但又害怕听到答案。她从手提包里摸出张纸片，写上她的电话号码。

"拜托了，至少考虑一下？"

我叹了口气，望着前院，尽量客气地回绝："不用考虑了，小姐。"

她把那张纸片放在我身边的台阶上，然后坐进了凯迪拉克。我太累了，没有起身，就坐在原地，看着她驾车缓缓离开。街上玩球的男孩子们自动让出路来，一动不动地站在路边，仿佛目送灵车远去。

斯琪特小姐

第八章

我开着妈妈的凯迪拉克行驶在盖森大街上。前方有个黑人小男孩,穿着工装裤,抱着红色皮球,睁大了眼睛看着我。从后视镜望去,艾比琳仍穿着制服坐在前门台阶上。她刚才回答"不用考虑了,小姐"的时候,甚至都没看我一眼,只是盯着前院里那一片枯黄的草坪出神。

我本以为这次也会像我小时候去康斯坦汀家一样,一路上都有友善的黑人挥手微笑,很高兴见到我这位大农场主的白人小女儿。我的车驶近那个黑人小男孩的时候,他转身跑进艾比琳家几户之外的一栋房子,几个黑人站在前院,手里都端着盘子、拎着袋子。我揉了揉太阳穴,想找到什么理由能够说服艾比琳。

一周前,帕斯卡古拉来敲了我卧室的门。

"有个长途电话找你,斯琪特小姐,她说叫斯坛……女士?"

"斯坛?"我脱口而出,随即明白了,"还是……斯坦?"

"可……可能是斯坦吧。她那口音硬邦邦的。"

我赶紧从帕斯卡古拉身旁冲下楼梯,不知怎么,一路上还不停梳理着满头卷曲的头发,好像是要去见人,而不只是接电话似的。我一把抓起在墙边晃荡的听筒。

三周前,我在洁白的斯莫尔纸上打下了那封信,洋洋洒洒三大张纸,列上我的想法梗概、一些细节,还有那个谎言:一位受人尊重又勤奋的黑人女佣已经答应接受采访,细数她给我们城里白人主妇干活的点点滴滴。我权衡了一下,与其说我还在**计划**寻求黑人女佣的帮助,我觉得说她已经同意会显得诱人得多。

我把电话听筒拉进储藏室,开了灯。储藏室里堆满了汤罐头、咸菜罐头,还有一瓶瓶的糖浆、腌菜、果酱。从高中起,我就学会躲进这里,为自己争取点隐私。

“你好? 我是尤金娜。”

“请等一下,我帮你转接。”一阵咔哒声之后,传来一个遥远的声音,嗓音低沉得仿佛男人:“伊莲恩·斯坦。”

“你好,我是密西西比州的斯琪——尤金娜·费伦。”

“我知道,费伦小姐,是我给你打的电话。”我听见电话那头划着了一根火柴,然后猛吸一口烟,“上周收到你的信,我有些话想对你说。”

“好的,女士。”我屁股一沉,在高高的国王牌点心面粉罐上坐下,心怦怦直跳,聚精会神听她要说什么。从纽约打来的电话听来真的有如千里之外的声音一样模糊。

“我很好奇,你是怎么想到的? 采访家庭女佣?”

我愣住了。她既没有寒暄两句,也没有介绍自己,于是我明白最好还是直接回答她的问题。“我是……嗯,我是由一位黑人妇女带大的。我知道主人家和帮佣之间的关系可以是多么简单——也可以是多么复杂。”我清了清嗓子,我的声音生硬拘谨,像在回答老师提问。

“继续。”

"嗯，"我深吸一口气，"我想从佣人的角度来写一写这种关系，从南方黑人女性的角度。"我回想起康斯坦汀的脸、艾比琳的脸，"她们带大了白人小孩，二十年后，那个孩子又成了雇主，这其中多么讽刺，我们喜欢她们，她们也爱我们，但是……"我咽了口唾液，声音微微发抖，"我们甚至不允许她们用屋里的卫生间。"

那头一片沉默。

"所以，"我只得继续说下去，"白人是怎么看待这件事的，我们都很清楚，那个为了家庭奉献一生的伟大黑人保姆的形象，玛格丽特·米切尔在《飘》里已经写过了。但是从来没人问问黑人保姆自己是怎么想的。"汗水顺着我胸口往下淌，浸湿了棉衬衫的前襟。

"所以你想揭示从来没人了解过的一面。"斯坦女士说。

"是的，没人说过。南方这边从来没人讨论过。"

伊莲恩·斯坦低声笑了。她发音干脆，一听就是北方佬。"费伦小姐，我在亚特兰大①住过，跟我第一任丈夫生活了六年。"

我立刻抓住这其中的联系。"这么说……你明白那种情况。"

"明白得很，所以我待不下去。"她说，我听见她喷了口烟，"那个，我看了你的大纲，确实很……新鲜，但肯定没法实现。哪个头脑正常的佣人会告诉你真相？"

我瞥见妈妈的粉红色拖鞋从门口经过，尽量不去理会。没想到斯坦小姐已经识破了我在吹牛。"第一位受访者很想……跟我说说她的故事。"

"费伦小姐，"伊莲恩·斯坦说，但我明白她不是真的在问我，"那个黑人真的同意跟你敞开心扉了吗？说说在白人家庭干活儿的事？在密西西比州杰克逊市，这可真是冒险啊。"

---

① 亚特兰大是美国南部城市。

我坐在那里干眨眼,开始有点担心,艾比琳可能不会如我想象般容易说服。那时我还根本没想过下一周她会在前门台阶上直接拒绝我。

"我看新闻里说,你们那儿的黑人想要在公交站废除种族隔离,"斯坦女士继续说,"结果往四人间的牢房里硬是塞进了五十五个黑人。"

我抿了抿嘴。"她已经同意了。对,她同意了。"

"哦,那真是了不得。不过除了她以外呢,你真的觉得还有其他女佣会跟你谈谈吗?要是被雇主发现了可怎么办?"

"我会秘密访谈。因为,你也知道,这边的情势目前有点危险。"事实上,到底情势有多危险,我也没什么概念。过去四年,我都躲在大学的象牙塔里,读读济慈的诗或是尤多拉·韦尔蒂①的小说,唯一担心的就是期末考试。

"有点危险?"她笑了,"伯明翰的示威游行,马丁·路德·金,狗也袭击黑人儿童。亲爱的,这都是举国关注的新闻了。不过,我很抱歉,你这点子行不通。写成文章不行,没有南方报纸会愿意发表。写成书就更不行了,通篇都是**访谈**的书压根卖不出去。"

"哦。"我听见自己的声音,闭上了眼睛,感觉身体内的热情都被抽干了。我听见自己又重复了一遍,"哦。"

"我之所以给你打电话,老实说,是因为我觉得这想法不错。不过……肯定没法印出来。"

"但是……如果……"我在储藏室里四下打量,希望能搜肠刮肚想出点什么重新唤起她的兴趣。或许我**应该**谈谈怎样把它写成报纸或是杂志文章,不过她说了不行……

---

① 尤多拉·韦尔蒂(Eudora Welty,1909—2001),美国小说家,在密西西比州杰克逊市出生,小说以描写美国南部生活见长。

"尤金娜,你在里面跟谁说话呢?"门缝外传来妈妈的声音。她把门推开了一道缝,我又猛地关上。我捂住听筒,小声说:"我在跟希莉打电话呢,妈妈……"

"关在储藏室里?你又跟小女孩似的了……"

"我是说……"斯坦女士啧啧叹道,"要是你写了什么,我大概可以帮你读一读。谁知道呢,也许出版市场需要点这样的刺激。"

"你愿意吗?哦,斯坦女士……"

"我可没说我会考虑出版。不过……先做做访谈吧,我再告诉你值不值得做下去。"

我结结巴巴地嘟囔了几声,终于挤出一句:"**谢谢**,斯坦女士,真的非常感谢你的帮助。"

"先别谢我。想找我的话,就给我秘书露丝打电话。"然后她挂了电话。

周三,我背着个旧书包去伊丽莎白家参加桥牌聚会。这个红色的书包不好看,但我今天只能靠它了。

我在家里只找到这只书包,装得下莫娜太太的读者来信。包上皮面都开裂、脱落了,皮革宽肩带在肩上摩擦,还在我的衬衫上留下了棕色印子。这是我奶奶克莱尔的园艺包,她以前用来装上园艺工具去院子里干活儿,现在包底还躺着几粒葵花子。这书包跟我其他的东西完全不搭,不过我不介意。

"还有两周,"希莉冲我竖起两根手指,"他就来了。"她笑笑,我也回以微笑。"我马上回来。"我一边说着,一边拎着书包溜进厨房。

艾比琳站在水槽前。"下午好。"她安静地说。我到她家去已经是一周以前的事了。

我在那儿站了一会儿,看着她搅拌冰茶,她的姿势透露出一丝不安,害怕我又要重提请她帮忙写书的事。我从包里掏出几封家政清洁的来信,看到信,艾比琳稍稍放松了肩头。我读了一封询问霉斑的来信,她往玻璃杯里倒了点冰茶,尝尝味道,又往里加了些糖。

"哦,趁我还记得,那个水渍的问题,我知道了。米妮说只要往上面抹点蛋黄酱。"艾比琳往冰茶里挤了半个柠檬,"然后再把那个没用的丈夫赶出家门就行了。"她又搅了搅,尝尝味道,"米妮对丈夫这类人一向没啥好感。"

"谢谢,我记下来。"我说着,然后尽量装作不经意的样子从包里摸出一个信封,"拿着,这是给你的。"

艾比琳又换上了我刚进门时那种提防的僵硬姿势。"这是什么?"她没有伸手来接。

"感谢你帮忙。"我平静地说,"每篇文章五美元,现在已经有三十五美元了。"

艾比琳迅速扭过脸去,看着冰茶。"不,不用了,小姐。"

"请你一定要拿,这是你应得的。"

餐厅传出木地板上拖拽椅子的声音,还有伊丽莎白的说话声。

"真的不行,斯琪特小姐。要是利夫特太太发现我拿了你的钱,肯定要大发雷霆。"艾比琳小声说。

"那就别让她知道。"

艾比琳抬头看着我。她的眼白泛黄,神色疲惫。我知道她在想什么。

"我已经说过了,真的很抱歉,你那本书我帮不了你,斯琪特小姐。"

我把信封放在台面上,明白自己已经犯了个天大的错误。

"求你了。去找别的黑人女佣吧,找个年轻点儿的,找……其他人。"

"但其他人我不熟悉。"我想用上"朋友"这个词,但还不至于那么天真,我明白我们不是朋友。

希莉从门口探头进来:"快来,斯琪特,我要发牌了。"然后又缩了回去。

"求你了,"艾比琳说,"快把钱拿走,别让利夫特太太看到。"

我尴尬地点点头,把信封塞进包里,心里清楚我们反而比以前更疏远了。她觉得我是为了让她同意接受采访而贿赂她,一种掩饰成善意和感谢的贿赂。我其实早就想着要把钱给她了,就等着积攒到一定数额,但是,她想的也没错,我确实特意挑选了今天,结果却把她彻底吓跑了。

"亲爱的,来试试这个。花了我十一美元呢,肯定好用。"

妈妈把我堵在厨房里。我瞟了眼通往门厅的门,又瞟了眼通往走廊的门。妈妈手里拿着那个东西又走近了一些。看到她举着那笨重的灰色机器,我不禁注意到她的腰肢看起来更纤细了,手臂也显得柔弱无力。她把我推到椅子上坐好——手臂其实还是蛮有力的,然后往我头发上挤了一管嘶嘶作响的黏黏的玩意。妈妈已经拿着这神奇的丝柔牌头发护理机追了我两天。

她用双手把发乳在我头上抹开,我都能感觉到她指间的那份希望。大概没有什么乳霜能把我的鼻梁扳直一些,或者让我变矮几厘米,也不能把我疏淡的眉毛变浓加深,或是让我骨感的身材圆润一些,而我的牙齿已经很整齐,所以妈妈唯一还能加以改造的就只有我的头发了。

她给我滴滴答答的头发套上塑料头套,再把头套上的管子接到一台方形机器上。

"要多久啊,妈妈?"

她用黏糊糊的手指捡起说明书:"上面说了,'戴上神奇发帽,打开机器,静候奇迹——'"

"十分钟？十五分钟？"

咔哒一声,机器轰隆隆地启动了,头上慢慢传来一股暖意。忽然,"嘭"的一声,管子从机器上脱落,像根失去理智的消防带一样疯狂摆动。妈妈尖叫一声,伸手去抓管子,试了几次也没成功。最后,她终于抓住了管子,又重新接上。

她深吸一口气,又捡起说明书。"'神奇发帽应持续佩戴两个小时,不可拿下,否则效果——'"

"两个小时？"

"我让帕斯卡古拉给你端杯茶来,亲爱的。"妈妈拍拍我的肩膀,"嗖"的一声闪出厨房。

这两个小时里,我抽着烟,翻完了《生活》杂志,读完了《杀死一只知更鸟》。最后,我拿起《杰克逊日报》,随意翻着。今天是周五,没有莫娜太太专栏。翻到第四版,我读到《男孩误用种族隔离卫生间被殴致盲,嫌疑人受审》,这有点……耳熟。我想起来了,一定是艾比琳的邻居的事。

这周我去了伊丽莎白家两趟,希望她不在家,我就能跟艾比琳聊聊,再设法说服她来帮我。伊丽莎白一心扑在缝纫机上,想要做一条新裙子圣诞节穿,又是一条看起来廉价又不结实的绿色礼服裙。她肯定从商场减价区弄了不少绿色布料。我真希望能去肯宁顿商场,给她买点新衣服,不过恐怕光是提出这个建议也会让她难堪到极点。

"你想好了约会要穿什么吗？"我第二次去伊丽莎白家的时候,希莉问道,"下周六？"

我耸耸肩。"我得去买点衣服。"

这时艾比琳端了几杯咖啡出来,放在桌上。

"谢谢。"伊丽莎白冲她点点头。

“呀,谢谢,艾比琳。”希莉边说边往杯子里加糖,“我跟你说,咱们城里黑人女佣做的咖啡,还数你的最好喝。”

“谢谢,太太。”

“艾比琳,”希莉接着说,“你觉得外面你那个新卫生间怎么样?有自己专用的卫生间真不错呢,是吧?”

艾比琳盯着桌面上的那道裂缝。“没错,太太。”

“艾比琳,你知道吗,这全是霍尔布鲁克先生给安排的呢。找工人啦,买材料啦。”希莉笑着说。

艾比琳就站在那儿,我真想从房间里逃走。拜托了,我心里暗想,**千万不要说谢谢**。

“是的,太太。”艾比琳拉开抽屉,伸手去拿什么东西。但希莉仍盯着她。希莉想听到什么回答,大家都很清楚。

有那么一秒钟,所有人都一动不动。希莉轻声咳了咳,最后,艾比琳低下了头,小声说了句“谢谢,太太”,然后就溜回厨房去了。也难怪艾比琳不想跟我交谈。

中午,妈妈过来帮我取下头上震动的发帽,让我靠在厨房水槽上洗掉发乳,然后她迅速给我卷上十几个卷发夹,再把我按在浴室的头发烘干机下。

一个小时后,我脸颊泛红,头颈酸痛,口干舌燥。妈妈把我推到镜前,拿掉卷发夹,然后帮我梳开卷发夹留下的印子。

我们俩站在镜前,震惊得目瞪口呆。

“我靠。”我脱口而出,满脑子只想到,**约会,下周末的相亲约会**。

妈妈也笑了,不敢相信这效果,甚至都没顾上骂我说脏话。我的头发看起来太棒了。护理机真的有效。

第九章

周六,要和斯图亚特·惠特沃斯约会的那天,我又在头发护理机下坐了两个小时(事实证明,原来它的效果一洗头就没了)。吹干头发后,我去了肯宁顿商场,买了店里鞋跟最平的一双鞋,还有一条黑色紧身纱裙。我不喜欢逛街,但很高兴能散散心,有一个下午暂时不用去想斯坦女士或是艾比琳的事。买东西花了八十五美元,我都记在妈妈账上,谁让她老是求着我去买新衣服。("买点你那个**身材**穿起来也好看的。")我知道妈妈一定会极力反对我穿这条露出乳沟的裙子。我从来没穿过这样的裙子。

我在肯宁顿商场的停车场发动车子,但是胃里忽然一阵剧痛,开不了车。我紧握包着白色皮套的方向盘,第十次告诫自己,想要得到自己永远不可能拥有的东西,是多么荒唐。想想自己仅从一张黑白照片就认定他的眼睛是哪种蓝色,只不过听到些捕风捉影的消息,约过几次晚餐都推迟了,我却当作是个机会,又是多么荒唐。不过这条裙子和我护理过的头发其实还挺好看,所以我又忍不住期待起来。

四个月前,希莉在她家的游泳池边给我看了照片。她在阳光下晒着,想把皮肤晒成小麦色,而我则躲在树荫下扇着风。我七月间起了痱子,那时还没好。

"我很忙。"我说。希莉坐在泳池边,她刚生完孩子,身材有些松垮走形,穿着黑色泳衣,却莫名地自信满满。她的肚子还有点鼓,但双腿仍一如往常般纤细美丽。

"我还没跟你说他什么时候来呢,"她说,"他家背景不错。"当然了,她也是在夸耀自己,对方是威廉的远房表弟,"你就见一见,看看感觉怎么样。"

我又低头看了眼照片。他眼神清亮,一头浅棕色的卷发,在湖边合照的那群男人里是个子最高的。但他有半身挡在别人后面,肯定四肢不全。

"他可没毛病。"希莉说,"你问问伊丽莎白,她去年在慈善晚会上见过,你那时还在学校。再说了,他跟帕特丽夏·范·德凡特交往了好久呢。"

"帕特丽夏·范·德凡特?"连续两年被评为密大校花的那个?

"而且他开始在维克斯堡做自己的石油生意了。所以要是这次没成的话,你也不会整天在城里碰见他。"

"好吧。"我叹口气,只是为了让希莉别再纠缠。

我买完裙子回到家,已经下午三点半了。约好了六点去希莉家见斯图尔特。我照照镜子,发梢已经有些发毛,但其他地方还是光滑如初。我告诉妈妈想再试一次头发护理机,她简直高兴坏了,甚至没问我原因。她不知道我今晚要去相亲,要是不小心让她知道了,那么接下来的三个月我就等着她拿"他打电话来了吗?"之类的问题狂轰滥炸吧,万一最后没成,她还要责问:"你到底哪里做得不对了?"

妈妈和爸爸在楼下休息室为"反叛者"队欢呼呐喊。我哥哥卡尔顿坐在沙发上,身旁是他那光彩照人的新女友。他们今天下午才从路易斯安那州立大学开车回来。她穿着一件红色衬衫,一头黑色直发扎成马尾。

厨房里只有我和卡尔顿两人,他笑着拽我的头发,和我们小时候一样。"你怎么样啊,小妹?"

我告诉他我在报社工作,还做着联盟会通讯报的编辑。我还告诉他让他上完法学院赶紧搬回家来。"你也得跟妈妈待一段时间。我的那份已经领教够了。"我咬着牙说。

他哈哈大笑,好像明白了我的意思,可他怎么会懂呢?他比我大三岁,高大英俊,一头金黄的卷发,就快从路易斯安那州立大学的法学院毕业,那里离家两百七十多公里,路还不好走,因此得以远离一切麻烦。

等卡尔顿回到他女友身边之后,我到处找妈妈的车钥匙,但怎么也找不到。已经四点四十五分了。我走过去站在休息室门口,想要引起妈妈注意。妈妈正连珠炮似的打听着"马尾辫"的家乡和家人情况,我得等她问完,但是妈妈非得找出她们俩都认识的一个人才会罢休。问完以后,妈妈还要问问那女孩在范德堡大学加入了哪个姐妹会,终于,她抛出最后一个问题作结:她家的银具纹样是什么。妈妈总是说,这要比问星座好。

马尾辫女孩说她家是尚蒂伊纹样,但是结婚后会自己重新选择纹样。"毕竟我觉得自己是个独立思考的人。"卡尔顿拍拍她的脑袋,她像小猫似的蹭蹭他的手。他们一齐抬头,冲我微笑。

"斯琪特,"马尾辫女孩从房间那头对我说,"你家是'弗朗索瓦一世'家族纹样,你可真幸运啊。你结婚以后还会继续用这个纹样吗?"

"'弗朗索瓦一世'真是美极了,"我咧嘴笑着,"哦,我一天到晚没事就把叉子都拿出来,就为了欣赏欣赏那纹样呢。"

妈妈瞪了我一眼。我示意她去厨房,不过十分钟后她才进来。

"妈妈,你的车钥匙到底搁哪儿了?去希莉家要迟到了,我今晚要住她家。"

"什么？但是卡尔顿才刚回来呀。你这么一走,他女朋友会怎么想?"

我一直等到现在才告诉她我要出去,因为我知道,无论卡尔顿在不在家,我们都得争吵一番。

"帕斯卡古拉做了烤肉,爸爸也把今晚在休息室生火的木材准备好了。"

"妈妈,今天足有二十九度。"

"听着,你哥哥刚回家,我希望你能做出个好妹妹的样子。去好好陪陪那女孩,否则别想走。"她看了看表,我暗自提醒自己我已经二十三岁了。"听话,亲爱的。"她说。我叹口气,端着一盘冰镇薄荷酒拿给大家。

"妈妈,"五点二十八分的时候,我回到厨房,"我真得走了。你的钥匙呢? 希莉还在等我。"

"我们还没吃香肠卷呢。"

"希莉……犯胃病了。"我小声说,"她的佣人明天来不了,我得去帮她带孩子。"

妈妈叹道:"所以你明天要跟他们一起去教堂咯? 我还以为明天我们能一家人一起去教堂,再一起吃个周日午餐。"

"妈妈,求你了。"我边说边在她放钥匙的筐里摸着,"我怎么也找不着你的车钥匙。"

"你不能把凯迪拉克开走过夜。我们明天要开着它去教堂。"

还有三十分钟,他就要到希莉家了。原本的计划是我要去希莉家梳妆打扮,这样妈妈就不会起疑。我也不能开爸爸的新卡车去,卡车里装满了化肥,而且他明天早上要用。

"行吧,我开旧卡车去。"

"卡车上好像钩着拖车呢。去问问你爸爸。"

但我不能去问爸爸。我可承受不了再给休息室里的三个人解释一遍,然后看着他们听到我要走而不开心的神情,于是我抓起旧卡车的钥匙:"没关系。我就是去趟希莉家。"我冲出门去,原来旧卡车后面不仅钩着拖车,拖车上还载着一辆半吨重的拖拉机。

于是,我就开着这么一辆1941年的红色雪佛兰四轮驱动卡车,后面还拖着一辆约翰迪尔牌平地机,去赴我两年来的第一次约会。引擎轰隆作响,剧烈震动,我都怀疑这车能不能顺利开到希莉家去。轮胎翻起土块,一路抛撒。上了主路,引擎熄了火,车子猛地刹住,我的裙子和包都给甩到肮脏的车座下。我重新发动了两次。

五点四十五分,一团黑影突然从挡风玻璃前掠过,接着传来砰的一声。我赶忙踩刹车,但后面拖着个一万磅重的机器,想要刹住车可不是那么容易的。我一边抱怨着,一边把车停在路边。我得下去看看。神奇的是,那只猫自己站了起来,惊恐地四处望望,然后嗖地蹿进了路边的小树林。

我在限速五十迈的路上以二十迈的速度开着,车喇叭在我身后响个不停,小孩子们冲我大喊大叫。六点差三分,我终于把车停在了希莉家门前的马路边,她家的车道停不下农用车辆。我抓起包,汗流浃背,上气不接下气,头发也被风吹乱了,没敲门就冲进屋里,然后看见他们三人都坐在客厅里喝着加冰威士忌,我的相亲对象也在。

我呆立在走廊,他们齐刷刷望向我。威廉和斯图亚特站起身。天哪,他可真高,比我高了起码有十厘米。希莉瞪大了眼睛,走过来抓住我的胳膊。"先生们,我们马上回来。你们先坐坐,聊聊橄榄球什么的。"

希莉把我拉进衣帽间,我们一齐叫苦不迭,简直糟糕透了。

"斯琪特,你竟然连口红都没擦!头发乱得跟老鼠窝似的!"

"我知道,你看我这样!"头发护理机的魔法消失得一干二净,

"该死的卡车里没有空调。我只能开着窗户。"

我擦了把脸,希莉让我坐在衣帽间的椅子上,像妈妈那样帮我梳头发,缠上大发卷,喷上网牌定型水。

"所以,你觉得他怎么样?"她问。

我叹口气,闭上没涂睫毛膏的眼睛。"挺帅的。"

我往脸上胡乱抹着化妆品,其实不太知道怎么用。希莉看见了,过来拿了张纸巾擦掉,又重新帮我涂好。我套上那条深V领小黑裙,穿上黛而曼牌的黑色平跟鞋。希莉三两下帮我梳好头发。我用一块湿布擦了擦腋下,希莉冲我翻了个白眼。

"我撞到了一只猫。"我说。

"等你来的时间他已经喝了两杯了。"

我站起来,理理裙子。"好了,"我说,"打个分吧,一到十分。"

希莉上下打量我一番,目光停在裙子前胸的深V领最底下,扬起了眉毛。我从来没有露过乳沟,都快忘了自己还有这一部分了。

"六分。"她说,好像自己也挺意外。

我们对视了一秒。希莉压低嗓门惊叫一声,我报以微笑。希莉从来没有给我高于四分。

我们回到客厅,威廉正用手指着斯图亚特。"我要竞选那个席位,说真的,有你爸爸的——"

"斯图亚特·惠特沃斯,"希莉宣布,"介绍一下,这位是斯琪特·费伦。"

他站起身来,那一瞬间,我脑中一片寂静。他仔细打量着我,我也努力让自己看着他,不亚于一种自我折磨的酷刑。

"斯图亚特是亚拉巴马州立大学毕业的。"威廉说,又补了句,"'狂潮'队的。"

"很高兴认识你。"斯图亚特冲我飞快地笑了一下,然后仰头灌下一大口酒,我都听见冰块碰到他牙齿的声音了。"那么,我们去哪儿?"他问威廉。

我们坐着威廉的奥兹摩比牌轿车去罗伯特·E.李饭店。斯特亚特帮我打开车门,我们并排坐在后面,但是一路上他都向前探身跟威廉聊着猎鹿季节。

吃饭时,他帮我拉开座椅,我坐下,微笑着道谢。

"你喝点什么?"他问我,但没有看着我。

"不用了,谢谢,我喝水就行。"

他转过头对侍者说:"一杯双份纯肯塔基波本威士忌,外加一杯水。"

他喝了大概五杯波本威士忌后,我问:"希莉跟我说你在做石油生意,肯定很有意思。"

"钱还挺好赚的,要是你想问这个的话。"

"哦,我不是……"我还没说完,他就伸长了脖子去看什么东西。我抬起头,发现他正盯着站在门口的女人,一位大胸脯的金发红唇女郎,身着一条绿色紧身长裙。

威廉也扭头去看斯图亚特在看什么,但是他立刻转过头来,对斯图亚特轻轻摇了摇头。原来是希莉的前男友约翰尼·福特和他的新太太西莉亚正往门外走去。他们走后,我和威廉交换了一下眼神,庆幸希莉没有看见他们。

"老天,那姑娘简直跟蒂尼卡那边的柏油路一样热辣。"斯图亚特压低了声音说。事后想来,大概就是从那一刻起我对他不再抱有任何期待了。

希莉时不时地朝我这里投来询问的眼神。我冲她笑笑,假装一切都很好,她也对我笑笑,表示看到进展顺利很高兴。"威廉!副州长刚刚进来了,趁他还没坐下,我们去打个招呼。"

他们一起走开,剩下我俩这对爱侣并肩坐在餐桌一侧,看着餐厅里的其他幸福夫妇。

"那个，"他几乎头也不转地说，"你看没看过亚拉巴马的橄榄球赛？"

我连距离我床头不到五公里的科诺球场都没去过。"没有，其实我不爱看橄榄球。"我看了看表，还不到七点十五分。

"这样啊。"他盯着侍者递给他的酒，似乎脑海中已经泛起一饮而尽的快感，"那你平时都做些什么？"

"我给……《杰克逊日报》写家政专栏。"

他皱了皱眉，然后笑了。"家政。你是说……家务？"

我点点头。

"老天。"他搅了搅杯中的酒，"我简直想不到还有什么比读一篇教人打扫卫生的专栏还要无聊的事了。"他说，我注意到他的门牙有点歪。我真想当面向他指出这一缺陷，结果他又补了一句，"除了写这篇专栏吧。"

我死盯着他。

"听起来很有心机啊，为了找个丈夫，就先成为家政专家。"

"哟，你可真厉害，我这整套伎俩都被你看穿啦。"

"你们密大毕业的女生不都是这样吗？专业钓金龟婿的？"

我目瞪口呆地看着他。我可能很久没约会过了，不过，他以为他是谁啊？

"抱歉，你小时候是不是摔下来过，脑袋先着地了？"

他冲我眨了眨眼睛，今晚第一次放声大笑。

"跟你无关，"我说，"不过我其实想做一名记者，总得从什么地方开始。"我觉得他对我稍有些刮目相看。但他随即又把杯中酒一饮而尽，那表情也消失了。

我们吃着晚餐，从他的侧面，我看出他的鼻子有那么点太尖了，眉毛也有点浓，浅棕色的头发也很粗硬。我们没再说话，至少彼此没说什么。希莉一直说个不停，老是给我们抛话题："斯图亚特，斯琪特家就住在城北一个种植园。你父亲议员先生不也是在花生农场长大的吗？"

斯图亚特又点了一杯酒。

希莉和我去洗手间的时候，她充满希望地对我笑笑："你觉得怎么样？"

"他很……高。"我说，有点意外她竟然没注意到我的相亲对象不仅俗不可耐，而且已经酩酊大醉。

晚餐终于吃完了，斯图亚特和威廉付了账，然后站起来，帮我穿上外套，至少他还挺懂礼貌。

"老天，我还没见过哪个女人的胳膊这么长。"他说。

"嗯，我也从没见过有谁喝酒喝得这么凶的。"

"你的外套有股——"他俯身嗅着，表情古怪，"化肥味。"

他大步走向男洗手间，我真希望自己能就地消失。

回程的车里，大家都分外安静，三分钟的车程也显得格外漫长。

我们回到希莉家。尤尔·梅穿着白色制服迎出来："孩子们都很好，上床睡觉了。"然后她从厨房门溜走了。我打声招呼就去了洗手间。

"斯琪特，不如你开车送斯图亚特回家吧？"我一出来，威廉就对我说，"我有点累了，希莉，你也是吧？"

希莉看着我，像是在琢磨我的心思。我刚才在洗手间磨蹭了十分钟，还以为已经把自己的意思表达清楚了。

"你……没开车来吗？"我冲着斯图亚特面前的空气问道。

"他现在这样是开不了车了。"威廉笑着说。大家都不说话。

"我是开卡车来的。"我说，"我不想你屈尊……"

"嗨呀，"威廉拍了拍斯图亚特的后背，说，"你不介意坐卡车回去吧，老兄？"

"威廉，"希莉说，"要不还是你开车送他吧，斯琪特，你也一起。"

"我不行，我自己也喝多了。"威廉这么说着，虽然他刚刚才开车送我们回家。

最后，我只得转身出门。斯图亚特跟在我身后，倒是没有对我没把车停在希莉家门口或车道上大加评论。我们走到卡车跟前，一齐停下脚步，望着车后钩着的四米多长的拖车。

"你一路拖着这么个玩意儿过来的？"

我叹了口气。大概因为个头很高，我从来也没觉得自己娇小或是特别女孩子气，但这辆拖车，也实在是过于夸张地总结了我的个性了。

"我还真没碰上过这么搞笑的事。"他说。

我从他身边退开一步。"希莉可以送你。"我说，"希莉会开车送你回去。"

他转过身来，认真地注视着我，我敢肯定这还是今晚头一回。我就站在那里，任他打量，过了一会儿，泪水慢慢涌上眼眶。我真的太累了。

"啊，该死，"他说着，身体松懈下来，"那个，我之前跟希莉说过，我现在还不想约什么鬼会。"

"别……"我说着又退远了几步，扭头走回希莉家。

周日上午，我早早起身，希莉一家都还没起来，街上也不见去教堂的人。我开着卡车往家赶，拖车在后面轰隆作响。化肥味儿让我有点头晕，虽然昨晚我只喝了水。

昨晚我回到希莉家，斯图亚特追在后面。我敲敲希莉卧室的门，问满嘴牙膏沫儿的威廉能不能送斯图亚特回家。没等他回答，我就自己上楼，去了客卧。

我跨过爸爸那条躺在门廊上的狗，进了家门。我一见到妈妈，就将她一把抱住。她想挣脱，我也不撒手。

"怎么了，斯琪特？你没有感染上希莉的胃病吧？"

"没有，我没事。"我真想把昨晚的经历对她和盘托出。想到自己以前对她态度不好，只有在我不如意的时候才需要她，我感觉愧疚。想到自己曾希望康斯坦汀能代替妈妈在这里，也为此感到愧疚。

妈妈轻轻压了压我被风吹乱的头发，因为吹得竖起的头发起码又让我高了五厘米。"你真的没事吗？"

"没事，妈妈。"我太累了，无力抵抗。我身上疼痛，像有人冲我肚子上踹了一脚，还是穿着靴子踹的。那疼痛感久久不退。

"你知道吗，"她笑着说，"我觉得卡尔顿这次是找对人了。"

"太好了，妈妈，"我说，"我真为他高兴。"

第二天早上十一点钟，电话响了。我正巧在厨房，就接了起来。

"斯琪特小姐吗？"

我一动不动地站着，四下瞄了眼，妈妈正坐在餐桌边查看支票簿，帕斯卡古拉正从烤箱里拿出烤肉。我走进储藏室，关上了门。

"艾比琳？"我小声说。

她沉默了片刻，然后突然开口："如果——要是你不喜欢我要说的东西怎么办？我是说，关于白人那些事。"

"我……我……这跟我的意见没有关系。"我说，"我怎么想不重要。"

"但是，我怎么知道你会不会生气，然后责怪我呢？"

"我不……我想你只能……信任我了。"我屏住呼吸，满怀期待地等着。又是一阵沉默。

"老天保佑。我想我能帮你。"

"艾比琳。"我的心怦怦直跳,"你想象不到我有多感谢——"

"斯琪特小姐,我们一定得非常小心。"

"一定,我保证。"

"而且你一定不能用我的真名。我的,利夫特太太的,所有人的。"

"当然。"我应该提到这一点的,"我们什么时候见面? 在哪儿见面?"

"不能在白人社区见,那是肯定的。我想……我们只能在我家见了。"

"你知道还有别的女佣会对这事感兴趣吗?"我问,虽然斯坦女士只同意读一篇访谈,但我还是要做好准备,万一她喜欢呢。

艾比琳沉默了一会儿。"我也许可以问问米妮。不过她不是很喜欢跟白人谈话。"

"米妮? 你是说……沃尔特斯太太以前的女佣。"我忽然感觉这事发展得越来越小圈子了。我不仅要窥探伊丽莎白的生活,现在连希莉也来了。

"米妮的故事可就多了,没得说。"

"艾比琳,"我说,"谢谢,哦,太感谢了。"

"好的,小姐。"

"我想……我得问一句,你为什么改变主意了?"

艾比琳想也没想。"因为希莉太太。"她说。

想到希莉的卫生间计划、她指责佣人偷东西,还有她那套传染病理论,我说不出话来。那名字干巴巴的,苦涩得像颗霉坏了的核桃。

米　妮

第十章

　　早上来上班时,我心里只有一个念头:今天是12月的第一天,全美国上上下下都在忙着给圣诞马槽的装饰品掸灰,或是翻出又旧又臭的圣诞袜,而我却满心焦急地等待着另一个男人。不是圣诞老人,也不是刚出生的耶稣基督,而是小约翰尼·福特先生,平安夜那天他就会得知,米妮·杰克逊在他家干活儿呢。

　　我等待着24号到来,就像在等着开庭日。我不知道约翰尼先生得知我在他家干活儿之后会有什么反应。也许他会说,太棒了!随时欢迎你来打扫厨房!这是你的工钱!但我才没那么傻呢。他可不是那种会想要给我涨工资的傻呵呵的白鬼,我们一直瞒着他,他怎么会不怀疑?我倒是很有可能在圣诞节那天又得滚蛋回家了。

　　这种等待的日子真叫我百爪挠心,但有一点我很清楚,一个月前,我就想好了,就算要死,我也要死得有尊严,绝不能蹲在白人太太的马桶盖上犯心脏病而死。而且那回甚至都不是约翰尼先生,只是个该死的抄煤气表的。

　　虚惊一场之后,我还是放不下心来,西莉亚太太更让我觉得吓人,接下来的烹饪课上,她仍抖个不停,连量盐的勺子都拿不稳了。

　　周一来了,我还想着洛维尼亚·布朗的孙子罗伯特。他上周末出院了,回来跟洛维尼亚一起住,他爹妈早就不在了。昨晚,我给他们送去个焦糖蛋糕,罗伯特手臂上打着石膏,眼睛蒙着纱布。"噢,洛维尼亚。"我瞧见他这个样子,什么话也说不出来。罗伯特躺在沙发上睡着了。为了做手术,他的头发给剃光了半边。洛维尼亚自己都这么大麻烦了,还不忘问候我家每一个人。罗伯特挣动了几下,洛维尼亚便客气地问我要不要先回家,因为罗伯特会惊恐地醒来,大喊大叫,然后才记起自己已经瞎了,她怕到时会吵到我。我没法不想着这事。

　　"我等会儿出去买东西。"我对西莉亚太太说,一边掏出购物单让她看看。每周一我们都这么做。她给我买菜的钱,我一回来就把收据递到她面前。我想让她看清楚了,买菜的每一分钱都对得上。西莉亚太太对此从来只是耸耸肩,但我还是把收据都存在抽屉里,以防日后出什么问题。

　　米妮的菜谱:

　　1.菠萝火腿

　　2.豇豆

　　3.红薯

　　4.苹果馅饼

　　5.小点心

　　西莉亚太太的菜谱:

　　1.棉豆

　　"可我上周做过棉豆了呀。"

　　"学会了它,其他都简单了。"

　　"那也不错,"她说,"起码剥豆子的时候我能安稳坐着。"

三个月了，这傻女人还没学会煮咖啡。我揉着准备烤馅饼的面团，想在出门买菜前弄好。

"你能教我做巧克力馅饼吗？我喜欢吃巧克力馅饼。"

我咬紧牙关。"我不会做巧克力馅饼。"我撒了个谎。**绝不再做，希莉太太那次之后就绝不再做了。**

"你不会？天哪，我还以为你什么都会做呢。要不我们去找找菜谱吧。"

"你还想吃什么别的馅饼？"

"嗯，你那次做过的桃子馅饼怎么样？"她倒了一杯牛奶，"那个真好吃。"

"上回的桃子是墨西哥的。现在本地的桃子不当季。"

"但我看到报纸上登了广告。"

我叹了口气。跟她说点事真不容易，但好在她不提巧克力了。"你听好了，当季的东西才是最好的。所以夏天不做南瓜，秋天也不做桃子。要是马路边上没人卖，就说明那玩意儿不当季。咱们就好好做个核桃馅饼吧。"

"约翰尼喜欢你做的果仁糖。我拿给他的时候，他还夸我是他见过的最聪明的女孩呢。"

我转过身去揉面团，不让她看到我的表情。她能在一分钟内成功惹恼我两次。"还有些啥，你想让约翰尼先生当作是你做的？"吓掉魂儿不提，我对别人冒领我的厨艺这件事也真是受够了。能让我感到自豪的，除了我那几个孩子，就剩下这做饭手艺了。

"没了，就这些。"西莉亚太太笑笑，没注意到我狠狠扯开馅饼面皮，手指在上面戳出了五个洞。这档子糟心事还得忍上二十四天。我向上帝祈祷，也顺便向魔鬼祈祷，约翰尼先生可别在那之前突然回家。

我听见西莉亚太太每隔一天就要在房间里给联盟会的太太小姐们挨个打电话。三周前才举办了慈善晚会，她就已经开始为明年的晚会摩拳擦掌了。今年她和约翰尼先生没去，要不然我准能听她说上一箩筐八卦。

我今年也没去慈善晚会干活，这是我十年来第一次缺席。工钱倒是不错，但我不想撞上希莉太太。

"能请你转告她，说西莉亚·福特太太打电话来了吗？我前几天给她留过口信……"

西莉亚太太的声音轻快活泼，听来像电视购物节目。我一听到她打电话，就想夺下听筒，让她别再浪费时间。她这轻浮的模样先不说，她交不到朋友，背后还有个更要命的原因，我一见到约翰尼先生的照片就明白了。我伺候过不少桥牌午餐会，城里每个白人太太的那点事，我都略知一二。约翰尼先生在大学时，为了追西莉亚太太而甩了希莉太太，希莉太太却一直忘不了他。

周三晚上，我走进教堂时，教堂里只来了一半的人，现在才六点四十五，唱诗班要到七点半才开始。但艾比琳叫我早点到，我就早来了。我很好奇她有啥要跟我说的。勒罗伊挺开心，在跟孩子们玩，所以我心想，既然他愿意跟孩子们在一起，那就让他带吧。

我瞅见艾比琳坐在我们常坐的位置，左边第四排，换气窗底下。我们都是教堂常客，有资格坐最佳位置。她的头发整齐地梳在脑后，几缕小卷发耷拉在脖子上。她身上那条缀着白色大粒纽扣的蓝色连衣裙，我没见她穿过。艾比琳多的是白人太太的旧衣服，她们都喜欢把旧衣服送给她。跟往常一样，艾比琳看起来身型丰满，衣着体面，不过在她那一本正经的样子之下，她也会说个黄色笑话，能让人笑尿了。

我从过道走上前去,发现艾比琳不知为啥皱着眉,脑门上满是皱纹。一瞬间,我仿佛看见了我们之间那十五岁的年龄差距。但她立马换上笑脸,面容又变得年轻圆润起来。

　　"老天。"我一坐下就说。

　　"我知道。得有人跟她说说。"艾比琳用手帕扇着风。今天上午轮到琪琪·布朗打扫,整间教堂都飘散着她自制的柠檬味空气清新剂的刺鼻味道,这空气清新剂她还卖二十五美分一瓶。打扫教堂的工作都是我们自愿报名轮班的。要我说,琪琪·布朗应该少包揽一点,男儿们应该多干点儿。据我所知,目前还没有男人自愿报名呢。

　　除了味道大了点之外,教堂里看起来还真不错。琪琪把座椅擦得锃亮,都可以当镜子照着剔牙了。圣坛边上,圣诞树已经立了起来,挂满了金属亮片,顶上一颗星星金光闪闪。三扇窗户装的是彩绘玻璃——上头分别画着基督降生、拉撒路死而复生,以及训斥法利赛人的场景。其他七扇窗户还是普通透明玻璃,我们在筹款给换成彩绘的。

　　"本尼的哮喘好了吗?"艾比琳问。

　　"昨天又喘了会儿。勒罗伊一会儿带他自己和其他孩子过来。但愿这柠檬味不会要了本尼的命。"

　　"勒罗伊这人。"艾比琳摇摇头,笑了,"他最好别出什么岔子。要不我就把他放进我的祷告名单。"

　　"我倒希望你赶紧放呢。哦,天哪,快把吃的收起来。"

　　波特丽娜·巴斯莫大摇大摆地朝我们走来,神气活现。她在前排座椅上坐下,回过头来冲我们笑着,头上戴了一顶俗气的大帽子,还绣着蓝色知更鸟。波特丽娜就是那个这些年来一直管艾比琳叫傻子的人。

　　"米妮,"波特丽娜说,"听说你找到新工作了,我真高兴。"

"谢谢你,波特丽娜。"

"艾比琳,谢谢你把我放进祷告名单。我的心绞痛好多了。我这周末去找你,咱们聊聊。"

艾比琳微笑着点点头。波特丽娜又大摇大摆地走回她自己的座位。

"你给人祷告,也得挑一挑。"我说。

"哦,我不生她气了。"艾比琳说,"你瞧她,都瘦了。"

"她到处跟人说她瘦了四十磅。"我说。

"老天爷。"

"只要再瘦两百磅就够了。"

艾比琳挥挥手,仿佛要扇走柠檬味,其实是想憋住不笑。

"你叫我早点来干啥?"我问,"想我啦,还是怎么的?"

"嘻,也没啥,就是有人跟我说了点事。"

"啥事?"

艾比琳深吸一口气,四周瞧瞧,确认没人听到。我两在这里就跟王室成员似的,大家总爱围在我们周围。

"你认识斯琪特小姐吧?"她问。

"认识呀,我那天跟你说了。"

她清清嗓子:"那什么,你还记得我有次不小心跟她说了特里罗尔在写黑人的故事吗?"

"记得。她想去举报你啊?"

"不、不,她人很好。不过,她竟然够胆来问我和我这些佣人朋友,愿不愿意把我们给白人干活儿的事写下来。说她在写本书。"

"啥?"

艾比琳点点头,扬起眉毛。"嗯哼。"

"哈。嗯,那你跟她说干活儿就跟国庆日去野餐似的。我们每个周六都盼着赶紧回去给他们擦银具呢。"我说。

"我跟她说了,我们的事就让那老掉牙的历史书说去吧。打一开始,就是白人代替我们黑人说话。"

"没错,你就这么说。"

"我说了。我说她简直是疯了。"艾比琳说,"我问她,真想听实话吗?想听听我们怎么吓得不敢要最低工资、连社会保险也没有,还得忍着雇主开始骂我们是……"艾比琳摇摇头,我暗自感激她没把那字眼说出口。

"想听听我们多宝贝那些白人小娃娃……"艾比琳又开了口,我看见她的嘴唇微微颤抖,"结果等他们长大了,还是变得跟他们妈妈一个样儿。"

我低下头,看见艾比琳紧紧抓着她的黑色手提包,好像那是她在这世上唯一拥有的东西了。每当白人小孩长大,开始注意到她的肤色,艾比琳就要换一份工作。我们从不谈论这件事。

"就算她给女佣和白人太太都用上化名,又怎样。"她从鼻腔里哼了一声。

"她要是以为我们会为了她去做这么危险的事,那准是疯了。"

"我们不去惹这麻烦。"艾比琳拿手帕擦了擦鼻子,"去跟别人说真相。"

"当然不去。"我说,但又住了口。真相这个词让我不安。打从十四岁起,我就一直想对白人太太们说出真相,说出给她们干活儿的真正感受。

"这里无论啥情况都好,我们都不想改变。"艾比琳说,然后我们都一言不发,想着那些我们不愿改变的事。但是艾比琳忽然眯起眼睛看着我,说:"怎么?你觉得她那想法还不够出格的吗?"

"够出格,只是……"然后我突然明白了。自打我从格林伍德搬到杰克逊市,在公交车站遇见艾比琳的那天起,我们已经做了十六年的老友了。看透艾比琳的心思就跟读周日报纸一样简单。"你在考虑,对吗?"我说,"你想跟斯琪特小姐说说。"

她耸耸肩,我明白自己说对了。不过艾比琳还没来得及坦白,约翰逊牧师就走过来,在我们后排坐下,把头伸到我俩中间。"米妮,抱歉我还没来得及恭喜你找到新工作。"

我拂了拂裙子。"哦,谢谢,尊敬的牧师。"

"艾比琳肯定把你放进祷告名单了。"他说着拍了拍艾比琳的肩膀。

"当然啦。我跟艾比琳说了,照这个成功比例,她得开始收钱了。"

牧师笑了,起身朝圣坛慢慢走去。一切变得静止。我不敢相信艾比琳竟然要去跟斯琪特小姐吐露真相。

真相。

这字眼让人感觉凉爽,仿佛清水冲刷着我热得发黏的身体,冷却了那炙烤我一辈子的热切冲动。

真相,我在心里又重复一遍,好再感受一次。

约翰逊牧师举起双手,用他那轻柔又深沉的嗓音说起话来。他身后的唱诗班开始哼起《与主耶稣交谈》,我们都站起身。半分钟后,我开始浑身冒汗。

"我觉得你可能会有兴趣,跟斯琪特小姐说说?"艾比琳耳语道。

我回头望望,看见勒罗伊带着孩子们进来,跟往常一样迟到了。"谁,我吗?"我说,柔和的乐声盖不过我的嗓门。我压低声音,但也没小多少。

"要我去干这么冒险的事,没门。"

十二月间莫名其妙地来了股热浪,好像专为惹我心烦似的。哪怕四五度的天气,我已经流汗流得跟八月天的冰茶一样,结果我早上醒来,看见气温计上显示二十八度的高温。我这半辈子都在想尽办法跟出汗作斗争:淑女牌止汗剂、往口袋里装冻土豆、头上绑冰袋(这个蠢主意还是我花钱找医生要来的),结果还是不出五分钟,就湿透了吸汗垫。我走到哪儿都带着费尔利殡仪馆送的小扇子,挺好用的,还不要钱。

西莉亚太太倒是喜欢暖和的天气,她甚至走到户外去了,戴上俗气的白色太阳镜,穿着毛茸茸的浴袍,坐在泳池边。感谢上帝她可算不在房间里待着了。起初我还以为她身体不好,现在我开始怀疑她是不是脑袋也有病。我说的不是像沃尔特斯太太那样自言自语的毛病,那是常见的老人病,我说的是要被套上紧身衣给拖到惠特菲尔德精神病院的那种大写的不正常。

我发现她几乎每天都要溜到楼上的空房间去。听见她鬼鬼祟祟穿过大厅的脚步声,地板咯吱咯吱响,我也没多想——嗨,反正这是她自己家。但是有一天,她去过之后又上去了一次,她太偷偷摸摸了,总要等我用上吸尘器或是忙着做蛋糕的时候才去,这就让我起了疑心。她会在楼上待个七八分钟,然后探出小脑袋来四下瞧瞧,确保我没看见她走下来。

"你别管她,"勒罗伊说,"你就叮嘱她一定要告诉她老公你在那儿打扫卫生。"这几天晚上,勒罗伊晚班后就躲在发电机后面喝乌鸦牌威士忌。他可不傻。他知道要是我死了,薪水是不会自动送上门的。

西莉亚太太从楼上下来之后,没回卧室,而是走进了厨房,坐在餐桌边。我希望她能离开一下。我正在给鸡去骨,汤已经煮开了,小面团也切好了。我不想让她插手。

"再有十三天,你就该把我的事情告诉约翰尼先生了。"我说,如我所料，西莉亚太太听到这话就从餐桌边起身，往卧室走去。还没走出门，她嘟囔着："你有必要每天提醒我一次吗？"

我挺直腰板。这是西莉亚太太头一回对我生气。"嗯哼。"我头也没抬地回答。我会一直提醒她，直到约翰尼先生过来跟我握手，对我说"米妮，真高兴见到你"的那天为止。

但是我一抬头，看见西莉亚太太还站在那儿，扶着门框，脸色苍白得跟廉价墙漆似的。

"你又瞎摆弄生鸡肉啦？"

"没有，我只是……累了。"

但她的妆容开始泛灰，脸上那一串串汗珠告诉我她情况不妙。我赶紧扶她回到床上，取来莉迪亚·平克汉牌药酒。酒瓶粉红色标签上印着一位戴着头巾的端庄女士，她那笑容好像在说她真的感觉好多了。我把小勺递给西莉亚太太，让她按剂量倒酒，但这位没教养的太太直接拿起瓶子来就喝。

然后，我去洗了手。不管她是怎么了，但愿不会传染。

西莉亚太太脸色不好之后的第二天，是该死的换床单的日子，我最讨厌的一天。床单这种私人物品，就不应该让外人来处理。床单上满是头发、皮屑、鼻涕，还有滚床单的痕迹。最糟糕的还是血迹。我站在水槽边一边用手洗掉血迹，一边一阵阵地恶心想吐。无论在哪儿看到血迹或是任何貌似血迹的东西，我都想吐。就连被人踩烂了的草莓也能让我抱着马桶吐一天。

西莉亚太太知道每周二要换床单，她一般都会挪到沙发上，好让我干活。今早她没去泳池边坐着，因为来了寒流，大家还说天气会越来越糟。但是到了九点、十点、十一点，卧室的门还紧紧关着。不得已，我敲了敲门。

"什么事？"她说。我推开门。

"早上好,西莉亚太太。"

"嘿,米妮。"

"今天周二。"

西莉亚太太不仅还躺在床上,甚至连妆都没化,裹着睡袍蜷在床罩上。

"我要洗床单、熨床单,然后还得整理你晾在那儿都快晒干了的古董衣橱柜。过后我们还要做饭——"

"我今天不学做饭了,米妮。"她脸上也没有笑意,往常她见到我都会笑的。

"你不舒服吗?"

"给我倒点水来,好吗?"

"好的。"我去厨房接了杯水,她肯定是不舒服了,她从来没叫我伺候过她。

我回到卧室,却发现西莉亚太太不在床上,房间里的厕所门关着。既然她是想起床去厕所,那为什么还叫我给她倒水呢? 不过至少她这会儿不碍事了。我从地上捡起约翰尼先生的裤子,搭在肩上。要我说,这女人整天窝在家里,就是缺乏锻炼。哦,算了吧,米妮,别这么刻薄。她病了就是病了。

"你生病了吗?"我隔着厕所门大声问道。

"我……没事。"

"趁你在里面,我去把床单换了。"

"不,你走吧。"她也隔着门说,"今天就回家吧,米妮。"

我站在门外,轻轻踏着门口那块黄色地毯。我不想回家。今天是周二,该死的换床单日。今天不做,周三也还是该死的换床单日。

"要是约翰尼先生回来看见屋里乱糟糟的,怎么办?"

"他今晚去猎鹿营地了。米妮,你帮我把电话拿来——"她的声音里带了点发抖的哭腔,"把电话线拉过来,再把厨房的电话簿拿来。"

"你不舒服吗,西莉亚太太?"

但她没有回答,我拿来了电话簿,又把电话拽到厕所门口,敲了敲门。

"就放在那儿吧。"西莉亚太太似乎哭了起来,"你现在就回家去。"

"但我还——"

"我说了,回家,米妮!"

我在紧闭的门口后退一步,脸上发起了烧。我不是没被人吼过,只是西莉亚太太从没吼过我。

第二天早上,十二台的天气预报员伍迪·阿萨普在密西西比州地图前挥舞着他那双干巴巴的白人手掌。密西西比州的杰克逊市给冻得像根冰棍。起初只是下雨,后来结冰了,到了早上,任何超过一厘米长的东西都给冻得掉在地上。树枝啦,电线啦,阳台雨棚啦,都这么直直地倒下来。外头像是泡在一桶透明闪亮的清漆里似的。

孩子们睡眼惺忪地贴在收音机前,听到广播里说马路都冻上了,因此学校停课的时候,他们都一蹦三尺高,吹着口哨欢呼着,只穿着秋裤就跑到外面去看冰。

"回屋里来,穿上鞋!"我朝门外吼道。没人听我的话。我给西莉亚太太打了个电话,想告诉她路上结冰,我没法开车过去,也问问她那边有没有停电。自从昨天她把我当做路边黑鬼吼了一通,我大可不必管她。

电话通了,那头传来一声"喂"。

我的心脏抖了一下。

"谁呀？请问是哪位？"

我小心翼翼地放下电话，可能约翰尼先生今天也不用上班吧。我不知道他昨晚是怎么冒着暴风雨赶回家的。我唯一能想到的是，即使是休息日，对那个男人的恐惧仍然紧紧缠着我不放。还好再有十一天，这一切就都结束了。

一天之内，城里的冰融化了大半。我进屋时，发现西莉亚太太没在床上，而是坐在白色的餐桌边望着窗外，一脸苦相，好像她那可怜的奢华生活简直让她生不如死。她望着窗外的合欢树，树被冰霜折腾得够呛，一半枝丫都断了，细长的树叶变得萎黄，湿漉漉的。

"早上好，米妮。"她头也没回地说。

我只点点头。自从她前天那样对我之后，我对她也没什么好说的。

"我们终于可以把那棵老怪物给砍了。"西莉亚太太说。

"砍吧，都砍了。"就跟你没来由地冲我发火似的。

我站在水槽边，西莉亚太太起身走过来。她紧紧抓住我的胳膊。"上次吼了你，真对不起。"她说着，泪水涌上眼眶。

"唔嗯。"

"那天我不舒服，我知道这不是借口，但我真的好难受，而且……"她开始啜泣，仿佛她这辈子做过的最坏的一件事就是吼了自己的女佣。

"没事，"我说，"这不值得掉泪。"

然后她揽住我的脖子，紧紧抱住我，我只好轻轻拍拍她的后背，再把她从我身上拽下来。"来，坐下吧，"我说，"我给你弄点咖啡。"

我想，人不舒服的时候，脾气多少会有些暴躁。

下个周一,合欢树上的叶子全变黑了,那样子像是被烧过而不是被冻了。我走进厨房,准备告诉她还剩下多少天。但西莉亚太太正望着那棵树出神,眼里厌恶的神色,跟她看炉灶时一个样。她脸色苍白,我给她端来的饭菜她动也没动。

那一整天,她都没有上床,反而忙着装饰门厅里那棵三米多高的圣诞树,松树针叶满屋乱飞,我就啥也别想干了,光跟在后面拼命吸尘。然后她又去了后院,开始修剪玫瑰花丛,挖郁金香球茎。我从没见过她一次做这么多事,从来没有。干完后,她又进屋来上烹饪课,指甲缝里还带着泥,但是脸上仍然不见笑容。

"还有六天,我们就该告诉约翰尼先生了。"我说。

她没说话,过了一会,才声音冷淡地开口道:"你非要我去说吗?不如再等等。"

我停下手中的活儿,任由脱脂牛奶顺着手指滴下来。"你竟然问我是不是非要说?"

"好吧,好吧。"她又走到外面,投入她新近迷上的消遣活动:手里拿把斧子盯着那棵合欢树看。可她从没砍过一下。

周三晚上,我满脑子都想着:还有九十六个小时。想到或许圣诞节之后我又要丢了工作,也有些心神不宁。除了被一枪打死之外,我担心的事情还有一大堆。按照计划,西莉亚太太要在平安夜那天等我下班回家后再告诉她丈夫,然后他们就去约翰尼先生的妈妈家。不过西莉亚太太最近行为这么古怪,我很怀疑她是不是要食言了。这可不行啊太太,我在心里默念了一整天。我打算像黏在肥皂上的头发丝那样紧紧黏着她。

周四早上,我一进门,西里娅太太竟然不在家。真不敢相信她还知道出门。我在餐桌边坐下,给自己倒了杯咖啡。

我望着后院。天气晴朗明亮。那棵黑乎乎的合欢树确实很丑。不知道约翰尼先生为什么不直接把它给砍了。

我凑近窗台。"哟,瞧啊。"那树干底部,竟长出几片鲜绿的蕨叶,在阳光下顽强地微微昂着头。

"这老树在装死哩。"

我从包里掏出列有待办事项的本子,不是西莉亚太太那些事,而是我自己要买的东西、要准备的圣诞节礼物,还有孩子们的事情。本尼的哮喘好一些了,但是勒罗伊昨晚又是一身酒气地回家,还猛推了我一把,我大腿撞上了餐桌角。他今晚回来要是还这样,我就要给他几个"栗子"尝尝了。

我叹了口气。还有七十二个小时,我就自由了。可能会丢了工作,可能丢了工作后勒罗伊会把我打死,但至少自由了。

我努力专心想这礼拜的活儿。明天要烧够几天的菜,周六晚上要做教堂晚餐,周日还得在礼拜仪式上帮忙。我什么时候才能有时间打扫打扫自己家呢?给我自己的孩子洗洗衣服?我的大女儿苏格已经十六岁了,收拾屋子是把好手,但我还是想在周末的时候帮帮她,我妈妈以前可从来没有帮过我。还有艾比琳。她昨晚又给我打电话,问我愿不愿意给她和斯琪特小姐提供点故事素材。我喜欢艾比琳,真的。但是我觉得她这么信任白人小姐,真是大错特错。我也是这么跟她说的。她这是在拿自己的饭碗、自己的安全冒险。再说了,干啥要帮希莉太太的朋友?

老天,我还是赶紧开始干活儿吧。

我在火腿上铺上菠萝片,送进烤箱。然后给狩猎屋的柜子掸了灰,给黑熊标本吸了尘,它看着我就像盯着一盘点心。"今天就我跟你在家啦。"我对它说。它照例没吭声。我拿着抹布和实木清洁液,一路把楼梯扶手和护栏的每一根木条都擦得光亮。上了二楼,我先拐进楼上的一号卧室。

我在楼上打扫了快一个小时。上面凉飕飕的,没有人气。我抡圆了胳膊，把所有木头家具、地板都给擦了个遍。打扫完第二间卧室，我想趁着西莉亚太太还没回来，先整理她的卧室，再回来打扫楼上第三间。

独个儿待在这空荡荡的大宅子里，我心里有些发毛。她去哪儿啦？自打我给她干活儿以来，她总共只出门三趟，而且每次都要把她几点走、去哪儿、去做什么给我交代清楚，好像我关心似的。现在她跟阵风一样消失得连个影儿也不见，我应该感到开心，应该高兴那个蠢女人终于不在这儿烦我了。但是家里只剩我一人，我始终感觉自己像是闯进来的。我低头瞥见浴室门口那块盖住血迹的粉色小地毯。今天我可要好好看看。忽然一阵冷风穿过房间，像飘过一个幽灵。我不禁打了个冷战。

要不今天还是别管那块血迹了。

床罩跟往常一样给掀开了。床单皱巴巴的，扯得掉了个个儿，老是跟有人在上面摔跤比赛似的。我不让自己再想下去。一旦开始想象别人卧室里的场面，也就快要卷进人家的家事了。

我扯下一个枕套，上面沾满了西莉亚太太的睫毛膏印子，像一只只黑色的蝴蝶。我把地上的脏衣服都塞在枕套里，好一起拿走。我从黄色的土耳其地毯上捡起约翰尼先生叠好的裤子。

"我咋知道这是干净的还是脏的？"我还是把裤子塞进枕套。在收拾屋子方面，我的信条是：弄不清的就先洗。

我拎着那一兜衣服，走到五斗橱前，弯腰捡起西莉亚太太的丝袜，大腿上的瘀伤火烧火燎地疼。

"你是谁？"

我一松手，枕套掉在地上。

我慢慢后退，直到屁股撞到了五斗橱。他站在门口，斜眼看着我。我缓缓垂下眼帘，看见他手里拿着把斧头。

哦，天哪。这回我没法再逃进厕所了，他就站在厕所旁边，肯定能抢在我前面。我也没法从他身边夺门而出，除非我把他打倒在地，可这男人提着把斧头呢。我的脑袋开始发烫，一阵阵地痛，整个人惊恐万分。我无路可逃了。

约翰尼先生打量着我，轻轻挥了挥斧头，歪着头冲我笑了。

我只能尽力一试。我扯出一副不好惹的表情，龇牙咧嘴地喊道："你和你那斧子最好给我让开点。"

约翰尼先生低头看了眼斧子，好像忘了自己还拿着它，然后又抬头看看我。我们对视了一会儿，我一动不动，大气也不敢出。

他瞟了一眼掉在地上的枕套，想看看我都偷了些什么。那条卡其色的裤子一只裤腿还搭在枕套外。"那个，听着，"我眼含泪水地说，"约翰尼先生，我跟西莉亚太太说过让她告诉你我的事情。我都催了她有上千次了——"

但他只是笑笑，摇摇头，好像一想到要把我砍了，就觉得好笑似的。

"你听我说，我告诉过她——"

但他仍然笑着。"冷静，姑娘。我不会把你怎么样的。"他说，"只是你吓了我一跳。"

我大口喘气，偷偷朝厕所溜去。他手里还拎着斧子，晃啊晃的。

"你叫什么？"

"米妮。"我小声回答，距离厕所还有不到两米。

"你来了多久了，米妮？"

"不太久。"我轻轻摇了摇头。

"那是多久了？"

"几……个星期。"我咬着嘴唇。三个月了。

他摇摇头。"别骗我，我知道不止几个星期。"

我瞅了瞅厕所的门，门也不能反锁，那躲在里面还有什么用呢？况且这男人手里还有把斧头，随时能把门劈开。

"我保证不生气。"他说。

"这把斧子怎么说？"我咬紧牙关说。

他翻了个白眼，把斧头搁在地毯上，踢到一边。

"走吧，我们去厨房说。"

他转身走了。我低头看着斧头，寻思着该不该把它捡起来。光是看着它我就害怕。我把斧头踢到床底下，然后跟着他出去。

进了厨房，我紧靠着后门站着，还检查了一下门把手，确保门没有锁上。

"米妮，我发誓，你在这里干活没事。"他说。

我直视着他的双眼，想知道他有没有说谎。他块头很大，至少有一米八七，肚子有点大，但依然看起来很结实。"看来你是要赶我走了吧。"

"赶你走？"他笑了，"你是我见过的做饭最好吃的厨子了。看看你的成果。"他皱着眉，盯着自己微凸的肚子，"老天，自从科拉·布鲁走了之后，我就再没吃得这么好过。我是科拉带大的。"

我深吸一口气，原来他认识科拉·布鲁，我觉得安全了些。"她的孩子也在我们教堂，我认识她。"

"我真想念她。"他转身拉开冰箱门，瞧了瞧，又关上。

"你知道西莉亚什么时候回来吗？"约翰尼先生问道。

"不知道。我猜她做头发去了。"

"有一阵我还以为她真的学会做饭了呢，其实我们吃的都是你做的。直到那个周六，你没来，她想做汉堡包。"

他靠在水槽边上，叹道："为什么她不想让我知道你在这儿呢？"

"我不知道。她不肯告诉我。"

他摇摇头，抬头看着天花板上的黑色印迹，那是上次西莉亚太太烤煳火鸡时留下的。"米妮,其实就算西莉亚以后连根手指也不愿意抬一下,我也不介意。但她总说想为我做点什么。"他扬了扬眉毛,"我是说,你知道你没来之前我吃的都是些什么吗?"

"她在学了。至少她……想要学。"但我没忍住嗤笑了一声。这种事情真是撒不了谎。

"她会不会做饭,我才**不管**呢。我只想要她在这儿——"他耸耸肩,"跟我在一起。"

他用白衬衫的袖子抹了抹额头,我才明白他的衬衫为什么总是那么脏了。而且他**确实**挺帅的,就白人来说。

"可她好像一直不快乐,"他说,"是因为我吗?还是这栋房子?要不就是我们住的离城里太远了?"

"我不知道,约翰尼先生。"

"那是怎么回事?"他双手撑在身后的台面上,紧紧抓住边沿,"你告诉我,她是不是——"他紧张地吞咽了一下,"外面有人了?"

看到他跟我一样对眼前这些事摸不着头脑,我忍不住同情起他来。

"约翰尼先生,我本不该多嘴,但是我可以这么跟你说,出了这屋子,西莉亚太太就谁也不认识了。"

他点点头。"没错,这问题太蠢了。"

我往门口瞟了一眼,不知道西莉亚太太什么时候回来,也不知道她要是看见约翰尼先生在家会有啥反应。

"那个,"他说,"别跟她说你见过我了。我要等她准备好了,自己告诉我。"

我第一次放心地笑了。"你想让我装作跟以前一样?"

"照顾好她。我不想让她自己一个人待在这栋大房子里。"

"没问题,听你吩咐。"

"我今天回来是想给她个惊喜。我正准备把她讨厌的那棵合欢树给砍了,再带她进城吃午饭,给她买些首饰做圣诞节礼物。"约翰尼先生走到窗前往外望去,叹道,"我得回城里找个地方吃午饭了。"

"我给你做点。你想吃什么?"

他转过身,像个孩子似的笑了。我在冰箱里看了一圈,把食材拿出来。

"还记得我们那次吃的猪排吗?"他开始啃指甲,"你这周再给我们做一次吧?"

"那今天晚餐就做那个。冷冻柜里还剩些。明晚给你们做鸡肉面团汤。"

"哦,科拉以前也做过。"

"你去餐桌边坐好了,我给你弄点火腿三明治,带在车上吃。"

"把面包片烤一下吗?"

"当然啦。不烤面包片怎么能叫三明治呢。今天下午我再做个米妮最拿手的焦糖蛋糕。下周给你们做炸鲇鱼……"

我拿出培根和平底锅,准备给约翰尼先生做午餐。约翰尼先生瞪着他那双清澈的眼睛,满脸笑意。我做好了三明治,用油纸包起来,终于,我又感受到那份把人喂饱的满足。

"米妮,我得问问你,既然在这儿忙活的人是你……那西莉亚每天都做些什么?"

我耸耸肩。"我还没见过哪位白人太太像她那样坐着不动的。其他人都整天忙个不停,这事那事,好像比我还忙似的。"

"她得交些朋友。我问了我的老朋友威廉,看他能不能让他太太来教西莉亚打桥牌,让她能加入到圈子里去。我知道这些事都是希莉领的头。"

我盯着他,好像要是我就这么待着不动,刚才那话就不是认真的。终于,我还是问出口:"你说的是希莉·霍尔布鲁克吗?"

"你认识她?"他问。

"嗯哼。"一想到希莉太太要在这里出入,想到西莉亚太太可能会知道那件大坏事的真相,我的喉咙里就仿佛长出了一根铁棍,我使劲把它咽下去。这两人根本做不了朋友。可我也相信,为了约翰尼先生,希莉太太什么都愿意做。

"我今晚再给威廉打个电话,请他帮忙。"他拍拍我的肩膀,我发觉自己脑中又盘旋起那个词,真相。艾比琳准备向斯琪特小姐倾吐真相。但要是我的真相曝了光,我就完了。我惹了不该惹的人,就已经足够我受的了。

"我把办公室的电话给你。要是有事情就找我,好吗?"

"好的。"我说,刚刚的那份解脱此刻又被恐惧淹没了。

斯琪特小姐

第十一章

确切来说,美国的大部分地区还处于冬季,可是在我家里,大家已经摩拳擦掌,一派热火朝天了。春天的迹象来得太早了一些。爸爸已投入新一轮棉花播种的忙碌中,今年他又多雇了十个人来帮忙犁地、开拖拉机,以便播种。妈妈研究起《农业年鉴》,但她关心的不是地里的事。她一手扶着额头,向我宣布这个坏消息。

"据说今年会是近年来最湿润的一年。"她叹道。头发护理机用过几次之后,效果就没有那么明显了。"我得去比蒙商店多买几瓶发胶,超强力的新款。"

她从《年鉴》中抬起头,眯起眼睛打量我。"你穿成这样是想去干吗?"

我套上颜色最深的一条裙子,穿起深色长裤,还用黑色围巾蒙着头,不像玛琳·黛德丽[1],倒像是主演《阿拉伯的劳伦斯》的彼得·奥图尔。肩上还背着那个难看的红色书包。

"我今晚要去办点事。然后我去……见几位女士。就在

---

[1] 玛琳·黛德丽(Marlene Dietrich,1901—1992)是二十世纪二三十年代好莱坞最著名的女明星之一。

教堂。"

"周六晚上?"

"妈妈,上帝才不管是周几呢。"我说完便赶紧往轿车那边走,怕她再追问。今晚,我要去艾比琳家做我们的第一次访谈。

我心跳加速,开着车在城里的平整路面上飞驰,往黑人社区驶去。除了那些白人家庭请的帮佣,我还从没跟其他黑人同桌坐过。访谈已经推迟了一个多月了。开始是因为临近圣诞节,艾比琳忙着给伊丽莎白家的圣诞节派对做吃的、包礼物,每天都忙到很晚。到了一月,艾比琳又染上了流感,我开始担心,害怕已经等得太久,斯坦女士已经没了兴趣,或者已经忘了她当初为何会同意读我的文章了。

我驾驶着凯迪拉克在夜幕中疾驰,拐进艾比琳家所在的盖森大街。我其实更想开旧卡车来,但那样妈妈会起疑心,况且爸爸的棉花田里还要用呢。我按照计划把车停在一间鬼屋似的废弃房子前,这间诡异的废屋前门廊有些塌了,窗户也没了窗棂,与艾比琳家隔着两栋房子。我下了车,锁上车门,在夜色中快步低头走着,只听见高跟鞋踩在人行道上的哒哒响声。

忽然传来一阵狗吠,我的车钥匙"叮当"一声掉在地上。我四下张望,捡起钥匙。街上有两户黑人家庭的门廊上有人,正坐在摇椅上张望着。街上没有路灯,也不知道还有谁看见我了。我继续往前走,感觉自己和我的车子一样显眼:体型庞大,白得耀眼。

我来到二十五号,艾比琳家,又四处看了一圈。我比计划早到了十分钟,真希望自己没来这么早。黑人社区听起来很遥远,但亲自走一趟,才发现距离白人区也才几公里而已。

我轻轻敲门。屋里一阵脚步声,有什么东西"嘭"的一声关上了。艾比琳开了门。"快进来。"她低声道,把门在我身后迅速关上锁好。

我只见过艾比琳身穿白色制服的模样。今晚她穿了一条镶黑边的绿裙子。我一眼就注意到,她在自己家里好像站得更直了些。

"你随便坐,我马上来。"

屋里虽然开了盏灯,但还是很暗,到处是昏黄的灯影,窗帘不仅拉上,中间还夹了起来,一丝缝隙也没有。我不知道他们是一直这样,还是只有今天我来才这样。我在窄小的沙发上坐下,木制茶几上铺着手织蕾丝垫,地板上什么也没铺。要是我没穿这条看起来很贵的裙子来就好了。

几分钟后,艾比琳端着个托盘回来了,托盘上放着茶壶和不配套的两只茶杯,餐巾纸折成三角形。我闻到她自己做的肉桂饼干的香气。她倒茶的时候,茶壶盖咔哒咔哒直响。

"抱歉,"她边说边按住茶壶盖,"我没在家里招待过白人。"

我笑了,虽然明白她没在开玩笑。我啜了口茶,又浓又苦。"谢谢,"我说,"这茶不错。"

她也坐下,两手交叠放在腿上,满怀期待地看着我。

"我想先了解一下你的基本情况,然后就直接问问题。"我说着掏出笔记本,浏览了一遍我准备好的问题,忽然觉得这些问题都那么肤浅、外行。

"好的。"她答道。她也坐在沙发上,面朝我坐得笔直。

"好,那开始了,嗯,你是什么时候出生的,在哪里?"

她吞咽了一下,点点头。"1909 年,佐治亚州切罗基县的皮特蒙种植园。"

"你小时候就知道自己长大以后要做女佣吗?"

"知道,小姐。对,我知道。"

我微笑着,等她再多说几句。但她什么也没说。

"你知道……是因为……?"

"我妈妈就是女佣。我外婆也是干着女佣活儿的奴隶。"

"当女佣的奴隶。嗯。"我重复道,但她只是点点头,双手仍叠放在腿上。她看着我写下的笔记。

"你有没有……梦想过做其他工作?"

"没有,"她回答,"没有想过,小姐,我没想过。"屋里太静了,我都能听见我们两人的呼吸声。

"好吧。那么……你是什么感觉呢,去给白人带小孩,却把自己孩子丢在家里,让……"我顿了顿,有些尴尬地问道,"让别人照看?"

"感觉……"她还是坐得笔直,看着都觉得背痛,"嗯,要不……下一个问题吧。"

"哦,好吧。"我盯着自己想出来的问题,"做女佣,你最喜欢的是什么,最不喜欢的又是什么?"

她抬头看看我,那表情仿佛我刚刚是让她解释一句脏话。

"我——我猜我最喜欢带孩子。"她小声说。

"还有什么……你想……补充的吗?"

"没了,小姐。"

"艾比琳,别叫我'小姐'了,在这里不用。"

"好的,小姐。哦,抱歉。"她捂住了嘴。

街上忽然传来一阵叫嚷,我们同时直勾勾地望向窗户,一动不动,大气也不敢出。要是被白人发现我在周六晚上跟身穿便服的艾比琳坐在这里谈话,会怎么样呢?他们会去报警,举报一桩可疑的会面吗?那一刻,我相信他们会这么做的。他们会把我们抓起来,通常都这么干的,指控我们违反了隔离法——我整天在报纸上读到类似的报道——他们憎恨那些跟黑人见面并且参加人权运动的白人。我跟艾比琳见面当然同隔离法没有关系,那我们见面的理由又是什么呢?我甚至忘了带些莫娜太太的信来作掩护。

艾比琳脸上露出毫不掩饰的恐惧神色。外面的声音沿着马路远去,慢慢减弱了。我松了口气,但艾比琳仍绷得紧紧的,视线没有离开窗帘。

我低头看看那串问题,想找找有没有什么能分散我俩的紧张情绪。我一心只想着自己已经浪费了多少时间。

"那……这份工作,你最不喜欢什么?"

艾比琳使劲咽了口唾沫。

"我是说,你愿意谈谈卫生间的事吗?或是伊莉莎——利夫特太太?她怎么付你钱的?她有没有在梅·莫布丽面前吼过你?"

艾比琳拿起一张餐巾纸,擦擦额头。她刚想开口,却欲言又止。

"我们讨论过很多次了,艾比琳……"

她用手捂住嘴。"抱歉,我——"她站起身,快步穿过狭窄的门厅。一扇门砰地关上,震得托盘上的茶壶和茶杯咔哒作响。

五分钟后,她回来了,胸前系了块毛巾,我以前也见过妈妈这样,通常是她想呕吐但又没来得及去洗手间的时候。

"真对不起。我本以为我已经……准备好可以说说这些了。"

我点点头,不知道该怎么办。

"我只是……我知道你已经跟纽约那位女士说了我同意做访谈,但是……"她闭上双眼,"抱歉。我估计我不行了。我得躺会儿。"

"那明晚吧。我会……想个更好的法子。我们再试一次,然后……"

她摇了摇头,紧紧攥着毛巾。

开车回家的路上,我真想踹自己一脚。我竟然以为自己可以这么悠然自得地要求别人给我答案,竟然以为她在自己家里、没穿制服就不会觉得自己还是佣人了。

我扭头看了一眼放在白色真皮座椅上的笔记本。除了她在哪儿长大，我只记下了六句话，其中两句还是"是的，小姐"和"没有，小姐"。

WJDX电台里飘出佩西·克莱恩的歌声。我在县郡公路上开着车，一路听着《午夜漫步》这首歌。等我在希莉家门前的车道停下，电台换了另一首《烟灰缸里的三根烟》。佩西今早乘坐的飞机坠毁了，从纽约到密西西比再到西雅图，大家都在哀悼，哼着她的歌。我停好凯迪拉克，望着希莉那栋盘满藤蔓的白色豪宅。距离艾比琳上次访谈时吐了的那天，已经过去四天了，她没有再联系我。

我走进屋内。那战前风格的会客厅里已经摆好了桥牌桌，房间里还有一座震耳欲聋的老爷钟，挂着带幔帘的金色窗帘。大家都坐好了——希莉、伊丽莎白，还有取代沃尔特斯太太位置的露·安妮·坦普尔顿。露·安妮是那种**时时刻刻**脸上都挂着热烈的夸张笑容的女孩，永远停不下来。那笑容让我直想往她嘴里塞根大头针。就算别人没注意，她也摆出这种乏味的露齿笑容盯着你看。而且无论希莉说了什么，她都一定随声附和。

希莉拿起一本《生活》杂志，指着横贯两版的一张加州房屋图片："他们管这叫'窝室'，就跟里头住的是野生动物似的。"

"哦，简直太可怕了。"露·安妮满脸笑容地说。

图片上房间里铺着蓬乱的整块地毯，低矮的流线型沙发，蛋形椅子，以及飞碟模样的电视。希莉的会客厅里挂着两米高的联邦将军画像，那醒目的架势会让人以为画中人就是屋主的祖父，其实只不过是祖辈的远房表亲。

"真是这样。特鲁迪的房子跟这一模一样。"伊丽莎白说。我满脑子净是跟艾比琳访谈的事，差点忘了伊丽莎白上周去探望了她姐姐。特鲁迪嫁了个银行家，搬到好莱坞去了。伊丽莎白去了四天,看看她的新家。

"嗯,这品位真糟糕,没得说。"希莉说,"我不是说你家人啊,伊丽莎白。"

"好莱坞怎么样?"露·安妮问。

"哦,像做梦一样。特鲁迪家——每个房间都放着电视,也有那种奇怪的现代家具,坐都不好坐。我们还去了那些时髦餐厅,电影明星也常去喝杯马蒂尼或是勃艮第红酒。有天晚上,麦克斯·法克特①亲自走到我们这桌,跟特鲁迪像老朋友似的聊起天来——"她摇了摇头,"就跟他们正巧在商店里碰见似的。"伊丽莎白叹了口气。

"嗯,要我说,你家最好看的还是你。"希莉说,"不是说特鲁迪不好看,但是你气质更好,更有品位。"

听到这话,伊丽莎白展露笑颜,随即又皱起眉头。"更别提她还有住家保姆,每天都在,二十四小时,梅·莫布丽几乎都不用我管。"

她最后这句话让我不安,但似乎除我之外没人在意。希莉正盯着她的女佣尤尔·梅给我们添茶。尤尔·梅瘦高个儿,端庄稳重,身材比希莉好多了。看见她,我又担心起艾比琳来。我这周往艾比琳家打了两次电话,都没人接。她肯定是在躲着我。我估计只能去伊丽莎白家才能跟她说上话了,不管伊丽莎白乐不乐意。

"我在想,也许明年我们可以办一场以《飘》为主题的慈善晚会。"希莉说,"可以把老费尔维尔庄园租下来?"

"真是个好主意!"露·安妮附和道。

"哦,斯琪特,"希莉说,"你今年没能参加,一定很遗憾吧。"我点点头,摆出一副遗憾的表情。我不想单身一人参加,便谎称自己

---

① 麦克斯·法克特(Max Factor),化妆品牌"蜜丝佛陀"的创始人。

得了流感。

"有件事我可以肯定，"希莉说，"那支乐队我是再不会请了，他们光会弹些快节奏的舞曲……"

伊丽莎白碰了碰我的胳膊。她的手提包放在腿上。"差点忘了把这个给你。艾比琳托我转交，是关于莫娜太太的吧？不过我跟她说了，她一月份缺勤太多，你们今天还不能见面弄这件事。"

我打开折好的纸条。一行蓝色墨水写下的清秀花体字。

我知道怎么能让茶壶盖不再咔哒作响了。

"再说了，到底谁会关心怎么能让茶壶盖不响啊？"伊丽莎白说。毫无疑问她已经打开看过了。

我愣了两秒，喝了口冰茶，才明白是什么意思。"你绝对猜不到这有多难。"我告诉她。

两天后，我坐在家里的厨房里，等待着黄昏到来。虽然昨晚医生在电视上对大家摇着手指，试图说服我们吸烟有害健康，但我管不了那么多了，还是点了根烟。妈妈以前告诉我，接吻会让人失明，我开始怀疑，这是医生和妈妈串通好的大阴谋，就是不想让人找点乐子。

晚上八点，我怀里抱了台五十磅重的科罗娜打字机，尽可能小心地跟跟跄跄地走在艾比琳家门前的马路上。我轻轻敲门，已经迫不及待地想再点根烟来让自己冷静下来。艾比琳开了门，我溜进屋里。她还穿着上次那条绿色裙子和硬邦邦的黑鞋。

我勉强笑笑，表现得好像这次我有信心能做好一样，尽管她在电话里已经解释过她的想法了。"我们能不能……这次去厨房？"我问，"可以吗？"

"好的。虽然没什么可瞧的，不过进来吧。"

厨房只有客厅一半大，更暖和些，飘散着茶叶和柠檬的味道。

黑白相间的油毡地板被刷洗薄了。厨房台面上只够摆下一套陶瓷茶具。

我把打字机放在窗下一张斑驳的红色桌子上。艾比琳往茶壶里倒热水。

"哦,我不用了,谢谢。"我说着把手伸进包里,"我带了可乐,你想喝就拿。"我想了几个办法能让艾比琳更自在些。第一条:不能让她觉得是在伺候我。

"哦,那太好了。我平时也要晚一点才喝茶。"她取来开瓶扳手,又拿来两只玻璃杯。我直接端起瓶子对嘴喝了,她见状也把玻璃杯推到一边,直接拿起瓶子喝了起来。

伊丽莎白把纸条转交给我后,我给艾比琳打了电话,满怀期待地听她解释她的想法——她想先把自己的故事写出来,再把写好的交给我看。我努力装出高兴的样子,但心里明白她写的东西我还得重写一遍,花的时间反而更多。我觉得,与其我读过之后再告诉她写得不行,还不如直接用打字机改好、打出来给她看。

我们相视而笑。我啜了口可乐,抚了抚衬衫。"那……"我说。

艾比琳面前摊着一本圈线笔记本。"我就……直接读了?"
"读吧。"我说。

我们都深吸一口气,她用平缓而稳重的声音读了起来。

"我带的第一个白人孩子名叫艾尔顿·卡灵顿·斯皮尔斯。那是1924年,我刚满十五岁。艾尔顿是个瘦瘦长长的小婴儿,头发细软得像玉米须……"

她一边读,我一边打字,她读得很有节奏,吐字也比她说话时更清楚。"那栋房子虽然很大,屋前还有大片绿色草坪,但屋里脏得很,窗框都刷上油漆封住了,空气很不好,我自己也感觉难受……"

"等等。"我说，我错打成了"大片滤色"，于是涂上修正液，又重新打过，"好了，继续吧。"

"那家的妈妈六个月后死了，"她读着，"肺病，他们就把我留下，照顾艾尔顿，直到他们搬去孟菲斯为止。我很喜欢那个小孩，他也爱我，从那时起我就知道，我在教小孩子为自己感到骄傲这件事上很有一套……"

艾比琳把她这个办法告诉我的时候，我并不想冒犯她，只是想在电话里劝她打消这个念头。"写作没那么容易。而且你还要工作一整天，艾比琳，也没时间再写这些。"

"应该跟我每晚写祷告词差不了多少。"

这是我们开始这项计划以来，她第一次跟我分享她生活中有趣的一面，于是我抓起储藏室里放着的购物笔记簿。"所以你的祷告词不是用说的咯？"

"这事我谁也没告诉，连米妮也没说。我常常觉得写下来更能表达清楚我的意思。"

"那你周末就写这些？"我问，"空闲的时候？"我很高兴能捕捉到她工作之外的生活，当她不在伊丽莎白·利夫特眼皮子底下的时候。

"哦，不。我每天都写上一个小时，有时候写两个小时。城里生病的人可真不少。"

我有点意外，我自己有时还写不了那么久。为了让计划重新启动，我告诉她我们可以试试。

艾比琳缓了缓，喝了口可乐，又读下去。

她回溯了自己十三岁时的第一份工作，负责在州长大宅里擦"弗朗索瓦一世"纹样的银器。她读到自己如何在第一天工作的早上，就填错了记录每样银器数量以确保没有被盗的表格。

"那天早上我就被赶走了，回到家，站在门外，脚上还穿着为这份工作特意买的新鞋。那双鞋抵得上我们家一个月的电费呢。我猜就是那时候起，我明白了什么是羞耻，也知道了羞耻是什么颜色。我一直以为羞耻是黑色的，像灰尘一样，原来不是，原来羞耻是母亲用彻夜帮人熨衣服的劳动换来的雪白新制服，白得没有一片污渍，也没有沾上一点儿劳作的灰尘。"

艾比琳抬起头，想看看我觉得怎么样。我停了下来。我原本以为会听到些光鲜亮丽的故事，此刻才意识到或许我听到的要比我自己问来的多。她又继续读下去。

"……然后我就去整理衣柜了，万万没想到，那个白人小男孩的指头都被排气扇给切断了，我跟她说了不下十次，让她把排气扇拿出去。我从没见过一个人能流这么多血，我抱起孩子，还捡起四根断指，就往黑人医院跑，我不知道白人医院在哪儿。但我到了医院，有个黑人拦住了我问，这是个白人小孩吗？"打字机的键盘噼啪作响，仿佛冰雹打在屋顶上。艾比琳读得越来越快，我也不管打错的字，只在需要换纸的时候才打断她。每隔八秒钟，我就推一下归位杆，换到下一行。

"我回答，是的先生，他又说，这是他的白人手指吗？我说，是的先生，他就说，嗯，那你最好跟他们说这是你的黑人孩子，只是肤色浅了些，黑人医生是不会在黑人医院给白人小孩做手术的。可就在那时，一个白人警察抓住了我，他说，你给我看——"

她停住了，抬起头。敲键盘声也戛然而止。

"然后呢？那警察说看什么？"

"嗯，我就写了这么多。今天早上写的，我急着赶公交车去了。"

我按下回车键，打字机"叮"的一声。艾比琳和我凝望着对方的双眼。我觉得这办法没准能成。

第十二章

接下来的两周，每隔一晚我就告诉妈妈说我要去坎顿长老会教堂帮忙分发救济食物，亏得我们家在那边一个人也不认识。当然了，妈妈更希望我能去第一长老会，不过在宗教服务这件事上，她也不便干涉过多，于是赞许地点点头，只是多叮嘱一句，让我结束后一定要好好用肥皂洗手。

我们在艾比琳的厨房里，她读初稿，我打字，就这么连着工作了好几个小时，细节渐渐丰富起来，那些小宝宝的脸孔也慢慢清晰。艾比琳可以自己主笔，只需要我稍做修改，对此我一开始还挺失望的。不过要是斯坦女士觉得可以，其他女佣的故事还得由我来写，那也够我写的了。*要是她觉得可以……*我不禁在心里一遍遍默念，希望这样就能愿望成真。

艾比琳的文字清晰又真挚。我是这么告诉她的。

"嘿哟，你看看我之前都是在给谁写啊，"她笑了，"我可不能对上帝撒谎。"

在我出生以前，她竟然还在我家的朗利弗种植园摘过一星期棉花。有一次，没等我问，她还说漏了嘴提到康斯坦汀。

"老天，康斯坦汀可真会唱歌。她站在教堂前面，简直像天使下凡。她那柔美的歌声听得大家都起了一身鸡皮疙瘩，后来她就不唱了，自从她把孩子送到——"她停住了，看着我。

她说："不提了。"

我告诫自己不要给她太多压力。我当然希望她能把她知道的关于康斯坦汀的一切都告诉我,但那也得等到我们做完访谈之后。现在我不想再节外生枝。

"米妮说什么了吗?"我问,"要是斯坦女士觉得可以,"我把那句话说出来了,"我想早点安排好下一轮访谈。"

艾比琳摇摇头。"我问了米妮三次,她还是说不做。我估计她是真的不想做。"

我尽量不表露出担心。"也许可以问问其他人?看看有没有人感兴趣?"想要拉到人,艾比琳比我希望更大。

艾比琳点点头。"我还能再问几个人。不过,你觉得那位女士要过多久才能答复是不是可以?"

我耸了耸肩。"不知道。要是我们下周寄出去,也许二月中旬就能收到回复。但也不一定。"

艾比琳抿着嘴,低头盯着面前的本子。我忽然瞥见了以前没留意的迹象。一份期待,一丝闪烁的兴奋。我太过沉浸于自己的思绪,没想到或许艾比琳也和我一样,对于纽约有位编辑将要读到她写的故事而激动不已。我笑了,深吸一口气,心中的希望又增添了几分。

我们第五次见面时,艾比琳向我讲述了特里罗尔死去的那天。她读到他那破碎的身体如何被一个白人领班扔在轻型货车的后箱。"然后他们开车到黑人医院门口,把他从轻型货车的后箱推滚下来,那个白人随即开车扬长而去。这都是一位护士告诉我的,她当时就站在门外。"艾比琳没有流泪,只是久久沉默着,任时间流逝,我盯着打字机,她望着磨损的黑色油毡地板。

第六次见面时,艾比琳读道:"我从 1960 年开始给利夫特太太干活。那时梅·莫布丽才刚出生两周。"听到这话,我觉得自己已经推开了那扇沉重的信任之门。她描述了修建车库卫生间的过程,承认对此还是挺满意的。总好过听希莉太太喋喋不休地抱怨要与佣人共用卫生间。她还说有次听到我评价黑人太爱上教堂了,这话在她脑海中挥之不去。我有点不安,回想着自己还说过些什么。我从没想过原来佣人把我们的话一直都听在耳里,放在心上。

有天晚上,她说:"我在想……"然后又停了下来。

我从打字机前抬起头,等她说下去。艾比琳那次呕吐之后,我终于学会了要让她慢慢来。

"我在想我应该读点书。也许能对我的写作有好处。"

"你可以去联邦街图书馆,那儿南方作家的书摆了一屋子,福克纳、尤多拉·韦尔蒂——"

艾比琳干咳一声。"你知道那间图书馆不让黑人入内。"

我呆了一秒,觉得自己蠢透了。"我怎么给忘了。"黑人图书馆一定很糟糕。几年前,有人在白人图书馆前静坐示威,还上了报纸。黑人现身旁听静坐示威的审讯的时候,警察竟然就后撤一步,放出德国警犬。我看着艾比琳,又一次想到她是冒了多大的风险来跟我谈话。"我很乐意帮你借书。"我说。

艾比琳匆匆转身回卧室,拿着一张单子出来。"我把我最想读的先标记出来。我想借《杀死一只知更鸟》,但是在卡佛图书馆的登记名单上已经排了三个月。还有……"

我看着她在书名旁打钩:W. E. B. 杜波伊斯[1]的《黑人的灵魂》,艾米莉·狄金森的诗歌(哪本都可以),《哈克贝利·费恩历险记》。

"我以前上学时读过一些,但没读完。"她继续勾着,偶尔停下来想想她还想读什么。

---

[1]　W. E. B. 杜波伊斯(W. E. B. Du Bois,1868—1963),非裔美国社会学家、历史学家、民权行动主义者、作家。

"你想借……西格蒙·弗洛伊德的书?"

"哦,人人都有点不正常吧。"她点点头,"我想看看人这脑袋瓜到底是怎么转的。你有没有梦见过自己掉进湖里?他说那是你梦到自己出生时候的事呢。弗朗西斯太太,我 1957 年在她家做事,她家就有一套全集。"

她勾到第十二本书的时候,我不得不打断她:"艾比琳,你想请我帮你借书想了有多久了?"

"有一阵了。"她耸耸肩,"我不敢说。"

"你觉得……我会拒绝?"

"白人有白人的规矩。我不知道你遵守哪些,不遵守哪些。"

我们对视了一眼。"那些规矩,我早就厌烦了。"我说。

艾比琳轻声笑了,望向窗外。我意识到自己这番坦白在她听来是多么单薄无力。

整整四天,我都坐在卧室的打字机前。二十页打字稿上画满了圈圈改改的红色修改痕迹,最后用洁白的斯莫尔纸打出三十一页。我写了一段话介绍这位"莎拉·罗斯"的生平,莎拉·罗斯是艾比琳六年级的老师,多年前已经去世了,艾比琳特意选了她的名字当作自己的化名。我交代了她的年纪,她父母是做什么的,然后就是艾比琳自己的故事,简单直接,同她自己的叙述风格一致。

第三天,妈妈在楼下喊我,问我这些天都在上面做什么呢,我冲楼下喊道:"我要把学习《圣经》的笔记打出来。写写我对耶稣的热爱。"晚饭后,我听见她在厨房对爸爸说:"她不知道在偷偷摸摸干些什么呢。"我便捧着那本小小的白色浸信会《圣经》满屋子转悠,装得更像一点。

我把打字稿通读了好几遍,晚上再拿给艾比琳,她也读了几遍。读到气氛祥和、人物和谐相处的部分,她就笑着点点头;读到不愉快的片段,她便摘下黑框老花镜:"虽然这故事是我写的,但你真的要把这段也放进去……"

我回答:"对,没错。"那些故事也让我大吃一惊:州长官邸里有单独的黑人专用冰箱,白人太太因为餐巾没熨平就像两岁小孩似的大发脾气,白人小孩管艾比琳叫"妈妈"。

半夜三点,我终于打完终稿,二十七页的打字稿上只有两处白色涂改液的痕迹,我把终稿塞进黄色信封。昨天,我给斯坦女士的办公室打了个长途电话。她的秘书露丝说她正在开会,然后记下了我的口信:访谈稿即将寄出。斯坦女士今天没给我回电话。

我把信封抱在胸前,精疲力竭又忐忑不安,差点掉下泪来。第二天一早,我就把这封信从坎顿邮局寄出了。我回到家,躺在陈旧的铁架床上,想着,*要是她觉得可以……*接下来会发生什么。万一伊丽莎白或是希莉发现了?艾比琳会不会被解雇、被抓进监狱?我感觉自己正从一条深长的螺旋隧道滑向深渊。老天,他们会不会殴打艾比琳,就跟他们狠揍那个误用了白人厕所的黑人男孩一样?我该怎么办?我为什么要让她冒这么大的险?

我昏昏睡去,十五个小时噩梦不断。

下午一点十五分,希莉、伊丽莎白和我都坐在伊丽莎白家的餐桌边,等着露·安妮来。我今天什么都没吃,只喝了妈妈配的矫正性向的茶,现在感觉有些恶心,坐立不安,脚在桌子底下不安分地晃来晃去。自从我把艾比琳的故事寄给斯坦女士之后,我已经这个样子有十天了。我又打了个电话,露丝说她四天前已将信件转交给斯坦女士,但我仍未收到任何回音。

"简直太没礼貌了。"希莉看了看表,生气地说。这已经是露·安妮第二次迟到了。有希莉在,她恐怕在我们的小圈子里也待不久。

艾比琳走进餐厅,我尽量不让自己盯着她看,怕希莉或伊丽莎白会从我的眼神里看出点什么。

"别抖腿了,斯琪特。抖得桌子都在晃。"希莉说。

艾比琳穿着白色制服,气定神闲地在屋里走动,一点也看不出刚刚同我访谈过的样子。我想她早已习惯了隐藏自己的情绪。

希莉洗了牌,开始按照"金拉米"①的玩法发牌。我想专心玩牌,可每次一看见伊丽莎白的脸,脑海中就浮现出一些细节。梅·莫布丽用了车库厕所,不允许艾比琳把自己的午餐放在利夫特家的冰箱里,这些小事情现在我都知道了。

艾比琳从银托盘里给我拿了块点心,又添上冰茶,表现得跟以前一样陌生。我往纽约寄出信件之后,又去过她家两次,把图书馆借来的书给她送去。她还是穿着那条镶黑边的绿裙子,有时候会在桌下踢掉了鞋。上次她拿出一包蒙特克莱尔牌香烟,当着我的面在屋里抽了起来,那份自在随意,很能说明什么。于是我也抽了一根。眼下,她正用银刮刀清理我掉在桌上的点心碎屑,那银刮刀是我送给伊丽莎白和雷利的结婚礼物。

"哎,趁这个档口,我说个事儿。"伊丽莎白说,从她脸上的表情我已经猜到了,她讳莫如深地点点头,一只手放在肚子上。

"我怀孕了。"她笑道,嘴唇微微颤抖。

"太棒了。"我说。我放下手中的牌,碰了碰她的手臂。她看起来快要哭了。"预产期什么时候?"

"十月。"

"嗯,该是时候了。"希莉拥抱了她,"梅·莫布丽也长大了。"

伊丽莎白点了根烟,叹口气。她低头看着手中的牌。"我们

---

① 金拉米(Gin Rummy),双方轮流抓牌打牌,目标是将手中的牌尽可能地凑成牌组(三张以上的相同数字,或同花顺),使剩余未成牌组的单牌点数之和最小。

都很高兴。"

我们随意玩着牌,希莉和伊丽莎白讨论起孩子的名字来。我也试着插上话。"要是男孩的话,肯定要叫雷利。"我附和道。希莉又说起威廉准备竞选明年的州议员,虽然他毫无参政经验。听到伊丽莎白吩咐艾比琳去把午饭端来,我终于松了口气。

艾比琳端来果冻沙拉,希莉在椅子上坐直身体。"艾比琳,我有件旧大衣要给你,还有沃尔特斯太太的一包衣服。"她用餐巾擦擦嘴,"午饭后你去外面车里拿来,好吗?"

"好的,太太。"

"可别忘了。我不想下次还得带来。"

"哦,希莉太太多好心哪,艾比琳。"伊丽莎白点点头,"我们一吃完你就去把衣服拿来。"

"好的,太太。"

希莉和黑人说话时,声音总要高三个八度。伊丽莎白则会满脸微笑,像对小孩子说话一样,虽然她对自己的孩子从没笑过。我开始留意这些事情了。

露·安妮·坦普尔顿终于姗姗来迟,我们已经喝完了虾仁玉米粥,开始吃甜品。希莉异乎寻常地没有计较,毕竟露·安妮也是因为联盟会的事才迟到的。

桥牌聚会散席后,我又向伊丽莎白道贺,然后出门往我停车的地方走去。艾比琳也在外面,去拿希莉太太那件1942年买来还八成新的大衣,还有那一包旧衣服,不知道为什么,希莉没有把旧衣服送给她自己的佣人尤尔·梅。希莉大踏步地朝我走来,递给我一个信封。

"下周的通讯报,你一定得给我登上去,好吗?"

我点点头,希莉转身朝她的车走去。艾比琳拉开前门正准备进屋,又回头往我这里看了一眼。我摇摇头,无声地示意她"没什么"。她点点头,进屋了。

当晚,我开始准备通讯报,其实心里更想写写女佣的故事。我浏览了一遍上次联盟会的会议记录,然后拿起希莉的信封。我拆开信封,里面只有一页纸,希莉那圆润又潦草的字体写着:

为预防疾病,希莉·霍尔布鲁克提出"家庭帮佣清洁运动"倡议。尚未建有单独卫生间的家庭,我们可为你在车库或棚屋里搭建低价简易卫生间,此举至关重要。

女士们,你们是否知道:

·黑人尿液中带有99%的黑人病菌。

·由于缺乏黑人体内黑色素中所携带的免疫机制,白种人一旦感染任何黑人疾病,都将无法痊愈。

·白人携带的某些病菌也对黑人有害。

保护自己、保护你的孩子、保护你的帮佣。

来自霍尔布鲁克家的倡议,我们说:不客气!

厨房里的电话响了,我跟跟跄跄地冲去接,但还是被帕斯卡古拉抢先一步。

"夏洛特太太家。"

我死盯着她,瘦小的帕斯卡古拉不住地点头:"好的,女士,她在。"然后把听筒递给我。

"我是尤金娜。"我赶忙说。爸爸在田里干活儿,妈妈去城里看医生了,所以我把黑色的电话线拖到厨房餐桌边。

"我是伊莲恩·斯坦。"

我大口喘着气。"是的,女士,你收到我的信了吗?"

"收到了。"她说,然后只朝着听筒里呼气。

"这位莎拉·罗斯,我觉得她的故事还可以,她是有些愤愤,但又没有抱怨连天。"

我点点头，虽然没听懂"愤愤"是什么意思，但我猜应该是好事。

"不过我还是那个意见，一本全是访谈的书……恐怕不行。那不是小说，也不算纪实作品。也许可以当做人类学研究，但那就更没前途了。"

"但是你……觉得可以？"

"尤金娜，"她冲着听筒喷了几口烟，"你看见这周《生活》杂志的封面了吗？"

我有一个月没见过《生活》杂志的封面了，我太忙了。

"封面人物是马丁·路德·金，亲爱的。他刚刚宣布要组织华盛顿大游行，邀请全美国的黑人加入，也同样邀请全美国的白人。自从《飘》之后，谁也没见过这么多黑人和白人并肩奋斗了。"

"对，我听说了……游行……的事。"我撒了个谎。我捂住眼睛，要是这周读了新闻就好了。我这话说得跟个傻子似的。

"我给你的建议就是，写，快点写。游行定于八月，你得在年底前写出来。"

我倒吸一口气。她让我写出来！她让我……"你是说你会出版吗？如果我在年底前……"

"这话我可没说。"她打断我，"我会读一下。我每个月都要看上百份的投稿，然后基本上都给拒了。"

"抱歉，我只是……我会写的。"我说，"会在一月前写出来。"

"光是四五个访谈还不够写本书。你至少得找十二个人，越多越好。接下来的访谈你已经安排好了吧，我猜？"

我紧紧地抿着嘴。"安排了……几个。"

"很好，那赶快写吧。趁着民权运动这会儿还热火朝天。"

当晚，我去了艾比琳家，给她带去书单上的三本书。我在打字

176

机前坐久了,腰酸背痛。我花了一下午功夫,把我认识的人当中家里请了女佣的那些人的名字写下来(结果发现凡是我认识的人家里都雇了女佣),然后也记下他们女佣的名字,但有些我想不起来了。

"谢谢,哦天哪,瞧瞧这个。"她笑着翻开《瓦尔登湖》的第一页,仿佛迫不及待想要马上开读似的。

"今天下午我跟斯坦女士通话了。"我说。

艾比琳放在书上的手停住了。"我就知道有什么事。你脸上都写着呢。"

我深吸一口气。"她说她非常喜欢你的故事。不过……她没说会不会出版,要我们先把书写完。"我尽量说得乐观一些,"我们得在新年前后写完。"

"这是好消息,对吗?"

我点点头,挤出个笑容。

"一月。"艾比琳小声说着,起身走进厨房,手里拿了份汤姆牌糖果的小挂历回来,放在桌上,一页页翻开。

"听起来还有很久,但是只有……二……四……六……十页就到一月了。时间总是过得比我们想的要快。"她笑着说。

"她说我们还得采访至少十二个女佣,她才会考虑出版的事。"我的声音里开始透出一丝紧张。

"可是……你没有佣人能问的啦,斯琪特小姐。"

我握紧拳头,闭上眼睛。"艾比琳,我想不到还有谁可问。"我提高了声音。这个情况我已经反复掂量了四个小时,"我是说,还有谁呢?帕斯卡古拉吗?我要是问她,肯定会被妈妈发现的。我又不认识其他佣人。"

听到这话,艾比琳立刻垂下眼帘,这让我想哭。**真该死,斯琪特**。过去几个月来,我们之间的隔阂终于渐渐消融,结果又叫我在几秒钟之内给建立起来了。"真抱歉,"我赶紧说,"对不起,我不该这么大声。"

"不,不,没关系。确实应该我去问的,去找其他人。"

"那个……露·安妮的佣人怎么样?"我一边小声问,一边摸出我列的单子,"她叫什么来着……洛维尼亚? 你认识她吗?"

艾比琳点点头。"我问了洛维尼亚。"她的视线仍低垂在腿上,"那个被打瞎了的,就是她的孙子。她说很抱歉,可她得照顾孙子。"

"那希莉的佣人呢,尤尔·梅? 你也问过她了吗?"

"她说正忙着两个儿子明年考大学的事呢。"

"跟你去同一个教堂的女佣呢? 你问了吗?"

艾比琳点点头。"她们都各有借口,其实只是不敢。"

"有多少? 你问了多少人?"

艾比琳拿起笔记本,翻了几页,嘴里默数着。

"三十一个。"艾比琳说。

我喘了口气,这才发现自己刚刚屏住了呼吸。

"还……挺多人的。"我说。

艾比琳终于迎上我的目光。"我本不想告诉你,"她皱着眉头说,"想先等等那位女士的回复……"她摘下老花镜。我看见她脸上的愁容,她强颜欢笑,想要掩盖担忧。

"我再去问一次。"她探了探身说道。

"好吧。"我叹了口气。

她艰难地吞咽了一下,飞快地点点头,想让我明白她说到做到。"拜托了,请相信我,让我继续跟你一起写完这本书。"

我闭上双眼,不忍再看见她担忧的面容。我怎么可以冲她大声说话呢?"艾比琳,没关系的。我们……一起努力。"

几天后,我坐在闷热的厨房里,百无聊赖地抽着烟,最近我似乎一直烟不离手,可能是"上瘾了"。戈登先生喜欢用这个词。**那群白痴都是些瘾君子**。他时不时地叫我去他办公室,拿着红色铅笔浏览这个月的稿子,嘴里嘟嘟囔囔地又划又改。

"还不错。"他会说,"你怎么样?"

"我也不错。"我说。

"那不错。"我离开之前,那个胖胖的前台会递给我一张十美元的支票,我这份莫娜太太的工作差不多就是这么回事儿了。

厨房里闷热难当,但我不想一直待在自己屋里,一个劲儿担心找不到其他愿意跟我们谈谈的女佣。而且,我只能在厨房抽烟,整栋房子只有这里没装吊顶换气扇,不会把烟灰吹得满屋都是。我十岁那年,爸爸没问过康斯坦汀,就在厨房的锡皮天花板上装了个换气扇。康斯坦汀手指着天花板,好像爸爸把一辆福特汽车停在了那儿似的。

"这是为你好,康斯坦汀,你在厨房也能凉快些。"

"我是不会在装了换气扇的厨房里干活儿的,卡尔顿先生。"

"你肯定会。我现在把电接上。"

爸爸从梯子上爬下来。康斯坦汀接了一壶水。"试试吧,"她叹道,"打开试试。"

爸爸按下开关,几秒钟之内,电扇慢慢转了起来,吹起搅拌碗里的面粉,面粉纷纷扬扬四下翻飞,菜谱也从台面上飘下来,落在灶台上烧着了。康斯坦汀眼疾手快,抓起燃烧着的纸卷,浸在水桶里。于是吊顶换气扇在厨房里只装了十分钟,现在天花板上还留着那个洞呢。

我在报纸上读到州议员惠特沃斯指着一大片空地,说要兴建市立体育馆。我翻过那页,不想回想我和斯图亚特·惠特沃斯的约会。

帕斯卡古拉轻手轻脚地走进厨房。我看着她用一只小酒杯从做饼干的面团上揪出小块，那小酒杯从没盛过酒，只用来揪过面团。我身后的厨房窗户只开了条缝，用西尔斯-罗巴克公司的产品册子抵着，两美元的手持搅拌器和邮购玩具的照片随风翻飞，纸页在经年的日晒雨淋下已经泡得发皱。

或许我该问问帕斯卡古拉？也许不会被妈妈发现呢？可我这是在骗谁呢？帕斯卡古拉的一举一动都逃不过妈妈的眼睛，而且她好像也很怕我，仿佛我一见她做错了事就要去告状似的。克服这种恐惧大概要花上好几年。直觉告诉我，还是别让帕斯卡古拉掺和进来。

电话像火警警铃似的突然响起。帕斯卡古拉手中的勺子"叮当"一声掉在碗里，但我抢先一步抓起听筒。

"米妮会帮我们。"艾比琳小声说。

我溜进储藏室，坐在面粉罐上。有大概五秒钟，我什么话也说不出来。"什么时候？她什么时候能开始？"

"下周四。但她有些……要求。"

"什么要求？"

艾比琳顿了一下："她说你不能开着凯迪拉克到威尔逊桥的这一边来。"

"好吧。"我说，"我应该可以……开卡车去。"

"她还说……说你在屋里不能跟她并排坐。她要一直能看着你。"

"我……她让我坐哪儿我就坐哪儿。"

艾比琳的声音柔和了些。"她还不太认识你。而且她和白人太太小姐总是相处得不太好。"

"要我做什么都可以。"

我满脸笑容地走出储藏室，把听筒挂回墙上。帕斯卡古拉看

着我,一手举着小酒杯,一手抓着生面团,又迅速低下头,继续干活
儿了。

两天后,我告诉妈妈要去买本新的钦定版《圣经》,我自己那
本已经快翻烂了。我还对她说,一想到那些可怜的非洲孩子正在
挨饿,我就不好意思再开凯迪拉克,今天要开旧卡车出门。她躺在
门廊摇椅上,凝神望着我。"你到底想去哪儿买《圣经》?"

我眨眨眼。"他……他们帮我订了一本。在坎顿教堂。"

她点点头。我发动旧卡车的时候,她的目光也一直没离开过。

我开着后面装了一架除草机的卡车往法里士街驶去。卡车踏
板都生锈了,我能看见脚下的马路嗖嗖地往后退,但至少这次卡车
后面没有钩着辆拖车。

艾比琳开了门让我进屋。米妮站在客厅那一头的角落,胳膊
抱在丰满的胸前。希莉以前偶尔也让沃尔特斯太太组织桥牌俱乐
部,我见过米妮几次。米妮和艾比琳都还穿着白色制服。

"你好,"我在房间这头说道,"很高兴又见到你。"

"斯琪特小姐。"米妮点点头,在艾比琳从厨房搬来的木椅子
上坐下,椅子咯吱作响。我坐在沙发这一头,艾比琳在另一头,正
好在我和米妮中间。

我清了清嗓子,紧张地挤出个微笑。米妮没有笑。她矮矮胖
胖的,很健壮,肤色比艾比琳还黑了十个色号,紧实发亮,像一双崭
新的漆皮鞋。

"我已经给米妮解释过我们的流程了。"艾比琳对我说,"你协
助我写出我的故事,她的就由她自己口述,你再写下来。"

"米妮,你在这儿说的每一句话我都会保密。"我说,"我写好
后,会给你——"

"你凭啥觉得黑人需要你帮忙?"米妮忽然站起来,椅子"刺

啦"一声刮过地板,"你干啥关心这些?你是个白人。"

我望着艾比琳。从来没有黑人这么对我说过话。

"我们都在为同一件事努力,米妮。"艾比琳说,"只是说说话而已。"

"这算啥事?"米妮问我,"指不定你就是想从我嘴里套出话来,然后我就麻烦了。"米妮指指窗外,"有色人种协进会的迈德加·埃夫斯,他家离这儿开车只要五分钟,车库昨晚给人炸了。就因为他*说说话*。"

我的脸红得发烫,慢慢开口道:"我们想从你们的角度来表述……这样大家或许就能从你们的立场来理解你们。我们——我们希望也许可以让周围环境有所改变。"

"你以为你能改变点啥?改变什么法律吗,让法律规定要对自己家佣人态度好点?"

"等一下。"我说,"我没想着要改变什么法律。我说的是态度,还有——"

"要是我们被人逮个正着,你知道是什么下场吗?我那次在麦克雷女装部不小心用错了试衣间简直不算什么了,这回准会有人用*枪*指着我家的。"

没人说话,屋里气氛紧张,只听见架子上的棕色天美钟嘀嗒走着。

"没人逼你,米妮,"艾比琳说,"你要是改了主意,也没问题。"

米妮小心翼翼地慢慢坐回椅子上。"我会做的。我只是想让她真的明白,这可不是*闹着玩儿的*。"

我瞥了一眼艾比琳,她对我点点头。我深吸一口气,发现自己双手发抖。

我先问了米妮的生平,然后又转到她工作的话题。她一直面朝艾比琳说话,仿佛尽力当我不在场一样。我的铅笔在手中飞速移动,努力记下她的一字一句。我们觉得笔录会显得比用打字机随意些。

"这份工作,我每天都要做到很晚。结果你猜怎么着?"

"怎么……了?"我问,虽然她看着艾比琳。

"哦,米妮,"她捏着嗓子说,"你真是我们请过最棒的佣人了。好米妮,你就在我们这儿永远干下去吧。然后有一天,她说要放我一周的假,钱还照样给。我这辈子还没放过假呢,无论有没有钱。于是我休息了一周,再回去上班的时候,他们都不见了,搬到莫尔比去了。她告诉别人是怕我在她搬走前就找到新工作。那些懒蛋太太,没有佣人伺候她就一天也过不下去。"

她忽然站起身,抓起手包甩在肩上。"我得走了。跟你讲这些,我心脏都不舒服了。"然后她摔上门走了。

我抬起头,抹抹额角的汗。

"她今天算是心情好的了。"艾比琳说。

第十三章

接下来的两周,我们三人聚在艾比琳家狭小温暖的客厅里,坐在各自固定的位置上。米妮总是怒气冲冲地一阵风似的冲进屋来,向艾比琳讲述自己的故事,慢慢平静下来,然后又和来的时候一样,气呼呼地拂袖而去。我就努力记下她的话。

米妮偶尔也会不小心提起西莉亚太太:"她老是偷偷摸摸地上楼,以为我没看见,其实我都知道,那疯女人有些不可告人的事呢——"她也总是自己收住话头,就像艾比琳谈起康斯坦汀时一样,"这不是我的故事,西莉亚太太这部分你别写进去。"她盯着我,直到我停笔为止。

除了对白人的怨恨,米妮还喜欢说吃的。"我想想,我先放豌豆,再去做猪排,唔,我喜欢猪排出锅时热气腾腾的。"

有一天,她正说到"……一手抱着白人小孩,锅里煮着豌豆……"然后住了口,冲我扬了扬下巴,轻轻跺了下脚。

"我讲的这些,一半都跟黑人权益没关系。只不过是些日常小事呀。"她盯着我上下打量,"我看你写的只不过是些*日常生活*。"

我停下笔。她说的没错。我忽然明白这正是我想努力的方向。我告诉她:"我就是想写写生活。"她站起来,说比起我想要写的,她还有更重要的事要去操心。

第二天傍晚,我正在楼上卧室里埋头敲着科罗娜打字机,忽然听见妈妈跑上楼梯的声音,两秒钟之后她就进了我的卧室。"尤金娜!"她轻声喊我。

我猛地起身,想要挡住打字机上的稿件,椅子差点倒了。"什么事,妈妈?"

"别慌,就是楼下有个男人,他挺高的,说要见你。"

"谁?"

"他说他叫斯图亚特·惠特沃斯。"

"什么?"

"他说前一阵你们有天晚上一起吃了个饭,怎么回事,我怎么不知道——"

"上帝啊。"

"别乱喊上帝的名字,尤金娜·费伦。赶紧涂点口红。"

"我跟你说,妈妈,"我还是擦了点口红,"上帝也不会喜欢他的。"

我梳了头,知道自己的发型一定很可怕,甚至还把手上和胳膊肘上沾着的打印墨水和修改液洗掉。但我是不会特意为了他换衣服的。

妈妈快速打量着我身上的粗布裤子和爸爸以前的白衬衫。"他是格林伍德还是纳奇兹城的惠特沃斯家的?"

"他是州议员的儿子。"

妈妈惊得张大了嘴,下巴都碰到珍珠项链了。我走下楼梯,经过挂着我们小时候肖像的照片墙。卡尔顿的照片挂了满墙,甚至连前几天刚照的都有。我的照片则到十二岁那年便戛然而止。"妈妈,给我们点隐私,别跟来。"我盯着她极不情愿地慢慢挪回自己房间,还一步三回头。

我走到门廊,他还站在那儿。距离我们那次约会三个月以后,斯图亚特·惠特沃斯大驾光临,站在了我家门口。他穿着卡其色裤子,蓝色外套,还系了条红色领带,准备去赴周日晚宴一样。

混蛋。

"什么风把你吹来了?"我问他。但我没笑。我不会对他笑的。

"我就是……就想过来看看。"

"嗯,要喝点什么吗?"我又问,"要不要给你来上一瓶老肯塔基威士忌?"

他皱了皱眉,鼻子和额头有些发红,像在烈日下干活儿了似的。"听着,我知道已经……过了很久了,但我这次是来道歉的。"

"谁让你来的——希莉还是威廉?"我家门廊上摆着八张摇椅,但我没有请他坐下。

他望着西边的棉花地,太阳正缓缓沉到地平线下。他像个十二岁的小男孩那样把手插在兜里。"我知道我那晚……很没礼貌,我想了很久……"

我笑出声。他竟然会跑到这儿来,再提醒我一遍那晚的窘况,我一时不知所措。

"是这样,"他说,"我之前跟希莉说了不下十次,我还没准备好跟谁约会。离准备好还差得远呢……"

我咬紧牙关,那次约会已经过去几个月了,我**不敢相信**滚烫的眼泪此刻竟然还欲夺眶而出。但我仍记得那晚我感觉自己真掉价,竟然还为他精心打扮了一番,简直荒唐。"那你为什么还要来?"

"我不知道。"他摇摇头,"你知道希莉那脾气。"

我站在那里,等着看他这次来究竟要干吗。他伸手理了理浅棕色的头发,他的头发粗硬得像金属细丝。他看起来很疲惫。

我扭过脸去,不想看见他那种大男孩的帅气,我现在不该想这个。我想让他离开——不要再经历一次那糟糕的感觉了,但我听见自己说:"什么叫你还没准备好?"

"就是没准备好。那件事之后,我还没恢复。"

我瞪着他。"你想让我猜吗?"

"我和帕特丽夏·范·德凡特。我们去年订了婚,后面的事……我以为你知道。"

他身子一沉,跌坐在摇椅上。我没有坐在他身边,但也没赶他走。

"怎么了,她跟人跑啦?"

"见鬼。"他双手抱头,喃喃道,"比起那件事,跟人跑了充其量只能算是该死的狂欢节派对。"

我想说那也是你活该,但看他这样实在可怜,于是话到嘴边又咽了回去。这一刻,他那副满嘴酒话的硬汉模样早已消失不见,我开始怀疑,他是不是一直都这么落魄可怜。

"我们十五岁就在一起了。你知道那种感觉吧,跟一个人稳定交往了这么久。"

"老实说,我不知道。"我说,"我从来没跟谁在一起过。"我不知道自己为什么要承认,恐怕是因为也没什么可损失的吧。

他抬头打量了我一眼,隐约笑了一下。"嗯,怪不得。"

"怪不得什么?"我想起上次化肥和拖车的事,做好了准备。

"你……很特别。我没见过有谁像你这样有话直说的。至少没见哪个女人这样。"

"相信我,我想直说的还多着呢。"

他叹了口气。"那天我看见你的脸,在卡车旁边……那个人不是我。我真没那么混蛋。"

我不知所措地望向一边。他的话有些触动了我,说我不一样,大概不是说我很奇怪、个儿太高、很不正常,或许是说我与众不同。

"我来是想问你愿不愿意跟我进城吃晚餐。我们可以谈谈。"

他说着站起来，"我们可以……也许这次，我们可以好好听听对方的话。"

我愣在那里。他那双清亮的蓝眼睛正注视着我，好像我的回答真的至关重要一样。我深吸一口气，准备答应他——为何要拒绝呢——他咬着下唇，等我回答。

但我随即又想起他那次怎么视我如无物，怎样因为被迫要和我待在一起，就把自己灌得醉醺醺的。我想起他说我身上有股化肥味。我花了三个月才不再理会这句评论。

"不，"我脱口而出，"谢谢邀请，但我真想不到还有什么事能比这更糟糕的了。"

他点点头，低头盯着自己的脚，然后走下门廊台阶。

"真对不起，"他边说边拉开车门，"我过来就是为了跟你说这个，嗯，我已经说完了。"

我站在门廊上，耳边回荡着傍晚时分模模糊糊的各种声响，斯图亚特脚踩着碎石子，狗在暮色中蹿来跑去。一瞬间，我想起查尔斯·格雷，我一生中唯一亲吻过的人，想起我当时是怎么落荒而逃，心里明白那个吻肯定不是冲我而来。

斯图亚特坐进车里，拉上车门。他抬起胳膊，手肘伸出车窗外。但他仍低垂着眼帘。

"等等。"我冲他喊道，"我去套件毛衣。"

没有人告诉过我们这些不常约会的女孩，原来事后回想竟也同约会当下一样美好。妈妈费力地爬上三楼，站在床边欠身看着我，我却假装还没醒。我只是想再回味一遍。

昨晚我们开车到罗伯特·E. 李饭店吃饭。我穿了件浅蓝色毛衣，白色修身短裙。我甚至还让妈妈帮我梳了头，努力忽略她那喋喋不休的紧张叮嘱。

"别忘了要微笑。一晚上都苦着个脸的女孩,男人可不喜欢。还有,别坐得跟个印第安女人似的,要交叉——"

"我知道,腿还是脚踝——"

"脚踝。雷默太太的礼仪课都白上了吗?还有,说说谎也无妨,就跟他说你每周日都去教堂,记住,千万不能在餐桌上嚼冰块,太没教养了。哦,要是没什么可说的,你就跟他说说我们的远房表叔,他在科修斯科市当议员……"

她梳了又梳,一边还追问着我是怎么认识他的、上次约会是什么情况,不过我设法从她手底下溜走,跑下楼梯,心里又期待又紧张,身体都微微发抖。等我和斯图亚特走进饭店坐下,把餐巾铺在腿上之后,服务生却告诉我们饭店要打烊了,只能点甜品。

斯图亚特沉默了一会儿。

"你想……要什么,斯琪特?"他问,我一下紧张起来,怕他又想喝个大醉。

"我要可乐,多加冰。"

"不是,"他笑了,"我问的是……人这一辈子,你想要什么?"

我深吸一口气,心里清楚妈妈这时会让我怎么回答:想要照顾丈夫,想要孩子健康活泼,想用崭新的厨具做些可口又健康的饭菜。"我想当一名作家。"我说,"记者,或者小说家,或者两者兼备。"

他抬起下巴,直视着我的眼睛。

"这想法不错。"他凝视着我说,"我老是想起你,你很聪明、漂亮,也很——"他笑了,"高。"

漂亮?

我们吃了草莓舒芙蕾,每人喝了一杯夏布利酒。他聊起如何判断棉花地底下有没有石油,我提到报社里的女性员工只有前台接待和我两个。

"希望你有朝一日能写出点真正的好东西，写出你的心声。"

"谢谢。我……也这么希望。"艾比琳和斯坦女士的事，我半个字也没提。

我很少有机会这么近距离地打量一张男人的脸庞，我不禁注意到他的皮肤要比我粗糙些，是漂亮的小麦色；粗硬的金色胡楂似乎就在我眼前从他脸颊和下巴上慢慢冒出来。他身上散发着一股浆洗衬衫的味道，像松木味。他的鼻子好像也没有那么尖了。

服务生在角落打起了呵欠，但我们都没有理会，又坐着聊了会儿。我开始暗自懊悔今早怎么只泡了澡而没洗头，同时也为自己至少刷了牙而庆幸不已。突然，毫无预兆地，他吻了我。就在罗伯特·E.李饭店的大堂正中，他张开嘴缓缓地吻了我。于是我全身上下的每一寸——皮肤、锁骨、膝盖窝以及体内的每一个角落都被照亮了。

我和斯图亚特的约会过去几周之后，某个周一下午，我在去参加联盟会会议前先顺道去了图书馆。图书馆里弥漫着一股小学校园的气息——一种混合了百无聊赖、胶水味以及用利洁时牌清洁剂清洗过的呕吐物的味道。我来给艾比琳再借几本书，也查查有没有人写过关于家庭帮佣的书。

"嘿呀，斯琪特！"

老天，是苏西·普内尔。高中时，她可是大家公认最话痨的一位。"嘿……苏西。你怎么在这儿？"

"我在这儿为联盟会做事呢，记得吗？你可得来试试，斯琪特，太有意思啦！所有最新的杂志任你读，给文件归档，还能给图书证压膜。"苏西靠在那台棕色大机器旁，就像上了《价格猜猜看》那个电视节目一样。

"真新鲜，真有趣。"

"喏,你今天想找些什么书,女士？我们有谋杀悬疑、浪漫小说、化妆教程、发型教程,"她顿了顿,挤出一个笑容,"玫瑰栽培、室内装饰——"

"我就随便看看,谢谢。"我赶紧溜走了。我可以自己在书架上找,绝不能告诉她我要找什么书。我已经能想象到她会怎么在联盟会会议上窃窃私语,*我觉得斯琪特·费伦有点不对劲,她在找那些讲黑鬼的书……*

我翻了卡片目录,还在书架上扫视,都没找到与家庭帮佣相关的书。在非虚构书籍区,我找到一本孤零零的《弗雷德里克·道格拉斯,一位美国奴隶》。我高兴地抽出书,想给艾比琳送去,可翻开一看,中间的部分被人撕掉了,还有人用紫色蜡笔在书里写上"黑鬼的书"字样。相比起这几个字,更令我不安的是这笔迹看似出自三年级小学生之手。我四处看了看,把书塞进书包,好像要比再放回书架更合适。

在密西西比州历史图书室,我搜寻着跟种族关系沾边的一切材料,但只找到写内战的书、地图册,还有旧电话簿。我踮起脚,想看看书架上层有些什么,然后我发现一本小册子,平躺在《密西西比河谷洪水年鉴》上面。一个正常身高的人绝对看不见。我伸手把书够下来,瞟了眼封面。这本小册子很薄,透明纸印刷,用订书机钉在一起,书页已经卷翘了。封面上写着《南方吉姆·克劳法①总汇》。我翻开封面页,纸张窸窣作响。

这本小册子只是简单汇总了一系列法律,规定了南方各州允许及禁止黑人实行的各类事项。我浏览了第一页,有些疑惑为什么会有这一页。这上面的法律说不上恫吓,也谈不上友善,只是陈

---

① 吉姆·克劳法(Jim Crow Laws)泛指1876年至1965年间美国南部各州及边境各州对有色人种实行种族隔离制度的法律。

述事实：

> 黑人男性在场的室内或病房，不可要求白人女性提供护理服务。

> 白人不得与黑人结婚。违反此项法律的婚姻即属无效。

> 黑人理发师不得为白人妇女或女孩服务。

> 负责人员不可将黑人埋葬在白人墓地。

> 书籍不得在白人学校与黑人学校之间流通、转借，但可在同一种族内沿用。

我读了全册二十五页中的四页，惊叹于这些种族隔离法案名目之繁多。黑人与白人不能共用饮水器、电影院、公共厕所、棒球场、电话亭，也不能一起看马戏表演。黑人也不能跟我去同一间药房或在同一个窗口购买邮票。我想起了康斯坦汀，那次我们全家带她一起去孟菲斯，高速公路几乎已被洪水冲毁，但我们还是只能一路往前开，不能停下来，因为沿途旅店都不会让她进门。我想起车里大家怎样对此心知肚明，但都保持缄默。我们都知道这些法律，我们就在这些法律下生活，但从来没有人说破。这是我第一次见到这些法律条文白纸黑字地印出来。

午餐柜台、州郡博览会、台球桌、医院。我甚至把第四十七条读了两遍，因为实在是太讽刺了。

> 委员会需在隔离地点的独栋建筑中安置黑人盲人。

读了几分钟后，我不得不让自己停下。我准备把书放回书架，提醒自己我不是要写一本关于南方法律的书，读这书只是在浪费时间。但是我忽然灵光一闪，意识到这些政府法律和希莉给艾比琳建车库卫生间这两件事之间，并没有什么不同，除了通过法律需要在州政府花上十分钟签字。

我看见最后一页印着"密西西比法律图书馆藏书"的字样，这本小册子被放错图书馆了。我把自己的顿悟匆匆写在纸上夹进书页里：吉姆·克劳或是希莉的卫生间计划——有何差别？我把小册子塞进书包，听见苏西在房间那头的桌子后面打了个喷嚏。

我朝门口走去，联盟会议还有三十分钟就开始了。我冲苏西格外友好地笑笑。她正对着电话听筒窃窃私语。偷来的书仿佛在书包里滚烫地跳动着。

"斯琪特，"苏西从桌后小声叫住我，瞪大了眼睛，"你真的在和斯图亚特·惠特沃斯约会吗，我没听错吧？"她刻意强调了"你"，让我有些笑不出来。我假装没听见，大步走出门去，走进室外灿烂的阳光中。我此前从没偷过什么东西。今天竟然在苏西眼皮子底下偷了本书，我有点得意。

不难想见，我和我的朋友们在不同的领域拥有自己的舒适圈。伊丽莎白喜欢趴在缝纫机上，努力将自己的人生装扮得天衣无缝，像从店里买来的成品一样。我喜欢猫在打字机前，把我从来不敢大声说出口的只言片语打出来。而希莉则喜欢站在演讲台后面，向台下的六十五位小姐太太大声疾呼，一人三罐是不够那些"非饥"吃的，"非饥"是"可怜的非洲饥饿儿童"的简称。玛丽·乔琳·沃克却觉得三罐就足够了。

"而且挺贵的吧，把这么些罐头运到埃塞俄比亚？要横跨半个地球呢。"玛丽·乔琳问，"直接给他们寄点钱不是更好吗？"

会议还没正式开始，希莉就已经站上讲台了，眼里流露出一种狂热之情。这不是我们例行的晚间会议，而是希莉召集的特别午后集会。许多成员六月都出城度假去了，然后，希莉七月要奔赴她一年一度、为期三周的海滨之旅。她大概实在不放心，觉得这城里少了她就无法正常运行了。

希莉翻了翻白眼。"你给那些部落居民再多钱也没用，玛丽·乔琳。奥加登沙漠里可没有金特尼商店。再说了,我们怎么知道他们拿了钱是不是真的给孩子买吃的去了?他们很可能拿了钱就跑去当地巫术帐篷,给自己弄个邪恶的文身呢。"

"好吧。"玛丽·乔琳板着脸败下阵来,一副给人洗脑了的样子,"还是你最了解情况。"希莉就是靠这种驳得人哑口无言的能力才稳坐联盟会主席这把交椅的。

我穿过会议室拥挤的人群,一路伴随着众人热切的目光,好像有一束追光灯照在我头上。房间里挤满了跟我同龄的小姐太太,都在吃着蛋糕、喝着可乐、吸着烟。有些人聚在一起交头接耳,时不时瞟我一眼。

"斯琪特,"我刚走到咖啡壶那里,就被丽莎·普莱斯利叫住,"我听说你几周前去了罗伯特·E.李饭店?"

"是真的吗?你真的在跟斯图亚特·惠特沃斯约会?"弗朗西斯·格林宝也说。

大多数问题都还算友善,不像苏西在图书馆问的那样。不过,我还是只耸耸肩,试着不去在意,其他女孩出去约会,大家只当平常消息,但是有人约斯琪特·费伦出去,就是条大新闻了。

不过这确实是真的。我正在跟斯图亚特·惠特沃斯约会,已经三周了。如果把第一次那灾难性的约会也算上的话,我们在罗伯特·E.李饭店吃了两次饭,还在我家的前门廊上喝了三次酒,然后他就开车回维克斯堡了。爸爸甚至一直等到八点钟以后,就为了能跟他说上话。"晚安,孩子,你告诉议员,我们都很感谢他推翻了农业税法案。"妈妈一直战战兢兢,一面怕我这回又要搞砸,一面又为我的确喜欢男人而高兴。

那充满疑问的白色追光灯一路跟着我走到希莉面前。女孩们纷纷冲我微笑点头。

"你们什么时候再见面?"这回发问的是伊丽莎白,她手里扭绞着餐巾,瞪大了眼睛,像在注视车祸现场,"他说了吗?"

"明晚,他一回来就见。"

"很好。"希莉那副笑容跟趴在希尔-莉莉雪糕店橱窗上的胖小孩一个样。她红色外套的纽扣都绷得鼓起来了,"我们来一次四人约会吧。"

我没接话。我不想让希莉和威廉一起来,只想和斯图亚特坐着,让他只看着我一个人。有两次,我们单独相处的时候,他会帮我把落在眼睛上的头发抚到耳后。要是希莉他们也在场,他大概不会这么做了。

"威廉今晚会给斯图亚特打电话,我们去看电影吧。"

"好吧。"我叹道。

"我早就想看《疯狂世界》了。肯定很有意思,"希莉说,"你、我、威廉还有斯图亚特。"

这话让我起了疑心,她说出名字的顺序,好像重点是要让斯图亚特和威廉待在一起似的,而不是和我。我知道自己想多了。但现在事事都让我不得不小心。两天前,我过桥去黑人社区,被一位警察拦住了。他拿手电筒往我的卡车里晃晃,照到了我的书包。他问我要了驾照,又问我要去哪里。"我去给我的佣人……康斯坦汀送支票。我忘给她了。"又有一位警察在路边停了车,也走到我车窗边。"为什么拦下我?"我问,嗓音不自觉提高了十度。"发生什么事了吗?"我又问,心怦怦直跳。万一他们要检查我的书包可怎么办?

"有些北方佬惹麻烦。我们会抓住他们的,女士。"他拍了拍警棍,说道,"你办完事就赶紧回到桥那边。"

到了艾比琳住的那条街,我把车停得比往常更远了。我没走前门,而是绕到后门。头一个小时,我浑身哆嗦,给米妮准备的问题都念不出来。

希莉敲了敲小木槌,示意会议还有五分钟开始。我走到自己的座位上坐下,把书包放在腿上。我翻了翻包里的东西,忽然想起我从图书馆偷来的吉姆·克劳小册子。事实上,书包里装着我们所有的成果——艾比琳和米妮的访谈记录、书稿大纲、准备接触的女佣名单,还有我针对希莉的卫生间计划写成但尚未寄出的一封尖锐的反驳信——所有这些我都不敢留在家里,因为害怕妈妈会来翻我的东西。我把这些东西全部藏在侧边一个带兜盖的拉链口袋里。口袋鼓了起来。

"斯琪特,你这条波纹塔夫绸裤子真好看,怎么以前没见你穿过?"卡罗尔·林格隔了几张椅子对我说。我抬头朝她笑笑,心里想着,*因为我怎么敢穿着旧衣服来开会,你也不敢。*妈妈为我穿衣打扮的事烦了我这么多年,这方面的问题都让我反感。

忽然,一只手搭在我另一边肩膀上,我扭过头去,发现希莉把手伸进书包,正好摸着了小册子。"你有下周通讯报的笔记吗?是这个吗?"我甚至没留意到她走过来。

"不是,等一下!"我说着,把小册子塞回文件深处,"我还要……修改一下。晚些再拿给你。"

我长出了一口气。

希莉回到讲台上,看了看表,摆弄着小木槌,仿佛迫不及待想要敲下。我把书包放在椅子下面,会议终于开始了。

我记下"非饥"的最新消息、哪些成员上了问题名单、谁还没带罐头来上交。日程表上排满了委员会会议和新生儿派对,我在木椅子上扭来扭去,盼望会议早点结束。我得赶在三点前把车给妈妈还回去。

终于,一个半小时后,还有十五分钟就到三点了,我溜出闷热的房间,奔向凯迪拉克。我会因为早退而被记上问题名单,但是老天,也不知道哪样更糟:妈妈的脾气还是希莉的脾气?

三点差五分，我走进家门，一边哼着《爱我吧》这首歌，一边琢磨着该去买条珍妮·福希今天穿的那样的短裙。她说是在纽约的波道夫·古德曼商场买的。要是周六斯图亚特来接我的时候，我穿了一条短到膝盖以上的裙子，妈妈一定会惊讶得晕倒了。

"妈妈，我回来了。"我在门厅向屋里喊道。

我从冰箱拿了瓶可口可乐，微笑着叹口气，心情愉悦，充满活力。我走到前门去取我的书包，想把米妮的故事再串一串。我能看出来，她忍不住想要说说西莉亚·福特的事情，但每次都只透了点口风就停下，换个话题。电话铃响了，我接起来，找帕斯卡古拉，我便扯了张便条纸记下口信。电话是希莉的女佣尤尔·梅打来的。

"嘿，尤尔·梅，"我说，想着这城市可真够小的，"她一回来我就告诉她。"我靠着厨房台面站了一会儿，想着要是康斯坦汀还在这里就好了。我真想同她分享我每天生活的点点滴滴。

我又叹了口气，喝完可乐，然后去前门拿书包。但是书包不在那里。我出门到车上看了看，也不在车上。嗯，我想了想，往楼上走，刚才那美妙的感觉笼上了一层慌张。我已经把书包拿上楼了吗？我在屋里搜索一番，却连个影儿也没见着。终于，我呆呆地站在安静的房间里，一丝恐慌感顺着脊梁骨慢慢爬了上来。那个书包，里面装了所有东西。

妈妈，我一转念，立刻冲下楼梯，往休息室望去。但我忽然意识到书包不在妈妈那里——我明白了，顿时全身僵硬。我当时一心急着把妈妈的车开回家，就把书包落在联盟会了。电话铃响起的时候，我已经知道是希莉打来的。

我从墙上抓起听筒。妈妈在前门道了声"再见"。

"喂？"

“你怎么能把这么沉的东西落下?"希莉问我。她老是爱翻别人的东西,从不觉得有什么问题,反倒乐在其中。

“妈妈,等我一下!”我在厨房大喊。

“老天啊,斯琪特,这里面都是些什么?”希莉说。我得追上妈妈,但希莉的声音变小了,像是弯下腰打开了书包。

“没什么! 只是……莫娜太太的那些信,你知道的。”

“好吧,我把书包拖回我家了,你有空就过来拿吧。”

妈妈在外面发动了车子。“你就……放在那儿。我尽快进城找你。”

我跑出屋外,但是妈妈已经把车开出了车道,我望了望,旧卡车也开走了,大概在哪片地里拉着棉花籽呢。那份绝望与恐惧在我胃里下沉,坚硬发烫,像块烈日下的砖。

我眼看着凯迪拉克开上公路,慢慢减速,忽然停了下来。然后又启动,停下。最后慢慢倒车,歪歪扭扭地上了坡。我虽然从来都没有喜欢过、更没有相信过上帝,但这次多亏了仁慈的上帝,妈妈竟然真的把车往回开了。

“我竟然忘了拿上带给苏·安妮的炖菜……”

我跳进前排车座,等妈妈回到车里。她把双手放在方向盘上。

“能载我去希莉家吗? 我得去取点东西。”我一手按住额头,“哦,老天,快点,妈妈。要不就来不及了。”

妈妈没有发动汽车。“斯琪特,我今天有好多事要办——”

恐慌涌上了我的喉头。“妈妈,求你了,快开车吧……”

但是凯迪拉克仍稳稳地停在石子路上,像颗正在倒数的定时炸弹。

“听我说,”妈妈说道,“我要去办些私事,你最好还是别跟着我。”

“就耽误你五分钟。开车吧,妈妈!”

妈妈仍把戴着白手套的手搭在方向盘上,嘴唇紧抿着。

"我今天正巧有些紧要的私事要办。"

我无法想象妈妈还能有什么事比我这件已经提到嗓子眼的事还重要。"什么事?有个墨西哥人想加入'美国革命妇女会'了?还是有谁读《新编美国字典》被发现了?"

妈妈叹了口气,说:"好吧。"然后小心地换上了起步挡,"好吧,我们走。"我们以每小时一百五十米的速度沿着车道小心慢行,这样小石子就不会打在新上过漆的车身上了。开出车道后,她打开转向灯,就跟在做脑部手术似的,驾驶着凯迪拉克慢慢挪上县郡公路。我双手攥拳,在脑海中踩下油门。妈妈每次开车都跟第一次上路似的。

县郡公路上,妈妈加速到二十四公里每小时,她那紧握方向盘的架势,就跟我们开到了一百多公里每小时似的。

"妈妈,"我终于忍不住了,"我来开吧。"

她叹了口气,出乎我意料地把车停在路边高高的草丛里。

我下了车,跑到另一边,她从驾驶座挪到副驾驶。我挂上 D 挡,油门踩到七十,心里默默祈祷,*拜托了,希莉,你可千万要忍住翻我私人物品的冲动……*

"到底是什么秘密呢,你今天要去办什么事?"我问。

"我要……我要去尼尔医生那里做些检查。常规检查,但我不想让你爸爸知道。你知道每次一有谁去看医生,他都很不安。"

"什么检查?"

"碘试验,检查溃疡的,我每年都做。你把我送到浸信会医院,就自己开车去希莉家吧。还省得我找地方停车了。"

我瞟了她一眼,想看看她是否有所隐瞒,但她穿着一身淡蓝色的裙子,坐得笔直,两腿脚踝交叉。我不记得她去年做过类似检查。虽然我那时还在学校,但康斯坦汀会在信里告诉我。妈妈肯定跟谁都没有说。

五分钟后,我们到了浸信会医院,我下车绕到这边,扶她下了车。

"尤金娜,不用这样。到了医院也不代表我就生病了。"

我帮她推开玻璃门,她走了进去,高昂着头。

"妈妈,你要不要……我陪你去?"我问,虽然知道自己没法陪她——我还得去应付希莉,但忽然间也不想就这样把妈妈丢下。

"只是**常规**检查。快去希莉家,一小时后回来接我。"

我望着她手里抓着手提包走过长长的走廊,身影越来越小,明白我也该转身走了。但转身之前,我又不禁想到,妈妈何时变得如此虚弱,如此微不足道。以前,她一呼一吸间就能震慑全场,但现在,她仿佛……愈发渺小了。她转过拐角,消失在淡黄色的墙后。我又望了几秒,才跑回车里。

一分半钟之后,我按响了希莉家的门铃。若是平时,我会和希莉说说妈妈的事。但此刻我不能分散她的注意力。头几秒钟我就能看出一切。希莉是个撒谎高手,只有在开始说话前的那一刻才会流露真心。

希莉开了门。她红润的嘴唇紧闭着,我低头看了看她的双手,像绳子似的紧紧绞在一起。我来晚了。

"嗯,你来得挺快。"她说,我跟着她进屋。我的心脏在胸腔里揪紧了,感觉不到自己还在呼吸。

"在那儿呢,那个丑书包。我希望你别介意,我刚才需要查看一下会议记录。"

我盯着她,我这位最好的朋友,想知道她看了我哪些东西。但是她脸上仍挂着那副职业笑容,笑得甚至可以说得上灿烂。那个能泄露真相的时刻已经过去了。

"你想喝点什么?"

"不用了。"然后我补上了一句,"等会儿要不要去俱乐部打球?外面天气可好了。"

"威廉去开竞选会了,之后我们要去看《疯狂世界》。"

我仔细打量着她。两小时前,她不是才提议明晚我们四人约会时要去看这部电影吗?我慢慢挪到餐桌那边,仿佛走快一点她就要猛扑上来似的。她从壁橱里拿出一把银叉子,用食指轻轻弹着叉齿。

"对了,嗯,我听说斯宾塞·特雷西在里面演得好极了。"我边搭话边漫不经心地摸着书包里的文件。艾比琳和米妮的笔记还好好地躺在侧边口袋里,兜盖合着,搭扣也没打开。但是希莉的卫生间计划就放在书包正中的敞口处,还有那张写着"吉姆·克劳或是希莉的卫生间计划——有何差别?"的纸。旁边是希莉已经看过的通讯报草稿。但是那本小册子——法律小册子,我又摸了一遍——已经不见了。

希莉歪着头,眯着眼睛看着我。"你知道吗,我刚刚在想,他们上回驱赶那个走进密大的黑人男孩的时候,斯图亚特的爸爸就站在罗斯·巴奈特身边。他俩关系可好了,惠特沃斯议员和巴奈特州长。"

我张开嘴想说点什么,什么都行,但是两岁的小威廉摇摇晃晃地走了进来。

"你在这儿呀。"希莉抱起他,用鼻子蹭蹭他的脖子,"你真棒,我的棒小伙儿!"威廉看见了我,尖叫起来。

"那好,祝你们看电影愉快。"我说着朝前门走去。

"好的。"她说。我走下台阶,希莉站在门口,挥着手,也举起威廉的手摇摇,跟我再见。我还没钻进车里,她就砰的一声把门关上了。

艾 比 琳

第十四章

我也不是没经历过紧张场面,但是像现在这样,米妮坐在我家客厅一头,斯琪特小姐坐在另一头,聊着黑人给白人干活儿的感受,老天,她俩没打起来可真是个奇迹。

可也有些剑拔弩张的惊险时刻。

就像上周,斯琪特给我看了希莉太太那番黑人要有专用厕所的见解。

"跟三K党一个调调。"我对斯琪特小姐说。我们照例坐在我家客厅里,近来夜间也慢慢热了起来。米妮刚才去了厨房,拉开冰箱门站在跟前。米妮一年到头都汗流不止,或许在一月份有可能消停个五分钟。

"希莉想让我把这个刊登在联盟会通讯报上。"斯琪特小姐一脸厌恶地摇摇头,"抱歉,我也许不该给你看这个。但我也没有其他人能说说的了。"

过了一会儿,米妮从厨房回来。我给斯琪特小姐使了个眼色,她立刻把那份东西藏在笔记本下面。米妮看起来没怎么凉快下来,可能还比之前更热了呢。

"米妮,你和勒罗伊讨论过民权运动吗?"斯琪特小姐问,"他下班回家后？"

米妮的胳膊上有一大块淤青，这就是勒罗伊下班回家后干的好事，对米妮呼来喝去、推推搡搡。

米妮只答了句"没有"。她不喜欢别人打听她的私事。

"是吗？他没有说过他是怎么看待游行和隔离政策的吗？也许上班的时候，他的老——"

"别把勒罗伊牵扯进来。"米妮抱起胳膊，遮住了淤青。

我悄悄抬脚碰了碰斯琪特。可斯琪特小姐脸上又露出那种一门心思的固执劲儿。

"艾比琳，你不觉得如果我们也加入丈夫们的观点，不是更有意思吗？米妮，或许——"

米妮腾地起身，撞得灯罩晃了两晃。"我不干了。你问得太多了。跟白人谈谈感受，跟我有什么关系？"

"米妮，好吧，对不起。"斯琪特小姐说，"我们不说你的家事。"

"不，我改主意了。你找别人打听秘密去吧。"这场面我们以前也经历过。但是这次，米妮挎上手提包，捡起掉在椅子下面的殡仪馆小扇子，说，"对不住了，艾比。我干不下去了。"

她当真要退出，我有些慌了。米妮可不能走，她走了我们就没有别的女佣了。

于是我探身从斯琪特小姐的笔记本下抽出那张纸，递到米妮面前。

她低头看了看："啥？"

我努力板着脸，耸了耸肩。我不能表现出急切地想让她读一读的样子，那样她就不会看了。

米妮接过那张纸，读了起来。不一会儿，我看见她前排牙齿都露了出来，但并不是在笑。

然后她目光凝重地盯着斯琪特小姐看了好一会儿，说："我们还是继续吧。但你不准再打听我的私事,听到了吗?"

斯琪特小姐点点头,她学乖了。

我给利夫特太太和小姑娘做了鸡蛋沙拉当午餐,旁边还点缀了些腌菜。利夫特太太陪着梅·莫布丽坐在餐桌边,向她絮絮叨叨个没完:小婴儿十月就要出生了,要是举办密大校友会的时候她已经出院就好了,还告诉她就快要有个小妹妹或小弟弟,还不知道起什么名字呢。看她们母女俩这么说着话,真好。利夫特太太跟希莉太太煲电话粥煲了大半个上午,聊得火热,根本顾不上小姑娘。等小婴儿出生,她恐怕更没空理梅·莫布丽了。

吃完午饭,我带小姑娘到后院去,给绿色的塑料充气泳池放满水。室外气温已经高达三十五度。全美国上下,就数密西西比州的气候最不正常了。二月的时候,还只有零下九度,冻得你就盼春天快点来,结果第二天就飙升到三十二度,然后持续九个月。

外头阳光猛烈。梅·莫布丽第一件事就是脱掉上半截泳衣,只穿了短裤坐在池子正中。利夫特太太也走出来:"看上去真好玩! 我去给希莉打电话,让她把希瑟和小威廉都带来。"

我还没反应过来,三个孩子就在这里玩开了,水花拍溅得到处都是,别提有多开心了。

希瑟是希莉太太的女儿,长得很可爱。她比梅·莫布丽大六个月,梅·莫布丽很喜欢她。希瑟有一头乌黑光亮的卷发,脸上有些雀斑,叽叽喳喳说个不停,简直就是希莉太太的翻版,好在她还是个孩子,看起来没那么讨厌。小威廉才两岁,满头金发,不怎么开口说话,像只小鸭子似的摇摇摆摆地跟在两个小女孩后面,走到院子角落高高的麦冬草丛里,又走到秋千旁边——这秋千要是荡得太高,有一边会被钩住,总把我吓个半死——最后回到儿童泳池。

有一点我不得不说,希莉太太很爱自己的孩子。每隔五分钟她就要亲亲小威廉的脑袋,再不就是问问希瑟玩得开不开心,或者叫她过来抱抱妈妈,总夸她是世界上最漂亮的小女孩。希瑟也爱她妈妈,她仰头看着希莉太太那眼神,就跟看自由女神像似的。这种爱总是让我想掉泪,哪怕对象是希莉太太。这让我想起特里罗尔,想起他多么爱我。我喜欢看到小孩子爱他们的妈妈。

孩子们在那边玩着,我们大人就坐在木兰树下。我守规矩地同太太们隔了几步远。黑色铁铸椅子给晒得发烫,她们在上面垫了毛巾。我喜欢坐在塑料绿色折椅上,腿会凉快些。

我看着梅·莫布丽手上抓着没穿衣服的芭比娃娃,让她从泳池边跳水。我也留意着太太们那边,注意到希莉太太跟希瑟和威廉说话时总是一脸甜美愉快的笑容,可一扭头面对利夫特太太,脸上就挂起一丝冷笑。

"艾比琳,再给我添点冰茶,好吗?"希莉说。我从冰箱里端来大水壶。

"瞧,这就是我不明白的地方了,"我走过来时刚好听见希莉太太说,"有谁愿意跟她们坐同一个马桶的?"

"确实有道理。"利夫特太太说,然后她瞥见我走过来倒茶,便住了嘴。

"哎呀,谢谢。"希莉太太说,然后神情复杂地看了我一眼,"艾比琳,你有了专用厕所,也很高兴吧?"

"是的,太太。"厕所已经修好六个月了,她还在说。

"隔离,但是平等,"希莉太太扭头对利夫特太太说,"罗斯·巴奈特州长说得没错,你可不能跟政府过不去呀。"

利夫特太太拍了下大腿,仿佛想到件最有意思的事,可以换个话题。我也赞成,咱们说点别的吧。"我跟你说了雷利那天是怎么说的吗?"

但希莉摇摇头。"艾比琳,你也不会想上一间全是白人的学校,对吧?"

"对,我不想,太太。"我含混应道,走过去把小姑娘绑马尾辫的发圈解下来,她的头发湿了,发圈上的绿色小塑料球都缠在一起。但我真正的想做的是捂上她的耳朵,不让她听见希莉的话,更不想让她听见我也被迫附和。

但是我转念一想,为什么? 凭什么我要站在这儿对她唯唯诺诺? 既然梅·莫布丽在听,就该让她听点有道理的话。我屏住呼吸,心脏加速,然后尽量礼貌地回道:"我不想去白人学校,但是想去一间白人和黑人一起上课的学校。"

希莉和利夫特太太齐刷刷望向我。我转过头看着孩子。

"可是艾比琳,"希莉太太冷笑道,"黑人和白人简直太……不一样了。"她皱了皱鼻子。

我的嘴唇渐渐抿紧。我们当然不一样! 大家都知道黑人和白人不一样。但我们都是人啊! 见鬼,我甚至听人说过,耶稣待在沙漠里那会儿,肤色也可深了。我紧紧地抿着嘴。

但是不重要了,希莉太太毫不在乎,已经换了话题,又跟利夫特太太窃窃私语起来。天上忽然飘来一大朵乌云,遮住了阳光。我猜快要下雨了。

"……政府最了解情况,要是斯琪特以为她能没事,在这黑人——"

"妈妈! 妈妈! 看我!"希瑟从泳池那里喊着,"看我的辫子!"

"看到啦! 威廉还要竞选,下一——"

"妈妈,梳子给我! 我要玩美容院游戏!"

"——我可不能有个暗地里支持黑人的朋友!"

"妈——妈! 梳子给我! 梳子拿来!"

"我读了,在她书包里找到的,我得做点什么了。"

然后希莉太太收住话头，翻开手提包找梳子。南边传来阵阵雷声，远处还响起龙卷风警报。我想弄明白希莉太太刚才的话是什么意思：**斯琪特小姐。她的书包。我读了。**

　　我把孩子们从泳池里拎出来，裹上浴巾。一声响雷划破天空。

　　太阳刚落山，我坐在自家餐桌旁，手里转着铅笔，面前摊着从白人图书馆借来的《哈克贝利·费恩历险记》，可我读不下去。我嘴里泛起丝丝苦味，像最后一口咖啡喝到了残渣。我得跟斯琪特小姐谈谈。

　　我只往她家打过两次电话，两次都是迫不得已，一次是告诉她我愿意参加，另一次告诉她米妮也同意了。我明白这么做很冒险。但我还是站起身，伸手去够墙上的电话。万一她妈妈或爸爸接起电话怎么办？她家的佣人肯定几个小时前就下班回家了。有个黑人妇女打电话找她，斯琪特小姐该怎么解释呢？

　　我又坐下。斯琪特小姐三天前才来我家同米妮访谈，看起来一切正常。不像几周前她被警察拦住的那次。她也没提到希莉太太。

　　我在椅子上郁闷地坐了会儿，盼着电话铃响起。一只蟑螂爬过，我猛地弹起，拿起鞋去追蟑螂，却给它跑了。它钻到希莉太太送给我的那一大包衣服下面，那包衣服已经在那儿放了好几个月了。

　　我盯着装衣服的口袋，又转起手里的铅笔。我得处理一下了。我已经习惯了太太们送我旧衣服，家里白人太太的衣服堆成山，三十年来都不用自己买新衣服。只是这旧衣服我总要穿一段时间才觉得是自己。特里罗尔还小的时候，我有天穿了件东家太太的旧大衣，他就神情古怪地打量着我，退得远远的，说我有股白人的味道。

但这包衣服不一样。就算这纸袋子里有我合身的衣服，我也不能穿，也不能送给朋友。这里的每一件衣服——裙裤、彼得潘领的衬衫、沾了肉汁的粉色夹克，甚至袜子——都用红色丝线绣着"H. W. H"字样，小小的手写体，我猜是她让尤尔·梅绣的。穿上这些衣服，我觉得自个儿就成了希莉·W.霍尔布鲁克的私人物品。

我起身踢了脚袋子，蟑螂还是没出来。于是我取出笔记本，准备开始祷告，可希莉太太那句话还是让我忧心不已，我想知道她说"*我读了*"是什么意思。

过了一会儿，我心里不自觉地盘算起我不愿面对的事情。要是那些白人太太发现我们在写她们的故事，将她们的真面目公布天下，我很清楚她们会怎么做。女人不像男人，不会抄起棍子揍你。希莉太太不会拔出手枪指着我，利夫特太太也不会把我的房子一把火烧了。

不，白人太太们不愿弄脏了手。她们自有一套用惯了的小工具，寒光闪闪，尖利得像巫婆的指甲，如牙医托盘里的刀钻钩镊一样整整齐齐一字排开。她们喜欢慢慢来。

白人太太首先会把你赶走。你会有些不安，但仍然以为等一切过去了，等白人太太快要忘了这事之后，自己还能另找份工作。你的钱还够付一个月的房租，还会有人给你送来南瓜炖菜。

但是你丢掉工作一个礼拜以后，一个黄色小信封悄悄从纱门底下塞进来，信纸上写着"驱逐通知"。杰克逊市的房东都是白人，又都娶了位白人太太，每位白人太太又和其他白人太太是朋友。你开始有点慌了。工作还是没有一点着落。你吃遍了闭门羹，现在连住的地方也没了。

然后一切开始步步紧逼。

车上给贴了条，他们就把车收走。

要是没缴停车罚款，就等着进监狱吧。

你要是有个女儿，或许还可以搬去和她住。她也给一户白人家干活。但是几天后，她回家来说："妈妈，我让人开除了。"她一副又伤心又害怕的样子，不明所以，你得告诉她这都是因为你。

至少她丈夫还有份工作，还养得起孩子。

然后她丈夫也被解雇了。又一柄尖利的小工具，精细闪亮。

他俩一齐指着你，哭着责问你为什么要做那件事。你甚至都不记得原因了。几周过去了，什么也没有了，没有工作，没有钱，没有住处。你希望这就到头了，她已经报复够了，可以放手了。

接着，半夜里响起一阵敲门声，门外不会是白人太太自己，她是不会亲自出马的。噩梦一个个成真，房子被烧，被砍被打，你终于意识到，其实自己心里也一直明白：白人太太从不放手。

只要你还活在世上，她就绝不停手。

第二天早上，斯琪特小姐把凯迪拉克停进利夫特太太家的车道。我正处理着生鸡肉，炉子上开着火，梅·莫布丽饿得哇哇大哭，但我一秒钟也不能耽搁，举着脏手走进了餐厅。

斯琪特小姐正向利夫特太太询问某个委员会的任职名单，利夫特太太说："纸杯蛋糕委员会的头儿是艾琳。"斯琪特小姐说："纸杯蛋糕委员会的主席不是罗珊妮吗？"利夫特太太说："不对，罗珊妮是蛋糕组的联合组长，艾琳才是她们真正的头儿。"这番纸杯蛋糕的对话让我急得冒烟，差点想用摸过生鸡肉的脏手戳戳斯琪特小姐，但我知道不该打断她们。她们完全没有提到书包的事。

我还没回过神来，斯琪特小姐已经走了。

老天。

那天晚饭后，我和那只蟑螂又在厨房地板上狭路相逢。它个头不小，有两三厘米长，比我还黑，翅膀沙沙作响。我手里举着鞋。

电话铃响了,我们都吓了一跳。

"嘿,艾比琳。"斯琪特小姐说,我听见她在那头关上了门,"抱歉这么晚给你打电话。"

我松了口气:"我很高兴你打来了。"

"我想问问你收没收到什么……回应,其他女佣有没有回应。"

斯琪特小姐的声音有些奇怪,像在咬着牙说话。最近,她整个人陷入恋爱,像只萤火虫似的闪闪发光。我的心开始咚咚地跳了起来。可不知道为什么,我没有立马张口问她。

"我问了在库利家干活儿的克瑞恩,她说不行。还问了朗达,还有她姐姐,在米勒家做事……但他们俩都拒绝了。"

"尤尔·梅呢? 你最近……跟她说过话吗?"

不知道斯琪特小姐是不是因为这个才表现得有些奇怪。是这样,我对斯琪特小姐撒了个小谎。一个月前我告诉她我问了尤尔·梅,其实我没问。不光是因为我跟尤尔·梅不熟,而且她可是希莉·霍尔布鲁克太太的女佣啊,跟那个名字沾边的事都叫我紧张。

"最近没有。要不……我再问一次?"我又说大话了,心里万般不愿。

我轻轻晃起了铅笔,准备把希莉太太的话告诉她。

"艾比琳,"斯琪特小姐的声音忽然颤抖起来,"我要跟你说件事。"

斯琪特小姐没继续说下去,一时间,气氛安静得可怕,像龙卷风的漏斗云降到地面前的那几秒钟。

"怎么了,斯琪特小姐?"

"我……我把书包忘在联盟会,结果被希莉捡到了。"

我皱起眉,眯起眼,不敢相信自己的耳朵。"红色的那个?"

她没有答话。

"哦……老天。"一切都说得通了。我感到一阵眩晕。

"我们的手稿放在一个有盖的口袋里,另一个夹层的边上。我猜她只看到了《吉姆·克劳法》,那是一本……我从图书馆拿的小册子……不过,我也不能肯定。"

"哦,斯琪特小姐。"我说着闭上了眼睛。上帝保佑我,上帝保佑米妮……

"我知道。我知道。"斯琪特小姐在电话那头哭了起来。

"没事,没事,好了。"我努力强使自己咽下那团怒火,告诉自己这是个意外,如今就算踢她一顿也于事无补。

可我还是气不过。

"艾比琳,我真的非常、非常抱歉。"

有好一会儿,我只听见自己怦怦的心跳声。我开始慢慢提心吊胆地拼凑起她告诉我的情况、我自己知道的情况。

"这是什么时候的事?"我问。

"三天前。我本想搞清楚她到底知道了些什么,再告诉你。"

"你跟希莉太太说上话了吗?"

"我去拿书包的时候,说了几秒钟。但我跟伊丽莎白、露·安妮还有另外四个认识希莉的女孩都聊过了。没人提到这事。所以……所以我才问起尤尔·梅,"她说,"我在想她会不会在干活儿的时候听到了什么。"

我深吸一口气,极不情愿地开口道:"我听到了。昨天。希莉太太和利夫特太太说起这事了。"

斯琪特小姐没说话。我感觉自己在等着一块砖头砸破窗户飞进来。

"她说起霍尔布鲁克先生要参加竞选,你却支持黑人,然后她说……她读到了什么东西。"

这话终于说出了口,我浑身颤抖,手里还摆弄着那支铅笔。

"她提到女佣了吗?"斯琪特小姐问,"我是说,她是只对我不满意,还是也提到了你或者米妮?"

"没有,只说了……你。"

"好的。"斯琪特小姐对着听筒叹了口气。她听起来有些伤心,但她对于我和米妮将会遭遇什么一无所知,对于白人太太惯用的那套闪亮尖利的小工具一无所知,对于半夜的敲门声,对于那些白人男性拎着木棍、拿着火柴,都在**急不可待**地等着又有哪个黑人惹恼了白人一无所知。哪怕是任何一点冒犯了白人的小事都能引起轩然大波。

"我……我不能百分之百肯定,但是……"斯琪特小姐说,"要是希莉知道了这本书的事,知道了你或者**尤其**是米妮也加入其中,她可能早就传得满城风雨了。"

我想了想,真的很想相信她的话。"没错,她不喜欢米妮·杰克逊。"

"艾比琳,"斯琪特小姐说,我听得出她又要哭出来了,她声音里的平静正逐渐瓦解,"我们可以停一停。要是你想终止合作,我也完全可以理解。"

要是我说想到此为止,那么我已经写出来的以及将要写出来的一切都将永无面世之日。**不行**,我想。我**不想**停下。这想法如此坚定,连我自己也吓了一跳。

"要是希莉太太已经知道,那么木已成舟,"我说,"我们这时候停下也救不了自己。"

我有两天没有见到、听到,或是闻到希莉太太了。哪怕手里没笔,我的手指仿佛还在摆弄个不停,在口袋里,在厨房台面上,像鼓槌一样敲敲打打。我必须搞清楚希莉太太到底是怎么想的。

利夫特太太已经让尤尔·梅给希莉太太留了三条口信，但她一直待在霍尔布鲁克先生的办公室里没回来——希莉太太说那叫"竞选总部"。利夫特太太叹口气，放下电话，好像少了希莉太太来按下思考按钮，她自己的脑袋瓜都不知道该怎么转了。小姑娘问了不下十次小希瑟什么时候再来泳池玩。我猜她俩长大后会成为好朋友，希莉太太则会教导她俩自己那一套道理。那天下午，我们都在屋里转来转去，指头动个不停，盼着希莉太太什么时候再露面。

过了一会儿，利夫特太太说要去布料店，准备做个什么罩子。她也不知道要罩点啥。梅·莫布丽看着我，我猜我俩脑中该是同一个念头：要是可以的话，那女人准得把我俩也给罩上。

那天晚上我一直工作到很晚。我喂小姑娘吃了晚饭，哄她睡觉，因为利夫特夫妇上拉玛剧院看电影去了。利夫特先生许下承诺要带她去，她就一定要他兑现，哪怕只剩下晚场也得去。他们回来的时候哈欠连天，夜深人静，只听见蟋蟀唧唧叫着。要是在别人家，我可以睡在佣人房，但他们家没有。我磨蹭了一会儿，以为利夫特先生会开车送我回家，可他直接上床睡觉去了。

外面一片漆黑，我走了十分钟，一直走到河滨道，那儿有一趟夜间公交车，方便值夜班的水厂工人上下班。夜风习习，正好吹得蚊子无法近身。我坐在站台边路灯下的草丛里，等了一会儿，公交车才来，车上只有四个人，两个黑人，两个白人，都是男的，我一个也不认识。我在窗边位置坐下，前排坐着瘦高个儿的黑人。他穿着棕色外套，戴着顶棕色帽子，跟我差不多年纪。

我们过了桥，在黑人医院附近拐了个弯。我拿出祷告本，想写点东西。我全副心思都放在梅·莫布丽身上，尽量不去想希莉太太。趁我还有时间和小姑娘在一起，主啊，请指引我教导她与人为善,自爱爱人……

我抬起头。公交车在马路中间停下。我朝走道探出头去,看见几个路口外,夜色中闪烁着刺眼的蓝光,摆起了路障,一群人围在那里。

白人司机也盯着前方。他熄了火,抖动的座椅忽然平静下来,感觉有点奇怪。他正了正驾驶员的帽子,跳下驾驶座。"你们都坐好,我去看看怎么回事。"

于是我们都安静地坐在那里等着。我听见狗叫声,不是看家护院的狗,而是仿佛对着你狂吠的那种狗。过了足足五分钟,司机回来了,又发动汽车。他按响喇叭,手伸出窗外挥着,然后开始慢慢倒车。

"出啥事啦?"我前排的黑人问司机。

司机没有回答,继续倒车。远处闪烁的灯光越来越小,狗叫声也渐渐远去。司机在法里士街拐了个弯,在下一个路口停了下来。"黑人统统下车,这就是你们的终点站。"他看着后视镜喊道,"白人告诉我你们要去哪儿,我尽量把你们送到附近。"

前排的黑人回头看了我一眼。我猜我们心里都预感不妙。他站了起来,我也只好起身,跟在他身后往前门走去。车里安静得诡异,只听见我们两人的脚步声。

有个白人探身问司机:"怎么回事?"

我跟着那个黑人走下公交车的台阶,听见司机的声音从身后传来:"不知道,好像是个黑鬼给打死了。你要去哪儿?"

车门猛地关上。哦,老天,我心想,可千万别是我认识的人。

法里士街上寂静无声,也不见人影,只有我们两个。那男人看着我。"你行吗?你家离这儿远吗?"

"我可以,不远了。"我家离这儿还有七个街区。

"要我送你回家吗?"

我犹豫了一下,但还是摇摇头。"不用了,谢谢。我没事。"

一辆转播车呼啸而过,朝着刚才公交车掉头的地方驶去。车身上印着硕大的"WLBT 电视"字样。

"老天,但愿别像看起来那么严重……"但是那个男人已经走了。街上除了我再没半个人影。我听说过人被抢劫前都有种预感,我现在就有那种感觉。我立刻疾步快走,两腿上的丝袜刺啦刺啦地摩擦起来,声音像在拉拉链。我看见前面有三个人跟我一样走得很快。他们一齐转身进屋,关上大门。

这么孤身一人,我真的一秒也受不了了。我从穆尔·卡托家屋子和旁边的汽车修理店之间抄近路,又穿过欧内·布莱克家的院子,没看见地上的水管,差点给绊了一跤。我感觉自己像在做贼。家家屋里都灯火通明,映出聚在一齐低垂着的脑袋,这个时候人们本该都关灯睡觉了。无论发生了什么,大家要么在讨论着,要么在收听新闻。

终于,米妮家厨房的灯光近在眼前,她家后门没关,只掩着纱门。我推开咯吱作响的纱门。米妮带着五个孩子端坐桌边:小勒罗伊、苏格、费利西亚、金德拉和本尼。我猜老勒罗伊上班去了。他们齐齐盯着桌子正中那台大收音机。我一进门,电波也扰动了。

"咋啦?"我说。米妮皱着眉,拨弄着收音机的调谐钮。我进了屋,快速环视了一眼:平底锅里还剩下一片翘起的红色火腿,台面上摆着打开了的罐头。水槽里堆着脏盘子。这绝不是米妮的厨房。

"出什么事了?"我又问了一遍。

收音机里的声音终于又清晰了起来,有人喊着"——近十年来担任 N–A–A–C–P① 的地方联络员。医院还没有传出消息,但据说伤势——"

---

① 即全国有色人种协进会。

"谁?"我问。

米妮瞪着我,就跟我没带脑袋出门一样。"迈德加·埃夫斯。你去哪儿啦?"

"迈德加·埃夫斯?他咋了?"我去年秋天见过他太太梅莉·埃夫斯,她跟玛丽·伯恩一家到我们教堂来了。她脖子上系了条黑红相间的时髦围巾。我还记得她怎样微笑地注视着我的眼睛,好像她真的很高兴见到我似的。迈德加·埃夫斯在全国有色人种协进会里地位很高,在我们这儿也算个名人。

"坐吧。"米妮说。我在木椅子上坐下。他们全都失魂落魄地盯着那台收音机,收音机几乎有半个汽车发动机那么大,木制外壳,有四个旋钮。连金德拉也安静地坐在苏格腿上。

"三 K 党枪杀了他。就在他家门口,就一个小时前。"

一股寒意从我的脊椎升起。"他住哪儿?"

"盖尼斯街,"米妮说,"医生把他送到咱们这儿的医院了。"

"我……刚才看见了。"我想起那辆公交车。盖尼斯街离这儿大概只有五分钟车程。

"……目击者称枪手是一名男子,白人男性,从藏身的树丛里跳出来。有传言说三 K 党也参与……"

收音机里传来杂乱的对话声,有人嚷着,有人在四处摸索。我紧张起来,仿佛有人正从窗外监视我们一样。是某个白人。三 K 党刚刚就在此地,距离我们五分钟车程,追杀一个黑人。我想把米妮家的后门关上。

"刚刚收到消息,"播音员喘着气说,"迈德加·埃夫斯不治身亡。"

"迈德加·埃夫斯,"他像是被人推了一把,那边一片嘈杂,"据刚收到的消息,已经不治身亡。"

哦,老天。

米妮扭头冲着小勒罗伊,她的声音低沉镇定。

"带弟弟妹妹去卧室。上床去,别出来。"平时总是吵吵嚷嚷的人忽然柔声细语起来,听起来更可怕。

虽然我知道小勒罗伊很想留下来,他还是向弟妹们使了个眼色,然后一齐安静地走开了。收音机里的人也不说话了。一瞬间,收音机成了个接了一团电线的棕色木盒子。"迈德加·埃夫斯,"播音员的声音低沉,"全国有色人种协进会的地方联络员,不治身亡。"他叹了口气,"迈德加·埃夫斯死了。"

我咽下一大口唾沫,直愣愣地看着米妮家的墙纸,墙纸已经发黄,上面沾着培根油渍、小孩手印,还有勒罗伊的波迈牌香烟渍。墙上没挂照片,也没有挂历。我努力不去想,不去想一个黑人男子刚刚死去,这让我又想起特里罗尔。

米妮双手握拳,咬牙切齿。"当着他孩子的面把他给枪杀了,艾比琳。"

"我们要为埃夫斯一家祈祷,我们为梅莉祈祷……"但是这话听起来如此空洞,我也说不下去了。

"广播里说他家人听到枪声,就跑出来看。他浑身是血,晃晃悠悠,孩子们身上也沾上了血……"她猛地一拍桌子,震得木匣收音机也抖了抖。

我屏住呼吸,有些头晕目眩。我得撑下去,我得帮我的朋友撑下去。

"这里什么也改变不了,艾比琳。我们就住在地狱,我们脱不了身。我们的孩子也脱不了身了。"

播音员又开始大声播报:"……到处都是警察,道路封锁。汤普森市长很快会召开新闻发布会……"

我噎住了。眼泪滚落下来。总是这些白人把我击垮,他们围着黑人社区。白人举着枪,指着黑人。谁能来保护我们自己人呢?

又没有黑人警察。

米妮望着厨房的门，孩子们刚刚从那里走开。汗珠从她脸颊两侧淌了下来。

"他们会怎么对付我们，艾比琳？要是他们发现我们……"

我深吸一口气。她指的是我们的书。"我们都心里有数，那样就糟了。"

"但是他们会怎么做呢？把我们拴在轻型货车后面，拖着我们走？在我家院子里当着孩子的面把我杀了？还是让我们饿死？"

广播里传出汤普森市长的声音，说他对埃夫斯一家深表同情。我望了望敞开的后门，房间里回荡着白人的声音，那种被监视的感觉又来了。

"这不是……我们又没有搞民权运动，只是讲讲故事，真实发生的故事。"

我关上广播，握着米妮的手。我们就这么坐着，米妮盯着墙上一只棕色的蛾子，我则呆呆地看着锅里的那片红色火腿。

米妮眼里流露出深深的寂寥。"我真希望勒罗伊现在在家。"她小声说。

我怀疑她从没在家说过这样的话。

一天又一天，密西西比州杰克逊市像壶烧开了的水。利夫特太太的电视上播了，埃夫斯先生葬礼的第二天，大批黑人走上主街游行。三百人被捕。黑人报纸号称有数千人参加游行，但其中白人的数量一只手就数得过来。警方知道枪手是谁，却拒绝透露他的名字。

我后来得知埃夫斯家不准备让迈德加在密西西比州下葬，要把遗体送去华盛顿的阿灵顿国家公墓，我猜梅莉一定对此感到骄傲。她也应当骄傲。可我倒希望他能葬在这附近。我在报纸上读到美国总统也告诫汤普森市长应当改革一下，组织黑人白人共同参与的委员会，解决地方问题。但汤普森市长直接向肯尼迪总统如此回应："我是不会任命跨种族的委员会的。别开玩笑了。我坚信种族隔离合情合理，并且认为这才是正确方向。"

几天后，市长又在广播中发话："密西西比州杰克逊市，简直可称得上是人间天堂。"他说，"在我们有生之年，还将一直保持下去。"

两个月之内，密西西比州杰克逊市上了《生活》杂志两次。只是这一次，我们终于登上了封面。

第十五章

迈德加·埃夫斯的话题进不了利夫特太太的家门。她参加完午餐会刚进家门,我就把电视换了台。我们一切照旧,只当这是个美好的夏日午后。希莉太太还是没有消息,那份担忧在我心中挥之不去,我都有些厌烦了。

埃夫斯葬礼的第二天,利夫特太太的妈妈顺道来访。她住在密西西比州格林伍德市,要开车去新奥尔良,途中在杰克逊市停留。弗雷德里克太太没敲门,就这么轻快地走进客厅。我正在熨衣服,她冲我酸溜溜地一笑。我赶紧跑去告诉利夫特太太谁来了。

"妈妈! 你这么早就到了! 肯定天刚亮就起床了,没累着吧?"利夫特太太冲进客厅,手忙脚乱地收拾起玩具来。她朝我使了个眼色,**快**。我把利夫特先生皱巴巴的衬衫扔进篮子,拿块毛巾把沾在小姑娘脸上的果冻擦掉。

"你这一身真精神,又时髦,妈妈。"利夫特太太笑得特别用力,眼珠子都凸出来了,"你这趟购物之旅,很期待吧。"

从她开的高级别克车以及漂亮的搭扣鞋看来,我猜弗雷德里克太太比利夫特夫妇有钱多了。

"我想中途停一下,还指望你能带我去罗伯特·E.李饭店吃饭。"弗雷德里克太太说。我真不明白这位老太太怎么能受得了自己。我听过利夫特夫妇吵架时抱怨,说她每次来,都要利夫特太太带她上最豪华的餐厅,然后就坐在那儿等利夫特太太去付账。

利夫特太太说:"哦,要不就让艾比琳在家做点吧? 我们有块火腿很不错,还有些——"

"我停下来就是为了要出去吃,不是在家吃。"

"好吧,好吧,妈妈,我去拿包。"

梅·莫布丽坐在地板上玩她的洋娃娃克劳蒂娅,弗雷德里克太太低头看着她,弯下腰,抱了抱小姑娘,说:"梅·莫布丽,我上周给你寄的那条泡泡裙,你喜不喜欢呀?"

"嗯。"小姑娘对她外婆说。我真不乐意让利夫特太太看到那条裙子的腰身有多窄,小姑娘又长胖了些。

弗雷德里克太太对梅·莫布丽沉下脸。"小姐,要回答'是的,夫人'。听到了吗?"

梅·莫布丽一脸闷闷不乐,说:"是的,夫人。"但我知道她心里在想什么。她在想,**这下好了,我今天可有好日子过了,这屋里又多了位不喜欢我的太太**。

她们走出门去,弗雷德里克太太捏了捏利夫特太太的胳膊。"你就是不懂怎么挑个好佣人,伊丽莎白。佣人应该要教会梅·莫布丽懂礼貌。"

"好的,妈妈,我们会想办法的。"

"你可不能随便拉个人来,再指望自己碰巧请对了人。"

过了一会儿,我给小姑娘做了个火腿三明治,用的就是弗雷德里克太太不屑屈尊尝试一下的火腿,但梅·莫布丽只吃了一口就丢开了。

"我不舒服,'喉拢'痛,艾比。"

我知道什么是"喉拢",也知道该怎么办。小姑娘有点热伤风。我给她热了一杯蜂蜜水,还加了点柠檬,让味道更好。但小姑娘真正需要的是有人给她讲个故事,好哄她睡觉。我抱起她。老天,她长大了。再过几个月就满三岁了,胖墩墩的像个南瓜。

每天下午,小姑娘午睡前,我们都要在摇椅上坐一会儿。每天下午,我都在她耳边反复说:你很善良、很聪明、很重要。可她慢慢长大,我知道,很快,光这几句词已经不够用了。

"艾比? 给我念个故事吧?"

我翻了翻这几本书,看看能给她念点什么。上次念了《好奇的乔治》,她不喜欢。《小鸡利特》和《玛德琳》也不行。

于是我们就在摇椅上摇了一会儿。梅·莫布丽把头靠在我的制服上。我们看着雨滴落在绿色塑料泳池里积水的水面上。我为梅莉·埃夫斯默念了祷告词,遗憾自己要工作而没去参加葬礼。有人跟我说她十岁的儿子整场都在不出声地抹眼泪,那画面在我脑海中挥之不去。我摇着摇椅,祈祷着,心里很难受,突然间想到了什么,我也不明白是怎么回事,然后就这么自然而然地说了起来。

"从前,有两个小女孩,"我说,"一个是黑皮肤,一个是白皮肤。"

梅·莫布丽抬头看着我,听着。

"黑人小女孩对白人小女孩说:'为啥你的皮肤这么白呀?'白人小女孩说:'我也不知道。为啥你的皮肤这么黑呀? 你觉得这是怎么回事呢?'"

"但是这两个小女孩都不明白。于是白人小女孩就说:'嗯,让我瞧瞧。你有头发,我也有头发。'"我揉了揉梅·莫布丽的头发。

"黑人小女孩说:'我有鼻子,你也有鼻子。'"我捏了捏小姑娘的鼻子。她也伸出手来捏捏我的。

"白人小女孩说:'我有脚指头,你也有脚指头。'"我又捏捏她的脚趾,但她捏不到我的,我脚上穿着白色工作鞋。

"'这么说,我们没啥不一样呀。只是皮肤颜色不同。'黑人小女孩说。白人小女孩也赞同,于是她们就成了好朋友。故事说完了。"

小姑娘就这么看着我。老天,这可真是个凑数的故事,连点情节都没有。但是梅·莫布丽笑着嚷道:"再讲一遍。"

于是我又讲了一遍。讲到第四遍的时候,她睡着了。我轻声说:"下次给你讲个更好的。"

"我们没有其他毛巾了吗,艾比琳?这条还行,但这条旧破烂我们可不能带去,丢死人了。还是带这条吧。"

利夫特太太现在一团乱。她和利夫特先生没有加入什么游泳俱乐部,连最不起眼的布拉德莫游泳馆的会员也不是。希莉太太今天上午打电话来,问她愿不愿意带小姑娘一起去杰克逊乡村俱乐部游泳,这种邀请利夫特太太只收到过大概一两次。我去过的次数可能还比她多呢。

那里不收现金,你得是会员,开销都记在会员户头上,凭我对希莉太太的了解,她是不会替别人付钱的。我猜她以前都是跟有乡村俱乐部会员资格的太太们一起去。

书包的事,我再没听到什么风声,也有五天没见到希莉太太了。斯琪特小姐也没见过她,这可不妙。她俩可是最好的朋友。斯琪特小姐昨晚带来了米妮故事的第一章。我们对沃尔特斯太太没说啥好话,要是让希莉太太发现了蛛丝马迹,还不知道会怎么收拾我们呢。我只希望斯琪特小姐没有害怕得不敢把最新消息告诉我。

我把小姑娘的黄色泳衣装进包里。"你这次可得把泳衣穿好了。乡村俱乐部可不准小孩不穿衣服游泳。"也不准黑人或犹太人游泳。我以前在高曼家做过事,知道杰克逊市的犹太人都去殖民地乡村俱乐部游泳。黑人呢,就在梅湖里游。

我喂小姑娘吃了块花生酱三明治,电话铃响了。

"利夫特太太家。"

"艾比琳,嘿,我是斯琪特。伊丽莎白在吗?"

"嘿,斯琪特小姐……"我抬头看着利夫特太太,正准备把听筒递给她,但她摆摆手,边摇头边做着口型:"**不,告诉她我不在家。**"

"她……她不在,斯琪特小姐。"我直视着利夫特太太的眼睛,撒了个谎。我不明白,斯琪特小姐是俱乐部会员,叫上她也不麻烦。

中午时分,我们三个坐进利夫特太太的蓝色福特菲尔蓝小轿车。我还带了一大包东西,放在后排座椅上:一大保温壶的苹果汁、芝士条、花生,还有两瓶可口可乐,可乐肯定会叫太阳晒热的,喝起来跟咖啡似的。我猜利夫特太太也清楚希莉太太不会带我们去快餐柜台吃饭,天知道希莉太太今天怎么会想起邀请她去。

我坐在后排,小姑娘叉开腿坐在我腿上。我把车窗摇下来,暖风吹拂在我们脸上。利夫特太太不停地伸手把头发弄蓬松一些。她开起车来一冲一冲的,我有点晕车,希望她能把两只手都放在方向盘上。

我们驶过本·富兰克林杂货店,然后是希尔-莉莉雪糕店,雪糕店的后门装了个推拉窗口,这样黑人也能去买雪糕。小姑娘坐在我大腿上,我的腿不一会儿就出汗了。随后我们开上一条坑坑洼洼的长路,两边绵延着牧场草地,牛群甩着尾巴驱赶苍蝇。我们一起数了数,有二十六头牛,但梅·莫布丽数完"九"之后只喊了声"十"就停下了,那是她能数到的最大数字。

大约十五分钟后,我们终于开进一条铺好的车道。俱乐部是一幢低矮的白色建筑,四周环绕着针叶灌木,倒也没大家说的那么富丽堂皇。正门口的停车位还空了许多,但利夫特太太想了想,挑了个角落的位置。

我们下了车，站在柏油地上，立刻感到阵阵热浪袭来。我一手抱着纸袋，一手牵着梅·莫布丽，艰难地走过滚烫的黑色柏油路面。地上画着网格线，我们就像玉米给放在烤架上烤着。我的脸在阳光下晒得紧绷。小姑娘被我拖着走，那副呆愣愣的模样像是刚挨了耳光。利夫特太太喘着粗气，满脸愁容地望着二十米开外的大门，我估计她也正纳闷自己为啥把车停得这么远。我的头皮被晒得发烫，又有点痒，但我两手都满了，也没法去挠。接着，"呼"的一声，火一下子给吹灭了。大厅里很阴凉，简直像天堂一样。我们眨了好一会儿眼。

利夫特太太怯生生地四下张望，不知该往哪儿去，于是我指了指侧门。"泳池在那边，太太。"

她一脸感激，还好我认识路，免得她要像个穷人似的去问路。

我们推开门，阳光又刺入眼中，但这下凉快了点，没有那么可怕了。泳池里湛蓝的池水波光粼粼，黑白条纹的雨棚看起来也很干净。空气中弥漫着洗衣皂的味道。孩子们大笑着拍起水花，太太小姐们都穿着泳衣躺在池边，戴着墨镜翻看杂志。

利夫特太太抬手遮住阳光，四处寻找着希莉太太的踪影。她戴了顶白色大宽边帽，身穿黑白波点裙，粗笨的白色搭扣凉鞋大了一码。她皱着眉头，感觉与周遭格格不入，但又保持微笑，不想让人看出来。

"在*那边*。"我们跟着利夫特太太绕过泳池，朝穿着红色泳衣的希莉太太走去。她躺在凉椅上，看着自己的孩子在池里游泳。我只见到同来的另外两家人带来的佣人，我都不认识，没看见尤尔·梅。

"你们来啦，"希莉太太说，"哟，梅·莫布丽，你穿着这件泳衣可真像个小奶油球。艾比琳，孩子们在儿童泳池，你去那边阴凉地方坐着，看好他们。别让威廉对着女孩子们拍水花。去吧。"

利夫特太太在希莉太太身边的凉椅上躺下，我也在离她们一米来远的遮阳伞下坐好。我把丝袜拉拉开，好让腿上的汗快点干。我这位置听她们说话正好。

"那个尤尔·梅，"希莉太太冲利夫特太太摇摇头，"又没来上班。我告诉你吧，那姑娘在挑战我的底线。"好吧，一个谜团解开了。希莉太太邀请利夫特太太来游泳，是因为她知道一定会带上我。

希莉太太又往她晒成小麦色的浑圆的腿上倒了点可可油，用手抹开。她已经浑身都油得发亮了。"我真等不及要去海边，"希莉太太说，"在海滩待上三个礼拜。"

"真希望雷利家也能在那边有栋房子。"利夫特太太叹道，把裙摆往上拉拉，晒晒她那白色的膝盖。她怀孕了，不能穿泳装。

"当然啦，每周末我们还得给尤尔·梅付公交车钱，让她回杰克逊市来。整整八美元哪。我真应该从她薪水里扣。"

孩子们嚷着想去大泳池。我从包里掏出泡沫塑料垫，给梅·莫布丽系在腰上。希莉太太又递给我两个，我给威廉和希瑟也系上。他们跳进大泳池，像一串钓鱼浮标似的漂在水面上。希莉太太看着我说："他们简直太可爱了，对吧?"我点点头。他们确实可爱。连利夫特太太也点了点头。

我继续听她们聊天，但没听到她们提起斯琪特小姐或是书包。过了一会儿，希莉太太派我去快餐柜台给大家买点樱桃味可乐来，连我也有份。又过了一会儿，树上的蚂蚱也叫了起来，伞荫下更凉快了，我一直盯着孩子们在泳池里玩，眼皮渐渐打起架来。

"艾比，看我! 看呀!"我又定睛望去，梅·莫布丽正开心地笑着，我也朝她微笑。

正在那时，我看见了斯琪特小姐，站在泳池另一头的栅栏外面。她穿着网球裙，手里握着球拍。她歪着头盯着希莉太太和利夫特太太看,好像在琢磨什么事情。希莉太太和利夫特太太没看见她,还在聊着比洛克西①。我望着斯琪特小姐走进大门,绕过泳池,不一会儿,就来到跟前,她俩还是没有看见她。

"嘿,你们好呀。"斯琪特小姐说。汗水顺着她的胳膊往下淌。她的脸颊被晒得泛红,也有些肿。

希莉太太抬起头,却仍安稳地躺在凉椅上,手上捧着杂志。利夫特太太猛地站起身。

"嘿,斯琪特!哎哟……我没……我们想打电话来着……"她使劲咧嘴一笑,牙齿差点碰到一起。

"嘿,伊丽莎白。"

"在打网球?"利夫特太太问道,头点得像汽车仪表板上放着的弹簧娃娃,"你和谁打呢?"

"我自己对着挡板打。"斯琪特小姐说。她冲额头上的一小撮头发吹了口气,但头发粘得纹丝不动。她仍然站在阳光下。

"希莉,"斯琪特小姐说,"尤尔·梅跟你说了我打过电话来吗?"

希莉挤出个笑容。"她今天没来上班。"

"我昨天也给你打了。"

"听着,斯琪特,我没时间。我从周三开始就一直待在竞选总部,给杰克逊市里差不多每个白人写信封。"

"好吧。"斯琪特小姐点点头,然后又眯起眼,说,"希莉,我们……我是不是……做了什么事让你不高兴了?"我感觉自己的手指又不自觉地动了起来,转着那支不存在的该死的铅笔。

希莉太太合上杂志,放在身边的水泥地上,以免蹭到身上的油。"这事我们以后再谈,斯琪特。"

---

① 比洛克西(Biloxi)是密西西比州位于墨西哥湾畔的一个海边城市。

利夫特太太赶紧坐下,捡起希莉太太的《好主妇》杂志读了起来,好像从没读过这么有意思的东西似的。

"好吧,"斯琪特小姐耸了耸肩,"我只是觉得我们可以好好谈谈……那件不管是什么的事,趁你走之前。"

希莉太太正要争辩,却又长长地叹了口气。"干吗不直接告诉我真相,斯琪特?"

"真相,关于什——"

"你瞧,我发现你那一套装备了。"我费劲地咽了口唾沫。希莉太太想压低声音,但她确实不太擅长小声说话。

斯琪特小姐直视着希莉。她非常镇定,都没有抬头看我一眼。"你说什么装备?"

"我想找会议记录的时候,在你书包里看到的。还有,斯琪特——"她抬眼望了望天,随即又收回视线,"我不明白。我真不明白了。"

"希莉,你在说什么?你在我书包里都看到什么了?"

我伸头望望远处的孩子们。老天,我差点把他们给忘了。这对话再听下去,我就要晕倒了。

"你随身带着的那些法律规定?上面写着——"希莉太太回头看看我。我紧盯着泳池,"写着那些人能做什么、不能做什么,老实说,"她的声音从牙缝里挤出来,"我觉得你真是太固执了,以为自己比政府懂的还多?比罗斯·巴奈特懂的还多?"

"我什么时候说过罗斯·巴奈特什么了?"斯琪特小姐说。

希莉太太冲斯琪特小姐摇摇手指。利夫特太太一直盯着杂志的同一页、同一行、同一个字。我则用余光关注着整个场面。

"你不是政客,斯琪特·费伦。"

"嗯,你也不是,希莉。"

然后希莉太太站了起来,用手指指着地上。"我马上就要成为政客的太太了,除非让你坏了好事。要是我们私底下有个反对种族隔离的朋友,威廉将来还怎么能去华盛顿参选?"

"华盛顿?"斯琪特翻了个白眼,"威廉只是在竞选本地议员,希莉。他还不一定能选上呢。"

哦,老天哪。我终于瞄了斯琪特小姐一眼。你这是干吗?为啥偏要戳她的痛处?

哦,希莉太太现在可是气炸了。她猛地扬起头。"你和我一样清楚得很,城里有些依法纳税的正直白人一定会同你抗争到底。你竟然想让那些人进我们的游泳池?让他们在我们的商店里随意乱摸?"

斯琪特小姐死死地盯着希莉太太好长一段时间。然后,她瞟了我一眼,大概半秒钟,看到了我眼里的恳求。她的肩膀松弛下来:"哦,希莉,只不过是一本小册子而已。我在该死的图书馆里找到的,我没想着要改变什么法律,只是想带回家*读一读*。"

希莉太太思考了一会儿。"不过,要是你开始看那些*法律*,"她拉了拉有点往上窜的泳装下摆,"那我也不禁要怀疑,你*下一步*还想干什么?"

斯琪特小姐扭过头去,舔舔嘴唇。"*希莉*。这世上最懂我的人就是你了。要是我有什么打算,你还不是一眼就能看出来?"

希莉太太就这么看着她,然后斯琪特小姐抓起她的手,捏了捏。"我很担心你。一周都没见你人影,你为竞选忙得太拼命了。瞧瞧这儿。"斯琪特小姐翻过希莉太太的手掌,"写信封写得都起水泡了。"

我看见希莉太太的身体慢慢放松下来。她回头看了眼利夫特太太,确保她没有在听。

"我只是太害怕了。"希莉太太咬着牙小声说着,我听不太清,"……在竞选上砸了这么多钱,要是威廉没选上……整天工作……”

斯琪特小姐一手搭在希莉太太肩上,对她说了些什么。希莉太太点点头,疲倦地笑了笑。

过了一会儿,斯琪特小姐道了别,穿过晒日光浴的人群,绕过凉椅和毛巾走开了。利夫特太太瞪大了眼睛望着希莉太太,怕得连问题也不敢问。

我靠在椅子上,冲梅·莫布丽挥挥手,她在泳池里忙着转圈。我揉揉太阳穴,想缓解一下头痛。斯琪特小姐在马路那边回头看看我。这边的每一个人都在晒着太阳,眯眼笑着,谁也不会想到这个黑人妇女和那个握着网球拍的白人小姐心里想着同一件事:我们此刻松了口气,会不会为时过早了?

第十六章

特里罗尔去世一年以后,我开始参加教堂的社区关怀聚会。起初我大概只是为了打发时间,免得晚上自己一人觉得孤单,尽管雪莉·伯恩那副自以为是的夸张笑容总让我心烦,我还是会来。米妮也不喜欢雪莉,但她也常来,就为了不在家待着。但今晚本尼犯了哮喘,米妮来不了了。

最近,聚会开始讨论起公民权利的话题,倒不怎么关心维护街道整洁或是旧衣交换志愿服务的事了。没有什么过激的行动,最多只是大家一起聊聊,一同祈祷。可自从一周前埃夫斯先生被枪杀后,城里许多黑人开始感到挫败,特别是那些还对此很敏感的年轻人。这一周来,他们几次聚会都在谈论这件事。我听说大家都很愤怒,叫着嚷着。今天是我自枪杀案后第一次来参加聚会。

我走下楼梯,来到地下室。通常这里要比上面教堂里凉爽些,可今晚却异常燥热,人们都往咖啡里加冰。我环顾四周,看看都有谁来了,寻思着既然希莉太太可能已经发现了我们的秘密,不如再拉几位女佣加入。之前已经有三十五位女佣拒绝了我,让我觉得自己在兜售一件没人想要的东西,体积庞大,味道刺鼻,就跟琪琪·布朗和她的柠檬味清新剂似的。但我和琪琪真正的共通之处在于,我也情不自禁地对自己兜售的东西感到骄傲。我们要说出那必须说出口的故事。

要是米妮也能帮我问问别人就好了,她懂得怎么推销。可我们一开始就说好了,米妮加入的事绝不能暴露,那对她的家庭来说太危险了。但我们也觉得有必要向大家说明这事儿领头的是斯琪特小姐。要是她们不知道是哪位白人小姐，肯定不会同意，怕碰上认识的人或者曾经给她家做过事。可斯琪特小姐又不能亲身上阵推销，没等她开口，她就得把那些女佣吓跑了。所以事情就落到了我头上。问了差不多五六个佣人之后，我跟其他人还没说上三个字，大家就都明白我要问什么了。她们说这么做不值得，问我为啥要冒这个险，肯定没有好结果。我估计大家都觉得是老艾比琳兜里没几个钱啦。

木制折叠椅都坐满了，今晚来了得有五十多个人，大多数是妇女。

"坐我旁边吧，艾比琳，"波特丽娜·巴斯莫说，"戈尔德拉，给老人家让个座。"

戈尔德拉跳起身，朝我做了个"请坐"的手势。至少波特丽娜还没觉得我疯了。

我坐下来。今晚，雪莉·伯恩坐在台下，教堂执事站在前面主持。他说今晚是一场安静的祷告聚会，说我们都需要疗伤。我听了很高兴。我们闭上眼睛，执事引导我们为埃夫斯一家、为梅莉、为他们的儿子祈祷。大家小声地向上帝喃喃自语，有如蜜蜂在蜂巢里嗡嗡作响，房间里积蓄起一股宁静的力量。我也自己轻声念起祷告词，念完后，我深吸一口气，等着其他人说完。今晚回家后，我还要把祷告词写下来，值得我费两次工夫。

希莉的佣人尤尔·梅坐在我前排。尤尔·梅的头发可真漂亮，光滑柔顺，从背后很好认。我听说她受过教育，大学也念过几年。当然啦，我们教堂里有不少聪明人都是大学毕业。有医生，有律师，还有克罗斯先生主办了那份黑人周报《南方时报》。但尤尔·梅可能是我们教区的女佣中最有文化的。看见她，我又想起那个必须要纠正的错误。

执事睁开眼睛,望着台下一片安静的教众。"我们念出的祷告——"

"萨罗古德执事,"一声低沉的叫喊打破了寂静。我回头看去——所有人都回头看去——原来是普兰丁·菲蒂利亚的孙子杰瑟普站在门口。他约莫二十二三岁,双手紧握成拳。

"我想知道,"他缓缓开口,面露悲愤,"我们有什么**行动**。"

执事一脸严肃,像他以前和杰瑟普说话的时候一样。"今晚,我们向上帝祷告。下周二,我们会在杰克逊市组织和平游行。八月份,我们就在马丁·路德·金博士的华盛顿游行中见了。"

"这些还不够!"杰瑟普用拳头打在手掌上,"他们从背后向他开枪,就跟杀一条狗一样。"

"杰瑟普。"执事伸出手,"今晚的聚会是为了祷告,为他家人,也为这次事件中的律师们祷告。你的愤怒我能理解,但是,孩子——"

"祷告?你是说你们就光这么坐着祈祷?"

他打量了一圈端坐在椅子上的众人。

"你们以为光凭**祷告**就能让白人不再杀害我们了?"

没人接话,连执事也没出声。杰瑟普转身走了。我们听着他迈着沉重的脚步上楼,然后穿过我们头顶的地板走出了教堂。

房间里安静极了。萨罗古德执事望着我们头顶上方几厘米的位置。真奇怪,他不是那种目光闪躲的人。大家都盯着他,想知道他为何不再直视我们。然后我看见尤尔·梅轻轻摇了摇头,但却非常坚定。我猜执事和尤尔·梅都在想着同一件事,想着杰瑟普刚刚的问题,而尤尔·梅已经给出了她的回答。

聚会大概八点结束。有孩子的人都走了,其他人则从后面的桌子上倒了咖啡喝。没什么人说话,大家还是很安静。我深吸一口气,朝站在咖啡壶边的尤尔·梅走去。我曾向斯琪特小姐谎称已经问过尤尔·梅了,这谎言像颗苍耳似的粘在我身上,今晚我就要摆脱掉它。聚会上的其他人我都不问了,今晚没人会买我那味道刺鼻的清新剂。

尤尔·梅冲我点点头,礼貌地笑笑。她大概四十岁,瘦高个儿,身材保持得很好。她还穿着剪裁合身的白色制服,腰身苗条。她总戴着那副金色小圆环的耳环。

"我听说你的双胞胎明年就要上陶格鲁学院了,恭喜!"

"但愿吧。我们还得再多存点钱。两个孩子一起上大学可真要不少钱。"

"你自己也念过几年大学,对吧?"

她点点头:"杰克逊学院。"

"我以前也喜欢上学。读读写写啥的。除了数学,我可学不懂数学。"

尤尔·梅笑了。"我也最喜欢英语。写东西。"

"我最近……在自己写点东西。"

尤尔·梅直视着我的眼睛,我看出她已经明白我想要说什么了。那一瞬间,我从她眼中看见她每天在那家屋檐下做事要咽下的屈辱和恐惧。我有些不忍心再问她。

但是我还没开口,尤尔·梅先说出来了。"我知道你在写的故事。和希莉太太的那个朋友一起。"

"没关系,尤尔·梅。你没法参加,我能理解。"

"只是……我现在不能冒这个险。我们就快攒够钱了。"

"我明白。"我笑着说,让她知道我不会再缠着她了。可尤尔·梅还站着没动。

"名字……你们会换掉的,我听说?"

每个人都问了这个问题,她们很好奇。

"会的。地名也换了。"

她低头看着地板。"就是我说说做女佣的故事,然后她就写下来? 改一改……之类的?"

我点点头。"我们想写各种各样的故事,好的坏的。她现在……在和另一位女佣访谈。"

尤尔·梅舔舔嘴唇,仿佛在想象自己说出给希莉太太干活的故事的场景。

"我们……能不能再谈谈这事? 等我有空了?"

"当然了。"我说,从她的眼神中我能看出她不只是出于礼貌才这样说。

"不好意思,亨利和孩子们还等着我呢。"她说,"我能给你打电话吗? 私下聊聊?"

"你什么时候想打了,随时打给我。"

她摸了摸我的胳膊,又凝视着我的双眼。我不敢相信自己看到了什么,好像她一直在等着我来问她似的。

然后她走出门去。我站在角落,喝着咖啡,这大热天的喝咖啡就更热了。我笑着自言自语,也不管别人会不会觉得我更疯癫了。

米　妮

第十七章

"你能不能挪个地儿，我好打扫屋子。"

西莉亚太太把床罩拉到胸口，好像怕我会把她拖下床似的。我来这儿九个月了，还是没搞清楚她到底是身体不舒服，还是染发把脑子给染坏了。她确实比我刚来的时候气色要好一点，肚子长了点肉，脸颊也没有那么凹陷了，不像以前那样把自己和约翰尼先生都给饿坏了。

有一阵，西莉亚太太整天待在后院干活，现在这个疯女人又躺回到床上，赖着不起来了。从前她窝在房间里，我还挺高兴。可我如今已经见过约翰尼先生，便准备要**认真工作**了。还有，该死的，我也准备让西莉亚太太振作起来。

"你这么一天二十四个小时都在屋里晃悠，真把我给烦死了。起来，去把你看不顺眼的那棵可怜的合欢树给砍了。"我对她说。约翰尼先生还没把那棵树砍倒。

可我看见西莉亚太太还坐在床上纹丝不动，只好使出撒手锏。"你准备啥时候跟约翰尼先生说我的事？"这句话向来能让她动一动。有时我这么问只是为了自己好玩。

我真不敢相信,这个猜谜游戏竟然玩了这么久,约翰尼先生已经知道我的事了,西莉亚太太还像个傻子似的,想继续耍花招。不出所料,圣诞节期限到了,她又请求我再给她点时间。哎哟,我对她那通抱怨啊,结果这傻子竟然哭开了,我只好放她一马,好让她闭嘴,告诉她这是我送给她的圣诞节礼物。她撒了这么些谎,圣诞袜里肯定会塞满煤块。①

谢天谢地,今天希莉太太没来打桥牌,虽然约翰尼先生两周前又联系了一次。我是听艾比琳说的,说她听到希莉太太和利夫特太太笑话这件事来着。西莉亚太太却严阵以待,问我要是她们来了该做点什么吃的,还邮购了一本《从头开始学桥牌》的书。照我说,该叫《傻子学桥牌》才对。今早书送来后,她还没看上两秒钟,就来问我:"米妮,你能教我怎么打吗?这书我一点也看不懂。"

"我不会打桥牌。"我说。

"不,你会。"

"你怎么知道我会?"我把锅子摔得叮当响,看着那讨厌的红色封面就来气。我好不容易解决了约翰尼先生的事,现在又得担心希莉太太来揭我的老底。她肯定要把我干过的好事告诉西莉亚太太。该死。就凭我做过的那件事,我要是东家也得把我自己给解雇了。

"沃尔特斯太太告诉我,以前都是你陪她周六早上打牌。"

我洗刷起那口大锅,手背关节碰到锅壁,当当地响。

"打牌不是什么好事,"我说,"我还有好多正事要干呢。"

"要是那几位太太来教我,我肯定紧张死了。你教我一点好不好?"

"不行。"

---

① 据说圣诞老人会在坏孩子的圣诞袜里装满树枝和煤块。

西莉亚太太哼哼着轻叹一声。"就因为我做不好饭?所以你现在觉得我什么也学不会了。"

"要是希莉太太她们告诉你丈夫你请了个女佣,怎么办?那不就穿帮了吗?"

"我已经想好了。我就告诉约翰尼说是那天特意找的佣人,为了看上去像个样子,为了招待客人。"

"嗯哼。"

"然后我再告诉他,我很喜欢你,想雇你做全职。我是说,我会这么跟他说的……只不过再过几个月。"

我开始冒汗。"你觉得那几位太太啥时候来打牌?"

"我还在等希莉给我回电话。约翰尼告诉她丈夫我打过电话了。我给她留了两条口信,我想她随时会打来。"

我站在那里,想着怎么能阻止这一切。我望着电话,祈祷它永远也不会响起。

第二天一早,我一进门,就看见西莉亚太太从卧室出来。我以为她又要偷偷上楼,她最近又故态复萌了,但我随即听见她在厨房打电话找希莉太太,于是不安起来。

"我就是打来再问问她愿不愿意来玩桥牌!"她语气欢快。我站着不敢动,直到我发现她不是在和希莉本人而是在和佣人尤尔·梅说话。西莉亚太太报上她的电话号码,像在唱一首拖把广告歌:"埃默森2-6-6-0-9!"

半分钟后,她又在那张讨厌的报纸背面找了个名字,拨了号,她隔一天就打一次电话,好像养成了习惯。我知道那是什么,是份妇女联盟会的通讯报,从报纸的外观来看,可能是她在女士俱乐部的停车场捡到的。报纸已经揉烂了,变得像砂纸一样粗糙,好像是从谁的手提包里给吹跑了之后又经历过一场暴雨似的。

目前为止,还没有哪位太太小姐给她回过电话,可每次电话铃一响,她就跟狗见了黑鬼似的跳起来。结果每次都是约翰尼先生。

"好的……就……告诉她我打电话来了。"西莉亚太太对着听筒说。

我听见她轻轻地挂上电话。要我说——我才懒得理呢——我会告诉她那些太太都不值得她这么做。"那些太太不值得你这么做,西莉亚太太。"我听见自己说出了口。但她好像听不见似的,转身回到卧室,关上了门。

我想了想要不要敲门,问她有啥需要的。但是,比起西莉亚太太能否在人缘方面有所进步,我还有更重要的事情要关心。比如迈德加·埃夫斯在自家门口被人杀害了,或是费利西亚吵着要考驾照,她已经十五岁了——是个好姑娘,但我怀上小勒罗伊的时候,也比她大不了多少,就是一辆别克车弄的。而我最担心的,还是斯琪特小姐和她那些故事。

六月底,一场三十七度高温的热浪袭来,还赖着不走了,黑人社区就跟有人从天上往下灌热水似的,比杰克逊市其他地方还要热上个五度。太热了,邓恩先生的公鸡走进我家,一屁股坐在厨房电扇前。我走进厨房,发现它就这么瞅着我,仿佛在说"我就是不挪窝了"。它宁愿挨扫帚打,也不愿回到热得不像话的室外。

而在麦迪逊县,热浪把西莉亚太太变成了全美国最懒的人。她连去信箱拿信也懒得动,便差使我去。天热得她甚至都不愿意去泳池边坐着。我就麻烦了。

你瞧,我觉得要是上帝想让白人和黑人整天都这么亲密地待在一起,他就应该让我们看不见肤色差异。每次西莉亚太太笑着对我说"早上好""真高兴见到你",我就在想,她这么没有分寸感,到底是怎么长这么大的? 我是说,一个轻浮的女人给正经人家的太太小姐打电话已经够糟糕的了;自从我来这里工作开始,她竟然还每天都坐下来跟我一起吃午饭,不光是同一间屋里,而且坐在同一张桌子边,就是窗户底下那张小桌子。我以前工作过的每一家,白人太太都在餐厅吃饭,尽可能离黑人女佣远远的。我觉得那样倒挺好。

"怎么了? 我不想自己一个人在那边吃饭,我可以在这里和你一起吃呀。"西莉亚太太说。我都懒得跟她解释了。她不知道的事还多着呢。

其他白人太太都知道,一个月中有几天最好不要和米妮说话。连沃尔特斯太太都能感觉到,压力计啥时候指数飙升。她一闻到厨房里飘来焦糖味,就会自己拄上拐杖出门,甚至不让希莉太太过来。

上周,西莉亚太太家弥漫着白糖和黄油的味道,像是到了圣诞节,虽然现在还只是糟糕的六月。跟往常一样,我紧张地全神贯注熬着焦糖。我非常礼貌地问了她三次,能不能让我自己一个人在这儿做事,但她想陪着我,说她一天到晚待在自己卧室里太孤单了。

我试着不去理她。但问题是,我做焦糖蛋糕时总会自言自语,要不然就会太过紧张。

我说:"这真是六月最热的一天,外面足足有三十八度。"

她就接话:"你家有空调吗? 谢天谢地,这里还装了空调。我小时候家里没有空调,我可是知道热天的厉害。"

我便回答:"买不起空调。那玩意耗电耗得就跟棉铃虫吃棉花一样。"然后我开始奋力搅拌,糖浆表面渐渐泛出焦糖色,这时候必须集中注意力。于是我没过脑子就随口说:"我们已经快交不上电费了。"你猜她说什么? 她说:"哦,米妮,我真想借你点钱,可约翰尼最近老是问我些奇怪的问题。"然后我转过身去,想告诉她每次黑人抱怨生活花费,并不代表真的想要钱,但我话还没出口,该死的焦糖就已经烧煳了。

周日教堂礼拜时,雪莉·伯恩站在大家前面,两片嘴皮子像旗帜似的上下翻飞,提醒大家社区关怀聚会定于周三晚上举行,会上要讨论去艾米特街的伍尔沃斯超市熟食部静坐示威的事。"集会七点准时开始。不准请假。"她那样子让我想起高大丑陋的白人教师,没人想娶的那种。

"你周三来吗?"艾比琳问。我们顶着午后三点的大太阳往家走。我手里抓着殡仪馆的小扇子,飞快地扇着,就跟电扇装了马达似的。

"我没时间。"我说。

"你又让我一个人去?来吧,我会带点姜饼去,再带点——"

"我说了我不去。"

艾比琳点点头,说:"那好吧。"她继续往前走。

"本尼……可能又会犯哮喘。我不想扔下他一个人在家。"

"唔嗯,"艾比琳说,"你想说的时候,再告诉我真正原因。"

我们拐进盖森大街,绕过一辆在马路上中了暑、熄了火的汽车。"哦,差点忘了,斯琪特小姐想周二晚上早点来,"艾比琳说,"大概七点。你能来吗?"

"老天,"我说着又恼了起来,"我在干吗呢?把黑人的秘密都说给白人小姐听,真是疯了。"

"只说给斯琪特小姐而已,她跟别人不一样。"

"感觉就跟我在自己背后说我自个儿的坏话一样。"我说。我已经见了斯琪特小姐至少五次,但还是没觉得自在点。

"你不想继续了?"艾比琳问,"我不想你勉强。"我没有回答。

"听见我的话了吗,米妮?"她说。

"我只是……我也想让孩子们以后日子好过点，"我说，"但是不巧哇，做这件事的是位白人小姐。"

"周三跟我一起去社区聚会吧。我们到时候再谈。"艾比琳微笑着说。

我就知道艾比琳不会放弃。我叹了口气："我惹了麻烦了，明白吗？"

"跟谁？"

"雪莉·伯恩。"我说，"上次聚会，大家都拉着手，祈祷黑人能用上白人厕所，还计划要去伍尔沃斯超市占住那儿的凳子静坐，更要打不还手、骂不还口。大家都笑着，好像世界能就这么变成个美丽新世界似的，然后我就……我跳起来，告诉雪莉·伯恩，伍尔沃斯超市的哪张凳子也塞不下她那大屁股。"

"雪莉说什么了？"

我学着女老师的声音："你要是不会说话，就乖乖把嘴闭上。"

我们走到她家门口，我扭头看着艾比琳。她努力忍笑，脸都憋红了。

"这不好笑。"我说。

"我真高兴有你这个朋友，米妮·杰克逊。"她紧紧地抱住我，直到我翻了翻白眼，说我得走了。

我继续往前走，在街角拐个弯。我不想让艾比琳知道，也不想让任何人知道，我有多想对斯琪特小姐讲讲故事。既然我没法再参加雪莉·伯恩的聚会，也就只剩下那件事能做了。我不是说跟斯琪特小姐见面有多好玩，每次我都只是抱怨个不停，发发牢骚，再乱发一顿脾气，像个烫手山芋。但是，是这么回事：我喜欢讲讲自己的故事。让我觉得自己好像能做点什么。每次结束后，堵在我胸口的大石头好像也松动了些，消融了点，让我能够自由呼吸几天。

我知道,除了说出我自己的故事,或是参加雪莉·伯恩的聚会,还有不少"黑人"活动我可以参加:市里的集会、伯明翰的游行,还有北方争取投票权的联合行动。但老实说,我才不在乎啥投票。我也不在乎能不能跟白人在一张桌子上吃饭。我在乎的只是,十年后会不会有白人太太说我的女儿不干净,说她们偷了银器。

那天晚上,我在家炖了棉豆,煎了火腿。

"金德拉,去喊大家,"我对六岁的女儿说,"准备吃饭了。"

"吃——饭——啦。"金德拉高声喊着,站在原地动也没动。

"好好去叫你爹过来,"我喝道,"我是怎么说的,在家不能大喊大叫。"

金德拉冲我翻了个白眼,好像我这要求蠢透了。她咚咚地跑到门厅:"吃——饭——啦!"

"金德拉!"

屋里只有厨房能挤得下我们所有人。其他地方都改成卧室了。我和勒罗伊的房间在最里面,旁边是小勒罗伊和本尼的小房间,外面客厅则改成了费利西亚、苏格和金德拉的卧室。也就只剩下厨房了。除非外面太冷,我家后门总是不关,只掩上纱门不让苍蝇进来。屋里一天到晚回响着孩子们的叫声、汽车声、邻居家的声音,还有狗叫声。

勒罗伊进来,坐在七岁的本尼旁边。费利西亚给大家的杯子里倒上牛奶或水。金德拉端了一大盘棉豆和火腿递给她爸爸,又回到炉灶边来端其他人的。我又递给她一个盘子。

"给本尼。"我说。

"本尼,去帮帮你妈妈。"勒罗伊说。

"本尼有哮喘,别让他做事。"但是我可爱的儿子还是站起身来,从金德拉手里接过盘子。我的孩子都知道怎么做事。

除我以外,他们都坐下了。今晚有三个孩子在家。小勒罗伊在勒尼尔中学读高中,下了课就在金特尼商店帮忙打包,金特尼商店是希莉太太家附近的白人商店。我的大女儿苏格上十年级了,在帮我们的邻居塔鲁拉照看孩子,塔鲁拉要很晚才下班。苏格看完孩子,就走路回家,然后开车送她爸爸去管道配件厂上夜班,再去商店接小勒罗伊回家。老勒罗伊凌晨四点下班后就搭塔鲁拉丈夫的车从厂里回家。一切都井井有条。

勒罗伊吃着饭,眼睛却瞟向盘子旁边的《杰克逊日报》。他刚睡醒的时候脾气一向不好。我从炉灶那里瞄了一眼,看见报纸头版登的是布朗药店的静坐新闻。不是雪莉那伙人,而是格林伍德那边的人搞的。五个抗议者坐在凳子上,一伙白人少年站在他们身后,嬉皮笑脸地又推又捅,往他们头上倒番茄酱、黄芥末酱和盐。

"他们怎么回事?"费利西亚指着照片说,"就坐在那儿,也不还手?"

"这就是他们的原则。"勒罗伊说。

"看见这张照片,我都想吐口水。"我说。

"我们晚点再谈。"勒罗伊把报纸叠好,塞在大腿下面。

费利西亚对本尼说话,但我也听见了:"还好妈妈没在那儿坐着,要不然那群白人还不得满地找牙。"

"然后妈妈就要进帕奇曼监狱了。"本尼说的大家都听见了。

金德拉手叉在腰上。"那不行,谁敢把妈妈抓进监狱,我就拿根棍子把那些白人打得头破血流。"

勒罗伊伸手指了指每个孩子。"出了这间屋子,这些话我一个字也不想再听到。太危险了。听到了吗,本尼?费利西亚?"然后他指着金德拉,"听到了吗?"

本尼和费利西亚点点头,垂下眼帘看着盘子。这一切都是我起的头，我觉得不好意思，便冲金德拉使了个眼色，让她闭嘴。谁知这位大人物小姐啪的一声放下叉子，从椅子上爬下来。"我讨厌白人！我想说就说！"

我追出门厅，一把抓住她，拎回桌边。

"抱歉，爸爸。"费利西亚说，她总是把过错揽到自己头上，"我会看好金德拉的。她不知道自己在说什么。"

但是勒罗伊一拍桌子："谁也不许蹚这个浑水！都听到了吗？"他低头瞪着孩子们。我转过身去面向炉灶，以免他看见我的表情。要是让他发现了我和斯琪特小姐的事，上帝保佑我吧。

接下来的一整周，我听见西莉亚太太在卧室里忙着打电话、留口信：希莉太太家、伊丽莎白·利夫特家、帕克太太家、考德维尔两姐妹家，还有联盟会的另外十位太太。甚至连斯琪特小姐家也打了，这尤其让我心烦。我亲自告诉斯琪特小姐：给她回电话这事，想都不要想。**已经够乱的了，别再火上浇油了。**

更恼人的是，每次西莉亚太太打完这些讨厌的电话，挂上电话后，还要立刻再拿起听筒，听一听拨号音，怕线路不通。

"电话没坏。"我对她说。她只是冲我笑笑，这一个月来都是如此，就跟兜里装满了钱似的。

"你为啥心情这么好？"我终于问出口，"约翰尼先生对你很好还是怎么啦？"我刚准备抛出"你准备什么时候告诉他"，却被她抢先了一步。

"哦，他对我已经很好了。"她说，"过不了多久我就把你的事告诉他。"

"很好。"我认真地说。这场欺骗游戏我已经厌烦了。我想象着她是怎么满脸笑容地把我做的猪排端给他，而那个好男人又是怎么不得不装出为她感到骄傲的样子，虽然明知道饭菜都是我做的。她骗了自己,也骗了她的好丈夫,更让我成了个骗子。

"米妮,你能帮我去拿一下邮件吗?"她问道,虽然她自个儿衣衫整齐地坐在这儿,而我手上沾着黄油,电动搅拌机开着,洗衣机里还洗着衣服。她就像个腓利斯人到了礼拜天,一天只愿意走那么几步路。只不过在这屋里,每天都是礼拜天。

我洗了手,往门外信箱走,路上出了半加仑的汗。我是说,外面只不过才三十六度而已。信箱旁的草地上放着个半米多高的包裹。我以前也见她抱回来过这样的棕色大箱子,以为是她订购的什么化妆品。可我抱起箱子,才发觉还挺沉,里面叮叮当当地响,像抱着一箱可乐。

"有你的东西,西莉亚太太。"我把箱子扑通一声放在厨房地板上。

我从没见过她这么迅速地跳起来。西莉亚太太唯一行动迅速的事情就是换衣服了。"是我的……"她喃喃自语道,然后把箱子抬进卧室,砰的一声关上门。

一小时后,我走进卧室去给地毯吸尘。西莉亚太太没躺在床上,卫生间里也没人。我知道她也不在厨房,不在客厅,更不在外面泳池。我刚刚给豪华会客室一号和二号掸了灰,也给灰熊标本吸了尘。这说明她一定是在楼上,在那些诡异的房间里。

我以前在罗伯特·E.李饭店打扫过舞厅,后来因为戳穿那个白人经理戴假发而被开除了。那些空无一人的大房间空荡荡的,沾着口红的餐巾纸四下散落,飘散着残留的香水味,都让我心里发毛。西莉亚太太家的二楼也是如此,房间里甚至还保留着约翰尼先生小时候用过的摇篮和婴儿帽,还有银质婴儿摇铃,我发誓有时候能听见它自己叮叮响。想到那叮叮声,我开始怀疑那些箱子和她每隔一天就溜到楼上之间有没有什么关系。

该是时候上楼去亲眼看看了。

第二天,我留意着西莉亚太太的一举一动,准备等她溜上楼后也去一探究竟。大概两点钟,她探头看了看厨房,冲我古怪地笑笑。一分钟后,我听见天花板咯吱咯吱响。

于是我小心翼翼地往楼梯走去,即便已经踮起了脚尖,餐具柜里的盘子还是叮叮咣咣,地板也嘎吱作响。我慢慢走上楼梯,自己的呼吸声都听得一清二楚。到了二楼,我穿过长长的走廊,卧室的房门都开着,一间,两间,三间。走廊尽头第四间卧室的房门掩着,只留了条小缝。我走近从门缝中一瞧,她在屋里。

她坐在窗边的黄色单人床上,脸上没有笑容。我从信箱抱回来的箱子打开了,床上放着十几瓶装着褐色液体的玻璃瓶。一阵灼烧感从我胸口缓缓升起,再由下巴蔓延到嘴里。这些扁平的瓶子我熟悉得很。我照顾了一位没用的酒鬼十二年,等我那懒惰又磨人的老爹终于死了,我含着泪向上帝发誓我绝不能再嫁个酒鬼。但事与愿违,我还是嫁了。

结果现在,我竟然又在伺候另一个该死的酒鬼。这些甚至都不是商店里能买到的酒,那瓶口上红色的封蜡就跟我陶德叔叔以前在他自己酿的酒上封着的一样。妈妈总跟我说,像我爸爸这样的老酒鬼,就要喝私酿酒,因为更烈。现在我明白了,她跟我爸爸一样蠢,跟勒罗伊喝起"老乌鸦"威士忌来一样蠢,只不过她不会举着平底锅追我。

西莉亚太太拿起一瓶看了看,好像那里面住着耶稣基督似的,而她迫不及待地想要得到拯救。她拔掉瓶塞,啜了一口,叹口气,又猛灌下三口,然后躺倒在那华丽的枕头上。

看见她脸上露出舒服的神色,我浑身发抖。她急不可耐地想喝上一口,甚至连这该死的房门都忘了关。我拼命咬紧牙关,以免冲她喊出来。最后,我强逼自己下了楼。

西莉亚太太十分钟后下楼,坐在厨房餐桌边,问我是不是准备吃饭了。

"冰箱里有猪排,我今天不吃午饭了。"我说完,跺着脚走出了房间。

那天下午,西莉亚太太坐在浴室的马桶盖上,头发烘干机放在后面水箱上,罩子拉出来罩住她漂了色的头发。她这个样子,连原子弹爆炸也听不见。

我拎着抹布上楼,偷偷打开橱柜,只见二十多瓶威士忌扁瓶子藏在破烂的旧毯子后面,那毯子保准是她从蒂尼卡乡下搬来的。瓶身上没贴标签,只有玻璃上印着"老肯塔基"字样。十二瓶是满的,准备明天喝。上周的十二瓶已经跟这些该死的空卧室一样空荡荡的了。怪不得这蠢女人没有孩子。

七月的第一个周四,中午十二点,西莉亚太太从卧室起身,来上烹饪课。她穿了件白色毛衣,紧身得让妓女都相形见绌。我敢说她的衣服每周都要缩小一圈。

我们各就各位,我站在炉灶边,她坐在凳子上。我自从上周发现那些瓶子之后,几乎还没跟她说过话。我不光是生气,而是气坏了。但是过去的六天里,我每天都发誓要遵守妈妈说过的第一条规矩。我要是对那件事说了什么,倒像是我在关心她,我才不关心呢。就算她是个懒惰又愚蠢的酒鬼,既不关我的事,我也不在乎。

我们把裹上面糊的生鸡肉放上烤架,然后我第一百万次提醒这个蠢女人去洗手,别把我俩都弄死了。

我望着鸡肉滋滋作响,尽量不理会身边这女人。煎鸡肉总会让我对生活又升起希望,我都快忘了自己在给一个酒鬼干活了。煎完这批,我把一大半放进冰箱,留给他们晚上吃。其余的装进盘子,当作我俩的午餐。她像往常一样坐在我对面。

"鸡胸肉你吃了吧，"她瞪着一双蓝眼睛看着我，"吃吧。"

"我吃鸡腿。"我说着从盘子里挑走鸡腿，又把《杰克逊日报》翻到城市新闻那一版，竖在面前，这样我就不用看着她了。

"但是腿上都没肉。"

"腿好吃，有油。"我继续看报纸，不想理她。

"好吧。"她说着挑走了鸡胸肉，"我们可真是完美的鸡肉拍档。"过了一分钟，她又说，"你知道吗，有你这个朋友我可真幸运，米妮。"

一阵强烈而滚烫的不适感涌上心口。我放下报纸，盯着她："不，太太。我们不是朋友。"

"嗯……我们当然是。"她笑了，像是给我卖了个大人情。

"不，西莉亚太太。我们不是。"

她冲我眨眨眼睛，假睫毛忽闪着。**别这样，米妮**，我听见心里有个声音说。但我明白自己没法不这样。我攥着拳头，一分钟也无法忍受了。

"因为……"她低头看看鸡肉，"你是黑人吗？还是因为你不想……和我做朋友？"

"因为很多，你是白人而我是黑人只是其中一个原因。"

她收起笑容。"但是……为什么呢？"

"因为当我告诉你我交不上电费的时候，我并不是在问你要钱。"我说。

"哦，米妮——"

"因为你不愿意为我着想，告诉你丈夫我在这里工作。因为你一天二十四小时都待在屋里，简直快把我逼疯了。"

"你不明白，我**不能出门**，我没法离开。"

"不过这些同我现在已经知道的比起来，都不算什么了。"

她的脸色在厚厚的妆容下变得煞白。

"这么久以来,我都以为你得了癌症快死了,要不就是脑袋有病了,还整天可怜你呢。"

"我知道这不容易……"

"哦,我知道你没病。你在楼上抱着那些瓶子,我都看到了。你可一秒钟都别想再骗我了。"

"瓶子?哦,天哪,米妮,我——"

"我真该把那玩意都倒进下水道。我真该现在就告诉约翰尼先生——"

她猛地起身,椅子都碰倒了:"你要是敢告诉——"

"你装得很想要孩子似的,可一转头又喝那么多,都能毒死大象了!"

"你要是敢告诉他,你就别在这儿待了,米妮!"她的眼里涌出泪水,"你要是敢碰那些瓶子一下,我立刻就赶你走!"

但此刻我热血上头,根本收不住口。"赶我走?还有谁会想来这儿偷偷摸摸给你干活儿,好让你可以整天醉醺醺地在屋里晃来晃去?"

"你以为我不敢开除你吗?今天就到此为止了,米妮!"她哭了起来,手指着我,"你吃完鸡肉就给我回家!"

她端起盛着白色鸡肉的盘子,冲出弹簧门去。我听见盘子哐当一声放在餐厅里华丽的长条餐桌上,椅子腿划过地板。我膝盖发抖,一屁股跌坐了下来,呆呆地盯着盘里的鸡肉。

我又丢了份该死的工作。

周六早上,我七点钟醒来,头疼得嗡嗡响,舌头好像也破了,肯定是咬着舌头睡了一整晚。

勒罗伊斜着眼瞧我,已经感觉到有点不对劲。他昨天晚饭时就发现了,今早五点钟回家后也嗅到了。

"烦啥哪?干活儿时没惹麻烦吧?"他追着我问了三遍。

"我有啥可烦的,除了五个孩子和一个丈夫。都是让你们把我给逼的。"

我绝不能告诉他我又骂了一位白人太太,又丢了工作。我穿上紫色家居服,跺着脚走进厨房,开始狠命打扫。

"妈妈,你去哪儿?"金德拉喊道,"我饿了。"

"我去艾比琳那里。妈妈需要安静五分钟,跟不会烦我的人。"我从坐在前门台阶上的苏格身边走过,"苏格,给金德拉弄点早饭。"

"她半个小时前才吃的。"

"嗯,那她又饿了。"

我走过两个街区,穿过提克路,来到法里士街,往艾比琳家走去。即便天气热得可怕,柏油路面都热得冒烟,一群孩子还在街头玩球、踢罐子、跳绳。"嘿,米妮。"我每走十几米,就有人跟我打招呼。我点头回应,但是不太热情。今天可热情不起来。

我从艾达·皮克的花园抄了近路。艾比琳家的厨房门开着,她正坐在桌前,读着斯琪特小姐从白人图书馆给她借来的书。她听见纱门咯吱一声,便抬起头来。我猜她一眼就看出我满脸的不高兴。

"老天保佑,谁又怎么你了?"

"西莉亚·雷·福特,还能有谁?"我坐在她对面。艾比琳起身给我倒了点咖啡。

"她怎么你了?"

我把发现酒瓶的事告诉了她。我不知道为啥一周半以前刚发现的时候没告诉她,可能是不想让她知道西莉亚太太如此糟糕的一面吧。也可能是我觉得不太好,毕竟这份工作是艾比琳给我找的。但此刻我实在气极了,便和盘托出。

“然后她就把我赶走了。”

“哦,老天,米妮。”

“还说她会找到其他女佣。谁愿意去给那个女人工作?她自己不就是个卷毛乡下丫头嘛,只不过从上菜到打扫,啥也不会。”

“你要不要去道个歉?要不你周一早上过去,跟——”

“我才不会跟酒鬼道歉。我从来没跟我爸道过歉,也别想让我对她道歉。”

我们都没说话。我一口喝干咖啡,瞅着一只马蝇嗡嗡地飞着,用它那丑陋坚硬的脑袋撞向艾比琳家的纱门,啪、啪、啪,最后终于掉在台阶上,像个发了疯的傻子似的原地打转。

“睡不着,吃不下。”我说。

“要我说,你伺候过的人里,最糟糕的还数这个西莉亚。”

“他们都挺讨厌。但她确实最糟糕。”

“对吧?你还记得那次,你摔破了水晶玻璃杯,沃尔特斯太太要你赔,从薪水里扣了十美元,结果你在卡特商店里看到那杯子每个只要三美元?”

“嗯哼。”

“哦,还有,你还记得那个神经病查理先生吗?老是当着你的面喊你黑鬼,拿你开心。还有他太太,赶你到屋外吃午饭,连一月中旬也是,那次都下雪了。”

“光想想我都觉得冷。”

“还有那个——”艾比琳一边咯咯笑起来,一边说,“那个罗伯塔太太?把你按在餐桌边,在你头上试她新买的染发剂?”艾比琳揉揉眼睛,“老天,我再没见过哪个黑女人顶着那一头蓝头发。勒罗伊说你像个外星怪物。”

“那可没啥好笑的。我花了三周才把头发又变回黑色,花了我二十五美元呢。”

艾比琳摇摇头,尖声叹了句"哎哟",又啜了口咖啡。

"那西莉亚太太,"她说,"她待你咋样?要你提防着约翰尼先生,还要教她做饭,她付你多少钱?肯定没他们多。"

"你明知道她付我双倍工钱。"

"哦,对了。嗯,毕竟她还老是叫上一帮朋友到家里来,让你跟在屁股后面打扫。"

我看着她不吭声。

"还有她那十个小孩呢。"艾比琳把餐巾按在嘴上,不让我看见她在偷笑,"他们整天叫啊喊的,把那栋老房子搞得一团乱,肯定够你受的。"

"你说的够明白了,艾比琳。"

艾比琳笑了,拍拍我的胳膊。"抱歉,亲爱的。但你是我最好的朋友,我觉得那份差事还不错。她一天喝上那么一两口又怎么啦?周一去跟她谈谈吧。"

我苦着脸,皱成一团。"你觉得她还会让我回去吗?我话都说成那样了?"

"她找不到别人的。她也清楚。"

"没错,她虽然蠢,"我叹道,"但不傻。"

我回到家,没告诉勒罗伊我在烦些什么,但我考虑了一整天,一整个周末。我被解雇的次数,两只手都数不过来了。我向上帝祈祷,周一还能挽回这份工作。

第十八章

周一开车上班的路上,我一路练习着该怎么道歉。*我知道我说错话了……*我走进厨房。*我知道我没资格那么说……*把包放在椅子上,嗯……还有……这是最难的部分:*我真抱歉。*

我听见西莉亚太太的脚步声从屋子那边传来,便强打起精神。我不知道她会怎么反应,会不会生气,还是态度冷淡,或是直截了当地再开除我一次。我只知道,我得**抢先**开口。

"早上好。"她说。西莉亚太太还穿着睡袍,头发也没梳,脸上也没怎么化妆。

"西莉亚太太,我有……有话要跟你说……"

她呻吟了一声,把手放在肚子上。

"你……不舒服吗?"

"嗯。"她取了块点心,又拿了点火腿,放在盘子里,然后又把火腿拿出来。

"西莉亚太太,我想告诉你——"

可我话还没说完,她就径直走了出去,我知道自己这下怕是麻烦了。

我继续干活。或许我这样自以为还没有丢掉工作,确实不太正常。或许她今天不会付我工钱。午饭后,我打开电视,看起了《世界转动》里的克里斯汀小姐,一边熨衣服。通常西莉亚太太都会过来和我一起看,可她今天没来。节目播完了,我在厨房等了她好一会儿,可她甚至都没来上烹饪课。卧室房门还关得紧紧的,下午两点钟,除了打扫他们的卧室,我实在是找不出活儿了。我紧张得像肚子里吞了个平底锅,早知道早上就应该抓住机会,把想说的话说出来。

终于,我走进里屋,瞅着那扇紧闭的门。我敲了敲门,没有回应。我还是鼓起勇气打开了门。

可是床上没人。现在我又得对付紧闭的卫生间门了。

"我来打扫卫生。"我大声喊道。还是没有回应,但我知道她在里面。我都能感觉到她就在门后。我浑身冒汗,一心想把那见鬼的话说完。

我拎着洗衣袋在房间里转来转去,把周末换下来的脏衣服都塞进去。卫生间的门仍紧紧关着,里头一点儿动静也没有。我已经预料到卫生间里肯定也乱成一团。我一边把床单拉整齐,一边竖起耳朵听有没有响动。我就没见过像这个淡黄色的圆柱形靠枕这么丑的玩意儿,它两头扎紧,活像个黄色的大热狗香肠。我把它搁在床垫上,又把床罩拉平。

我擦了床头柜,把放在她那边的《展望》杂志摆好,还有她订购的那本桥牌书。我把约翰尼先生那边的书也码齐。他看书看得多。我拿起一本《杀死一只知更鸟》,翻过来。

"哟,瞧瞧这本。"这书里写到了黑人。我不禁想到,有一天,我会不会也在某张床头柜上看见斯琪特小姐的书。当然,那里面不会出现我的真名。

终于,我听见一声响动,有什么东西碰到了卫生间的门。"西莉亚太太,"我又高声叫道,"我在外面,跟你说一声。"

还是没有回答。

"你在那里面干啥都不关我的事。"我对自己说。然后我又喊道:"我继续干活了,趁约翰尼先生拎着手枪回家之前,干完活走人。"我以为这话能引她出来,但也没成功。

"西莉亚太太,洗脸池下面还有点'平克汉小姐'药酒。你喝完了就出来吧,让我进去干活。"

最后,我放弃了,只是盯着卫生间的门。她到底有没有解雇我?要是没有,万一她喝多了,听不见我说话怎么办?约翰尼先生让我照顾她。要是她醉倒在浴缸里,那可就是照顾不周了。

"西莉亚太太,说句话吧,让我知道你还活着。"

"我没事。"

可那声音听起来一点也不像没事。

"快三点钟了。"我站在卧室正中,等着,"约翰尼先生就要回来了。"

我必须得知道里面是怎么了,她是不是醉得不省人事了。要是我还没被炒鱿鱼,我还得进去打扫卫生呢,要不然约翰尼先生该觉得我这位秘密女佣偷懒,真把我炒鱿鱼了。

"好啦,西莉亚太太,你又在弄染发剂啦?上次是我帮你弄好的,记得吗?我们弄得可真不赖。"

门把手转了一下,卫生间的门缓缓打开了。西莉亚太太坐在门边的地板上,双腿蜷在睡袍下面。

我上前一步。从她侧脸看去,她的脸色跟衣物柔顺剂似的,苍白中泛着蓝。

我还看见马桶里全是血。很多血。

"你是痛经了吗,西莉亚太太?"我小声问,鼻翼一张一合。

西莉亚太太没有扭头。白色的睡袍褶边上印着一圈血迹。

"要我给约翰尼先生打电话吗?"我说。我尽量别过头去,但又忍不住看着马桶里那摊血水,下面似乎还有些别的东西,有些……成形的东西。

"不,"西莉亚太太愣愣地盯着墙壁说,"给我……拿电话簿来。"

我跑去厨房,从桌上抓起电话簿,又跑回来。我把电话簿递给西莉亚太太,她却推开了。

"你帮我打吧。"她说,"T打头的部分,找塔特医生。我不想再自己打了。"

我浏览着薄薄的电话册子。我听说过塔特医生,我服务过的白人太太大多都找他看病。他还趁他妻子每周二去做头发的时候,给伊莱恩·费尔雷来点"特殊治疗"。**塔夫特……塔吉特……塔恩。感谢上帝。**

我伸出颤抖的手指拨了号。一个白人妇女接起了电话。"西莉亚·福特,麦迪逊县外二十二号公路。"我尽可能保持镇定,强忍着不要吐在地板上,"是的,女士,流了很多很多血……他知道怎么过来吧?"她说当然知道,然后挂上了电话。

"他过来吗?"西莉亚问。

"过来。"我说。又一阵恶心涌上胸口。我估计得过好久,才能在刷马桶的时候不作呕。

"你想喝可乐吗? 我给你拿可乐。"

我从厨房冰箱里拿出一瓶可乐,回到卫生间,把可乐放在地砖上,后退几步,这样既能陪着西莉亚太太,又离那血红的马桶足够远。

"要不我扶你上床躺着,西莉亚太太。你能站起来吗?"

西莉亚太太身体前倾,挣扎着想自己站起来。我上前一步帮她起身,只见鲜血已浸透了她身下的那一片睡袍,像鲜红色的胶水一样抹在蓝色瓷砖上,还渗进了瓷砖缝里。这污渍可有得我刷了。

我扶着西莉亚太太起身,她却踩上一片血迹,脚下一滑,还好手迅速抓住马桶边沿撑住。"让我待在这儿吧——我想待在这儿。"

"好吧。"我退出卫生间,回到卧室,"塔特医生很快就到。他们往他家打电话了。"

"过来陪陪我,好吗,米妮?"

可是卫生间里弥漫着一股腥热的气味,让人作呕。我想了想,就在门口坐下,屁股一半在卫生间里,一半在外。坐下后,那气味越发刺鼻,闻着跟生肉似的,像放在台面上解冻的汉堡肉饼,我这么一联想,心里更发毛了。

"出来吧,西莉亚太太。你得呼吸点新鲜空气。"

"我不能把血沾到……地毯上,不能让约翰尼发现。"西莉亚太太手臂皮肤下的血管都发黑了,脸色却又白了些。

"你脸色太差啦。喝点可乐吧。"

她喝了一小口,说:"哦,米妮。"

"你流血流了多久啦?"

"今早开始的。"她说着,把脸埋在臂弯里哭了起来。

"没事,你会好的。"我安慰道,语气里自信满满,其实心早就怦怦乱跳。塔特医生会来给西莉亚太太看病,这没问题,可是马桶里那个东西怎么办? 我该怎么处理,难不成冲掉吗? 要是它堵住了下水道可怎么办? 还得把它捞出来。哦,天哪,我怎么下得了手?

"这么多血,"她靠在我身上呻吟道,"这次怎么这么多血?"

我仰起脸,瞟了眼马桶,然后立马又低下头。

"不能让约翰尼看见。哦,老天,几……现在几点了?"

"差五分到三点。我们还有时间。"

"这东西,我们怎么办?"西莉亚太太问。

我们。上帝宽恕,但我可不想这件事牵扯上"我们"。

我闭上眼睛,说:"大概我们俩之中得有个人把它捞出来。"

西莉亚太太扭头看着我,眼眶泛红。"然后把它放到哪里?"

我无法直视她。"可能……扔进垃圾堆吧。"

"求你了，现在就动手吧。"西莉亚太太把脸埋在膝盖间，仿佛羞愧难当。

现在她连"我们"也不说了。现在是*你*快动手吧。你快把我死掉的孩子从马桶里捞出来吧。

我又有什么选择呢？

我听见自己哀叹一声。瓷砖仿佛在我肥胖的身下裂开了。我挪了挪身体，嘟囔着，思前想后。我是说，我以前也处理过更难办的事，对吧？我一时没想到具体例子，但肯定有点什么事。

"求你了，"西莉亚太太说，"我一眼……也看不得了。"

"好吧。"我点点头，好像知道自己在做什么，"我来处理。"

我站起来，开始考虑到底该咋办。我知道要把它丢到哪里——就丢在马桶旁边的白色垃圾桶里，再把垃圾桶里的东西一起扔掉。但问题是，我该怎么把那玩意捞出来呢？用手吗？

我咬着嘴唇，试图保持冷静。也许我该再等等。也许……也许医生来了会想要把它带走，检查一下！要是我能让西莉亚太太暂时不去想它，也许就不用处理了。

"我们过会儿再来管它。"我又柔声安慰道，"你觉得已经怀了多久了？"我缓缓靠近马桶，嘴里的话不敢停。

"有五个月了？我不知道。"西莉亚太太用毛巾盖住脸，"我刚才在洗澡，然后感觉肚子里有些坠胀，疼得厉害。我坐上马桶，然后它就滑出来了。好像它想从我身体里出来似的。"她又抽泣起来，肩膀一耸一耸的。

我小心翼翼地盖上马桶盖子，又回来坐在地板上。

"好像它宁愿死掉，也不愿意再在我肚子里多待一秒。"

"你得这么想，这都是上帝的安排。你身体里有些不对劲，老天爷就来插手了。下次一定能保住。"可我又想起那些瓶子，有点生气。

"这已经是……第二次了。"

"哦,老天爷。"

"就是因为我怀孕了,我们才结婚的。"西莉亚太太说,"但它……它也流掉了。"

我再也忍不住了。"那你干啥还要喝酒? 你明知道,灌上这一肚子威士忌,孩子肯定保不住了啊。"

"威士忌?"

哦,别装了。她那副表情仿佛在问:"什么威士忌?"我实在看不下去了。马桶盖上后,至少味道没那么糟糕了。那该死的医生什么时候来?

"你觉得我是在……"她摇摇头,"那是补药。"她闭起眼睛,"从费利希亚纳教区的一个乔克托人那儿弄来的……"

"乔克托人?"我眨眨眼。她竟然比我想的还蠢,"那些印第安人可不能信哪。你难道不知道是我们往他们的玉米地里下了毒吗? 要是她也想毒死你可怎么办?"

"塔特医生说那只是掺了水的糖浆。"她用毛巾捂住脸,呜呜地哭了起来,"但我还是得试试呀,我必须得试。"

好吧。听到这话,没想到我竟全身放松下来,也松了口气。"西莉亚太太,你要慢慢来,准没错。相信我,我生了五个娃呢。"

"可约翰尼现在就想要孩子。哦,米妮。"她摇起了头,"他会怎么对我呀?"

"他会挺过来的,肯定。他会忘了这些小婴儿,男人这一点倒是很厉害。然后开始盼着下一个。"

"他不知道这一个。上一个也不知道。"

"你刚才说,是因为你怀孕了他才娶你的。"

"那是第一次,他知道。"西莉亚小姐沉重地叹了口气,"这次其实已经是……第四次了。"

她不哭了，我却什么话也说不出来。足有一分钟，我俩都琢磨着为啥一切会变成这样。

"我一直以为，"她小声说，"要是我少活动，找个人来打扫屋子做做饭，也许我这次可以保住。"她又把脸埋在毛巾里哭了起来，"我还盼着这孩子能长得像约翰尼呢。"

"约翰尼先生可真帅，头发也好看……"

西莉亚太太把毛巾从脸上拿开。

我忽然意识到自己说漏了嘴，便伸出手来挥挥。"我得呼吸点新鲜空气。这里太热了。"

"你怎么知道他……?"

我左顾右盼，想编个谎话，但最后还是叹了口气。"他已经知道了。约翰尼先生有天回家来，撞见我了。"

"什么?"

"是的，太太。他让我先别告诉你，这样你就能继续以为他是在为你感到骄傲。他很爱你，西莉亚太太，他脸上都写着呢。"

"但是……他知道多久了?"

"几个……月了。"

"几个月? 他——他有没有不高兴，说我骗了他?"

"那可没有。过了几周他还往我家里打电话，确保我不会辞职。说他怕我走了他又要饿肚子了。"

"哦，米妮，"她哭着说，"真抱歉。所有这一切，我真抱歉。"

"我还经历过更糟的呢。"我想起蓝色染发剂，想起在冰天雪地里吃午饭的日子。而此刻，马桶里还有个死胎，必须得有人来处理一下。

"我不知道该怎么办了，米妮。"

"要是塔特医生让你继续试，你就该继续试试。"

"他冲我发火，说我在床上是浪费时间。"她摇摇头，"他这人又刻薄又吓人。"

她把毛巾紧紧捂在眼睛上。"我没法再试一次了。"她哭得越凶,脸色就越苍白。

我想再喂她喝几口可乐,但她不喝。她甚至没有力气举起手来推开。

"我想……吐。我——"

我抓过垃圾桶,看着西莉亚太太往里面呕吐。然后我忽然感觉自己屁股底下也湿乎乎的,低头一看,鲜血又一股一股地往外涌,都流到我这里了。她动一动,血就涌出来。她照这速度出血,肯定快撑不住了。

"坐直了,西莉亚太太。深呼吸,快。"我说,但她沉沉地倒在我身上。

"不不,别躺下。起来。"我把她扶正,可她身体软绵绵的,我急得眼里涌出了泪水,那该死的医生早该到了。他应该先叫辆救护车来。我给人干活儿已经干了二十五年,可还没人教过我,要是白人太太靠在你身上死掉了,你该怎么办。

"坚持住,西莉亚太太!"我大声喊道,可她像块柔软的白面团似的靠着我,我什么也做不了,只能坐在那里,颤抖着等待。

又过了好久,后门铃响了。我拿了块毛巾垫在西莉亚太太头底下,自己脱了鞋,以免把血迹带进屋里,然后冲到门口。

"她晕过去了!"我告诉医生,护士从我身边蹿过,熟门熟路地跑进屋里。她拿出嗅盐,放在西莉亚太太鼻子下面,西莉亚太太的头猛地抽动,小声呻吟一声,睁开了眼睛。

护士帮我一起脱下西莉亚太太身上沾满血的睡袍。她睁开了眼睛,可还是站不起来。我把旧毛巾铺在床上,扶她躺下。我又走进厨房,塔特医生正在厨房里洗手。

"她在卧室。"我说。不在厨房,你这狡猾的家伙。塔特医生五十多岁了,比我高了大概有半米。他皮肤煞白,瘦长脸,没什么表情。他终于朝卧室走去。

塔特医生正要开门,我拍了下他的胳膊。"她不想让她丈夫知道。您不会说吧?"

他用那种看黑鬼的眼神瞅着我,说:"你觉得这事跟他没关系吗?"然后走进卧室,在我面前甩上了门。

我回到厨房,来回踱步。半小时过去了,一小时过去了,我担心约翰尼先生马上就要到家看到这一切,担心塔特医生会给他打电话,担心他们把那个死胎留在马桶里等我来处理,担心得头都一抽一抽地疼。终于,我听见塔特医生打开了门。

"她没事了?"

"她有些歇斯底里。我给她吃了药,让她平静下来。"

护士拎着白色锡皮箱从我们身边走过,由后门出去了。几个小时以来,我才终于真正地舒了口气。

"你明天观察一下。"他说着递给我个白色小纸袋,"她要是太激动了,就给她吃一片。还会再出点血,但除非情况很严重,别给我打电话。"

"您不会跟约翰尼先生说吧,塔特医生?"

他厌烦地冷笑一声。"你让她周五的预约一定要来。我可不想因为她懒得进城,就这么大老远地开车赶来。"

他轻快地走出门去,砰的一声关上了门。

厨房里的时钟指向五点。还有半个小时约翰尼先生就要回来了。我赶紧抓起抹布、水桶,还有高乐士清洁剂。

斯琪特小姐

第十九章

今年是 1963 年，人们说是太空时代了。载人火箭成功绕地球飞行。有人发明了让已婚妇女可以避孕的药。听装啤酒也不再需要开瓶器，一个指头就能打开了。可我家还是跟我曾祖父 1899 年建好这栋房子时一样热。

"妈妈，求你了，"我哀求道，"我们什么时候才能装空调？"

"没装空调，这么久我们不也都活得好好的，我可不想在窗户上装上那么个俗气的玩意儿。"

所以，临近 7 月，我只能从阁楼卧室搬到装了纱窗的后门廊的小床上。我们小时候，每当爸妈要出城参加别人的夏季婚礼，康斯坦汀就会带着我和卡尔顿睡在那里。康斯坦汀睡觉时会穿一件老式白色睡袍，即使这里热得跟地狱似的，她也从下巴到脚趾都包得严严实实。她会给我们唱歌，哄我们睡觉。她的声音好听极了，我不相信她没上过唱歌课，因为妈妈总是对我说，不上课就什么也学不会。想到她身影犹在，就在这门廊上，如今却杳然无踪，真叫人难以接受。但没人告诉我真相。我不知道自己能不能再见到她。

床头边的白色搪瓷洗脸池早已锈迹斑斑，上面架着我的打字机,下面放着红书包。我拿来爸爸的手帕,不住地擦去额头上的汗,还把加了盐的冰搁在手腕上降温。哪怕在后门廊这里,那支艾弗里·朗伯公司生产的温度计也从 31 度一路升到 35 度,再攀升到 37 度。还好斯图亚特没在白天过来,这时候最热。

我盯着打字机发呆,米妮的故事已经都写好打出来了,这会儿无事可做,也无话可写。我颇为苦恼。两周前,艾比琳告诉我希莉的佣人尤尔·梅可能会加入我们,艾比琳每次找她说话,她的兴趣一次比一次大。可是后来迈德加·埃夫斯被杀,警察开始逮捕、殴打黑人,她现在肯定已经怕得要死了。

也许我该去希莉家亲自问问尤尔·梅。但是不行,艾比琳说的对,我可能会把她吓跑,结果把我们眼见就要成功的机会也给搞砸了。

几条狗躺在屋檐下,在热浪里哼哼唧唧地打着哈欠。五个在爸爸的棉花地里干活儿的黑人停下了卡车,有条狗漫不经心地叫了一声。这几个工人翻过卡车后挡板跳了下来,落地时尘土飞扬。他们面无表情地愣在那里。领头的用一块红布抹了抹他黑黝黝的额头、嘴唇和脖子。实在是热得不像话,我不明白他们怎么能忍受烈日的炙烤。

终于吹来阵微风,吹动了我的《生活》杂志。封面上的奥黛丽·赫本笑容可人,鼻子底下可没有渗出汗珠。我捡起杂志,随意翻着皱巴巴的纸页,翻到刊登苏联女性宇航员的那一页。我知道下一页印了些什么。宇航员的脸孔背面是一张卡尔·罗伯茨的照片,他是位黑人教师,就住在六十五公里外的皮拉哈奇。"今年四月,卡尔·罗伯茨向华盛顿来的记者讲述了身为黑人在密西西比州的感受,他称州长'很差劲,道德观念堪比街头妓女'。后来,罗伯茨身上被人打上牲口的烙印,吊死在核桃树下。"

卡尔·罗伯茨惨遭杀害,仅仅因为他直言不讳,因为他说了出来。三个月前,我还以为这事没什么难的,找上十几个女佣来跟我谈谈,好像她们就一直等着要向一位白人小姐倾吐心声似的。我怎么这么蠢。

实在是酷热难耐,我便逃到朗利弗庄园唯一凉快的地方坐下。我发动引擎,摇上车窗,把裙子撩到大腿根,让车内空调开足马力吹在我身上。我把头靠在椅背上,闻着氟利昂和凯迪拉克皮革的味道,这世界仿佛渐渐离我远去。我听见有卡车在前门车道上停下,但我不愿睁开眼睛。过了一会儿,副驾驶座的车门拉开了。

"哟,这里真舒服。"

我赶紧拉下裙子。"你怎么来了?"

斯图亚特关上车门,飞快地吻了我一下。"我只能待一会儿,我还得去海边开会。"

"去多久?"

"三天。我要去找几个密西西比石油和天然气理事会的人。要是早点知道就好了。"

他伸出手来,握住我的手,我笑了。这两个月来,我们每周约会两次,要是不算那可怕的第一次的话。两个月对于其他女孩来说或许不算太长,但这已经是我最久的一次,而且此刻也是感觉最好的一次。

"你想来吗?"他说。

"去比洛克西吗? 现在走?"

"现在走。"他说着,冰凉的手掌抚上我的大腿。我像往常那样紧张得一个激灵。我低头看着他的手,又抬头张望,确保妈妈没在看着我们。

"来吧,这儿简直热死了。我住艾治沃特酒店,就在海滩边。"

我笑出了声,我这几周来一直担惊受怕,现在终于感觉舒心了些。"你是说,住艾治沃特……一起吗? 住一间房?"

他点点头。"你能来吗?"

婚前就与男人同住一室这主意,肯定会让伊丽莎白又窘又怕,而希莉则会让我想都不要想。她们会不顾一切地坚守自己的贞洁,就跟小孩子不愿意和别人分享玩具一样。不过,我还是考虑了一下。

斯图亚特挪近了些,身上散发着松木和烟草的混合香气,这样昂贵的肥皂我家人见都没见过。"妈妈肯定会发火的,斯图亚特,而且我还有别的事要做……"但是天哪,他也太好闻了。他看着我,像要把我给吞了,我在凯迪拉克的冷气里打了个哆嗦。

"你确定?"他小声说着,又吻了我,吻得没有刚才那么客气了。他的手还放在我大腿根上,我不禁想到他以前对未婚妻帕特丽夏是否也如此。我不知道他们有没有上过床。一想到他们相互抚摸的画面就让我有些不安,我躲开了。

"我只是……不行。"我说,"你知道那我就不能跟妈妈说实话了……"

他遗憾地长叹一声,脸上那失望的表情让我心动。我现在明白了为何女孩会拒绝,只是为了看看这甜蜜的失落表情。"别对她撒谎,"他说,"你知道我讨厌人撒谎。"

"到了酒店给我打电话?"我问。

"当然啦。"他说,"抱歉,我得走了。哦,差点忘了,再过三个礼拜,我爸妈想邀请你们周六晚上来一起吃个晚饭。"

我坐直了身体。我还没见过他父母。"你们……是指?"

"你和你父母。进城来,来见见我家人。"

"但是……为什么要我爸妈也一起来?"

他耸了耸肩。"我爸妈想见见他们。我也想让他们见见你。"

"但是……"

"抱歉,亲爱的。"他说着,把我的头发拂到耳后,"我得走了。

明晚给你打电话?"

我点点头。他下车走进热浪中,发动了卡车,看见爸爸从尘土飞扬的车道上走来,还冲他挥了挥手。

我一个人坐在凯迪拉克里开始担心。要到州议员家吃晚饭,妈妈保准又得抛出上千个问题,表现得好像我已经急不可耐了似的,免不了还要提起棉花基金的事。

过了三天,酷热难当又度日如年,仍然没有尤尔·梅或其他女佣的消息,斯图亚特开完会直接从海边回来了。整天对着打字机,只能打打通讯报或莫娜太太专栏,真叫我心烦。我跑下楼梯,他热情拥抱了我,就跟几周没见似的。

斯图亚特晒黑了,开了几个小时的车,白衬衫后背皱巴巴的,袖子挽着。他脸上永远挂着透了点邪气的微笑。我俩坐得笔直,占据休息室的两头,面对面望着彼此,在等妈妈上床睡觉。太阳一下山,爸爸就去睡觉了。

妈妈喋喋不休地说着天有多热,还有卡尔顿终于找到了"真命天女",斯图亚特始终凝视着我的眼睛。

"我们都很期待和你父母一起吃饭,斯图亚特。请务必转告你母亲。"

"好的,夫人,我一定转达。"

他又冲我笑笑。他有太多地方都让我喜欢。我们说话时,他直视我的眼睛。他的手掌上长了老茧,指甲却干净又整齐。我喜欢他抚摸我脖子时那种粗糙的感觉。还有,说实话,能有人陪我一起参加婚礼或是聚会可真好。我不用再忍受雷利·利夫特的脸色了,每次他发现我又形单影只地跟在他们后面,除了伊丽莎白他还得帮我拿外套、取饮料时,总是绷着个脸。

我也喜欢斯图亚特来我家。他一踏进家门,我就有人保护、有恃无恐了。当着他的面，妈妈不敢批评我，怕他会注意到我的缺点；也不再唠叨我，怕我哼哼唧唧地失了态，就失去机会。妈妈把这当作是一场至关重要的竞逐比赛，只管把我好的一面尽情展示，真面目要藏好，直到木已成舟。

终于，到了九点半，妈妈抚了抚裙子，慢慢地仔细叠好毯子，像收起一封珍贵的信。"嗯，该睡觉了。你们年轻人自己待着吧，尤金娜？"她看了我一眼，"别太晚了？"

我甜甜地笑了。我都已经该死的二十三岁了。"当然了，妈妈。"

她离开后，我们坐着，微笑看着对方。

等着。

妈妈轻手轻脚地走进厨房，关了扇窗，接了点水。几秒钟后，我们听见她的卧室房门咔哒一声关上了。斯图亚特站起来说："到我这儿来。"他一步跨到我身边，抓起我的手环在腰间，亲吻着我，仿佛我是他渴望了一天的饮料似的。我听有些女孩说过，这感觉像是周身正慢慢融化，我却觉得更像是缓缓飘起，仿佛长得更高了，看见了篱笆外那些从没见过的色彩。

我强迫自己从他怀里挣脱出来，我有些话要说。"到这边来，坐下吧。"

我们并排坐在沙发上。他又想吻我，但我避开了。我努力不去看他那双蓝眼睛在古铜色肌肤的衬托下愈发湛蓝，也不看他胳膊上淡金色的汗毛。

"斯图亚特——"我咽了下口水，准备问出那个可怕的问题，"你和帕特丽夏订婚后，她又出了……那些事，你父母是不是很失望？"

他的嘴角骤然僵住。他看着我。"妈妈很失望。她们以前关系很好。"

我已经后悔提起了这件事,但我还是得问。"有多好?"

他环视了一眼房间。"家里有什么喝的?波旁酒有吗?"

我去厨房给他倒了一杯帕斯卡古拉做饭用的酒,还加了很多水。斯图亚特头一回来我家时,就已经明确表示不想谈起他的未婚妻。可我必须弄清楚那其中的来龙去脉。不光是因为我很好奇。我从没谈过恋爱,因此需要知道到底发生了什么才会让两人彻底分手,在被甩掉之前可以犯几次规,我甚至连到底有哪些规矩都不知道。

"那么她们是好朋友咯?"我问。两周后我就要去见他母亲了。妈妈已经安排好明天要带我去肯宁顿商场购物。

他灌下一大口酒,皱起眉头。"她们以前会躲进房间交流插花心得,八卦谁又和谁结婚了。"他脸上那淘气的笑容早已不见踪影,"妈妈确实很震惊,我们……分手时。"

"那么……她会拿我和帕特丽夏比较吗?"

斯图亚特朝我眨眨眼。"有可能。"

"好极了。真是迫不及待呢。"

"妈妈只是……太想保护我了。她担心我又会受伤。"他扭过头去。

"帕特丽夏现在在哪儿呢?她还住在这里吗,还是……"

"不,她搬走了,搬到加利福尼亚去了。我们能不能聊点别的?"

我叹了口气,靠在沙发上。

"嗯,那你父母至少知道到底怎么回事吧?我是说,你也能告诉我吗?"他连这么重要的事都不肯跟我说,我有点生气。

"斯琪特,我说了,我不想聊……"但他咬了咬牙,压低了声音,"爸爸只知道一点。妈妈知道全部经过,帕特丽夏的父母也知道。当然**她自己**也知道。"他一仰头,把杯里的酒都灌下,"她当然他妈的知道自己干了什么。"

"斯图亚特，告诉我吧，我不想犯下同样的错误。"

他看着我，想要干笑两声，从嗓子里挤出来却成了低吼。"你一百万年也干不出她那样的好事。"

"什么好事？她到底干什么了？"

"斯琪特。"他叹了口气，放下杯子，"我累了，先回家了。"

第二天一早，我走进闷热的厨房，不想面对接下来的一整天时间。妈妈在屋里准备出门购物，为我俩参加惠特沃斯家的晚宴置办行头。我穿了条蓝色牛仔裤，衬衫下摆没有塞进去。

"早上好，帕斯卡古拉。"

"早上好，斯琪特小姐。早饭还是老样子吗？"

"是的，谢谢。"我说。

帕斯卡古拉个头不高，脚步敏捷。去年六月，我告诉过她我喜欢喝黑咖啡，面包片上少抹黄油，她就一直记得。这点她跟康斯坦汀很像，主人家的要求从来不忘，让我不禁揣测她脑子里究竟牢牢记住了多少种白人太太小姐的早餐样式，而像她这样花上一辈子记住别人黄油面包的口味、上浆的分量，以及何时换洗床单，究竟是一种怎样的感觉。

她把咖啡放在我面前，而不是直接递给我。艾比琳给我解释过，不直接递上是怕两人的手指会碰到。我不记得康斯坦汀以前是怎么做的了。

"谢谢，"我说，"非常感谢。"

她朝我眨眨眼睛，浅浅一笑。"不……客气。"我忽然意识到这还是我第一次真诚地感谢她。她看起来有些不自在。

"斯琪特，准备好了吗？"我听见妈妈在屋里喊。我大声回答准备好了。我吃了面包，盼着这次购物能尽快结束。我已经过了妈妈帮我买衣服的年纪足有十年了。我抬起头,发现帕斯卡古拉站在水槽边盯着我。我一看她,她便立刻转过身去。

我坐在桌边翻着《杰克逊日报》。下一期的莫娜太太专栏解决了硬水水渍之谜,要下周一才见报。国内新闻版面上,有篇文章报道了一种叫做"安定"的新药,可以"帮助女性应对每日挑战"。老天,我现在就想来上个十片。

我抬起头,看见帕斯卡古拉就站在我身边,吓了一跳。

"你……有什么事吗,帕斯卡古拉?"我问。

"我有件事想告诉你,斯琪特小姐。关于——"

"你不能穿着牛仔裤去肯宁顿。"妈妈在门口嚷道。帕斯卡古拉像一缕烟似的从我身边消失了,又回到水槽边,从水龙头接了一条黑色橡胶水管,连到洗碗机上。

"你赶快上楼,去换件合适的衣服。"

"妈妈,我就穿这个。打扮得那么好,还买什么新衣服啊?"

"尤金娜,你能不能别故意抬杠?"

妈妈转身回了卧室,但我知道这事还没完。洗碗机呼呼地运转起来,噪声响彻厨房。我光着脚,感觉到地板也在抖动,轰隆隆的声音足以盖过说话声,让人放心。我看着帕斯卡古拉站在水槽边。

"你要跟我说什么,帕斯卡古拉?"我问。

帕斯卡古拉瞟了一眼门口。她瘦得像根竹竿,我的身材抵得上两个她。她举止也小心翼翼,跟我说话时都得低下头。她靠近了些。

"尤尔·梅是我表姐。"帕斯卡古拉的声音穿透机器的隆隆声传来。她压低了声音,可这次语气里丝毫不见小心翼翼的架势。

"我……这我倒不知道。"

"我们很亲,她每隔一周都要来我家看看我。她跟我说了你

272

在做的那件事。"她眯起眼睛,我以为她要让我离她表姐远远的。

"我……我们不会用真名。她说了吧?我不想让任何人有麻烦。"

"她周六跟我说,她想来帮你。她给艾比琳打了电话,但没打通。我应该早点告诉你,但是……"她又往门口瞟了一眼。

我愣住了。"她说了吗?她愿意吗?"我站起身来。虽然明白不该这么做,但我还是忍不住脱口而出,"帕斯卡古拉,你……想不想也来说说你的故事?"

她直直地盯着我看了好一会儿。"你是说,跟你说说……给你妈妈干活的事吗?"

我们面面相觑,大概不约而同地想到了同一件事:她说得也不自在,我听得也不自在。

"不说妈妈。"我赶紧接道,"说说你其他的工作,你来这里之前做过的。"

"这是我第一次做家庭帮佣。之前我在敬老院负责做饭,后来敬老院搬到弗洛伍德去了。"

"妈妈竟然不介意你没有经验?"

帕斯卡古拉盯着红色的漆布地板,又露出小心翼翼的神色。"没人愿意来给她干活儿,"她说,"自从康斯坦汀那件事之后。"

我小心地把手按在桌上。"那件事……你是怎么看的?"

帕斯卡古拉忽然板起脸,眨了眨眼,显然看穿了我的意图。"我什么也不知道。我只是想告诉你尤尔·梅的话。"她走过去拉开冰箱门,往里探身。

我深深地长出一口气。慢慢来,一次解决一件事。

或许是因为我收到尤尔·梅的回应而心情大好,跟妈妈逛街也不像往常那般难以忍受了。妈妈坐在更衣间的椅子上,看着我试完一圈衣服,最后还是挑了第一件试的蕾蒂德套装,是一条淡蓝色府绸连衣裙,配圆领短外套。我们把衣服留在店里,让他们拆掉镶边。可我没想到妈妈竟然什么衣服也没试。只逛了半个小时,她就喊累了,于是我开车回到朗利弗。妈妈直接回卧室休息了。

到家之后,我往伊丽莎白家打了个电话,心怦怦直跳,可是当伊丽莎白接起电话,我却没有勇气说找艾比琳。自从书包事件让我恐慌了一阵之后,我决定还是小心为上。

所以我等到晚上,希望艾比琳已经回到家。我坐在面粉桶上,手指拨弄着一袋大米。电话一接通,艾比琳马上接了起来。

"她说会来帮我们,艾比琳。尤尔·梅答应了!"

"什么?你什么时候知道的?"

"今天下午。帕斯卡古拉告诉我的。尤尔·梅联系不上你。"

"老天,我家电话之前给掐断了,我这个月手头有点紧。你和尤尔·梅谈过了吗?"

"还没呢,我想还是你先和她说说比较好。"

"奇怪了,今天下午我在利夫特太太家给希莉太太家打电话,可她说尤尔·梅不在她家做了,然后就挂了电话。我四处打听,谁也不知道是怎么回事。"

"希莉赶她走了?"

"不知道。我希望是她自己辞职了。"

"我给希莉打电话问问。老天,但愿她没事。"

"既然我又能打电话了,我再打给尤尔·梅试试。"

我往希莉家打了四次电话,都没人接。最后我给伊丽莎白打了电话,她说希莉今晚到吉布森港去,威廉的爸爸病了。

"她的女佣……发生了什么事吗?"我尽量小心地问。

"这个呀,她倒是提到了尤尔·梅,但马上又说她要来不及了,还得打包装车。"

我整晚都待在后门廊上,准备访谈的问题,也分外紧张,不知道尤尔·梅会说出希莉什么来。虽然我和希莉观念不同,但她仍是我亲密的好朋友。不过这本书终于又有了新进展,这比什么都重要。

夜半时分,我躺在小床上,听着纱窗外蟋蟀鸣唱。我放松了身体,陷在单薄的弹簧床垫里,两脚悬在床边,神经质地晃个不停。几个月来,我终于松了口气。虽然距离十几个女佣还遥遥无期,可至少又多了一个。

第二天,我坐在电视机前看正午新闻。查尔斯·华林正在报道,六十名美军士兵在越南丧生。太令人难过了,六十个人在万里之外、在远离亲友爱人的他乡死去。大概是因为斯图亚特,这种新闻才让我如此心烦意乱,查尔斯·华林却露出诡异的激动神色。

我抽出一根香烟,但又放了回去。我在努力戒烟,可因为今晚的事,我实在太紧张了。妈妈一向对我抽烟这件事唠叨个不休,我也知道该戒烟了,但又觉得抽烟也死不了人。我真想再问问帕斯卡古拉,尤尔·梅还说了什么,可是帕斯卡古拉今早打电话来说她不舒服,要下午才能来。

我听见妈妈在后门廊跟杰姆逊一起做冰淇淋。哪怕在屋前,我也能听见碾碎冰块、压碎盐粒的隆隆声。那声音如此美妙,让我现在就想吃上两口,但冰淇淋要过几个小时才能做好。按理说,一般都是晚上做冰淇淋,没人会在中午十二点最热的时候做。但是妈妈既然决定了要做蜜桃冰淇淋,也就顾不得天气炎热了。

我来到后门廊看着。巨大的银色机器冰冰凉凉,蒙了一层小水珠,震得门廊地板都抖动起来。杰姆逊坐在一个倒扣的桶上,两腿叉开伸在机器两边,手上戴着手套摇着木柄。干冰槽里冒出丝丝白烟。

"帕斯卡古拉来了吗?"妈妈问道,又往机器里倒了些奶油。

"还没。"我说。妈妈满头大汗,把一缕碎头发别到耳后。"我来倒奶油吧,妈妈。你别中暑了。"

"你做不好,必须我来。"她说着把我赶进屋里。

电视上,现在换了罗杰·斯迪克站在杰克逊市邮局门口报道,他脸上带着同战地记者一样愚蠢的笑容。"……这套现代邮政地址系统叫做邮区区分编号,没错,我说的是邮区区分编号,五位数字,要写在信封下方……"

他拿起一封信,指给我们看该把那一串数字写在哪里。一位穿着工装裤、牙齿都掉光了的男人说:"谁会用这么些数字啊,大家还在学着拨电话呢。"

我听见有人关上前门。过了一会儿,帕斯卡古拉走进休息室。

"妈妈在后门廊。"我对她说,但是帕斯卡古拉没笑,甚至没有抬眼看我。她递给我一个小信封。

"她想寄给你,但我说还是我带来给你。"

信封上写着收信人是我,没写寄信人。当然也没有邮区编号。帕斯卡古拉朝后门廊走去。

我拆开信,信是用黑色墨水写在蓝色横格纸上的:

亲爱的斯琪特小姐:

实在抱歉,我没法给你提供故事素材了。虽然我无法参加,但我想亲自向你解释其中原委。如你所知,我曾经给你的一位朋友做过女佣。我不喜欢给她做事,多少次我都想辞职走人,可我不敢,怕她出去放点风声,我就再也找不到工作了。

你或许有所不知,其实我念完了高中,也考上了大学。我本可以读到大学毕业,但还是决定退学结婚。没有拿到大学学位,成了我人生中为数不多的遗憾之一。不过,我生了一对双胞胎儿子,也算值得。十年来,我和丈夫努力存钱,想送他们上陶格鲁学院，可是，尽管我们都拼命工作，还是无法同时攒足两个人的学费。我的两个儿子都同样聪明，一样地想上学。但我们的钱只够供一个人，这时怎么能选择送谁去读大学、让谁去修马路呢？又怎么能对其中一个说，其实你对他俩一视同仁，但还是只能夺走他改变命运的机会？不，绝不能这么做。必须要想办法解决，什么办法都行。

你或许可以将我这封信当作认罪信来读。我偷了那女人的东西。一枚丑陋的红宝石戒指，希望能凑够剩余的学费。她从来也没戴过那枚戒指，而且我觉得就看在自己这些年给她干活受的罪的分上，这也是我应得的。当然了，现在我哪个儿子也没法上大学了。我们几乎倾尽所有才交足法院的罚款。

你诚挚的，

尤尔·梅·克鲁克

女子号监九号

密西西比州立监狱

监狱。我猛地打了个寒战。我抬头想找帕斯卡古拉，但她已经走开了。我想问问她这是什么时候的事，为什么一切发生得这么突然？我还能做点什么？但是帕斯卡古拉过去帮妈妈做事了。我们没法在妈妈身边说这件事。我觉得头晕想吐，便关上了电视。

我脑海中浮现出尤尔·梅坐在牢房里写下这封信的画面。我甚至知道尤尔·梅说的戒指是哪一个——那是希莉的妈妈送给她的十八岁生日礼物。希莉几年前拿去鉴定，发现那上面根本不是红宝石，只是石榴石，不值什么钱，于是再也没戴过。我双手不禁握起了拳头。

外面传来搅动冰淇淋的声音，像骨节嘎吱嘎吱作响。我走进厨房等帕斯卡古拉回来,想再问个清楚。我会跟爸爸说,看看他能不能帮上什么忙,认不认识哪位律师愿意出手相助。

当晚八点,我踏上艾比琳家的台阶。原来的计划是今晚第一次访问尤尔·梅,虽然访谈无望,我还是决定过来。外面风雨交加,我抱着书包,裹紧了雨衣。我一直想给艾比琳打电话谈谈这件事,却始终没能拨出。结果,我躲过妈妈,把帕斯卡古拉拽上楼来问了个仔细。"尤尔·梅的律师不错,"帕斯卡古拉说,"可大家都说大法官的太太跟霍尔布鲁克太太是好朋友,偷东西一般只判六个月,结果霍尔布鲁克太太想办法给弄了个四年。这场官司还没开打,结局就已经定了。"

"我可以问问爸爸,让他找个……白人律师。"

帕斯卡古拉摇摇头说:"那就是个白人律师。"

我敲了敲艾比琳家的门,一阵羞愧涌上心头。尤尔·梅还关在监狱里,我不该只想着自己的问题,但我知道这对于那本书来说意味着什么。女佣们以前已经不敢来帮我们了,今后她们只会更加害怕。

门开了,一位黑人男性站在我面前,牧师领圈白得耀眼。我听见艾比琳的声音:"没关系,牧师。"他犹豫片刻,还是后退一步,让我进屋。

我走进屋里,看见至少有二十个人挤在狭小的客厅和走道里,地板不露一丝缝隙。艾比琳把厨房餐椅都搬出来了,但大多数人还是没地方坐。我看见米妮身穿制服站在角落。我认出露·安妮·坦普尔顿的女佣洛维尼亚站在她身边,但其他人我都不认识了。

"嘿,斯琪特小姐。"艾比琳小声说。她还穿着白色制服和白色工作鞋。

"我要不……"我指了指身后,"过会儿再来。"我小声说道。

艾比琳摇摇头。"尤尔·梅出事了。"

"我知道。"我说。房间里异常安静,只听见有人偶尔咳嗽两声,椅子时不时咯吱作响。小木桌上堆着一摞赞美诗集。

"我今天才知道。"艾比琳说,"她周一被抓,周二就进了牢房。有人说一共只审判了十五分钟。"

"她给我寄了封信,"我说,"说了她儿子的事。帕斯卡古拉转交给我的。"

"她跟你说了学费只差七十五美元吗?她向希莉太太借钱,说今后每周还她一点,可希莉太太不借,还说真正的基督徒不会施舍给有手有脚能干活儿的人,说让那些人自己去想办法,才是真正对他们好。"

老天,我都能想象到希莉说出这通狗屁话时的那副样子。我不敢看艾比琳的脸。

"不过教会的人会凑钱送她两个儿子上大学。"

房间里一片死寂,只有艾比琳和我轻声交谈。"我能做点什么呢?能帮上什么忙吗?钱的方面,或者……"

"不用了,教会已经凑够了律师费,让他一直负责,包括给尤尔·梅申请假释。"艾比琳垂下头。我知道她在为尤尔·梅担心,但恐怕也因为意识到那本书彻底无望了,"等她出狱,两个儿子都快大学毕业了。判了四年,罚款五百美元。"

"太令人难过了,艾比琳。"我说。我环顾了一圈屋里的人,个个都低着头,好像看我一眼就会被烧伤似的。我也低下头去。

"那女人坏透了!"米妮在沙发那头喊道。我一哆嗦,希望她说的不是我。

"希莉·霍尔布鲁克简直就是魔鬼派来祸害人间的!"米妮抬起袖口擦擦鼻子。

"米妮,好了,"牧师说,"我们总能帮她做点什么。"我望着那一张张憔悴的面孔,想知道他说的"什么"到底是指什么。

房间里又陷入一片死寂,让人难以忍受。空气热腾腾的,有股咖啡烧煳了的味道。尽管我已经渐渐习惯了艾比琳家,此刻还是感觉自己分外格格不入,敌意与内疚让我备受煎熬。

那个秃顶的牧师拿出手帕擦了擦眼睛。"艾比琳,谢谢你让我们来你家祈祷。"大家骚动起来,庄重地点头互道晚安,纷纷拿起手提包,戴上帽子。牧师打开门,室外潮湿的空气涌了进来。紧跟在他身后的女人一头花白卷发,穿着黑色外套,但是那女人在我面前停住了脚步。我抱着书包站在那里。

她的雨衣敞开了一道缝,露出里面的白色制服。

"斯琪特小姐,"她表情严肃,"我愿意来帮你,对你说说我的故事。"

我扭头望向艾比琳,只见她也扬起眉毛,张大了嘴。我收回目光,可那个女人已经走出门外了。

"我也会来帮你,斯琪特小姐。"又一个高高瘦瘦的女人说,神色同样平静。

"呃,谢……谢。"我说。

"我也是,斯琪特小姐。我也帮你。"一个身披红雨衣的女人快步走过,甚至都没有抬眼看我。

又有一个人说了之后,我开始数人数。五个、六个、七个。我向她们点头致意,除了道谢也说不出别的话来。谢谢,好的,谢谢你们大家。我的担忧终于得以解决,却是以如此苦涩的方式,要尤尔·梅入狱才换来这个结果。

八个、九个、十个、十一个。她们告诉我要来帮忙的时候,全都表情严肃。房间里的人都走光了,只剩下米妮。她站在房间那头的角落里,双臂抱在胸前。等大家都走了,她抬起头,碰上我的目光,但立刻又扭过头去盯着拉得严严实实的棕色窗帘。可我看到了,她的嘴角牵动了一下,那怒火之下还藏着一丝柔情。是米妮让这一切成真。

我们这个小团体里的几位都纷纷出门度假,已经有一个月没在一起打桥牌了。周三,我们在露·安妮·坦普尔顿家碰面,相互拥抱,拍拍后背,互道好久不见。

"露·安妮,你真可怜,这大夏天的还要穿长袖。又是因为湿疹吗?"伊丽莎白问道,露·安妮在这么热的天里还穿了条灰色羊毛裙。

露·安妮低头看着大腿,显然很尴尬。"对,最近又严重了。"

希莉朝我伸出手,我却碰都不想碰她。我后退一步,没有与她拥抱,她似乎也不在意。可后来打牌时,她老是斜着眼打量我。

"你准备怎么办?"伊丽莎白问希莉,"随时欢迎你带孩子们过来,但是……嗯……"桥牌聚会前,希莉把希瑟和威廉放在伊丽莎白家,让艾比琳在我们打牌期间帮忙照顾。但我已经读出伊丽莎白那副假笑想表达的意思:她很崇拜希莉,但她也不喜欢别人借用她的女佣。

"我就知道。自打那女孩第一天来,我就知道她会偷东西。"希莉跟我们说起尤尔·梅的事,她伸出手指比画了个大圈,好让我们知道那颗宝石有多大,那"红宝石"有多贵重。

"我逮住她偷拿过期牛奶,就是从那时候开始的,你懂的,一开始是洗衣粉,后来她们就得寸进尺,开始拿毛巾衣服。不知不觉,就惦记上你的传家宝了,卖了好去买酒喝。谁知道她还拿了什么别的。"

我真想把她那几根挥舞着的手指拧断,但我竭力忍住了,也没出声。让她觉得一切如常,这样对大家都更安全。

打完牌后，我急忙赶回家，为晚上去艾比琳家访谈做准备，家里没人，我放下心来。我飞快地翻了翻帕斯卡古拉帮我记下的电话口信——我的网球搭档佩西；还有西莉亚·福特，我都不认识她。约翰尼·福特的太太为什么会给我打电话？米妮曾让我发誓不要给她回电话，现在我没空想这事。我得赶紧准备访谈。

　　当天晚上六点钟，我坐在艾比琳家的厨房餐桌边。我们拟定了计划，我差不多每晚都过来，直到和所有人都访谈完。每位黑人女佣来两天，敲开艾比琳家后门，然后坐在桌边说出她的故事。不算艾比琳和米妮，已经有十一位女佣同意开口。这样一共就有十三位了，斯坦小姐说至少要有十二个，我们运气不错。访问时，艾比琳就站在厨房里面听着。第一位女佣叫艾莉丝。我没问她姓什么。

　　我向艾莉丝解释，我们这本书计划收集女佣的真实故事，她们给白人家庭干活的真实经历。我递给她一个信封，里面装了四十美元，这是我从莫娜太太专栏稿费、我的生活费，还有妈妈硬塞给我让我上美容院的钱里省下来的，我从没去过美容院。

　　"这书很有可能出版不了。"我对每个人都这么说，"即使出版了，稿费也没有多少。"我第一次说这话时惭愧地低下头去，也不知道为什么，身为白人，我感觉自己有责任帮助她们。

　　"艾比琳已经解释清楚了。"有几个人说，"我来帮你们不是为了钱。"

　　她们私下已经决定好，绝不能向我们这群人之外的任何人暴露身份，我又向她们重申一遍，也说明了她们自己、地名以及她们服务的家庭，在书中都也会使用化名。我倒是希望可以在最后偷偷插进一个问题："对了，你认识康斯坦汀·贝茨吗？"可我知道艾比琳肯定会说那不是个好主意。她们已经够担惊受怕的了。

"那个，尤拉，想撬开她的嘴简直比撬开死蛤蜊的壳还难。"艾比琳每次访谈前都让我做好心理准备，她跟我一样害怕还没开始就把她们吓跑了。"要是她说不出啥来，你也别着急。"

结果，这位"死蛤蜊"尤拉，她没等我解释，甚至还没坐下就开口讲了起来，滔滔不绝，一直讲到十点钟。

"我说想加薪，他们就给我加了。我想买套房子，他们也给我买了。塔克医生亲自到我家来，从我丈夫胳膊里把那颗子弹取了出来，他害怕亨利去黑人医院处理伤口会感染。我给塔克医生还有希西太太干了四十四年，他们都对我很好。我每周五都给希西太太洗头，从没见过那女人自己洗头。"她整晚第一次停下来，一脸寂寞又担忧的神情，"要是我先死了，希西太太该咋洗头呀。"

我不能笑得太殷勤，怕她们心存戒备。艾莉丝、范妮·阿莫斯和薇妮都很害羞，老是低着头，得哄着她们开口。弗洛拉·卢和克莱昂婷则口无遮拦，竹筒倒豆子似的一吐为快，我要拼命打字，还要每隔五分钟就请她们放慢语速、再慢一点。我听到很多又悲伤又苦涩的故事。这点我也料到了。但让人惊喜的是也有好些温情故事。所有人总要在某一刻回头看看艾比琳，仿佛在问，你确定吗？我真的能把这事讲给一位白人小姐听吗？

"艾比琳？要是……这些故事印出来之后，大家发现了我们的真实身份，会怎么样？"害羞的薇妮问，"你觉得他们会怎么对付我们？"

我们三人面面相觑，目光交织成一个三角形。我深吸一口气，准备告诉她，我们已经很小心了。

"我丈夫的表姐……舌头给人割了。前一阵的事。就因为她跟华盛顿的什么人说了三K党的事。你觉得他们会不会也把我们的舌头割了？就因为跟你说了这些？"

我一时语塞。舌头……天哪，我从没想过这样的后果，我以为顶多就是给关进监狱,找个名目判刑、罚钱。"我……我们会非常小心的。"我说,可这话听起来苍白无力。我看着艾比琳,她也一副忧心忡忡的表情。

"不到那时候,我们也没法知道,薇妮。"艾比琳语气温柔,"不过,肯定跟你在新闻上看到的不一样。白人太太不会像男人那样。"

我盯着艾比琳。她从来没对我说过她觉得到底会发生什么。我想换个话题。我们讨论这个也没什么用。

"对,"薇妮摇摇头,"我也觉得不一样,白人太太大概手段更狠。"

"你上哪儿去?"妈妈在休息室喊道。我背着书包,拿上卡车钥匙,继续往门口走。

"去看电影。"我答道。

"你昨晚也是去看电影。尤金娜,过来。"

我往回走了几步,在休息室门口停下。妈妈的溃疡又发作了,晚上她只喝了点鸡汤,我很担心。爸爸一小时前已经上床睡觉去了,可我也没法在这儿陪她。"抱歉,妈妈,我要迟到了。要我买点什么带回来吗?"

"和谁去看什么电影?这个礼拜你几乎每晚都出去。"

"就和……几个女生。我十点回来。你没事吧?"

"我没事,"她叹道,"那你去吧。"

我朝卡车走去,想到妈妈身体抱恙,我还把她独个儿留在家里,心里就愧疚万分。还好斯图亚特最近去得克萨斯了,我估计自己没办法同样面不改色地对他撒谎。他三天前来找我,我们坐在门廊下的秋千上,听着蟋蟀鸣叫。我前一晚写到很晚,已经累得睁不开眼了,可我也不想放他走。我把头枕在他的大腿上,伸手去摸他脸上的胡子楂。

"你什么时候给我读一读你写的东西?"他问。

"你可以读读莫娜太太专栏。我上周写了篇对付霉菌的大作。"

他笑着摇摇头。"不,我是说我想读读你真正在**思考**的东西。肯定不是家居清洁吧。"

这让我有些疑心,他是不是已经知道了我有事瞒着他。我既害怕他会发现那些故事,却又高兴他竟然对我在想什么感兴趣。

"你准备好了再给我,我不会逼你。"他说。

"也许以后我会给你读的。"我说着,慢慢闭上了眼睛。

"睡吧,宝贝。"他说,把我散落在脸上的头发拂到耳后,"我在这儿再陪你坐一会儿。"

接下来的六天,斯图亚特都不在城里,我就能一心扑在访谈上了。我每晚都去艾比琳家,每晚都像第一晚那么紧张。那些女人有高有矮,肤色不一,有人黑得像沥青,有人只是焦糖般的棕色。我听说,要是皮肤不够黑,还找不到工作呢。越黑越好。访谈有时候有点平淡,她们只是抱怨工资太低、工作太辛苦、小孩子太烦人。但有时候,她们也会讲起白人小孩如何在怀里死去,他们的一双蓝眼睛渐渐黯淡,没了生气。

"她叫奥利维娅,还只是个小婴儿,小手抓着我的手指头,喘不上气来。"范妮·阿莫斯在我们第四次访谈时说,"她妈妈还不在家,去商店买薄荷膏了。只有我和孩子爸爸在家,他不准我放下孩子,让我一直抱着,等医生来。小宝贝就在我怀里慢慢变冷。"

她们对白人太太既有毫不掩饰的恨,也有无法解释的爱。菲·贝尔肤色暗淡,中风过后身体抖个不停,都记不起自己的年纪了。她的故事却像一匹柔软的亚麻布一样缓缓铺开。她记得自己曾和一个白人小女孩躲在旅行箱里,而北方佬士兵正在屋里翻箱倒柜。二十年前,她抱着那个已经垂垂老矣的白人女孩,看着她在自己怀里离世。两人都视对方为终身挚友,发誓说这份友情至死不渝,肤色也不能将她们阻隔。菲·贝尔的房租现在还是那位白人太太的孙子付的。她身体硬朗的时候,偶尔还去他家打扫厨房。

洛维尼亚是我访谈的第五位女佣。她是露·安妮·坦普尔顿的女佣,我在桥牌聚会上见过她。洛维尼亚告诉我,她的孙子罗伯特几个月前误用了白人厕所,被一个白人给打瞎了。我记起在报纸上读到过这件事,洛维尼亚点着头,等我在打字机上敲完这段话。她的声音里听不出一丝愤怒。我一直觉得露·安妮无聊乏味,没怎么注意过她,现在我才知道,那次她给洛维尼亚放了两周的假,工钱照发,让她在家照顾孙子。露·安妮还在那几周里往洛维尼亚家送了七次炖菜。一接到罗伯特出事的电话,她就赶紧开车送洛维尼亚去黑人医院,还在那里陪她等了六个小时,直到手术做完。露·安妮从没跟我们说过这些,我也完全明白她为什么不说。

也有愤怒的故事,白人先生企图侵犯她们。薇妮说她再三被逼迫。克莱昂婷说她反抗时把他的脸都弄出血了,他就再没干过。不过,最让我惊奇的是那种爱意与轻蔑并存的状态。她们带过的白人小孩结婚时,大多数女佣都受邀参加婚礼,前提是她们一定得穿着制服。这些事情我都知道,但是从一个黑人嘴里说出来,还是像第一次听说一样。

　　格雷琴离开后,我们半天说不出话来。

　　"我们继续吧,"艾比琳说,"别算……这一个了。"

　　格雷琴是尤尔·梅的同辈表亲。几周前艾比琳组织大家为尤尔·梅祈祷,她也来参加了,但她是另一个教会的。

　　"我不明白她为什么要来,要是……"我想回家了。我的脖子僵硬,手指微微发抖,既是因为打字疲劳,也是因为听了格雷琴的话。

"真对不住,我根本没想到她会这么做。"

"不是你的错。"我说。我想问问艾比琳,格雷琴说的有多少是真的,可又问不出口。我甚至不敢看艾比琳的脸。

一开始,我照例向格雷琴解释了我们的"规则"。格雷琴靠在椅背上。我以为她在考虑要讲些什么。结果她说:"瞧瞧你,又一个想从黑人身上捞钱的白人小姐罢了。"

我回头瞟了眼艾比琳,不知该如何作答。我没把钱的事情解释清楚吗?艾比琳向前探了探头,好像以为自己听错了。

"你以为真有人会读这玩意儿?"格雷琴笑出了声。她穿着制服裙,很苗条,还涂了口红,跟我和我朋友们涂了一样的粉红色。她很年轻,说起话来四平八稳,字斟句酌,像个白人。我也说不上来为什么,只是觉得这似乎更难办了。

"你访问过的这些黑人女佣,她们都很客气,对吧?"

"对,"我说,"很客气。"

格雷琴直视着我的眼睛。"其实她们恨你。你心里也清楚,对吧?你浑身上下每一点,她们都恨。可你这傻瓜,还以为自己在帮她们呢。"

"你别这样。"我说,"是你自愿要来——"

"你知道白人太太待我最客气的一次是怎么表现的吗?她把一圈面包皮留给了我吃。那些来访谈的黑女人也在耍你呢。她们才不会说真话,小姐。"

"你根本都不知道其他人对我说了些什么。"我说,没想到熊熊怒火腾地一下就烧起来了。

"说出来吧,小姐,我们每次进门,你不都想说那个词吗?黑鬼。"

艾比琳从凳子上站起来。"够了,格雷琴。你给我回家去。"

"你猜怎么着,艾比琳?你也跟她一般蠢。"格雷琴说。

艾比琳指着门口,咬牙切齿地说:"你给我滚出去。"我吓了一跳。

格雷琴走了,但是她扭头隔着纱门恶狠狠地瞅了我一眼,让我不寒而栗。

两天后,我坐在考莉对面。她已经六十七岁了,一头鬓发几近灰白,还穿着制服。她胖得一张椅子都坐不下。我还在为格雷琴的话而紧张不安。

考莉搅了搅茶,我等着她。艾比琳的厨房角落里,一个装满了衣服的购物袋放在地板上,最上面搭着条白色裤子。艾比琳家总是整整齐齐的。不知道她为什么还放着那袋衣服没处理。

考莉慢慢开口了,我开始打字,心里庆幸她说话慢。她的目光定格在我身后,好像那里有个电影荧幕,正放映着她讲述的画面似的。

"我在玛格丽特太太家做了三十八年。她女儿出生不久就得了腹绞痛,只有抱起来的时候才不疼。我就做了个背带,把她绑在我身上,就这么整天背着她,背了整整一年。背那孩子几乎把我的后背给压断了。现在每天晚上还要冰敷呢。可是我真爱那个小孩呀,我也喜欢玛格丽特太太。"

她喝了口茶,我也正好敲完最后一句话。我抬起头,她又继续说。

"玛格丽特太太总让我用块布把头发包起来,说她知道黑人都不洗头。我擦完银器之后,她都要一件件数清楚。三十年后,玛格丽特太太得妇科病死了,我去参加了她的葬礼。她丈夫抱着我,伏在我肩头痛哭。葬礼结束后,他交给我一个信封,里面是玛格丽特太太写给我的信,上面写着:'谢谢你。让我的小宝贝免受腹痛。我永远也不会忘记。'"

考莉摘下黑框眼镜,揉了揉眼睛。

"要是有白人太太读了我的故事,我想让她们明白,当你想起别人为你做过的事,然后真诚地道谢,"她摇摇头,盯着斑驳掉漆的桌子,"是多么美好。"

考莉抬头看着我,但我没法直视她的眼睛。

"给我一分钟。"我说着,把手按在额头上,忍不住想起了康斯坦汀。我从没感谢过她,没有正式感谢过。我也从没想过这样的机会再也不会有了。

"你还好吧,斯琪特小姐?"艾比琳问道。

"我……没事。"我说,"继续吧。"

考莉又讲起了另一个故事。她身后的厨房台面上放着一个肖尔牌的黄色鞋盒,里面堆满了信封。除了格雷琴,其他十个女佣都说把钱留给尤尔·梅的孩子上大学。

第二十章

费伦一家紧张地站在州议员惠特沃斯家门口的红砖台阶上。他家的房子坐落于市中心北街,白色立柱支撑着这栋高大的建筑,屋外点缀着一丛丛杜鹃花。一块金色牌匾标明这栋房子是历史文物。门前的煤气灯已经点上,尽管下午六点的阳光依然充沛。

"妈妈,"我小声说,尽管已经提醒过很多次了,"千万、千万别忘了我们说好的事。"

"我说了我不会提到的,亲爱的。"她伸手摸摸撑起发型的发夹,"时机合适我才提。"

我穿着新买的浅蓝色连衣裙和配套的短外套。爸爸套上了参加葬礼才穿的黑色西装,皮带扎得有点紧了,既不舒服,又显土气。妈妈穿了一身简单的白色裙装,像身着祖传婚纱的乡下新娘。我忽然觉得我们三人是不是都穿得太隆重了,于是愈发焦虑起来。妈妈要是再提起我那个丑姑娘基金的事,我们就更像好不容易进了城的乡巴佬了。

"爸爸,把皮带松松吧,裤子都给吊高了。"

他皱着眉看看我,又低头看看裤子。我从没指挥过爸爸做什么事。这时门开了。

"晚上好,"一位穿着白色制服的黑人女佣冲我们点头,"他们在等着了。"

我们步入门厅,首先映入眼帘的是一盏晶莹闪亮的水晶吊灯,笼罩在薄纱似的灯光里。我的目光顺着中空的旋转楼梯望上去,仿佛置身于巨大的海螺壳中。

"哎呀,你们好呀。"

我收回四下打量的目光,看见惠特沃斯太太正张开双臂、踩着高跟鞋哒哒地走进门厅。谢天谢地,她也穿了身红色套装,和我的款式类似。她点头的时候,头上泛白的金发纹丝不动。

"你好,惠特沃斯太太。我是夏洛特·布德罗·坎特里尔·费伦。非常感谢你招待我们。"

"不胜荣幸。"她说着和我的父母都握了手,"我是弗朗辛·惠特沃斯。欢迎光临舍下。"

她转向我。"你一定就是尤金娜了。嗯,真高兴终于见到你了。"惠特沃斯太太握住我的手臂,直视着我的眼睛。她的双眼湛蓝美丽,宛如一泓冷水,让她脸上的其他部分都相形见绌。她脚上穿了双缎面高跟鞋,跟我差不多高。

"真高兴见到你。"我说,"斯图亚特经常向我提起你和惠特沃斯议员。"

她笑了,手顺着我的手臂滑下,戒指的锐角刮过我的皮肤,我倒吸了口凉气。

"她来了!"惠特沃斯太太身后,一位高大健壮的男士朝我慢慢走来。他把我拉过去使劲拥抱了一下,又迅速松手。"我一个月前就跟小斯图说,让他把这位小姐带回家来坐坐。但老实说,"他放低了声音,"经过上次那一位之后,他还不大放得开。"

我只好站在那儿眨眨眼。"很高兴见到你,先生。"

议员朗声笑了。"我逗你玩儿呢。"他说着又猛地抱了我一下,拍拍我的后背。我微笑着,喘了口气,提醒自己他只有儿子,没有女儿。

他转向妈妈,郑重地欠了欠身,伸出手。

"你好,惠特沃斯议员,"妈妈说,"我是夏洛特。"

"很高兴见到你，夏洛特。叫我史都利好了。我的朋友都这么叫我。"

"议员先生，"爸爸说着，使劲握住了他的手，"非常感谢你反对农业税法案，这可太重要了。"

"该死的。那个毕拉普斯就想拿个法案蹭蹭他的脏鞋，我就跟他说，我说，奇科，密西西比要是没了棉花，老天，可就什么都不剩了。"

他拍了拍爸爸的肩膀，我才注意到爸爸在他身边显得如此矮小。

"都进来吧，"议员说，"我手上没杯酒，都聊不了政治了。"

议员大踏步走出门厅。爸爸跟在后面，我瞥见他鞋跟上沾了一小道泥印，脸上发起烧来。要是在门垫上多蹭一脚也许就蹭掉了，可爸爸还不习惯在周六穿高级的乐福鞋。

妈妈跟在他身后。我又回头最后看了一眼晶莹的吊灯，却看见女佣正站在门口盯着我看。我冲她笑笑，她点点头，随即又点点头，然后低下了头。

哦。我猛然明白，她知道。我紧张得心跳到了嗓子眼儿。想到我这两面派似的生活，我一时僵在那里。她甚至可能上艾比琳家去，对我述说给议员夫妇干活的故事。

"斯图亚特正从施利夫波特开车回来，还在路上，"议员大声说道，"我听说他在那儿谈成了一笔大订单。"

我深吸一口气，尽量不去想那个女佣。我微笑着，假装一切顺利，一切都很好，仿佛我以前也见男友家长见了好多次似的。

我们走进大客厅，房间里装饰着雕花石膏板，摆着绿色天鹅绒沙发，还放满了笨重的大件家具，地板都快看不见了。

"你们喝点什么？"惠特沃斯先生像给小孩分发糖果似的笑着。他的额头宽阔饱满，眉毛又粗又浓，说话的时候就不停扭动。

虽然上了年纪,这位曾经的橄榄球中后卫依然肩膀厚实。

爸爸要了杯咖啡,妈妈和我喝冰茶。议员的笑容顿时泄了气,回头招呼女佣端来这些平庸的饮料,又在房间一角给自己和太太倒了些棕色的饮料。他坐下来,压得天鹅绒沙发一声哀鸣。

"你们家真漂亮。我听说是这次宅邸参观活动的重头戏。"妈妈说。自从她得知要来这里吃饭,就迫不及待地想要说出这句话了。妈妈是我们里奇兰县历史建筑委员会的终身成员,但那里历史建筑不多,她总说,相比起来,杰克逊市的宅邸参观活动才是"高档货"。"那个,你们有没有为了参观活动特意装饰一番?"

议员和惠特沃斯太太对望了一眼。然后惠特沃斯太太笑道:"我们今年退出宅邸参观活动了,有点太……麻烦了。"

"退出?这可是杰克逊市最重要的建筑之一呀。哎呀,我听说当年谢尔曼将军①都夸这房子太美了,没舍得烧。"

惠特沃斯太太只是点点头,不以为然地哼了一声。她比妈妈年轻十岁,看起来却更显老,尤其是现在这副拉长了脸、端着架子的模样。

"你们肯定也觉得有义务,保护历史……"妈妈锲而不舍,我瞟了她一眼,让她别再说了。

房间里安静了片刻,然后议员朗声大笑。"事情有点复杂,"他声音洪亮,"帕特丽夏·范·德凡特的妈妈是委员会主席,所以那个……孩子们的糟心事之后,我们决定还是尽早退出参观活动。"

我瞟了眼门口,盼着斯图亚特能早点到家。这已经是第二次提到她了。惠特沃斯太太使劲瞪了他一眼,示意他闭嘴。

———————————

① 谢尔曼将军(William Tecumseh Sherman,1820—1891),美国南北战争中的北军将领,因火烧亚特兰大而获得"魔鬼将军"的绰号。

"怎么？那你想让我们怎么办,弗朗辛？难道以后再也不提起她吗？为了办婚礼,我们在后院连那个该死的凉亭都搭好了。"

惠特沃斯太太深吸了一口气,我想起斯图亚特告诉过我,议员只知道部分实情,只有他妈妈才对那件事一清二楚。她所知道的肯定不止"糟心事"的程度。

"尤金娜,"惠特沃斯太太笑道,"我知道你想当作家。你喜欢写些什么题材呢?"

我赶紧又挤出个笑容。真是一个好话题接着另一个。"我给《杰克逊日报》写莫娜太太专栏。每个礼拜一刊登。"

"哦,我猜贝西读过,对吧,史都利?等我去厨房的时候问问她。"

"嗯,即使她以前没读过,现在说什么也该读一读了。"议员大笑道。

"斯图亚特说你也在尝试写些严肃题材,具体是哪些呢?"

屋里所有人都齐刷刷地望向我,包括给我端来冰茶的女佣,不是门口站着的那位。我没敢看她的脸,害怕会看出点什么。"我在写……一些……"

"尤金娜在写耶稣基督的故事。"妈妈插嘴道,我想起自己为近来晚上出门所找的借口,说是去"做研究"。

"嗯,"惠特沃斯太太点点头,露出赞许的表情,"这题材确实高尚。"

我努力笑笑,自己的声音也分外做作。"也很……重要。"我偷偷瞟了妈妈一眼,她笑容满面。

有人砰的一声关上前门,震得水晶吊灯热闹地叮当响了一阵。

"抱歉,我来晚了。"斯图亚特大步走进房间,身上的衣服因为长途驾驶而变得皱巴巴的,他套上一件深蓝色西装外套。我们都站起身来,他妈妈朝他伸出双臂,可他却径直往我这边走来,双手搭上我肩头,吻了吻我的脸颊。"抱歉。"他小声说,我呼出一口气,终于放松了一些。我转过身,看见他妈妈仍微笑着,但那笑容仿佛是我刚刚拿了她最好的一条毛巾,还用脏手在上面乱擦一通。

"去拿杯喝的,儿子,然后过来坐。"议员说。斯图亚特拿了饮料,在我身边坐下,牵起我的手不放。

惠特沃斯太太瞟了一眼我们拉着的手,说:"夏洛特,我带你和尤金娜参观一下屋子吧?"

接下来的十五分钟,我跟着妈妈和惠特沃斯太太逛了一间又一间浮夸的房间。前门廊上有个北方佬留下的货真价实的弹孔,子弹还嵌在木头里,妈妈看了,倒吸一口气。南方联盟士兵的家书摆在联邦时期的桌子上,旁边还特意搭配放着古董眼镜和手帕。这房子简直就是座美国南北战争的圣殿,我想问问斯图亚特,在这么一幢什么也不准碰的房子里长大是什么感觉。

三楼摆着一张罗伯特·E.李①睡过的华盖床,引来妈妈啧啧称赞。终于,我们走下一道"秘密"楼梯,我驻足细看走廊上挂着的家庭照片。照片里是婴儿时期的斯图亚特和他的两个兄弟,斯图亚特抱着红皮球,还有穿着受洗袍的斯图亚特被一位穿着白色制服的黑人女性抱在怀里。

妈妈和惠特沃斯太太往大厅走去,我却流连忘返,幼年的斯图亚特脸上有些特别可爱的地方吸引了我。他的脸颊胖嘟嘟的,一双遗传自妈妈的蓝眼睛同现在一样炯炯有神,浅黄色的头发有如蒲公英的色泽。他那时九、十岁的样子,一手提着猎枪,一手拎着鸭子。十五岁时,身边就换成了猎来的鹿。他那时已颇为英俊,还有些粗犷。我暗自祈祷永远别让他看见我青少年时候的照片。

---

① 罗伯特·E.李(Robert Edward Lee,1807—1870),南北战争期间南方联盟军的总司令。

我往前走了几步，看见他的高中毕业照，斯图亚特一身军校制服，神采奕奕。墙正中留了片空白，一块长方形区域的墙纸颜色比周围深了那么一点点。那里有张照片被取下来了。

"爸爸，够了……"我听见斯图亚特的声音干巴巴的。但随即又陷入一片安静。

"晚餐好了。"我听见女佣唤道，便赶忙穿过走廊，回到客厅。我们鱼贯而入，走进餐厅，在一张深色长餐桌边坐定。费伦家坐在一侧，惠特沃斯家坐在另一侧。我和斯图亚特正好坐在对角线位置，被远远隔开。房间四壁的墙板上描绘着南北战争前的祥和场景，快乐的黑奴在地里摘棉花，马拉着车，白胡子的政客站在国会大厦的台阶上。议员还留在客厅，我们等了一会儿。"我马上来，你们先去吃。"我听见冰块碰撞，叮当作响，酒瓶放下来两回，然后他才进来，坐在桌首。

头一道菜是华尔道夫沙拉。斯图亚特每隔一会儿就往我这边看，冲我笑笑。惠特沃斯议员侧过身子，对爸爸说："我可没有背景，你知道。我爸爸在密西西比州杰弗逊县晒花生，一磅十一美分。"

爸爸摇摇头。"杰弗逊县真是穷得叮当响。"

我看着妈妈切下小得不能再小的一块苹果，犹豫片刻，送进嘴里嚼了很久，皱着眉咽了下去。她不让我对斯图亚特父母提她的胃病。相反，她品尝后，对惠特沃斯太太不吝溢美之词，妈妈把这次晚宴看成是赢得那场"我女儿能捕获你儿子吗？"比赛的重要一步。

"年轻人就喜欢黏在一起。"妈妈笑道，"哎呀，斯图亚特差不多每周要来我们家两次。"

"是吗？"惠特沃斯太太说。

"欢迎你和议员什么时候也来我们种植园吃饭，我带你们去果园逛逛?"

我看着妈妈。她喜欢用**种植园**这个老土的词来描述农场,听起来更气派些,而所谓的"果园"也只是一棵结不了果的苹果树,外加一棵生虫的梨树。

但是惠特沃斯太太表情僵硬:"一周两次?斯图亚特,我还不知道你去得这么勤呢。"

斯图亚特举着叉子的手停在半空。他窘迫地看了母亲一眼。

"你们还这么年轻。"惠特沃斯太太笑道,"好好玩一下,也不必急着定下来。"

议员把手肘撑在桌上。"这个女人上次差点就要自己去跟上一位小姐求婚了,她那时可不嫌急。"

"**爸爸**。"斯图亚特咬着牙说,叉子猛地撂在盘子上。

桌上没人说话,只听见妈妈有条不紊地仔细咀嚼着,想把固体食物嚼成糊状。我摸了摸手臂上的戒指划痕,还是红红的。

女佣往我们的盘子里添上烤鸡,又抹上一团蛋黄酱,我们都微笑着,庆幸可以借机打破僵局。我们吃着烤鸡,爸爸和议员谈论起棉花价格和棉子象鼻虫。我看见斯图亚特还在为他爸爸刚才提起帕特丽夏而生气。我每过几秒钟就瞥他一眼,可他的怒气迟迟未消。我怀疑刚才在走廊听见的,就是他们在为此争执。

议员靠在椅背上。"你看了《生活》杂志上的文章了吗?迈德加·埃夫斯之前的那个,叫什么来着——卡尔……罗伯茨?"

我抬起头,惊讶地发现议员是在问我。我不解地眨眨眼,但愿他是因为我在报社工作才问我。"报道上说……他被人动了私刑。就因为说州长……"我停下来,不是因为我忘了他的原话,恰恰是因为我想起了原话。

"**很差劲**,"议员说,又转向爸爸,"**道德观念堪比街头妓女**。"

焦点终于从我身上移开,让我松了口气。我望向斯图亚特,想看看他的反应。我从没问过他在公民权利方面的立场。不过我猜他甚至都没听到刚才的对话。他嘴角的怒气已经变得冷漠而僵硬。

爸爸清了清嗓子。"老实说吧,"他缓缓开口道,"听到那种暴行,真让人厌恶。"爸爸轻轻地放下刀叉,直视着惠特沃斯议员,"我雇了二十五个黑人在地里干活儿,要是有谁胆敢碰他们或他们的家人一下……"爸爸目光坚定,随后垂下眼帘,"有时候,我感到很羞愧,议员。对密西西比州发生的这一切都感到羞愧。"

妈妈瞪大了眼睛看着爸爸。听到这话,我也大吃一惊,更让我震惊的是,他在一位政客的饭桌上说了这番话。在我家里,只要一出现关于种族的话题,报纸就要照片朝下叠好,电视也要换台。我忽然为爸爸感到无比骄傲,因为许多原因。我发誓,有一瞬间我看见妈妈的眼底也闪过一丝骄傲之情,隐藏在她担心爸爸会断送了女儿前途的忧虑之下。我望向斯图亚特,他的脸上也顾虑重重,不过是哪一种顾虑,我就不知道了。

议员眯着眼打量着爸爸。

"我对你说,卡尔顿,"议员开口道,他晃了晃杯子里的冰块,"贝西,请再给我拿一杯来。"他把杯子递给女佣,她很快斟满了端回来。

"这么说我们的州长可不明智。"议员说。

"这我完全同意。"爸爸说。

"但我最近也在问自己,这些话有没有道理呢?"

"**史都利**。"惠特沃斯太太小声喝道,但立刻又笑着挺起腰板,"哎呀,史都利,"她像跟小孩说话似的,"我们的客人可不想掺和你们的政治——"

"弗朗辛,让我说说自己的想法。天知道我每天朝九晚五工作的时候没法说,现在在自己家里,你就让我说说自己的看法吧。"

惠特沃斯太太仍然保持着微笑,但脸上泛起丝丝红晕。她仔细研究起餐桌正中摆着的白色佛劳多拉玫瑰。斯图亚特仍然挂着冰冷的怒容盯着盘子看。自从烤鸡上来之后,他就再也没有看我一眼。大家都没说话,然后有人换了话题,谈起了天气。

晚餐终于吃完了,主人家又请我们上后门廊去,喝点餐后酒和咖啡。斯图亚特和我在走廊里逗留了一会儿,我碰了碰他的胳膊,他却躲开了。

"我就知道他肯定又得喝多了,然后什么事都要批评一通。"

"斯图亚特,没事。"我以为他是指他爸爸的政治观点,"我们都吃得很好。"

可是斯图亚特开始冒汗,像发烧了一样。"整个晚上都帕特丽夏这个、帕特丽夏那个的,"他说,"他到底要说多少次?"

"别想了,斯图亚特,一切都很好。"

他伸手捋捋头发,目光游移,只是不看我。我开始觉得他的心思甚至都没有放在我身上。然后我忽然意识到,自己整晚都有这样的感觉:他眼里看着我,心里却在想着……她。她无处不在。在斯图亚特眼里的怒气中、在议员和惠特沃斯太太的口中、在曾经挂着她的照片的那面墙上。

我告诉他,我想去洗手间。

他带我穿过大厅。"一会儿到后面来找我们。"他说,脸上没有笑容。洗手间里,我看着镜中的自己,告诉自己只是今晚如此。我们一走出这间屋子就会没事了。

我从卫生间出来,经过客厅门口,看见议员又为自己倒了杯酒。他嘿嘿笑着,轻擦衬衫,然后四下瞧瞧,看看有没有人看见他洒了酒。我打算蹑手蹑脚地溜过门口,可还是被他看见了。

"你在这儿啊!"我悄悄经过的时候,听见他冲我大声喊道。我只得慢慢退回到门口,只见他容光满面。"怎么,你迷路啦?"他走出房间,站在走廊上。

"没有,先生,我只是……去找大家。"

"过来,姑娘。"他揽住我,一身波旁酒味熏得我眼睛酸痛。我看见他衬衫前襟都湿透了。"吃得开心吗?"

"很开心,谢谢。"

"唉,斯图亚特他妈妈,你别被她吓到了。她只是想保护儿子而已。"

"哦,没有,她……很好。一切都很好。"我听见众人的声音从走廊那头传来,便往那边望去。

他叹了口气,目光移向别处。"因为斯图亚特这事,这一年来我们都不好过。我想他告诉过你是怎么回事吧。"

我点点头,感觉皮肤像针刺一般。

"哦,那件事可真是糟糕,"他说,"太糟了。"他忽然又笑了,"看哪,看看是谁来问好啦。"他抱起一条瘦弱的白色小狗,把他像条网球毛巾一样搭在胳膊上,"说'你好'呀,迪克西,"他柔声道,"跟尤金娜小姐说'你好'。"小狗挣扎着,拼命扭过头去,不想闻他衬衫上的酒臭味。

议员又扭过头来看着我,眼神空洞。我猜他忘了我为什么会在这里了。

"我正要往后门廊去。"我说。

"来吧,到这儿来。"他拉着我的手肘,领着我推开一扇嵌板门。我走进门后的小房间,里面放着一张笨重的书桌,昏黄的灯光病快快地照在墨绿色的墙上。他关上了门,我立刻感觉到气氛变得不一样了,这亲密的距离让人不安。

"那个,你瞧,人人都说我多喝几杯就说个不停,但是……"议员眯起眼睛盯着我,好像我们已经是熟识已久的同谋似的,"我有些话想对你说。"

小狗放弃了挣扎,被衬衫的味道熏得晕乎乎的。我迫不及待地想要同斯图亚特说话,仿佛我不在他身边的每一秒钟都在失去他。我后退了一步。

"我想……我得去找……"我伸手去够门把手,虽然明白自己这么做肯定是太没礼貌了,但又无法忍受这里的空气,混合了酒精和雪茄的味道。

议员叹了口气,点点头,我握住门把手。"哦,你也一样,唉。"他朝后倚靠在书桌上,看起来像是被击倒了。

我刚想开门,但议员脸上那失落的表情跟斯图亚特第一次来我家门廊上时一模一样。我觉得自己没有选择,只能问道:"我也……怎么,先生?"

议员望了一眼墙上挂着的巨幅画像,画中的惠特沃斯太太冷冷地俯视着办公室,像在发出警告。"我从你眼里都看到了,"他苦笑道,"我还指望你可能会喜欢我这个老人,我是说,要是你能加入这个古老家族的话。"

我看着他,心内一动……加入这个古老家族。

"我没有……不喜欢你,先生。"我说,把身体重心从穿着平底鞋的一只脚换到另一只脚。

"我不是要把我们的麻烦强加到你头上,可是真的不太容易,尤金娜。去年那场混乱之后,我们都担心得要死。因为那一位。"他摇摇头,看着手里的杯子,"斯图亚特从他在杰克逊市的房子里搬出去了,把所有东西都搬到维克斯堡的小屋里去了。"

"我知道他很……不开心。"我说,老实说,我什么也不知道。

"只剩下行尸走肉了。老天,我有时候开车去看他,他就坐在窗户前砸核桃。也不吃,就把壳剥掉,扔到垃圾桶里。也不跟我和

301

他妈妈说话……*有好几个月。*"

这个高大健壮的男人身体瘫了下来,我想逃走,却又想留下安慰他,他看起来这么可怜。他又抬起头,用布满血丝的两眼看着我说:"好像就在十分钟前,我才第一次教他怎么给枪上膛,怎么拧断鸽子的脖子。可是自从那个女孩的事情之后,他就……变了。他什么也不跟我说。我只想知道,我儿子还好吗?"

"我……我想他还好。但老实说,我也……不太清楚。"我扭过头去,心里渐渐明白其实我也不懂斯图亚特。要是这件事给他造成了这么大的伤害,而他却不肯跟我说,那我对他来说又算是什么呢?只是帮他转移注意力吗?只是他留在身边的什么玩意儿,以便不去想那真正的心碎往事?

我看着议员,想说些安慰的话,说些妈妈肯定会说的那种话。可房间里一片死寂。

"要是弗朗辛知道我问了你这些,她肯定会扒了我的皮。"

"没事,先生。"我说,"我不介意。"

此刻,他看起来精疲力竭,只是勉强笑笑。"谢谢,亲爱的。去找我儿子吧。我过会儿去找你们。"

我逃到后门廊,站在斯图亚特身边。几道闪电划破漆黑夜空,花园刹那间给照得白亮得诡异,转瞬又被黑暗吞噬。那凉亭也在光亮中赫然闪现,像个骷髅似的立在花园小路的尽头。饭后的雪莉酒让我有点头晕。

议员出来了,奇怪的是他看上去要比刚才清醒些。他换了件熨得平整的干净格子衬衫,同之前那件一模一样。妈妈和惠特沃斯太太走开了几步,指着几株枝头伸进门廊的珍稀玫瑰。斯图亚特揽着我的肩膀。他的情绪好些了,但我的状态开始变差。

"我们能不能……?"我指了指屋里,斯图亚特跟着我进了屋。

我在走廊的秘密楼梯前停下脚步。

"你有好多故事我都还不知道,斯图亚特。"我说。

他指了指我身后的照片墙,包括空白的那块。"嗯,我的故事都在这儿了。"

"斯图亚特,你爸爸,他告诉我……"我思考着该怎么说。

他眯起眼睛看着我。"告诉你什么了?"

"那件事有多糟糕。对你的打击有多大。"我说,"帕特丽夏那件事。"

"他哪里知道**什么**?他都不知道对方是谁,也不知道是因为什么……"

他靠在墙上,双臂抱在胸前,之前那股怒火又燃上心头,熊熊燃烧,笼罩了他。

"斯图亚特。我不用你现在就把一切都告诉我,但以后我们得谈谈。"我的声音听起来那么笃定,连自己也吃了一惊,其实我心里一点底也没有。

他凝视着我,随即耸了耸肩。"她跟别人睡了。就这事。"

"是你……认识的人吗?"

"没人认识他。他就是条寄生虫,整天在学校里晃荡,逼着老师为了种族融合的法律搞点什么活动。嗯,她倒是搞上了。"

"你是说……他是个民权运动分子?"

"没错。现在你明白了吧。"

"他是……黑人吗?"我想到事情的后果,倒抽一口凉气。即使在我看来,这也太可怕了,简直是场灾难。

"**不**,他不是黑人。他就是个人渣。纽约来的北方佬,电视上不是经常能见到吗?留着长头发,戴着和平标志。"

我搜肠刮肚,想要问个合适的问题,却什么也想不到。

"你知道最糟糕的是什么吗,斯琪特?我其实可以跨过这一关,可以原谅她。她来求我原谅了,说她非常对不起我。可我也知道,万一有人发现了那人是谁,发现惠特沃斯议员的儿媳竟然跟一个该死的北方佬活动家上过床的话,爸爸就毁了,他的事业也就葬送了,就这么轻而易举。"他说着打了个响指。

"但是你爸爸刚才在饭桌上,也说他觉得罗斯·巴奈特有些不对的地方。"

"政治不是这么回事,他自己怎么想不重要。密西西比州怎么想才重要。他今年秋天要竞选美国政府议员,而我恰好不幸知道了这件事。"

"所以你跟她分手,就是为了你父亲?"

"不,我跟她分手是因为她出轨了。"他低头看着自己的双手,我能看出羞耻正一寸寸吞噬着他,"但是我没有复合是因为……我爸爸。"

"斯图亚特,你是不是……还爱着她?"我努力保持微笑地问道,假装只是简单一问,不是什么大事,可我感到全身的血液都往脚底涌去,这个问题让我快要晕倒了。

他的肩膀抵着烫金墙纸往下滑,声音也柔和了下来。

"你永远不要这样。这样撒谎。不能对我,也不能对任何人。"

他不知道我对多少人撒了谎。但这不是重点。"斯图亚特,回答我,你还爱她吗?"

他揉了揉太阳穴,顺势伸手挡在眼睛前面。我觉得他想要遮住眼睛。

"我觉得我们应该暂停一阵了。"他喃喃道。

我条件反射般地朝他伸出手去,可他躲开了。"我需要点时间,斯琪特。还有空间,我猜。我得去工作,钻探石油,然后……让我的头脑清醒一下。"

我感觉到自己慢慢张开了嘴，听见我们的父母在门廊那里轻声呼唤。该走了。

　　我跟在斯图亚特身后走到前门。惠特沃斯一家站在有旋转楼梯的门厅，而费伦家的三个人往门外走去。我的头脑迷迷糊糊地发怔，依稀听见有人说要再一起吃饭，下次去费伦家。我向他们一一告别、道谢，自己的声音听来也很陌生。斯图亚特站在台阶上挥手，冲我微笑，双方父母也都觉得一切如常。

第二十一章

我们站在休息室里,妈妈、爸爸和我,三人齐齐盯着窗户上挂着的那个银匣子,大概有卡车发动机那么大,面上装着几个旋钮,铬合金外壳闪闪发亮,闪烁着现代生活的希望之光。盒子上写着"飞达仕"字样。

"这飞达仕到底是什么?"妈妈问,"哪儿来的?"

"快去把开关拧开,夏洛特。"

"哦,我才不去。这玩意太俗气了。"

"天哪,妈妈,尼尔医生说你得用它。你们往后站。"爸妈瞪着我。他们还不知道在惠特沃斯家吃完晚饭后斯图亚特就跟我分手了,也不知道我有多渴望从这台机器上得到解脱。我每分每秒都觉得酷热难耐,简直要烤焦了,我都快着火了。

我把旋钮转到"1"挡。头上大吊灯的灯光暗了下来。风力像慢慢爬坡般由小变大。我看见妈妈有几缕头发给吹动了。

"哦……天哪。"妈妈说着闭上眼睛。最近她一直很疲惫,溃疡越来越严重了。尼尔医生说让房间凉快些,起码能让她舒服一点。

"还没开到最大呢。"我说着把旋钮调到"2"挡,风更强劲,也更凉爽,我们三人笑着,额头上的汗珠被慢慢吹干了。

"嘿,咱们干脆来个最大的。"爸爸说着又调高到"3"挡,也就是温度最低、风速最大的一挡,这是最美好的设定。妈妈咯咯笑了起来。我们都张着嘴站在房间里,好像能把冷风吃下去一样。灯光又变亮了,呼呼的风声越来越响,我们也笑得更开心,忽然一切戛然而止,屋里一片漆黑。

"怎么……回事?"妈妈问道。

爸爸抬头看了看天花板,走到大厅。

"这该死的玩意儿把保险丝给烧断了。"

妈妈挥着手帕往脖颈间扇风。"哎呀,老天,卡尔顿,赶紧去修呀。"

我听见爸爸和杰姆逊在门廊上走来走去,摆弄开关,工具叮叮咣咣,足足弄了一个小时。修好之后,爸爸又教训了我们一通千万不要再调到"3"挡,不然整栋房子都要给炸了。我和妈妈看着窗户上慢慢蒙上一层冰凉的雾气。她坐在蓝色单人沙发椅上打盹,把绿色毯子拉到胸前。我等她睡着,刚听见她轻柔的鼾声,看见她皱起额头,便蹑手蹑脚地把灯都关了,电视也关了,还把楼下除了冰箱之外的电器插头都拔了。我站在窗前,解开衬衫纽扣,小心翼翼地把旋钮转到"3"。我想麻木自己,想让内心结冰,让这冰冷的空气直接吹上我的心头。

大概三秒钟之后,电闸又跳了。

接下来的两周,我都在埋头整理访谈。我把打字机搬到后门廊,从白天干到晚上。透过纱窗望出去,碧绿的后院和田野都一片朦胧。有时我发现自己盯着远处的田野出神,心思却不在那里,而是飘到旧日杰克逊市的厨房,跟女佣们在一起,她们都穿着白色制服,汗流浃背。我感觉到白人婴儿柔软的身体,他们正躺在我怀里呼吸。妈妈把刚出生的我从医院带回家,康斯坦汀从她手里接过来时的那种心情,我也能感同身受。我让这些黑人的回忆带着我逃离自己眼下悲惨的生活。

"斯琪特,斯图亚特有几周没打电话来了,"妈妈第八次提起这事，"你俩没闹矛盾吧，嗯?"

听到这话时，我正在赶莫娜太太的专栏。我一度可以提前写好三个月的稿子，现在却差点赶不上截稿日期。"没事，妈妈。他也不需要每分钟都打个电话来。"但我的语气变得柔和。妈妈日渐消瘦，那突出的锁骨立刻打消了我因为她那句话而起的烦躁，"他一直都在外面跑，妈妈。"

这话暂时安抚了她，我对伊丽莎白也是这么说的，对希莉说的时候还补充了点细节，我要掐着自己的胳膊，才能忍受她那乏味的笑容。可我不知道该怎么对自己解释。斯图亚特需要点"空间"和"时间"，说得好像我俩之间不是人与人的关系，而是一道物理题。

因此，为了让自己不要时时刻刻都自怨自艾，我埋首工作，打字，流汗。可谁知道心碎竟也如此燥热。妈妈上床躺下后，我就拉来椅子坐在空调底下，就这么盯着它。整个七月，它成了个银色的神龛。我还发现帕斯卡古拉会假装一只手在掸灰，另一只手就冲着送风口撩起辫子。空调倒不算什么新发明了，可城里每间装了空调的商店都在橱窗里摆上标志，或是印在广告上，因为它异常重要。我也给费伦家做了个纸板标志，上面写着"内有空调"，挂在前门把手上。妈妈微笑着，却假装她没有被逗乐。

某天晚上，我难得在家，和爸爸妈妈一起坐在餐桌边吃饭。妈妈小口吞咽着食物。她整个下午都躲着我，不想让我知道她一直在呕吐。她用手指按在眉间，忍住头痛，说："我在想，二十五号怎么样，请他们家过来，会不会太早啦?"我还是没能鼓起勇气告诉她，我和斯图亚特已经分手了。

可我从她脸上看出，今晚她的身体状况很不好。她脸色苍白，却尽量陪我们坐着，我知道她在勉强坚持。我拉起她的手说："我去问问，妈妈。二十五号肯定可以。"她那天头一次露出了笑容。

艾比琳看着她厨房桌上放着的那一摞纸笑了。那摞纸大约两厘米高，每页双倍行距，看着挺像那么回事，能放上书架。艾比琳和我一样精疲力竭，应该比我更累，毕竟她白天还要干一整天的活儿，晚上再来处理访谈的事。

"瞧瞧这个，"她说，"有点书的影子了。"

我点点头，浅浅一笑，可要做的事也还不少。现在快八月了，虽然要到一月才截稿，但我们还有五个访谈有待整理。在艾比琳的帮助下，我删减、修改，五个章节已经定了稿，包括米妮的故事，只需要再润色一遍。好在艾比琳的那一章已经完成，长达二十一页，文辞优美简洁。

我们想了几十个化名，白人黑人都有，有时候，要全部搞清楚还真不太容易。艾比琳的化名是莎拉·罗斯。米妮选了格特鲁德·布莱克，没说是为什么。我自己决定匿名，不过还没有告诉伊莲恩·斯坦。我们的城市将会化名为密西西比州奈斯维尔市，这个城市名纯属虚构，但我们觉得用上真实的州名可能会引起人们兴趣。而且既然密西西比州的情况最糟糕，也不妨一用。

一阵微风吹进窗户，顶上那几页纸微微飘动。我们赶紧压住。

"你觉得……她会想要印出来吗？"艾比琳问，"等我们写好之后？"

我努力对艾比琳笑笑，装作自信满满的样子。"但愿如此，"我尽量乐观地朗声道，"她好像对这个题材还挺感兴趣，而且她……嗯，就快到大游行的日子了……"

我听见自己的声音慢慢减弱。我其实并不知道斯坦女士是否打算印刷出版。但我明白，我要对这个计划负责，从她们勤勤恳恳又饱经风霜的脸上，我看到这些女佣有多希望这本书能够出版。她们确实很害怕，每隔十分钟就要朝后门望望，怕被人发现在和我交谈,怕会像洛维尼亚的孙子一样被人毒打,或者,该死的,像迈德加·埃夫斯那样在自家门口遭人袭击。尽管如此,她们甘愿冒这个风险,这就是最好的证据,证明她们都想目睹这本书出版,而且心情非常迫切。

我也不再因为自己的白人身份而觉得安全了。我开着卡车去艾比琳家时,也经常回头张望。几个月前拦下我的警察让我明白,如今我已经对城里每一户白人家庭都构成了威胁。虽然书里有不少正面故事,赞颂了家庭的纽带以及女性间的团结,可那些负面故事会吸引白人的注意,会让他们血液沸腾、挥舞起拳头。我们一定要严守秘密。

周一晚上的联盟会例会,我故意迟到了五分钟。这是本月以来的第一次例会,希莉前几周去海边度假了,她不敢让会议在没有自己在场的情况下举行。如今她晒黑了,也准备好了继续回来领导大家。她手里举着小木槌,仿佛握着她的武器。坐在我身边的女人们都在抽烟,再把烟灰掸到放在地板上的玻璃烟灰缸里。我咬着指甲,努力压抑烟瘾,我已经六天没抽烟了。

除了手里没烟让我焦虑,周围的面孔也令我战战兢兢。我一眼就看出,屋里有七位小姐太太要么是书里的人物、要么就和书里的人物有关。我想离开,想回去工作,可这闷热难当的例会整整开了两个小时,希莉才终于敲下木槌。到那个时候,连她自己也听自己的声音听烦了。

女孩子们纷纷起身,舒展着身体。有些人朝门外走去,迫不及待地要回到她们的丈夫身边。剩下的人还在磨磨蹭蹭,不愿回到那个女佣下班后厨房里就挤满了孩子的家。我迅速收拾好东西,不想和任何人说话,特别是希莉。

可我没能脱身,伊丽莎白与我对上了目光,招手让我过去。我已经有几周没见她了,必须得去和她聊上几句。我没去看她,心里有些愧疚。她已经有了六个月身孕,这会儿吃了孕期镇静剂,还有些晕乎乎的。她扶着椅背慢慢站了起来。

"你怎么样啊?"我问。除了肚子鼓胀起来,她的身体看起来一切正常,"这次是不是好些了?"

"天哪,没有,太难受了,还得熬三个月呢。"

我们都没说话。伊丽莎白轻轻打了几个嗝,看了看手表,终于拿起包准备离开,却又挽起我的手。"我听说了,"她小声说,"你和斯图亚特的事。真是遗憾。"

我低下头。我意外的不是她知道了这件事,反倒是过了这么久才有人知道。我对谁也没说,应该是斯图亚特说了。今天早上,我还对妈妈撒谎,说惠特沃斯一家二十五号不在城里,就是妈妈计划邀请他们过来的那天。

"真抱歉我没早点告诉你,"我说,"我不喜欢到处说。"

"我明白。哦,该死,我得走了,雷利自己带着梅·莫布丽,估计又要发火了。"她又回头看了希莉一眼,希莉笑着点点头,准许她走了。

我赶紧收拾好笔记,也朝门口走去,可还没出门,就听见她的声音。

"斯琪特,等一下,好吗?"

我叹了口气,转过身来面对希莉。她穿了一条深蓝色水手服裙,五岁小孩才会穿的那种,撑得百褶裙摆像满满拉开的手风琴风箱。房间里只剩下我们两人。

"我们能谈谈吗,小姐?"她举起最新一期通讯报,我已经猜到她想说什么了。

"我得走了。妈妈不太舒服——"

"我五个月前就让你把我的倡议书印出来,现在又过了一个星期,你还是没按我说的办。"

我盯着她,忽然怒火攻心,这几个月来努力隐瞒的一切全数爆发出来。

"我是**不会**刊登倡议书的。"

她一动不动地盯着我。"在选举之前,我要看到倡议书登在通讯报上,"她指着天花板说,"不然我就要通知上面了,小姐。"

"你要是想把我赶出联盟会,我就给纽约的吉纳维芙·冯·哈布斯堡打电话。"我压低了声音说,我碰巧知道吉纳维芙是希莉的榜样。她是全国联盟会有史以来最年轻的主席,可能是这世上唯一能让希莉敬畏三分的人。但希莉没有退缩。

"你对她说什么呢,斯琪特?说你自己没有做好工作?还是说你带着黑人运动的东西到处跑?"

我气极了,冲口而出。"把它还给我,你拿走的东西,那不是你的。"

"我当然得拿走。你根本没有理由带着那种东西到处跑。要是给别人看到了怎么办?"

"你是哪位,凭什么来决定我能带什么,不能带什么——"

"这是我的工作,斯琪特!你跟我一样清楚,要是人们发现联盟会出了一位种族融合分子,今后谁还会买我们的蛋糕!"

"希莉。"我正想听她说到这个,"说起来,蛋糕义卖究竟是在为**谁**筹钱?"

她翻了个白眼。"当然是非洲那些挨饿的、可怜的儿童!"

我等着她自己琢磨出这话里的讽刺意味:她愿意给万里之外的黑人送钱,却不愿意帮助城里的黑人。但我有个更好的主意。"我现在就给吉纳维芙打电话,告诉她你有多虚伪。"

希莉挺直了腰板。有一瞬间,我觉得自己这番话戳中了她的软肋。可她舔舔嘴唇,鼻子一抽,狠狠地冷笑一声。

"哟,怪不得斯图亚特·惠特沃斯把你给甩了。"我咬紧牙关,不让她看出这句话对我的打击。可我的心却像一架慢慢倾斜的天平,所有一切都滑落地面。"把那本法律小册子还给我。"我声音颤抖。

"那就把倡议书印出来。"

我转身走出大门,把书包扔进凯迪拉克,点了支烟。

我到家的时候,看见妈妈的房间已经关了灯,不禁暗自庆幸。我蹑手蹑脚地穿过大厅,来到后门廊,轻轻地关上吱嘎作响的纱门,然后在打字机前坐下。

但我没法打字,只是怔怔地盯着后门廊纱窗上的那些灰色细格纹,盯得久了,觉得自己也从格纹间飘了出去。我的心里仿佛有什么东西爆裂开来。我陷入臆想、陷入疯狂,没听见那该死的微弱的电话铃声,也没听见妈妈在屋里呕吐起来,她的声音从窗外传进来:"我没事,卡尔顿,那阵恶心已经过去了。"我都听在耳朵里,却什么也没听见,只是一片高频率的嗡嗡杂音。

我把手伸进书包,摸出希莉的卫生间计划倡议书。纸张已经被湿气浸透,变得绵软无力。一只飞蛾落在墙角,随即又飞走了,翅膀上的粉末在墙上留下一个咖啡色的印记。

我开始在打字机上一个字母一个字母地慢慢敲出通讯报的内容:莎拉·谢尔比与罗伯特·普莱尔不日成婚;欢迎参加玛丽·凯瑟琳·辛普森的婴儿服装展;联盟会举办招待茶会感谢长期支持者。然后我开始打希莉的倡议书,准备把它放在第二版,就摆在头版照片的背面。大家看完自己在夏日狂欢节的照片之后,肯定都会翻到这一页。我敲着键盘,心里只有一个念头,*康斯坦汀会怎么看我?*

艾比琳

第二十二章

"你今天几岁啦？是个大姑娘啦。"

梅·莫布丽还躺在床上，迷迷糊糊地伸出两根手指说："梅·莫两岁。"

"不——不，我们今天三岁啦！"我又扳出她一根手指，哼起我以前过生日时爸爸唱给我听的歌："三个小兵，出来打听，一个说走，两个说停。"

她现在要睡幼儿床了，婴儿床准备留给新生儿睡。"明年就是四个小兵了，他们在找吃的。"

她皱起了眉头，自打记事开始，她就一直告诉别人梅·莫布丽**两岁**了，可这会儿她又得牢记要改口说梅·莫布丽三岁了。小孩子一般也只会被问两个问题：叫什么名字，几岁了，所以最好还是记清楚些。

"我叫梅·莫布丽，三岁啦。"她重复道，然后匆匆忙忙爬下床，头发乱得像老鼠窝。她婴儿时期头上有块地方不长头发，现在似乎又复发了。通常我都用旁边的头发把那块盖住，但也撑不了几分钟。她头发不多，而且没以前那么卷了，一天下来，总是结成一缕一缕的。她模样不算可爱，我倒是无所谓，但是为了她妈妈，我还是尽量把她打扮得漂亮点。

"到厨房来,"我说,"我给你做顿生日早餐。"

利夫特太太出门做头发去了。这是她唯一的孩子头一回能记住自己的生日,她倒也不在乎是不是应该在家陪着。但至少利夫特太太买了孩子想要的礼物,她把我叫到卧室,指着地板上的一个大盒子。

"她肯定要高兴坏了吧?"利夫特太太说,"这东西会说话,会走路,还会哭呢。"

不出所料,那是个粉色波点的大盒子,正面蒙着玻璃纸,里面躺着个跟梅·莫布丽一般高的娃娃,名叫艾莉森,金发碧眼的,穿着粉色公主裙。每次电视上一播那个广告,梅·莫布丽都要颠颠儿地跑到电视跟前,双手扒在电视机两边,脸凑近了荧幕,目不转睛地看着。利夫特太太低头看着玩具,快要感动哭了。我猜她小时候从没在她那吝啬的母亲手里得到过什么想要的东西。

我在厨房里做了些玉米面糊,没放调料,只在上面放了几颗小棉花糖,又送进烤箱里烤了一会儿,让口感更酥脆些,最后再把草莓对半切开,放在顶上装饰。玉米粥就是这样,想吃什么都可以往里加。

我从家里带来三根粉色小蜡烛,怕折断了,还包上了蜡纸。我从包里取出蜡烛点上,端着玉米粥走到她的儿童高脚椅旁,把碗放在屋子正中的白漆布桌子上。

我说:"生日快乐,梅·莫布丽两岁了!"

她咯咯笑着,说:"我叫梅·莫布丽,三岁了!"

"没错!吹蜡烛吧,小姑娘。别让蜡烛油滴到玉米粥里了。"

她盯着闪烁的小火苗,笑了。

"吹吧,小姑娘。"

她一口气吹灭了蜡烛，把蜡烛上沾着的玉米粥都舔干净，然后吃起早餐来。过了一会儿，她笑着抬起头，看着我说："你多大啦？"

"艾比琳五十三岁啦。"

她瞪大了眼睛，就跟我已经一千岁了似的。

"你也有……生日吗？"

"有呀。"我笑了，"虽然不想，可我也有生日。我的生日就在下周。"真不敢相信我都要五十四岁了。时间都去哪儿了？

"那你有小宝宝吗？"她问。

我笑道："我有十七个呢。"

她还数不到十七，但也知道那是个大数字。

"可以站满这整个厨房了。"我说。

她棕色的眼睛瞪得又大又圆。"在哪儿呢？"

"在城里好多地方。我照顾过的所有孩子。"

"他们怎么不来跟我玩？"

"因为他们都长大了呀。好些人都有自己的宝宝了。"

老天，她可真是给搞糊涂了。她扳着指头，想要数清楚似的。最后我说："你也是其中一个。照顾过的孩子，我都当作是自己的宝宝。"

她点点头，叉起手臂抱在胸前。

我开始洗碗。晚上的生日聚会只有家人参加，我还得做个蛋糕。我要先做个带草莓糖霜的草莓蛋糕，要是让梅·莫布丽来选的话，她愿意顿顿都吃草莓。然后我还得做第二个。

"我们做个巧克力蛋糕吧。"利夫特太太昨天说。她怀孕七个月了，爱吃巧克力。

我上周就做好了计划，买齐了材料。这件事太重要了，提前一天才准备可不行。"唔嗯。草莓蛋糕怎么样？梅·莫布丽最喜欢草莓,你知道的。"

"哦,不,她想吃巧克力。我今天去商店,把材料都买来。"

巧克力个鬼! 可没办法,我只能两个都做。至少梅·莫布丽能吹两回蜡烛。

我把玉米粥的碗碟收拾干净,给她倒了点葡萄汁喝。她把旧洋娃娃带进厨房,那个娃娃叫克劳蒂娅,头发是画上去的,眼睛能闭上,掉在地上的时候就会可怜地哀鸣一声。

"这是你的宝宝。"我说,她点点头,拍了拍娃娃的后背,像在帮它打出嗝来。

然后她说:"艾比,你才是我妈妈。"她甚至都没抬头看我一眼,像谈论天气一样自然地脱口而出。

我在她身边蹲下。"你妈妈做头发去了。小姑娘,你知道谁是你妈妈呀。"

可她摇摇头,抱起娃娃。"我是你的宝宝。"她说。

"梅·莫布丽,我说我有十七个宝宝,那是开玩笑呢,不是真的,我自己只有一个孩子。"

"我知道。"她说,"我才是你的宝宝。其他那些是假的。"

我之前也遇到过小孩子搞不清楚状况。约翰·格林·达德利第一次开口叫"妈妈"时,是看着我叫的。但不久之后,他管谁都叫"妈妈",管自己叫妈妈,管他爸爸也叫妈妈。这么叫了很长一段时间。谁也没觉得有什么问题。不过,当他开始穿起姐姐的朱尔·泰勒牌短裙、喷上香奈儿五号香水的时候,我们都有点担心了。

我在达德利家干了足足六年,太久了。爸爸把他拖到车库,拿胶皮管子抽他,想把他身体里的那个女孩给赶走,直打得我都看不下去了。我回家后就把特里罗尔紧紧拥在怀里,紧得他都快喘不上气来。我们刚开始写那些故事的时候,斯琪特小姐问我当女佣这么些年最可怕的一天是哪天,我告诉她是见到死胎的那天。其实不是。最可怕的是1941到1947年间的每一天,我躲在纱门背后,等着他爸爸放下胶皮管。我多希望自己当时能告诉约翰·格林·达德利,哪怕他喜欢男孩,他也不是什么怪物,也不会下地狱。我多希望自己当时能在他耳边多说些温柔的好话,就像我现在对梅·莫布丽说的那些。可我没有,我只是坐在厨房里,等着一会儿给他身上被打伤的地方涂上药膏。

这时我听见利夫特太太把车开进了车库。我有点紧张,要是利夫特太太听到了这番关于"妈妈"的对话,不知道她会怎么做。梅·莫布丽也紧张起来,胳膊像小鸡翅膀似的上下挥舞。"嘘!别说!"她说,"她要打我屁股。"

看来她已经跟她妈妈说过类似的话了。利夫特太太显然很不喜欢。

利夫特太太顶着新发型走进屋里,梅·莫布丽连声招呼也没打,就跑回了房间,好像怕她妈妈能听见她脑中的想法似的。

梅·莫布丽的生日派对一切顺利,至少利夫特太太第二天是这么跟我说的。周五早上,我看见巧克力蛋糕还剩下四分之三,摆在厨房台面上。草莓蛋糕都吃完了。那天下午,斯琪特小姐来给利夫特太太送些文件。利夫特太太刚摇摇摆摆地走进卫生间,斯琪特小姐就溜进了厨房。

"我们今晚还继续吗?"我问。

"继续。我会来的。"自从斯图亚特先生和她分手以来,斯琪特小姐就不怎么笑了。我经常听见希莉太太和利夫特太太说这事。

斯琪特小姐从冰箱里拿了瓶可乐,低声说:"今晚我们要做完薇妮的访问,周末我开始整理。不过再下次要到下周四了,我答应妈妈周一要开车带她去纳奇兹,去办些'美国革命妇女会'的事。"斯琪特小姐微微眯起了眼睛,她思考重要事情的时候就会这样,"我离开三天,没事吧?"

"没事,"我说,"您得休息下。"

她往餐厅走去,却又回过头来说:"记住。我周一早上走,离开三天,记住了吗?"

"记住了,小姐。"我说,不明白她为啥非得强调两次。

周一早上还不到八点半,利夫特太太家的电话就震天响。

"利夫特太太——"

"让伊丽莎白来说话!"

我去找利夫特太太。她下了床,头上戴着发卷,穿着睡袍,拖着脚步走进厨房,拿起听筒。希莉太太简直是把电话当成了扩音器一样喊着,每个字我都听得一清二楚。

"你来我家附近了吗?"

"什么?你说什么——?"

"她在通讯报上写了什么马桶。我特意说了可以把旧衣服送到我这里,我可没说——"

"让我先去拿……我的信,我听不懂你在说——"

"等我找到她我一定亲手杀了她。"

那头狠狠地撂下电话。利夫特太太怔怔地盯着听筒站了一会儿,然后在睡袍外面披上件家居服。**"我得过去看看,"**她说着翻找起车钥匙,**"马上回来。"**

她挺着大肚子跑出门去,跌跌撞撞地挤进车里,一踩油门开走了。我低头看着梅·莫布丽,她也抬头看着我。

"别问我,小姑娘。我也不知道。"

我只知道,希莉一家周末去了孟菲斯,今早才开车回来。希莉太太一出门,利夫特太太就总念叨个不停,她去哪儿了,什么时候回来。

"来吧,小姑娘。"过了一会儿,我说,"咱们去散个步,瞅瞅咋回事。"

我们沿着迪瓦恩路走,左转,再左转,来到美特尔路,希莉家就在这条路上。虽然是八月间,可走在这里还算舒服,不太热。鸟儿叽叽喳喳地唱着歌。梅·莫布丽牵着我的手,我们甩着胳膊,自得其乐。今天汽车一辆接一辆地从我们身边驶过,这不太寻常,因为美特尔路是条死胡同。

我们拐过街角,走向希莉家的白色大宅子,然后就看到了。

梅·莫布丽边笑边指:"你看,你看,艾比!"

我这辈子还没见过这种场面,起码有三十多个马桶,就这么丢在希莉家的草坪上。各种颜色、各种形状、各种大小。蓝的、粉的、白的,有些不见了马桶圈,有些没了水箱。老式的,新式的,拉线的,手柄的。有的马桶盖翻开,有的盖着,乍看上去像是一群人在那儿有的说、有的听。

狭窄的马路上车停得越来越多,我们挪到了下水道边。大家都开车过来,围着马路尽头的这块草坪,摇下车窗张望,大笑着说:"看看希莉家""瞧瞧这些东西",就跟是第一次见到马桶似的。

"一、二、三。"梅·莫布丽数了起来,她数到十二,我继续往下数:"二十九、三十、三十一、三十二个马桶啊,小姑娘。"

我们又走近了一些,然后发现不光是院子里堆满了马桶,车道上还并排放着两个,像一对夫妇。前门台阶上也摆了一个,好像在等着希莉太太来开门。

"那个真可笑,还带个——"

小姑娘忽然挣脱了我的手,冲进院子,跑到院子正中一个粉色马桶旁边,掀开盖子。我还没反应过来,她已经脱了裤子,坐在上面哗哗地撒起尿来。我赶紧追上前,有几个人按响了汽车喇叭,有个戴帽子的男人还举起相机拍照。

利夫特太太的车紧挨着希莉太太的车停在车道上,却不见她俩人影。她们这会儿肯定躲在房间里吵吵嚷嚷,商量要怎么处理这场混乱。窗帘都拉得严严实实,一点动静也没有。我暗自希望他们没看到小姑娘在半个杰克逊市的居民面前上了个厕所。该回去了。

回家的路上,小姑娘还不停追问着那些马桶的问题。为啥会在那儿?都是哪儿来的?她能不能去找希瑟一起在马桶草坪上玩?

回到利夫特太太家后,整个上午电话都响个不停。可我没接。我想等它响完,好给米妮打电话。不过利夫特太太走进厨房,砰地关上门,抱起电话叽里呱啦说个没完。听了一会儿,我就把整件事情的来龙去脉拼出来了。

斯琪特小姐把希莉的卫生间宣言登在了通讯报上,就是为什么白人和黑人不能共用一个马桶的那一长串理由。然后,在宣言下面,她又放上了旧衣回收的通知,更确切地说,在她本该放上旧衣回收通知的地方,她却写上了"请将你的旧马桶送到美特尔路228号。屋主不在,请将物品放在门口。"她只是不小心搞错了一个词。我猜她到时候也会这么辩解。

希莉太太可就惨了,眼下暂时没有什么大新闻。越南或是征兵那边都没什么可说的。马丁·路德·金牧师策划的华盛顿大游行也还没有新消息。于是第二天,希莉家院子里堆满了马桶的照片就登上了《杰克逊日报》的头版。不得不说,那张照片真是相当滑稽,要是彩色的就更好了,还可以让读者比较一下那些粉色、蓝色、白色的马桶。他们应该给照片取个名叫"马桶的种族融合"。

新闻标题写着"过来坐坐!"没有正文,只有那张照片,下面一行小字说明:"密西西比州杰克逊市的希莉与威廉·霍尔布鲁克家,今早大有看头。"

而且,不只是杰克逊市,整个美国也都没什么新闻。洛蒂·弗里曼在州长家干活儿,全国各大报纸都能看到,她说《纽约时报》的生活版也刊登了这次事件。每张报纸都附上了说明:"密西西比州杰克逊市的希莉与威廉·霍尔布鲁克家。"

那一周,利夫特太太总是抱着电话讲个不停,一个劲儿地点头,好像在听希莉太太数落。那些马桶可真是让我哭笑不得。与希莉太太为敌,斯琪特小姐冒了很大的风险。她今晚就要从纳奇兹回来了,我希望她能打个电话来。我现在才明白她为什么要离开一阵子。

周四早上,我还是没收到斯琪特小姐的消息。我在客厅架起熨衣板。利夫特太太带着希莉太太一起回到家,在餐厅的桌边坐下。马桶事件之后,我还是第一次见希莉太太过来。我猜她最近不怎么出门。我把电视音量调低,竖起耳朵注意听着。

"就是它,就是我告诉过你的那玩意儿。"希莉手里攥着一本小册子,翻开来,指着那上面一行行的字。利夫特太太直摇头。

"你知道这意味着什么吧?她想改变这些法律。要不然她干吗揣着到处跑?"

"真没想到。"利夫特太太说。

"我没法证明是她把那些马桶丢在我家院子里的。但是这个——"她拈起小册子轻轻拍了一下,"这就是她心怀不轨的确凿证据。这件事我也要告诉斯图亚特·惠特沃斯。"

"可他们已经分手了呀。"

"没错,但他还是需要知道,以免还想着要复合。这是为了惠特沃斯议员的前途着想。"

"但也许真的是弄错了呢,通讯报上,也许她——"

"伊丽莎白。"希莉的双臂高高抱起,"我不是在说马桶这件事。我说的是我们这个伟大的州的法律。这么说吧,你扪心自问,你想不想让梅·莫布丽在英文课上坐在黑人小男孩旁边?"希莉回头瞥了我一眼,我正在熨衣服。她压低了声音,但其实希莉太太从来都不擅长小声说话:"你想让黑人住进咱们社区吗?你过马路的时候他们就来摸你屁股?"

我抬起头,这话对利夫特太太渐渐起了作用。她直起身子,正襟危坐。

"威廉看到她对我们家做的好事,大发脾气,我不能再和她混在一起,玷污了我的名声,起码临近选举前不行。我已经找了简妮·考德维尔来参加桥牌聚会,取代她的位置。"

"你要把她赶出桥牌聚会?"

"当然了。我还想把她赶出联盟会呢。"

"你有那个权力吗?"

"我当然有。但我又决定要让她坐在会议室里,瞧瞧自己究竟做了件怎样的傻事。"希莉点点头,"她必须明白,不能一直这么下去。我是说,跟我们这样是一回事,要是跟别人也这样,那就是另外一回事了,迟早要惹大麻烦的。"

"这话不假。城里的种族主义者可不少。"利夫特太太说。

希莉点着头:"哦,外面这样的人可不少呢。"

过了一会儿,她们起身离开,一起开车走了。我很庆幸自己能有一会儿不用看到她们的脸。

那天中午,利夫特先生竟然破天荒地回家来吃午饭。他在早餐桌前坐下。"艾比琳,给我做点午饭,好吗?"他拿起报纸,打开抖了一下,竖在面前,"我想吃点烤牛肉。"

"好的,先生。"我在桌上摆上餐垫、餐巾、几件银餐具。他又高又瘦,头上只剩周围一圈黑发,中间空空如也,要不了多久就得全秃了。

"你会留下来帮伊丽莎白照顾马上出生的婴儿吗?"他一边看报纸,一边问。通常他连看也不会看我一眼。

"会的,先生。"我说。

"我听说你常常换工作。"

"是的,先生。"我说。这倒是真的。很多女佣一辈子只在一家干活儿,但我不是。小孩长到八九岁,我就离开了,我这么做有我自己的理由。我换了几份工作才明白这一点,"我比较擅长照顾小婴儿。"

"所以你其实没觉得自己是女佣咯? 更像是奶妈、小孩的保姆一类的。"他放下报纸看着我,"那你是个专家,和我一样。"

我什么也没说,只略略点头。

"我只做商业税,不做个人报税。"

我有点紧张。我在这儿干活三年多了,这是他头一次对我说这么多话。

"每次小孩长大要上学了,再找工作肯定不容易吧。"

"还好每次都能找到。"

他没有接话,我便去端烤牛肉。

"像你这样老是换人家,肯定需要老雇主来给你说说好话。"

"是的,先生。"

"我听说你认识斯琪特·费伦,伊丽莎白的老朋友。"

我低着头,以极缓慢的速度一片一片地切着牛肉。我的心跳比平常快了三倍。

"她偶尔向我打听些家政清洁小窍门,为了写专栏。"

"是吗?"利夫特先生说。

"是的,先生。只是问些小窍门。"

"你不准再和那个女人说话了,小窍门也不行,连打招呼也不行,听到了吗?"

"是的,先生。"

"要是我听说你们俩又说上了话,你可就要吃不了兜着走了,明白了吗?"

"是的,先生。"我小声答道,想搞清楚这男人到底都知道了些什么。

利夫特又竖起报纸。"烤肉给我做成三明治吧,加点蛋黄酱,面包别烤过了,我不想吃太干的。"

那天晚上,我和米妮坐在我家厨房桌前。我的双手从下午开始就一直发抖,到现在也没好。

"那个丑八怪白傻子。"米妮愤愤地说。

"我只想知道他到底在想啥。"

后门传来敲门声,我和米妮面面相觑。只有一个人会敲我家后门,其他人都直接推门而入。我开了门,是斯琪特小姐。"米妮也在。"我小声说,还是让她进屋前就知道米妮也在屋里比较好。

她来了,我很高兴。我有太多事想告诉她,都不知道该先说哪一件才好。可是没想到,斯琪特小姐脸上还挂着一抹隐约的笑意。我猜她还没和希莉太太说过话。

"你好,米妮。"她边进屋边说。

米妮望向窗外。"你好,斯琪特小姐。"

我还没来得及开口,斯琪特小姐就坐下说了起来。

"我走开的这几天,有了些想法,艾比琳。我觉得应该把你那章作为第一章。"她从那个俗气的红书包里抽出几张纸,"然后把洛维尼亚的故事和菲·贝尔的故事交换下位置，连续放上三个狗血故事好像不太好。中间部分我们以后再整理。但是米妮，我觉得你的故事肯定要放在最后。"

"斯琪特小姐……我有些话想跟你说。"我说。

米妮和我交换了个眼色。"我先走了。"米妮说着皱起眉头，好像椅子实在硬得坐不下去了似的。她朝门口走去，却在经过斯琪特小姐身边时飞快地拍了一下她的肩膀，眼睛仍直视前方，装作若无其事的样子，然后出门去了。

"你有几天没在城里，斯琪特小姐。"我摸着后脖梗说。

然后我告诉她，希莉太太把小册子带来给利夫特太太看。天知道她还给城里其他什么人看过了。

斯琪特小姐点点头，说："希莉我能对付。这跟你、跟其他女佣，或是这本书都没有关系。"

我又告诉她利夫特先生的话，说他如何明令禁止我再和她讨论清洁专栏。我不想向她提这些事，可她总归会听说，那么还是从我这里听到比较好。

她认真听着，偶尔问几个问题。我说完后，她接道："那个雷利，就会虚张声势。不过我去伊丽莎白家的时候还是得格外小心点了。我不会再进厨房。"我能看出，她还没真正意识到这一切有多严重。她和朋友们之间产生了多大的矛盾，而我们又该有多害怕。我又告诉她，希莉太太准备让她在联盟会的日子不好过，说她已经被踢出了桥牌聚会，还说了希莉太太准备去向斯图亚特先生挑明，以免他还"想着"要复合。

斯琪特小姐扭过头去，想要挤出个笑容。"那些过去的事我反正是不在乎了。"她勉强笑了笑，我的心却像被针扎了似的痛。其实人人都在乎。无论黑人白人，我们内心深处都还在乎。

"我只想……想你先从我这里听说这些事，而不是从城里其他人嘴里听到。"我说，"这样你就可以做好准备，真的要小心一点。"

　　她咬着嘴唇，点点头。"谢谢你，艾比琳。"

第二十三章

夏天像滚烫的柏油铺路机的滚筒一样在身后赶着我们跑。杰克逊市的每个黑人都凑在他们能找到的电视机前,看着马丁·路德·金站在首都,告诉我们:他有一个梦想。我是在教堂地下室看的。我们的约翰逊牧师也上首都参加游行去了,我忍不住在人群里搜寻起他的脸。真不敢相信有那么多人参加了游行——二十五万人,更让人意外的是,其中有六万是白人。

"密西西比州和别处真是截然不同的两个世界。"执事感慨地说,我们都点头附和,这话不假。

时至九月,伯明翰的一间教堂给炸成了碎片,四个黑人小女孩也在爆炸中不幸丧生。我们的脸上刚有了点笑容,又立刻给抹去了。老天,我们痛哭流涕,仿佛生活难以继续。噢,但是生活无论如何都还要继续。

我每次见到斯琪特小姐,她都愈发消瘦,眼神也一次比一次不安。她强颜欢笑,假装失去了所有朋友对她来说也没有那么艰难。

十月的一天,希莉太太坐在利夫特太太家的餐桌边。利夫特太太临近预产期,挺着大肚子,眼神都对不上焦了。与此同时,虽然外面才十五度,希莉太太的脖子上已经绕了圈皮毛围巾。她翘着小指端着茶杯,说:"斯琪特以为自己有多聪明呢,把那些马桶扔在我家院子里。哼,结果歪打正着,我们已经在别人家的车库棚屋里装上三部马桶了。连威廉都说这真是因祸得福。"

我不打算把这话转告斯琪特小姐,不愿让她知道她的抗议反而让对方得了好处。但随后我发现这不用我操心，因为希莉太太又说："我昨晚决定给斯琪特写封感谢信，说她可真是帮了大忙，要不是她，我的倡议计划还开展不了这么快呢。"

利夫特太太近来一直忙着给即将出生的婴儿做衣服，因此我和梅·莫布丽几乎整天待在一起。她长大了，我没法再整天抱着她了，或者是因为我太胖了。我只能经常搂着她。

"给我讲个秘密故事。"她小声说，笑得很开心。她现在总想听秘密故事，就是我自己编出来的那些故事，一见我进屋就缠着我讲。

可这时利夫特太太挎着小包从卧室出来，准备出门。"梅·莫布丽，我要出去一下，来抱抱妈妈。"

梅·莫布丽一动也不动。

利夫特太太一手叉腰，等着她的小宝贝。"去呀，梅·莫布丽。"我小声说，推了推她，然后她走过去紧紧抱住妈妈，可使劲了，可利夫特太太已经在包里翻找起了钥匙，便几下挣脱了。不过，梅·莫布丽跟往常一样似乎没怎么在意，我真不忍心见到这一幕。

"来嘛，艾比，"妈妈走后，梅·莫布丽冲我嚷道，"该给我讲秘密故事了。"

我们都喜欢坐在她的房间，于是又来到那里。我坐上大摇椅，她笑着爬到我身上，还扭了几下。"我想听，想听棕色包装纸。还有礼物。"她兴奋地扭个不停，从我腿上跳下去，又扭了一会儿，直到那兴奋劲儿稍稍平息，才又爬上来。

她最喜欢那个故事，因为上次听我讲的时候，她收到了两份小礼物。我把小猪商店的棕色纸袋拿来，包上糖果之类的小东西，又用科尔药店的白色包装纸也包了点别的。她拆开礼物的时候格外郑重其事，一边听我讲故事，那故事说的是包装纸的颜色不重要，重要的是里面的内容。

"今天我们讲个别的故事。"我说，但我先安静地听了听，确保利夫特太太没有因为忘拿什么东西而折回来。危机解除。

"今天我要讲个外星人的故事。"她喜欢听外星人的故事，最喜欢的电视节目是《火星叔叔马丁》①。我拿出昨晚用锡纸做的天线帽，往我俩头上一戴，她一顶，我一顶。我们俩戴着那玩意儿看起来都挺奇怪。

"有一天，一个聪明的火星人来到地球，要教给地球人一些东西。"我说。

"火星人？他多高？"

"哦，大概一米八七。"

"他全名叫什么？"

"火丁·路德·金。②"

她深吸一口气，把头靠在我肩上。我感觉到她那三岁的小小心脏与我的心脏一起跳动，像只蝴蝶，停在我的白色制服上扇着翅膀。

"这个火星人，金先生，他人很好。长得跟我们一样，鼻子啦、嘴巴啦，都一样，头上也有头发，但就是有人觉得他长得奇奇怪怪，嗯，我想人们有时候真是非常差劲。"

给她讲这些小故事，我可能会惹祸上身，尤其在利夫特先生家里。但是梅·莫布丽知道这是我们的"秘密故事"。

"为什么呀，艾比？为什么大家对他不好？"她问。

---

① 《火星叔叔马丁》(*My Favorite Martian*)是美国1960年代播出的电视剧，马丁叔叔来自火星，头上有可伸缩的金属天线。

② "火丁·路德·金"原文为 Martian Luther King，Martian 意为"火星人"，艾比琳此处显然借用了美国民权领袖马丁·路德·金(Martin Luther King)的名字。

"因为他是绿色的。"

今天早上,利夫特太太家的电话响了两次,我都没接到。第一次响的时候,我正在后院追着没穿衣服的梅·莫布丽,第二次是因为我在车库卫生间上厕所,利夫特太太的预产期已经过了三周了——没错,三周,我没指望她还能跑去接电话,但也没想到她会因为我没来得及接电话而冲我发火。老天,我今早起床时要是能想到就好了。

昨晚,斯琪特小姐和我忙着整理那些故事,一直忙到十一点四十五。我累瘫了,但我们把第八章弄好了,也就是说还剩下四章。截稿日期是一月十号,不知道我们能不能赶上。

今天已经是十月第三周的周三,又轮到利夫特太太主持桥牌聚会。自从斯琪特小姐被赶出去后,如今的聚会不同以往。代替她的是简妮·考德维尔,她管谁都叫"亲爱的",露·安妮太太取代了沃尔特斯太太的位置,大家都客气得很,也很拘谨,两个小时里都只是相互附和,听着也很乏味。

我正在倒冰茶,门铃响了。我赶紧跑去开门,让利夫特太太瞧瞧我才不像她说的那样动作缓慢。

我开了门,脑海里蹦出的第一个词就是"粉红"。我从没见过门外站着的这位太太,但是从我和米妮以前聊天的内容判断,我已经猜到她是谁了,这里没人会把这么大的胸脯塞进这么小号的衣服里。

"你好。"她说着舔了舔涂满口红的嘴唇。她冲我伸出手来,我以为她要递给我什么东西,便伸手去接,谁知她只是怪模怪样地跟我握了握手。

"我是西莉亚·福特,我来找伊丽莎白·利夫特太太。"

我被这满眼的粉红色搞得晕头转向,过了一会儿才明白过来,我可能要有麻烦了。米妮也是。那件事已经过去很久，可那谎言并没有过去。

"我……她……"我想告诉她家里没人，但是桥牌桌就摆在我身后一米五开外的地方。四位太太小姐目瞪口呆地盯着门口，好像屋里进来了一只苍蝇。考德维尔太太小声对希莉太太说了什么。利夫特太太摇摇晃晃地站起来，挤出个笑容。

"你好，西莉亚。"利夫特太太说，"好久不见。"

西莉亚小姐清了清嗓子，放大了嗓门："你好，伊丽莎白。我今天过来是……"她的目光闪过桥牌桌，看见其他几位太太小姐坐在桌边。

"哦，哎呀，我打扰到你们了。我只是……我以后再来。下次。"

"不，不，你有什么事吗?"利夫特太太说。

西莉亚太太深吸一口气，那一瞬间，估计我们都在担心她那条紧身粉色短裙就快要爆炸了。

"我就是来问问能不能给儿童慈善晚会帮点忙。"

利夫特太太僵笑着说："哦，那个嘛，我……"

"我插花插得可好了，我是说，我在糖沟的时候大家都这么说，我的女佣也这么说，哪怕她上一句才说没见过有谁像我这么不会做饭的。"说到这里，她傻笑了一下。听到**女佣**这两个字，我大气都不敢喘一下。然后她又正色道，"或者让我写地址啊、舔邮票什么的都——"

希莉太太从桌边起身，探过头来说："我们真的不需要帮手了，但是欢迎你和约翰尼一起来参加慈善晚会，西莉亚。"

西莉亚太太笑了，露出无比感激的神情。任谁还有颗心的话，都会觉得她那表情令人心碎。

"哦，谢谢，"她说，"我一定去。"

"周五晚上,十一月十五日,在——"

"——罗伯特·E.李饭店,"西莉亚接过话来,"我都知道。"

"那你买几张票。约翰尼也和你一起来,对吗?伊丽莎白,去给她拿几张票。"

"要是有我可以帮忙的地方——"

"不,不。"希莉笑了,"我们都安排好了。"

利夫特太太手里拿着一个信封回来了,她抽出几张票,但是希莉太太从她手里夺过信封。

"既然来都来了,西莉亚,不如也帮你的朋友们买几张票吧?"

西莉亚太太愣了一会儿。"呃,好的。"

"十张怎么样?你、约翰尼,还有八位朋友,你们可以坐满一桌。"

西莉亚太太拼命绷住笑脸,两颊都微微发抖。"两张就够了。"

希莉太太抽出两张票,把信封还给利夫特太太,利夫特太太接过信封,转身走去放回原处。

"等我把支票本拿出来,还好今天带了这老家伙。我跟我的女佣米妮说要进城来买火腿。"

西莉亚太太把支票抵在膝盖上,费劲地写着。我动也不敢动,默默向上帝祈祷希莉太太没听到她刚才那句话。她递过支票,可希莉太太皱着眉头,思考着什么。

"谁?你刚才说你的女佣是谁?"

"米妮·杰克逊。哎呀!该死。"西莉亚太太捂着嘴,"伊丽莎白让我发过誓,绝对不能说是她把米妮推荐给我的,我又说漏嘴了。"

"伊丽莎白……推荐米妮·杰克逊?"

利夫特太太从卧室回到客厅。"艾比琳,她起床了,你去看看。我这背痛得连个指甲剪也拿不起来。"

我赶紧往梅·莫布丽的房间走,但我探头瞅了一眼,梅·莫布丽又睡着了。我又赶快回到餐厅。希莉太太刚刚关上前门。

希莉太太坐下,那脸色就跟吞下了那只刚吃了金丝雀的猫似的。

"艾比琳,"利夫特太太吩咐道,"去把沙拉端来,我们都等着呢。"

我走进厨房。等我再走出来,盛沙拉的盘子在托盘里像牙齿打架似的叮当响。

"……就是那个把你妈妈的银器都偷走了,还……"

"……我还以为城里人人都知道那黑鬼是个小偷……"

"……打死我都不会推荐……"

"……你看到她那身衣服了么? 她以为她……"

"无论如何,我一定要查个清楚。"希莉太太说道。

米　妮

第二十四章

　　我站在厨房水槽边干活,等着西莉亚太太回家,手里攥着的抹布都快给我扯成条了。那个疯女人今早起了床,使劲套上自己最紧身的一件粉色毛衣——她那可不是一般的紧身——然后嚷着:"我去伊丽莎白·利夫特家了。说走就走,趁我还有胆量,米妮。"然后就开着雪佛兰敞篷车走了,裙角还夹在车门里。

　　我紧张得坐立不安,忽然电话响了。艾比琳也心急火燎地话都说不利索,说她担心极了。西莉亚太太不仅告诉那几位太太说米妮·杰克逊在她家干活,而且还说了是利夫特太太"推荐"的我。艾比琳只听到这些。那群叽叽喳喳的母鸡不出五分钟就能发现是怎么回事。

　　那么现在,我只能等着了。等着看看结果:第一,我在这世上最好的朋友会不会因为帮我找到工作而丢了自己的饭碗;第二,希莉太太有没有把那番假话也说给西莉亚太太听,说我是个小偷;以及,第二点五,希莉太太有没有对西莉亚太太说我是怎么报复她的。我对她做的那件大坏事,我一点也不后悔。可希莉太太把自己的女佣亲手送进了监狱,任其自生自灭,我不知道这位太太会怎么对付我。

直到下午四点过十分,比我原定下班时间晚了一个小时,我才看见西莉亚太太的车驶进大门。她晃晃悠悠地往门口走来,好像有话要说的样子。我把裤袜往上拉了拉。

"米妮,你怎么还没走!"她喊道。

"你到利夫特太太家咋样?"我直截了当地问。我实在想知道。

"快走!约翰尼随时可能到家。"她把我往卫生间那边推,我的东西都放在那里。

"我们明天再说。"她说,可这次,我竟然不想下班回家,只想知道希莉太太都说了我什么。听到别人说自己的女佣是个小偷,就好像听说自己孩子的老师是个瘾君子。你可不会费那功夫去调查找证据,而是直接让他们走人。

但是西莉亚太太啥也不肯说,只是一个劲儿催我回家,好把这场戏演到底。这猜谜游戏现在已经乱成了一团麻。约翰尼先生知道我在家里干活儿。西莉亚太太知道约翰尼先生已经知道了我的事,但约翰尼先生不知道西莉亚太太已经知道他知道了。结果,就因为这滑稽的情况,我必须得在四点十分赶紧回家,然后为希莉太太的事担心一整晚。

第二天上班前,艾比琳给我打了个电话。

"我今早给可怜的范妮打了电话,我知道你肯定烦了一晚上。"可怜的范妮是希莉太太新找的女佣。真该叫她傻子范妮,竟然去给希莉太太干活儿,"她听到利夫特太太和希莉太太认定,推荐工作的事是你自己编的,好让西莉亚太太雇你。"

咻。我长出一口气。"没找你麻烦,就太好了。"我说。不过,现在希莉太太该说我既是个小偷又是个骗子了。

"别担心我，"艾比琳说，"你留心别让希莉太太和你家太太说上话。"

我到的时候，西莉亚太太正准备出门去买下个月参加慈善晚宴要穿的裙子。她说想赶在商店一开门就进去。她现在可不像以前怀孕的时候，如今老爱往外跑。

我大步走到后院，把摆在草地上的椅子擦了个遍。停在茶花丛上的小鸟见我过来，生气地叽叽喳喳叫开了，茶花丛摇晃个不停。春天的时候，西莉亚太太总让我弄点花来摆在房间里。但我知道茶花是怎么回事。你摘了一束茶花放在屋里，觉得那花新鲜得好像会动似的，可一旦你低头去闻，就会看见其实你带了一窝叶螨进家门。

树丛后面忽然传来树枝咔嚓折断的声音，接着又是一声。我心中一惊，停下手里的动作。这儿可是荒郊野外，我们就算扯着嗓子喊，几公里内也没人听得见。我侧耳细听，但再没听见什么声响。我安慰自己，八成是以前躲约翰尼先生躲怕了，再不就是因为我昨晚又跟斯琪特小姐一起写了书，才这么疑神疑鬼的。我跟她见完面，精神总要紧张一阵子。

我又回头去擦泳池边的椅子，一路捡起西莉亚太太丢下的电影杂志，还有那个懒鬼扔在那儿的纸巾。屋里电话铃响了。西莉亚太太要在约翰尼先生面前假装我不在这里干活儿，按理说我不该去接电话。但她现在不在，有可能是艾比琳打来告诉我最新情况的。我便进了屋，锁了门。

"西莉亚太太家。"老天，但愿不是西莉亚太太打来的。

"我是希莉·霍尔布鲁克。你是谁？"

我全身的血液"轰"的一声从头顶沉到脚底。足有五秒钟，我感觉自己只是一个流光了血的空壳。

我压低了嗓门，装作别人。"我是多莉娜。西莉亚太太的女佣。"多莉娜？我怎么用上了我妹妹的名字！

"多莉娜。福特太太的女佣不是米妮·杰克逊吗？"

"她……不干了。"

"是吗？那让我跟福特太太说话。"

"她……不在城里。去海边了。要……"我脑筋转得飞快，想要编得更真一点。

"哦，那她什么时候回来？"

"要很——久。"

"嗯，那等她回来，你告诉她我打过电话。希莉·霍尔布鲁克。埃默森3-6-8-4-0。"

"好的，太太。我会告诉她。"才怪。

我两手撑着厨房台面的边沿，等待心跳平复下来。倒不是说希莉太太找不到我，她只要在电话簿上查查迪克街的米妮·杰克逊，就可以找到我的地址。也不是说我不能告诉西莉亚太太实情，告诉她我不是个贼。也许她会相信我呢。可是我干的那件大坏事毁了一切。

四个小时后，西莉亚太太抱了五个大盒子进门，盒子一个叠一个地摞在一起。我帮她把盒子搬进卧室，然后安静地站在门外，想听听她是不是又要像往常那样给联盟会的太太小姐们打电话。不出所料，我听见她拿起听筒，随后又放下了。那傻瓜又在听拨号音了，等着有人打电话来。

虽然已经到了十月第三周，夏天还是跟烘干机一样轰隆隆地散发着热力。西莉亚太太家后院的草地仍旧绿油油一片。橙色大丽花仍旧喝醉了似的冲太阳扬起脸。每天晚上，该死的蚊子也依然出来觅血，我用的吸汗垫一盒涨了三分钱，厨房地板上放着的电扇也坏了。

这个十月的早上，距离希莉太太那通电话又过了三天，我让苏格送孩子们去上学，我自己则提前半小时来上班。高级过滤壶里倒上了咖啡粉，炉子上烧着水。我靠着厨房台面。屋里一片宁静。我盼着这份宁静已经盼了整晚。

富及第牌冰箱又开始嗡嗡作响。我把手放在冰箱上，感受到它的颤动。

"你怎么这么早就来了？米妮。"

我打开冰箱，把头埋在里面。"早上好。"我的声音从保鲜储藏格里传出，脑海里只有一个念头，现在别说。

我摆弄着洋蓟，冰冷的硬刺扎了我的手。我这么弯着腰，感觉头更重了。"我给你和约翰尼先生做点烤肉，再做点……"我的声音越来越尖。

"米妮，怎么回事？"西莉亚太太走到冰箱旁，我都没注意到她。我的脸皱成一团。眉毛上的伤口又崩开流血了，火辣辣地像刀片划过一样刺痛。通常我的伤口没有这么明显。

"亲爱的，快坐下。你摔倒了吗？"她穿了件粉色睡袍，一手叉着腰，"你又被风扇的电线绊倒啦？"

"我没事。"我说着想要转过头去，不让她看见我这个样子。可西莉亚太太跟我一起转了过来，她盯着伤口瞧，就跟从来没见过这么可怕的东西似的。以前有位白人太太对我说过，黑人脸上流血看起来要更红一些。我从口袋里掏出一团棉花，按在脸上。

"没什么，"我说，"我撞在浴缸上了。"

"米妮，你还在流血呢。我觉得你得缝针。我去找尼尔医生来。"她从墙上抓起电话，随即又猛地放回去，"哦，他跟约翰尼一起露营打猎去了。那我给斯迪尔医生打电话吧。"

"西莉亚太太，不用找医生。"

"你得去看看，米妮。"她说着又拿起电话。

非得我把话挑明了吗？我只得从牙缝里挤出一句："那些医生不给黑人看病，西莉亚太太。"

她又挂上了电话。

我转过身去，面朝着水槽，不断告诫自己：*这事跟别人无关，你只管干你的活儿*，可我昨晚一分钟也没睡着。勒罗伊对我吼了一晚上，拎起糖罐子往我头上砸，把我的衣服都扔出门外。我是说，他要是喝了雷鸟酒，那又是另一回事，但是……啊，这份耻辱实在太沉重了，让我几乎站立不稳，要倒在地板上。勒罗伊这次没有喝酒，他这次打我时头脑清醒、心肠冷酷。

"别在这儿待着，西莉亚太太，我要干活儿了。"我说，因为我想自己一个人待会儿。一开始，我以为勒罗伊发现了我和斯琪特小姐的事。他动手打我时，这是我唯一能想到的理由。可那件事他一个字也没提。他打我纯粹就是想找乐子。

"米妮？"西莉亚太太又盯着伤口打量着，"你真是撞在浴缸上了吗？"

我拧开水龙头，只是为了制造点声响。"我说了是就是。满意了吗？"

她怀疑地看了我一眼，伸出手指着我说："好吧，我给你倒杯咖啡，你今天就回家休息吧，好吗？"西莉亚太太走向咖啡过滤壶，倒了两杯咖啡，然后停了下来，回头惊讶地看着我。

"你喝什么样的咖啡，米妮？"

我翻了个白眼。"跟你一样。"

她往两杯咖啡里都放了两块糖，把我的那杯递给我，然后绷紧了下巴站在那儿，望向窗外。我开始洗昨晚的盘子，想让她快点走开。

"那个，"她放低声音说道，"你有什么事都可以和我讲一讲，米妮。"

我继续洗盘子,不由得鼻翼一开一合,喘起了粗气。

"我还住糖沟的时候,也见过一些。其实……"

我抬起头,刚想叫她别多管闲事,就听见西莉亚太太的声音忽然变了调:"我们得报警,米妮。"

我猛地把咖啡杯往桌上一放,咖啡都洒了出来。"你听好了,我绝对不想把警察扯进来——"

她指着后窗。"有人,米妮!就在那儿!"

我扭头顺着她指的方向望去。有个男人——**没穿衣服**——站在茶花丛边。我不敢相信地眨了眨眼。他个头挺高,肤色白得像面粉,是个白人。他背对着我们,大概四五米远。一头棕色长发乱糟糟的,像个流浪汉。从他背后望去,我也能看出他在自慰。

"那是谁?"西莉亚太太轻声问道,"在那儿干吗呢?"

那男人好像听见了我们说话似的,转过身来。我们吓得下巴都掉了。他手里捧着那玩意儿,像拿着一份长条三明治要递给我们。

"哦……**上帝呀**。"西莉亚太太叹道。

他的目光顺着窗户游移,最后落在我身上,从草坪那边投来一道阴郁的目光。我打了个哆嗦。那眼神就好像认识我一样,米妮·杰克逊。他歪着嘴冷笑,仿佛我忍受的每一个糟糕的白天、每一个失眠的夜晚、勒罗伊打我的每一下,都是我自己活该。自作自受,没完没了。

他一手握起拳头,缓缓地打在另一只手的掌心。一下,两下,三下。仿佛他很清楚自己该怎么对付我似的。我眼眶上的神经又突突地跳了起来。

"我们得报警!"西莉亚太太小声说。她瞪大了眼睛望向厨房另一头的电话,却一动也没动。

"他们得花上四十五分钟才能找到这里,"我说,"到那时候他估计已经破门而入了。"

我跑到后门,锁上门,猫着腰从后窗户底下跑过,再冲到前门,也锁上。我踮起脚尖,从后门的方格小窗户望出去。西莉亚太太躲在大窗户边往外偷看。

那个光着身子的男人慢慢朝房子走来。他走上后门台阶,伸手拧了拧门把手,我眼见着把手动了几下,吓得心脏狂跳,都快撞上肋骨了。我听见西莉亚太太打起了电话:"警察局吗?有人闯进我家了!有个男人!没穿衣服,要闯进来——"

一块石头砸破方格小窗的玻璃飞了进来,幸好我及时跳开,只有些碎玻璃飞溅到脸上。我从大窗户望出去,看见那男人后退几步,好像在四下寻找接下来该打破哪里。上帝啊,我暗自祈祷着,*我可不想处理这麻烦,别让我处理这麻烦……*

他又从窗户外盯上了我们。我知道我们不能就这么坐以待毙,等着他闯进来。他只要打破一扇落地窗,就能进来了。

老天,我知道我必须采取行动。我必须走出去,*先下手为强。*

"你往后站,西莉亚太太。"我的声音颤抖着。我去棕熊旁边取来约翰尼先生的猎刀,刀还收在鞘里,可是刀刃太短,只有等他近身时才用得上,于是我又抄起扫把。我往外望望,他就站在院子正中,抬头看着房子,像在盘算着什么。

我打开后门,溜了出去。那男人在院子另一头冲我咧嘴一笑,嘴里只剩下两颗牙。他松开了拳头,开始不紧不慢地轻轻摸着自己。

"锁上门。"我朝身后小声说,"锁好了别开。"我听见咔哒一声。

我把刀塞进制服腰带,扎扎紧,双手握起扫把。

"你给我出去,你这混蛋!"我大声喊道。可那男人一动不动。我上前几步,他也朝我走了几步,我听见自己喃喃祷告,上帝啊,保护我，别让这个没穿衣服的白人伤害我……

"我可有刀！"我喝道，又往前走了几步，他也走近几步。现在我离他只有两米多远了，我大口喘着粗气。两人都瞪着对方。

"哎哟，你这肥黑鬼。"他的声音又尖又怪。他又摸了自己好一会儿。

我深吸一口气，挥舞着扫把冲了上去。嗖！差了一点，没打着他，被他给闪开了。我再挥起扫把向前一捅，那男人径直往屋子后门跑去，西莉亚太太正探头从窗户往外瞧。

"黑鬼打不到我！黑鬼肥得跑不动！"

他三两步跑上台阶，我一慌，以为他要撞门，可他又忽然跳开，开始绕着侧边的院子跑，手里还握着那软塌塌的大型"长条三明治"。

"你给我滚出去！"我追在后面喊着，忽然一阵刺痛，我知道伤口又裂得更大了。

我上气不接下气，从树丛紧追到游泳池。他在泳池边放慢了脚步，我追上前去，冲他屁股使劲砍了下去，咔！扫把杆断了，扫把头飞了出去。

"不疼不疼！"他手捧着那玩意儿，在两腿间抖了抖，挺起膝盖，"要不要来点小鸟馅饼，你这黑鬼？来呀，尝点小鸟馅饼！"

我追着他又回到院子里，可那男人太高又跑得太快，我却越来越慢。我开始胡乱挥舞扫把，不一会儿连跑也跑不动了。我停下来，弯着腰大口喘气，手里的扫把还断了一截。我低头想看看刀——刀不见了。

我刚抬起头，砰！我踉踉跄跄地站不稳，脑内响起尖锐刺耳的耳鸣声。我捂住耳朵，可那声音却越来越大。他一拳砸中了我脸上伤口的那一边。

他又逼近几步，我闭上眼睛，心里知道接下来会发生什么，也知道我该躲开,可我动弹不得。刀去哪儿了?被他拿走了吗?这耳鸣声像场噩梦。

"你给我滚出去,要不我宰了你。"我听见有人说话,声音像闷在锡皮罐子里。我有一边耳朵听不到了,于是睁开了眼睛。竟然是穿着粉色缎面睡袍的西莉亚太太站在那里,手上拎着根拨火棍,又尖又沉。

"白人太太也想来尝尝小鸟馅饼吗?"他冲她摇着阴茎,而她像只猫似的又慢慢挪近了一步。我深吸一口气,那人大笑着跳来蹦去,咬着他那没牙的牙龈。可西莉亚太太只是纹丝不动地站在那儿。

过了几秒钟,他见西莉亚太太动也不动,便皱起眉头,露出失望的表情。她既没有挥舞拨火棍,也没有大喊大叫,眉头都没有皱一下。他又往我这边看过来。"你呢?黑鬼要不要——"

哐!

只见那男人的下巴歪向一边,嘴里涌出鲜血。他摇摇晃晃地转过身,西莉亚太太又冲他另一边脸打下去,像是想帮他恢复平衡似的。

那男人眼神涣散,跌跌撞撞地往前走了几步,然后脸朝下直挺挺地倒下了。

"老天,你……你把他打趴下了……"我说,可我脑海中有个声音,平静得就好像我们只是在喝下午茶似的,那声音问道,**这是真的吗?**这位白人太太真的为了救我打了个白男人吗?还是他把我脑壳打坏了,其实我已经死了,躺在这里……

我努力集中视线,只见西莉亚太太一边吼着,一边举起手里的铁棒,哐啷一声砸在他膝盖窝里。

这不是真的,我敢肯定。实在太奇怪了。

哐啷!她又砸中了他的肩膀,每次都听到"啊"的一声惨叫。

"我——我说,你已经把他打趴下了,西莉亚太太。"我说。可西莉亚太太显然不这么认为。哪怕我耳内轰鸣,也听见了像鸡骨头碎裂一般的声音。我站起身来,努力定睛看着,可别闹出人命。"够了,他已经倒下了,西莉亚太太,"我说,"说不定,他——"我奋力去抢那根拨火棍,"他已经死了。"

我终于抓住了铁棍,她松开手,棍子落在院子地上。西莉亚太太后退几步,往草坪上吐口水。她身上的粉色缎面睡袍也沾上了血迹,贴在腿上。

"他还没死。"西莉亚太太说。

"快了。"我说。

"他下手重不重,米妮?"她问我,却一直低头盯着他,"打伤你了吗?"

我感觉有血顺着太阳穴往下淌,但我知道那是被糖罐子砸中的伤口又裂开了。"没有你对他下手那么重。"我说。

那男人呻吟了一声,我们都跳开了。我从草坪上拾起铁棍和扫把杆,但没有递给她。

他翻了个身,满脸是血,眼睛肿得都睁不开,下巴也被打掉了,可他不知怎么竟然还站了起来,然后走开了,那可怜东西连路都走不稳。他甚至都没有回头看我们一眼。我们就站在原地,目送他跛着脚穿过多刺的黄杨木树丛,消失在树林里。

"他走不了多远。"我说,手里还握着铁棍,"你把他打得够呛。"

"是吗?"她说。

我瞥了她一眼。"就跟乔·路易斯①手里拿了铁棍似的。"

她把一缕金发从脸上拂开,看见我被打了,她那表情好像心疼

---

① 乔·路易斯(Joe Louis),美国拳王。

死了。我忽然想到自己应该感谢她，不过说实话，我也想不出该怎么说。我俩这光景可真是前所未见。

我只说了句："你倒是……挺有自信的。"

"我以前打架很厉害的。"她向黄杨木丛那边望去，用手心抹去汗珠，"你要是十年前见到我……"

她脸上没化妆，也没喷发胶，身上的睡袍像条老土的草原裙。她使劲吸了吸鼻子，我看出来了。我看见她身上十年前那个白人穷女孩的影子。她很强壮，从不会被人吓倒。

西莉亚太太转身回屋，我跟在她身后。我瞅见那把猎刀掉在玫瑰花丛旁边，赶紧捡了起来。老天，要是给那个男人捡到了刀，我俩恐怕都活不了。我在客用卫生间清理了伤口，缠上白色绷带，头痛得厉害。我一出来，就听见西莉亚太太在给麦迪逊县警察局打电话。

我洗了手，想着今天本来已经够糟的了，现在竟然还可以更糟，好像迟早有一天要把这糟糕运气都用完为止。我还是想想眼下怎么办吧。要不今晚就去我姐姐奥克塔维亚家住，让勒罗伊明白我不会再忍下去了。我走进厨房，煮上了豆子。我骗谁呢？我已经清楚知道自己今晚还是得回家。

我听见西莉亚太太挂了电话，随即又像往常那样让人同情地听了听拨号音，确保线路通畅。

那天下午，我做了件坏事。我看见艾比琳正从巴士站往家走，却径直从她身边开车经过，没有停车。艾比琳冲我挥手，可我假装没看见我最好的朋友穿着白得发亮的制服走在马路边。

我一回到家，就拿了包冰块敷在眼睛上。孩子们还没到家，勒罗伊在里屋睡觉。我不知道该怎么面对这一切，怎么面对勒罗伊，怎么对付希莉太太。更别提早上还给一个没穿衣服的男人狠狠揍了一拳。我只能干坐着,盯着油腻腻的黄色墙纸。我怎么连墙壁也弄不干净?

"米妮·杰克逊。你行啊,开车也不捎上老艾比琳一程?"

我叹口气,忍着酸痛扭过头去,让她看看。

"哎呀。"她说。

我又转过头盯着墙壁。

"艾比琳,"我听见自己叹道,"你肯定不信今天都发生了些啥事。"

"到我家来。我给你弄点咖啡。"

出门前,我把那条醒目的绷带解了下来,和冰包一起放进手提包里。对于这里的某些人来说,眼睛上添道疤,别人可能连说也不说一句。但我可是一群好孩子的妈妈,我还有辆带轮子的汽车、有台带冷冻柜的冰箱。我为我的家庭感到骄傲,眼上的伤疤带来的耻辱远比疼痛本身还糟糕。

我跟着艾比琳穿过侧院和后院,一路上躲着汽车和行人走。她明白我的心思,我很感激。

到了她家狭小的厨房,艾比琳煮上咖啡,自己煮了茶。

"所以你怎么打算?"艾比琳问,我知道她是指我的眼睛。我们不会说起我有多大可能会离开勒罗伊。像扔垃圾一样抛家弃子的黑人丈夫一抓一大把,但黑人妻子不会。我们还要考虑到孩子。

"我想过开车去姐姐家。可我没法把孩子也带走,他们得上学。"

"要是为了保护自己的话,孩子们缺几天课也没啥。"

我又把绷带缠上,敷上冰袋,想赶快消肿,以免孩子们今晚看出来。

"你又告诉西莉亚太太你撞在浴缸上了?"

"对,但是她知道是咋回事。"

"怎么？她说啥了？"艾比琳问。

"是她的行动。"然后我告诉艾比琳，今早西莉亚太太是怎么挥着铁棍痛打那个裸体男人。重现了她十年前的英姿。

"那要是个黑人，他早死了。警察肯定要给五十三个州都发全面追捕令。"艾比琳说。

"你别瞧她那么有女人味，蹬着高跟鞋啥的，差点没把他给打死呢。"我说。

艾比琳笑了。"他管那玩意儿叫什么？"

"小鸟馅饼。那惠特菲尔德的老疯子。"我努力忍笑，害怕一笑伤口又要裂开。

"老天，米妮，你遇到的事咋都这么特别。"

"我可就纳了闷了，她对付那疯子绰绰有余，可为啥非要追着希莉太太自找不痛快？"虽然我现在焦头烂额，最没闲工夫担心的就是西莉亚太太的感情受不受伤害，可是讲讲别人的麻烦事似乎也能让我感觉好过一点。

"说得就跟你关心似的。"艾比琳笑道。

"她就是看不到那些界线，看不到我和她之间的界线，也看不到她和希莉之间的界线。"

艾比琳小口啜着茶，没接话。我终于忍不住，看着她。"你咋不说话了？我知道你对这些事都有话要说。"

"你又要说我说教了。"

"说吧，"我说，"我不怕说教。"

"你说的不对。"

"什么不对？"

"你说的那些界线，其实并不存在。"

我对我的朋友摇摇头。"界线咋会不存在呢？你和我一样清楚这些界线都划在哪儿了。"

艾比琳摇摇头。"以前我也这么认为。但现在不了。界线只存在于你我的脑海里。希莉太太这样的人总是想方设法让我们相信确实存在界线。但其实不是这么回事儿。"

"要是越了界,你就得受罚,这不就说明了是有界线的吗?"我说,"我可是没少受罚。"

"好多人还觉得跟丈夫顶嘴也算越界、也该受罚呢。你会遵守这么条界线吗?"

我板起脸,低头瞅着桌子。"你明知我才不会理睬那种界线。"

"因为根本没有这种界线,那只是勒罗伊自己想出来的。黑人和白人之间也没有界线,都是某些人在很久以前编造出来的。穷白人和联盟会太太们之间也是一样。"

想到西莉亚太太本可以躲在门后,却拎着条铁棍冲了出来,我也搞不清楚了。我心里一动。我想让她明白希莉太太到底是个怎么样的人,可又怎么跟这个傻瓜解释清楚呢?

"你是说女佣和主人之间也没啥界线咯?"

艾比琳摇摇头,表示没有。"只不过是不同位置罢了,就像棋盘上的位置。谁给谁工作说明不了什么。"

"那要是我告诉西莉亚太太真相,说希莉看不上她,也不算越界咯?"我端起杯子,努力理解艾比琳的话,可头上的伤口一跳一跳的,总是扰乱我的思绪,"但是等等,要是我告诉她希莉太太排挤她、不让她加入联盟会……那不正说明了其实是有界线的吗?"

艾比琳笑了。她拍拍我的手。"我只是说,善意是没有界线的。"

"哼。"我又把冰包敷在脑门上,"嗯,我还是去跟她说说吧,免得她跑去慈善晚宴,穿得跟个粉红色大傻子似的大出洋相。"

"你今年去吗?"艾比琳问道。

"要是希莉太太想在那里跟西莉亚太太说我的坏话，那我也得在场。而且苏格想为圣诞节多赚点钱。也正好让她学学怎么在宴会上帮忙。"

"我也去。"艾比琳说，"利夫特太太三个月前就问我愿不愿意给拍卖环节做个手指饼干蛋糕。"

"又是那无聊的玩意儿？为啥这些白人太太都这么喜欢手指饼干？比它好吃的蛋糕，我可以做上十几个。"

"她们觉得手指饼干更有欧洲风味。"艾比琳摇摇头，"斯琪特小姐真可怜。我知道她不想去，可希莉太太说要是她不去，就要撤销她的职务。"

我端起艾比琳煮的美味咖啡，一饮而尽，望着夕阳西沉。吹进屋里的风也带了一丝凉意。

"我得走了。"我说，虽然我很想这辈子都躲在艾比琳家舒服的小厨房里，听她给我解释这个世界。我就喜欢艾比琳这点，她可以把这世上无论多复杂的事情都解释得轻巧又简单，能让你装在口袋里带走。

"你要不要带着孩子们来我这儿？"

"不用了。"我摘下绷带，放进手提包，"我想让他看看我，"我盯着空空的咖啡杯，"看看他对自己老婆做的好事。"

"要是他又发脾气了，给我打电话，听到了吗？"

"不用打电话。你在这儿就能听见他尖叫着求饶的声音。"

西莉亚太太家的厨房窗边挂着个温度计，上面的数字在一个小时内就从二十六度降到了十五度、十二度。寒潮终于来了，送来了加拿大、芝加哥，或是其他什么地方的冷空气。我一边剥着香豌豆，一边想着我们此刻呼吸的空气正是芝加哥人两天前呼吸过的。不知怎么，我脑海中忽然蹦出西尔斯-罗巴克公司和"摇摇烤肉粉",我猜想是不是有些伊利诺伊州人两天前也想到它们了。有那么五秒钟,我暂时忘掉了自己那一堆麻烦。

我思考了几天,终于想出个计划,不能说很完美,但至少算是点成果。我知道自己在一旁干等的每一分钟,西莉亚太太都有可能给希莉太太打电话。我已经等了太久,下周她就会在慈善晚宴上遇见希莉太太了。一想到西莉亚太太像见到好朋友似的朝那几位太太奔去,听她们说我坏话时那一脸大浓妆下露出的表情,我就不舒服。今天早上,我看见西莉亚太太床边留了张纸条,列出参加慈善晚宴的准备工作:做指甲;去裤袜店;把燕尾服送到马田干洗店洗完熨好;给希莉太太打电话。

"米妮,这个新出的发色俗不俗气?"

我就这么看着她。

"明天我要去范妮·梅那里重新染一下。"她坐在厨房餐桌边,手里像抓扑克牌似的拿着一把染色发片,"你觉得怎么样? 奶油色还是玛丽莲·梦露色?"

"为啥你不喜欢自己的自然发色呢?"我其实也不知道她的头发本来是什么颜色,但肯定不是她手里卡片上的那种黄铜色或者苍白色。

"我觉得这种奶油色更适合节日气氛,比如假期之类的。你觉得呢?"

"你准备把自个儿的脑袋弄成冷冻黄油火鸡吗?"

西莉亚太太咯咯笑了。她以为我在开玩笑。"哦,给你看看我新买的指甲油。"她在包里翻来翻去,掏出一瓶颜色粉嫩的玩意儿,粉嫩得好像能吃一样。她扭开盖子,往指甲上涂了起来。

"我说,西莉亚太太,你能不能别在饭桌上搞那玩意儿,它不——"

"看,好不好看? 我还找了两条裙子,正好衬这个颜色!"

她一溜烟儿地跑开，笑容满面地举着两条亮粉色长裙回来。这两条曳地长裙上缀满亮片，又开得很高，肩带细得像条铁丝，准得在晚宴上把她给划伤了。

"你喜欢哪条？"西莉亚小姐问。

我指了指 V 领开得没那么低的那条。

"哦，看吧，我本来想选另外那条。听听这走起路来沙沙的声音。"她左右晃了晃那条裙子。

我想象了一下她穿着这条裙子沙沙地走在晚宴上的情景。他们保准会把白人形容浪荡女的那些词儿都安在她身上。而她甚至都发觉不了，只会听见大家在窃窃私语。

"那个，西莉亚太太，"我慢慢开口，好像刚刚才想到一样，"你与其给其他太太打电话，还不如给斯琪特·费伦小姐打一个，我听说她人很好。"

我几天前拜托斯琪特小姐，想请她对西莉亚太太好一点，让她远离其他太太小姐们。以前，我一直不准斯琪特小姐给西莉亚太太回电话。但现在，这是我唯一的选择了。

"我觉得你和斯琪特小姐肯定能相处愉快。"我满脸堆笑地说。

"哦，不行。"西莉亚太太瞪大了眼睛看着我，手里还举着那两条华贵的裙子，"你还不知道吗？联盟会成员都不再搭理斯琪特·费伦了。"

我暗暗握起拳头。"你见过她了？"

"哦，我在范妮·梅那里烫头发时听说的。她们都说她是这城里有史以来的奇耻大辱。说是她把那些马桶丢在希莉·霍尔布鲁克家前院的。你还记得几个月前报纸上登的那张照片吗？"

我紧咬牙关，以免说漏了嘴。"我是问你，你见过她本人没有？"

"嗯,没有。可要是所有人都不喜欢她,那她肯定……嗯,她……"她没说完,好像这句话也触到了她的伤心事。

恶心、厌恶、不敢相信,像火腿卷似的缠绕在一起。我忍住了,没接她的话,转身面向水槽。我使劲擦手,把手都擦疼了。我知道她不聪明,但没想到她还是个伪君子。

"米妮?"西莉亚太太的声音从身后传来。

"太太。"

她的声音不大,但我听出了那话里的屈辱。"她们都没让我进门,就让我像个吸尘器推销员似的站在门外台阶上。"

我转过身,只见她低头盯着地板。

"为什么呀,米妮?"她喃喃道。

我能说啥? 因为你穿的衣服、你的发型,还有你那身小得不能再小的毛衣显出的大胸。我想起艾比琳那番关于界线和善良的论述,也想起艾比琳在利夫特太太家听到的话,说为什么联盟会的太太小姐们都不喜欢她。这大概是我能想到的最不伤人的理由了。

"因为她们知道你第一次怀孕那件事,你怀孕后就嫁给了她们其中一位的男朋友,她们都气坏了。"

"她们知道那事?"

"更别说希莉太太和约翰尼先生以前约会过挺久一段时间。"

她只是眨着眼睛看着我。"约翰尼说他以前和她约会过,但……真的很久吗?"

我耸耸肩,假装不知道,但其实我都清楚。从我八年前给沃尔特斯太太干活开始,希莉太太就整天念叨着她以后要和约翰尼先生结婚。

我说:"我猜他刚认识你那阵,也正是他们分手的时候。"

我指望这下她能明白过来,明白自己的社交生活是毫无指望了,再怎么给联盟会的太太小姐们打电话也无济于事。可西莉亚太太眉头紧锁,好像在解什么数学难题。随后她的脸色舒展开来,似乎想到了解决办法。

"那么希莉……她可能以为自己和约翰尼在一起的时候,是我勾引了约翰尼。"

"很有可能。而且我听说,希莉太太现在还很喜欢他,一直忘不了他。"我以为,任何正常人对于别人惦记着自己的丈夫都会厌恶至极。可我忘了,西莉亚太太不是正常人。

"哦,那怪不得她不喜欢我!"她灿烂一笑,"原来她们讨厌的不是我,而是她们误会我做过的事。"

"什么? 她们讨厌你是因为她们觉得你是个穷鬼白人!"

"嗯,只要我向希莉解释清楚,让她知道我没抢别人男朋友就行了。好吧,我周五晚上在慈善晚宴上看到希莉时就告诉她。"

她想到这个把希莉太太争取过来的办法,笑得就跟刚刚发现了治愈小儿麻痹症的方法似的。

此时此刻,我已无力反驳。

举办慈善晚宴的那个周五,我加了班,把房子里里外外打扫干净,还炸了一盘猪排。我是这么考虑的,我把地板擦得越干净、窗户擦得越亮,我在周一还能保住这个工作的机会也就越大。不过,要是约翰尼先生也有发言权的话,最有效的方法还是往他手里塞上一根我炸的猪排。

他今晚要六点才能回家,所以四点半的时候我又最后擦了一遍厨房台面,然后走进里屋,西莉亚太太已经为晚上准备了四个小时了。我想最后再打扫他们的卧室和浴室,这样约翰尼先生回到家的时候,也还是干干净净的。

"西莉亚太太,这是怎么回事?"瞧瞧这场面,她的裤袜胡乱搭在椅子上,手提包扔在地上,摆出来的首饰足够一家子妓女戴的了,四十五双高跟鞋,还有内衣、外套、束腰裤、胸罩,衣橱上放了瓶半空的白葡萄酒,底下也没垫个杯垫。

我一件一件捡起她那些傻气的丝绸衣服,堆在椅子上,这样至少我还能吸个尘。

"几点了,米妮?"西莉亚太太在浴室里问道,"约翰尼六点回来,你知道的。"

"还不到五点呢,"我说,"不过我一会就走。"我还得去接苏格,然后六点半赶到宴会现场帮忙。

"哦,米妮,我好兴奋。"我听见西莉亚太太的裙子在我身后沙沙作响。"你觉得怎么样?"

我转过身。"哦,老天爷。"我差点让裙子晃瞎了眼,变成了小史提夫·汪达①。那条艳粉红色的裙子上缀满了银色亮片,从她那超大码的胸脯一路闪耀到亮粉色的脚趾。

"西莉亚太太,"我小声说,"还是把自己裹严实点,别不见了东西。"

西莉亚太太把裙子往上拽了拽。"好看不?你肯定没见过这么好看的衣服。我觉得自己像个好莱坞电影明星。"

她眨了眨粘着假睫毛的眼睛,脸上搽了腮红,涂了粉底,妆画得像个假人。头上还顶着一团奶油色的头发,活像顶复活节软帽。裙子开叉开到大腿,一条腿还伸了出来,我扭过头去,尴尬得不忍再看。她浑身上下无处不透着性感:性、性,还是性。

"你在哪儿做的指甲?"

"今天早上在美容院做的。噢,米妮,我紧张死了,肚子都不舒服。"

她拿起酒杯喝了一大口,脚下踩着高跟鞋,有些踉踉跄跄。

① 史提夫·汪达(Little Stevie Wonder),美国盲人歌手、音乐人。

"你今天吃了啥？"

"啥也没吃。紧张得吃不下。这对耳环怎么样？够不够长？晃不晃得起来？"

"把这条裙子脱了，我赶紧给你做些点心。"

"哦，不要，我可不想显肚子。什么也不能吃。"

我朝那个名贵衣橱上放着的酒瓶走去，但是西莉亚太太抢先我一步，把瓶里剩下的酒都倒进杯里，才笑着把空瓶递给我。我捡起她扔在地板上的皮毛大衣。她现在倒是习惯等着女佣来给她收拾了。

我四天前第一眼见到这条裙子，就看出它太风骚——她肯定会选这条低胸款的——可我没想到她把自己塞进裙子里竟然是这么个样子。她前凸后翘，像根抹了黄油的玉米棒。我参加过十二次慈善晚宴，还没见过有几个人把手肘露在外面，更别提这么袒胸露肩的了。

她走进浴室，又往她那花里胡哨的脸蛋上拍了点腮红。

"西莉亚太太，"我闭上眼睛，暗自希望自己知道该怎么说，"今晚你见到希莉太太……"

她对着镜子一笑。"我都计划好了。趁约翰尼去洗手间的时候，我就去告诉她：我和约翰尼在一起的时候，他俩早就已经结束了。"

我叹了口气。"我不是说这个。那个……她可能会说些事情……关于我的。"

"你想让我替你向希莉问好？"她走出浴室说道，"毕竟你在她妈妈家干了那么多年。"

我盯着她那一身亮粉色，她喝了那么多酒，醉得都快成斗鸡眼了。她打了个嗝。照她这状况，现在告诉她也没用。

"不，太太。啥也别跟她说。"我叹道。

她走过来抱了抱我。"今晚见。你也去我真是太高兴了,这样我还能有个说话的人。"

　　"我是去厨房干活儿的,西莉亚太太。"

　　"哦,我那枚小胸针上哪儿去了……"她摇摇晃晃地朝梳妆台走去,把我刚刚收拾好的东西又都拽了出来。

　　还是待在家里吧,傻瓜,我想这么对她说,但我没说。太迟了。现在希莉太太大权在握,对于西莉亚太太来说太迟了,天知道,对我来说也太迟了。

慈善晚宴

第二十五章

住在市中心方圆十里内的居民都将"杰克逊市青年联盟会年度舞会暨慈善晚宴"简称为"慈善晚宴"。每年十一月的某个凉爽夜晚的七点钟,客人们陆续抵达罗伯特·E.李饭店,头一个小时先喝点鸡尾酒。到了八点,休息室通往舞厅的大门将会敞开,厅内窗户上垂下墨绿色天鹅绒装饰,点缀着一束束带浆果的冬青枝。

窗边的长桌上摆着拍卖清单和奖品,东西都是会员和本地商店提供的,今年的拍卖预计筹款六千美元,比去年多出五百美元,善款将捐给"非洲贫穷饥饿儿童"。

正式晚宴九点开始,房间正中的巨大水晶灯下,已经布置好了二十八张圆桌。舞池和乐队设在宴会厅一侧,正对着希莉·霍尔布鲁克将要站上的演讲台。

晚宴结束后,大家还要跳舞。到了那时候,有些丈夫已经喝醉了,而身为联盟会成员的太太们通常还都很清醒。每位会员都主动承担起主人的职责,彼此询问着:"一切都顺利吗?希莉说什么了吗?"大家都知道今晚真正的主人是希莉。

七点整,客人成双入对,由前门鱼贯而入,把毛皮大衣和外套交给穿着灰色长西服的黑人侍者。希莉六点钟就到了,穿了一条深红色塔夫绸长裙,领口设计成褶皱样式,卡在脖子上,身体曲线隐藏在一片片布料之下,紧身长袖遮住整条胳膊。希莉浑身上下只露出了手指和脸。

有些女人会穿上稍微暴露一些的晚礼服,露一露肩膀什么的,但都戴着山羊皮长手套,确保自己只有几厘米的皮肤暴露在外。当然了,每年都有几位客人稍微露出点腿或是乳沟,不过也没人说什么。毕竟那些人都不是会员。

西莉亚·福特和约翰尼七点二十五分才到场,比原定计划迟了些。约翰尼下班回到家,在卧室门口停了下来,眯着眼打量着自己的妻子,手里还拿着公文包。"西莉亚,你不觉得这条裙子有点……嗯……上面开口太大了吗?"

西莉亚把他推进浴室。"噢,约翰尼,你们男人真不懂时尚。快点准备吧。"

约翰尼试都没试,就放弃了要劝西莉亚换身衣服的念头。他们已经晚了。

他们走在波尔医生和太太身后入场,波尔一家往左边走开,约翰尼往右边去了,一时间,只剩下西莉亚独自穿着一身耀眼的亮粉色,站在冬青枝下面。

休息室里的空气仿佛凝固了。男人们正呷着威士忌,忽然望见门口那团粉红色,都不由得停下了手里的动作。他们盯着打量,却看不清,过了一会儿才回过神来,终于明白那竟然是些真材实料——那皮肤、那乳沟,一头金发倒没那么天然;他们脸上逐渐放光,似乎都只有一个念头——总算是……可他们立马感受到妻子的指甲掐进自己的胳膊里,皱起了眉头,太太们也在盯着她看。男人们眼里露出懊悔的神色,对婚姻厌烦起来(她从来不准我找找乐子),回忆起自己的青葱岁月(我那年夏天怎么没去加利福尼亚?),想起自己的初恋(罗珊妮……)。这一切在五秒钟之内像走马灯似的飞速闪现,又随即消失,他们就站在那儿目不转睛地盯着。

威廉·霍尔布鲁克站在自己竞选活动的最大赞助商身边,结果把半杯杜松子酒马丁尼都洒在了赞助商的漆皮鞋上。

"哦,克莱伯恩,请原谅我丈夫这么不小心。"希莉说,"威廉,快拿餐巾来!"可这两个男人谁都没动。老实说,他们都只想在这儿盯着看。

希莉顺着他们痴痴的目光望去,终于看到了西莉亚,脖子上露出的那一小块皮肤绷紧了。

"瞧瞧那胸脯,"一个老头说,"让我看着都忘了自己已经七十五岁了。"

那老头的太太埃莉诺·考斯维尔是联盟会的创始人之一,听到这话皱了皱眉。"胸部,"她一手指着自己的胸部说道,"是留给卧室和喂奶时用的,怎么能暴露在庄重场合下?"

"哟,那你想让她怎么办,埃莉诺?把胸脯丢在家里吗?"

"我想让她遮、起、来。"

西莉亚挽住约翰尼的胳膊,一起走进休息厅。不知是因为多喝了几杯,还是高跟鞋不稳,她脚下有些趔趄。他们四处游走,同其他夫妇寒暄。或者说是约翰尼在聊天,西莉亚只负责微笑。有几次她红了脸,低头看看自己。"约翰尼,你觉不觉得我穿得有点过火了?邀请信上只说了要穿正装,但这些姑娘们都穿得跟上教堂似的。"

约翰尼同情地冲她一笑。他从来不会用"我早提醒过你了"这样的话训斥她,只是轻声说:"你看起来很美。不过你要是觉得冷了,可以把我的外套穿上。"

"我可不能在舞会长裙外面套上男人的外套。"西莉亚朝他翻了个白眼,叹道,"不过还是谢谢啦,亲爱的。"

约翰尼捏了捏她的手,又从吧台给她拿了杯酒,这已经是西莉亚今天的第五杯了,不过约翰尼还不知道。"去交点朋友吧。我马上回来。"他往男厕所走去。

西莉亚一个人站在那儿,拽着裙子领口又往下拉了拉。

"……桶上有个洞,亲爱的丽莎,亲爱的丽莎……"西莉亚轻轻哼起一首传统乡村儿歌,一边用脚打着拍子,一边环顾房间,看看有没有认识的人。她踮起脚尖,隔着人群挥手:"嘿,希莉,哟嗬。"

希莉和她之间还隔着几对夫妇,正和别人说着话,听见有人喊自己,便抬起头。她也笑着挥了挥手,可是一看见西莉亚朝自己走来,却转身走开了。

西莉亚在半路停住脚步,又喝了口酒。她周围的来宾各自围聚成一个个小圈子,笑着谈天,大概都在聊些聚会上通常说笑的话题。

"哦,嘿,茱莉亚。"西莉亚大声喊道。西莉亚和约翰尼刚结婚那阵参加过一些聚会,她们在某次聚会上见过。

茱莉亚·芬威笑着回头看去。

"我是西莉亚啊,西莉亚·福特。你好,哦,你的裙子真好看,在哪儿买的? 朱尔·泰勒吗?"

"不是的,我和沃伦几个月前去了趟新奥尔良……"茱莉亚四处张望,可没找到身边有谁能救场,"你今晚看起来可真……光彩照人。"

西莉亚又凑近了些。"这个嘛,我问了约翰尼,不过男人嘛,你懂的。你觉不觉得我穿得有点过了?"

茱莉亚笑了,却躲闪着西莉亚的视线。"哦,怎么会。你这一身简直完美。"

一位联盟会成员过来捏了捏茉莉亚的胳膊。"茉莉亚,请你过来一下。不好意思。"她们说着走开了,一路交头接耳。西莉亚又落单了。

五分钟后,通往宴会厅的门缓缓打开。客人们都往里走,手里拿着小卡片找到自己的座位,墙边的竞价展桌附近也传来一声声"噢""啊"的惊叹。桌上摆满了银具、手工缝制的婴儿小礼服、棉布手帕、绣着名字首字母的手巾,还有一套德国进口的儿童茶具。

米妮站在宴会厅后方的桌边擦着玻璃杯。"艾比琳,"她小声说道,"她来了。"

艾比琳抬头望去,认出了那个在一个月前敲开利夫特太太家门的女人。"小姐太太们今晚可得看好她们的老公。"

米妮使劲擦着玻璃杯的杯沿。"你要是看见她跟希莉太太说话了,就告诉我。"

"好的。我今天一整天都在全力为你祈祷。"

"看,沃尔特斯太太也来了,这老家伙。还有斯琪特小姐。"

斯琪特穿了条黑色高领长袖天鹅绒长裙,衬出她的金发红唇。她一个人来的,孤零零地站在那儿。她面带厌倦地扫视着房间,视线撞上艾比琳和米妮。三人同时别过脸去。

另一位黑人女佣克拉拉走到她们桌前,拿起一只玻璃杯。"艾比琳,"她低头擦着玻璃杯,小声问道,"就是那位吗?"

"哪位?"

"写黑人女佣故事的那位。她为了啥呀? 为啥对这感兴趣? 我听说她每周都到你家去。"

艾比琳微微低下头。"你听着,我们要为她保密。"

米妮转过头去。她们那群人之外还没人知道米妮也是其中一员。她们只知道艾比琳。

克拉拉点点头。"别担心,我不会对别人说的。"

斯琪特在本子上写下几个字,为通讯报上将要刊登的慈善晚宴报道做笔记。她又四下打量起宴会厅,目光扫过墨绿色窗帘装饰、冬青浆果,每张桌子上都摆着红玫瑰和干玉兰叶组成的插花。然后她看见伊丽莎白就站在不远处,在手袋里翻找着什么。她一个月前才生了孩子,此刻看起来仍十分疲惫。斯琪特看见西莉亚·福特也朝伊丽莎白走来。伊丽莎白抬起头,发现自己身边站着的人,咳嗽了起来,用手捂着喉咙,仿佛在抵挡某种攻击。

"不知道该往哪儿走了吗,伊丽莎白?"斯琪特问道。

"什么?哦,斯琪特,你好啊。"伊丽莎白迅速挤出一个灿烂笑容,"我只是……觉得这里有点热,想呼吸点新鲜空气。"

斯琪特注视着伊丽莎白快步走开,西莉亚·福特穿着那条可怕的裙子沙沙地跟在伊丽莎白身后。**这才是值得写的题材呢**,斯琪特想着,**不是插花,也不是希莉的裙摆上有多少道褶。今年的焦点绝对是西莉亚·福特的时尚灾难**。

过了一会儿,晚宴正式开始,大家都坐回自己的位置。西莉亚、约翰尼和一群住在城外的夫妇坐了一桌,谁和谁都不算真正认识,只是朋友的朋友。斯琪特被安排在几对本地夫妇的桌上,不仅没坐上希莉主席那桌,甚至今年都没能和伊丽莎白秘书长坐在一起。大家有说有笑,称赞着宴会安排,称赞着烤牛排。主菜吃完后,希莉站上讲台,赢来一片掌声,她朝大家笑笑。

"晚上好。衷心感谢各位今晚大驾光临,大家都吃得好吗?"

大家纷纷点头,低声表示赞同。

"宣布结果之前,我想首先感谢为今天成功举行晚宴而辛苦付出的人。"她目不斜视地望着台下观众,扬手指了指左边,二十几位黑人女佣穿着白色制服排成一排,身后是穿着灰色长西服的黑人男侍者。

"让我们为帮佣送上特别的掌声,感谢他们为我们烹饪出这桌上的美味佳肴,为晚宴提供服务,也感谢他们为拍卖制作了甜品。"希莉抽出张卡片,照着读了起来,"他们以自己的方式帮助联盟会实现助养非洲贫困饥饿儿童的目标,我相信这一使命对于他们自己来说也极其重要。"

台下的白人都开始为女佣和侍者鼓掌。有些侍者回以微笑,可很多人只是面无表情地望着台下人群头顶的空气。

"接下来,我想感谢今晚到场的非联盟会成员宾客,感谢他们付出时间,并热心帮助,让我们更易达成目标。"

一阵稀稀拉拉的掌声响起,成员和非成员之间冷冷地点头微笑。真可怜,成员们仿佛都在想,你们这些女孩没资格加入俱乐部,多可惜啊。希莉继续用她那优美又慷慨激昂的声音致意这个、感谢那个。咖啡上来了,男人们喝起咖啡,女人们还都专注地盯着希莉。"……感谢布恩·哈德维尔……以及本·富兰克林杂货店……"她继续念着感谢名单,"当然了,我们也要感谢那位不愿透露姓名的捐赠者,为家庭帮佣卫生计划捐赠了,嗯,那些物资。"

有几位宾客拘谨地笑了几声,但大多数人都扭过头去,想看看斯琪特有没有胆量站出来。

"我希望你别那么害羞,可以站出来接受我们的感谢。要是没有你的帮助,我们绝不可能修建那么多卫生间呢。"

斯琪特直直地盯着讲台,神色平静而坚定。希莉飞快地灿烂一笑。"最后,我要特别感谢我的丈夫威廉·霍尔布鲁克,感谢他牺牲了周末去猎鹿营的机会。"她冲坐在台下的丈夫笑笑,又压低声音加了一句,"别忘了,选民们。霍尔布鲁克在竞选州议员。"

客人们对希莉插播的宣传报以友好微笑。

"你说什么,弗吉尼亚?"希莉把手支在耳边,装作认真听着,然后站直身子,"不,我可没有替他竞选。但是今晚在场的议员们,要是你们处理不好种族隔离学校的事情,别以为我不会亲自上阵啊。"

听到这话,大家笑得更响了。惠特沃斯议员和太太坐在前排笑着点头。斯琪特坐在后排,低头看着自己的大腿。他们在喝鸡尾酒的时候碰过面了。惠特沃斯议员还想再拥抱斯琪特一下,却被他太太拉开。斯图亚特没来。

晚宴及致辞结束后,有人起身去跳舞,男人们往吧台走去。也有人来到拍卖展桌前,拍卖竞价就快截止了。两位奶奶为了那套儿童古董茶具争了起来。据说那曾是皇室用品,用驴车从德国走私出来的,最后流落在了费尔维尔街的木兰古董店。这套茶具的价格立刻从十五美元升到了八十五美元。

约翰尼靠在吧台一角打着哈欠。西莉亚的眉毛拧在一起。"真不敢相信她竟然还提到非成员的帮助,她明明对我说她们今年不需要帮手。"

"嗯,你可以明年再来帮忙。"约翰尼说。

西莉亚瞥见希莉,她们之间只隔了几个人。

"约翰尼,我马上回来。"西莉亚说。

"你回来后我们就走吧。我不想再穿着这件晚礼服了。"

理查德·克罗斯拍了拍约翰尼的后背,他们是同一个猎鸭营的成员。他们说了点什么,一齐大笑起来,目光扫过人群。

这次西莉亚差点就抓住了希莉,可还是让她溜到了讲台后面。西莉亚见状停下脚步,几分钟前希莉站在讲台上那威严的模样,让西莉亚心里更畏惧了几分。

西莉亚一走进女厕所,希莉便朝吧台角落走来。

"哎哟,约翰尼·福特,"希莉说,"你竟然也来了。大家都知道你受不了这样的大型聚会。"她捏了捏约翰尼的手肘。

约翰尼叹道:"你知道猎鹿季节明天就开始了吗?"

希莉咧开涂着红棕色口红的嘴巴冲他一笑。那口红颜色和她的裙子搭配完美,她肯定找了好久。

"大家都对我这么抱怨,我都听烦啦。你少去一天也没什么,约翰尼·福特,你以前也为我这么做过呀。"

约翰尼无奈地翻了个白眼。"西莉亚说什么也不能不来。"

"你那位太太跑哪儿去了?"她问道。希莉的手还搭在约翰尼的手肘窝里,顺势拉他一下,"不会是在路易斯安那州立大学的球场上卖热狗吧?"

约翰尼皱着眉低头看她,可她说的没错,他确实是在那儿遇上西莉亚的。

"哦,我跟你开玩笑呢。我和你约会了那么久,还不能开个玩笑了吗?"

约翰尼还没开口,有人拍了拍希莉的肩膀,她又走开去和另外一对夫妇说笑了。约翰尼看见西莉亚朝他走来,叹了口气。"太好了,"他对理查德说,"我们可以回家了。我还能睡——"他看了看表,"四个小时。"

理查德目不转睛地看着西莉亚朝他们走来。西莉亚在半路停下,弯腰捡起掉在地上的餐巾,胸部风光一览无余。"从希莉到西莉亚,感觉肯定大不相同吧,约翰尼。"

约翰尼摇摇头。"就跟在南极生活了半辈子,忽然有天搬到了夏威夷。"

理查德笑道:"就跟晚上在神学院里睡着,一睁眼却到了密大。"他们都笑了。

然后理查德又压低声音补了一句:"就跟小孩生平头一回吃雪糕似的。"

约翰尼瞪了他一眼。"你说的可是我太太。"

"抱歉,约翰尼,"理查德垂下眼帘说,"无意冒犯。"

西莉亚走过来,脸上露出失望的微笑,叹着气。

"嘿,西莉亚,你好。"理查德说,"你今晚可真美。"

"谢谢,理查德。"西莉亚打了个响亮的嗝,皱了皱眉,用纸巾捂住嘴巴。

"你喝多了?"约翰尼说。

"她今晚太开心了,对吧?"理查德说,"我正准备去给你拿杯喝的,你肯定喜欢,叫阿拉巴马监狱。"

约翰尼冲他这位朋友翻了个白眼:"喝完我们就回家。"

三杯"阿拉巴马监狱"下肚,就到了宣布无声拍卖结果的时候了。苏西·普内尔站上演讲台,宾客们抽着烟、喝着酒,在桌旁转悠,跟着格伦·米勒①的音乐和弗兰基·瓦利②的歌声翩翩起舞,说话声盖过了麦克风里传来的声音。竞拍结果一一宣布,念到名字的竞拍得主激动地接过拍卖品,就跟赢了真正的比赛似的,就跟那拍卖品是免费赠送,而不是他们以高出市价三倍、四倍,甚至五倍的价格买下来的似的。手工制作的蕾丝桌布和睡袍价格最高,各种奇形怪状的银具也很受欢迎:用来挖出芥末蛋的、用来取出塞在橄榄里的红椒条的、用来砸碎鹌鹑腿的。然后是各种甜品:蛋糕、果仁糖、奶油蛋白软糖。当然了,还有米妮的馅饼。

"……赢得米妮·杰克逊举世闻名的巧克力馅饼的是……希莉·霍尔布鲁克!"

这项宣告换来格外热烈的掌声,不仅因为米妮的甜品很出名,更是因为希莉的名字总能引起掌声。

希莉正和别人说着话,听到自己的名字便转过头来。"什么?叫到我了吗?我什么也没有竞拍呀?"

她从来也没有,斯琪特独自一人坐在旁边一桌,心想。

---

① 格伦·米勒(Glenn Miller),美国爵士乐手,曾在四年内发行 16 张登上排行榜榜首的唱片。

② 弗兰基·瓦利(Frankie Valli),美国歌手,四季乐队的主唱。

"希莉,你赢得了米妮·杰克逊做的馅饼! 恭喜你。"坐在希莉左边的女人告诉她。

希莉眯起眼睛,仔细环视屋内。

米妮听到自己的名字和希莉的名字同时出现,立马警觉了起来。她正一手拿着一只用过的咖啡杯,另一只手端着沉重的银托盘。可她一动不动地站住了。

希莉看到了她,但她也没动,只是扯着嘴角笑了笑。"哟,是谁这么好心呀? 帮我报名竞拍了那个馅饼。"

她的目光还没有从米妮身上移开,米妮自己也能感觉到。她又收拾起几只杯子,放在托盘上,快步走回厨房。

"哎呀,恭喜了,希莉。我还不知道你这么喜欢米妮的馅饼呢!"西莉亚尖声说道。希莉没注意到她正从身后走来。西莉亚慢慢靠近希莉,半路上被椅子腿绊了一下,周围响起几声窃笑。

希莉笔直地站着,看着她走过来。"西莉亚,是你在捉弄我吗?"

斯琪特也走近了些。她快被这循规蹈矩的晚宴闷死了,也不想再看着她那些老朋友都一脸尴尬、不敢过来跟她说话的样子。西莉亚可算是贡献了整晚最有意思的一幕。

"希莉,"西莉亚捉住希莉的胳膊说道,"我找了你一晚上。我觉得我们之间可能有些误会,我想对你解释一下……"

"你干什么? 放手——"希莉咬牙切齿地说,摇着头想要逃走。

可西莉亚紧紧拽住希莉的袖子。"别,等等! 等一下,听我说——"

希莉想要走开,西莉亚想留住她,两人都很坚决地僵持着。希莉转过身去,可西莉亚仍不放手,结果"刺啦"一声,衣服撕破了。

西莉亚盯着手中的红色衣料。她把希莉身上那条深红色的袖子整条扯了下来。

希莉低头摸了摸自己裸露在外的手腕。"你到底要干吗?"她低声咆哮道,"是不是那个黑鬼女佣叫你这么做的?无论她向你吹了什么风、你在这里跟别人胡扯些什么——"

又有几个人凑近她俩,一边听着,一边担忧地皱眉看着希莉。

"胡扯?我不知道你在说——"

希莉一把抓住西莉亚的胳膊。"你都跟*谁*说了?"她怒吼道。

"米妮都告诉我了。我终于明白你为什么不想跟我做朋友了。"苏西·普内尔提高了音量,对着话筒宣布竟拍得主,于是西莉亚也不得不拔高了嗓门。"我知道你以为我和约翰尼背着你勾搭上了——"她喊道。苏西·普内尔不知说了什么,前排传来笑声,有人鼓起了掌。然后苏西停下来看提示卡,结果全场都听见西莉亚喊出了下一句:"——但我是在你们分手*后*才怀孕的。"她的话音在宴会厅内回荡,好一会儿都没人说话。

围在她俩身边的女人皱起了眉头,有人笑了出来。"约翰尼的老婆喝——高——了。"有人说。

西莉亚向周围望望,抹去带着妆的额头上渗出的汗珠。"如果你以为约翰尼是因为我而出轨了,所以才不喜欢我,我不怪你。"

"约翰尼绝对不会——"

"——很抱歉我跟你说了这些,我还以为你赢了馅饼会很高兴呢。"

希莉弯下腰,从地上捡起珍珠纽扣。她凑近西莉亚耳边,不让旁人听见她的话。"你告诉那个黑鬼女佣,她要是敢把那个馅饼的事说出去,我一定不会让她好过。你以为你给我报名参加竟拍真是体贴极了,对吗?怎么,你以为要挟我就能进联盟会了?"

"什么?"

"你现在就告诉我,你还跟谁说过那——"

"我跟谁也没说过什么馅饼的事,我——"

"瞎说。"希莉说,但她立刻微笑着直起身子,"约翰尼来了。约翰尼,你可得管管你太太。"希莉的目光扫过身边的女孩们,好像这场玩笑她们也有份。

"西莉亚,怎么了?"约翰尼说。

西莉亚生气地瞪着他,又看看希莉。"她不讲理,她说我骗人,又说是我给她报名竞拍那个馅饼的……"西莉亚停了下来,神色茫然地环顾四周,好像一个人也不认识了。她眼里涌出泪水,呻吟了一声,伴随着一阵抽搐,稀里哗啦地吐在了地毯上。

"哦,该死!"约翰尼说着把她拉开。

西莉亚推开约翰尼的胳膊,朝卫生间跑去,他跟在后面。

希莉双手握拳,脸涨得通红,跟她裙子的颜色差不多了。她大步走开,抓住一个侍者:"把这里给我清理干净了,别让它有味了。"

希莉身边呼啦围上来一群女人,扬着脸七嘴八舌地问着,纷纷伸出手来,仿佛想要保护她。

"我听说西莉亚一向有酗酒的毛病,现在又添了个撒谎的毛病?"希莉对苏西姐妹中的一位说,她准备先散播点与米妮有关的谣言,以防馅饼的事情泄露出去,"他们管这叫什么来着?"

"撒谎成瘾?"

"没错,撒谎成瘾。"希莉和那女人一起走开了,"西莉亚说她怀孕了,骗约翰尼结了婚。我看她从那时候起就开始撒谎了。"

西莉亚和约翰尼离开后,派对很快也接近尾声。成员太太们看起来都精疲力竭,连笑都笑不出来了。有人谈起竞拍,说起找了临时保姆带小孩,得赶紧回家,但是大部分人都对西莉亚·福特在晚宴上呕吐这件事议论纷纷。

将近午夜时分,人差不多都走光了,希莉站在讲台上,翻着无声拍卖的记录。她喃喃地默默算着总额,却频频走神,摇起了头,每当她回过神来,又要抱怨一声,因为又得从头开始算起。

"希莉,今晚我去你家。"

希莉抬起头,原来是她妈妈沃尔特斯太太,她穿着一条1943年的天蓝色曳地珠饰长裙,看起来比平时还要虚弱,胸襟上别着的白色兰花已经枯萎了。一位穿着白色制服的黑女人站在她身边。

"那你听好了,妈妈,你今晚不准再开冰箱。我可不想你又消化不良,折腾得我整晚也睡不了觉。你回到家就马上睡觉,听到了吗?"

"连米妮的馅饼也不能尝一点吗?"

希莉眯起眼睛盯着她妈妈。"那个**馅饼**我扔了。"

"哟,你扔了干吗?那可是我给你赢回来的呢。"

希莉愣住了,想了一会儿。"**是你**?你替我签的名?"

"我也许会忘了我是谁、我在哪儿,可我永远也忘不了你和那个馅饼的事情。"

"你——你这没用的老家伙……"希莉扔下手里的名单,纸张散落一地。

沃尔特斯太太转过身,一瘸一拐地朝门口走去,黑人护士踮着脚尖跟在后面。"哟,快给报社记者打电话,贝西,"她说,"我女儿又冲我发火了。"

米　妮

第二十六章

　　周六早上,我带着一身酸痛和疲累起了床。我走进厨房,苏格正数着她昨晚在慈善晚宴上赚来的九美元五十美分。电话响了,苏格噌的一声跑去接,那速度比油着起火来还快。她交了个男朋友,不想让她妈妈知道。

　　"好的,先生。"苏格小声说着,把听筒递给我。

　　"你好?"我说。

　　"我是约翰尼·福特,"他说,"我在猎鹿营,可我想和你说一声,西莉亚很难受。昨晚在宴会上,她很不好过。"

　　"是的,先生。我知道。"

　　"所以你听说了,嗯?"他叹口气,"唉,下个礼拜你帮我看着她,好吗,米妮? 我不在家就——我也不知道。要是她还没振作起来,你就给我打电话。如果需要的话,我可以提前回去。"

　　"我会照顾她,她会没事的。"

　　我没有亲眼看见昨晚宴会上发生了什么,不过在厨房洗盘子的时候听说了。所有服务员都在议论。

　　"你瞧见了吗?"法利娜对我说,"你家那位粉红太太醉得跟拿到薪水的印第安人似的。"

我从水槽上抬起头，只见苏格手叉着腰径直朝我走来。"没错，妈妈，她吐得满地都是，宴会上所有人都看得一清二楚！"苏格说完就转过身和大家一起哈哈大笑。她没看见我扬手朝她打去。肥皂泡沫在半空飞舞。

"你给我闭嘴，苏格。"我把她拉到角落，"别让我再听到你说那位太太的坏话，是她让你有饭吃、有衣服穿！听明白了吗？"

苏格点点头，我又回到水槽前洗盘子，却听见她嘟囔着："你自己还老说人家坏话呢。"

我擦了擦手，用手指戳戳她的脸。"我有资格说，因为每天给那疯疯癫癫的傻瓜干活的人是我。"

我周一去上班时，西莉亚太太还躺在床上，脸埋在被单底下。

"早上好，西莉亚太太。"

她翻了个身，没有看我。

到了午饭时间，我端了一托盘火腿三明治送到她床边。

"我不饿。"她说着扯出个枕头，往头上一蒙。

我站在那儿看着，她用被单把自己裹得严严实实，跟具木乃伊似的。

"你准备怎么着，就在那儿躺一天？"我问道，虽然以前她也经常躺着不起来，可这次不一样。她脸上没化妆，也没有笑容。

"求你了，让我自己待着。"

我开始对她唠叨，劝她起床，套上那些俗气的衣服，然后把一切都忘了，可她就这么可怜兮兮地躺着，这让我闭上了嘴。我又不是她的心理医生，她也没付钱请我做心理医生。

周二早上，西莉亚太太还躺在床上。昨天那一托盘午饭放在地上，一口也没动。她穿着那套破烂的蓝色睡衣，八成是她从蒂尼卡县老家带来的,脖子那块儿的格纹褶皱领边都磨破了。前胸好像还有块煤灰印子。

"起来吧,让我换个床单。电视节目马上开始,茱莉亚小姐这回可要有麻烦了。你肯定猜不到昨天那傻瓜对大嘴巴医生做了什么。"

她还是躺着一动不动。

过了一会儿,我给她端来一托盘鸡肉派。可我其实想让西莉亚太太赶紧振作起来,去厨房好好吃饭。

"听着,西莉亚太太,我知道慈善晚宴上那件事很糟糕。可你也不能一直这么躺着,这么消沉下去。"

西莉亚太太一声不吭地下了床,把自己锁进浴室里。

我开始更换床单被套,弄好后,又把床头柜上用过的纸巾和酒杯都收走,看见下面放着一沓信。至少这女人还起床去拿了信。我准备擦擦床头柜,便拿起那叠信,却瞥见一张卡片上写着"H、W、H"三个字母。我还没回过神来,就已经读完了卡片上的内容:

亲爱的西莉亚:

鉴于你撕坏了我的裙子,本联盟会愿意接受不少于两百美元的捐款作为赔偿。另外,今后请勿再为本会的任何非会员活动提供志愿服务,我们已将你的名字列入观察名单。敬请合作。

支票抬头请写"杰克逊市联盟会分会"。

主席及经费负责人希莉·霍尔布鲁克

谨上

周三早上,西莉亚太太仍旧裹在床罩里。我在厨房干活,觉得没有她在我跟前转悠也挺好。可我没法好好享受这清净,整个早

374

上电话铃都响个不停,这还是自打我在这干活儿以来,西莉亚太太头一回不愿意接电话的。电话响了十次之后,我终于听不下去了,便接起电话。

我走进卧室告诉她:"约翰尼先生的电话。"

"什么? 他不该知道我知道了他知道你在这儿啊。"

我长叹一声,表示我不想再理会那个惊天大谎了。"他往我家打电话了,瞒不住了,西莉亚太太。"

西莉亚太太闭上眼睛。"告诉他我睡着了。"

我拿起卧室里的电话分机,死死盯着西莉亚太太的眼睛,告诉约翰尼先生她在洗澡。

"好的,先生,她挺好的。"我斜了她一眼,说道。

我挂上电话,低头瞪着西莉亚太太。

"他问你怎么样。"

"我听到了。"

"我替你撒了个谎,你听到了吧。"

她又拿起枕头,蒙住了头。

第二天下午,我再也受不了了。西莉亚太太整个礼拜就没挪过窝。她脸颊消瘦,奶油色的头发油腻腻的。房间里也开始散发出没洗澡的怪味。我猜她从上礼拜五开始就没洗过澡了。

"西莉亚太太。"我叫她。

她看着我,没有笑容,也没答话。

"约翰尼先生今晚就回来了,我向他保证过会照顾好你。要是让他发现你还没从那晚的那点破事里走出来,他会怎么想?"

西莉亚太太吸了吸鼻子,抽泣了两声,随后放声大哭。"要是我好好待在我本该待着的地方,就不会有这么多事了。他该娶个门当户对的。他该娶……希莉。"

"行了,西莉亚太太。不是——"

"希莉看我那眼神……根本没把我当回事,就跟看路边垃圾似的。"

"希莉太太可不能算数。你不能以那个女人咋瞧你来给自己打分。"

"这种生活我过不来。我不需要能坐下十二个人的餐桌。我就算求也求不来十二个人。"

我冲她摇摇头,真是身在福中不知福。

"她干吗那么恨我?她都不了解我,"西莉亚太太哭道,"而且不光是约翰尼的事,她还说我骗人,说我给她弄了那个……馅饼。"她用拳头捶着自己的膝盖,"要不是因为那个,我才不会吐呢。"

"啥馅饼?"

"希……希……希莉赢了你做的馅饼。她说是我给她报的名,为了……捉弄她。"她又是号哭又是抽泣,"我干吗要那么做?给她报上名?"

我这才慢慢明白当时到底发生了什么。我不知道是谁替希莉竞拍了那个馅饼,可我很清楚希莉为什么要把她怀疑的人给生吞活剥了。

我瞟了眼门口,脑海里响起一个声音:快走,米妮。赶紧离开这里。可我眼瞅着她穿着旧睡袍号啕大哭,那份内疚像亚祖河的河泥一般淤在心头。

"我不能再拖累约翰尼了。我决定了,米妮。我要回去,"她抽泣道,"回糖沟去。"

"就因为在宴会上吐了一地,你就要丢下你老公跑路?"等等,我瞪大了眼睛琢磨着。西莉亚太太可不能离开约翰尼先生——她要走了我可咋办?

西莉亚太太听到这话,哭得更凶了。我叹了口气,望着她,一时没了办法。

　　老天，我猜该是时候了。那件我绝不想让任何人知道的事情，也该告诉她了。反正不管怎样，这份工作是保不住了，索性趁着这个机会说个明白。

　　"西莉亚太太……"我在角落里的黄色扶手椅上坐下。除了厨房和浴室地板，我还从没在这间屋子里坐下来过，不过今天是特殊情况。

　　"我知道希莉太太为啥生那么大的气，"我说，"我是说，那个馅饼的事。"

　　西莉亚太太拿纸巾大声地擤了擤鼻子，看着我。

　　"我对她做了件事，一件很可怕的大坏事。"一想到那件事，我就心跳加速。我感觉自己没法坐在椅子上跟她说这件事，于是又站起来，走到床那头去。

　　"什么事？"她抽着鼻子问道，"怎么回事，米妮？"

　　"去年我还在沃尔特斯太太家做事的时候，希莉太太给我打了电话，说她要把沃尔特斯太太送到养老院去。我登时就慌了，我还有五个孩子要养活哪。勒罗伊已经打了两份工了。"

　　我感觉胸口烧得厉害。"现在我明白自己当时的做法绝不是个好基督徒的样子，可啥样的人才会把自己的亲妈送去养老院，丢给陌生人照顾呀？那女人净干些坏事，我那么对她倒也*没做错*。"

　　西莉亚太太在床上坐直了身体，擦着鼻子，仿佛来了兴趣。

　　"我找工作整整找了三个礼拜。每天在沃尔特斯太太家干完活儿，我就出去找工作。我去了蔡尔德太太家，她没要我。我又去了罗利家，可他们也不想雇我。里奇家、帕特里克·史密斯家、沃尔克家，就连信天主教的西伯德克斯家我也去了，他们家里有七个孩子，可他们也不要我。没人愿意请我。"

　　"哦，米妮……"西莉亚太太说，"这太糟糕了。"

我咬紧牙关。"从小我妈妈就告诫我不要和人顶嘴。可我没听,结果全城上下都知道我嘴快。我那时还以为是因为这个,才没人愿意请我。

　　"我在沃尔特斯太太家还剩最后两天,可还没找到下一份工作,我真的开始害怕了。本尼有哮喘,苏格还在上学,金德拉又……我们已经入不敷出了。正巧那时,希莉太太到沃尔特斯太太家来问我。

　　"她说:'过来给我干活吧,米妮。我比妈妈每天多给你二十五美分。'她管那个叫'吊着的胡萝卜',说得就跟我是犁地的驴子似的。"我慢慢攥紧了拳头,"好像我会想去抢我朋友尤尔·梅·克鲁克的饭碗似的。希莉太太以为人人都跟她一样,是个两面派。"

　　我伸手抹了把脸,脸上全是汗。西莉亚太太张着嘴,全神贯注地听着。

　　"我告诉她:'不了,谢谢,希莉太太',然后她又说每天多给我五十美分,我还是说:'不了,太太,不用',于是她就火了,西莉亚太太。她说她听说了蔡尔德家、罗利家,还有其他几家都拒绝了我,她告诉我那是因为她放出了话去,说我是个小偷。我这辈子清清白白,从没偷过东西,可她到处说我偷了,还说城里没人会请一个又顶嘴又偷东西的黑鬼做女佣,我还不如乖乖地去给她白干活儿不拿钱呢。

　　"所以我就干了那件事。"

　　西莉亚太太朝我眨着眼睛。"哪件事,米妮?"

　　"我叫她去吃我的屎。"

　　西莉亚太太坐在那儿,仍旧一副入了迷的样子。

　　"说完我就回家,做了个巧克力馅饼,往里面放了糖、贝克牌巧克力,还加了点我表亲从墨西哥带来的新鲜香草。

　　"我端着馅饼回到沃尔特斯太太家,我知道希莉太太还没走,在等养老院来接走她妈妈,好让她卖了那栋房子,收走她妈妈的银器,再拿走她的钱。

"我刚把那馅饼放在厨房台面上,希莉太太就眉开眼笑,还以为我是来讲和、来向她道歉的。然后我就这么看着她,眼见着她往嘴里塞了两大块,她吃得狼吞虎咽,就跟从没吃过这么美味的东西似的。然后她说:'我就知道你会改变主意,米妮。我就知道最后还是得按我的计划来。'然后她神经兮兮地笑了,好像觉得这事有多可笑似的。"

"沃尔特斯太太也说她有些饿了,想吃块馅饼。我说:'不行,太太。这是专门为希莉太太准备的。'

"希莉太太就说:'妈妈想吃的话,就给她吃点,不过只能吃一小块。你在里面放了些什么,米妮,怎么做得这么好吃?'

"我说放了墨西哥的上好香草,然后我又告诉她,我还往里面放了些什么。"

西莉亚太太聚精会神地盯着我,可我不敢直视她的眼睛。

"沃尔特斯太太的嘴张得老大。厨房里安静了好一会儿,没人说话。我要是那时候偷偷溜走,她们恐怕也回不过神来、注意不到呢。沃尔特斯太太忽然大笑出声来,笑得差点从椅子上摔下来,她一边笑一边说:'哎哟,希莉,你真是活该。我要是你,才不会到处去说米妮坏话呢,免得全城都知道你吃了**两块米妮的屎**。'"

我偷偷瞟了西莉亚太太一眼。她瞪大了眼,一脸恶心的表情。我有点慌了,开始后悔把这件事告诉了她,她再也不会信任我了。我往黄椅子那边走去,坐了下来。

"希莉太太以为你知道了这件事,所以取笑她。要不是因为我做的这件事,她也不会那样对付你。"

西莉亚太太只是盯着我看。

"可是我想让你知道,要是你离开了约翰尼先生,希莉太太就大获全胜了。等她整完我,就该轮到你了……"我摇摇头,想起尤尔·梅进了监狱,斯琪特小姐一个朋友也没有,"这城里没有几个人没被她整过的了。"

西莉亚太太沉默了一阵,然后望着我,想要说点什么,却又闭紧了嘴巴。

终于,她开口道:"谢谢你……告诉了我这件事。"

她又躺回床上。可我关门出去的时候,看见她还大睁着眼睛。

第二天一早,我发现西莉亚太太终于起了床,洗了头,又像以前那样化了妆。外面很冷,她穿上了紧身毛衣。

"约翰尼先生要回来了,你高兴吗?"我问。倒不是说我关心,我只想知道她是不是还在考虑离开。

可西莉亚太太没答话。她眼里满是疲惫,再也不会像往常那样看见点什么都立刻笑起来了。她指了指厨房窗外。"我想沿着屋子后墙种一排玫瑰。"

"啥时候能开花?"

"明年春天吧。"

我觉得这是个好兆头,她开始计划起将来了,想走的人才不会费事种什么明年才开的花呢。

那一整天,西莉亚太太都在花园里劳动,摆弄菊花。第二天早上我一进门,就看见西莉亚太太已经在厨房桌边坐下了,她面前摊着报纸,眼睛却盯着窗外的那棵合欢树。外面下着雨,有些阴冷。

"早上好,西莉亚太太。"

"嘿,米妮。"西莉亚太太坐着没动,仍盯着窗外的树,手里摆弄着一支笔。雨下大了。

"中午想吃什么? 还有点烤牛肉,鸡肉派也剩下点……"我往冰箱里探头瞅了瞅。我得向勒罗伊摊牌,告诉他眼前有两个选择,要么你不能再打我,要么我就要走了,而且不会带上孩子。我并非真的不想带孩子走,但是这么说应该会把他吓得够呛。

"我什么也不想吃。"西莉亚太太站起身,甩掉一只脚上的红色高跟鞋,然后又甩掉另一只。她伸了个懒腰,仍死死盯着窗外那棵树。她把手指关节捏得咔咔响,然后从后门走了出去。

我看见她站在窗户外面,接着又瞧见了她手里的斧子。我有点害怕,谁想看到一个疯女人手里拿了把斧子?她使劲扬起斧子,像挥舞着球拍,试着砍了一下。

"太太,可别发疯了。"大雨把西莉亚太太浇得浑身湿透,可她毫不在意。她开始一下一下地砍起那棵树来,树叶纷纷洒洒,飘落在她身边,粘在她头发上。

我把一盘烤牛肉端上桌,看着她,希望可别再出什么事。她紧紧抿着嘴,抬手抹掉眼睛上的雨水。她一点也不累,反而越砍越有劲了。

"西莉亚太太,别淋雨了,"我喊着,"等约翰尼先生回来让他砍吧。"

可她不为所动。已经砍了一半了,树干开始摇摇晃晃,跟我那喝醉了的老爹似的。我只好在西莉亚太太刚刚坐过的椅子上坐下,等她砍完。我摇摇头,低头看报纸,这才看见希莉太太的信压在底下,还有西莉亚太太的二百美元支票。我凑近了些,只见西莉亚太太在支票底部备注栏里用漂亮的手写体写着:给吃了两块馅饼的希莉。

窗外传来嘎吱一声,我眼见那棵树轰然倒地。树叶和枯死的蕨类植物飘荡在半空,落在她奶油色的头发上。

斯琪特小姐

第二十七章

我呆呆地盯着厨房里的电话。已经好久没人打电话来了,电话机趴在墙上,像个摆设。到处都是一片死寂,图书馆里、我去给妈妈买药的药店、去买打印机墨水的购物街、我们自己家里。一个多星期前,肯尼迪总统遇刺,震惊了全世界。仿佛没人愿意第一个打破沉默。也没有什么事重要得足以打破这沉默。

最近,电话偶尔响起,也都是尼尔医生打来的,要么是告诉我们日益恶化的化验结果,要么是照例问候妈妈的病情。我还是偶尔会想起**斯图亚特**,哪怕距他上次打电话来已经过了五个月了。我后来终于忍不住,把我们分手的事告诉了妈妈。如我所料,妈妈一脸震惊,但谢天谢地,她只是叹了口气。

我深吸一口气,拨了个"0",然后躲进储藏室。我向接线员报出长途电话号码,然后等着。

"哈珀与罗出版社,请问您找谁?"

"请接伊莲恩·斯坦办公室。"

我等着她的秘书来接听,想着要是早点打出这通电话就好了。可是,在肯尼迪总统遇刺的那个礼拜打电话好像不太好,而且我听说很多办公室都不上班了。接下来那周又碰上感恩节，我拨了电话，可接线员告诉我她的办公室根本没人接听，所以就一直拖到现在，比我预计的晚了一周。

"我是伊莲恩·斯坦。"

我眨了眨眼睛，没想到她亲自接起了电话。"斯坦女士，抱歉，我是密西西比州杰克逊市的尤金娜·费伦。"

"哦……尤金娜。"她叹道，显然有些不耐烦，懊悔自己接起了电话。

"我是想告诉您，新年之后书稿就能完成了，我会在一月的第二周把书稿寄给您。"我微笑着把排练过的台词完美地说了出来。

那边没有回答，只听见吞吐香烟的声音。我在面粉桶上坐下。"我就是那个……写黑人女性故事的，密西西比州的……"

"对，我记得。"她说，但我听不出来她是不是真的记得。可她又说，"你就是申请了高级编辑职务的那个。书稿进度怎么样了？"

"快写完了。我们还剩下最后两个访谈要做，书稿应该直接寄给您还是给您的秘书？"

"哦，不行，一月就来不及了。"

"尤金娜，你在家吗？"我听见妈妈喊我。

我捂住话筒，答道："等一下，妈妈。"我知道如果不回话，她就会闯进这里。

"今年的最后一次编辑会议定在十二月二十一号，"斯坦女士继续说，"要是你想让编辑读到，我得在那天之前就收到手稿。否则书稿就要待在废纸堆里了。费伦小姐，你不想进废纸堆吧。"

"可是……你说过要到一月……"今天已经是十二月二号了，只剩下十九天来完成书稿。

"过了十二月二十一号，大家就放假了。新年之后，我们自己的作者和记者的稿件会如潮水般涌来。像你这样的新人,费伦小姐,二十一号前你才有机会。那是你唯一的机会。"

我吞咽了一下。"我不知道能不能……"

"顺便问一句,刚才是在和你妈妈说话吗? 你还住在家里?"

我想编个谎话——她只是过来看看我,她生病了,她正好路过——我不想让斯坦女士知道我在生活方面仍然毫无进展。可我叹了口气:"对,我还住在家里。"

"那个抚养你长大的黑人妇女,也住在那里吗?"

"不,她离开了。"

"哦,太不巧了。你知道她是怎么离开的吗? 我忽然想到,你也该花一章写写你家的女佣。"

我闭上眼睛,努力压抑着那份无奈。"老实说,我 …… 不知道。"

"嗯,那就去搞清楚,一定要写进去,给整本书加点个人色彩。"

"好的,女士。"我答道,尽管心里对于如何在规定时间内写完余下两个女佣的故事还毫无头绪,更别说再写写康斯坦汀了。一想到要写她的故事,我就特别希望她现在能在这里。

"再见,费伦小姐,希望你能赶上截稿日期。"她说,但是在挂上电话之前,她又喃喃补充道,"看在上帝分上,你都二十四岁了,还上过大学,出去找间房子住吧。"

我挂上电话,得知截稿日期又要提前,斯坦女士还执意要加上康斯坦汀的故事,都让我有点回不过神来。我知道自己需要立刻投入工作,可还是得先去卧室看看妈妈。最近三个月,她日渐消瘦,溃疡也越来越严重,没有哪天不呕吐的。上周我带她去复诊,连尼尔医生都吓了一跳。

妈妈靠在床上打量着我:"你今天不用去打桥牌吗?"

"取消了。伊丽莎白的小孩肚子痛。"我撒了个谎。我已经撒了太多谎,能把这房间塞得满满的。"你感觉怎么样?"我问。那个旧的白色搪瓷盆就放在她床边,"觉得恶心想吐吗?"

"我没事。别老皱着眉,尤金娜,不好看。"

妈妈还不知道我已经被踢出桥牌聚会了,也不知道佩西·乔伊纳有了新的网球搭档。再也没人邀请我去鸡尾酒派对或是新生儿派对了,任何有希莉在场的活动都容不下我。除了联盟会。可在例会上讨论通讯报内容的时候,姑娘们也都对我爱搭不理的。我努力让自己不去在乎。我钉在打字机前,足不出户。我告诉自己,这就是你把三十一个马桶扔在最受欢迎的女孩家门口的下场。大家对你都会和以前不太一样了。

我和希莉之间的那道门紧紧关上,已经是差不多四个月前的事了,那是一扇冰做的门,厚得大概需要一百个密西西比的夏天才能融化。我并非没有预料到会有这样的结果,只是没想到会持续这么久。

希莉的声音在电话里听来粗哑低沉,好像把嗓子喊哑了似的。"你太卑劣了,"她咬牙切齿地对我说,"你别再跟我说话,别再看我一眼,也别再跟我的孩子打招呼了。"

"我只是不小心打错了字,希莉。"我只能想到这样的回答。

"我要亲自上惠特沃斯议员家去,告诉他,你,斯琪特·费伦,会毁了他在华盛顿的竞选。要是斯图亚特再和你有任何瓜葛,都会给他的名誉蒙上污点!"

虽然我们那时已经分手几个星期了,可听到斯图亚特的名字,还是让我打了个哆嗦。我都能想象到他挪开视线的样子,他再也不会关心我做了什么。

"你把我家院子弄得像个马戏场，"希莉说，"为了让我家出丑，你到底预谋了多久？"

希莉不明白的是，我其实根本没有预谋过。我在通讯报上打出她的卫生间倡议书，打着"疾病""保护自己""不客气！"之类的字句时，脑海中好像有什么东西突然爆裂开来，像个西瓜，凉凉甜甜的，沁人心脾。我一直以为疯狂是一种黑暗又苦涩的感觉，可是当你真正深入其中，才发现这一切是多么酣畅甜美。我付了帕斯卡古拉的兄弟们一人二十五美元，让他们从垃圾场搬来这些马桶，丢在希莉家的草坪上，他们很害怕，但还是愿意做。我记得当晚夜色漆黑。我记得自己多么幸运，有些老建筑刚被拆毁，垃圾场里有那么多马桶任君挑选。我后来又梦见过两回自己在做这件事。我不后悔，可我也不再觉得自己幸运了。

"你还敢自称是个基督徒。"这是希莉跟我说的最后一句话，我心想，上帝啊，我什么时候这么说过？

今年十一月，史都利·惠特沃斯赢得了华盛顿的国会议员竞选，可威廉·霍尔布鲁克输掉了本地竞选，没能当上州议员。希莉肯定把这失败也算在了我头上。更别提她撮合我和斯图亚特的努力全都打了水漂。

给斯坦女士打完电话几个小时后，我又蹑手蹑脚地跑去最后看一眼妈妈。爸爸已经在她身边睡着了。桌上放着一杯牛奶，妈妈闭着眼倚在枕头上。我刚溜进房间，她就睁开了眼睛。

"有什么要我做的吗，妈妈？"

"我只是在闭目养神，尼尔医生让我多休息。你要去哪儿，尤金娜？都快七点钟了。"

"我开车出去一下，一会儿就回来。"我亲了亲她，希望她别再追问我什么了。等我关上门，她已经睡着了。

我开着车在城里飞驰，心里十分担忧，不知该怎么把最新的截稿日期告诉艾比琳。这辆老旧的卡车一路上颠得丁零当啷直响。又一个繁忙的棉花收获季节把这辆车折腾得够呛。有人把座位弹簧弄得太紧了，我的头都撞上了车顶。我还得打开车窗，把胳膊伸出车窗抵着车门，车门才不会震天响。挡风玻璃裂了一块，裂纹形状像夕阳发散出的光芒。

　　我在造纸厂对面的联邦路等红灯，一抬头却看见伊丽莎白、梅·莫布丽还有雷利，一家三口挤在他们那辆白色雪佛兰的前排座位上，可能刚刚在什么地方吃完晚饭，正往家赶。我僵在那里，不敢再多望一眼，怕她会看见我，问我开着卡车要去做什么。我让他们在前面开，看着他们的尾灯，努力咽下喉头涌上的一股热意。我已经很久没和伊丽莎白说过话了。

　　马桶事件后，伊丽莎白和我努力维持着友谊。我们偶尔也会打个电话，可是在联盟会例会上，她除了向我问好、客套几句之外，就不再和我多说什么了，怕被希莉看见。我上次去伊丽莎白家已经是一个月以前了。

　　"梅·莫布丽都长这么大啦。"我那时说。梅·莫布丽害羞地笑笑，躲到她妈妈的腿后面去。她长高了，但还是软软胖胖的。

　　"跟野草似的一个劲儿长。"伊丽莎白望着窗外说。我心想，把孩子比作野草，真是奇怪。

　　伊丽莎白还穿着浴袍，头上戴着卷发棒，生完孩子后又恢复了原先瘦小的体型。她的笑容有些僵硬，不停地看表，每过几秒钟就摸摸头上的卷发棒。我们站在厨房里。

　　"要不要去俱乐部吃午饭？"我问她。艾比琳正好推开厨房的弹簧门进来，我瞥见客厅里铺上了蕾丝花边桌布，摆上了银器。

　　"不去了，我不是催你走，不过……妈妈约了我在朱尔·泰勒见面。"她又往前门窗外望了望，"你知道我妈妈不喜欢等人。"她笑得越来越夸张。

"哦,抱歉,别因为我迟到了。"我拍拍她的肩膀,朝门口走去。然后我忽然明白过来。我怎么这么蠢? 今天是周三,中午十二点,正是我们以前的桥牌聚会时间。

我沿着她家车道把凯迪拉克倒出来,为自己让她这么尴尬而感到不好意思。我转过头去,看见她的脸贴在窗边,目送我离开。就在那一刻我意识到:她这么尴尬,不是因为她怕我心里不舒服。伊丽莎白·利夫特怕被人看见和我在一起。

我把车停在艾比琳家门口的街上,和她家隔了几户远,因为我们此刻必须格外小心。尽管希莉绝不可能在这里出现,她对我们总是个威胁,我感觉到处都是她的眼线。她要是逮住了我在做这件事,肯定高兴坏了。为了让我这辈子都不会好过,她能做到什么地步,我绝不会低估这一点。

那是个凉爽的十二月夜晚,小雨淅淅沥沥地下了起来。我沿着街道快步穿行。今天下午和斯坦女士的对话仍在脑中回响。我试图给需要完成的工作排个序,但最困难的依然是要弄清楚康斯坦汀是怎么回事,我必须得再问问艾比琳。如果不知道康斯坦汀到底经历了什么,我也没法写得客观。若只写出了片面之词,那就有违这本书的初衷,就不算是说出真相了。

我快步走进艾比琳的厨房。她肯定也从我脸上看出有什么事不对劲了。

"怎么了? 有人看见你了?"

"没有。"我说着从书包里拿出书稿,"我今天上午和斯坦女士通电话了。"我把我听到的都告诉了艾比琳:新的截稿日期,还有"废纸堆"。

"好吧,那……"艾比琳在心里算着日子,我也算了一下午,

"那我们就没有六周了，只有两周半。噢，天哪，时间可不够啊。我们还得写完洛维尼亚那章，整理菲·贝尔的部分……还有米妮那章，还没写完……斯琪特小姐，我们都还没想个书名呢。"

我用双手抱着脑袋，感觉自己正慢慢沉入水底。"还不止这些，"我说，"她……还想让我写写康斯坦汀。她问我……康斯坦汀是怎么回事。"

艾比琳放下茶杯。

"要是不知道究竟发生了什么，我就没法写，艾比琳。要是你不告诉我……还有谁能告诉我吗？"

艾比琳摇摇头。"可能有些人知道，"她说，"但我不想让别人来告诉你那件事。"

"那……你能告诉我吗？"

艾比琳摘下黑框眼镜，揉了揉眼睛，又重新戴上，我以为我会看到一张疲倦憔悴的脸。她干了一天的活儿，现在为了赶上截稿日期，还得再加把劲。我不安地坐在椅子上，等着她回答。

可她看起来一点也不累。她坐得笔直，对我郑重地点点头。"我会把它写出来的，给我几天时间，我会让你知道康斯坦汀所经历的一切。"

洛维尼亚的访谈内容，我一口气写了十五个小时。到了周四晚上，我出门参加联盟会例会。我一想到截稿日期就烦躁不安，迫不及待地想要出门透透气。家里圣诞树的香气过于浓烈，香料橙子的味道也浓得发腻。妈妈总觉得冷，于是屋里热得像是浸在一大桶热牛油里。

我在联盟会的台阶上停下脚步，深吸了一口这清冽的冬日空气。说来可悲，可我确实很高兴自己还在负责通讯报。一周有那么一次，我还能感觉到自己仍参与其中。谁知道呢，也许这次就会不一样了,毕竟假期就要到了。

我一迈进会场,大家就纷纷转过身背对着我,明显是要孤立我,仿佛在我周围筑起了坚固的围墙。希莉冲我幸灾乐祸地一笑,扭头跟别人说起了话。我走进人群,看见伊丽莎白。她微笑着,我冲她挥了挥手,想和她说说妈妈的事,告诉她我有点担心,可我还没靠近,伊丽莎白就转身低头走开了。我走向自己的座位。这可是她头一回在会场避开我。

我没有坐在自己以往常坐的前排位置,而是溜到后排去,还在为伊丽莎白连声招呼也不打而生气。瑞秋·科尔·布兰特坐在我旁边。她有三个孩子,还在米尔萨普斯学院攻读英文硕士,所以不怎么来参加例会。我很想和她交个朋友,可我知道她太忙了。烦人的莱斯利·富勒宾坐在我另一边,她喷了满头的发胶,每次点烟都冒着生命危险。我很好奇,要是我按一下她的头顶,会不会从她嘴里喷出发胶来。

房间里几乎每个女孩都跷着腿坐着,手里点着烟。烟雾汇聚在一起,袅袅上升,朝天花板飘去。我已经两个月没抽烟了,这烟味让我有些恶心。这时希莉走上讲台,宣布即将到来的各种捐赠活动(捐赠衣物,捐赠罐头食品,捐赠书籍,还有直截了当地捐钱),然后又到了希莉最喜欢的环节:警告名单。要是有人没按时完成任务,或是开会迟到,或是没有尽到慈善义务,她都要点名批评。近来我也成了警告名单上的常客了。

希莉穿了一条红色羊毛 A 字连衣裙,尽管屋里热得像个火炉,她还在外面罩了件福尔摩斯式的斗篷,每过一会儿,她就要把前襟往后一甩,仿佛挡了她的路似的,不过她似乎只是太喜欢这个动作了,并非真的觉得斗篷挡了路。她的助手玛丽·内尔站在她身边,给她递上笔记。玛丽·内尔长得像只金毛小宠物狗,那种小爪子、翘鼻尖的京巴狗。

"接下来,我们要讨论一个非常激动人心的议题。"希莉从小狗手上接过笔记,浏览了一遍。

"委员会决定我们将对通讯报做出改进。"

我坐直了身体。难道不该由我来决定如何改进通讯报吗?

"首先,我们要把通讯报由周报改为月报。邮费已经涨到六美分了,周报开销太大。我们还要加开时尚专栏,推介成员中的穿搭典范,也要加开美妆专栏,介绍最新潮流。哦,当然还有警告名单,也要登在通讯报上。"她点了点头,与几位会员交换了眼神。

"最后,最激动人心的改变就是,我们决定将通讯报更名为《闲谈者》,名字取自那份欧洲小姐都爱读的杂志。①"

"这名字太棒了。"玛丽·卢·怀特嚷道,希莉颇为得意,都没有敲敲小锤警告插话的人。

"好了,现在该为我们的新版时尚月刊选一位编辑了。有人提名吗?"

有几个人举起了手。我一动不动地坐着。

"简妮·普莱斯,你提名谁?"

"我提名希莉,希莉·霍尔布鲁克。"

"你可真贴心。好了,还有其他人吗?"

瑞秋·科尔·布兰特扭头看着我,脸上的表情仿佛在问:"这是怎么回事"。显然,她是屋里唯一不知道我和希莉之间恩怨的人。

"还有人附议……"希莉往台下望望,仿佛记不起刚才提名了谁似的,"希莉·霍尔布鲁克担任主编的吗?"

"我附议。"

"我也附议。"

①　这里指的是英国老牌杂志《闲谈者》(The Tatler)。

小锤"梆梆"地敲了两下，我就丢掉了主编的位置。

莱斯利·富勒宾瞪大了眼睛盯着我，我都能看见她眼睛后方那本该装着脑子的地方空空如也。

"斯琪特，那不是你的工作吗?"瑞秋说。

"以前是。"我喃喃道。会议一结束，我就径直往门口走去。没人过来跟我说话，也没人敢看我一眼，我一路高昂着头。

希莉和伊丽莎白在门厅聊天。希莉把黑发别在耳后，冲我外交官式地礼貌一笑，然后走开去和别人说话了。伊丽莎白仍留在原地。我走出门口的时候，她碰了碰我的手臂。

"嘿，伊丽莎白。"我小声说。

"真抱歉，斯琪特。"她也轻声道，我们对视了一眼，她立刻扭过头去。我走下台阶，走向漆黑的停车场。我以为她还想对我说些什么，可我猜自己想错了。

联盟会例会结束后，我没有直接回家。我把凯迪拉克的车窗全部摇下，温暖又凉爽的夜风吹拂在脸上。我明白自己得赶紧回家写书，可还是拐上了联邦路宽敞的车道，一直往前开着。我这辈子从未感觉如此空虚，又不禁想起压在我身上的所有那些负担。*我肯定赶不上截稿日期、我的朋友们都瞧不起我、斯图亚特也弃我而去、妈妈又……*

我不知道妈妈是怎么了，可我们都知道她的病肯定比胃溃疡要严重。

阳光沙滩酒吧已经打了烊，我开车慢慢经过，那熄灭的霓虹招牌看起来如此死气沉沉。我又缓缓驶过高大的拉玛生命大楼，穿行在明灭不定的黄色街灯下。现在才晚上八点半，大家就都已经上床睡觉了。这城里所有人都各自沉睡着。

"要是能离开这里该多好啊。"我喃喃自语道，我的声音消散在无人的夜色中,听起来有些诡异。黑夜中,我仿佛能从空中俯视自己的身影,像电影里的镜头。我成了那种夜里开车四处游荡的人。天哪,我就是这个城市的布·拉德利,那个《杀死一只知更鸟》中的怪人①。

我扭开电台,急于听到点什么声音。电台里放着《这是我的派对》这首歌,我想听点别的。我开始讨厌起这些无病呻吟的青少年歌曲,除了爱情什么也不关心。我调着收音机波段,碰巧调到了孟菲斯 WKPO 电台,传出一个沉醉的男声,唱着快节奏的蓝调。我把车开进一条死胡同的尽头,缓缓停在陶特–萨姆商店的停车场,专注地聆听这首歌。我从没听过这么好听的歌。

　　"……你将像石头沉入水底

　　　在这变革的时刻。"

一个仿佛从罐子里传来的声音告诉我这位歌手名叫鲍勃·迪伦,可是放到下一首歌的时候,电波信号减弱了,变得模糊不清。我身体往后一仰,靠在椅背上,凝望着商店黑漆漆的橱窗,感到一阵不可言说的轻松,仿佛听到了来自未来的声音。

我往电话亭投了五美分,打电话给妈妈。我知道她会一直醒着等我回家。

"喂?"居然是爸爸接起了电话,现在已经晚上八点十五分了。

"爸爸……你还没睡?怎么了?"

"你得马上回家,亲爱的。"

街灯忽然亮得刺眼,夜风也寒意逼人。"是妈妈吗?她病了?"

"是斯图亚特,他在门廊上坐了快有两个小时了。他在

---

① 布·拉德利(Boo Radley)是小说《杀死一只知更鸟》中的人物,他十分善良,却因为性格怪异、深居简出,而引起小镇居民的种种猜测。

等你。"

斯图亚特？这是怎么回事？"可是妈妈……她……"

"哦，你妈妈没事。她还好一些了。快回家吧，斯琪特，回来见见斯图亚特。"

回家的路途从未感觉如此漫长。十分钟后，我在门前停了车，看见斯图亚特坐在门廊台阶上。爸爸坐在摇椅里。我熄了火，他们都站起身来。

"嘿，爸爸。"我说，没往斯图亚特那边看一眼，"妈妈在哪儿？"

"她睡着了，我刚去看过她。"爸爸打了个哈欠。在这春季棉花上冻的季节，我有十年没见过他晚上七点钟以后还醒着的了。

"晚安，两位。走的时候记得把灯关上。"爸爸进屋去了，留下我和斯图亚特两人。夜色漆黑，万籁俱寂，夜空中也不见星辰月光，院子里连条狗都没有。

"你来干什么？"我小声说道。

"我来和你谈谈。"

我坐上台阶，把头埋在臂弯里。"那快说吧，说完就请回。我才刚觉得好受些。我十分钟前听了首歌，几乎没那么难过了。"

他挪近了些，但没有挨着我。我希望他能挨着我。

"我是来跟你说件事，我见到她了。"

我抬起头，脑海中浮现的第一个词就是*自私*。你这自私的混蛋，竟然跑来和我说帕特丽夏的事。

"我去了她那里，旧金山，两周前。我坐上卡车，开了四天，然后敲开一间公寓的门，是她妈妈给我的地址。"

我捂住脸。我眼前全是斯图亚特帮她把头发拂到耳后的画面，如同他曾经对我做过的那样。"我不想知道。"

"我告诉她，像她那样撒谎，简直是最丑陋、最伤人的举动。

她看起来变了个样子，穿着条草原裙，脖子上挂着反战标志，头发也长了，没涂口红。她见到我时竟笑出了声。然后她说我是个卖身的。"他用手背使劲揉着眼睛，"她，这个脱了衣服和那家伙搞在一起的女人，竟然说我为我爸爸卖了身，为密西西比州卖了身。"

"你为什么要告诉我这些？"我握紧了拳头，嘴里泛着一丝金属味，我咬到自己舌头了。

"我就是为了你才开车到她那里去的。我们分手后，我明白自己得把她彻底忘掉。我确实也做到了，斯琪特。我一来一回开了三千公里，然后来告诉你，那份感情已经死了，都过去了。"

"嗯，好的，斯图亚特。"我说，"那恭喜你了。"

他又凑近了些，往前欠了欠身，好让我看着他的脸。我感到一阵恶心，他呼出的酒气让我想吐。可我又想蜷起身子，靠进他的臂弯。我又爱他，又恨他。

"回家吧。"我这话实在口不由心，"我心里已经没有你的位置了。"

"我不相信。"

"太晚了，斯图亚特。"

"我能周六再来吗？我们再多聊一会儿？"

我耸耸肩，眼里满是泪水。我不会让他再甩掉我一次了。我已经被抛弃了太多次，他也好，我的朋友们也好。我还没傻到让这事重演。

"随便你，不关我的事。"

我早上五点醒来，立马投入写作。还有十七天就要截稿，我夜以继日地写个不停，没想到自己竟还有这样的速度和效率。我只花了写其他故事一半的时间，就写完了洛维尼亚的故事，第一缕阳光照进窗内，我关上台灯，这才觉得头痛欲裂。要是艾比琳能在下周初把康斯坦汀的故事交给我,我或许还能赶得及。

然后我忽然意识到我们连十七天也没有。我太蠢了。我忘了算上邮寄到纽约的时间,其实只剩下十天。

我要是还能挤出时间的话,一定会痛哭一场。

睡了几个小时,我又醒来继续工作。下午五点,我听见有车停在房前,然后看见斯图亚特从卡车里钻出来。我强迫自己从打字机前起身,来到前门廊。

"嗨。"我站在门口说。

"嘿,斯琪特。"他点点头,比起两天前似乎更害羞了,"下午好,费伦先生。"

"嘿,孩子。"爸爸从摇椅上站起身,"我让你们年轻人在这里聊吧。"

"不用了,爸爸。抱歉,我今天很忙,斯图亚特。你在这儿跟爸爸坐坐吧,想坐多久都可以。"

我走进屋里,经过厨房门口,妈妈正坐在厨房里喝热牛奶。

"外面是斯图亚特吗?"

我走进餐厅,站在窗户后面,知道斯图亚特看不见我。我目送他开车离开,然后仍呆呆望着。

那天晚上,我像往常一样到艾比琳家去。我告诉她距离截稿日期只有十天,她都快急哭了。然后我把以光速写成的洛维尼亚那章交给她读。米妮也和我们一起坐在餐桌边,喝着可乐,两眼望着窗外。我不知道她今晚也会在场,希望她能让我们专心工作。

艾比琳放下书稿,点点头。"我觉得这章可以了。和慢慢写的那几章一样好。"

我叹了口气,瘫坐在椅子上,想着还有什么要做的。"我们得定下书名,"我揉着太阳穴说,"我想了几个,比如《黑人帮佣以及她们所服务的南方家庭》。”

"啥?"米妮头一回正眼看我。

"这是对本书最准确的描述了,你不觉得吗?"我说。

"就跟屁股里塞了根玉米棒似的。"

"这不是小说,米妮。这是社会研究,必须要描述准确。"

"可也不能听起来这么无聊啊。"米妮回道。

"艾比琳,"我叹口气,希望我们今晚就能解决这个问题,"你怎么想?"

艾比琳耸耸肩,我已经看到她脸上挂起了那副调解的微笑。好像每次我和米妮坐在同一间屋里,她都得给我俩居中调停。"这标题不错。不过要是每一页上都打上这个标题的话,可真是个累活儿。"她说,我以前告诉过她,书里每一页都要打上书名。

"嗯,那我们就简短一些……"我摸出铅笔。

艾比琳挠了挠鼻子,说:"你觉得叫……《相助》怎么样?"

"《相助》。"米妮重复道,好像她从没听过这个词一样。

"《相助》。"我也重复了一遍。

艾比琳耸耸肩,有点不好意思地低下头。"我不是想否定你的想法,我只是……喜欢简单一些,对吧?"

"我觉得《相助》不错。"米妮说着抱起了胳膊。

"我也喜欢……《相助》,"我是真心喜欢,接着又补上一句,"我觉得还是要加个副标题,说清楚这书的类别,不过我觉得这标题真好。"

"好就对了,"米妮说,"要是这玩意印出来了,天知道我们还真需要点帮助①。"

---

① "相助"的英文为"The Help",既指"帮佣",也有"帮助"的意思。

周日下午,距离截稿日期还剩八天,我整天盯着那些细小的打印体字母,走下楼梯的时候不禁头晕眼花,眼睛也眨个不停。我听见斯图亚特的车停进了车道,忍不住开心起来。我揉揉眼睛。或许我可以陪他坐一会儿,让头脑休息一下,然后再回来写上一整晚。

斯图亚特从他那辆溅满泥点的卡车跳下来。他还系着周日上教堂的领带,我尽量不去注意他有多帅。我伸了个懒腰,还有两周半就到圣诞节了,外面却暖和得不像话。妈妈盖着毯子坐在门廊摇椅里。

“您好,费伦太太。您今天感觉还好吗?”斯图亚特问。

妈妈庄重地冲他点点头。“还不错,谢谢问候。”我没想到她的语气如此冷淡。她又端起通讯报读了起来,我不禁笑了。妈妈知道斯图亚特来过家里几次,可她只问过一句。我还等着看他俩什么时候能碰上面。

“嘿。”他轻柔地和我打招呼,我们坐在门廊台阶的最底下一阶,安静地看着我家的老猫谢尔曼摇着尾巴,偷偷绕过一棵大树,追逐着我们看不见的什么东西。

斯图亚特把手搭在我的肩膀上。“我今天待不了多久。我马上要去达拉斯参加石油会议,要离开三天。”他说,“我就是过来跟你说一声。”

“好的。”我耸耸肩,仿佛毫不在意。

“那好吧。”他说着起身朝卡车走去。

他走后,妈妈在摇椅上清了清嗓子。我没转身看她,不想让她看见我脸上因为斯图亚特离开而流露出的失望之情。

“说吧,妈妈,”我终于小声说道,“你想说什么?”

“你可别因为他再让自己掉价。”

我回过头去,疑惑地盯着她,尽管她裹着羊毛毯,看起来那么虚弱，可谁要是看低了我妈妈，那就真是个可怜的傻瓜。

"要是斯图亚特还看不出来我把你养得多聪明、多善良，那就请他直接回去吧。"妈妈眯起眼睛眺望着冬日田野，"老实说，我才不关心斯图亚特呢。他根本不知道能找到你这个女朋友有多幸运。"

妈妈的话像甜蜜的小糖块在我舌尖慢慢化开。我逼着自己站起来，向正门走去。要做的事还有一大堆，时间远远不够。

"谢谢，妈妈。"我轻柔地吻了吻她的脸颊，然后走进屋里。

我精疲力竭，心烦气躁。我打字一连打了四十八个小时，其他什么事也没干。别人的人生故事弄得我头脑昏沉。我的双眼被油墨味道熏得刺痛，手指也被纸张划出一道道口子。谁能想到纸和墨水也这么恶毒。

只剩下六天了，我又去了艾比琳家。尽管伊丽莎白老大不情愿，艾比琳还是在工作日请了一天假。我还没开口，就看出她已经明白我们要讨论些什么了。她让我在厨房坐下，手里拿了封信回来。

"给你之前……我觉得我还应该告诉你些事，你才能真正明白。"

我点点头，紧张地坐着。我想撕开信封，让这件事赶紧过去。

艾比琳把放在餐桌上的笔记本摆摆正，又把两支黄色铅笔码码齐。"还记得我告诉过你康斯坦汀有个女儿吗？嗯，她叫卢拉贝拉。老天，她生下来就跟雪一样白，头发和稻草一个颜色，而且不像你这种鬈发，她的头发顺顺溜溜的。"

"她有那么白啊？"我问。自从那次艾比琳在伊丽莎白家厨房里告诉我康斯坦汀有个女儿之后，我就很好奇这一点。我想象着康斯坦汀怀里抱着个白人小孩，却明知那是自己的女儿，该有多惊奇。

　　她点点头。"卢拉贝拉四岁的时候,康斯坦汀……"艾比琳在椅子上挪了挪身子,"把她送去了一间……孤儿院。在芝加哥。"

　　"孤儿院?你是说……她把自己的孩子送走了?"康斯坦汀很爱我,我能想象到她有多爱自己的孩子。

　　艾比琳直直地凝视着我的眼睛。我在她眼中看见我从未见过的一丝挫败,还有一丝厌恶。"好多黑人妇女都不得不把自己的孩子送走,斯琪特小姐,因为她们得去照顾白人家庭。"

　　我低下头,琢磨着康斯坦汀是不是因为要照顾我们而没法照顾她自己的孩子。

　　"不过大多数人都会送到别人家去。送去孤儿院确实……很不寻常。"

　　"她为什么不把孩子送到她姐姐家?或者给别的亲戚?"

　　"她姐姐……也很难办。一个白皮肤的黑人……在密西西比州,两边都没法融入。不仅那孩子不好过,康斯坦汀更不容易。她……大家都会盯着她看。白人会拦住她,问她带着个白人孩子到处跑是干啥呢。警察也会在联邦路上拦下她,要她穿上制服。就连黑人也……对她区别对待,不把她当自己人看,就跟她做错了什么事一样。康斯坦汀出门干活儿时,也找不到人来帮她看孩子。后来康斯坦汀都不想……带卢拉出门了。"

　　"那时候她已经开始给我妈妈干活了吗?"

　　"她已经给你妈妈做了几年了。她就是在那儿认识了孩子她爸康纳的。他在你家农场干活儿,住在'热堆'。"艾比琳摇摇头,"我们也没想到康斯坦汀竟然会……怀了孕。教堂里有人指指点点,尤其是娃娃生下来竟然是白皮肤,虽然她爹跟我一般黑。"

　　"我妈妈肯定也很不高兴。"我相信妈妈也知道这件事,她总是把所有黑人帮佣的情况都摸得一清二楚——她们住在哪里、婚后生了几个孩子。倒不是说她真的关心，只是为了更方便控制管理。她想要知道在她家里进出的是怎样一个人。

"是黑人孤儿院还是白人孤儿院？"因为我在想，我暗自希望，也许康斯坦汀只是想让自己的孩子过上更好的生活。也许她想给女儿找个白人收养家庭，让她不会觉得自己有什么不同。

"黑人。我听说白人孤儿院不愿意接收她。我猜他们发现了……可能他们以前也遇过类似的事。"

"康斯坦汀带着卢拉贝拉上火车站的时候，我听说站台上的白人全盯着她看，奇怪这个白人小女孩为啥坐上了黑人车厢。康斯坦汀在芝加哥把她放下来的时候，卢拉贝拉那时已经四岁了……已经过了通常进孤儿院的年龄。卢拉贝拉扯着嗓子号哭。康斯坦汀是这么对教会里的人说的，说卢拉贝拉哭喊着乱扔东西，想让妈妈回来把她带走。康斯坦汀虽然把这一切都听在耳里，可还是把女儿留下了。"

听着听着，艾比琳的话刺痛了我的心，我若非有个自己妈妈那样的妈妈，恐怕也不会产生这样的念头。"她把女儿送走是因为她……很羞愧？就因为她女儿是白皮肤？"

艾比琳张了张嘴想否认，却又闭上了嘴，低下头。"几年之后，康斯坦汀给孤儿院写信，说她做错了，想把女儿找回来。可卢拉已经被人收养了，不在那里了。康斯坦汀总说把女儿送走是她这辈子最大的错误。"艾比琳靠在椅背上，"她还说，要是能把卢拉贝拉找回来，她绝不会再让她离开了。"

我安静地坐着，为了康斯坦汀而心痛。我开始害怕，不敢去想这一切到底和妈妈有什么关系。

"大概两年前，康斯坦汀收到一封信，是卢拉贝拉寄来的。我猜她那时候已经二十五岁了，说是她养父母给的地址。于是她们俩开始通信，卢拉贝拉说她想过来和康斯坦汀住一段时间。老天，康斯坦汀紧张得连路都走不直了,紧张得吃不下饭,喝不了水,吃了喝了就要吐。我还把她加进了我的祈祷名单。"

两年前。那时候我还在学校。康斯坦汀为什么没在信里告诉我?

"她把所有存款都取出来,给卢拉贝拉买了新衣服,新头饰,还让教会里会做针线活儿的给她缝了床新被子,要给卢拉贝拉睡。她在祷告聚会上不住地问我们,*她要是恨我咋办?她准要问我当初为啥送走她,要是我告诉她真相……她肯定会恨我的*。"

艾比琳从茶杯上抬起头,微微一笑。"她还告诉我们,说她等不及想让你也见见她女儿,等你从学校回来之后。我差点忘了,那时候我还不知道斯琪特是谁。"

我想起康斯坦汀的最后一封信,信上说等我回家之后有个惊喜。现在我明白了,她是想要把她女儿介绍给我。我的喉头一阵哽咽,努力把那泪水咽回去。"卢拉贝拉后来来看她了吗?发生了什么事?"

艾比琳把桌上的信封推到我面前。"那部分故事你回家自己看吧。"

回家后,我径直上了楼,还没坐下,就拆开了艾比琳的信封。故事用铅笔写在笔记本纸上,圆体字密密麻麻地写满了正反面。

读完了信,我愣愣地望着自己已经写完的八页纸,里面写着我跟着康斯坦汀去'热堆'的那些午后、我们一起玩拼图的夜晚、她把拇指按进我的手心。我深吸一口气,双手放在打字机键盘上。不能再浪费时间了,我得把她的故事写完。

我写下艾比琳告诉我的一切,康斯坦汀有个女儿,可为了给我们家干活,不得不把她送走——我给我们家取了个化名叫米勒,来自我最爱的禁书作家亨利·米勒。我没把康斯坦汀女儿的肤色很浅这件事写出来；我只想表达康斯坦汀对我的爱来自于她对女儿的思念。或许正因为如此，那份爱才会那么特别、那么深厚。哪怕我是个白人，也丝毫无损她对我的爱意。她渴望着女儿回到身边，而我也盼望妈妈不要再对我失望。

我一连写了两天，从我的童年写到我读大学的日子，那时候我们每周都通信。可我听见妈妈又在楼下咳嗽起来，便停下打字，然后传来爸爸朝她走去的脚步声。我点了根烟，又掐灭了，想着，**别再抽啦**。马桶冲水声响彻整间屋子，又带走了妈妈身体的一部分。我又点了根烟，一直抽到烧到手指为止。艾比琳信中的内容，我实在不知道该怎么写下去。

那天下午，我给艾比琳家打了个电话。"我没法把那件事写进书里，"我告诉她，"妈妈和康斯坦汀的那件事。我就写到我上大学的日子好了。我只是……"

"斯琪特小姐……"

"我知道我应该写出来。我知道我应该像你、像米妮、像其他人那样做出牺牲。可我不能这么对自己的妈妈。"

"没人让你写出来，斯琪特小姐。说实话，你要是写了，我倒要看不起你了呢。"

第二天晚上，我走进厨房，想喝点茶。

"尤金娜？你在楼下吗？"

我走进妈妈的房间。爸爸还没上床睡觉。我听见外面休息室传来电视的声音。"我在这儿，妈妈。"

她今晚六点就上床了，床下放着白色搪瓷盆。"你刚才哭了吗？你知道那对皮肤不好，亲爱的。"

我在她床边的靠背椅上坐下，考虑着该如何开口。我能明白妈妈当时为什么要那样做，确实，卢拉贝拉那种行为，谁能不生气？

可我想从妈妈口中听听事情的经过。要是艾比琳的信里遗漏了什么能够挽回妈妈名誉的隐情，我也想知道。

"我想跟你谈谈康斯坦汀的事。"我开门见山。

"噢，尤金娜，"妈妈拍了拍我的手，责备道，"那都是两年前的事了。"

"妈妈。"我逼着自己直视她的双眼。虽然她已经瘦得不像话，皮肤下的锁骨又细又长，可那一双眼睛却还是同以前一样锐利，"到底发生了什么？她女儿是怎么回事？"

妈妈紧紧抿起了嘴，我看得出，她听到我提起康斯坦汀的女儿大吃一惊。我等着她像往常那样一口回绝。她却深吸一口气，把白瓷盆移近了些，缓缓开口道："康斯坦汀没法照顾她女儿，就把女儿送到芝加哥去了。"

我点点头，等她继续说。

"他们在那方面跟我们不一样，你明白吗？那些人就知道生小孩，也不想想后果，知道的时候都为时已晚了。"

他们，*那些人*。这些字眼让我想起希莉。妈妈也从我脸上看出来了。

"你瞧，我以前对康斯坦汀也挺好的。哦，哪怕她经常跟我顶嘴，我都忍了。可是，斯琪特，那次她让我别无选择。"

"我知道，妈妈。我知道发生了什么。"

"谁告诉你的？还有谁知道那件事？"妈妈眼里闪出一抹惊慌。她最担心的事情还是发生了，我很替她难过。

"我不能告诉你是谁说给我听的。我只能说，那人跟你……没什么关系。"我答道，"我不敢相信你会做出那种事，妈妈。"

"你怎么敢这么说我，是她先干的好事。你真的知道到底是怎么回事吗？你当时在场吗？"我看见那熟悉的怒火，来自这个忍受了常年溃疡流血的顽固女人。

"那个女孩——"她伸出瘦骨嶙峋的手指,冲我摇了摇,"她找到这里来。我正在家里招待美国革命妇女会分会的全体会员。你那时还在学校。门铃响个不停,康斯坦汀在厨房里煮咖啡,那个旧过滤壶已经煮坏了两壶咖啡了。"妈妈挥挥手,仿佛想挥去记忆中的焦煳味,"她们都在客厅里吃蛋糕,家里来了足足九十五个人,她也进屋喝起了咖啡,还跟莎拉·冯·希斯特恩说话,当自己是个客人似的在屋里走来走去,往嘴里猛塞蛋糕,竟然还填了张入会申请表。"

我又点点头。或许我原先不知道这些细节,可那也改变不了事实。

"她看起来跟其他白人没什么差别,举止自信大方,她自己也知道,于是我走上前去招呼她:你好吗?她大笑着回答:很好。我又问,你叫什么名字?她说,你还不知道吗?我是卢拉贝拉·贝茨。我长大了,要搬回来和妈妈住,昨天上午刚到。然后她又伸手拿了一块蛋糕。"

"贝茨。"我说,这又是我不知道的一个细节,虽然无关紧要。"她改回康斯坦汀的姓氏了。"

"谢天谢地,没人听见她的话。可她又去跟菲比·米勒攀谈,菲比可是美国革命妇女会南方各州的主席。我把她拉进厨房,告诉她:卢拉贝拉,你不能待在这儿,你得离开,然后,噢,她那么傲慢地看着我说:怎么,黑人要不是来打扫卫生,还进不了你家客厅了?康斯坦汀正好走进厨房,表情和我一样震惊。我又说:卢拉贝拉,你快点走,否则我要叫费伦先生来了。可她纹丝不动,说些什么,我以为她是白人的时候,就对她客客气气的,还说她在芝加哥加入了什么'黑猫组织',于是我把康斯坦汀叫来,对她说,**马上把你女儿从我家里带走**。"

妈妈的眼窝似乎更深了,鼻孔也张大了。

"康斯坦汀让卢拉贝拉先回家去,卢拉贝拉就说,好啊,反正我正准备走呢,说完就往餐厅走去,我当然拦住了她。哦,不行,我说,你得从后门出去,不能和白人宾客一样走前门。我不想让美国革命妇女会的人知道这件事。我还告诫这个没大没小的女孩——我们每年圣诞节都要多给她妈妈十美元呢——她再也不准踏进这个农庄一步。可你知道她接下来做了什么吗?"

我知道。我心想,可脸上仍不动声色。我还在等着有没有能够补救的部分。

"她朝我脸上吐口水,一个黑鬼,在我自己家里,装成个白人。"

我打了个哆嗦。竟然有人胆敢朝我妈妈吐口水?

"我告诉康斯坦汀,那个女孩最好再也别在这里露面,也不能在'热堆',不能在密西西比州露面。我也不能容忍康斯坦汀继续和她来往,只要你爸爸还在给康斯坦汀付房钱就不行。"

"可做错事的是卢拉贝拉,不是康斯坦汀。"

"要是她待在这里怎么办?我可不能让那姑娘在杰克逊市出没,黑人装白人,到处宣扬她在朗利弗庄园参加了美国革命妇女会的聚会。在场的人都还没发现这件事,我已经谢天谢地了。她想让我在自己家里出洋相,尤金娜。五分钟前,她刚让菲比·米勒帮她填了张入会申请表。"

"她有二十年没见过女儿了,你不能……让人不见自己的孩子哪。"

可妈妈沉浸在自己的故事中。"康斯坦汀啊,她还以为能劝我改变主意。费伦太太,求你了,就让她待在我家里吧,她不会再上这边来了,我这么久都没见着她了。

"结果那个卢拉贝拉,手叉着腰,说道,'好哇,我爸爸死得早,我小时候妈妈身体也不好,照顾不了我,就只能把我送走。这次你可不能再把我们分开了。'"

妈妈放低了声音，面色变得严肃。"我就这么看着康斯坦汀，真替她害臊。一开始是怀了孕，后来又撒谎……"

我觉得头晕，浑身燥热起来。我想赶快结束这场对话。

妈妈眯起眼睛，"是时候让你知道真相了，尤金娜。一直以来，你都太崇拜康斯坦汀了。"她伸出一根手指，指着我，"可他们跟正常人不一样。"

我无法再看着她，便闭起了眼睛。"然后呢，妈妈？"

"我直截了当地质问康斯坦汀：'你是这么跟她说的吗？你就是这么掩饰自己犯下的错误的？'"

我曾暗自期盼这一段故事不是真的。我希望是艾比琳弄错了。

"我把事实真相告诉了卢拉贝拉。我告诉她：'你爸爸没死。你一生下来他就走了。你妈妈这辈子从来也没病过一天。她把你送走，只是因为她觉得你太白了。她不想要你。'"

"你怎么就不能让她相信康斯坦汀的话？康斯坦汀就是因为害怕女儿会不喜欢自己，才那么跟她说的。"

"因为卢拉贝拉需要知道真相。她必须得回芝加哥去，她本该待在那儿。"

我用双手抱着脑袋。这个故事里没有什么值得原谅的隐情。我明白艾比琳为什么不愿意告诉我了。一个孩子永远不该知道自己的妈妈曾做出这样的事。

"我再也没想到康斯坦汀会跟着她到伊利诺伊州去，尤金娜。老实说，看到她离开，我也很难过。"

"你才不难过。"我说。我想到康斯坦汀，在乡下生活了五十年，现在却要学着在芝加哥狭小的公寓里栖身。她得多孤单啊。在那北方的严寒里，她的膝盖一定很不好受吧。

"我当时确实很难过。而且尽管我当时不准她给你写信,要是她能再挨久一点的话,恐怕也会写了。"

"挨久一点?"

"康斯坦汀死了,斯琪特。我在她生日的时候给她寄了张支票。我找到她女儿的地址,可是卢拉贝拉……把支票退了回来,还附上一份讣告。"

"**康斯坦汀**……"我哭了出来,要是我早点知道这一切就好了,"你为什么不告诉我,妈妈?"

妈妈目视前方,抽抽鼻子,飞快地擦了擦眼睛。"因为我知道你会怪我,但其实——其实这也不是我的错。"

"她是什么时候去世的? 她在芝加哥住了多久?"我问。

妈妈把瓷盆拉近了些,搂在身边。"三个礼拜。"

艾比琳打开后门,让我进屋。米妮也坐在桌边,搅拌着咖啡。她看见我,把连衣裙的袖子往下拉了拉,可我还是瞥见她胳膊上裹着白色绷带。她嘟囔着打了个招呼,又低头搅起咖啡来。

我把书稿往桌上重重地一放。

"要是我能在明天早上寄出,那就还有六天,应该来得及寄到。我们或许能赶上。"我疲惫地挤出个笑容。

"老天,真不简单。这么多页。"艾比琳咧开嘴笑了,坐在凳子上,"足足两百六十六页呢。"

"我们现在只能……等等看了。"我说,我们三人一齐盯着那叠纸。

"总算做完了。"米妮说,我看到她脸上浮现出一丝仿佛笑容的满足之情。

房间里愈发安静。窗外漆黑一片。邮局已经关门了,所以我把书稿带来,最后再让艾比琳和米妮看一眼,然后就寄出。通常我每次只带一章来。

"要是让人发现了咋办?"艾比琳悄声问。

米妮从咖啡杯上抬起头。

"要是大家发现奈斯维尔其实就是杰克逊市,或是知道谁是谁了,该咋办?"

"没人会发现的。"米妮说,"杰克逊市又没啥特别的,差不多的地方成千上万呢。"

我们有一阵没提起这回事了,除了薇妮说起割舌头的那次,我们其实也没有真正讨论过会有什么后果,除了女佣们肯定会丢了工作之外。过去的八个月里,我们一门心思只想着赶紧写完。

"米妮,你还得考虑考虑孩子,"艾比琳说,"还有勒罗伊……要是让他发现了……"

米妮那自信的目光变得焦灼,开始游移不定。"勒罗伊铁定要气疯了。"她又捋了捋袖子,"先是气疯了,之后又难过,要是白人来把我捉走的话。"

"你觉不觉得我们该找个能去的地方……要是情况变糟的话?"艾比琳问道。

她们俩都认真考虑了一会儿,然后齐齐摇头。"我想不到我们还能去哪儿。"米妮说。

"你也最好想想,斯琪特小姐。给自己找个地方。"艾比琳说。

"我不能丢下妈妈。"我说。我刚才一直站着,这会儿跌坐在椅子上,"艾比琳,你真的觉得他们会……伤害我们吗? 我是说,像报纸上登的那样?"

艾比琳扬起头,皱着眉疑惑地看着我,好像不能理解我的意思。"他们当然会打我们,会带着棒球棍找上门来。也许不会把我们打死,但是……"

"但是……到底是谁会这么做呢? 我们写到的那些白人太太

小姐……她们不会伤害我们吧。会吗?"我问道。

"你还不明白吗,白人男人可是最喜欢'保护'自己城里的白人妇女了。"

我的皮肤上如过电般一阵酥麻。我自己倒没有那么担心,但是害怕我所做的一切会害了艾比琳和米妮,还有洛维尼亚和菲·贝尔,以及另外八个女佣。书稿就放在桌上。我想把它装进书包,藏起来。

可我没动,我望向米妮,不知道为什么,我觉得她是我们当中最清楚到底会发生什么的那个。不过她没有看我。她用大拇指的指甲在嘴唇上抹来抹去,陷入了沉思。

"米妮? 你怎么想?"我问。

米妮双眼望向窗外,若有所思地点点头。"我觉得我们得弄点保险。"

"我们这些人,哪有什么保险?"艾比琳说。

"要是我们把我干的那件大坏事也写进去呢?"米妮问。

"那可不行,米妮,"艾比琳说,"那不正好暴露了嘛。"

"可我们要是写了,那么希莉太太就**绝对**不能让别人发现这本书写的是杰克逊市。她不会想让任何人知道她那件事的。要是有人有点儿明白了,她会把他们往别的方向引的。"

"老天,米妮,这太冒险了。谁知道那女人会干出点什么事来。"

"这事只有希莉太太和她妈妈知道,"米妮说,"西莉亚太太也知道,可她又没有朋友可以说。"

"什么事?"我问,"真有**那么**坏吗?"

艾比琳望着我。我扬起了眉毛。

"她会对谁承认?"米妮问艾比琳,"她也不会让你和利夫特太太给认出来的,艾比琳,要是你们给认出来了,下一个就是她了。

我跟你说,希莉太太就是我们最好的保护伞。"

艾比琳摇摇头,随后又点点头。接着又摇了摇头。我们都看着她,等待着。

"要是我们把那件大坏事写进书里,然后**真的**被大家发现那是你和希莉太太,你可就有大麻烦——"艾比琳打了个寒颤,"我都说不上来。"

"我也只能铤而走险了。我决定了,要么把这件事写进去,要么把我的部分拿出来。"

艾比琳和米妮四目相对。我们不能拿掉米妮那一章,那是最后一章,故事讲述了她如何在这个小城里被解雇十九次,如何试图压抑住内心的怒火,却从没成功过。那个故事由她妈妈嘴里那些给白人太太干活的规矩说起,一直到她离开沃尔特斯太太为止。我想开口插话,可还是闭上了嘴。

终于,艾比琳叹了口气。

"好吧,"艾比琳摇着头说,"那你告诉她吧。"

米妮冲我眯起了眼睛。我拿出纸和笔。

"先说清楚,我是为了这本书才和你说这件事的。可不是分享啥内心秘密。"

"我去煮点咖啡。"艾比琳说。

开车回朗利弗的路上,我想着米妮那个馅饼的故事,不禁打了个寒战。我不知道是把它写进书里还是不写进书里更安全。更别提要是我没能及时写完,没能在明天寄出,那就又要晚一天,我们赶上截稿日期的机会就又小了一些。我都能想象到希莉会怒火中烧,脸涨得通红,对米妮怀恨在心。我很了解我这位老朋友。要是我们被发现了,希莉将会成为我们最凶狠的敌人。即使我们没被发现,写上那个馅饼的故事也会让希莉恼怒异常。但是米妮说得没错——那是我们最好的保险。

我每开出几百米就要回头张望一番。我只敢在小路上开,而且不敢开得太快。"他们当然会打我们",这句话在我脑海中不断回响。

我又写了个通宵,对米妮这个故事里的细节深感厌恶,眉头紧锁,天亮后又写了一整天。下午四点,我把书稿塞进纸盒,又麻利地包上一层牛皮纸。通常邮寄到纽约需要七至八天,可这次必须在六天之内寄到,才能赶上截稿日期。

我知道邮局四点三十分关门,虽然很怕碰上警察,还是加速向邮局驶去,然后冲向柜台窗口。我从前天晚上就没睡过觉,头发乱得都快竖到天上去了,邮递员瞪大了眼睛。

"外面风很大吗?"

"拜托,请问这个今天能寄出吗?寄到纽约。"

他看了看地址。"出城的卡车已经走了,小姐。要等到明天。"

他盖上邮戳,我转身回家。

我一到家,就径直走进储藏室给伊莲恩·斯坦办公室打电话。她的秘书帮我接通,我用沙哑疲惫的嗓音告诉她,书稿今天寄出了。

"最后一次编辑会议还有六天,尤金娜。书稿不仅要及时寄到,还要让我有时间读一下。我恐怕得说这不太可能了。"

没什么好说的了,我只能喃喃道:"我知道。谢谢你给我这次机会。"我又加了句,"圣诞快乐,斯坦女士。"

"我们过的是光明节①,不过还是谢谢你,费伦小姐。"

﹏﹏﹏﹏﹏﹏

① 光明节,又称哈努卡节(Hanukkah),是一个犹太教节日。

第二十八章

我挂上电话,来到门廊,眺望着这片寒冷的土地。我累坏了,都没注意到尼尔医生的车停在屋前。他肯定是在我去邮局的时候来的。我靠着栏杆,等他从妈妈的房间出来。前门敞开,我从门厅望向屋里,看见妈妈的卧室门关着。

过了一会儿,尼尔医生小心地关上房门,朝门廊走来,站在我身边。

"我给了她点止疼药。"他说。

"止……疼?妈妈今早又吐了吗?"

老尼尔医生用他那双浑浊的蓝眼睛望着我。他认真地打量了我好一会儿,像是在为我权衡着什么。"你妈妈得了癌症,尤金娜。在胃部内壁。"

我伸手扶住墙壁,心头一震,可其实,我不是已经有了预感吗?

"她不想告诉你,"医生摇摇头,"可她也不想住院,所以你要知道,接下来的几个月将会……非常艰难。"他扬起了眉毛,"对她、对你都是。"

"几个月?只有……几个月了吗?"我用手捂住嘴,听见自己哀叫了一声。

"或长或短,亲爱的。"他又摇摇头,"不过你知道你妈妈的,"他瞥了一眼屋里,"她一定会战斗到底。"

我站在那里,一时头晕目眩,说不出话来。

"随时打电话给我,尤金娜。往我办公室或者家里打都行。"

我回屋走进妈妈的房间。爸爸坐在床边的沙发上，眼神空洞。妈妈挺直了腰杆坐着，她见我进来，无奈地转了转眼睛。

"好吧，他还是告诉你了。"她说。

泪水顺着我的下巴淌下来。我握住她的手。

"你知道多久了？"

"大概两个月。"

"哦，妈妈。"

"别这样，尤金娜。这事谁也没办法。"

"可是我能做点儿什么……我不能就这么坐着，就这么看着你……"那个词我说不出口。所有的词语都太可怕了。

"你肯定不能就这么*坐着*。卡尔顿马上就要当上律师了，你呢……"她冲我摇摇手指，"别以为我走了你就能放飞自我。我一有力气能走到厨房，就给做头发的范妮·梅打电话，给你一直预约到1975年去。"

我无力地倒在沙发上，爸爸搂住我。我靠在他身上痛哭了起来。

詹姆逊一周前立起来的圣诞树已经有些枯萎了，每当有人走进休息室，针叶就往下掉。还有六天才到圣诞节，可没人有心情去给它浇水。妈妈七月间就买好包好的几份礼物放在树下，给爸爸的礼物明显是条上教堂时戴的领带，给卡尔顿的是个四四方方的小盒子，而我的则是个挺重的盒子，我怀疑里面是本新的《圣经》。既然大家都已经知道妈妈得了癌症，让她强打起精神的那几根弦也就松了，像牵线木偶被剪断了线一样，连脑袋也摇摇晃晃的。她每天能做的也就是下床去卫生间，或是在门廊上坐上几分钟。

下午，我去给妈妈取来邮件，有《好主妇》杂志、教堂的通讯报，以及美国革命妇女会的新消息。

"你怎么样?"我把她的头发往后拨了拨,她闭上眼睛,好像很享受这种感觉。现在她变成了孩子,而我成了母亲。

"我很好。"

帕斯卡古拉端了碗汤走进来,放在桌上。她离开后妈妈轻轻地摇了摇头,呆呆地望着空荡荡的门口。

"哦,不,"她苦着脸说,"我吃不下。"

"不想吃就先不吃,妈妈。等会儿再说。"

"帕斯卡古拉在这里,和以前有点不一样了,对吧?"她说。

"不,"我说,"不一样了。"这是我们那次糟糕的对话之后,她第一次提到康斯坦汀。

"有人说好的女佣就像真爱一样。你一辈子只能遇上一个。"我点点头,想着我真该把这句话记下来,写进书里。不过,当然了,现在已经来不及了,书稿早已寄走。我什么也做不了,也没人能做些什么,只能等待着结局到来。

平安夜那天下起了雨,还算温暖,家里气氛压抑。每过半个小时,爸爸就从妈妈的房间出来,透过前门窗户往外瞧,哪怕没人听见也自顾自地喃喃问道:"他到了吗?"我哥哥卡尔顿今天从路易斯安那州立大学法学院开车回家,等他回到家,我们都会放心一些。今天一整天,妈妈吐了好几次,还总是干呕,眼睛几乎都睁不开了,可她也睡不着觉。

"夏洛特,你得去医院。"尼尔医生下午说。这一周来,这句话我不知听过多少遍了,"至少让我派护士来照顾你。"

"查尔斯·尼尔,"妈妈头也不抬地答道,"我不想在医院度过我最后的日子,我也不会把我自己家里变成医院。"

尼尔医生只是叹了口气,又交给爸爸一些药,一种新药,告诉他该怎么给妈妈吃。

"可是这有用吗?"我听见爸爸在门厅小声问,"会让她感觉好一些吗?"

尼尔医生把手搭在爸爸肩膀上。"不会的,卡尔顿。"

晚上六点,卡尔顿终于把车停进了车道,迈进家门。

"嘿,斯琪特。"他抱了我一下。他开了这么久车,整个人看起来有些乱糟糟的,可穿着大学毛衣还是那么帅。他身上裹着新鲜空气进了屋,闻起来清新舒爽。家里又来了人可真好。"上帝啊,这屋里怎么这么热?"

"她觉得冷,"我小声说,"老是觉得冷。"

我陪他一起走进里屋。妈妈看见他,坐了起来,朝他伸出纤瘦的手臂。"噢,卡尔顿,你回来了。"她说。

卡尔顿愣住了,然后弯下腰,轻轻地抱了抱她。他回头看了我一眼,脸上写满了震惊。我转过身,捂住嘴巴,不让自己哭出来,害怕一哭就止不住。卡尔顿的表情已经告诉了我一切,比我想要知道的还要多。

圣诞节那天,斯图亚特来了,他想吻我的时候我没有拒绝。但是我告诉他:"我让你吻我,只是因为妈妈恐怕已经时日无多了。"

"尤金娜。"我听见妈妈喊我。今天是元旦前夜,我正坐在厨房里喝茶。圣诞节过完了,今天早上詹姆逊来把圣诞树搬走。屋里还到处散落着针叶,可我已经把圣诞装饰都收好,收进衣橱深处了。这活儿真琐碎累人,要把每件装饰品都按妈妈的方式包好,准备明年再用。我不让自己细想这么做到底有没有用。

斯坦女士那边还是没有消息,我甚至都不知道邮件准时寄到了没有。昨晚,为了找人说说这件事,我忍不住给艾比琳打了个电话,告诉她我还没有收到回应。"我还在琢磨能往书里加点什么,"艾比琳说,"我得不断提醒自己书稿已经寄走了。"

"我也是。"我说,"我一收到答复就给你打电话。"

我走进里屋。妈妈靠着枕头坐着。我们听说,坐直身体就可以靠重力缓解呕吐。那个白色搪瓷盆依然放在她身边。

"嘿,妈妈,"我说,"怎么了?"

"尤金娜,你可不能穿着那条松松垮垮的裤子去参加霍尔布鲁克家的新年派对。"妈妈眨了眨眼,每次都要闭上好一会儿才能再睁开。她精疲力竭,瘦得像具骷髅,挂在身上的白色睡袍装饰着华丽过头的丝带和硬挺的蕾丝。她纤瘦的脖子在领口晃荡,像只八十磅重的天鹅。她只能用吸管吃东西,也闻不见味道了。可她还是能从另一间房间里察觉到我是否衣着得体。

"他们的派对取消了,妈妈。"可能她还记得去年希莉家的派对。斯图亚特告诉我,由于总统去世,所有派对都取消了。虽然也没人邀请我参加。今晚,斯图亚特要过来看迪克·克拉克的新年节目。

妈妈把她瘦骨嶙峋的手放在我手上,骨节在薄薄的皮肤下若隐若现。妈妈现在的身型和我十一岁时差不多吧。

她平静地看着我。"我觉得你得去把那条裤子加在清单上,现在就去。"

"但是这条裤子又舒服又暖和,而且——"

她闭上眼睛,摇摇头。"那也不行,斯琪特。"

没有必要再争论了。"好吧。"我叹道。

妈妈从被单下的衣服暗兜里摸出个小本子,她给每件衣服都缝上暗兜,放止吐药和纸巾,还有写满了指示的清单。她已经如此虚弱,没想到写字时手还很稳。她在"不要再穿"那一栏写下:"灰色、松垮、男式长裤。"然后满意地笑了。

这听起来有些吓人,可妈妈一想到她死后就再没人来管我的衣着打扮,便想出这么个巧妙的方法,在她死后也能继续监督。她料想我以后也不会自己再跑出去买一堆不合适的新衣服回来。她这想法可能也没错。

"你今天还没吐过吗?"我问,已经四点钟了,妈妈喝了两碗汤,却一次也没觉得恶心。往常到了这个点她至少已经吐过三次了。

"一次也没有。"她说,可是马上闭上了眼睛,没过几秒钟就睡着了。

新年第一天,我下楼去煮点眉豆,按照习俗,新年吃眉豆会带来好运。帕斯卡古拉昨晚就拿出豆子泡上,又教我怎么把豆子放进锅里,开火,再放入猪蹄膀。这道菜只有两个步骤,可大家好像都对我开火做饭这件事感到分外紧张。以前康斯坦汀虽然元旦那天放假,也总会过来帮我们煮些好运眉豆。她会做上一大锅,可是给每人盘子里只放上一颗豆子,还要眼看着我们吃下去,她就是这么迷信,之后,她洗完盘子才回家。但是帕斯卡古拉没有主动提出要在假日那天过来,可能是要和自己家人在一起吧,我也就没有叫她过来。

卡尔顿今天早上就要回学校了,我们都很舍不得。有哥哥在家里说说话还是挺好的。他对我说的最后一句话是:"别把房子给烧了。"又补上一句,"我明天打电话来,问问她怎么样了。"然后他抱了抱我,就开车往学校赶了。

我关了火,来到门廊。爸爸靠着栏杆,手里搓着棉花种子。他出神地望着光秃秃的田野,还有一个月才开始播种。

"爸爸,进来吃午饭吧?"我问道,"豆子煮好了。"

他扭过头,脸上挂着一抹微笑,像是在寻找什么解释。

"他们给她的那个药……"他仔细打量着手里的种子,"我觉得有效果。她一直说自己感觉好点了。"

我怀疑地摇摇头。难道他真的相信？

"两天了，她只吐了一次……"

"哦，爸爸。不是……只是……爸爸，她的病还没好呢。"

爸爸眼里闪过空洞的神情，我不知道他听到了我的话没有。

"我知道你有你自己的生活，有自己想去的地方，斯琪特。"他的眼里涌出泪水，"可我每天都要感谢上帝，有你留在这儿陪着她。"

我点点头，他以为是我主动放弃了出门的机会，我有点愧疚。我抱了抱他，告诉他："我也很高兴我能留在这儿，爸爸。"

一月的第一周，俱乐部重新开门营业，我穿上裙子，拿上球拍，走过餐食部的时候，没有搭理那个抛弃了我的前网球搭档佩西·乔伊纳，还有另外三个女孩，她们坐在黑色铸铁桌前抽着烟，见我走过，就俯下身窃窃私语。我今晚不去出席联盟会例会了，以后也都不会再去了。我终于不再抵抗，三天前寄出了一封辞职信。

我对着墙壁狠狠击球，尽量什么也不想。我从来不是虔诚的教徒，近来却发现自己也开始祈祷了，向上帝喃喃倾诉着长篇大论，祈求让妈妈感觉好些、祈求收到关于书稿的好消息，有时甚至会问问关于斯图亚特我该怎么办。我常常发现自己不由自主地就祷告上了。

我从俱乐部回到家，碰巧尼尔医生在我身后停了车。于是我带他走进妈妈的房间，爸爸在房间里等着，他们关上了门。我像个孩子似的提心吊胆地站在门厅里。我开始明白为什么爸爸紧抓着那一线希望。妈妈已经有四天没再吐出绿色的胆汁。她可以每天吃点燕麦粥，有时甚至还想再添点。

尼尔医生出来了，爸爸还坐在床边的椅子上，我送尼尔医生出门。

"她对你说了吗?"我问,"她感觉好点了?"

他点点头,随后又摇摇头。"没必要带她去做 X 光检查,她还太虚弱了。"

"但是……她确实好点了吗? 是不是渐渐康复了?"

"我以前也遇到过这种情况,尤金娜。有时候人会突然充满力量,可能是上帝的恩赐吧,让病人得以完成他们的任务。但也仅限于此了,亲爱的。别期望太多。"

"可是你看到她的脸色了吗? 她看起来好多了,而且东西吃了——"

他摇摇头。"就尽量让她舒服些吧。"

1964 年的第一个周五,我实在等不下去了。我把电话拽进储藏室。妈妈吃完了第二碗燕麦粥,正在睡觉。她的房门敞开着,要是她有事叫我,我也能听见。

"伊莲恩·斯坦办公室。"

"你好,我是尤金娜·费伦,长途打来的。能请她接电话吗?"

"抱歉,费伦小姐。斯坦女士在挑选书稿期间,不接任何电话。"

"哦,不过……你能不能至少告诉我,我的书稿她收到了吗? 我在截稿日期前寄出的——"

"请等一下。"

电话那头没了声音,过了大约一分钟,她回来了。

"我们在假期期间收到了你的书稿。斯坦女士一旦做出决定,办公室会有人通知你的。感谢致电。"

然后对方挂上了电话。

几天后,我写了一下午精彩纷呈的莫娜太太专栏回信,然后和斯图亚特坐在休息室里。我很高兴见到他,他的到来能暂时打破家里这一片死寂。我们安静地坐着看电视,电视上正播着塔雷顿香烟广告,就是那个顶着乌青眼圈抽烟的女孩——**我们抽塔雷顿香烟的人宁可打架也不换牌子**。

斯图亚特和我现在每周见一次面。圣诞节后我们出去看了场电影,进城吃了次饭,但通常都是他来家里陪我,因为我不想离开妈妈。他在我身边有些迟疑,又有些拘谨。他的眼神里多了份耐性,让我不用再像以前一样,和他在一起就会慌张。我们不谈什么严肃的话题。他告诉我他读大学时的暑假经历,在墨西哥湾的石油钻塔工作,用海水洗澡,大海晶莹清澈,一片湛蓝。其他工人都是为了养家糊口才来做这份艰苦的工作,而斯图亚特是个富人家的孩子,暑假过后还要回大学读书。他说,那是他生平第一次真正卖力工作。

"我很庆幸自己那时候就在钻井锻炼过。我现在可没法说走就走,再去体验了。"他说,仿佛这事已经过去了很久似的,其实只过了五年。他比我记忆中又沧桑了些。

"为什么现在去不了了?"我问,我正为自己的未来打算,也喜欢听听别人的机会和可能。

他对我皱起眉头。"因为我离不开你了呀。"

我把这句话小心翼翼地珍藏起来,不敢承认它听起来多么美好。

广告放完了,我们又看起了新闻。越南发生小规模冲突,主播似乎认为无须大费周章就能解决。

"听着,"我们沉默了一阵,斯图亚特开口道,"我之前不想提这件事,但是……我知道城里大家都是怎么说你的。不过那些我都不在意,我想让你明白这一点。"

我的第一反应是**那本书**。他是不是听到了什么风声。我全身都僵硬了。"你听到什么了?"

"就是你对希莉使的那个花招。"

我放松了些,但也没有完全放松。除了希莉,我从来没对别人说过那事。我猜是不是希莉真像她威胁过的那样给斯图亚特打了电话。

"我能明白大家为什么会那么想,觉得你是个疯狂的自由分子,卷进那堆破事里。"

我低头看着自己的双手,还在担心他到底听到了些什么,也有点不高兴。"你又是怎么知道,"我问,"我卷进什么破事了?"

"因为我了解你,斯琪特。"他柔声说,"你太聪明了,不会自己掺和进那种事的。我也是这么跟他们说的。"

我点点头,想要笑笑。尽管他自以为"了解"我,我还是感谢有人能这么关心我,为我出头。

"我们不再谈这件事了,"他说,"我只是想和你说一声,没别的。"

周六晚上,我去向妈妈道晚安。我在外面罩了件长大衣,这样她就看不到我里面穿了什么。我也没开灯,她也没法评论我的发型了。她的身体情况依旧没有什么变化,病情似乎没再恶化——呕吐暂时止住了——可她的皮肤白得发灰,而且开始掉头发。我握着她的手,抚摸着她的脸颊。

"爸爸,要是找我就往饭店打电话好吗?"

"好的,斯琪特。去好好玩吧。"

我坐上斯图亚特的车,他带我来到罗伯特 · E. 李饭店吃饭。饭店里满眼是华服鲜花,银餐具叮当作响,一派浮华。空气中洋溢着兴奋之情,仿佛肯尼迪总统遇刺的阴霾将要过去,一切快要回到正轨。1964 年将是崭新的一年。我们俩一路吸引了不少目光。

"你看起来……有些不同。"斯图亚特说。我能看得出这话他已经憋了整晚,他那神情不像是为之惊艳,反倒很疑惑,"这裙子,有点太……短了。"

我点点头,把头发拂到耳后,学着他曾经的姿势。

那天早上,我告诉妈妈我要出门买东西。可她看起来相当疲倦,我马上改了主意。"要不我还是不去了。"

但我已经说出了口。妈妈便让我取来支票簿。我拿来后,她撕下一张空白支票,又从钱包里掏出一张百元钞票递给我。光是听到"买东西"这三个字,仿佛就已经让她感觉好多了。

"听着,别小气,别买那种松垮的裤子。让拉沃莱夫人帮你挑。"她把头往后一仰,靠在枕头上,"她知道你们年轻小姐该穿些什么。"

可是一想到拉沃莱夫人那双皱巴巴的手放在我身上,还有那一身的咖啡和樟脑丸味道,我就受不了。我开车进城,拐上 51 号高速,往新奥尔良驶去。我一边开车,一边为自己抛下妈妈这么久而感到愧疚,尼尔医生下午要来检查,爸爸会整天在家陪着妈妈。

三个小时后,我走进卡纳尔街的梅森·布朗克商场。我以前和妈妈来了无数次,跟伊丽莎白和希莉也来过两次,可眼前的一切还是叫我沉醉不已:一望无际的白色大理石地板,看不到尽头的一排排帽子手套,涂脂抹粉的小姐太太们看起来都那么开心、那么健康。我还没开口,一个瘦瘦的男人就凑上前说:"跟我来,都在楼上呢。"然后把我推进电梯,上了三楼,门上写着"现代女装"。

"这都是些什么呀?"我问。屋里摇滚乐播得震天响,灯光明亮闪烁,十几个女人端着香槟酒杯来回踱步。

"这是璞琪①啊,亲爱的。终于来了!"他后退一步,说道,"你

---

① 璞琪(Emilio Pucci)是意大利时尚品牌。

不是来参加预售的吗？你应该有请帖吧？"

"嗯，有的。"我答道，然后佯装在手袋里翻找起来，他不耐烦地走开了。

周围的衣服仿似在衣架上生了根、开了花。我想到拉沃莱夫人，不禁笑了。这儿可没有复活节彩蛋似的保守套装。到处都是鲜艳的花朵图案！明亮的彩条！裙边短得露出了几厘米的大腿。一切都华丽炫目，跟通了电似的。这位艾米立欧·璞琪肯定每天早上都要把手伸进插座里。

我用那张空白支票买了一大堆衣服，堆满了凯迪拉克的后座。我又开车来到麦格辛街，花了四十五美元把头发漂染、修剪，还拉直了。过了个冬天，我的头发又长了些，发色跟洗碗水似的。下午四点，我从庞恰特雷恩湖大桥开车回家，收音机里播着一支名叫"滚石"的乐队的歌，晚风拂过我柔顺的发丝，我心里暗想，今晚，**我要卸下所有盔甲，跟斯图亚特回到以前的关系。**

斯图亚特和我边吃烤牛排边谈笑风生。他时不时四下看看其他食客，聊起他认识的人。但没人起身来和我们打声招呼。

"为新的开始干杯。"斯图亚特说着举起了波旁酒。

我点点头，差点想纠正他所有的开始都是新的。不过我忍住了，只是笑笑，举起我的第二杯红酒。直到今晚，我才真正喜欢上喝酒。

吃完饭，我们走进大厅，看见惠特沃斯议员和太太也坐在桌边喝酒，周围簇拥着一群人，边喝边聊。斯图亚特告诉过我，他们这周末回家来了，这是他们搬去华盛顿后第一次回来。

"斯图亚特，你父母在那边。我们要不要过去打个招呼？"

可是斯图亚特推着我往外走，差不多把我给推出门去。

"我不想让妈妈看见你穿着这么短的裙子，"他说，"我是说，我当然觉得你穿着很好看,可是……"他低头看了看裙边,"恐怕今晚不太合适。"开车回家的路上,我想起伊丽莎白,那次她顶着满头的卷发筒,生怕来参加桥牌俱乐部的人看到我。为什么总有人觉得我丢脸?

我们回到朗利弗,已经十一点了。我抚了抚裙子,想着斯图亚特也许没有说错。这裙子确实太短了。父母的卧室已经关了灯,于是我们在沙发上坐下。

我揉揉眼睛,打了个哈欠,再睁开眼睛的时候,看见他手里举着一枚戒指。

"哦……上帝啊。"

"我想在饭店里拿出来的,可……"他笑了,"这里更好。"

我伸手摸了摸那枚戒指,璀璨耀眼,冰凉凉的。主钻两旁各嵌着三颗红宝石。我抬头看着他,忽然浑身燥热。我把肩头披着的毛衣拿掉。我笑了,同时又想哭。

"有些事我必须告诉你,斯图亚特,"我脱口而出,"你能保证不跟别人说吗?"

他看着我,笑了起来:"等会儿,你这算是答应了吗?"

"我答应,可是……"我必须先知道一些事情,"你能保证吗?"

他叹了口气,我破坏了这个神圣时刻,令他有些失望。"当然了,我保证。"

我还没从他突然求婚的震惊中回过神来,不过还是尽量把事情解释清楚。我直视着他的眼睛,把我能说的关于那本书的细节、关于我过去一年都在做些什么通通和盘托出。我没有提到其他人的名字,对于自己这样有所保留也有些迟疑,觉得不太好。虽然他向我求婚,可我还没有那么了解他,还不能完全信任他。

"这就是你过去一年在写的东西? 不是……耶稣基督?"

"对,斯图亚特。不是……基督。"

我还告诉他希莉在我书包里翻出了吉姆·克劳法案,他惊讶得下巴都要掉了,我心知自己证实了希莉对他说过的话——只是他那时一味信任我,不肯相信。

"城里那些……流言。我还告诉他们,说他们都大错特错了。可他们其实……没说错。"

我向他说起那次祷告聚会后,黑人女佣们排队从我面前走过的场景,心里忽然为我们的所作所为涌起无比骄傲之情。他垂下头,盯着手中空空的波旁酒杯。

然后我又告诉他,书稿已经寄去纽约了,要是出版社打算出版,估计八个月内就能面世,或许更早。要是现在订婚,我心想,到那时候也该举行婚礼了。

"书会匿名出版,"我说,"不过有希莉在,大家还是很有可能会知道是我写的。"

可他没有点头,也没有把我的头发拂到耳后,他祖母传下来的那枚戒指躺在妈妈的天鹅绒沙发上,此刻看来透着荒唐可笑。我俩都没有说话。他甚至没有直视我的眼睛,目光落在我右脸旁边大约五厘米的地方。

过了一会儿,他开口道:"我只是……我不明白你为什么要去做这件事。你为什么要……关心这件事,斯琪特?"

我有些烦躁,望着那枚戒指,钻石的锐角闪着光。

"我不是……那个意思。"他又开口了,"我是说,这里一切都挺好的,你为什么要跑去惹麻烦呢?"

从他那语气,我能听得出他是真心想要个答案。可是该怎么解释呢?斯图亚特,他是个好人。虽然我坚信自己没做错,我也能明白他的困惑和疑虑。

"不是我去惹麻烦,斯图亚特。麻烦已经在那里了。"

但是很明显,这不是他想要的答案。"我理解不了。"

我低下头，想起自己几个月前也思考过同一个问题。"那我们只能用彼此的余生来解决这个问题了。"我勉强笑着。

"我觉得……我没法跟自己理解不了的人结婚。"

我倒吸了一口凉气，张了张嘴，却什么也说不出来。

"这件事我不能瞒着你。"我说，倒更像是在自言自语，"你应该知道。"

他仔细打量了我一会儿。"我保证，我不会跟别人说。"他这么说，我也相信他。斯图亚特这人也许花样很多，但他绝不会说谎。

他站起身，最后又失落地看了我一眼，然后拿起戒指，走了出去。

那天晚上，斯图亚特走后，我从一个房间晃荡到另一个房间，嘴里发干，浑身发冷。斯图亚特第一次离开我的时候，我一心祈祷能让自己冷却下来。现在我是真的冷却了。

午夜时分，我听见妈妈从卧室里叫我。

"尤金娜？是你在外面吗？"

我穿过大厅，卧室房门半掩，妈妈穿着她那件上了浆的白色睡袍坐着，长发垂在肩上，看起来真美，我不由得一愣。后门廊的灯光照进屋里，她的整个身体都笼罩在白色光晕之中。她微微一笑，露出嘴里的假牙，那是西蒙医生新给她安装的，她自己的牙齿都被胃酸腐蚀掉了。她露齿而笑，甚至比她年少时参加选美比赛的照片还要唇红齿白。

"妈妈，怎么了？不舒服吗？"

"尤金娜，过来。我想跟你说点事。"

我轻手轻脚地走到她身边。爸爸背对着她睡得正香。我心想，应该把今晚的事委婉地告诉她。我们都知道时间不多了。我想让她开心走完这最后一段日子,那就假装我的婚礼近在眼前吧。

"我也想跟你说点事。"我说。

"哦？那你先说。"

"斯图亚特向我求婚了。"我强颜欢笑。随即我想到她会想要看看戒指,心里一慌。

"我知道。"她说。

"你知道?"

她点点头。"当然了。他两个礼拜前到家里来,问我和你爸爸同不同意。"

两周前？我差点笑出声来。这么重要的事,妈妈当然会第一个知道。想到她已经因为这个消息开心了这么久,我也很高兴。

"那我也跟你说点事。"她说。妈妈身后的光晕神秘非凡,如磷火一般,那只是后门廊的灯光,可我好奇怎么以前没看见过。她紧紧拉着我的手,仿如一位健康的母亲拉起她那刚刚订婚的女儿的手。爸爸翻了个身,坐了起来。

"怎么了?"他喘着气说,"又想吐吗?"

"没有,卡尔顿。我告诉过你,我很好。"

他糊里糊涂地点点头,又闭上眼睛,还没躺平就睡着了。

"你想说什么,妈妈?"

"我今天和你爸爸谈了很久,我做了个决定。"

"哦,上帝啊。"我叹道。我都能想见,斯图亚特过来询问他们意见时,她是如何解释这件事的,"是不是信托基金?"

"不,不是那个。"她说,于是我心想,*那一定是婚礼的事了*。我忽然想到妈妈可能没法帮我操持婚礼了,不禁悲痛得打了个哆嗦,不仅是因为她那会儿可能已经不在人世,而且还因为原本就没有什么婚礼可操持。与此同时,一想到不用和她一起来办这件事,我竟又怀着极大的负罪感松了一口气。

"我知道你也已经注意到了,过去的几个礼拜,我的病情似乎在好转,"她说,"我知道尼尔医生是怎么说的,什么某种临终的力量,净是些废话——"她咳了起来,瘦弱的身体弓得像个贝壳。我递给她一张纸巾,她皱着眉擦了擦嘴。

"可我刚才说了,我做了个决定。"

我听了点点头,像爸爸刚才一样摸不着头脑。

"我决定不能死。"

"哦……妈妈。上帝啊,拜托……"

"太迟了,"她说着拨开我的手,"我已经决定了,就这样。"

她对搓着双手掌心,好像要把癌症赶走似的。她穿着睡裙端庄地坐在那里,一圈光晕环绕在长发外围,我忍不住转了转眼睛。我可真蠢。面对死亡,妈妈当然也不会放弃,一如她对生活中的每件小事一样。

那天是 1964 年 1 月 17 日,是个星期五,我穿了一条黑色 A 字连衣裙。指甲都给我咬秃了。我想我会永远记得那天的一点一滴,人们常说,他们不会忘记在听到肯尼迪遇刺的消息时,自己正在吃哪种三明治,或是电台里正在放什么歌。

我走进艾比琳家的厨房,那里已经成了我熟悉的角落。外面天色已黑,屋里那个放着黄光的灯泡看起来格外明亮。我看着米妮,她也看着我。艾比琳插进我俩之间,好像要挡住什么似的。

"哈珀与罗出版社,"我说,"决定要出版那本书了。"

大家都很安静,就连苍蝇都不再嗡嗡乱飞。

"你开玩笑吧。"米妮说。

"我今天下午和她通过电话了。"

艾比琳高声欢呼起来,我从没听过她发出那样的声音。"老天,真不敢相信!"她喊道,我们相互拥抱,我和艾比琳,然后是米妮和艾比琳。米妮朝我这边看过来。

"都坐下吧,大家!"艾比琳说,"快跟我说说她是怎么说的?我们现在要干吗?老天,我今天都没煮上咖啡!"

我们坐了下来,她俩都向前探着身子,两双眼睛紧盯着我。艾比琳瞪大了眼睛。我已经抱着这个消息在家里等了四个小时。斯坦女士说得很清楚,印刷量不会很大,让我们把期望值降低,甚至降到最低。我觉得应该把这个情况告诉艾比琳,让她有个心理准备,免得最后失望。其实连我自己也还没想明白我应该怎么面对。

"听着,她说别太激动了。他们准备发行的数量将会非常、非常少。"

我等着艾比琳皱起眉头,可她却咯咯地笑了起来,又想用手遮住笑容。

"可能只有几千本。"

艾比琳把嘴捂得更紧了。

"少得可怜……斯坦女士是这么说的。"

艾比琳的脸憋得通红,又捂着嘴咯咯笑着。她显然还没明白。

"她还说她就没见过这么少的预付稿酬……"我本想保持严肃,可一见艾比琳那马上就要憋不住的模样,我也快绷不住了。她眼里都涌出了泪水。

"有多……少?"她捂着嘴问。

"八百美元。"我说,"分成十三份。"

艾比琳终于放声大笑。我也忍不住跟她一起笑了出来。可是有什么值得笑的呢,就为了这几千本书和每人 61.5 美元?

眼泪从艾比琳的脸上滑落,她最后终于撑不住,把头抵在桌子上。"我也不知道为啥要笑,可是忽然之间就觉得实在好笑。"

米妮冲我们俩翻了个白眼。"我*就知道*你们都疯了。你们俩都是。"

我尽可能地把细节全数倾吐。我自己和斯坦女士通电话时的表现也没好到哪儿去。她的声音听起来不带感情,几乎像是例行公事。而我呢?我是不是也谈吐得体,问了些相关问题?我有没有感谢她接过这么个烫手的题材?我没有,我倒是没笑,却对着电话放声大哭起来,像个打了针疫苗的孩子。

"冷静一点,费伦小姐,"她说,"这书肯定畅销不了。"可我依旧哭个不停,她就详细解释给我听,"我们先付四百美元预付稿酬,等到书印好了,再付四百美元……你听到了吗?"

"听到了,女士。"

"而且你还得再修改一下,莎拉那部分是完成得最好的。"她说。我把这话也转告给艾比琳,她又哭又笑,停不下来。

艾比琳吸了吸鼻子,擦擦眼睛,仍在傻笑。米妮刚才不得不起身去给我们煮了咖啡,我们终于平静下来,喝着米妮煮好的咖啡。

"她也很喜欢格特鲁德。"我对米妮说。我在纸上记下了斯坦女士的原话,以免自己忘记,"'格特鲁德是每个南方白人妇女的噩梦。我很喜欢她。'"

米妮竟然与我对视了好一会儿。她的脸色软和下来,露出孩子般的笑容。"她是这么说的吗?这么说我的?"

艾比琳笑了。"她在几百公里之外也能明白你啊。"

"她说大概要过六个月才会上市。大约在八月份。"

艾比琳仍止不住地微笑,无论我说什么她都笑脸相迎。老实说,我很感激她能有这样的反应。我知道她会很兴奋,可我也怕她会有点失望。她的笑脸让我明白,我自己也一点都不失望。只是高兴。

我们又坐着说了一会儿话,喝着咖啡和茶,然后我看了看表。"我答应爸爸一个小时之内回去。"他在家陪着妈妈。我还冒险把艾比琳家的电话给了他,以防万一,我说是去找一个叫莎拉的朋友。

她们一起送我出门,米妮还是第一次送我。我告诉艾比琳一收到斯坦女士的信就给她打电话。

"那么再过六个月,我们就知道究竟会发生什么了,"米妮说,"好事,坏事,还是根本没有事。"

"很可能没事。"我说,也不知道这书到底有没有人来买。

"嗯,我赌会有好事。"艾比琳说。

米妮抱着胳膊。"那我就赌坏事。总得有人选这个。"

米妮看起来一点也不担心书的销量。她倒是更担心杰克逊市的女人们读到我们写出了她们的故事,会有什么反应。

艾 比 琳

第二十九章

炎热无孔不入。三十八度的高温已经持续了一周,湿度也高达 99％,再湿一点我们都能在空气里游泳了。我的床单怎么也晒不干,前门也膨胀变形,关都关不上,蛋白霜当然也打不起来了,就连我上教堂戴的假发都卷得更厉害了。

今天早上,我的腿肿得连丝袜也穿不上,于是想着不如到了利夫特太太家吹上空调了再穿吧。这天儿肯定热得破纪录了,我给白人干了四十一年的活儿,这还是我有史以来第一次没穿丝袜就去上班。

结果没想到利夫特太太家比我家还热。"艾比琳,去把茶煮了,然后……沙拉……也做上吧……"她今天甚至连厨房也不进了,就搬了把椅子坐在客厅出风口下面,空调吹出微弱的风,吹起了她的衬裙。她只穿了衬裙,戴着耳环。我以前伺候过的一些白人太太,她们洗完澡后会一丝不挂地出来,可利夫特太太不是那样的人。

每隔一会儿,空调发动机就"咻——"的一声响,好像随时要罢工。利夫特太太给修理工人打了两次电话,他说会来,可我看他是不会来了。太热了。

"别忘了……那个银制的东西——装酸黄瓜的,在那个……"

她的话只说了半截,好像天热得她都没法吩咐我做事。你就能想见该有多热了。城里仿佛人人都给热晕了。你走出去,大街上一切静止,诡异得像是马上要来龙卷风一样。或许只有我一人如此坐立不安,那本书这周五就要面世了。

"你觉得我们是不是该把桥牌聚会取消了?"我在厨房里问她。桥牌聚会改到了礼拜一,太太小姐们还有二十分钟就该到了。

"不用。东西都……准备好了。"她答道,可我知道她此刻也晕头转向。

"那我再打一下奶油。然后我得去车库那边,把丝袜穿上。"

"哦,别麻烦了,艾比琳。穿着丝袜太热了。"

利夫特太太终于从出风口旁起身,手里扇着一把"松狮"中国餐厅的扇子,拖着步子走进厨房。"哦,上帝啊,厨房比客厅还要热十度!"

"烤箱还有一分钟就烤完了。孩子们在后院玩呢。"

利夫特太太望向窗外,看着孩子们围着草地上的喷洒器玩耍。梅·莫布丽浑身脱得只剩下内裤,罗斯——我叫他小家伙——穿着尿不湿。他还不到一岁,就已经像个大小孩一样会走路了。他甚至都没爬过。

"真不明白他们怎么就不怕热,还在外面玩。"利夫特太太说。

梅·莫布丽喜欢和她的小弟弟一起玩,像妈妈似的照顾他。但是梅·莫布丽不再每天跟我们待在家里了。我的小姑娘现在每天上午要去布拉德莫浸信会上学前班。不过今天是劳动节,除了我们女佣外,大家都放假,所以不用去上学。我也很高兴,我不知道还能陪她多久。

"瞧他们玩的。"利夫特太太说,我也走到窗前去看。喷洒器喷出的水柱直射树梢,水雾中现出一道道彩虹。梅·莫布丽拉着小家伙的手,闭着眼睛站在飞溅的水花下,像在接受洗礼。

"他们俩可真是特别。"她叹道,好像刚刚才发现这一点似的。

"没错。"我也搭话,这一刻,我和利夫特太太一齐望着窗外那两个我们都深爱的孩子,似乎在这一瞬间心意相通。我忽然觉得,是不是事情真的起了些变化。毕竟已经是 1964 年了。黑人也可以坐进市中心伍尔沃斯超市的快餐柜台了。

随即我心口一痛,疑心自己是不是做过了头。那本书面世后,要是大家发现了是我们写的,我恐怕就再也见不到这两个孩子了。要是我还没来得及和梅·莫布丽道别、没能最后再告诉她一遍:"她是个好姑娘"呢? 还有小家伙,谁还会给他讲绿色的火丁·路德·金的故事?

我自己已经反复琢磨过这些事不下二十回了。可是今天开始,一切都变得愈发真切。我伸手摸了摸窗玻璃,仿佛在遥遥地抚摸着他们。要是被她发现了……哦,我会想念这两个孩子的。

我转过头,发现利夫特太太目光低垂,正打量着我的两条光腿。我猜她很好奇,应该是,她恐怕从没这么近距离地看见过没穿丝袜的黑人的腿。不过,她又皱起了眉头,抬头望着梅·莫布丽,向她投去同样烦恼的目光。小姑娘用泥巴和着青草,抹得脸上身上都是,现在正帮自己的弟弟"打扮"呢,简直成了猪圈里的一头猪,我看见利夫特太太脸上又浮现出往日对自己女儿的那种厌恶之情。与小家伙无关,只针对梅·莫布丽,为她特别准备的。

"她把院子弄得一团糟。"利夫特太太说。

"我去给他们洗洗。我来——"

"你也不能就这么样给我们干活儿,你……你这么光着腿。"

"我刚才跟你说过——"

"希莉还有五分钟就到了,她却把家里什么都弄得一团乱!"她尖叫道。我猜梅·莫布丽也从窗户外听到了她的声音,她朝我们这边张望,愣住了,脸上的笑容渐渐消失,然后伸手慢慢抹掉脸上的泥巴。

我系上围裙,准备拿水管把孩子们冲洗干净。然后还得去车库把丝袜穿上。还有四天那本书就要面世了。我都等不及了。

我们怀着热切的期望过了一天又一天。我、米妮、斯琪特小姐,还有所有贡献了故事的女佣们。过去的七个月里,我们仿佛在盼着一壶看不见的水烧开。盼了差不多三个月,我们忽然又绝口不提,都已经兴奋过头了。

可是最近两周,我心里又偷偷地喜忧参半起来,紧张不安,给地板打蜡都要花上好长时间,手洗内衣也累得跟跑步上山似的,熨褶子简直永远也熨不完,但是我又能怎么办呢。我们都知道大家一开始肯定不会说什么。正如斯坦女士告诉斯琪特小姐的那样,这本书畅销不了,我们得"降低期待值"。斯琪特小姐说不如别有任何期待,大多数南方人都比较"压抑",即便心里有想法,嘴上很可能也一言不发,只是屏住呼吸,等那想法像一阵烟似的散去。

米妮说:"我倒是希望她就憋着,把自己给憋爆炸了,炸得海恩兹县到处都是。"她指的是希莉太太。我原本想让米妮能有点好盼头,可米妮就是米妮,永远也不会变。

礼拜四,梅·莫布丽刚放学回家,我问她:"想吃些点心吗,小姑娘?"哦,她现在可是个大姑娘了! 她已经四岁了,在同龄人里算是长得高的——好多人都以为她已经五六岁了。她妈妈瘦得像根竹竿,梅·莫布丽却很壮实。她的发型看起来不咋地。她有次突发奇想,拿起手工小剪刀要给自己剪剪头发,你也能想象剪成了啥样子。利夫特太太只好带她到大人的美发沙龙去,可是也无力回天。现在她的头发还一边长一边短呢,刘海也几乎一点不剩。

我给她做了点低热量的点心吃,利夫特太太现在只准我给她吃这些,抹了金枪鱼酱的饼干啊,或是不加奶油的果冻之类的。

"你今天学了什么啦?"虽然她上的不是啥正式学校,我还是这么问她。有一次我这么问的时候,她答道:"学了清教徒。他们到这里来,地里种不出东西,就把印第安人给吃啦。①"

我当然知道那些清教徒没有吃印第安人。可这不是重点。重点是,我们得留意孩子们的脑袋里都给灌输了些啥。每个礼拜,我还会给她上我自己的课,讲讲那些秘密故事。等小家伙长大能听懂了——当然啦,要是到那时候我还没丢掉工作的话——我也会给他讲讲。但我发觉小家伙不太一样。他很爱我,可也像只小动物似的野得很。他常常跑来紧紧抱住我的膝盖,随即又撒手跑走,忙别的事去了。不过哪怕我不能亲自把这些都教给他听,我也不会太难过。我知道,我已经起了个头,小男孩虽然还不会说话,可梅·莫布丽说什么他都听在心里。

今天我又问她学到了什么,梅·莫布丽只答了句"没有",然后吐吐舌头。

"你喜欢老师吗?"我问她。

"她很漂亮。"她说。

"那就好,"我说,"你也很漂亮。"

"为什么你是黑人,艾比琳?"

以前也有白人小孩这么问过我几次,当时我只是笑笑,可现在我想对她好好说说。"因为上帝把我造成了黑人,"我说,"没有别的原因。"

"泰勒老师说黑人小孩不能去我们学校,因为他们不聪明。"

我从厨房台面后边走出来,抬起她的下巴,梳了梳她那滑稽的

---

① 原文是 pilgrims,指 1620 年乘坐"五月花"号来到美国的英国清教徒。

头发。"你觉得我笨吗?"

"不。"她声音不大,语气却认真又坚定,好像很后悔自己刚刚说了那句话。

"那么,这说明泰勒老师怎么样?"

她眨眨眼睛,用心听着。

"这说明泰勒老师也不是永远都对。"我说。

她搂住我的脖子,说道:"你说的比泰勒老师还对。"我热泪盈眶,心里仿佛有个杯子满溢了出来。这话我还是第一次听见。

那天下午四点,我甩开步子从公交车站走到上帝羔羊教堂。我走进教堂等着,眼望向窗外。我大口喘着粗气,手指在窗台上敲个不停,这么等了十分钟,终于看见有辆车在教堂门口停下。一位白人小姐下了车,我眯起眼睛。这位小姐真有点像我在利夫特太太家电视上看到的那些嬉皮士。她穿着白色短裙和凉鞋,头发很长,没抹发胶,靠着长发本身的重量把原本的拳曲和凌乱都拉直弄顺了。我捂着嘴笑了起来,真想冲出去给她一个拥抱。我已经六个月没见到斯琪特小姐了,上次见面还是我们完成斯坦女士要求的修改、寄出定稿之后。

斯琪特小姐从车后座搬出一个棕色大纸箱,抱到教堂门前,假装只是捐出一箱旧衣服。她在教堂门前停留片刻,便上车开走了。我有些难过,她只能这么做,我们不想在事情还没开始前就搞砸了。

她一走,我就冲出去,把纸箱抬进来,从箱子里摸出一本书,盯着它瞧个不停。我任由自己流下了眼泪。这是我见过的最漂亮的一本书了,封面是浅蓝色的,天空的颜色,一只洁白的大鸟——和平鸽——展翅高飞。书名《相助》用黑体字印在封面上,很醒目。让我有些不开心的是作者署名是"佚名"。我多希望斯琪特小姐可以署上自己的名字,可那样又太冒险了。

明天我要把这批书拿去分给所有参与创作的女佣们。斯琪特小姐则会带上一本去州立监狱送给尤尔·梅。某种程度上来说,正是因为她,其他女佣才同意帮忙的。不过我听说尤尔·梅可能收不到。寄给她们的东西,那些犯人能收到十分之一就不错了,其他都给女狱监拿走了。斯琪特小姐说她会送个十来次,确保她能收到。

我把那个大箱子抱回家,取出一本,然后把箱子藏在床底下。我跑去找米妮,她已经怀孕六个月了,可还看不出来。我进门时,她正坐在厨房桌边喝牛奶。勒罗伊在卧室睡觉,本尼、苏格和金德拉在后院剥花生。厨房里很安静。我微笑着把书递给米妮。

她看了一眼。"这和平鸽还不错。"

"斯琪特小姐说和平鸽代表着即将到来的美好时代,说在加利福尼亚州大家衣服上都印着和平鸽。"

"我才不管什么加利福尼亚呢,"米妮盯着封面说,"我只关心密西西比州杰克逊市的人会说些什么。"

"明天书店和图书馆就会上架了。密西西比州要上架两千五百本,另外两千五百本在全美国其他地方。"这数量比斯坦女士之前告诉我们的要多得多,"自由乘车"运动①开始以来,有些民权运动分子在密西西比州乘坐大巴后失踪,她说大家自此都对我们州关注有加。

"杰克逊市的白人图书馆里会上架几本?"米妮问,"一本也不上吗?"

我微笑着摇摇头。"三本。斯琪特小姐今天上午打电话告诉

---

① "自由乘车"运动(free rides)由美国民权运动分子从1961年开始在美国南方地区发起,他们无视种族隔离政策,黑人运动者坐在公交车的白人座位上,以挑战美国南部当时的种族隔离做法。

我的。"

就连米妮也大吃一惊。两个月前,白人图书馆开始允许黑人进入,我自己已经去过两次。

米妮翻开书,就这么读了起来。孩子们走进屋里,她头也不抬地交代他们做事,目光在书页上扫过。过去的一年里,我一直和书稿打交道,已经读过好几遍了。可米妮总说要等书出了精装本之后才读,说她不想提前读完。

我陪米妮坐了一会儿。她时不时地微笑起来,有几次还笑出了声,有时又嘟嘟囔囔的。我也没问她读到啥了。我起身回家,让她自己继续读下去。晚上,我写完了祷告词,把书放在枕边,就上床睡觉了。

第二天在利夫特太太家,我满脑子都在想着书店是怎么把**我的**书摆上书架的。我又拖地、又熨衣服、又换尿布,可是关于这本书的话一句也没听到,就跟我从来没写过书似的。我不知道自己在期待什么——大概想看到**有些**骚动吧——可今天只是个平常的炎热的礼拜五,苍蝇依旧嗡嗡地撞着纱门。

那天晚上,六位参与写书的女佣给我打了电话,问我有没有听到谁提到这本书。我们迟迟不愿挂上电话,好像只要我们对着电话再喘会儿气,就能听到些消息。

最后,斯琪特小姐也打电话来。"我今天下午去了'书虫'书店,在那儿站了一会儿,可没看见有人拿起那本书。"

"尤拉说她去了黑人书店,也是一样。"

"好吧。"她叹道。

整个周末,又到了下一周,还是没有动静。利夫特太太的床头柜上放着的仍是那几本书:弗朗西斯·本顿的《礼仪大全》、小说《冷暖人间》,还有一本摆在那里做样子的《圣经》,已经落满了灰。

老天哪,可我忍不住老是要瞟一眼那堆书,好像那里有块儿污渍。

到了周三,还是连朵水花也没有。白人书店一本都没卖出去。法里士街的黑人书店倒是已经卖了十几本了,还不错。可能是其他女佣买来送给自己朋友的。

周四,那本书面世的第七天,我早上刚准备出门,电话响了。

"有新消息了。"斯琪特小姐小声说道。我猜她又躲进了储藏室。

"怎么了?"

"斯坦女士打电话来说我们要上丹尼斯·詹姆斯的节目了。"

"《众说纷纭》?那个电视节目?"

"我们的书要上书评栏目,她说下周四下午一点钟会在三频道播出。"

老天,我们要上 WLBT 电视了！这是个杰克逊市当地的电视节目,紧接着十二点新闻后面播出,而且还是彩色电视台。

"你觉得书评会是好还是不好呢?"

"我不知道。我甚至都不知道丹尼斯是不是真的读过这本书,还是只是照着别人写的稿子念。"

我心里既兴奋又害怕。那个节目播出之后,一定会有些反响的。

"斯坦女士说这肯定是哈珀与罗公关部门有人可怜我们,就打了几个电话。她还说她经手的书里,这是第一本没有公关宣传费用的。"

我们都笑了,可听起来都很紧张。

"我希望你能在伊丽莎白家看到节目。要是你看不了,我会给你打电话,把他们说的一字不漏地转述给你听。"

周五晚上,书已经面世一周了,我准备上教堂去。托马斯执事今天上午给我打电话,问我愿不愿意来参加一场特别聚会,可我问他是什么聚会的时候,他匆匆忙忙地挂上了电话。米妮说她也接到了同样的电话。于是我挑了件格林利太太送我的高级亚麻裙,熨好穿上,到米妮家去,我们准备一起走去教堂。

米妮家像往常一样鸡飞狗跳。米妮扯着嗓子大吼大叫,东西扔来扔去,孩子们抱怨个不休。我终于看见米妮的肚子在裙子底下微微凸起,我很高兴。米妮怀孕时,勒罗伊从不打她。米妮也清楚这一点,所以我猜他们以后还得再生几个。

"金德拉!快把屁股给我从地板上抬起来!"米妮吼道,"要是你爸爸醒了看到豆子还没做好,你就等着吧!"

金德拉——她今年七岁了——撅起屁股,鼻孔朝天,一路嘟嘟囔囔地走向炉灶,把锅子摔得哐当响。"为啥又是我做晚饭?该轮到苏格了!"

"苏格在西莉亚太太家干活儿呢,你要是想好好活到三年级的话,就赶紧去做。"

本尼走进厨房,抱了抱我的腰。他咧嘴一笑,让我看看他刚掉了牙的豁口,然后跑开了。

"金德拉,别开那么大火,小心把屋子给烧了!"

"米妮,我们得走了。"我说,要是不催她,她能讲一晚上,"要迟到了。"

米妮看了看表,摇摇头。"苏格咋还没回来。西莉亚太太从没让我留这么晚过。"

上周,米妮开始带上苏格去干活儿,教她在那儿做事,这样米妮生孩子的时候,苏格就能顶上。西莉亚太太今晚留苏格多干一会儿,说她会开车送苏格回家。

"金德拉,我回来后可不想看到水槽里还剩着豆子,都给我收拾好。"米妮抱了抱她,"本尼,快去叫爸爸起床。"

"哎呀,妈妈,为啥要*我*去——"

"快去,别怕。他起身的时候你别靠太近了。"

我们终于出了门,刚走到街上就听见勒罗伊因为本尼叫他起床而冲着他大吼。我加快了脚步,以免米妮又想回去给勒罗伊点好看。

"今晚能去教堂我真挺开心。"米妮叹道。我们转过法里士街角,走上台阶,"好歹能清净一个小时,不去想那些事。"

我们一走进教堂门厅,布朗兄弟中的一位就一个箭步冲到我们身后,锁上了门。我刚想问是怎么回事,还没来得及害怕,房间里的三十多个人就一齐鼓起掌来。米妮和我也跟着鼓掌,以为是庆祝谁考上大学了之类的。

"我们给谁鼓掌呢?"我问牧师太太瑞秋·约翰逊。

她笑了,掌声停了下来。瑞秋向我侧了侧身。

"亲爱的,我们为你鼓掌呢。"然后她伸手从包里掏出一本我们的书来。我环顾四周,才发现人人手里都拿着一本,所有大人物和教堂执事也都来了。

约翰逊牧师向我走来。"艾比琳,对你以及对教会来说,今晚都是历史性的一刻。"

"你们肯定把店里的书都买光了。"我说,然后大家一齐客气地笑了。

"我们想让你知道,安全起见,教会只会仅此一次公开庆祝你的成就。我知道还有好多人也参与写书,可我听说这事能成功,全是你的功劳。"

我扭过头去,看见米妮笑了,才明白原来她也在瞒着我呢。

"我们已经私下通知了所有教众和整个社区,要是有人知道书里写的是谁或者书是谁写的,一律不准讨论,不过今晚例外,抱歉——"他笑着摇了摇头,"我们怎么也不能让这事就这么过去了,也不庆祝一下。"

他把书递给我。"我们知道你不能署名,所以我们都签上了自己的名字送给你。"我翻开第一页,只见扉页、底页,甚至内页的页边处都签满了名,不止是到场的这三四十个人,足有上百个,大概有五百个。我们教会的全体教众,也有其他教会的人。哦,我再也忍不住了,这两年来所有的辛苦、尝试和希望一齐涌上心头。然后大家排着队挨个来和我拥抱,对我说我很勇敢,我告诉他们还有很多人也一样勇敢。我不愿夺走所有功劳,可我也很庆幸他们没有提到其他人的名字,我不想让那些人惹上麻烦。我觉得他们甚至都不知道米妮也参与其中了。

"将来或许不太好过,"约翰逊牧师对我说,"你要是真碰上了困难,教堂定会鼎力相助。"

我当着大家的面泪流不止,扭头看米妮,她却笑着。每个人表达情感的方式各不相同,真有意思。要是斯琪特小姐在这儿,不知道她会是什么反应呢,想到这里,我有点难过。我知道城里没人会给她送上一本他们签名的书,称赞她很勇敢,不会有人对她说会照顾她。

然后牧师递给我一个白色包装纸的盒子,上面系着根浅蓝色丝带,和那本书的封面一个颜色。他把手放在盒子上表示祝福。"这个,是给那位白人小姐的。请你转告她我们很爱她,她也是我们这个大家庭的一员。"

周四,太阳刚刚升起,我就起床了,想早点去上班。今天是个大日子。我把厨房的活儿赶紧忙完,眼见着快到下午一点钟,就把熨衣板在利夫特太太家的电视前架好,电视调到三频道。小家伙在睡午觉,梅·莫布丽上学去了。

我想熨一熨裙褶,双手却抖个不停,熨得歪歪斜斜,只好把衣服喷湿,再重新熨过。我皱着眉头,手忙脚乱。终于,到时间了。

丹尼斯·詹姆斯出现在电视荧幕上,预告今天节目要讨论些什么。他抹了厚厚一层发胶,头发纹丝不动。他是我见过的语速最快的南方人,听他讲话简直就像坐过山车。我紧张得想吐,差点吐在雷利先生去教堂穿的西装上。

"……最后是我们的书评栏目。"电视广告后,他又聊了几句猫王的丛林房①,报道了即将修建的 55 号州际公路,会从杰克逊市一直通到新奥尔良。然后,一点二十二分,一位叫乔林·弗兰奇的女士出场,在他身边坐下。她自称是本地的书评人。

不早不迟,利夫特太太偏偏这时候回来了。她穿着出席联盟会活动的套装,踩着高跟鞋噔噔地径直走进了客厅。

"终于凉快下来了,太好了,我简直高兴得想跳起来。"她说。

丹尼斯先生正在评论一本叫做《小巨人》的书。我想附和利夫特太太两句,却忽然感觉脸都僵硬了。"我……我正准备把电视关了。"

"别,别关!"利夫特太太嚷道,"乔林·弗兰奇上电视啦! 我得给希莉打电话,告诉她。"

她噔噔地走进厨房,拿起电话,和希莉太太这个月内找的第三位女佣说话。欧内斯廷只有一只胳膊。希莉太太的选择余地变小了。

"欧内斯廷,我是伊丽莎白太太……哦,她不在? 好吧,等她一回来,你就告诉她,我们姐妹会的成员上电视了……没错,谢谢你。"

利夫特太太又跑回客厅,在沙发上坐下,正赶上广告时间。我

---

① 丛林房(jungle room)是美国歌星猫王位于田纳西州的豪宅中的一个房间,室内装修模拟森林景观,甚至还有一道室内瀑布,后改为录音室。

喘着粗气。她要干啥？我俩可从没这样一起看过电视,她偏偏选中今天端坐在电视跟前,就跟自己上了电视似的!

一个没留神,黛亚香皂的广告就结束了。丹尼斯先生手里拿起了我的书!那只白色和平鸽看起来比实际还要醒目。他举着书,指着封面上的"佚名"字样。一瞬间,我骄傲得几乎要忘却了恐惧。我想要大喊——**那是我写的书!我的书上电视啦!**可我只是保持安静,装作在看什么无聊节目一样。我都呼吸不上来了!

"……叫做《相助》,里面讲述了我们密西西比州一群家庭帮佣的故事……"

"哦,希莉要是在家就好了!我还能给谁打电话?她这双鞋真好看,肯定是从帕帕加洛专柜买的。"

请你闭嘴!我伸手把音量调大了一些,立马又后悔了。他们要是提到了她可怎么办?利夫特太太会不会猜到那是她自己的故事?

"……昨晚读完了,现在我太太在读呢……"丹尼斯先生说话的模样活像个拍卖司仪,眉飞色舞,笑容满面。他指着我们的书,"……十分感人。可以说是发人深省,他们虚构了个城市,密西西比州奈斯维尔市,可是,谁知道呢?"他半掩着嘴,装作说悄悄话的样子,声音却很大,"说不定就是杰克逊市呢!"

啥?

"听着,我可没说这里写的就是杰克逊市了,也可以是任何地方,不过以防万一,还是买一本来,看看你自己在不在里面吧!哈哈哈哈——"

我僵在那里,后脖梗一阵刺痛。书中哪里说到是杰克逊了?丹尼斯先生,赶紧再说一遍这可以是任何地方!

我看见利夫特太太冲着电视里她那位朋友笑着,好像电视里那傻子能看见她似的,丹尼斯先生放声大笑,侃侃而谈,可是那位姐妹会的姐妹,乔林太太,脸红得跟红灯似的。

"……这完全是对南方的侮辱!对那些一辈子细心照顾自家女佣的善良南方女士们的侮辱。我自己一直把我家女佣当作家人看待,我的朋友们也都是……"

"她干吗在电视上这么苦大仇深地皱眉?"利夫特太太对着电视抱怨,"乔林!"她俯身向前,伸手在乔林的额头上轻轻敲了几下,"别皱眉了! 一点也不好看!"

"乔林,你读到结尾那部分了吗? 那个馅饼的故事? 要是我的女佣贝西·梅也在看节目的话,贝西·梅,我对你每日的工作有了新的敬意,不过从现在起我就不吃巧克力馅饼了! 哈哈哈——"

但是乔林太太手里挥着那本书,像是想要把它给烧了。"千万别买这本书! 杰克逊市的太太们,千万别把你们丈夫的血汗钱花在这种造谣诋毁上……"

"啊?"利夫特太太向丹尼斯先生抛去一个问题。然后咻的一声——播起了汰渍广告。

"他们在说什么哪?"利夫特太太问我。

我没回答,心怦怦直跳。

"我朋友乔林手里拿着本书。"

"没错,太太。"

"叫什么? 什么'帮助'之类的?"

我把熨斗尖按在雷利先生的衬衫领子上。我得给米妮和斯琪特小姐打电话,问问她们听到了这个没有。可是利夫特太太还站在那儿等着我回答,我知道她不会轻易罢休。她向来如此。

"他们是不是提到了杰克逊市?"她问。

我还是低头盯着熨斗。

"他们好像提到了杰克逊市,可为什么又让我们别买呢?"

我的双手颤抖起来。怎么会这样？我继续熨着衬衫，想把褶皱和一切纷乱都抚平。

过了一会儿，汰渍广告播完了，丹尼斯·詹姆斯又举着那本书出现在荧幕上，乔林太太还是满脸通红。"今天的节目就是这样，"他说，"别忘了去我们的赞助商联邦路书店购买《小巨人》和《相助》。自己读一读，看看写的到底是不是杰克逊市？"结束音乐响起，他大声说道，"再会，密西西比州！"

利夫特太太看着我说："听到了吧？我就说他们讲的是杰克逊市！"五分钟后，她出门去书店买书，买那本我写下了她自己故事的书。

米　妮

第三十章

　　《众说纷纭》一播完，我就抓起"指挥中心"，按下"关机"按钮。我爱看的电视剧就要开始了，可我根本没心情。斯特朗医生和茱莉亚小姐今天只能自个儿去"转动世界"了①。

　　我想给丹尼斯·詹姆斯打电话，问问他，你以为自己是谁，这么张口就来？你怎么能就这样在全城人面前说我们书里写的是杰克逊市！你压根不知道我们写的是哪个地方！

　　我当然看穿了那个傻子想干嘛。他心里希望那本书写的是杰克逊市，他希望密西西比州杰克逊市能有意思到让人写出本书来，虽然我们写的确实是杰克逊市……嗯，可他哪里知道是怎么回事。

　　我冲进厨房给艾比琳打电话，但拨了两次都占线。我挂上电话，回到客厅，扭开熨斗，从篮子里拽出件约翰尼先生的白衬衫来。我幻想了上百万次，希莉太太读了那最后一章到底会有啥反应。她最好还是赶紧行动起来，告诉大家书里写的可不是我们杰克逊市。她也会跟西莉亚太太磨上整个下午，让她解雇我，可西莉亚太太才不会听她的，我和那疯女人之间唯一的共同点就是我们都恨希莉太太。不过,希莉太太要是看到这招不管用,接下来会做什么,我可一点没底。那就成了我和希莉太太两人之间的战争,不会伤及旁人。

哦,我现在心情糟糕透了。我站在客厅里熨衣服,能看见西莉亚太太在后院忙活,她穿着亮粉色的丝绸裤子,戴着黑色橡胶手套,膝盖上沾满了泥。我跟她说了上百次,别穿着好衣服去挖土,可这位太太全当作耳边风。

泳池前的草坪上堆满了各式各样的耙子和园艺工具。西莉亚太太现在天天在院子里锄地,种些奇花异草。几个月前约翰尼先生刚雇了一位全职花匠,名叫约翰·威利斯。自从发生了裸体男人事件后,约翰尼先生希望这位花匠多少能保护我们,可他年纪太大了,腰弯得跟个回形针似的,也瘦得像根针。我觉得自己还得时不时地去看看他,以免他在灌木丛里中风了也没人知道。我猜约翰尼先生也不忍心解雇他,换个年轻点儿的来。

我又往约翰尼先生的衬衫领口喷了点浆粉,就听见西莉亚太太大声教花匠怎么种花。"绣球花要往土里多加点铁,明白了吗,约翰·威利斯?"

"好的,太太。"约翰·威利斯也大声回答。

"你可闭嘴吧,太太。"我说。她那么大声地冲他嚷,花匠还以为是她耳朵不好呢。

电话响了,我赶紧跑过去接。

"噢,米妮,"艾比琳在电话那头说,"他们猜出地方了,过不了多久他们就该猜出里面写的是谁了。"

"他可真是个大笨蛋。"

"我们怎么知道希莉太太会不会读?"艾比琳说,她的声音不自觉地变高了。可别让利夫特太太听见这话,"老天,我们得好好想想,米妮。"

我从没听过艾比琳这样的语气,现在好像她变成了我而我变成了她一样。"听着,"我说,开始有点明白过来了,"既然詹姆斯先生这么大肆宣扬了一番,我们可以肯定她会去读一读了。现在城里人人要去读了。"我一边说着,一边慢慢意识到这些大概真的会发生,"先别哭,或许事情就该这么发展。"

我刚挂上电话五分钟,电话又响了。"西莉亚太太住——"

"我刚跟洛维尼亚通了电话,"艾比琳小声说,"露·安妮太太刚买了一本回家,还给她最好的朋友希莉·霍尔布鲁克也买了一本。"

开始了。

整个晚上,我发誓,我都能感觉到希莉太太正读着我们那本书。她那冷静的白人声音在我脑海中响起,我能听见她小声地读出每一行字。半夜两点,我从床上爬起来,翻开我自己的那本,想猜一猜她读到哪一章了。第一章,第二章,还是第十章?最后,我盯着那蓝色的封面发呆。我从没见过哪本书的封面颜色这么好看的,然后伸手把封面上的一小块污渍擦掉。

然后我把书藏回到我从来不穿的冬季大衣口袋里,自从和勒罗伊结婚以来,我就没读过一本书,我不想这本书让他起疑。我躺回床上,告诉自己我根本没法猜到希莉太太读到哪儿了。不过,我知道她还没读到结尾部分她自己的故事。因为我脑海里还没响起她的高声尖叫。

到了早上,我发誓,能去干活儿我很高兴。今天要刷洗地板,但愿我可以别再想着这件事了。我挪进车里,开车去麦迪逊县,西莉亚太太昨天下午又去看了一位医生,查怀孕的事,我差点想告诉她,太太,我肚里的这个给你吧。她今天肯定又要跟我事无巨细地复述一遍。不过至少这傻瓜终于明白不能再上塔特医生那儿看了。

我在屋外停了车,如今可以正大光明地停在屋前了,西莉亚太太终于不再隐瞒,向约翰尼先生坦白了那件他已经知道了的事情。我一眼就看见约翰尼先生的卡车也停在家门口。我在车里等了一会儿。我每次来的时候,他都已经走了。

我走进厨房,四下打量一番。已经有人煮好了咖啡。客厅里传来男人说话的声音。有些不对劲。

我把脑袋贴在厨房门上,听见约翰尼先生在工作日的早上八点半还待在家里,头脑里立刻响起个声音告诉我该马上夺门而出。是不是希莉太太打电话来告诉他我是个小偷了?还是他发现了那个馅饼的事情,难道是他知道了那本书了?"米妮?"我听见西莉亚太太叫我。

我小心翼翼地推开弹簧门,往屋里望去,只见西莉亚太太坐在桌子一头,约翰尼先生坐在她身边。他们一齐看着我。

约翰尼先生脸色苍白,似乎比那个住在沃尔特斯太太家后面的白化病人还要白。

"米妮,请给我倒杯水,好吗?"他说,我心知不妙。

我倒了杯水端给他,刚把杯子放在餐垫上,约翰尼先生就站起身来。他认真地端详了我好一会儿。老天,要来了。

"我把上次那个死胎的事情告诉他了,"西莉亚太太小声说,"把前几次的都说了。"

"米妮,要不是有你在,我恐怕已经失去她了,"他抓起我的手,"感谢上帝,多亏你当时在场。"

我望向西莉亚太太,她两眼无神,我立刻猜到那个医生跟她说了什么,以后再不会有孩子能活着出世了。约翰尼先生握了握我的手,然后向她走去。他单膝跪下,把头枕在西莉亚太太的大腿上。她抚摸着约翰尼先生的头发。

"别走。别离开我,西莉亚。"他哽咽地说道。

"告诉她,约翰尼。把你跟我说的话告诉米妮。"

约翰尼先生抬起头望着我,他的头发乱成一团。"我们家的这份工作永远为你保留,米妮。要是你愿意,可以在这里干一辈子。"

"谢谢你,先生。"我真心地说。这是我今天所能听到的最好消息了。

我伸手去推门,可西莉亚太太轻柔地唤我:"再待一会儿吧,好吗,米妮?"

于是我扶着餐具柜站着,肚子里的孩子已经很沉了。我不明白这是怎么回事,我能生这么多孩子,她却一个也生不了。约翰尼先生哭了。西莉亚太太也哭了。我们三人一齐在客厅里哭了起来,三个傻瓜。

"我跟你说,"两天后,我在厨房对勒罗伊说,"你按一下按钮就能换频道,都不用从椅子上站起来。"

勒罗伊看着报纸,头也不抬。"这怎么可能,米妮。"

"西莉亚太太家就有,叫'控制中心'。半块面包那么大的小盒子。"

勒罗伊摇摇头。"懒惰的白人,连起身去转转旋钮都不愿意。"

"我猜过不了多久人都能飞上月亮了。"我说。可我都没意识到自己说了什么,我还在留意听着脑海里的尖叫声。那个女人到底啥时候才能读完?

"晚饭吃啥?"勒罗伊问。

"对啊,妈妈,我们啥时候吃饭?"金德拉也说。

我听见有辆车开进了车道。我留神听着,手里的勺子掉进了煮着豆子的锅里。"吃麦片粥。"

"我才不要晚上吃麦片粥呢!"勒罗伊说。

"我早上已经吃过了!"金德拉喊道。

"我是说——火腿和豆子。"我跑去关上后门,插上门闩,又从窗户向外望望,那辆车又开走了,它只是进来掉个头。

勒罗伊起身去把后门拉开。"这儿热得跟火炉似的!"他走到炉灶边,站在我身旁,"你犯啥毛病?"他把头凑近了,离我的脸只有两厘米。

"没啥。"我说着往后退了一步。我怀孕期间他通常不会对我怎么样。可他又逼近一步,使劲抓起我的胳膊。

"你这次又干啥好事了?"

"我——我啥也没干,"我说,"就是太累了。"

他手下又加了把力气,我的胳膊开始隐隐作痛。"你才不会累。不到第十个月你都不会累的。"

"我啥也没干,勒罗伊。过去坐好,我好做晚饭。"

他松开手,又瞪了我好一会儿。我不敢看他的眼睛。

艾比琳

第三十一章

　　每当利夫特太太出门买东西，或是在院子里，甚至是上厕所的时候，我都要去看看她摆在床头柜上的那本书。我装作在那儿掸灰，实际上却是想看看那个第一长老会的《圣经》书签有没有又往后移动了几页。她已经读了五天了，我今天翻开一看，还停在第一章，第十四页，后面还剩两百三十五页呢。老天，她读得可真慢。

　　不过，我真想告诉她，你现在读的是斯琪特小姐的故事，知道吗？康斯坦汀从小带她长大的故事。虽然我怕得要死，可还是想对她说，接着往下读吧，太太，第二章就轮到你了。

　　想到她家里摆着这本书，我就紧张得跟只猫似的，这个礼拜连走路都要蹑手蹑脚。有一次，小家伙从我背后走过来，碰到了我的腿，我吓得差点跳起来，鞋都要掉了。尤其是周四，希莉太太过来了，她们坐在客厅里，商量慈善晚会的事，还时不时抬起头来，笑着让我去拿蛋黄酱三明治或是倒点冰茶。

　　希莉太太还走进厨房，给她的女佣欧内斯廷打了两次电话。"你照我说的把希瑟的罩裙泡上了吗？嗯，还有，床上的帷帐掸过灰了吗？哦，还没？那赶紧去吧。"

　　我走进客厅收拾盘子，听见希莉太太说："我读到第七章了。"

我顿时浑身僵硬,手里的盘子抖得咔哒直响。利夫特太太抬起头,皱着眉头看着我。

希莉太太冲利夫特太太晃了晃指头。"我觉得他们说的没错,**读起来**确实很像杰克逊市。"

"是吗?"利夫特太太问道。

希莉太太俯下身,小声说:"我敢说其中有些黑人女佣,我们肯定认识。"

"你真这么觉得?"利夫特太太问,我浑身发凉,差点迈不开步子回到厨房,"我只读了一点……"

"我是这么觉得的。你猜怎么着?"希莉不怀好意地一笑,"我要把书里的每个人都找出来。"

第二天一早,我站在公交车站胡思乱想,想到希莉太太读到她那一章时会有什么反应,又猜利夫特太太到底读到第二章了没有,差点喘不上气来。我一走进她家,就看见利夫特太太坐在厨房桌边读着我那本书。她头也不抬地把小家伙从腿上抱起来,交给我,然后起身往里屋走去,一边走还一边读。看到希莉太太这么有兴致,她忽然之间也废寝忘食地读了起来。

过了一会儿,我去利夫特太太的卧室收拾脏衣服,她正在卫生间,于是我翻开夹着书签的那一页。她已经读到第六章了,薇妮的那章,讲的是白人太太得了老人病,每天早上往警察局打电话,说有个黑女人刚刚闯进她家。这么说,利夫特太太已经读完了她自己的那章,而且还在**继续往下读**。

我胆战心惊,可还是忍不住翻了个白眼。我猜利夫特太太压根就没想到那一章讲的是她自己。我是说,谢天谢地,还好她没想到,不过,说什么好呢?她昨晚坐在床上,读到那个糟糕的女人不知道该怎么疼爱自己的孩子,说不定还边读边摇头呢。

利夫特太太出门做头发去了,她前脚刚走,我后脚就给米妮打了个电话。我们最近都为各自白人太太家的电话账单做出了巨大贡献。

"听到啥风声了吗?"我问。

"没有,啥也没听到。利夫特太太读完了吗?"她问。

"还没,不过她昨晚读到薇妮那章了。西莉亚太太还没买一本吗?"

"那女人只知道看些垃圾。**我马上来**,"米妮大声喊道,"那傻子又把头发缠进吹风机帽里了。我告诉过她戴着大卷发筒的时候就别戴吹风机帽。"

"你要是听到了啥,就给我打电话。"我说,"我也会给你打的。"

"很快就会有事发生了,艾比琳,一准儿的。"

那天下午,我匆匆赶到金特尼超市,给梅·莫布丽买点水果和乡村奶酪。那个泰勒老师又干好事了。小姑娘今天放学回来,一下车就径直跑回自己房间,倒在床上。"怎么了,宝贝?怎么回事?"

"我把自己给涂黑了。"她哭着说。

"啥意思?"我问,"用彩笔涂的吗?"我抓起她的手,可手上没有墨水痕迹。

"泰勒小姐说让我们画一画最喜欢自己的地方。"我这才看见她手里攥着一张皱巴巴的纸,那纸看起来也可怜兮兮的。我翻开一看,果然,我的白人小姑娘把自己涂成了个黑人。

"她说黑色代表我的脸又脏又丑。"她把脸埋进枕头里,伤心地放声大哭。

泰勒小姐。我花了这么长时间教梅·莫布丽如何一视同仁地爱人，不因为别人的肤色而歧视他们。我感觉胸口像是挨了一拳，哪会有人不记得自己一年级的老师呢？也许他们会忘了自己究竟学了些啥，可要我说，我带过这么多小孩，很清楚那些老师有多重要。

金特尼超市里很凉快。我今早忘了给梅·莫布丽买点心，有些自责。我得赶紧买好回去，这样她就不用和妈妈单独待太久了。她已经把那张画藏在了床下，不让她妈妈看见。

我从罐头食品区拿了两罐金枪鱼，又去找绿色的果冻粉，正好看见穿着白色制服的好人洛维尼亚也在挑选花生酱。今后我一看到洛维尼亚，就会想到书里的第七章。

"罗伯特咋样了？"我拍了拍她的肩膀，问道。洛维尼亚每天在露·安妮太太家干活，下午回家就带罗伯特去盲人学校，学习怎么用手指读书。我从没听洛维尼亚抱怨过半句。

"还在适应呢。"她点点头，"你怎么样？还好吗？"

"就是有点紧张。你听到啥了吗？"

她摇摇头。"不过我家太太也在读呢。"露·安妮太太仍是利夫特太太桥牌聚会的一员。罗伯特被打伤的那段时间，她对洛维尼亚照顾有加。

我们拎着购物篮沿着过道走着。两位白人太太站在全麦饼干货架旁聊天。她们看起来有些眼熟，可我不知道名字。看到我俩走近，她们立刻闭上了嘴，只是盯着我们。她们那副严肃的样子可真滑稽。

我说了声"借过"。我们还没走开几步远，就听到其中一位太太说："那就是在伊丽莎白家做事的黑人……"一辆购物车从我身边骨碌碌推过，剩下的话我没听清。

"你说的没错。"另一位答道，"我敢说她……"

我和洛维尼亚一言不发地往前走，面无表情地直视前方。听见太太们哒哒的高跟鞋声远去,我又感觉脖子上一阵刺痛。我知道洛维尼亚听得比我清楚,她的耳朵要比我的年轻十岁。我们走到过道尽头,就要分道扬镳,却又一齐扭头望着对方。

我没听错吧? 我用目光询问。

你没听错。 洛维尼亚也无声地答道。

拜托了,希莉太太,读下去吧。 像风一样快快读下去吧。

米　妮

第三十二章

又过了一天,我还是能听见希莉太太的声音,她念着书上的字句。我还没听到那声尖叫。还不到时候,可也越来越近了。

艾比琳昨天在金特尼遇到两位白人太太,把她们的对话都告诉我了,可那之后我们再没听到其他的。我老是失手摔了东西,今晚最后一个量杯也给我摔破了,勒罗伊盯着我瞧,仿佛他已经知道了。此刻他正坐在桌边喝咖啡,孩子们都挤在厨房里写作业。

我看见艾比琳站在纱门外,吓了一跳。她竖起一根手指放在唇上,朝我点点头,然后走开了。

"金德拉,拿盘子来。苏格,看着锅里的豆子。费利西亚,去让爸爸签字。妈妈要出去呼吸些新鲜空气。"然后我嗖的一声从纱门蹿了出去。

艾比琳穿着白色制服站在墙边。

"怎么了?"我问。我听见勒罗伊在屋里大吼:"只得了个 F?"他不会动手打孩子,顶多吼一吼,不过这也是当爸爸该做的。

"一条胳膊的欧内斯廷打电话来,说希莉太太在城里大肆宣扬书里写的都是谁。她让白人太太炒了她们的女佣,其实根本连人都没猜对!"艾比琳看起来很不安,浑身抖得像筛子,手里一块白布都给她绞成了绳子。她肯定没发现自己把家里的餐巾都带出来了。

"她都猜了谁?"

"她让辛克莱尔太太解雇安娜贝拉,于是辛克莱尔太太就把她赶走了,还拿走了安娜贝拉的车钥匙,说安娜贝拉当初买车时向她借了一半的钱,其实安娜贝拉已经差不多还清了,却还是丢了车。"

"那老巫婆。"我咬牙切齿地咒骂道。

"还没完呢,米妮。"

我听见厨房里传来脚步声。"快说,别让勒罗伊看见咱俩说悄悄话。"

"希莉太太还对露·安妮太太说:'你家洛维尼亚也在书里。肯定没错,你不能再留着她了,得把那个黑鬼送进监狱。'"

"但是洛维尼亚根本没说露·安妮太太一句坏话呀!"我说,"她还得照顾罗伯特呢!露·安妮太太怎么说?"

艾比琳咬着嘴唇。她摇了摇头,泪水顺着脸颊滑下。

"她说……她会考虑一下。"

"考虑啥? 赶人走还是送进监狱?"

艾比琳耸耸肩:"都考虑吧,我猜。"

"上帝啊。"我气得想踢一脚什么东西,踹一脚什么人。

"米妮,要是希莉太太一直读不到最后,可怎么办啊?"

"我不知道,艾比琳。我真的不知道。"

艾比琳的目光忽然投向厨房门口,勒罗伊不知道什么时候站在了纱门后,一言不发地盯着我俩,一直看着我和艾比琳道了别,回到屋里。

那天早上五点半，勒罗伊在我身边睡下了。床板嘎吱嘎吱响，熏人的酒气飘来，我就醒了。我咬紧牙关，祈祷他不要来找我麻烦。我太累了，没精力应付。我倒也没睡好，为艾比琳和她带来的消息担心了整晚。对于希莉太太来说，洛维尼亚只不过是给那老巫婆的腰带上又添上一条监狱钥匙罢了。

　　勒罗伊在床上使劲翻来覆去，也不管他怀孕的老婆还想睡觉呢。等这傻瓜终于安定下来，我听见他低声说话。

　　"米妮，你有啥大事瞒着我？"

　　我能感觉到他正盯着我看，酒气一阵阵喷到我肩膀上。我没敢动。

　　"你知道我迟早会发现的，"他从牙缝里挤出这句话，"我总会发现的。"

　　大概过了十秒钟，他的呼吸放慢了，像个死人似的，胳膊搭在我身上。**感谢上帝我有肚里这个孩子**，我祈祷着。只有肚里的这个孩子能保护我不挨揍。这就是丑恶的真相。

　　我咬着牙躺在那儿，忧心忡忡地琢磨着。不知道勒罗伊心里打的什么算盘。要是被他发现了，天知道他会怎么对付我。他知道有这么一本书，人人都知道，只是他不知道自己的老婆也是其中一员，谢天谢地。大家可能会觉得我才不关心他知不知道呢——哦，我知道大家都是怎么想的。他们都觉得厉害的米妮肯定能保护自己。可他们不知道勒罗伊打我的时候，我只能可怜地缩成一团。我不敢还手，怕还了手他就离我而去。我知道这说不过去，我也很气我自己！我怎么能爱一个下狠手打我的男人呢？我怎么会爱上一个白痴酒鬼呢？有一次我问他："为啥？你为啥打我？"他弯下腰，直勾勾地盯着我的脸。

　　"要是我不打你，米妮，谁知道你会变成啥样？"

　　我像只狗似的给堵在卧室一角。他拿皮带抽我。那是我第一次仔细考虑这个问题。

谁知道我能变成啥样，要是该死的勒罗伊不再揍我。

第二天晚上，我打发孩子们都早点上床，我自己也是。勒罗伊在工厂上班，要到五点钟才下班。我的肚子已经沉得快扛不住了。老天，也许这次是双胞胎呢。我才不会付钱让医生来告诉我这个坏消息。我只知道，这孩子已经比前几个孩子生下来时都大了，而我才怀孕六个月。

我睡得很沉，梦见自己坐在一条长木桌边，参加什么宴会，正津津有味地啃着烤熟的大火鸡腿。

我忽地坐起身，呼吸急促。"谁？"

我的心脏在胸膛里怦怦直跳。卧室里一片漆黑。半夜十二点半，谢天谢地不是勒罗伊。可我确实是被什么东西吵醒了。

随后我意识到是什么吵醒了我。我听到了自己一直等待着的那个声音，我们都一直等待着的那个声音。

我听见了希莉太太的尖叫声。

斯琪特小姐

第三十三章

　　我猛地睁开眼睛,心跳加速,出了一身大汗。墙纸上的绿色藤纹正缓缓向上攀爬。是什么惊醒了我? 刚才那是什么?

　　我下了床,侧耳听着。不像妈妈的声音,音调太高了,那是一声尖叫,仿佛什么东西给撕成了两半。

　　我又坐回床上,手按着心口,心脏仍跳得咚咚响。事情并未按我们的预期发展。人家都知道这本书写的是杰克逊市了。我竟然忘了希莉读书读得有多慢。我敢说她还没读到后面,就开始向别人吹嘘了。如今事态已经开始失控,一个叫安娜贝拉的女佣被解雇了,白人妇女们都交头接耳,议论着艾比琳和洛维尼亚,还有谁知道谁之类的。好笑的是,虽然我是城里唯一不关心希莉又发了什么话的人,此刻我却啃着指甲等她开口。

　　万一这本书是个天大的错误该怎么办?

　　我痛苦地深吸一口气,试图暂时将眼前的困局放下,多考虑考虑将来。一个月前,我寄出了十五份简历,寄往达拉斯、孟菲斯、伯明翰以及其他五个城市,当然也包括纽约。斯坦女士说她愿意做我的推荐人,得到一位出版界人士的推荐,可能是我简历上最大的亮点。我把这一年来做过的工作都列在简历里：

《杰克逊日报》每周家居清洁专栏作者；

杰克逊市青年联盟会通讯报主编；

《相助》一书的作者，本书讲述了黑人帮佣与白人雇主之间的故事，颇受争议，哈珀与罗出版社出版。

我并没有真的把最后一条加上，只想把它打出来过过瘾。不过眼下情况这么糟糕，哪怕我真的在大城市找到了工作，也不能丢下艾比琳一个人面对这个烂摊子。

但是上帝啊，我必须得离开密西西比州。除了父母，我在此地已经一无所有，没有朋友，没有我理想的工作，也没有斯图亚特。而且光是离开这里还不够。我给《纽约邮报》《纽约时报》《哈泼斯杂志》《纽约客》这些报刊寄去简历的时候，心头又一次涌起那熟悉的激情，和大学时代一样，我是多么想去纽约啊。不是达拉斯，不是孟菲斯——而是**纽约城**，作家的城市。可我什么回音也没有收到。要是我永远也没法离开了可怎么办？要是我被永远、困在、这里了，该怎么办？

我又在床上躺下，看见第一束阳光照进窗口。我打了个冷战。那声撕裂般的尖叫，我发现，原来是**我自己**发出的。

我站在布兰特药店里，给妈妈买亮泽牌洗发膏和维诺莉亚牌香皂，罗伯茨先生正在按照处方给她找药。妈妈说她已经不用吃药了，说治疗癌症的唯一方法就是有个像我这样的女儿，不愿意剪头发，甚至礼拜天也穿着短过膝盖的裙子，谁知道她死后我会把自己弄成什么俗气的模样。

妈妈逐渐康复，我无比感恩。如果我和斯图亚特持续了十五秒钟的订婚激起了妈妈求生的斗志，那么我再次恢复单身的事实更让她充满了干劲。她对于我们再一次分手显然很失望，但很快又振作起来。妈妈甚至想撮合我和一位表兄相亲，那人三十五岁了，长得很漂亮，明显是个同性恋。"妈妈，"晚饭吃完，他刚一离开，我就开口道，她怎么可能没看出来呢？"他是……"可话到嘴边我又停住了。我拍了拍妈妈的手，"他说我不是他喜欢的类型。"

现在我只想赶紧离开药店，以免撞上熟人。按说我应该已经习惯被孤立了，可其实还没有。我还是怀念有朋友的日子。我并不怀念希莉，但有时候会想起伊丽莎白，高中时期那个温柔可爱的伊丽莎白。自从那本书写完之后，我连艾比琳家也不能再去，便更加孤单了。我们都觉得那样太冒险，我最怀念的就是去和她聊天。

每隔几天，我都和艾比琳通个电话，可还是跟面对面聊天不太一样。她每次向我报告城里的最新情况时，我都在心里暗想，*拜托了，拜托发生点好事吧*。可目前为止还没有什么好事。姑娘们四处八卦着，把这本书当成一场游戏，纷纷猜测书里写的是谁，希莉全都猜错了。当初向那些黑人女佣保证她们不会被发现的人是我，现在我需要对此负责。

药店响起一阵门铃声，我抬头一望，只见伊丽莎白和露·安妮·坦普尔顿走了进来。我赶紧溜进护肤品区，希望她们没看见我。我从货架间偷偷望去，她们俩像小女生似的搂在一起，往午餐柜台走去。露·安妮还是和往常一样，大夏天也穿着长袖，脸上挂着那永不褪去的笑容。我不知道她有没有发现自己也给写进了书里。

伊丽莎白把额前刘海吹得蓬松，头上还裹了条黄色丝巾，正是她二十三岁生日那年我送给她的那条。我在货架间站了一分钟，暗自咂摸着此情此景是多么奇怪，我远远看着她们，对她们的故事了如指掌。昨晚艾比琳告诉我，伊丽莎白已经读到第十章了，还是丝毫没有察觉到她读的正是自己和朋友们的故事。

"斯琪特?"罗伯茨先生在柜台那边叫我,"你妈妈的药都拿好了。"

我往药店门口走去,必须要经过伊丽莎白和露·安妮所在的午餐柜台。她俩背对着我,可我从镜子里看见她们的目光随我移动。她们同时低下了头。

我付了买药、洗发膏和香皂的钱,又从货架间原路返回,正想从药店另一头离开,露·安妮·坦普尔顿从梳子货架后面走了出来。

"斯琪特,"她说,"能打扰你一分钟吗?"

我站在那里,惊讶地眨了眨眼睛。八个月了,还没有谁想理我一秒钟,更别提一分钟了。"嗯,当然了。"我小心地答道。

露·安妮朝窗外瞟了一眼,我看见伊丽莎白手里拿着杯奶昔,正往她的车子走去。露·安妮招手示意我走近些,走到洗发水和护发素柜台边。

"你妈妈,她好点儿了吧?"露·安妮问。她的笑容不似往常那般灿烂。她拽了拽连衣裙的长袖,虽然额头上已经渗出一层细细的汗珠。

"她还好。还在……恢复中。"

"那太好了。"她点点头,我们尴尬地站在那里,面面相觑。露·安妮深吸一口气。"我知道我们已经有一阵没说话了,但是,"她压低了声音,"我只是想让你知道希莉说了点什么。她说写那本书的人是你……那本关于女佣的书。"

"我听说那本书的作者没署名。"我飞快地答道,还没想好要不要装作已经读过的样子,尽管城里人人都在读。三个书店全都卖断了货,图书馆的借阅预约已经排到两个月之后了。

她做了个手势,示意我不要再说。"我不想知道她说的是不是真的。但是希莉……"她又上前一步,"希莉·霍尔布鲁克那天给我打电话,让我解雇我的女佣洛维尼亚。"她抿着嘴摇了摇头。

不要。我屏住呼吸,请不要说你已经解雇她了。

"斯琪特,洛维尼亚……"露·安妮直视着我的眼睛,"有时候,她是让我每天起床的唯一动力。"

我什么也没说。这可能是希莉设下的圈套。

"我知道你肯定觉得我是个蠢姑娘……希莉说什么我都附和。"她的眼中涌出泪水,嘴唇微微颤抖,"医生要我去孟菲斯接受……**电击治疗**……"她捂住脸,可是一滴泪水却从她指缝中滑落,"治疗我的抑郁症,还有……还有那种企图。"她小声说。

我低头看了眼她的长袖,怀疑她其实是想遮住某些疤痕。但愿我想错了,可我还是打了个哆嗦。

"当然了,亨利说我要么就好好表现,要么就把我送走。"她做了个请走的动作,勉强笑了笑,可那笑容很快消失,脸上又浮现出一丝悲戚。

"斯琪特,洛维尼亚是我见过的最勇敢的一个人。哪怕她自己已经身陷重重麻烦,她还是愿意坐下和我聊天,因为她的帮助,才让我一天天撑了下来。我读到她写的关于我的故事,写我怎么帮助她和她的孙子,我这辈子从未如此心怀感激过。这是我几个月来感觉最舒畅的时刻。"

我不知道该说些什么。这是我头一回听到关于这本书的好话,我想让她再多说一些。我猜艾比琳还没听过这样的话呢。不过我也有些担心,很明显露·安妮已经看出来了。

"如果这书真是你写的,如果希莉说的都是真的,我只想让你知道,我永远也不会解雇洛维尼亚。我告诉希莉会考虑一下,可是如果希莉·霍尔布鲁克再向我提这事,我就当着她的面对她说,她吃到那块馅饼真是活该,再多吃几块才好呢。"

"你怎么——你为什么觉得那是希莉?"要是那块馅饼的秘密暴露了,我们的保护措施——我们的保险也就没有了。

"可能是,也可能不是。传言是这么说的。"露·安妮摇摇头,"今天早上,我听说希莉又开始跟大家说这本书写的根本就不是杰克逊市。谁知道怎么回事。"

我倒抽一口气,喃喃道:"感谢上帝。"

"嗯,亨利马上要到家了。"她挎上单肩包,挺直了腰背,脸上又挂起那份笑容,像戴上了面具。

她转身朝门口走去,推开门的时候又回头看了我一眼。"还有件事要告诉你,一月份要选举联盟会主席,我是不会给希莉·霍尔布鲁克投票的。以后再也不会了。"

她说完便走出门去,门铃在她身后响起。

我在窗前徘徊。外面飘起小雨,打湿了黑色的人行道,光亮的车身也都蒙上了一层水珠。我看着露·安妮小心翼翼地走进停车场,心想,*每个人都藏着这么多别人不知道的故事。*我又想到,要是我曾经试着多了解她,对她态度好一点,会不会让她过往的日子好过一些呢?而这不正是这本书的意义吗?*要让女人们意识到,你和我,我们是同样的两个人。我们之间的距离并非难以逾越,没有我曾以为的那么遥远。*

但是露·安妮,她在读到这本书之前就已经明白了这个道理,一直没有明白的人其实是我。

那天晚上,我给艾比琳打了四次电话,每次都占线。我挂上电话,在储藏室里坐了一会儿,盯着一罐罐无花果干发呆,这还是康斯坦汀在那颗无花果树枯死之前做的。艾比琳对我说过,女佣们一刻不停地谈论着这本书以及书的反响。她一晚上要接六七个电话。

我叹了口气。今天是周三,明天我要把六周前就写好的莫娜太太专栏交上去。我无事可做,便写了二十几篇专栏文章。写完之后,也再没有什么事好想的了,只剩下担心。

有时候,我无聊起来,便忍不住想象要是我没写那本书,现在的生活会是怎样。周一,我会去打桥牌。周四晚上,我要去参加联盟会例会,交上通讯报的稿子。周五晚上,斯图亚特会带我出去吃晚餐,很晚才回家,周六起床去打网球的时候可能还会有些累。累却满足,还有些……沮丧。

因为那天下午希莉会控诉她的女佣是个小偷,而我只会坐在一旁听着。伊丽莎白会大力抓起孩子的胳膊,而我也只能扭过脸去,装作没看见。之后我会和斯图亚特订婚,不能再穿短裙,只能留短发,也不会再想冒险写一本关于黑人帮佣的书,怕他不准我写。虽然我怎么也不会自夸说我已经改变了希莉和伊丽莎白这些人的观念,但至少我不必再假装同意她们的观点了。

我满心惶恐地走出堆满杂物的储藏室,换上男士拖鞋,走入这温暖的夜色。夜空中悬着一轮满月,洒下一地银辉。我下午忘了查看信箱,家里也只有我会去看。我打开信箱,里面躺着一封信,是哈珀与罗寄来的,一定是斯坦女士的信。为了接收书稿合同,我已经在邮局另外登记了一个信箱,以备不时之需,所以有点意外她还会把信寄到家里来。外面太暗,看不清字迹,我把信塞进蓝色牛仔裤的屁股口袋里。

我没有从车道走回去,而是从"果园"抄了近路,踩着脚下柔软的草地,绕过落在地上的早熟的梨子。又是一个九月,我还在这里。依然在这里。就连斯图亚特也有了新进展。几周前,有篇关于议员的新闻报道里提到,斯图亚特把他的石油公司搬到新奥尔良去了,他又可以到海上钻井待上一阵子了。

我听见石子路上传来嘎吱嘎吱的声音,却看不见开进来的车,不知道为什么,车灯没亮。

我看着她把那辆奥兹摩比停在房前,熄了火,却没下车。前门廊上的灯亮着,黄色灯光下成群的小虫飞舞。她靠在方向盘上,向前探着身子,好像想看清楚有谁在家。她到底想干什么?我望了几秒钟,然后想,**先去会一会她**。无论她想干什么,都先去会一会她。

我轻手轻脚地穿过院子。她点了支烟,把火柴扔出车窗,掉在我家车道上。

我从后方靠近,她没有看见我。

"等人吗?"我站在车窗边说。

希莉吓了一跳,手里的烟也掉在石子路上。她爬出车来,砰的一声摔上车门,后退了几步。

"你别过来。"她说。

于是我站在原地,就这么看着她。她那副样子,谁能**不多看一眼**?她那一头黑发乱糟糟的,头顶上有个卷没了形状,直直地乱翘出来。衬衫有一半露在裙子外面,身上的肥肉都快把纽扣撑爆了,她眼见着又胖了。嘴角还长了个……溃疡,鲜红鲜红的,已经结痂了。自从她大学那会儿和约翰尼分手之后,我还没见过她长溃疡。

她上下打量了我一番。"你瞧你,现在想做嬉皮士了吗?老天,你妈妈真可怜,被你搞得颜面尽失。"

"希莉,你来这儿干什么?"

"来告诉你我已经联系律师了,希比·古德曼,他是密西西比州专打诽谤官司最厉害的一位,你遇上大麻烦了,小姐。你就等着坐牢吧,明白了吗?"

"你什么也证明不了,希莉。"我和哈珀与罗的法律部门讨论过这个问题。我们都非常小心,写得很模糊。

"嗯,我百分之百肯定是你写的,城里哪有人像你这么没廉耻,跟那群黑鬼走得那么近。"

我们以前竟然还能做朋友,实在令人费解。我想进屋锁上门。可她手里拿着个信封,让我有些紧张。

"我知道大家都在传,希莉,有些流言——"

"哦,那些流言不会把我怎么样。城里人人都知道这书写的不是杰克逊市,只是你那病态的小脑袋虚构出来的什么城市,我也知道有谁帮了你。"

我抿住嘴。她肯定知道有米妮了,还有洛维尼亚,但是她知道艾比琳吗?或者其他人?

希莉冲我晃了晃信封,里面的纸张哗啦啦响。"我是来告诉你妈妈你都干了些什么**好事**。"

"你要向**妈妈**告发我?"我笑了,但实际上妈妈确实不知道这件事。我也不想让她知道。她肯定会觉得丢脸,为我感到羞耻,而且……我低头看着信封。这件事会不会又让她癌症复发?

"我当然要。"希莉昂着头走上前门台阶。

我赶紧跟在希莉身后向前门走去,只见她拉开门,如同在自己家一般径直走进屋里。

"希莉,我可没允许你进屋。"我抓住她的胳膊,说道,"你给——"

但是妈妈突然从角落里走了出来,我松开手。

"哎哟,是**希莉**呀。"妈妈说。她穿着睡袍,扶着手杖颤颤巍巍地走来,"好久没见了,亲爱的。"

希莉愣住了,使劲地眨了好几次眼睛。我不知道她们俩谁看见谁的样子更吃惊一些。妈妈从前浓密的一头棕发如今全白了,也稀疏了。挂着手杖的手颤抖着,近来没见过她的人大概会觉得这手简直跟骷髅一样。最糟糕的是,妈妈没有把全副假牙都戴上,只戴了前面几颗,因此两颊深陷,仿佛死亡的阴影。

"费伦太太,我……我过来是……"

"希莉,你生病了吗?你看起来真吓人。"妈妈说。

希莉舔了舔嘴唇。"嗯,我……我没来得及收拾就……"

妈妈摇摇头。"希莉,*亲爱的*。没有哪个年轻丈夫愿意回到家看见你这副样子的。你看看你的头发。还有……"妈妈皱着眉头凑近了,盯着那个结了痂的溃疡,"这样可一点也不好看,亲爱的。"

我还盯着那封信。妈妈指指我。"我明天就给美发店的范妮·梅打电话,给你们俩都预约一下。"

"费伦太太,不用——"

"不用谢我。"妈妈抢道,"既然你亲爱的妈妈没法在身边指点你,我至少还能帮上点忙。哦,我得回去睡觉了。"妈妈说着又蹒跚着往卧室走去,"别太晚了,孩子们。"

希莉张着嘴愣在那里。终于,她走到门口,猛地推开门出去了,手里仍攥着那封信。

"你这辈子就别想清净了,斯琪特,"她冲我咬牙切齿地说,恨不得咬我一口,"还有你那些黑鬼朋友。"

"你到底在说谁呀,希莉?"我说,"你根本什么也不知道。"

"我不知道,是吗?那个洛维尼亚?哦,我已经'关照'过她了。露·安妮已经准备要给她点好看了。"她点点头,头上那个乱翘的发卷也随之摆动。

"还有,你告诉那个艾比琳,她下次要是再想写写我亲爱的朋友伊丽莎白,哼哼。"她说着,嘴角闪过一丝粗俗的笑容,"你还记得伊丽莎白吗?她的婚礼你也去了的。"

听到艾比琳的名字,我忍不住火冒三丈,真想给她一拳。

"我只能说艾比琳真应该再精明点,别把可怜的伊丽莎白家餐桌上那条 L 形裂缝也写进去。"

我的心脏停跳了一拍。那该死的裂缝。我怎么这么笨,竟然没注意到那个细节?

"也别以为我已经忘了米妮·杰克逊。我可是给那个黑鬼安排了**好多**节目呢。"

"小心点,希莉。"我从牙缝里挤出这句话,"别把你自己也暴露了。"我听起来信心十足,心里却七上八下,不知道她到底有什么计划。

她忽然瞪大了眼睛。"吃了那个馅饼的人不是我!"

她转身朝车子走去,猛地拉开车门。"你告诉那群黑鬼,她们最好给我小心一点,等着瞧吧。"

我颤抖着拨出艾比琳家的电话号码,然后把电话拖进储藏室,关上门。哈珀与罗寄来的那封信我已经拆开了,拿在另一只手上。此刻感觉已经到了半夜,其实才晚上八点半。

艾比琳接起电话,我冲口而出:"希莉晚上来我家了,她都*知道*了。"

"希莉太太?知道什么了?"

我听见后面还传来米妮的声音。"希莉?希莉太太怎么了?"

"米妮……也在我家。"艾比琳说。

我原本还指望艾比琳能在我不在场的情况下再转告她。"嗯,我想她也应该知道。"我说,于是我把希莉怎么来到我家、怎么冲进屋子都告诉艾比琳,再等她一句句复述给米妮。听见这些话从艾比琳口中说出,感觉更糟了。

艾比琳回到电话跟前,叹了口气。

"伊丽莎白家餐桌上那条裂缝……希莉是凭那个才能肯定的。"

"老天，那条裂缝。我竟然给写进去了。"

"不，是我没注意到。真抱歉，艾比琳。"

"你觉得希莉太太会去向利夫特太太告发，说我写了她的故事吗？"

"不会的，"米妮喊道，"那她不就等于承认这书写的是杰克逊市了嘛。"

我忽然意识到米妮这个计划有多棒。"我也觉得，"我说，"我觉得希莉吓坏了，艾比琳。她不知道该怎么办。她说要向我妈妈告发我。"

希莉那番话给我带来的惊吓已经过去，回想起她那套说辞，我差点笑出声来。希莉的威胁是我们最不需要担心的。既然妈妈连我搞砸了订婚也能撑得过去，那她也可以挨过这一切。等真有事情发生了，我再处理吧。

"我想我们什么也做不了，只能等着了。"艾比琳说，可她的声音很紧张。现在或许不是告诉她另一件事的最好时机，但我也没法忍住不说。

"我今天……还收到了一封信。哈珀与罗出版社寄来的。"我说，"我还以为是斯坦女士，结果不是。"

"那是谁寄来的？"

"是纽约《哈泼斯杂志》的录取通知，要请我做……文字编辑助理。我觉得一定是斯坦女士帮我争取来的。"

"太棒啦！"艾比琳说，我又听见她向身后喊道，"米妮，斯琪特小姐在纽约找到工作啦！"

"艾比琳，我不能接受这份工作。我只是想告诉你这回事。我……"还好我还可以和艾比琳分享这个消息。

"你不能接受，什么意思？这是你一直梦寐以求的呀。"

"我现在不能一走了之，眼下情况越来越糟，我不能把你们丢在这个烂摊子里。"

"可是……无论你在不在这里,坏事要发生也总会发生的。"

天哪,听到她这句话,我真是想哭。我长叹一声。

"我不是说一定会发生坏事。我们都不知道会发生些啥呢。斯琪特小姐,你得接受那份工作。"

我真的不知道该怎么做。我有些后悔把这个消息告诉艾比琳,她当然会劝我走,可我又必须得和谁说一说。我听见她对米妮小声说:"她说她不想接受。"

"斯琪特小姐,"艾比琳又对着电话说,"我不是想往你的伤口上撒盐,可是……你留在杰克逊市也没啥好日子过呀。你妈妈身体也渐渐好了,那……"

我听见那边低声交头接耳了几句,电话听筒被另一个人抢走了,忽然那头传来米妮的声音:"你听我说,斯琪特小姐。我会照顾好艾比琳,艾比琳也会照顾我。可你呢,你在这里啥也没有了,只有青年联盟会那帮敌人,还有你妈妈迟早得把你逼成个酒鬼。你在这儿已经没有后路了,也别想着还能再找个男朋友,这大家都知道。所以就别再磨磨唧唧啦,赶紧抬起你那白屁股,跑着去纽约吧。"

米妮说完就挂上了电话。我坐在那里,看了看手里断了线的电话听筒,又看了看另一只手里拿着的信。真的吗?我头一回认真地考虑了起来。我真的可以这么做吗?

米妮说得没错,艾比琳也是。除了父母,我在这里已经无牵无挂,而且要是一直跟父母住在一起,我们迟早得翻脸,可是……

我倚在储物架上,闭起了眼睛。我要走。我要去纽约。

艾比琳

第三十四章

今天利夫特太太的银器上出现了些奇怪的斑点。肯定是湿度太高了。我走到桥牌桌边,把每件银器又擦了一遍,点齐了数目放好。小家伙开始学会藏东西了,勺子啦、硬币啦、头发夹子啦,都让他藏在尿布里。有时候,换尿布就跟打开了百宝箱似的。

电话响了,我跑到厨房接起电话。

"今天听到点消息。"米妮在电话那头说。

"你听到啥了?"

"兰弗罗太太说她知道是希莉吃了那个馅饼。"米妮咯咯笑了起来,可我的心跳加速了十倍。

"老天,希莉太太再有五分钟就到了。她可得抓紧时间去把那团火给灭了。"我们竟然给希莉太太打起气来,这太不正常了。我头脑很乱。

"我给独臂欧内斯廷打了电话——"米妮忽然停住了话头,肯定是西莉亚太太走进了房间。

"好了,她走了。我给独臂欧内斯廷打了电话,她说希莉太太整天对着电话大喊大叫。还有克拉拉太太,她看出来范妮·阿莫斯了。"

477

"她把范妮给炒了吗?"克拉拉太太资助范妮·阿莫斯的儿子上完了大学,是书里的一个好故事。

"没。她就手捧着书坐在那儿,目瞪口呆的。"

"谢天谢地。你要是还听到什么,再给我打电话,"我说,"别怕利夫特太太来接电话,你就告诉她,我姐姐病了。"上帝啊,千万别因为我撒了这个谎就惩罚我。我可不想我姐姐真的生病。

我们挂上电话后没过几分钟,门铃响了,我假装没听见。自从听说了她对斯琪特小姐说的那番话之后,我一想到要见希莉太太就格外紧张。不敢相信我竟然把那条 L 形裂缝也写进去了。我走进车库专属卫生间,就坐在那儿,想着万一我不得不离开梅·莫布丽会怎样。老天,我默默祈祷着,要是我一定要走,请再给她找个好人吧。别让她只能听那个泰勒小妮说黑色代表肮脏,或是被她外婆捏着手臂逼她说"谢谢",又或是和她那冷酷的妈妈待在一起。门铃又响了,我还是没动。我对自己说,明天就这么做,以防万一,我要先和梅·莫布丽道别。

我回到屋里,听见太太们都坐在桌边聊天。希莉太太的嗓门最大。我把耳朵贴在厨房门上,却不敢走出去。

"……不是杰克逊市。那本书就是个垃圾,就这么回事。我敢说整件事都是哪个黑鬼编出来的……"

我听见椅子腿刺啦一声划过地面,知道利夫特太太要来找我了,不能再躲了。

我拎着水壶推开门,绕着桌边走了一圈,给她们添上冰茶,一路低头盯着自己的鞋。

"我听说书里的贝蒂可能是沙琳。"简妮太太瞪大了眼睛说道。她身边的露·安妮太太望向别处,好像根本不关心。真希望我能不露痕迹地拍拍她的肩膀,告诉她我真高兴洛维尼亚是在她

478

家干活儿,可我知道这是不可能的。我也看不出利夫特太太有什么异样,她像往常一样皱着眉头。希莉太太的脸却紫得像个李子。

"第四章里的女佣,"简妮太太继续说道,"我听希西·塔克说——"

"这本书写的根本就**不是杰克逊**!"希莉太太尖声喊道,我正在倒茶,也吓了一跳,一滴茶水啪嗒一声滴在了希莉太太的空盘子上。她抬头看着我,我也好像给磁铁吸住了似的望向她。

她低声冷冷地说:"茶洒了,艾比琳。"

"抱歉,我……"

"擦掉。"

我哆哆嗦嗦地拿起搭在水壶把手上的抹布,把那滴水珠抹去。

她盯着我的脸。我只能低下头去。我能感觉到我们两人之间那滚烫的秘密。"拿个新盘子给我,拿个没用你那脏抹布擦过的。"

我给她拿来个新盘子。她仔细地检查了一遍,甚至还凑近闻了闻,然后扭头对利夫特太太说:"这些人**教**都教不干净。"

那天晚上,我替利夫特太太看家到很晚。梅·莫布丽睡着后,我翻出祷告书,开始写我的祈祷名单。我真为斯琪特小姐高兴。她今天上午打电话给我,说她接受了那份工作,一周后就要搬到纽约去了。可是这会儿,老天啊,我一听到有什么动静,就能吓得跳起来,老以为是利夫特太太走进屋里,说她已经知道真相了。我回家后,仍心惊胆战,睡不着觉,便穿过漆黑夜色,来到米妮家后门。她正坐在桌边看报纸。这是她一天里唯一不用忙着打扫、做饭,或是训斥别人的时候。屋子里太安静了,我觉得有些不对劲。

"人都上哪儿去啦?"

她耸耸肩。"睡觉了,上班了。"

我拉开椅子坐下。"我就想知道到底会怎么样,"我说,"我知道应该庆幸这事暂时还没把我怎么样,可是老是这么等着,我也快疯了。"

"会来的。很快了。"米妮说,语气平淡得好像我们聊的是手里的咖啡。

"米妮,你怎么还能这么镇定?"

她看着我,把手放在肚子上,最近两周她的肚子忽然隆起来了。"你认识肖塔德太太吗,威莉·梅给她干活儿的那个?她昨天问威莉·梅,她对威莉·梅是不是也像书里那些可怕的太太一样坏。"米妮鼻子里哼了一声,"威莉·梅说她还需要改进,但还不至于太坏。"

"她真这么问了?"

"然后威莉·梅把其他白人太太都是怎么待她的也都和肖塔德太太说了,好的坏的,那位白人太太还真听进去了。威莉·梅说她在那儿干了三十七年了,还是头一回和主家同坐在一张桌边。"

洛维尼亚之外,这是我们听到的第一件好事。我很想好好高兴一下,却又立刻想到眼下的情况。"希莉太太呢?斯琪特小姐和我们说的那些呢,怎么办?米妮,你就一点也不紧张吗?"

米妮放下报纸。"你瞧,艾比琳,说实话,我怎么会不怕?要是让勒罗伊发现了,他准得把我给杀了。我也怕希莉太太会把我家一把火烧了。但是,"她摇摇头,"我也解释不了,就是有种感觉,也许事情就该这么发展。"

"真的吗?"

米妮轻声笑了笑。"老天,我觉得自己说话越来越像你了,对吧?肯定是变老了。"

我用脚踢了踢她。我试着理解米妮的这份平静从何而来,我们做了件勇敢又正确的好事,而这份勇敢与美好所带来的一切,无论好坏,米妮都想去经历。可我仍然没法体会她所感受到的那份平静。

米妮又低头看起了报纸,但是没过一会儿,我就发现她其实没在读,只是眼睛盯着报纸上的字,脑子里却另有所想。隔壁有人砰的一声关上车门,也把她吓了一跳。我这才瞧出她那份隐藏起来的担忧。但是为什么呢?我心想,为什么她要隐瞒呢?

我又观察了一会儿,越发明白是怎么回事了,也明白了米妮的用心。我竟然到这一刻才反应过来,米妮让我们把那个馅饼的故事放在最后,当作保险,那不是为了保护她自己,而是为了保护我和其他女佣。她知道这么做只会让她和希莉的关系更加紧张,可是为了大家,她还是义无反顾地做了。她不想让别人看出来她有多害怕。

我伸手去捏了捏她的手。"你真美,米妮。"

她翻了个白眼,吐吐舌头,好像我给她端来了一盘狗饼干似的。"我就知道你老糊涂了。"她说。

我俩都笑了。夜深了,我们也累了,但她还是起身又倒了杯咖啡,也给我倒了杯茶,我慢慢喝着。我们一直聊到很晚。

第二天是周六,利夫特一家和我都待在屋里,就连利夫特先生今天也在家。床头柜上我那本书不见了。一时间我不知道她把书放哪儿去了。后来我看见沙发上放着利夫特太太的手提包,书塞在包里,这说明她把书带出门了。我凑过去望了一眼,书签不见了。

我本想从她眼里看看她都知道了些什么,可是利夫特太太今天待在厨房做蛋糕不出来了,也不让我进去帮忙,说她要做的不是我以前做过的那些,是她从《美食》杂志上看来的新花样。她明天要为教会的人办场午餐会,客厅里堆满了派对用品。她从露·安妮太太那儿借来了三个保温锅,又从希莉太太那里借了八套银餐具,明天有十四位客人要来,而上帝不允许她们教会的人使用一般的旧铁叉子。

小家伙在梅·莫布丽的房间和姐姐玩。利夫特先生在屋里走来走去,时不时在小姑娘房间门口停下,站一会儿又走开。他可能在想今天是星期六,应该陪自己的孩子玩玩,可我猜他不知道该怎么陪孩子玩。

这么一来,我也没太多地方可去。才下午两点,我已经把屋子里里外外都打扫干净,连门把手也擦了,还打扫了卫生间,洗了衣服,又把能熨的都给熨平了,除了我脸上的皱纹之外。我进不去厨房,又不想让利夫特先生觉得我只会坐在那儿跟孩子们玩,于是我也在屋里游荡起来。

趁着利夫特先生在餐厅闲逛的当口,我往梅·莫布丽的房间探头望去,只见她手里拿着一张纸,在教罗斯什么东西。她喜欢和自己的小弟弟玩老师上课的游戏。

我走进客厅,准备再给书掸一遍灰。今天大家都在家,估计我是没法和梅·莫布丽提前告别了。

"我们来玩个游戏。"我听见梅·莫布丽对她弟弟说,"你去墙角坐着,假装现在是在伍尔沃夫超市①,你是个黑人。不管我做什么,你都得在那儿好好待着,不然就要坐牢。"

我赶紧往她卧室走去,可利夫特先生已经站在门外看着。我站在他身后。

利夫特先生穿着白衬衫,胳膊抱在胸前,歪着头。我的心跳飙到了每小时一千公里。我从没听梅·莫布丽向别人提起我们的秘

---

① 梅·莫布丽把"伍尔沃斯(Woolworth)超市"说成了"伍尔沃夫(Woolworf)超市"。

密故事。她只对我说过，而且还是趁她妈妈不在家时，屋里也没别人。可她此刻正玩得投入，没发现她爸爸正站在身后听。

"好，"梅·莫布丽扶着路都走不稳的小弟弟坐上椅子，"罗斯，你必须待在伍尔沃夫的柜台边。不准起来。"

我想开口，却什么也说不出来。梅·莫布丽轻手轻脚地走到罗斯身后，把一整盒蜡笔都倒在他头上，蜡笔稀里哗啦地砸下来，小家伙皱起眉头，可是姐姐严厉地瞪着他说："不准动。你要勇敢一点。不准'翻'抗。"然后她又冲弟弟伸舌头做鬼脸，用洋娃娃的鞋子打他，小家伙露出一副"为什么我要任你欺负"的表情，嘟嘟囔囔地爬下椅子。

"你输了！"她说，"再来，我们来玩'公交车后座'，你是罗莎·帕克斯。"

"这些都是谁教给你的呀，梅·莫布丽?"利夫特先生说，小姑娘猛一回头，仿佛见了鬼一样。

我感觉全身骨头都软了，脑海里只响起一个声音，让我赶紧进屋，别让她有什么麻烦，可我喘不上气来，也迈不开步子。小姑娘站在她爸爸身后，怯怯地盯着我，利夫特先生也转过身来，看了我一眼，又转回身去。

梅·莫布丽抬头看了看爸爸："我不知道。"随即扭头看着散落一地的桌上游戏，像是想马上去玩。我以前也见过她这个样子，知道她心里是咋想的。她在想要是自己忙起了别的事，不理爸爸，或许他就会走开了。

"梅·莫布丽，爸爸问你话呢。你是从哪儿学来那些话的呀?"他弯下腰，我看不见他的脸，可我知道他肯定冲她笑了，梅·莫布丽一脸羞涩，小姑娘都喜欢自己的爸爸。然后她清清楚楚地大声答道：

"是泰勒小姐教的。"

利夫特先生直起身来,大步走进厨房,我也跟在后面。他扳过利夫特太太的肩膀,说道:"你明天去学校,让梅·莫布丽转班。不能再让泰勒小姐教了。"

"怎么了?我不能就这么换老师——"

我屏住呼吸,默默祈祷着,可以的,你可以的。拜托了。

"就这么办。"然后,像所有男人那样,雷利·利夫特先生大步走出门去,无论何事,他都不需要向别人解释。

周日一整天,我不住地感谢上帝,小姑娘终于可以离开泰勒小姐了。我脑海里像唱歌似的回响着**感谢上帝,感谢上帝,感谢上帝**。周一早上,利夫特太太打扮整齐,到梅·莫布丽的学校去了。我一想到她要去干什么,就忍不住微笑起来。

利夫特太太一走,我就去处理希莉太太借来的银餐具。昨天午餐会后,利夫特太太把银餐具都摊在厨房桌子上。我把餐具清洗干净,又花了一个小时抛光,心里琢磨着,独臂欧内斯廷是怎么做到的,这种顶尖巴洛克纹样上那些个卷纹雕花,得两只手才擦得干净啊。

利夫特太太回到家,把手提包往桌上一扔,咂嘴道:"哦,我本想上午把希莉的银餐具给她还回去的,可又要去梅·莫布丽的学校,我刚知道她感冒了,一上午喷嚏打个不停,都快十点了……"

"梅·莫布丽生病了?"

"可能吧。"利夫特太太不耐烦地一瞥,"哦,我预约做头发要迟到了。你擦完就帮我把银器给希莉送去吧。我得吃完午饭才回来呢。"

我擦完希莉太太的银器,拿一块蓝布包好,又去叫小家伙起床,他刚刚午睡醒来,冲我笑着眨眼。

"来吧,小家伙,该换尿布啦。"我把他放上尿布台,把湿尿布解下来,上帝保佑,里面可别藏着三片小积木外加利夫特太太的发夹。谢天谢地,这回只是张湿尿布,没有别的东西。

"你小子,"我笑道,"你这儿就跟诺克斯堡①似的。"他咯咯笑着,指了指婴儿床,我走过去翻开毯子一瞧,果然又找到了一个卷发筒,一把量勺,还有一条餐巾。老天,我们可得想想办法。不过不是现在,我现在还得去希莉家。

我把小家伙放进婴儿车,推着他出门往希莉太太家走去。外面又热又晒,听不见什么声响。我们走过希莉太太家的车道,欧内斯廷来开了门。她的左边袖子里伸出一截皮包骨头的棕色残臂。我和她不太熟,只知道她喜欢说话,去卫理公会教会。

"嘿,艾比琳。"她说。

"嘿,欧内斯廷,你肯定是看见我过来了。"

她点点头,低头看了眼小家伙。小家伙正惊恐地盯着那截残臂,好像害怕它会来捉他。

"我抢在她前面来开门,"欧内斯廷小声说,又补充道,"你应该已经听说了吧。"

"听说什么?"

欧内斯廷回头看看,然后凑近了一点。"弗洛拉·卢的白人太太,海斯特太太,她今天早上跟弗洛拉·卢摊牌了。"

"把她给炒了?"弗洛拉·卢的故事都很惨。大家都觉得海斯特太太为人善良,可她每天早上让弗洛拉用一种特别的"洗手液",后来才发现是漂白水,弗洛拉给我看过灼伤的疤痕。

欧内斯廷摇摇头。"海斯特小姐拿出那本书,大声嚷着:'这是我吗?你写的是我吗?'弗洛拉·卢说:'不,太太,我可没写什

---

① 诺克斯堡(Fort Knox)是一处美国陆军基地,也是储放美国国库黄金的金库所在地。

么书。我连五年级都没上完。'可是海斯特太太气得大叫:'我不知道高乐氏清洁剂会烧伤皮肤,我也不知道最低工资是一美元二十五分,要不是希莉到处说这本书写的不是杰克逊市,我肯定不等你回过神来就立马就把你给炒了。'弗洛拉·卢就问:'所以你是说你还没有开除我吗?'海斯特小姐尖叫道:'开除?我可不能开除你,不然大家不就知道我是第十章里的那个人了吗?你这辈子哪儿都别想去,就给我乖乖留在这儿干活吧。'海斯特太太说完就趴在桌上,让弗洛拉·卢去收拾盘子。"

"老天,"我有点晕头转向,"我希望……大家都能这么走运。"

希莉太太在屋里喊着欧内斯廷的名字。"我可不敢指望。"欧内斯廷小声说。我把用布包好的银器交给欧内斯廷,她伸出健全的那只手接了过去,残臂也跟着往前伸了一下,估计是习惯使然吧。

当晚风雨大作,雷声滚滚,我坐在厨房桌边直出汗,一边发抖一边写下我的祷告词。弗洛拉·卢很幸运,可接下来会发生什么,仍有太多未知,太多要担忧的,而且——

咚咚咚。前门有人敲门。

是谁?我一下坐直了身体。炉灶上方的挂钟显示已经是八点三十五分了。外面雨下得很大。我熟悉的人都会从后门进来。

我蹑手蹑脚地走到前门。那人又敲了几声,我吓得差点跳起来。

"是……是谁?"我问。我检查了一下,门锁着。

"是我。"

老天,我长舒一口气,打开了前门。斯琪特小姐站在外面,浑身都湿透了,打着哆嗦,雨衣下面露出她的红书包。

"上帝保佑——"

"我走不到后门去。院子里泥太厚了，我走不过去。"

她光着脚，手上拎着双沾满泥巴的鞋。我赶紧让她进屋，关了门。"没人看见吧？"

"外面什么也看不清。我本想打电话来，可是下雨下得线路都断了。"

我知道肯定出什么事了，但我也很高兴能在她出发去纽约之前再见一面。我们已经有六个月没见面了，我热情地拥抱了她。

"老天，让我看看你的头发。"斯琪特小姐拉开雨衣帽子，抖了抖过肩长发。

"真好看。"我真心赞道。

她不好意思地笑笑，把书包放在地上。"妈妈不喜欢。"

我笑了，然后深吸一口气，为她马上要告诉我的坏消息做好了准备。

"书店要求补货，艾比琳。斯坦女士下午打电话来说的。"她握住我的手，"出版社打算加印，要再多印五千本。"

我看着她。"我不……我不知道还能加印。"我说着捂住了嘴。我们的书进入了五千个家庭，正躺在书架上，床头柜上，厕所里？

"还会有稿费。每人至少一百美元。而且，谁知道呢？也许还会再加印呢。"

我伸手按住胸口。第一次那六十一美元我还一分都没动呢，现在她又告诉我还会有一笔钱？

"还有件事。"斯琪特小姐低头看着书包，"我上周五去报社把莫娜太太专栏的工作给辞了。"她深吸一口气，"不过我告诉戈登先生，我觉得下一位莫娜太太应该是你。"

"我？"

"我告诉他，你一直是我背后的军师。他说他会考虑。今天他给我打电话,答应了,条件是你要保密,而且要学莫娜太太那样写。"

她从书包里摸出一本蓝布封面的笔记本,递给我。"他说也给你同样的薪水,一周十美元。"

我?给白人报纸工作?我走到沙发边,翻开笔记本,里面是以前所有的来信和文章。斯琪特小姐在我身边坐下。

"谢谢你,斯琪特小姐。为了这个,为了*所有一切*。"

她笑了,深深地吸了一口气,像是要把眼泪憋回去。

"真不敢相信你明天就要去纽约了。"我说。

"其实,我要先去芝加哥。就去一天,我想见见康斯坦汀,去看看她的墓地。"

我点点头。"我很高兴。"

"妈妈给我看了讣告。墓地就在城外。第二天一早我再去纽约。"

"你帮我给康斯坦汀问个好。"

她笑了。"我好紧张。我还没去过芝加哥,也没去过纽约。我都没坐过飞机。"

我们又坐了一会儿,听着窗外雨声。我想起斯琪特小姐第一次来我家的情景,我们那时多么尴尬。如今我们就像一家人。

"你害怕吗,艾比琳?"她问我,"以后要是出什么事的话?"

我转过脸去,不让她看见我的眼睛。"我没事。"

"有时候,我不知道这么做值不值得。要是你出了什么事……我知道那都是因我而起,今后还怎么能生活下去?"她用手捂住双眼,仿佛不想看见将会发生的事。

我走进卧室,拿出约翰逊牧师交给我的包裹。她揭开包装纸,盯着书里密密麻麻的签名。"我准备把书给你寄到纽约去的,不过我觉得你还是现在拿走比较好。"

"我……我不明白,"她说,"这是给我的?"

"没错,小姐。"然后我把牧师的话转告她,说她现在是我们大家庭的一员了,"你要记住,这里每一个签名都代表这一切是值得的。"她读着大家写下的感激之语,用手抚摸着墨水的印迹,热泪盈眶。

"我想康斯坦汀一定为你感到非常骄傲。"

斯琪特小姐笑了,那笑容多么年轻啊。我们一起写下了那些章节,也疲累又担心了这么久,我已经很久、很久没有看到她那副年轻女孩的模样了。

"你确定没事吗?我就这么走了,现在又这么……"

"去纽约吧,斯琪特小姐。去寻找你的生活。"

她笑了,使劲眨了眨眼,把泪水收回去,说了句:"谢谢。"

那天晚上,我躺在床上胡思乱想。我真为斯琪特小姐高兴。她又能重新开始生活了。我想象着她长发飘飘地走在我在电视上见过的宽敞城市大道上,泪水就顺着太阳穴流进了耳朵里。我有点希望自己也可以重新开始。家居清洁专栏,这倒是个崭新的开始。可我已经不再年轻。我这一生差不多要过完了。

我越是想入睡,就越知道自己今晚估计睡不了多久。我仿佛能听见全城的嗡嗡嘈杂之声,听见大家都在谈论那本书。听着这嗡嗡声还怎么能睡着?我想起弗洛拉·卢,要不是希莉到处说这本书写的不是杰克逊市,海斯特太太很可能会把她给炒了。噢,米妮,我心想,你真是做了件大好事。你保护了大家,却保护不了自己。我真希望我可以保护你。

希莉太太如今似乎也岌岌可危。每天都有人跳出来说书里吃了那个馅饼的人就是她,然后希莉太太就要奋力反驳。人生中头一回,我真心好奇究竟谁会赢得这场斗争。以前我总觉得是希莉太太,可现在我也动摇了,这次希莉太太很可能会输。

天亮前,我终于睡了几个小时。可奇怪的是,我六点钟起床时却一点也不累。我换上昨晚在浴缸里洗好的制服,又在厨房接了一大杯凉水喝完,然后关上厨房灯,往门口走去,这时电话响了。老天,这也太早了。

我接起电话,听见那头传来哭声。

"米妮?是你吗?怎么——"

"他们昨晚把勒罗伊开除了!勒罗伊问为什么,他的老板说是威廉·霍尔布鲁克先生让他这么做的。霍尔布鲁克告诉他是因为勒罗伊那个黑鬼老婆,勒罗伊回家后,差点赤手空拳把我给杀了!"米妮大口喘着气,"他把孩子们赶进后院,把我锁进厕所,说要把房子连我一齐给烧了!"

老天,来了。我捂住嘴,感觉在我们亲手为自己挖的无底黑洞中下坠。这儿周来,米妮一直装得那么自信,结果……

"那老巫婆,"米妮尖叫道,"就因为她,勒罗伊要杀了我!"

"你现在在哪儿呢?米妮,孩子们呢?"

"我在加油站,光着脚跑出来的!孩子们跑到隔壁邻居家去了……"她上气不接下气地低吼道,"奥克塔维亚会来接我们,说她会尽快赶来。"

奥克塔维亚住在坎顿,比西莉亚太太家还要再远上二十分钟车程。"米妮,我马上赶过去——"

"别,千万别挂电话,你就在电话里陪我等她来。"

"你还好吗?受伤了吗?"

"我受不了了,艾比琳。我不能再……"她在电话那头崩溃地大哭起来。

这是我头一回听到米妮这么说。我深吸一口气,明白了我该怎么做。那些话在我脑海中异常清晰,而现在就是我唯一的机会,她这会儿正光着脚,低落地站在加油站打电话,会好好听我说话的。"米妮,你听我说。你在西莉亚太太家有份终身工作,这是约翰尼先生亲口对你说的。斯琪特小姐昨天得知,那本书还会再有些稿费。米妮,听我的劝,你不必再忍受勒罗伊的拳头了。"

米妮哽咽了。

"是时候了,米妮。你听到了吗?你自由了。"

米妮的哭声慢慢变小,最后声息全无。要不是我还能听见她的呼吸声,我还以为她把电话给挂了。求你了,米妮,我心里默念,一定要抓住这个机会离开。

她颤抖着深吸一口气,然后说:"我听到你的话了,艾比琳。"

"我去加油站陪你等。我会对利夫特太太说迟点过去。"

"不用,"她说,"我姐姐……马上就到了。我们今晚去她那里。"

"米妮,只是今晚吗,还是……"

她对着电话长叹一声。"不,"她说,"我不能。我已经受够了。"那语气告诉我曾经的米妮·杰克逊又渐渐回来了。她的声音发抖,我知道她很害怕,可是她说:"上帝保佑他吧,不过勒罗伊这回真的想不到米妮·杰克逊会变成什么样。"

我心头一跳。"米妮,你可不能杀了他,那样你就要进监狱了,这不正合了希莉太太的意吗?"

老天,电话那头安静得吓人,安静了好一会儿。

"我不会杀他,艾比琳。我保证。我们会先和奥克塔维亚住在一起,然后找个地方自己住。"

我松了口气。

"她来了。"她说,"我今晚给你打电话。"

我到利夫特太太家时,屋子里也一片静悄悄。我猜小家伙还在睡觉。梅·莫布丽已经上学去了。我把包放在洗衣间。通往餐厅的弹簧门关着,厨房就成了个凉爽的小天地。

我煮上咖啡,为米妮祈祷了一回。她可以在奥克塔维亚那里住上一阵子。米妮和我说过,奥克塔维亚家的农舍相当大。米妮离她上班的地方也近些,可是孩子们上学就远了。不过,最重要的是,米妮终于能离开勒罗伊。我以前从没听她说过要离开勒罗伊,而同样的话米妮不会说两次,总是第一次就说到做到。

我给小家伙冲了瓶牛奶,又深吸一口气,现在才上午八点钟,我却感觉今天已经过完了。可我也不觉得累,不明白是怎么回事。

我推开弹簧门。利夫特太太和希莉太太并排坐在桌边,抬头看着我。

有那么一会儿,我就站在那儿,手里拿着奶瓶。利夫特太太穿着蓝色加厚睡袍,头上还戴着卷发筒。希莉太太却穿戴整齐,一身蓝色格纹裤装套装,嘴角那个难看的红色溃疡还没好。

"早上好。"我说完准备朝里屋走去。

"罗斯还没醒,"希莉太太说,"先不用进去。"

我停住脚步,望向利夫特太太,她却盯着餐桌上那道奇怪的 L 形裂纹出神。

"艾比琳,"希莉太太舔了舔嘴唇说道,"你昨天还回来的那一包银餐具里少了三件:一把银叉子,两把银勺子。"

我倒吸一口凉气。"我……让我再去厨房找找,可能漏掉了。"我又朝利夫特太太望去,寻求她的允许,可她的目光还没离开那道裂缝。我脊背一阵发凉,一丝刺痛爬上了脖梗。

"你知我知,银餐具根本不在厨房,艾比琳。"希莉太太说。

"利夫特太太,你检查过罗斯的床了没有?他最近老是藏东西,然后把——"

希莉太太厉声斥道:"你听到她说什么了吗,伊丽莎白?她把责任推到个小毛头身上。"

我的脑袋飞速转了起来，拼命回忆我把银餐具包起来之前有没有数过。我觉得是数了的。我总会数一下的。老天，别告诉我她是想说——

"利夫特太太，你真的去厨房看过了吗？或是银器柜？利夫特太太？"

可她依然没有抬头看我，我不知道该怎么办。我也不知道情况有多糟糕。也许这一切压根与银器无关，也许其实是因为利夫特太太和那第二章……

"艾比琳，"希莉太太说，"限你今天之内把那几件餐具还给我，不然伊丽莎白就要去起诉你。"

利夫特太太抬眼看着希莉太太，仿佛很惊诧地吸了口气。我想知道这一切是谁的主意，是她们俩一起决定的，还是希莉太太自己一手策划？

"我没偷什么银餐具，利夫特太太。"我辩驳道，光是听到这几个字我就想逃跑了。

利夫特太太小声道："她说她没拿，希莉。"

希莉太太装作没听见，冲我扬起眉毛："那么我只能通知你，你被解雇了，艾比琳。"希莉太太哼了一声，"我会报警的，他们都认识我。"

"妈——妈。"小家伙在里屋的小床上喊了起来。利夫特太太回头望了望，又看看希莉，好像不知道该怎么办。我猜她有些慌了，想起要是没有女佣她该怎么是好。

"艾——比。"小家伙又喊道，声音里带上了哭腔。

"艾——比。"又有个声音小声喊道，我这才发现梅·莫布丽也在家。她今天肯定没去上学。我伸手按住胸口。老天，千万别让她看见这一切。别让她听到希莉太太对我的指控。过道那头的门开了,梅·莫布丽走了出来,她冲我们眨眨眼睛,咳嗽了起来。

"艾比,嗓子痛。"

"我——我马上过去,宝贝。"

梅·莫布丽又咳了几声,声音听起来不太妙,像小狗呜咽,我往过道走去,但是希莉太太叫住了我:"艾比琳,你别动,伊丽莎白会照顾她自己的孩子。"

利夫特太太看着希莉,那表情仿佛在说,一定要我去吗?但她马上站起身,拖着脚步走到过道那头,拉起梅·莫布丽走进小家伙的房间,关上了门。现在只剩下我们两人了,我和希莉太太。

希莉太太向后靠在椅背上,说:"我最不能容忍别人撒谎。"

我头晕脑涨,也想坐下来。"我没偷银器,希莉太太。"

"我不是在说银器。"她向前探着身子说。为了不让利夫特太太听见,她小声地从牙缝挤出这几句话,"我说的是你写的伊丽莎白的那些故事。她压根不知道第二章写的是她,而我作为好朋友,也不忍心告诉她。或许我没法因为你杜撰伊丽莎白的故事而把你送进监狱,但我可以凭偷窃罪把你送进去。"

我不能进监狱。我不能,这是我唯一的念头。

"还有你那个朋友米妮,有个大惊喜在等着她呢。我要给约翰尼·福特打电话,让他立马解雇她。"

我的视线渐渐模糊,房间里也看不清楚了。我摇了摇头,拳头越握越紧。

"我和约翰尼·福特关系还挺好的。他会听我——"

"希莉太太。"我朗声道。她停了下来。我敢说这十年间还没谁敢打断她的话。

我说:"我也知道你的一些事情,你可别忘了。"

她眯起眼睛看着我,可是什么也没说。

"据我所知,监狱里最不缺的就是大把时间,想写多少封信都

494

行。"我浑身发抖,呼吸也火烧火燎,"有时间给杰克逊市每个人都写封信,揭发你的真面目。时间又多,信纸也免费。"

"没人会相信你写的东西,黑鬼。"

"那可说不准。还有人夸我写得好呢。"

她伸出舌头,舔了舔嘴边的溃疡,垂下目光。

她还没说话,过道那头的门又打开了。梅·莫布丽穿着睡衣跑了出来,跑到我面前。她哭得喘不上气来,小鼻子红得像玫瑰花。肯定是她妈妈跟她说我要走了。

上帝啊,我默默祈祷,但愿利夫特太太没把希莉太太的那些假话也告诉她。

小姑娘抓着我制服的裙角不放手。我伸手摸摸她的额头,她发烧了。

"宝贝,你得上床躺着。"

"不要,"她放声大哭,"别走,艾比。"

利夫特太太也抱着小家伙从卧室出来,眉头拧成一团。

"艾比!"他笑着大叫。

"嘿……小家伙。"我小声说。我很高兴他还不明白发生了什么,"利夫特太太,我带她去厨房吃点药。她烧得挺厉害。"

利夫特太太瞥了希莉太太一眼,她没作声,只是抱着手臂端坐着。"好的,去吧。"利夫特太太说。

我牵起小姑娘发烫的小手,带她走进厨房。她又剧烈地咳了起来,我找出儿童版阿司匹林和止咳糖浆。和我一起待在厨房里,她平静了些,可泪水还是止不住地顺着脸颊往下流。

我抱她坐上厨房台面,把一颗粉色的小药片碾碎了,混在苹果酱里,喂了她一勺,她忍着喉咙痛艰难地吞了下去。我把她的头发拂到耳后。她自己拿手工剪刀剪坏了的刘海又长回来了,直直地往外翘着。利夫特太太近来都没瞧过她几眼。

"别走,艾比。"她说着又哭了起来。

"我也没办法呀,宝贝。真对不起。"我也哭了起来。我不想哭,这样只会让她更难过,可我还是没忍住。

"为什么? 你为什么不想再见到我了? 你要去照顾别的小女孩了吗?"她的眉头皱得紧紧的,跟她妈妈责骂她的时候一个样。老天,我觉得我这颗心的血都快流干了。

我双手捧起她的脸,那吓人的热度似乎渐渐消退了。"不是的,宝贝,不是因为那个。我也不想啊,可是……"我该怎么说呢? 不能说我是被赶走了,我不想让她责怪自己的妈妈,让她们俩的关系更紧张,"我该退休啦。你是我的最后一个小女孩,"我说,因为这也是事实,只不过并非由我自己选择。

我让她在我怀里哭了一会儿,然后又捧起她的小脸。我深吸一口气,让她也学我这么做。

"小姑娘,"我说,"你要记住我和你说过的每一句话。还记得我跟你说了什么吗?"

她仍抽泣个不停,不过已经能喘得上气了。"上完厕所要好好擦屁股?"

"不,宝贝,不是这个。是关于你自己的。"

我凝视着她那双深棕色的眼睛,她也凝望着我的。老天,她那双眼里仿佛藏了个老灵魂,已经活了一千年似的。我还从她眼底看见了她长大后的模样,那来自未来的一瞥。她瘦瘦高高的,自信满满,发型比现在好看多了,而且她仍记得我灌输进她脑袋里的那些话,长大成人了也没忘。

随后她如我所愿地开口了。"你很善良,"她说,"你很聪明,你很重要。"

"哦,上帝啊。"我把她发热的小身体拥入怀中,感觉她刚刚送了我一份礼物,"谢谢你,小姑娘。"

"不用谢。"她说，像我教过的那样答道。她又把头伏在我肩上，我们就这么抱头痛哭，直到利夫特太太走进厨房。

"艾比琳。"利夫特太太平静地说。

"利夫特太太，你确定……这是你……"这时希莉太太从她身后走进来，对我怒目而视。利夫特太太表情愧疚地点点头。

"真抱歉，艾比琳。希莉，你要是想……告她，请便。"

希莉太太冲我哼了一声，说道："不值得我浪费时间。"

利夫特太太舒了口气，仿佛放下心来。我们四目相接，我也看出希莉太太说得没错，利夫特太太根本不知道第二章里写的是她。哪怕她曾经起过疑心，她也绝不会承认。

我轻轻地把梅·莫布丽推开，她看了看我，又用那双发着烧的困倦双眼看了一眼她妈妈，那表情仿佛已经担心起自己未来十五年的生活，可她又叹了口气，好像疲倦得不愿再想了。我把她放下地，吻了吻她的额头，她又冲我张开双臂，我只好后退走开。

我走进洗衣间，拿上我的外套和挎包。

我从后门走了出去，听见梅·莫布丽又伤心地哭了起来。我走过车道，想到我今后会多么想念梅·莫布丽小姐，也忍不住哭了起来，暗自祈祷她妈妈能多给她些关爱。与此同时，我也感觉我自由了，像米妮一样。我要比利夫特太太还自由，她困在自己的头脑里，甚至连书中的自己都没认出来。我也比希莉太太自由，那女人要花上一辈子的时间努力说服别人那个吃了馅饼的人不是她。我又想起尤尔·梅还给关在监狱里，而希莉太太同样画地为牢，还是终身监禁。

早上八点半，我走在炎热的人行道上，想着我接下来这大半天要怎么过，接下来这一辈子要怎么过。我哭得浑身发抖，有位白人太太和我擦肩而过，对我皱起了眉头。报纸每周会付我十美元，还有那些稿费。不过，这还不够支撑我日后的生活。希莉太太和利夫特太太说我是个小偷,我就再也找不到女佣的工作了。梅·莫布丽会是我带过的最后一个白人小孩。我却刚刚买了身新制服。

　　阳光刺眼,可我瞪大了双眼。我站在公交车站台等车,一如过去四十几年间那样。可这短短的三十分钟,我这种生活便……画下了句点。或许我该继续写作,除了给报社写稿以外,也可以再写点其他的,写写我认识的人,我见过或做过的事。也许我还不太老,还能重新开始,想到这里,我不禁又哭又笑,因为就在昨晚,我还以为自己已经没法再尝试新东西了呢。

致　谢

感谢我的编辑艾米·艾因霍恩，没有你这个大客户，便利贴行业哪有如今的成功。艾米，你实在明智。能够与你共事，我幸运至极。

还要感谢我的经纪人苏珊·拉莫愿意冒险，并对我非常耐心；感谢亚历山德拉·谢丽执着的修改以及用心建议；感谢简街工作室那群出色的写作者；感谢露丝·斯多克、塔特·泰勒、布伦森·格林、劳拉·福特、奥克塔维亚·斯宾赛、妮可·拉夫以及贾斯汀·斯托里阅读本书，并奉献出他们的笑声，哪怕在没有那么好笑的部分，也同样捧场。感谢我的祖辈山姆、芭芭拉和罗伯特·斯多克特，为我回忆起杰克逊市的旧日时光。最深切的感谢献给基思·罗杰斯和我亲爱的莱拉，感谢你们的一切。

普特南出版社的全体员工，感谢你们的热忱与努力。在故事的时间线方面，我没有完全遵照史实，我用到的《变革的时刻》这首歌要到 1964 年才发行，摇摇乐炸鸡粉 1965 年才上市。书中出现的吉姆·克劳法案则是根据美国南方在不同时期存在过的法案汇总简写而成。特别感谢道连·哈斯廷斯和伊丽莎白·瓦格纳这两位细心的文字编辑指出以上及其他一些年代错误，我坚持保留以上几处时代偏差，但改正了其他各处。

感谢《南方妇女口述回忆录》的作者苏珊·塔克，书中有关家庭佣人和白人雇主的精彩口述让我重返一个早已消失的时空。

最后，我要将一份迟到的感谢献给德米特里·麦克伦，是她将襁褓之中的我们从医院接回家,尽其一生喂养我们、跟在我们身后收拾、爱护我们,并且——感谢上帝——原谅我们。

太少、太迟

凯瑟琳·斯多克特自述

我家的女佣迪米特里曾经说过,在密西西比州能热死人的夏日田地里摘棉花,大概是世界上最可怕的消遣活动了——要是不算摘秋葵的话,秋葵和棉花一样,也是一种扎手的低矮植物。迪米特里常常对我们诉说她小时候摘棉花的种种故事,一边笑着冲我们摇晃手指,警告我们可千万别去尝试,就好像一群有钱人家的白人小孩也会像染上抽烟酗酒的毛病一样,深陷摘棉花的泥沼不能自拔。

"一连四天,我不停地摘啊摘。之后我低头一看,皮肤上全起了泡。我跑去给妈妈看,我们谁也没在黑人身上见过这样的晒伤。那不是白人才会有的毛病吗?"

我那时还太小,还不明白她这些话一点也不好笑。迪米特里1927年出生在密西西比州兰普金,她生不逢时,大萧条时代随即到来,正好让孩童时代的她切身体会到身为佃农家庭的贫穷黑人女性是什么滋味。

迪米特里二十八岁时来到我爷爷家,负责做饭打扫。那时我爸爸才十四岁,我叔叔才七岁。迪米特里矮矮胖胖,肤色很深,那时她已经嫁人,丈夫名叫克莱德,是个卑鄙又粗暴的酒鬼。我每回向她打听她丈夫,她都闭口不提。可是除此以外,她整天都跟我们有说不完的话。

上帝啊,我真喜欢和迪米特里聊天,放学后,我总是陪她坐在奶奶的厨房里,一边听她讲故事,一边看着她搅拌烤蛋糕的材料或是做炸鸡。她做的饭好吃极了。凡是在我奶奶家吃过饭的人,总是赞不绝口。你要是尝过迪米特里做的焦糖蛋糕,就能明白什么叫*被爱包围*的感觉。

可是在她吃午饭休息的时候,我和哥哥姐姐都不被允许去打扰她。奶奶会说:"让她单独待会儿,让她吃饭,那是属于她自己的时间。"我只好站在厨房门口,焦急地盼着能再回到她身边。祖母想让迪米特里休息一会儿,好接着干活儿,更不用说黑人吃饭时,白人不该同桌而坐。

白人和黑人之间的这些规矩,就是我们日常生活的一部分。我还记得自己小时候看见黑人社区的居民,哪怕他们都衣着光鲜、生活无忧,我依然觉得他们可怜。现在承认这一点也让我羞愧不已。

可我从未觉得迪米特里可怜。有好几年,我都觉得她能和我们生活在一起,在一间体面的宅子里有份稳定工作,给白人基督徒打扫卫生,实在是非常走运。不过这也是因为迪米特里自己没有孩子,我们就觉得自己填补了她人生中的这片空白。要是有人问她有几个孩子,她会伸出手指说三个。她指的就是我们:我姐姐苏珊、我哥哥罗伯,还有我。

虽然我的哥哥姐姐不愿承认,但我是和迪米特里最亲近的那个。只要德米特里在旁边,没人敢惹我。她会让我站在镜子前,说:"你真好看,是个好看的小姑娘。"虽然我那时显然不算好看。我戴着副眼镜,一头干枯的棕色头发。我还固执地讨厌浴缸。妈妈总是不在城里。苏珊和罗伯也嫌我烦,不愿理我,我感觉自己没人要。迪米特里看得出来,便过来抓着我的手,安慰我说没事。

六岁时，我父母离婚了。迪米特里对我来说就更重要了。每回妈妈出差，爸爸就把我们几个孩子安置在他当时经营的汽车旅馆，让迪米特里过来照顾我们。我会趴在迪米特里的肩头哭个不停，想妈妈想得发起了烧。

那时候，我的哥哥姐姐已经长大，不再需要迪米特里了。他们躲在汽车旅馆的阁楼里和前台服务员打牌，拿吧台的吸管当筹码。

我还记得自己看着他们，嫉妒他们年纪比我大，有一次我也心想，我不是小孩子了，不一定要守着迪米特里寸步不离，其他人都在打牌呢。

于是我也加入牌局，结果当然啦，我在五分钟之内就把所有吸管都输得一干二净。我又回到迪米特里腿上，生气地看着他们打牌。可是没过一会儿，我就把额头靠在她柔软的脖颈间，她轻轻地摇着我，好像我们俩坐在船上似的。

"你就该待在这里啊，和我在一起。"她一边说着，一边拍拍我发烫的腿。她的手总是冰冰凉凉的。我看着哥哥姐姐打牌，对于妈妈不在身边也没有那么介怀了。我已经找到了自己的归属。

电影中、报纸上、电视里一连串对于密西西比州的负面描述让我们这些本地人都变得小心提防。我们内心交织着骄傲与惭愧之情，但主要是骄傲。

不过，我还是离开了密西西比州，二十四岁时搬到纽约。在这个过客匆匆的大都市，人们见面第一个问题总是："你从哪儿来？"我会回答："密西西比。"然后我就等着。

要是对方笑着附和："我听说那里风景很美"，我便说："我老家的黑帮命案数在全美排名第三。"要是对方惊叹："天哪，能离开那个地方，你一定很高兴吧"，我便怒目而视："你懂什么？那里风景很美。"

一次屋顶派对上,一个貌似从那种大都会北方铁路会经过的富裕白人城镇来的男人喝醉了,问我是从哪里来的,我说是密西西比。他冷笑一声,说:"真是不幸。"

我立刻抬起脚上的细高跟鞋,对准了他的脚踩下去,又花了十分钟教育他,告诉他威廉·福克纳、猫王、B.B.金、奥普拉·温弗瑞、吉姆·亨森①、菲斯·希尔②、詹姆斯·厄尔·琼斯③,以及《纽约时报》的美食编辑及评论家克雷格·克莱本都是从那里来的。我还告诉他,第一例肺移植和心脏移植手术都是在密西西比州做的,美国法律系统也是由密西西比州立大学奠定了基础。

我那时很想家,正等着他这样的人送上门。

我并不怎么温柔,也不太淑女,那个可怜的男人窘迫地走开了,整场派对都一副紧张兮兮的表情。但是那些话我不得不说。

密西西比就像是我的妈妈,我怎么抱怨她都行,但若是有谁胆敢在我身边说她一句坏话,那他可就自求多福吧,除非那人也是密西西比的。

我在纽约期间完成了这本书,我认为这要比在密西西比州写这本书更加容易。不用直视着那一切,距离让我能看得更通透。置身于这座快节奏的呼啸都市,放慢思绪,沉入回忆,也让身心得以放松。

《相助》一书大体来说属于虚构作品。不过我在写作过程中,也常常想到我的家人会怎么看待这本书,迪米特里又会有什么想法,虽然她早已过世。很多时候,我都害怕自己这样以黑人口吻写

---

① 吉姆·亨森(Jim Henson),美国著名木偶师。

② 菲斯·希尔(Faith Hill),美国乡村音乐歌手。

③ 詹姆斯·厄尔·琼斯(James Earl Jones),美国演员。

作,是不是正跨越一条危险的界线。我担心自己无法描述这样一段关系,它充满温情,在我的生命中影响甚巨,却在美国历史和文学作品中被牢牢刻画成了一种刻板印象。

我读到豪厄尔·雷恩斯的普利策奖获奖作品《格雷迪的礼物》,觉得满心感激:

> 对于美国南方出身的作家来说,最棘手的主题莫过于,那个不公正的种族隔离世界里黑人和白人之间的交情。因为那样的社会构筑于虚伪之上,便令种种情感都变得可疑,使人无从得知,人与人之间怀抱的究竟是真挚情谊,还是一时怜悯,抑或只是现实权宜。

我读到这段话,不禁心想,他是怎么做到用这么简洁的一段话就把问题说清楚的? 我那时正为同样暧昧不明的问题百思不得其解,觉得它像条滑溜的鱼一样难以把握。雷恩斯先生却短短几句就说得清楚明白。我很高兴得知,在这样的挣扎求索中,我并不孤单。

一如我对密西西比州的感情,我对《相助》一书也同样内心极为矛盾。对于白人和黑人女性之间的那些界线,我生怕自己说得太多。有人曾教导我,不要讨论这样令人不快的事情,会显得既没教养也不礼貌,而且可能会被人听见。

但恐怕我还是说得太少了,在密西西比州家庭里干活的黑人女性生活之艰辛,白人家庭和黑人帮佣之间爱意之浓厚,时间有限,我的笔墨都难以尽描。

我所能确定的只有一点:我并没有自以为是,认为自己能够对一位密西西比州黑人女性真正感同身受,特别是在二十世纪六十年代。我认为那种感觉是任何给黑人女性开支票发薪水的白人女性都无法真正知晓的。但是,尝试去理解才是人性中最重要也最可贵的品质。书中有一句话我尤为珍视：

> 这不正是这本书的意义吗？要让女人们意识到，你和我，我们是同样的两个人。我们之间的距离并非难以逾越，没有我曾以为的那么遥远。

我可以很肯定地说，我家从没有人问过迪米特里，在密西西比州当一个黑人、为白人家庭干活是种什么感受。我们从没想过要这么问。那只不过是我们的日常生活。没人觉得有探究的必要。

很多年来，我都暗想要是自己那时已经长大，又有头脑，懂得用这个问题问问迪米特里就好了。她去世时，我才十六岁。这么多年来，我都在想象着她会怎么回答。这就是我写作本书的原因。